Weitere Titel des Autors:

Der Nostradamus-Coup
Der Zerberus-Schlüssel

Über den Autor:

Gerd Schilddorfer, in Wien geboren und aufgewachsen, begann seine Karriere als Journalist bei der Austria Presse Agentur und war danach Chefreporter für verschiedene TV-Dokumentationsreihen (ÖSTERREICH I, ÖSTERREICH II, DIE WELT UND WIR). In den letzten Jahren veröffentlichte er zahlreiche Thriller und Sachbücher. Der Weltenbummler und begeisterte Hobbykoch lebte an zahlreichen Orten in Europa und Übersee und wohnt zurzeit in Wien und Stralsund, wenn er nicht gerade auf Reisen für sein neues Buch ist.

Gerd Schilddorfer

FALSCH

Ein John-Finch-Thriller

BASTEI LÜBBE TASCHENBUCH
Band 17731

Vollständige Taschenbuchausgabe

Originalverlag: Hoffmann und Campe Verlag, Hamburg

Für die Originalausgabe:
Copyright © Gerd Schilddorfer 2012
Für diese Lizenzausgabe:
Copyright © 2018 by Bastei Lübbe AG, Köln
Titelillustration: © Ralf Roletschek/roletschek.at; Mark Poprocki/
shutterstock.com; R McIntyre/shutterstock.com; grafalex/shutterstock.com;
Paolo Costa/shutterstock.com; Angelina Babii/shutterstock.com
Umschlaggestaltung: Johannes Wiebel | punchdesign, München
Satz: Dörlemann Satz, Lemförde
Gesetzt aus der AlbertinaMT
Druck und Verarbeitung: CPI books GmbH, Leck – Germany
ISBN 978-3-404-17731-8

5 4 3 2 1

Sie finden uns im Internet unter www.luebbe.de
Bitte beachten Sie auch: www.lesejury.de

Ein verlagsneues Buch kostet in Deutschland und Österreich jeweils überall
dasselbe.
Damit die kulturelle Vielfalt erhalten und für die Leser bezahlbar bleibt, gibt es die
gesetzliche Buchpreisbindung. Ob im Internet, in der Großbuchhandlung, beim
lokalen Buchhändler, im Dorf oder in der Großstadt – überall bekommen Sie Ihre
verlagsneuen Bücher zum selben Preis.

Die Normalität ist eine gepflasterte Straße;
man kann gut darauf gehen –
doch es wachsen keine Blumen auf ihr.

Vincent van Gogh

PROLOG I

7. November 1917

St. Petersburg / Russland

Die Roten Garden waren schneller da gewesen, als er geglaubt hatte. Samuel Kronstein warf einen prüfenden Blick in den Empire-Spiegel über der Anrichte des Speisezimmers und richtete sich die Krawatte mit dem gestickten Familienwappen.

Schüsse hallten in den Straßen, Menschen stoben in Panik davon.

Mit einer fast zärtlichen Geste fuhr sich der große Mann über das Revers seines Smokings, nahm seinen Spazierstock, wählte einen Hut und drehte sich einmal langsam um die eigene Achse. Dabei glitt sein Blick über die wertvolle Louis-seize-Einrichtung, die Sammlung an französischen Impressionisten und die Vitrine mit dem Sèvres-Porzellan. Er schüttelte bedauernd den Kopf. Nein, es gab Momente im Leben, da konnte man nichts mitnehmen. Und dies war einer jener Augenblicke, vor denen ihn seine Großmutter immer gewarnt hatte. Martha Kronstein war eine Überlebenskünstlerin gewesen, ihr Leben gezeichnet durch Pogrome und Hetzjagden, geprägt von lebenslanger Diskriminierung der jüdischen Population in der Zarenzeit, bevor sie im hohen Alter schließlich nachsichtig und gütig wurde.

Aber nie unvorsichtig.

Und sie hatte meist recht behalten mit ihren Warnungen, Gott hab sie selig, dachte Kronstein, schob die schwere Gardine zur Seite und blickte aus einem der großen Fenster auf den Newski-Prospekt. Die Schüsse waren wieder verstummt, die Straße wie leergefegt.

Erregte Stimmen ertönten nun von der Freitreppe. Seine Bediensteten schienen Eindringlinge aufhalten zu wollen. Braver Alexej, lächelte Kronstein traurig, du stemmst dich vergebens gegen den Strom der Geschichte. Die Zeit hat uns bereits überholt und überrollt zugleich.

Unten wurde lautstark gestritten. Das Palais Kronstein war nicht irgendein Ort, in den man so selbstverständlich eindrang, nicht einmal als Soldat der Revolutionsgarden. Hier waren Lenin und Trotzki ein und aus gegangen, hatten Nächte durchgetrunken und hitzig diskutiert. Der Salon des berühmtesten Schmuckhändlers Russlands hatte allen offengestanden. Wenn der russische Adel Wertvolles veräußern wollte, hatte man stets den diskreten Kronstein gerufen. Wenn die Revolutionäre Geld brauchten, hatten sie bei ihm angeklopft und waren selten mit leeren Händen abgezogen. Samuel Kronstein, einst einer der bekanntesten Mitarbeiter des Hofjuweliers Fabergé, hatte vor dreißig Jahren das goldene Handwerk an den Nagel gehängt und war in den Handel mit edlen Steinen und Pretiosen eingestiegen. Sein makelloser Ruf und seine untadelige Vergangenheit hatten ihn schnell zu einem der gefragtesten Schmuckhändler in St. Petersburg, ja in ganz Russland gemacht. Selbst der Zar hatte ihm schriftlich gedankt, seine schützende Hand über ihn gehalten, aber Kronstein hatte rasch gelernt, sich immer alle Optionen offenzuhalten.

Großmutter Martha sei Dank.

Eine Investition, die sich nun bezahlt machen könnte, dachte er und betrachtete sich ein letztes Mal im Spiegel. Trotz seiner siebzig Jahre sah er noch immer bemerkenswert gut aus. Schlank, hochgewachsen und mit einer weißen Mähne, die immer ein wenig zu lang, jedoch stets perfekt frisiert war, gehörte er zu den – im wahrsten Sinne des Wortes – herausragenden Persönlichkeiten der St. Petersburger Gesellschaft. Er war in die richtigen Schulen gegangen, hatte mit den richtigen Mädchen getanzt und mit einigen von ihnen geschlafen.

Nur *die* Richtige hatte er nie gefunden.

St. Petersburg hatte es immer gut mit ihm gemeint. Er würde diese Stadt vermissen, mit ihren rauschenden Festen und den weißen Nächten, in denen es im Sommer vierzehn Tage lang nicht dunkel werden wollte. Wie oft hatte man rund um die Uhr durchgefeiert, in Kaviar und Champagner geschwelgt und sich mit jungen Ballettratten amüsiert? Und immer wieder, zwischen opulenten Soupers und ausschweifenden Orgien, hatte man in lauten Trinksprüchen den Zaren hochleben lassen. Jetzt, in der neuen Zeit, würden es wohl eher frigide Revolutionärinnen, Lenin und proletarischer Wodka werden, dachte Kronstein und verzog missbilligend das Gesicht.

Da klopfte es laut an der Tür, und er fuhr herum. Im Haus war es ruhig geworden, und der alte Mann fragte sich überrascht, ob Alexej vielleicht erfolgreich gewesen war und die Revolutionäre hinausgeworfen hatte. Aber ein Umsturz machte nicht an der Türschwelle halt, auch nicht an der des Palais Kronstein ...

Die schwere Doppelflügeltür öffnete sich mit einem Ruck, und hinter dem verärgert blickenden Alexej in seiner untadeligen Livree drängten Männer in wild zusammengewürfelten Uniformen in den Raum. Ihr Strom riss nicht ab. Schließlich war das Speisezimmer so voll wie bei einer der beliebten Soireen anlässlich des Geburtstags des Zarewitsch. Die Eindringlinge blickten sich staunend um und brachten angesichts der gediegenen Pracht des Raumes kein Wort hervor.

»Wer ist Ihr Kommandeur?«, fragte Kronstein leichthin und blickte auffordernd in die Runde.

Einer der Männer zog langsam seine Kappe vom Kopf und drehte sie verlegen in den Händen, bevor er antwortete. »Hm, das bin ich, Exzellenz.« Wie auf einen unhörbaren Befehl hin nahmen auch alle anderen ihre Kopfbedeckungen ab. Einige schauten betreten zu Boden. Ihre Gewehre baumelten von ihren Schultern.

Kronstein nickte und stützte sich auf seinen Ebenholzstock mit dem silbernen Griff. »Und was wollen Sie hier, Kommandant?«

»Wir haben Befehl, das Palais in Beschlag zu nehmen und alle anwesenden Nichtproletarier zu verhaften, Exzellenz«, meinte der rundliche Mann mit dem rosa Gesicht, dem der Auftrag sichtlich unangenehm war. Er kannte die Verbindungen des Hausherrn zu den Männern des Revolutionskomitees, seine Rolle als Finanzier. Und trotzdem ... Er zuckte entschuldigend mit den Schultern.

Kronstein machte eine ausholende Handbewegung. »Bedienen Sie sich, Genosse, mein Haus ist Ihr Haus.«

Ein Raunen ging durch die Reihen der Männer, aber niemand

wagte es, sich zu rühren. Der Kommandant trat unschlüssig von einem Bein aufs andere. Er schaute verlegen zu Boden und schien fieberhaft zu überlegen.

»Ich mache Ihnen einen Vorschlag«, kam ihm Kronstein jovial zu Hilfe und schaute in die Runde, in junge, picklige Bauerngesichter mit roten Wangen und wirren Haaren. Die meisten dieser Soldaten der Revolution hatten sicherlich zum ersten Mal ein Gewehr geschultert. »Ich werde Sie jetzt verlassen und das alles hier in Ihre Obhut übergeben. Ich werde nichts mitnehmen außer meinem Hut und meinem Stock.« Er machte eine Pause. »Dafür werden Sie sagen, Sie hätten mich nicht zu Hause angetroffen, und verschonen mein Personal.«

Der Kommandant hob den Blick und sah Kronstein dankbar an. Dann wandte er sich an seine Männer. »Ihr habt gehört, welch großzügigen Vorschlag Seine Exzellenz gemacht hat.« Ein zustimmendes Murmeln ertönte. »Vier Mann sorgen für sein freies Geleit bis an den Ort, der ihnen von … Herrn Kronstein genannt wird.« Er warf dem alten Mann erneut einen entschuldigenden Blick zu.

Seine Männer atmeten auf und nickten erleichtert. Vier von ihnen traten vor und salutierten kurz vor dem respekteinflößenden alten Mann, der sich kerzengerade hielt, bevor er ihnen mit großen Schritten voranging und die Treppen hinuntereilte.

Mit einem letzten Blick auf die makellos weiße klassizistische Fassade des Palais verließ Samuel Kronstein sein Stadtdomizil und bestieg das Automobil, das sein Chauffeur vorgefahren hatte. Als die vier Männer der Eskorte zugestiegen waren, rollte der Daimler an und gewann rasch an Geschwindigkeit.

Man sah Samuel Kronstein nie wieder in St. Peterburg, das wenig später in Leningrad umbenannt wurde. Niemand wusste, wohin er verschwunden war, seine Spur verlor sich in den Wirren der Nachkriegszeit. Seltsam war allerdings, dass sich auch die vier Männer seiner Eskorte in Luft aufgelöst zu haben schienen. Sie wurden für tot erklärt, »gefallen bei einem Gefecht um das Regierungspalais«, wie es in den Listen hieß, die nur lückenhaft geführt wurden.

Bald hatte man sie völlig vergessen.

PROLOG II

20. September 2010

NAHE MUZO / KOLUMBIEN

Die Zeit war reif, er spürte den Tod kommen.

Der schmächtige alte Mann in seinem engen, schmutzigen Verschlag am Ende der Welt seufzte, als er nach dem kleinen Messingschlüssel an der Lederschnur um seinen Hals tastete. Es war also so weit. Wie oft hatte er sich ausgemalt, was nun passieren würde? Bereute er die Geste, den Griff an die speckige Schnur, die ihn in den letzten 65 Jahren nie verlassen hatte? Allein die Vorstellung von dem, was nun passieren würde, bereitete ihm ein körperliches Wohlbefinden, jagte ihm Schauer über den Rücken und ließ ihm den Schweiß ausbrechen. Unwillkürlich musste er an Shakespeare denken. *Cry »Havoc!« and let slip the dogs of war.* Es würden Bluthunde sein, die losstürmten …

Von draußen drangen die Geräusche des Dschungels an sein Ohr. Die Sonne war fast hinter dem Horizont aus grünem Dickicht verschwunden, nur die obersten Zweige der Bäume warfen noch ihre langen Schatten auf die Lichtung vor der ärmlichen Hütte. An manchen Tagen kam ihm der Wald wie eine Wand vor, die jeden Morgen ein paar Zentimeter näher gerückt war. Unabänderlich, unaufhörlich, wie ein Bulldozer, der ihn und seine lächerliche Hütte bald überrollen würde. Eine riesige, erbarmungslose grüne Maschine. Noch wartete sie im Leerlauf oder schlich zentimeterweise voran. Aber eines Tages würde sie alles hier verschlucken und nie mehr ausspucken.

Er war ein Eindringling, seit Jahrzehnten geduldet, aber der Dschungel ließ ihn das nie vergessen.

Während er mit zitternden Fingern versuchte, den kleinen Schlüssel von der Lederschnur loszumachen, blickte er verstohlen zu der schlafenden Eingeborenen hinüber, die sich auf ein paar zerrissenen dünnen Decken eingerollt hatte und leise schnarchte. Sie lag auf dem gestampften Lehmboden, den Daumen im Mund, wie ein Baby. Es roch nach Erbrochenem und Urin in der stickigen, heißen Hütte.

Er traute ihr nicht über den Weg. Er musste handeln. Sie waren auf dem Weg, ihn zu holen, dessen war er sich sicher.

Die dunkelhäutige India mit ihren schwarzen Augen und den verklebten Haaren hatte vor vier Tagen plötzlich vor seiner Hütte gestanden und ihn mit einem irren Blick angeschaut, unverwandt. Eine regungslose Schlange, die das Kaninchen hypnotisiert. Er hatte versucht, mit ihr zu sprechen, aber sie hatte seine Bemühungen nur stumm ignoriert. Als er ihr schließlich mit großen, hektischen Gesten bedeutete, wegzugehen, endlich zu verschwinden, war sie lediglich ein paar Schritte zurückgewichen und dann trotzig stehen geblieben.

Zwei Tage lang hatte sie ihn beobachtet, lauernd, mit ihren braunen, ausdruckslosen Augen. Nicht einmal, wenn er sich hinhockte und seine Notdurft verrichtete, war ihr starrer Blick von ihm gewichen.

Der alte Mann schüttelte den Kopf. Er sollte sie einfach im Schlaf erschlagen, dann wäre ein Problem gelöst. Aber er hatte noch zu viele andere Probleme, bevor …

Mit einer ungeduldigen Handbewegung wischte er ein paar Fliegen von seiner Stirn.

Zwei Nächte hatte sie vor seiner Hütte geschlafen, unter dem löchrigen Vordach im Gras, ihren Kopf auf einen flachen Stein gelegt. Er hatte gewacht, misstrauisch, die Machete in der Hand, hinter der dünnen Tür, die er aus den Brettern alter Teekisten gezimmert hatte. Aber sie war nicht näher gekommen, hatte nicht versucht, in seine windschiefe Behausung einzudringen. Ihr flaches braunes Gesicht, das ihm jeden Morgen bei Tagesanbruch entgegenblickte, war unbeweglich geblieben.

Sie tat nichts, sie aß nichts, sie stand einfach nur da und blickte ihn unverwandt an.

Als er sie schließlich am dritten Tag mit einer unwirschen Handbewegung in seinen Verschlag einlud und ihr den verbeulten Aluminiumbecher mit Tee entgegenhielt, setzte sie sich mit steinernem Gesicht auf den Boden und schlürfte gierig das heiße Getränk. Dabei blickte sie sich um. Nicht neugierig, nein, eher katalogisierend. Oder suchend? Das alte, durchgelegene Bett mit der verwanzten Matratze, die gestapelten Teekisten, die als Regal dienten, das vergilbte und gewellte Foto mit den Einschusslöchern und dem zersplitterten Glas. Es zeigte einen Weißen in Uniform, das junge Gesicht selbstsicher und forsch der Kamera zugewandt.

Hochnäsiger Blick. Gefährliche Ignoranz.

Die alten Pappschachteln unter dem Bett waren in verschiedenen Stadien der Auflösung begriffen und faulten vor sich hin. Auf dem unebenen gestampften Lehmboden lag ein Stück Stoff als Teppichersatz, das mehr Löcher hatte als das Gebiss des Bewohners.

Sie hatte sich lange wortlos umgeschaut, mit unbeweglichem Gesicht und einem abschätzigen Blick, der den alten Mann geärgert hatte. Dann war sie aufgestanden und an den Käfig mit den drei Tauben getreten. Der Alte glaubte plötzlich, so etwas wie Hunger in ihren Augen zu lesen. Oder war es Neugier? Er konnte es nicht deuten, aber instinktiv stellte er sich rasch beschützend vor den schmierigen Käfig und nahm ihr die Sicht auf das Wertvollste, was er noch besaß.

Die Vögel waren so erstaunt über den unerwarteten Besuch gewesen, dass sie zu gurren vergaßen.

Die Eingeborene schnarchte weiter. Kopfschüttelnd kniete der Alte nieder, bückte sich. Das Mahagonikästchen war noch da, wo er es vor einem Leben versteckt hatte, in der flachen Grube unter dem Kopfende seines Bettes. In braunes Wachspapier eingeschlagen, fest verschnürt.

Er richtete sich wieder auf und streifte mit fahrigen Bewegungen die Erde von dem kleinen Paket, bevor er vorsichtig die Bindfäden löste. Mit jedem geöffneten Knoten kam er der Entscheidung einen Schritt näher. Seine Hände zitterten, als er langsam und bedächtig das Papier entfernte und sich eine kleine, fast schwarze kubische Schatulle aus der Verpackung schälte.

Ein Geräusch hinter ihm ließ ihn herumfahren. Mit schiefem Grinsen und irrem Blick stürzte sich die Eingeborene auf ihn, flog ihm mit ausgestreckten Händen entgegen, die wie Krallen eines Raubvogels sein Gesicht suchten. Sie prallte auf ihn, bevor er ihr ausweichen konnte, riss ihn um, hinunter auf den rutschigen Boden. Er spürte einen Stich in seinem rechten Knie und stöhnte auf.

Die Schatulle kullerte wie ein Würfel davon, blieb schließlich auf dem löchrigen Teppich liegen, verfolgt von ihrem gierigen Blick. Sie hatte die Hände um seinen Hals gelegt und drückte zu, so fest sie nur konnte. Ihren Kopf jedoch hatte sie abgewandt, um das schwarze Kästchen nicht aus den Augen zu verlieren, und das war seine Chance. Mit einer Hand griff er unter das Bett, während es um ihn immer schwärzer wurde, tastete hektisch herum, bis er endlich gefunden hatte, was er suchte. Mit einer einzigen wütenden Bewegung riss er die Machete aus der Scheide, während sich die Hände des Mädchens noch fester um seinen Hals zu krampfen schienen.

Er keuchte schwer unter ihrem Gewicht. Der triumphierende Blick ihrer dunklen Augen sprach Bände: Ich bin jünger, stärker und zu allem entschlossen. Dann jedoch sah sie die Machete aufblitzen und schrie vor Schreck auf. Es war das erste Mal, dass er ihre Stimme hörte. Sie war schrill und spitz und klang wie eine Luftschutzsirene.

Sein erster halbherzig geführter Schlag traf sie seitlich. Die scharfe Klinge glitt vom Schädelknochen ab und trennte ihr glatt das Ohr und einen Teil der Wange vom Kopf. Ihr Griff um seinen Hals löste sich, und ein unmenschlicher Schrei hallte durch die Hütte und hinaus über die kleine Lichtung.

Er versuchte krächzend, tief Luft zu holen und aufzustehen, aber seine Beine versagten ihren Dienst. Sie war zurückgetaumelt, die Hände an den Kopf gepresst. Zwischen ihren Fingern schoss Blut hervor, ein dunkelrotes Geflecht aus purpurnen Nebenströmen, die sich auf ihrem Arm zu einem Fluss vereinten, der dann von ihrem Ellenbogen auf den Boden rann. Ihr hasserfüllter Blick ließ ihn keinen Moment aus den Augen, während sie sich vor Schmerzen krümmte.

Seine Hand mit den großen braunen Altersflecken öffnete und

schloss sich um den Griff der Machete. Er spürte das Adrenalin durch seinen Körper jagen. Bilder von damals blitzten vor seinen Augen auf, schwarzweiß, ausgeblichen, unscharf und unwirklich. Wie ein Rausch setzte das Hochgefühl ein.

»Du miese kleine Ratte«, presste er hervor, »du Ausgeburt der Hölle. Ich schicke dich dahin zurück, wo du hergekommen bist.«

Täuschte er sich, oder schien sie auf etwas zu warten?

Er wischte den Gedanken beiseite und stützte sich mit einer Hand auf dem Bett auf, wuchtete ächzend den alten, gebrechlichen Körper hoch.

Wo war die Schatulle?

Da war die Eingeborene auch schon wieder über ihm, rasend vor Schmerzen und Wut. Sie riss ihn mit sich, und beide fielen aufs Bett, er auf den Rücken und sie auf ihn, wie ein Liebespaar in einer grotesken Umarmung. Blut und Speichel tropften auf sein Gesicht, während sich ihre Hände erneut wie ein Schraubstock um seinen Hals legten. Zugleich rammte sie ihm ihr Knie in den Unterkörper, immer und immer wieder, bis er Sterne vor den Augen sah und die Schmerzwellen seinen Verstand benebelten.

Mit letzter Kraft stieß er ihr die Machete in die Seite, drückte nach und ließ erst ab, als die Spitze des langen Messers auf der anderen Seite aus ihrem Körper drang. Sie krümmte sich stöhnend und erschlaffte mit einem Mal, sackte auf ihn herunter, schwer und regungslos.

Die feuchte Hitze und ihr Körper schienen ihn zu erdrücken wie eine Zwangsjacke. Erschöpft ließ er seinen Kopf auf die dünne Decke fallen und lauschte. Außer dem Gurren der Tauben war da nur sein schwerer Atem.

In der Ferne schrie ein Tier in der heranbrechenden Nacht.

Er wälzte mühsam ihren Körper von seinem und zog dabei die Machete heraus. Ein Schwall Blut tränkte ihr billiges Kleid, das hochgerutscht war, und er sah einen fleckigen, großen Slip, der ehemals einmal weiß gewesen sein mochte. Aber das war nicht wichtig. Als er sich aufrichtete, erblickte er die Schatulle mitten im Raum, unversehrt und schwarz glänzend. Er humpelte hinüber, ignorierte die

Schmerzen in seinem Unterleib und hob das kleine Kästchen hastig auf. Mit einem Ende seines löchrigen T-Shirts wischte er behutsam den Staub ab, lauschte aufmerksam nach draußen und tastete dann schließlich erneut nach dem Schlüssel an seinem Hals. Er zog ihn von der Schnur ab und schloss auf.

Die alten Scharniere quietschten leise, als der Deckel nach oben klappte, und der dunkelrote Samt leuchtete ihm so frisch entgegen wie am ersten Tag. Der Anblick der drei Gegenstände, die klein und unscheinbar in einer Ecke der Schatulle lagen, ließen die Augen des Alten aufblitzen.

»... *And let slip the dogs of war*«, murmelte er, als er mit seinen gichtigen Fingern das Papierröllchen, den flachen Schlüssel und den Ring aus ihrem Versteck holte.

Achtlos warf er das leere Kästchen aufs Bett und stolperte zu dem Käfig mit seinen geliebten Tauben. Es waren zwei braunweiße und ein grauer Vogel, groß und kräftig, gut genährt und makellos sauber. Der Alte steckte seine zitternde Hand in den Käfig und strich zärtlich über das Gefieder seiner aufgeregt trippelnden Lebensgefährten. Würden sie sich noch erinnern, an die weit entfernten Ziele, die fremden Städte, oder waren die Reisen vergebens gewesen? Er hatte mit Geduld und Beharrlichkeit den Vögeln Dinge beigebracht, die außergewöhnlich waren. Sein gesamter Lohn aus den nahe gelegenen Smaragdminen war nach und nach dabei draufgegangen, die langen Flugreisen zu bezahlen. Und auch das übrige Geld ...

Ein Geräusch ließ ihn hochschrecken. Misstrauisch legte er den Kopf schief. Irgendwo auf der Lichtung hatte ein Ast geknackt. Hatten die anderen ihren Schrei gehört? Er spürte, wie seine Zeit ablief, immer deutlicher. Rasch befestigte er das Papierröllchen, dann den Schlüssel an den Füßen der braunweißen Tauben. Endlich war der Ring an der Reihe. Er drehte ihn in seinen Fingern, sah die beiden Steine blitzen, strich mit seinem zerfurchten Daumen über die alten Symbole und spürte das Gewicht des Silbers. Der Ring fühlte sich kühl an und glänzte geheimnisvoll in der einbrechenden Dunkelheit. Mit schnellen Griffen streifte der alte Mann ihn der grauen, der stärksten seiner Tauben, über den Fuß und befestigte ihn sicher.

Als er fertig war, saßen die Tauben nebeneinander auf dem offenen Käfig und blickten ihn neugierig an.

Er wurde unsicher.

Keiner der Vögel machte Anstalten, davonzufliegen ...

Dann brach mit einem Mal das Chaos über die kleine Hütte herein. Mit einem lauten Krachen wurde die Tür eingetreten und Männer stürmten in den Verschlag, Männer, so alt wie er. Grauhaarig oder mit Glatze, untersetzt, die meisten in Jeans und T-Shirts. Die kurzen Sturmgewehre wollten nicht recht zu ihnen passen. Eine Gehhilfe wäre in den Augen mancher Beobachter angemessener gewesen, doch das täuschte.

Die Lichtkegel von einem halben Dutzend starker Taschenlampen irrten durch die Hütte, blieben erst an der Leiche des Mädchens hängen, dann fingen sie schließlich die Figur des gebrechlichen, alten Mannes ein.

Erschreckt durch die Eindringlinge waren die Tauben aufgeflogen, flatterten aufgeregt in der Hütte herum, hinauf unter das Wellblechdach und wieder zurück zum Käfig, dann zur Tür, verängstigt einen Ausweg aus dem engen Raum suchend, während die Männer ihrerseits auf Englisch durcheinanderriefen, nach den Vögeln schlugen und von draußen der Rotorenlärm eines landenden Hubschraubers zu hören war.

Der alte Mann blickte den Bewaffneten ruhig entgegen. Er vermied es absichtlich, den Tauben nachzusehen, die eine nach der anderen die Tür gefunden hatten und nun im violetten Abendlicht verschwanden, wie er erleichtert feststellte.

Die Eindringlinge stutzten erst und stürzten dann hastig zurück ins Freie, rissen die Waffen hoch und schossen den Vögeln hinterher. Aber die hereinbrechende Nacht machte ein genaues Zielen unmöglich. Die Tauben verschwanden zielstrebig in Richtung Osten über den Bäumen, verschmolzen mit der Dunkelheit und waren nur mehr Schemen, die sich schnell in Nichts auflösten.

Als die Männer die Sturmgewehre herunternahmen und laut fluchend wieder in die Hütte stürmten, fanden sie den alten Mann sterbend auf dem Boden liegen. Er hatte sich mit seiner Machete die

Kehle durchgeschnitten, sein Blut kam stoßweise und tränkte den Lehmboden wie verschütteter roter Sirup.

Auf seinen Zügen lag ein zufriedenes Lächeln.

Die Angreifer durchsuchten die Hütte gründlich, aber sie fanden nichts, bis auf das leere Kästchen und das vergilbte Porträt mit den Einschüssen. Sie nahmen die alte Photographie von der Wand, einer löste sie aus dem Rahmen und steckte sie ein. Währenddessen wurden bereits Benzinkanister aus dem Hubschrauber herbeigeschleppt. Wortlos und äußerst gründlich gossen die alten Männer die Flüssigkeit in jede Ecke des Verschlags. Sie würdigten die beiden Leichen keines weiteren Blickes.

Als der große Helikopter gestartet war und kurz über der Lichtung im Dschungel schwebte, brannte die trockene Hütte lodernd hell, meterhohe Flammen schlugen links und rechts aus dem Wellblechdach. Bald würde das Feuer die letzten Reste des *Gringo loco*, des verrückten Weißen, wie ihn die Eingeborenen immer genannt hatten, verschluckt haben.

Ein großer, massiger Mann mit eisgrauen Augen und militärisch kurzen weißen Haaren war der Einzige im Helikopter, der nicht nach draußen schaute. Er drehte vorsichtig das Porträtfoto in seinen Händen, die mit Altersflecken übersät waren. Darin ähnelten sie dem gelblichen Foto mit seinen zahllosen Stockflecken.

Die Einschüsse im Papier wollten nicht zu dem selbstbewussten und optimistischen Gesichtsausdruck des jungen Mannes passen, der sich in der SS-Uniform der »Leibstandarte Adolf Hitler« hatte fotografieren lassen.

Vor langer, langer Zeit, dachte der Weißhaarige.

Vor einem Menschenleben.

Nein, korrigierte er sich: vor einer Ewigkeit.

Kapitel 1

DIE NACHRICHT

Flughafen Franz Josef Strauss, München / Deutschland

Christopher Weber war Loader von Beruf und lebte in einer Tiefgarage. Ersteres betrachtete er als erklärungsbedürftig, Zweiteres als ein gesellschaftliches *No-Go*. Das hatte er immer wieder festgestellt, wenn ihn sein jeweiliges Gegenüber im Verlauf einer Unterhaltung befremdet und verständnislos ansah, sich dann umdrehte und die Konversation mit jemand anderem fortsetzte.

Als »Loader« bezeichnete man jene Angestellten eines Airports, die Koffer und Sperrgut rechtzeitig in die richtige Maschine verluden. Und die Tiefgarage? Die war nicht eine Frage der Exklusivität, sondern eher des finanziellen Horizonts, der bei den Angehörigen seines Berufsstandes nahe an der Armutsgrenze lag. An eine Wohnung in München war nicht zu denken, nicht einmal an eine Wohngemeinschaft Marke Sardinenbüchse. Von der täglichen Anreise ganz zu schweigen. Also hatte Weber seinen orangen, rostgefleckten VW-Bulli in der letzten Etage der Flughafen-Tiefgarage abgestellt, ganz hinten an der Wand neben einem alten Chevrolet, der seit Jahr und Tag dort stand und noch nie bewegt worden war, so lange Christopher sich erinnern konnte.

Manchmal hegte er den Verdacht, die Garage war damals um den Chevrolet herumgebaut worden …

Die wahre Attraktion seiner bescheidenen Bleibe aber war eine Steckdose, die Christopher eines Abends bei einem Garagenspaziergang hinter einer Säule gefunden und sofort in Beschlag genommen hatte. Von da an floss illegal gezapfter Strom in Hülle und Fülle. Am Tag der Entdeckung der freien Elektrizität war er sich vorgekommen wie Christoph Columbus, oder besser noch wie ein Goldwäscher, der ein Riesen-Nugget in seiner Waschpfanne entdeckt hatte. Zur

Feier des Tages musste eine Tetra-Packung Rotwein unbestimmter Herkunft dran glauben, der ihn in die Bewusstlosigkeit beförderte und am nächsten Morgen für einen ordentlichen Kater sorgte. Trotzdem mussten Tonnen von Gepäck bewegt werden, und Kneifen war keine Option für Christopher.

Seit diesem Tag der Erleuchtung hielt er seinen Wohnort möglichst geheim. Er wollte einerseits keinen Neid bei den Kollegen erwecken, die täglich stundenlange Fahrten ins billigere ländliche Umland auf sich nahmen, und andererseits niemanden auf dumme Ideen bringen. Das Letzte, was er brauchte, war eine Wagenburg von bedürftigen Loadern in seiner Etage, mit denen er womöglich noch seine Steckdose würde teilen müssen ...

Christopher Weber war 25 Jahre alt, Waise und Single. Seine Eltern waren bei einem Flugzeugabsturz vor zehn Jahren in den Sümpfen Miamis ums Leben gekommen, und dass Chris Single war, wunderte niemanden. Welches halbwegs vernünftige weibliche Wesen würde schon in eine Tiefgarage ziehen? Außer einem sonnenscheuen Gothic-Mädchen, dem er bei seinem jähen Abschied keine Träne nachweinte, hatte niemals irgendjemand mehr als drei Tage mit ihm in seinem Bus gewohnt. Als sie schwarzberockt, zugekifft und gesport wie der gestiefelte Kater eines Morgens wieder abgezogen war, hatte Christopher aufgeatmet.

Es war eng geworden zwischen Lenkrad und Heckklappe.

Chris war damals sogar versucht gewesen, Gott zu danken, falls der je in Tiefgaragen blickte. Er hatte aufgeräumt und dann das Ungezieferspray herausgeholt, die letzten Erinnerungen an die schwarzlila Fraktion weggesprüht und zur Feier des Tages eine Flasche billigen Sekt aus dem Supermarkt geleert. Dann war er euphorisch zur Arbeit gegangen und hatte darum gebetet, dass man seine Fahne nicht bis ins nächste Cockpit riecht.

So war es Ende September geworden, und Christopher feierte seinen ersten Jahrestag in der Garage. Diesmal musste ein Prosecco zum Frühstück dran glauben, den ihm ein Kollege geschenkt hatte, und er prostete sich so lange selbst zu, bis er den heftigen Geruch nicht mehr aushielt. Aber da es sein freier Tag war, wanderte er, einen Liegestuhl in der einen und einen neu erschienenen Thriller, den ihm sein Freund in der Flughafen-Buchhandlung geborgt hatte, in der anderen Hand zu einem der Außenparkplätze und legte sich in die Sonne.

Er schlug seine Liege direkt zwischen einem dunkelblauen Porsche 911 Turbo und einem schwarzen BMW Z4 mit cremefarbenem Verdeck auf und machte es sich bequem.

Als er sich gerade die Figur der Blondine ausmalte, der das Cabrio gehören musste, keuchte ein dicker, rotgesichtiger Geschäftsmann heran, klappte das Faltdach zurück und zwängte sich mühsam zwischen Lehne und Lenkrad, nicht ohne Christopher mit einem vernichtenden Seitenblick zu bedenken.

Daraufhin stellte Chris frustriert die mobilerotische Tagträumerei ein, zog sein T-Shirt aus und vertiefte sich in sein Buch.

Sein Job brachte es mit sich, dass jeder Fitnessstudio-Betreiber ihm eine kostenlose Mitgliedschaft angeboten hätte – um zwecks Kundenfangs hinter vorgehaltener Hand sagen zu können: »So können Sie nach vier Monaten intensivem Training auch aussehen.« Aber Christopher trainierte nicht, er arbeitete hart, und er wusste, warum. Sein Fernstudium war fast beendet.

In wenigen Wochen würde er endlich den Betriebswirt absolviert haben, hoffentlich mit Auszeichnung, und dann zum letzten Mal über die Rampe der Tiefgarage fahren – hinaus in ein neues Leben ohne Koffer, Fracht und diese Tiertransporte, die ihn regelmäßig die letzten Nerven kosteten. Mit Schaudern erinnerte sich Chris an den Affen, der vor wenigen Tagen vergnügt über das Rollfeld und die abgestellten Flugzeuge getobt war. Es hatte Stunden gedauert und einige Kilo Bananen gebraucht, um das Tier wieder in seinen Käfig zu locken. Wohlgemerkt erst, nachdem es Christopher in die Hand gebissen hatte. Von den animalischen Duftmarken an allen Ecken und Enden ganz zu schweigen.

Nein, das würde ihm nicht fehlen. Die Frage war nur, ob er sich mit den dunklen Anzugträgern in den klimatisierten Büros anfreunden könnte. Aber auch das würde sich bald zeigen.

Die Spätherbst-Sonne stieg höher in den azurblauen Himmel

über München und hatte immer noch einige Kraft. Nach dem völlig verregneten Frühling und einem wechselhaften Sommer, der wieder einmal als Negativrekord in die Hundertjahresstatistik eingegangen war, betrachtete Christopher den Sonnenschein als wahren Segen. So dauerte es nur wenige Minuten, bevor er das Buch zur Seite legte und die Augen schloss. Als sein Freund Martin vom Pizza-Service neben ihm anhielt, war er in der prallen Sonne liegend selig entschlummert.

»Schläfst du dich wieder mal braun?«, rief Martin, nachdem er das Fenster seines kleinen Lieferwagens heruntergekurbelt hatte und sich, eine Pizza-Schachtel in der flachen, ausgestreckten Hand balancierend, hinauslehnte. »Die werden noch mal auf dir einparken.«

»Martin Schwendt, das Pizza-Orakel für die hungrigen Massen«, stöhnte Christopher, ohne die Augen aufzumachen. »Seit wann bist du wieder auf freiem Fuß?«

»Seit ich deine letzte Rechnung bei meinem Chef beglichen habe«, gab Martin ungerührt zurück. »Hier, nimm!«

»Ich kann mir keine Pizza zu Mittag leisten«, wehrte Christopher ab, »Monatsende kommt, und wir schnallen den Gürtel alle enger. Zumindest jene, die noch einen Gürtel haben.«

»Ach was, die ist übrig geblieben von der letzten Lieferung. Nimm und iss!« Martin ließ die Schachtel auf Christophers nackten Bauch fallen. »Und dafür hab ich eine Beratung zum Thema ›Erfolgsaktien mit Performance-Garantie‹ bei dir gut.«

»Du bist eine ganz üble Mischung aus Mutter Teresa und George Soros, weißt du das?«, gab Christopher zurück, klappte die Schachtel auf und warf einen Blick hinein. »Hmm, sieht aus wie Hawaii nach einem Erdbeben.«

»Ist mir zweimal aus der Hand gefallen«, gab Martin zu. »Aber willst du sie malen oder essen?«

Christopher beäugte die Pizzaschachtel von allen Seiten, vor allem die Reifenspuren, die sich auf dem Deckel abzeichneten. »Bist du sicher, dass du nicht drübergefahren bist?«

»Nix is fix«, erwiderte Martin mit verkniffenem Gesicht und

streckte die Hand aus. »Gib sie mir zurück, wenn du Angst vor den Folgen hast.«

»Wenn ich es mir recht überlege, so ein wenig Straßenstaub hat noch niemandem geschadet«, grinste Chris, faltete das eingedellte Rund im Meridian und biss genussvoll hinein. »Kalt, aber gut«, stieß er kauend hervor. Ein startender Jumbo-Jet ließ seine Worte im Turbinenlärm untergehen. »Hast du vielleicht auch eine Bierdose, die dir entglitten ist?«

Martins Wagen enthielt ein Sammelsurium von allen möglichen Dingen, die man noch so nebenbei auf die Schnelle bei einer Pizza-Lieferung mitverkaufen konnte. Wein und Bier, natürlich gekühlt, Salate und Grappa, Schokolade und Kekse, die neuesten Zeitungen und für den Ernstfall Präservative mit Erdbeergeschmack.

»Du bist noch nicht ganz wach und bei Trost, mein kleiner Feinspitz«, gab Martin zurück, da quäkte sein Mobiltelefon, und er nahm das Gespräch an. »Ja, Chef … Nein, Chef … Ich komme gleich, Chef …« Schließlich drückte er die Beendigungstaste und verzog missbilligend das Gesicht. »Italienischer Sklaventreiber mit Migrationsvordergrund«, grummelte er und zuckte mit dem Schultern. »Ich muss los, aber das berührt Faulpelze wie dich ja nicht. Mach's gut!« Er winkte Christopher zu und legte mit quietschenden Reifen einen Kavaliersstart hin. Der kleine weiße Lieferwagen schaukelte wie eine kopflastige Fregatte in schwerem Seegang, als Martin im letzten Moment die Ausfahrt aus dem Parkplatz erwischte, auf das Öffnen der Schranke wartete und dann mit aufheulendem Motor im Verkehr verschwand.

Keine zwanzig Minuten später war Christopher satt und zufrieden wieder eingeschlafen. Er wachte auch nicht auf, als eine hochgewachsene, schlanke Frau im Yves-St.-Laurent-Business-Kostüm zwischen seinem Liegestuhl und dem Porsche stehen blieb, ihn etwas ratlos musterte, während sie in ihrer großen Handtasche hektisch nach dem Wagenschlüssel kramte. Endlich, nach einigem Suchen, hatte sie ihn gefunden, schloss ungeduldig den dunkelblauen Sportwagen auf, ließ sich in die heißen Lederpolster fallen und versuchte, den gutaussehenden, halbnackten Mann im Liegestuhl neben ihr geflissentlich zu ignorieren.

Dann startete sie den Sechszylinder, und die Klimaanlage erwachte fauchend zum Leben. Die Fahrerin schnallte sich an, warf dabei dem schlafenden Christopher einen letzten Blick zu und schüttelte ungläubig den Kopf. Mit einem dumpfen Röhren des Motors und dem leisen Knirschen der Reifen auf dem Split rollte der Wagen davon.

Ein landender Jet der bulgarischen Luftlinie, der zu spät aufgesetzt hatte und nun kräftig Gegenschub geben musste, weckte Christopher nach mehr als einer halben Stunde ruhigem Schlafs, erfüllt mit Träumen von Hawaii, Blumenketten und kreisenden Hüften. Er fuhr sich mit seiner Hand über die Augen und streckte sich. Die Sonne war hinter einem der kleinen Bäume verschwunden und warf einen schmalen Schatten genau über seinen Liegestuhl. Als er sich umblickte, sah er, dass ihn seine unmittelbaren automobilen Nachbarn verlassen hatten. Er erinnerte sich an den rotgesichtigen Geschäftsmann des Z4 und verspürte keinerlei Bedauern darüber, den Fahrer des Porsche verschlafen zu haben.

Seine Schicht würde bald beginnen, und so machte sich Chris an den Aufbruch. Als er den Liegestuhl zuklappte, bemerkte er den Abschnitt eines Tickets, das keinen halben Meter von ihm entfernt auf dem heißen Asphalt lag und ihn jungfräulich weiß anstrahlte. Er sah genauer hin. Daneben lag noch etwas. Es war ein deutscher Reisepass, das Foto zeigte eine attraktive junge Frau mit kurzgeschnittenen dunklen Haaren.

Neugierig hob Chris den Pass und den Abschnitt des Tickets auf. Auf der Rückseite waren zwei Gepäckabschnitte festgeklebt. Er las den Namen Mrs. B. Bornheim. Als er weiter in dem Pass blättern wollte, hielten links und rechts von ihm Wagen, und ein kurzes Hupen ließ ihn hochfahren. Ein ungeduldiger VW-Fahrer winkte ihn mit wedelnden Handbewegungen energisch beiseite, um ebenfalls einzuparken. Also steckte Christopher Pass und Ticket ein, nahm sein Buch und den Liegestuhl und klemmte sich die leere Pizza-Schachtel unter den Arm. So hatte er leider keine Hand frei, um dem VW-Fahrer den Stinkfinger zu zeigen.

Aber er dachte ihn sich dafür umso nachdrücklicher.

ARMENVIERTEL LA CRUZ, MEDELLÍN / KOLUMBIEN

Er hatte vor langer Zeit aufgehört zu zählen.

Als die Sonne endlich über den Bergen aufgegangen war, lagen eine anstrengende Nacht und zwei weitere Leichen hinter Alfredo. Das junge Mädchen in der blauen Schuluniform und der weißen Bluse am frühen Morgen hatte ihn nicht kommen hören. Sie starb schnell mit dem Gesicht im roten Staub des ausgedörrten Spielplatzes, über den ihr täglicher Schulweg führte. Die alte Frau war ein ganz anderes Kaliber gewesen. Schwer bepackt mit Taschen und Plastiktüten war sie vom Einkaufen nach Hause gewackelt, hatte ihm misstrauisch entgegengesehen. Als er die Pistole gezogen hatte, gellte ihr Schrei auch schon durch die morgendliche Straße. Alfredo schoss zweimal. Dann ergriff er ihre Tüten und rannte los.

Er fragte nie, weshalb er sie umbringen sollte. Er nahm die Fotos, zählte das dünne Bündel an Pesos, abgegriffene Noten bevorzugt. 250 000 Pesos für normale Aufträge, minus dem Stammkundenrabatt, umgerechnet rund 90 Euro.

Menschenleben waren nicht teuer in Medellín.

Die Stadt hatte zu viele davon.

Alfredo war zuverlässig. Er tötete Menschen, gewissenhaft, erfolgreich, und das seit Jahren. Er verspürte keinen Hass, keinen Groll und keine Gewissensbisse.

Er tat es einfach.

Dann ging er, wie immer, in die Kirche La Candelaria im alten Berrío-Park, um zu beten.

Er beichtete nie. Wem sollte er es auch erzählen?

Wenn er das mächtige Gotteshaus aus zweifarbigen Ziegeln wieder verließ, wanderte er stets noch ein paar Minuten ziellos durch den Park, ließ sich mit der Menge treiben und ging in ihr unter. Aus dem gläubigen Sicario wurde wieder ein Teil der Stadt am Fuße der Anden, einer von vielen, ein Mörder unter Nichtsahnenden in der Hauptstadt der Blumen.

So hatte es der hagere, fast kahlrasierte 25-Jährige mit dem Totenkopf-Tattoo über dem gekreuzigten Jesus am schmalen Oberarm mit der Zeit zu einem bescheidenen Wohlstand gebracht. In seinem Viertel, dem berühmt-berüchtigten Stadtteil Medellíns, der den bezeichnenden Namen »La Cruz« trug und in dem nur jeder Dritte über einen Job verfügte, betrachtete man ihn als reichen Mann, der bald tot sein würde.

Niemand überlebte als Auftragsmörder lange in Kolumbiens Drogenmetropole, egal, für wen er arbeitete, und ganz gleich, wie vorsichtig er auch war. Irgendwann machte jeder einen Fehler, früher oder später, fuhr in das falsche Viertel, lief den falschen Leuten vor den Lauf, kaufte seine Zeitung am falschen Kiosk. Und starb im mörderischen Kugelhagel, der in Medellín an der Tagesordnung war. Ob Paramilitärs, Milicianos oder Guerilla, alle waren bis an die Zähne bewaffnet, skrupellos und brauchten ständig Geld. Und davon gab es genug. Man musste nur die richtigen Leute kennen.

Alfredo hatte es irgendwann aufgegeben, über seinen Job nachzudenken. Dazu war es nach fast zehn Jahren sowieso zu spät.

Im Gegenteil – es war ein Wunder, dass er noch lebte. Aussteigen kam nicht mehr in Frage. Aus einem Job wie seinem stieg man nicht einfach aus. Man starb auf der Straße.

So erwartete Alfredo auch nicht, jemals die dreißig Kerzen auf seiner Geburtstagstorte auszublasen, unter den Klängen von einem misstönenden »Happy birthday«. Bis dahin sind es noch fünf Jahre, dachte er resigniert, eine Ewigkeit, die ich nicht erleben werde.

Dreißig war ein geradezu unerreichbares Alter für einen Sicario in Medellín.

Nachdenklich schaute er hinüber zu Vincente, der geschickt mit raschen Handgriffen das Mittagessen in der fensterlosen, stickigen Küche zubereitete. Teigfladen mit Fleischfülle und Guacamole, davor Broccolicremesuppe.

Der dürre Vincente, sein Mädchen für alles, war größer als er, hatte riesige Segelohren, die er hinter einer dichten schwarzen Mähne zu verstecken suchte. Der Junge hatte fünf Jahre seines Lebens in einem Abwasserrohr verbracht, nachdem ihn seine Mutter mit elf aus der Wohnung geschubst hatte, bevor sie sich an der Gasleitung erhängte, die durch ihre Toilette führte. Sie kam damit der Krankheit zuvor. AIDS war in Kolumbien ein Todesurteil.

Das Rohr, in dem Vincente danach hauste, führte unter der Straße Calle 102 im berüchtigten Elendsviertel Santo Domingo Savio hindurch. Es hatte eine blinde Abzweigung, eine unterirdische Sackgasse, die nie fertiggestellt worden war. Aus diesem dunklen Loch unter der Fahrbahn war der dürre Junge nur ungern hervorgekrochen, lediglich wenn er Hunger hatte und unbedingt Geld brauchte oder wenn es geregnet hatte und sein Zuhause wieder einmal überschwemmt war. Dann lief er durch die Straßen ins Zentrum oder in die reicheren Viertel und suchte sich sein Opfer.

Denn Laufen war seine Passion. Er hatte einen unbändigen Bewegungsdrang.

Vincente stahl oder überfiel Menschen nicht gern, aber er musste es tun, etwa wenn er seit Wochen kein Geld mehr für eine einzige kalte Mahlzeit am Tag hatte und knapp vor dem Verhungern war.

Aber laufen, das hielt ihn am Leben.

Essen musste er, laufen wollte er.

Und es half bei der Flucht vor der Polizei, die meist nicht lange fackelte. Ein toter Dieb war ein guter Dieb in Medellín, und niemand wagte nachzufragen, wenn wieder eine Leiche in einem Armengrab oder bei einer Massenbestattung unter der Erde verschwand.

Alfredo, der Sicario, war beim zehntägigen Blumenfest letzten August durch eine Verkettung unglücklicher Umstände an den spindeldürren Vincente geraten, als er sich nach einem der üblichen Aufträge überraschend einer Polizeikontrolle gegenübersah und in den Straßengraben springen musste. Leise fluchend hatte er gegen den Strom der Abfälle im braunen Brackwasser angekämpft und endlich ein Betonrohr gefunden, das unter der Straße hindurch auf die andere Seite ging. Minuten später hatten er und Vincente nebeneinander in der Scheiße gelegen, im wahrsten Sinn des Wortes, während oben genagelte Stiefel das löchrige Pflaster zum Klingen gebracht hatten.

Als die Gefahr vorüber gewesen war, hatte er den unterernährten, stinkenden Vincente mitgenommen, in seine kleine, aber saubere Wohnung im Viertel La Cruz mit dem farbenfrohen Bild der Mutter Maria über der Kommode und dem ausgeblichenen Foto von Che Guevara an der Klotür. Der Junge war erst nur zögernd über die Schwelle getreten, hatte sich neugierig umgesehen, mit seinen großen schwarzen Augen und einem gierigen Zug um den Mund. Dann war er auf den Rand eines Sessels niedergesunken, immer zum Sprung bereit.

Alfredo hatte einen Teller mit Chili con Carne in der Mikrowelle aufgewärmt und ihn vor Vincente auf den Tisch gestellt, einen Aluminium-Löffel danebengelegt. Augenblicke später war der Teller leer gewesen. Alfredo hatte noch niemals jemanden so schnell schlingen gesehen. Der Junge schien das Essen vertilgen zu wollen, bevor es ihm davonlaufen konnte. Dann tat Vincente etwas Seltsames. Er nahm wortlos Löffel und Teller mit in die Küche, hielt sie unter das fließende Wasser und spülte gründlich.

Alfredo wartete auf einen Dank, aber der kam nicht. Also wandte er sich achselzuckend um, legte die Beretta mit dem zerkratzten Griff auf den Tisch, räumte seine Taschen leer wie immer und ging ins Schlafzimmer, um sich die stinkenden Kleider auszuziehen. Als er wieder ins Wohnzimmer zurückkam, schwebte die Hand des Jungen über der Waffe. Er war völlig in den Anblick des gebläuten Stahls versunken, wollte fasziniert die Beretta berühren, darüber streichen, wie über die Haut einer Frau.

Mit zwei raschen Schritten war Alfredo neben ihm gewesen und hatte mit einer ausholenden Bewegung Vincentes knöchrige Hand auf die Tischplatte genagelt, mit dem Stilett seines Großvaters, das ihn nie verließ.

Der gellende Schrei des Jungen war noch drei Blocks weiter zu hören gewesen.

Doch damit waren die Fronten geklärt, ein für alle Mal. Und der

Sicario wusste nun, dass der Junge stumm war, von Geburt an, wie Vincente ihm gestenreich erklärte und lallend auf seine verkümmerte Zunge zeigte.

Alfredo machte ihm daraufhin ein spontanes Angebot, das Vincente für immer aus seiner Höhle unter der Straße holte. Seitdem schlief der hagere Junge zusammengerollt auf dem weichen Sofa im Wohnzimmer mit der fleckigen Zudecke, kochte für seinen neuen Boss, machte Einkäufe und erledigte Botengänge.

Und schwieg. Das ersparte Alfredo, ihm die Zunge herauszuschneiden.

Vincente war ein Naturtalent, wenn es ums Kochen ging. Er hatte Spaß daran, und das sah und schmeckte man. Alfredo beobachtete ihn nach wie vor, während seine Gedanken zu dem Schulmädchen und der Alten zurückkehrten, was ihn selbst am meisten überraschte. Seine Opfer verschwanden sonst immer rasch in einem Nebel aus Vergessen und Verdrängen, Nichtigkeit und Bedeutungslosigkeit. Er dachte nicht mehr an sie, wie er auch das Zählen mit der Zeit eingestellt hatte. Das Gebet in La Candelaria war für ihn stets wie eine Decke gewesen, die er über seine Erinnerungen ausbreitet und glattstreicht.

Doch diesmal war es anders, und der Sicario fragte sich, warum. Das lange dunkle Haar der Kleinen, das ihr Gesicht eingerahmt hatte. Die Trageriemen ihrer Schultasche hatten tief in ihre Schultern geschnitten. Wem hatte sie im Weg gestanden? War es eine Strafaktion gewesen oder eine Warnung?

Alfredo versuchte die Gedanken zu vertreiben und schnüffelte in Richtung Küche. Er sollte Vincente auf eine Kochschule schicken oder zum Küchenchef ausbilden lassen, dachte er. Ehrliche Arbeit, guter Lohn und kein Leben auf der Straße. Vielleicht sogar ein Posten im Ausland, in den USA oder gar Europa. In einer anderen Welt, fern von dem Schmutz der Favelas. Der Junge könnte eine echte Chance haben. In einer großen Küche muss man nicht allzu viel reden, dachte Alfredo, bevor seine Gedanken wieder zum heutigen Morgen zurückkehrten.

Die alte Frau wäre sowieso bald gestorben, sie war aufgedunsen und ihre Beine voller Wasser. Alfredo sah sie vor sich, wie sie auf ihn zuwackelte, rechts und links prall gefüllte Plastiktaschen. Sah ihren alarmierten Blick, das Verstehen in ihren Augen. Hatte sie es geahnt?

Er stand auf, öffnete das Fenster und blickte auf die schmale Straße hinunter, in der kreischende Kinder in Windelhosen unter den wachsamen Augen ihrer Mütter herumkrabbelten oder Fangen spielten. Ein Schwall warmer Luft kam ins Zimmer. Die Stadt des »Ewigen Frühlings«, wie man Medellín nannte, machte ihrem Namen alle Ehre.

Als er sich umdrehte, hielt ihm Vincente grinsend eine eiskalte Bierflasche unter die Nase. Er hatte sich ein Küchentuch um die Taille gebunden, und über seinen nackten Oberkörper rannen Schweißtropfen. Mit ausgestreckten Händen und gespreizten Fingern bedeutete er ihm, dass es in zehn Minuten Essen geben würde.

Das war der Augenblick, in dem die Taube auf dem Fensterbrett landete.

Aeropuerto Internacional »El Dorado«, Bogotá /
Kolumbien

Der klapprige Pick-up zischte und rauchte an der Schranke der Security-Kontrolle zum Frachtterminal, als würde er jeden Moment in die Luft fliegen. Das ganze Auto zitterte, und irgendetwas im Motorraum quietschte erbärmlich. Der Sicherheitsbeamte hob seinen Blick von den abgegriffenen Papieren und schaute den Fahrer strafend an.

»Hast du eine Ziege eingesperrt in dieser fahrende Ruine?«, rief der dicke Uniformierte anklagend und machte eine wegwerfende Handbewegung, die das gesamte rostige Elend vor ihm mit einer einzigen Geste zu Schrott diskreditierte. »Du solltest eigentlich gar nicht durch diese Kontrolle kommen, weil der Wagen allein bereits ein Sicherheitsrisiko darstellt.«

Es war ein Ritual, das sich nun seit mehr als zwanzig Jahren jeden Tag aufs Neue wiederholte. Wagen und Fahrer waren gemeinsam älter geworden, mit unterschiedlichen Resultaten. Die grauen Schläfen standen Georg Gruber, Sohn deutscher Einwanderer, ausgesprochen gut. Der Rost zerfraß derweil seinen Wagen zu einem rollenden Schweizer Käse. Die Speditionsagentur, die Gruber vor Jahren von seinem Vater übernommen hatte, erlaubte es ihm gerade noch zu überleben, aber nicht, ein halbes Vermögen in einen neuen Pick-up zu investieren. Also musste es der alte noch einige Jährchen tun. Auch wenn er quietschte und jaulte.

»Du bist nur neidisch, weil dein neuer Golf überhaupt kein Geräusch mehr macht, Amigo«, erwiderte Gruber gut gelaunt. »Und gib mir die Papiere wieder, du kannst sowieso nicht lesen.«

»Mach weiter so, und ich denke über eine Leibesvisitation nach«, grummelte der Uniformierte grinsend und klappte die Mappe mit den Papieren und dem Ausweis Grubers zu.

»Ich bekomme gleich Angst«, erwiderte der Fahrer leichthin und streckte fordernd die Hand aus. »Transportgut – keines, Wagen – noch immer der alte, Chauffeur – hoffentlich bald in Frühpension. Also gib mir die Mappe zurück und halte mich nicht auf, meine Sekretärinnen warten auf mich.«

Mit aufjaulendem Motor bog der ehemals rote Pick-up wenige Minuten später auf die Verbindungsstraße entlang des internationalen Luftfrachtgeländes ein. Kolumbiens größter Flughafen im Nordwesten der Hauptstadt konzentrierte zwei Drittel des Flugaufkommens des Landes auf sich. Fast alle Waren und die meisten Passagiere mit der Destination Nordamerika, Europa oder Asien verließen oder erreichten Kolumbien über »El Dorado«.

Die IFAG, die International Freight Agency Gruber, lag im obersten Stockwerk des Blocks B der Frachtgebäude, drei kleine Räume unter dem Flachdach, was angesichts des Klimas in der 2640 Meter hoch gelegenen Stadt geradezu ideal war. Doch in dem langgestreckten, neugebauten Gebäude hatte der Architekt eine überdimensionierte Heizung eingeplant, die nun täglich auf niedrigster Stufe lief und trotzdem alle Räume hoffnungslos überheizte. So war es nur durch die ständig offenen Fenster möglich, ein halbwegs erträgliches Raumklima zu schaffen. Es war also kein Wunder, dass Gruber aus allen Poren schwitzte, nachdem er die vier Stockwerke zu Fuß hinaufgelaufen war. In allen Etagen hing am Lift das altbekannte Schild »Out of Order«.

»*Buenos días!*«, schnaufte er, als er schwungvoll die Tür zur Agency öffnete.

»Sie sind spät dran«, gab Margherita, die ältere der beiden Frauen, missbilligend zurück. Sie blickte nicht einmal von ihrer Arbeit auf.

»Viel zu spät, wieder einmal ...«, kam ihr Rosina zu Hilfe, die demonstrativ auf die Uhr schaute. »Die ersten Sendungen sind raus, und wir haben jede Menge neue Anfragen reinbekommen. Die stapeln sich auf Ihrem Schreibtisch. Wenn Ihr Vater noch ...«, setzte sie an, aber Georg unterbrach sie.

»... leben würde, hätte er Sie beide bereits längst in den Ruhestand entlassen und langbeinige, gutaussehende *chicas* mit hervorstechenden Merkmalen eingestellt.« Gruber senior war ein stadtbekannter Frauenheld Bogotás gewesen und an einem Herzschlag im berühmtesten Bordell der Stadt gestorben. Seinem Sarg war ein überdurchschnittlich hoher Anteil an jungen weiblichen Wesen gefolgt, ihre rotgeweinten Augen hinter großen Taschentüchern versteckend und dabei lautstark schluchzend.

Der giftige Blick, der aus Rosinas Richtung kam, hätte jede Klapperschlange eines Schlangenbeschwörers auf der Stelle in ihren Korb zurückgetrieben. »Was würde er bloß ohne uns machen?«, fragte sie dann kopfschüttelnd ihre Schwester.

»War das jetzt eine rein rhetorische Frage, oder wollen Sie das tatsächlich wissen?«, erkundigte sich Georg wie beiläufig und schnüffelte an einer Kanne mit einer undefinierbaren Flüssigkeit. »War das Kaffee?«

»Ja, drei Tage alt und in dieser Hitze reduziert auf ein Extrakt«, murmelte Margherita ungerührt. »Kaufen Sie endlich ein Kilo Kaffeebohnen, und ich brühe frischen.«

»Die Firma muss sparen, die Zeiten sind schlecht, die Heizkosten hoch, und Sie beide verdienen zu viel. Da bleibt nichts mehr für Vergnügungen übrig.« Georg Gruber stellte die Kanne entschieden nieder und verschwand rasch in seinem Büro, verfolgt von den strafenden Blicken der beiden Schwestern.

Der kleine Raum, sparsam eingerichtet mit einem antiken, mächtigen Safe, einem überladenen Schreibtisch und dem dazugehörenden plastiküberzogenen Chefsessel, war auf Backofentemperatur aufgeheizt. Georg wischte mit einer Armbewegung den Stapel an Anfragen zur Seite, stellte sein Laptop auf die Tischplatte und riss die Fenster auf. Die Luft, die hereinströmte, roch nach Kerosin. Auf der Landebahn von »El Dorado« startete gerade mit donnernden Triebwerken ein Jumbo der Lufthansa nach Frankfurt/Main und ließ die Scheiben zittern. Das große, gerahmte Schwarzweißfoto seines Vaters an der Wand über dem Safe, auf dem er wie ein General der Südstaaten-Armee auf Heimaturlaub aussah, vibrierte leise klirrend. Der Rahmen ist auch nicht mehr der jüngste, dachte Georg.

Du wirst bald fallen, Vater.

Er nickte Gruber senior zu und klappte seufzend seinen Laptop auf, um das Betriebssystem zu starten. Während er wartete, zog er den Stapel mit den Anfragen näher zu sich und begann ihn, entgegen seiner ganz persönlichen »Chaos-Theorie«, systematisch von oben abzutragen. Der Lärm der Turbinen verlor sich in der Ferne, und Georg stellte fest, dass er Heimweh hatte nach dem Kontinent, von dem ihm sein Vater immer so viel erzählt hatte. Er lehnte sich aus dem Fenster und blickte gedankenverloren der immer kleiner werdenden Boeing nach, die in einer langgezogenen Kurve aus langsam verklingenden Schallwellen lag.

Das Telefon holte ihn zurück in die Wirklichkeit. Etwas gedankenverloren drückte Georg auf den Lautsprecherknopf und nahm das Gespräch an. Die Stimme seiner Frau füllte das kleine Büro. Er hörte bereits an den ersten Worten, dass sie verwirrt war, was äußerst selten vorkam.

»Entschuldige die Störung, aber hier ist etwas Seltsames passiert …«, meinte sie zögernd.

»Wo ist etwas Seltsames passiert?«, fragte er nach und runzelte die Stirn. »Bist du noch zu Hause?«

Die Grubers wohnten in einem alten weißen Haus im Kolonialstil am Fuße des Montserrat, des berühmten Ausflugsberges der Acht-Millionen-Stadt Bogotá. Sein Vater hatte es nach seiner Ankunft in Kolumbien gekauft, renoviert und die riesige Dachwohnung mit dem atemberaubenden Mahagoni-Sternparkett als Familiendomizil behalten. Alle anderen Wohnungen waren nach und nach verkauft worden, an Ärzte und Rechtsanwälte, Mitglieder der deutschen Kolonie in Bogotá. Mit dem Geld hatte sein Vater schließlich die Agentur gegründet und eine Smaragdmine gekauft, die kurz danach durch einen Wassereinbruch überflutet wurde. Die Stollen stürzten ein, und Gruber senior schrieb das Geld für immer ab. Aber es hatte ihm nie wirklich viel bedeutet. Solange er genug zum Leben hatte, war er zufrieden.

Im Gegensatz zu der Mine gab es die Fracht-Agentur noch immer. Georg fragte sich manchmal, ob er es nicht lieber andersherum gehabt hätte – die Agentur wäre abgesoffen, und die Smaragdmine hätte sich als ergiebig herausgestellt ...

Die Stimme seiner Frau riss ihn aus seinen Gedanken. »Ja, ich bin noch zu Hause und habe seit rund zehn Minuten Besuch. Auf dem Schrank im Salon sitzt eine graue Taube und lässt sich nicht verscheuchen.«

Georg hörte im Hintergrund seine beiden Töchter rufen, die heute schulfrei hatten und eigentlich mit ihrer Mutter einkaufen gehen wollten. Er runzelte die Stirn. »Wie ist sie dahin gekommen? Tauben fliegen nicht so mir nichts, dir nichts in eine Wohnung und richten sich da häuslich ein.«

»Die Fenster der Veranda standen offen, und ich vermute, dass sie so in unsere Wohnung gelangt ist. Als ich in den Salon kam, um meine Tasche zu holen, saß sie bereits da, gurrte und schaute mich an.«

»Dann nimm einen Besen, und nichts wie raus mit ihr«, murmelte er und griff nach der nächsten Anfrage auf dem Stapel. Gefahrgut nach Chile. Auch das noch! »Was ist daran so schwierig? Mach alle Fenster auf, und husch, husch – ab ins Grüne mit ihr. Wenn sie Glück hat, erreicht sie die nächste Gondel«, scherzte er. Direkt neben dem Garten der Grubers schwebte die Seilbahn vorbei, deren rote Gondeln unermüdlich Besucher auf den Montserrat brachten.

»Da ist noch etwas ...« Ihre Stimme brach ab und Georg horchte auf. »Sie hat einen Gegenstand an ihrem Fuß befestigt ...«

»Also eine Brieftaube«, unterbrach sie Georg, »die sich verflogen hat. Kommt selten vor, aber es passiert. Vielleicht ist sie wertvoll. Pass also besser auf, wenn du sie hinausscheuchst.«

Seine Frau schwieg, und Georg fühlte, dass etwas ganz und gar nicht in Ordnung war mit der Taube in seinem Wohnzimmer.

»Sie hat keine zusammengerollte Nachricht an ihrem Fuß ...« Seine Frau stockte. »Ich bin auf einen Sessel gestiegen, um näher an sie ranzukommen, und da hab ich es gesehen.«

»Was gesehen?«, warf er ein und unterbrach das Tippen des Angebots.

»Den Ring.«

»Das ist eine Brieftaube, also ist es normal, dass sie einen Ring trägt.« Georg seufzte. »Wirf sie endlich raus, ich muss noch mindestens fünfzig Angebote ausarbeiten, und die Sekretariatsguerilla da draußen zählt die Minuten, bis ich damit fertig bin.«

»Es ist ein Totenkopfring mit gekreuzten Knochen«, flüsterte seine Frau kaum hörbar.

Georg wurde mit einem Mal kalt. Er ließ das Blatt mit der Anfrage sinken und schaute ins Leere, seine Gedanken rasten. Mit fahrigen Bewegungen begann er, Papiere auf dem Schreibtisch hin und her zu schieben.

»Lass die Taube, wo sie ist«, murmelte er, »rühr sie nicht an. Ich kümmere mich darum, wenn ich nach Hause komme. Ich muss vorher nur noch etwas erledigen. Dann mach ich mich auf den Weg.«

»Was ist mit diesem Ring, Georg? Was bedeutet das? Er sieht so ... so bedrohlich aus, so echt. Ich habe Angst«, meinte seine Frau leise und schluckte.

Georg war versucht zu sagen: »Ich noch viel mehr«, aber er schwieg. Vier Militärjets flogen in Formation ganz tief über den Flughafen, bevor sie die Nachbrenner zündeten und fast senkrecht im tiefblauen Himmel über Bogotá verschwanden.

»Ich bin in spätestens einer Stunde da«, sagte er schließlich und trennte rasch das Gespräch. Dann stand er auf und spürte, wie seine Knie nachzugeben drohten. Er schlug voller Zorn mit der Faust auf den Tisch, bevor er die oberste Lade aufzog und einen großen Schlüssel herausnahm. Anschließend schlurfte er mit hängenden Schultern zu dem alten, reich verzierten Safe, der wie ein Relikt aus früheren Tagen in einer Ecke des kleinen Raums kauerte. Das Bild seines Vaters hing direkt darüber, und Georg schaute ihm in die Augen.

»Du hast genau gewusst, dass es eines Tages geschehen würde. Es war nur die Frage, wann, nicht wahr? Der Teufel soll dich holen, alter Mann, und den verdammten Vogel gleich dazu!« Seine Hand mit dem großen Schlüssel zitterte, als er den Safe aufschloss, das geriffelte Rad drehte und die Kombination einstellte. Dann zog er am Handgriff, und die schwere Tür schwang mit einem hellen Quietschen auf. »Du hast gelogen, Vater. Hast du nicht immer wiederholt, dass es wahrscheinlich nie so weit kommen würde? Du brauchst dir keine Sorgen zu machen, hast du gesagt, der Brief ist nur für den Fall der Fälle. Eins zu einer Million, dass du ihn jemals in deinem Leben öffnen musst.« Georg murmelte vor sich hin, während er Akten und Ordner aus dem Safe räumte. »Mein Leben! Ha! Was wusstest du schon von meinem Leben? Dein ganzes Leben war eine Lüge, ein transatlantisches Fiasko. Ich hätte gute Lust, dem Vogel den Hals umzudrehen, den Ring in der Toilette runterzuspülen und deinen Brief zu verbrennen.«

Als er endlich das braune Kuvert an der Rückwand des Safes erreicht hatte, türmten sich Stapel von Akten um ihn herum auf dem Boden. Er setzte sich zwischen die Türme aus Papier auf das abgetretene Linoleum und drehte behutsam den Brief in seinen Händen. So lange er sich erinnern konnte, hatte er im untersten Fach dieses Safes gelegen. Einmal, Georg war noch ganz klein gewesen, kaum älter als fünf oder sechs, hatte der Panzerschrank im alten Büro seines Vaters offen gestanden. Damals war ihm der Safe riesig erschienen, eine Eiger-Nordwand aus Stahl, und er hatte neugierig in die Fächer geschaut. Ganz unten hatten, neben dünnen Bündeln von Pesos und Dollar, der Schmuck seiner Mutter, ein paar Orden und Medaillen, eine alte Pistole und ein Stapel Briefe gelegen. Und dann der Brief, mit der charakteristischen, gestochen scharfen Handschrift seines Vaters, die Georg damals noch nicht lesen konnte.

Jetzt tanzten die Buchstaben vor seinen Augen. Die Tinte war in den langen Jahren verblasst, aber Georg kannte die Anschrift inzwischen auswendig: »An meinen Sohn Georg Gruber, persönlich und verbindlich, irgendwo auf dieser Erde.«

»Der Schlag soll dich treffen, alter Mann«, murmelte Georg. Dann fiel ihm ein, dass genau das bereits eingetreten war, und er kam sich schlecht vor. Der Brief trug auf der Rückseite fünf Siegel, in deren blutroten Lack die Initialen FG seines Vaters gedrückt waren. Kunstvoll verschnörkelte Buchstaben, umringt von seinem Wahlspruch *Ad Astra* – zu den Sternen.

»Nach ihnen hast du gegriffen, aber du hast sie nie erreicht, Vater«, flüsterte Georg und begann, ein Siegel nach dem anderen zu erbrechen.

Flughafen Franz Josef Strauss, München / Deutschland

Christopher Webers Schicht war früher zu Ende gegangen als geplant. Nachdem drei Flüge nach Griechenland ausgefallen waren, weil dort die Fluglotsen streikten, hatte man Chris nach Hause geschickt, um dem Flughafen Personalstunden und damit Kosten zu ersparen. So schälte er sich drei Stunden eher als geplant aus dem verschwitzten Overall mit dem blauen M, zog seine geliebten Jeans und einen ausgeleierten Pullover an, der ihn bereits seit einigen Jahren begleitete und dem man langsam die Kilometer ansah, genauso wie dem orangenen Bulli in der Tiefgarage.

Der Himmel über München war dunkel geworden, und der aufgeheizte Beton des Flughafens strahlte nach und nach die Hitze des Tages ab. Von den Alpen her wehte ein kühler Wind herüber. Er trug den Geruch von gemähten Bergwiesen, den Duft des Südens und das Flüstern italienischer Versprechungen mit sich nordwärts.

Christopher stand noch einige Minuten am Rand des Flugfelds, die Hände tief in den Taschen vergraben, den Kopf in den Nacken gelegt, die Nase im Wind. Im Westen war noch ein Hauch von Blau zu sehen, der sich langsam hinter den Horizont zurückzog.

Es gab Tage, an denen vermisste er seine Eltern mehr als alles andere auf der Welt.

Zwischen seinen Fingern spürte er mit einem Mal den Flugscheinabschnitt mit den beiden Gepäck-Quittungen, den er heute Mittag am Außenparkplatz gefunden hatte. Er zog die Schultern hoch und warf einen letzten Blick nach Westen. Das Blau hatte sich aufgelöst, war endgültig verschwunden und hatte der Nacht Platz gemacht.

Also drehte er sich um und lief los, erst zur Sicherheitskontrolle und anschließend in den Passagierbereich hinüber. Vielleicht habe ich ja Glück, dachte er und umrundete ein junges Paar, das so ins Abschiednehmen vertieft war, dass Christopher Angst um die öffentliche Moral bekam.

Als der Gepäckschalter endlich in seinem Blickfeld auftauchte, wusste er, dass er auf sein Glück heute besser nicht zählen sollte. Eine resolute, dunkelblonde Mittvierzigerin in blauer Uniform, in der eine beeindruckende Oberweite gerade noch Platz fand, fertigte gerade energisch zwei Passagiere ab, deren Koffer es nicht mehr auf das richtige Flugzeug geschafft hatten.

»Sie erhalten Ihr Gepäck spätestens morgen früh, und das ist das Beste, was ich machen kann. Sie haben immerhin zwei Plätze im letzten Flugzeug aus Athen bekommen, danach begann der Streik, und der wird bis morgen früh dauern, wie man hört. Ihre Koffer sind in Athen, Sie sind hier. Das ist Schicksal und höhere Gewalt.« Ihr Blick duldete keinen Widerspruch, und das sah wohl auch das ältere Ehepaar so, denn es zog überraschend friedlich von dannen, während sich die Flughafenmitarbeiterin wieder ihrem Computermonitor widmete.

»Sabine, Traum meiner schlaflosen Nächte«, lächelte Christopher lahm.

Zwei eisblaue Augen tauchten hinter dem Flatscreen auf und musterten ihn herablassend. »Lass mich raten, Chris, du schläfst seit Jahren tief und fest. Das war der schlechteste Anmachversuch der letzten Monate. Selbst die beiden Albaner vergangene Woche waren besser als du. Und die sprachen nur sinnlos auf Albanisch vor sich hin, während sie auf meinen Busen starrten und sabberten.« Sabine schoss einen strafenden Blick auf Christopher ab, schüttelte den Kopf und widmete sich wieder ihrer Gepäcksuche im Intranet. »Außerdem verschlägt es dich nur in meine Richtung, wenn du etwas brauchst«, setzte sie nach, »meist etwas Unverschämtes oder Illegales oder beides. Meine Antwort darauf ist: nein! Und außerdem – solltest du nicht arbeiten?«

»Dank des Streiks bin ich schon im Feierabend. Ich wollte dich zu meiner Jahrestagsfeier einladen«, log Christopher unbeschwert. »Ein Jahr ist rum, seit ich meine neue Bleibe gefunden habe.«

Sabine verzog die Nase und winkte ab. »Ich mach mir nichts aus rostigen VW-Bussen, grungigen Garagenpartys und verwanzten Liegeflächen. Und erzähl mir bitte nicht, dass du zur Feier des Tages Champagner geordert hast. Also, wie gesagt: Danke, nein, und dabei bleibt's!« Sie hämmerte in die Tastatur mit der Feuergeschwindigkeit einer Maschinenpistole. »Mir fehlen derzeit rund vierhundertzwanzig Gepäckstücke, ein Sperrgut ist zu Kleinholz zertrümmert worden, und der verdammte Streik treibt mich in die Überstunden und hält mich davon ab, es mit meinem Liebsten zu treiben. Also mach's kurz, Christopher Weber.«

»*Yes, Madam*«, salutierte Chris theatralisch, schlug die Hacken zusammen und knallte den Abschnitt mit den beiden Gepäckscheinen auf den Counter. »Würde es deine Laune bessern, wenn ich dich um zwei weitere Koffer erleichtern könnte?«

Sabine warf einen flüchtigen Blick darauf und verdrehte die Augen. »Sag bloß, du bist unter die Gepäck-Rechercheure gegangen. Was soll das?«, fragte sie, griff hinter sich und ließ eine volle Schachtel neben den Schein von Chris fallen. »Davon hab ich Hunderte. Spiel, Satz und Sieg. Oder auch – Full house für mich, und du hast gerade mal ein Paar.« Sie ließ die Schachtel wieder verschwinden, überlegte kurz und nahm mit spitzen Fingern den Ticketabschnitt, um einen zweiten Blick darauf zu werfen. »Warum habe ich das Gefühl, dass ich gerade etwas Falsches mache?«

»Dein Gefühl trügt dich, glaub mir«, gab Christopher lächelnd zurück. Vielleicht hatte ihn sein Glück doch nicht ganz verlassen. »Was kannst du mir zu dem Namen sagen? Woher? Mit wem? Wieso? Ich bin einfach nur neugierig.«

»Und der Weihnachtsmann kommt zu Ostern«, meinte Sabine trocken und ließ den Abschnitt wieder fallen. »Lass mich raten. Brünett, schlank, eine Figur, die jeden Korsettmacher erblassen lässt?«

Chris zuckte mit den Achseln. »Keine Ahnung, ich weiß nichts über Mrs. B. Bornheim, aber wenn du es sagst ...« Dann erzählte er Sabine, wie und wo er den Abschnitt gefunden hatte. »Sie fährt also einen dunkelblauen Porsche 911 Turbo, und das ist das Einzige, was bisher wirklich sicher ist.«

»Und der Rest geht dich nichts an«, stellte Sabine bestimmt fest und wandte sich erneut ihren Listen zu. »Über meinem Kopf hängt das Schild ›Baggage Claim‹ und nicht ›Auskunftsbüro‹. Vergiss den Abschnitt und …« Sie stockte, schaute auf ihre Liste und griff dann erneut nach dem kleinen weißen Zettel. »Moment mal.«

»Was ist los?«, fragte Chris neugierig und beugte sich vor.

»Das ist aber seltsam«, meinte Sabine nachdenklich und tippte mit einem manikürten, langen Fingernagel auf den Flatscreen. Da klingelte ihr Telefon, und bevor Christopher nachfragen konnte, hob sie auch schon ab. »Biggi-Baby, wie schön, dass du wieder mal anrufst. Vor mir steht Chris, der heute am späten Abend eine Party mit Schampus und Brötchen schmeißt. Er lädt alle ein, die dazustoßen wollen.« Sie zwinkerte ihm zu und ignorierte seine abwehrenden Armbewegungen geflissentlich. »Er freut sich schon darauf, dass du auch kommst.«

Christopher stützte den Kopf in die Hände und versuchte den Rest des Gesprächs einfach zu überhören. Biggi war die Plaudertasche des Flughafens, der Schrecken aller Junggesellen, der Schnittlauch auf jeder Partysuppe. Heute Nacht würde er auswärts schlafen. Jede Parkbank war besser, als Biggi zwei Stunden lang ertragen zu müssen.

Sabine legte mit einem maliziösen Lächeln auf und schaute Chris unschuldig an. »Das weiß sicher in ein paar Minuten der halbe Airport«, meinte sie, »damit wird deine Party ein voller Erfolg.«

»Ich weiß nicht, wie ich mich jemals bei dir bedanken soll«, fuhr Chris sie giftig an.

»Nicht nötig, Herr Weber, nicht nötig«, entgegnete Sabine in gönnerhaftem Ton. »Und jetzt zu deinem kleinen Problemfall Mrs. Bornheim.«

»Vielleicht will ich eigentlich gar nichts über sie wissen«, winkte Chris ab. »Vergiss es, Sabine, deine Infos werden mir zu teuer.« Er griff nach dem Ticket-Abschnitt. »Ich such mir lieber einen Kollegen von dir, der mir weiterhilft.«

Sabine pinnte den Abschnitt mit ihrem roten Fingernagel an den Counter, bevor Christopher zuschnappen konnte. »Nicht so schnell, das wird dich interessieren.« Sie drückte zweimal die Enter-Taste und runzelte die Stirn. »Deine Mrs. Bornheim kam aus Basel, allein, Swiss Airlines. Und jetzt kommt's. Sie hat ihr Gepäck nicht abgeholt. Deswegen habe ich auch ihre Adresse hier im System. Wir müssen sie verständigen.«

»Waren die Koffer im nächsten Flieger?«, erkundigte sich Chris.

»Du hörst mir nicht zu«, gab Sabine zurück. »Sie lagen auf dem Gepäckband und drehten da ihre Runden. Nein, deine Mrs. Bornheim nahm ihre Koffer einfach nicht mit.«

»Dafür verlor sie auch noch ihren Pass am Parkplatz«, warf Chris ein und legte den deutschen Ausweis auf den Counter neben den Gepäckabschnitten. »Etwas verwirrt oder sehr in Eile, das ist alles, was mir dazu einfällt.«

São Gabriel da Cachoeira, Rio Negro / Brasilien

Das schmutzigweiße Motorboot dümpelte am Ufer der kleinen Bucht von São Gabriel da Cachoeira im leichten Wellengang. Der breite Rio Negro, der wenig später durch eine Landzunge wie in einem Sanduhrglas zusammengepresst wurde, strömte hier noch mit beschaulicher Ruhe, die Touristen vor allem im Abendrot immer wieder zur Kamera greifen ließ. Nur hundert Meter weiter flussabwärts begannen die trügerischen Strudel und Stromschnellen um die kleine Insel Adana, bevor der Fluss sich wieder in seinem Bett ausbreitete und majestätisch in Richtung Manaus weiterfloss.

John Finch fluchte, während ihm in der Hitze der Schweiß in die Augen rann und die Benzindämpfe des undichten Tanks in die Nase stiegen. Das alte Boot, das ihm ein Bankangestellter vor einigen Tagen verkauft hatte, bevor er in die USA zurückkehrte, hatte sich zu einem großen Loch im schwarzen Wasser des Flusses entwickelt, in das er sein Geld hineinschaufelte. Der Kauf war eine Fehlentscheidung gewesen, das wurde ihm mit jedem Tag klarer.

Finch überlegte sich, die Leinen zu kappen und den Seelenverkäufer einfach den Rio Negro hinabtreiben zu lassen. Aber da waren sein Ehrgeiz und seine Sparsamkeit, die ihn davon abhielten. So schraubte er weiter an den Zündkerzen des Außenborders, die offenbar seit mindestens zehn Jahren nicht gewechselt worden waren. Finch fragte sich, ob er sie noch reinigen oder bei »Manaus Marine«, dem lokalen Halsabschneider, sein Geld in vier neue investieren sollte. Das eindringende Wasser, das immer wieder von den elektrischen Bilgepumpen in den Rio Negro zurückbefördert werden musste, ignorierte er geflissentlich. Und da war auch noch das kaputte Verdeck, die verrotteten Matratzen unter dem neuen Bezug und ... und ... und ...

Auf fast allen Booten, die entlang der kleinen Mole lagen, wurde gearbeitet. Jeder nutzte das gute Wetter aus. Abgesehen von ein paar harmlosen Kumulus-Wolken war der Himmel tiefblau. In der Ferne am Horizont ragten die hohen Gipfel des Pico-da-Neblina- Massivs empor wie die unwirkliche Kulisse in einem Hollywood-Film.

São Gabriel da Cachoeira, was frei übersetzt so viel wie »Wasserfall des heiligen Gabriel« heißt, liegt am linken Ufer des Rio Negro, knapp 850 Kilometer von Manaus entfernt, hoch im Norden des Amazonasgebiets. Zur kolumbianischen Grenze sind es rund 260 Kilometer, zum Meer mehr als zweitausend. So weit das Auge reicht und darüber hinaus erstreckt sich der Dschungel des Amazonas.

Und die Nähe zum Äquator macht alles nicht besser, dachte Finch, als er die letzte Zündkerze herausschraubte, sie begutachtete und sich seufzend entschloss, doch zu »Manaus Marine« hinüberzupilgern. Hier war schon das Atmen anstrengend.

Er wischte sich mit dem Handrücken erst die Schweißtropfen aus den Augen und dann die Hände ab und kletterte so in einer öligen Kriegsbemalung von Bord, die ihm einige belustigte Blicke eintrug. Bei Tonys saßen wie immer Gruppen von Jugendlichen und spielten lautstark und mit Hingabe Domino. Mehr als die Hälfte der Bevölkerung von São Gabriel war unter zwanzig Jahre alt, und es schien, als ob sie heute alle gleichzeitig auf der Straße waren. In der Avenida 7 de Setembro drängten sich die Hungrigen um zwei stadtbekannte Holzbuden, die Pizzas, Sandwiches und Salate verkauften. Die paar Bänke davor mit dem Blick auf den Rio Negro waren jeden Abend heiß begehrt.

John Finch wollte gerade um die Ecke biegen, als ein riesiger Geländewagen mit verdunkelten Scheiben neben ihm hielt. Surrend fuhr das Glas auf der Fahrerseite herunter, und Finch blickte in große verspiegelte Sonnenbrillengläser über rot geschminkten Lippen, die von langem, dunklem Haar wie ein Theatervorhang eingerahmt wurden.

»Senhor Finch? John Finch?« Ihre Stimme war so schwarz wie ihre

Haare und so selbstsicher wie die eines Boxers, dessen Gegner gerade ausgezählt worden ist. Im Autoradio sang Bob Dylan »Things have changed«.

Finch nickte und wartete. Er verkniff sich die Bemerkung »Und wer möchte das wissen?« im letzten Moment.

»Sie sind älter, als ich dachte«, meinte die Frau, und es klang ehrlich erstaunt.

Es ärgerte ihn. »Ich bin selbst überrascht, dass ich es bis hierher geschafft habe«, gab er zurück und ließ offen, ob er damit sein Alter oder São Gabriel da Cachoeira meinte. Dylan näselte noch immer, und Finch spürte die angenehm kühle Luft, die aus dem Wagen kam. »Sind Sie stehen geblieben, um mir Komplimente zu machen?«

Ihr kehliges Lachen ließ alle Alarmglocken bei ihm läuten. »Nein, Sie sind nicht mein Typ, Senhor Finch. Ich soll Sie finden und an einen Ort bringen, der nicht weit von hier ist, ein Stück nordwärts, rund sieben Kilometer, mitten im Urwald. Mein Arbeitgeber möchte Sie sprechen, und das allein ist bemerkenswert. Er hat in den letzten zehn Jahren nur mit einem Dutzend Menschen geredet. Davor mit überhaupt niemandem hier in der Gegend.«

»Warum sollte er dann ausgerechnet Sehnsucht nach einer Unterhaltung mit mir verspüren?«, fragte Finch und unterdrückte das Bedürfnis, sich einfach umzudrehen und weiterzugehen.

»Das soll er Ihnen besser selbst sagen, er ist da etwas eigen«, lächelte die Frau und machte eine einladende Handbewegung in Richtung des Beifahrersitzes. »Steigen Sie bitte ein, ich bringe Sie zu ihm. Es wird nicht lange dauern.«

Finch glaubte, ein Zögern in ihrer Stimme zu hören, und seine Entscheidung stand fest. »Sie kennen mich, aber ich habe keine Ahnung, wer Sie sind und wer Ihr Auftraggeber ist. Richten Sie ihm aus, ich bin nicht interessiert, woran immer es ist. Wie sagten Sie so richtig? Ich bin älter, als Sie dachten, und ich bin deshalb so alt geworden, weil ich Angebote dieser Art zur rechten Zeit abgelehnt habe.« Er tippte mit zwei Fingern an seine ölige Stirn und nickte ihr zu. Dann drehte er sich um und wollte einfach davongehen, da holte ihre spöttische Stimme ihn ein.

»Sie lügen, Senhor Finch, und das wissen Sie. John Finch, geboren in Crawley, England, aufgewachsen in der Luft. Ihr Vater Martin war ein Fliegerass im Zweiten Weltkrieg, und Sie haben am Steuerknüppel gesessen und sind geflogen, als andere Kinder gerade mal Dreirad fahren konnten. Anfang der sechziger Jahre gingen Sie als junger Pilot nach Nordafrika. Was die Fremdenlegion auf dem Boden war, waren Sie in den Wolken. Sie sind für alle und jeden geflogen, der genug bezahlte und das Glück hatte, Sie auf dem Erdboden zu erwischen. Sie waren fast immer in der Luft, flogen durch Wüstenstürme und Bürgerkriege, in der Dunkelheit über Grenzen oder schlüpften unter dem feindlichen Radar hindurch. Sie flogen Goldbarren aus Südafrika, Sklaven aus Nigeria oder Diamanten aus den Minen von Botswana, schafften Soldaten nach Äthiopien und holten Söldner aus den schwarzafrikanischen Krisenherden heraus. Man hat Sie in Dollar oder ägyptischen Pfund bezahlt und manchmal auch mit Taschen voller Maria-Theresien-Taler. Sie waren überall und doch nirgends zu Hause. Sie waren ihr Leben lang ein Abenteurer.«

Finch hatte sich nicht umgedreht. Er blickte die Avenida Eduardo Gomez hinauf und sah doch tief in seine Vergangenheit.

»John Finch war eine Legende zwischen Casablanca und Kapstadt, zwischen Daressalam und Nairobi und doch – eines Tages war er verschwunden. Spurlos. Grundlos?«

Finch machte ihr nicht die Freude zu antworten.

»Während Ihr Ruf in Afrika langsam verhallte, gingen Sie nach Südamerika. Ein neues Leben? Wie auch immer, vor zwei Jahren kamen Sie nach São Gabriel und eröffneten ein privates Flugunternehmen. Bizair. Ein Mann, ein Flugzeug, so gut wie keine Aufträge. Kommen Sie jetzt mit mir?«

Fast sah es so aus, als hätte er sie nicht gehört. Finch stand da, die öligen Hände in den ausgeleierten Jeans vergraben und den Kopf mit den grauen, kurzen Haaren schräg gelegt, als lauschte er alten Geschichten, die der Wind über den Rio Negro wehte. Dann nickte er langsam, wandte sich um und lehnte sich zum Fenster des schwarzen Geländewagens hinein, bis sein Gesicht nur mehr Zentimeter von ihrer Sonnenbrille entfernt war.

Sie wich nicht zurück. Er roch ihr Parfum.

»Es gibt ein altes arabisches Sprichwort«, sagte er leise. »Wer die Wahrheit spricht, sollte besser einen Fuß im Steigbügel haben.«

Sie nahm ihre Brille ab, und John blickte in zwei kohlrabenschwarze Augen, die ihn nachdenklich anschauten. »Vielleicht sind Sie doch mein Typ«, gab sie ernst zurück.

Als er einstieg, gab sie wortlos Gas und beschleunigte den schweren Hummer die staubige Straße den Hügel hinauf.

ARMENVIERTEL LA CRUZ, MEDELLÍN / KOLUMBIEN

Alfredo und Vincente hatten gegessen, ein paar Bier getrunken und sich dabei von einer jener Fernsehshows berieseln lassen, die weltweit für die seichte Unterhaltung sorgen und deshalb so erfolgreich sind. Nun trug der Junge die Teller und Gläser in die Küche und begann abzuspülen, während Alfredo sich zurücklehnte und rülpste.

Die braunweiße Taube trippelte noch immer auf dem Fensterbrett und schaute ihn an.

Erst hatte er es lustig gefunden und es sich nicht erklären können. Dann hatte er versucht, sie zu verscheuchen, aber die Taube war nach einem kleinen Rundflug immer wieder zurückgekehrt. Schließlich nervte es ihn nur mehr, und nun war er versucht, den Vogel einfach mit einem Schuss von der Fensterbank zu fegen, um Ruhe zu haben. Doch genau in diesem Augenblick kam Vincente aus der Küche mit einem kleinen Teller Brotreste und einem Schüsselchen voll Wasser. Beides stellte er vorsichtig vor die aufgeregt gurrende Taube, die keine Angst vor ihm zu haben schien. Sie begann sofort, mit ihrem Schnabel in den Brotkrumen zu picken.

Der Junge blieb lächelnd stehen und sah ihr zu, betrachtete sie aufmerksam, strich ihr sogar übers Gefieder. Plötzlich stutzte er und machte Alfredo aufgeregte Zeichen. Der Sicario stand seufzend auf und trat neben Vincente ans Fenster. Aus Gewohnheit warf er einen Kontrollblick hinunter auf die Straße, als er die Hand des Jungen auf seinem Unterarm spürte.

»Was ist so Besonderes an dem Vogel?«, wunderte sich Alfredo, und sein Blick folgte dem ausgestreckten Finger Vincentes. Dann sah er es. Der Taube war etwas an ihrem Bein befestigt worden, etwas, das wie ein zusammengerolltes Stück Papier aussah.

»Hmm ... schau an, eine Brieftaube«, murmelte Alfredo. »Ist das erste Mal, dass ich eine sehe.« Als er Vincentes verständnislosen Blick bemerkte, kramte er aus seiner Erinnerung alles zusammen, was er jemals über die Brieftaubenzucht gelesen hatte. Einer der Freier seiner Mutter hatte ihm einmal ein Buch über Vögel mitgebracht, wohl um ihn zu beschäftigen, während er mit ihr schlief. »Früher, vor den Zeiten der Flugpost, wurden auf diese Art viele Nachrichten über weite Strecken transportiert. Man brachte die Vögel an ihren Abflugort, und sie fanden immer wieder nach Hause, auch über Tausende von Kilometern. Also muss diese Taube hier etwas Besonderes sein. Sie ist nicht in ihren Taubenschlag geflogen, sondern an einen vorher angelernten Ort. Ich wusste nicht, dass es möglich ist, die Tiere so zu dressieren. Aber warum hierher?« Er kratzte sich am Kinn, und sein Dreitagebart machte ein Geräusch, das die Taube irritierte. »Oder hat sie sich nur verflogen und wollte eigentlich irgendwo anders hin? Vielleicht war sie erschöpft und machte einen Zwischenlandung ...«

Vincente streckte vorsichtig seine Hand aus und ergriff den Vogel mit einer geschickten Bewegung, die ihm Alfredo nicht zugetraut hätte. Er zog die Nachricht vorsichtig vom Fuß und reichte sie an den Sicario weiter. Dann setzte er die Brieftaube wieder ab, und sie pickte weiter in den Brotkrümeln, als sei nichts geschehen.

Alfredo spürte den neugierigen Blick des Jungen, der zwischen dem kleinen Stück Papier und seinem Boss hin und her ging. Also entfaltete er den Zettel, der eng beschrieben war. Allerdings in einer fremden Sprache, die Alfredo nicht kannte.

»Ich habe keine Ahnung, was hier steht«, meinte er achselzuckend. »Ist ja auch egal, es ist sowieso nicht für uns bestimmt.« Entschieden knüllte er den Zettel zusammen und warf ihn achtlos auf den Tisch. Dann ging er zum Schrank, zog seine Beretta hervor und steckte sie in den Gürtel. »Ich bin für den Rest des Tages unterwegs. Geh einkaufen und koch was zum Abendessen. Und schaff die Taube von hier weg, sie nervt.« Er legte eine Handvoll Pesos auf den Tisch und nickte Vincente zu, bevor er seinen Kopf durch die Tür schob, sich davon überzeugte, dass der Flur leer war, und rasch hinausschlüpfte.

Der Junge strich dem Vogel noch einmal sanft übers Gefieder. Es war, als genieße die Taube die Berührung. Sie hielt ganz still, und Vincente fragte sich, ob sie wusste, dass ihre Aufgabe nun erfüllt war. Dann gab er sich einen Ruck und ging hinüber zum Tisch, hob den Zettel auf und strich ihn vorsichtig glatt. Die Handschrift war verblasst, aber gestochen scharf und gleichmäßig. Die Zeilen schienen bereits vor langer Zeit geschrieben worden zu sein, die ehemals wohl leuchtend blaue Tinte war ausgeblichen, die Farbe nun eher ein lichtes Petrol. Vincente steckte den Zettel in seine Brusttasche, nahm die Pesos und verschloss nach einem letzten Blick auf die Taube sorgfältig die Türe, als er die Wohnung verließ.

Dann lief er los.

Als er zwanzig Minuten später das Klassenzimmer betrat, blickte er sich schüchtern um. Die Tür hatte offen gestanden und die Frau mit den kurzen, dunkelbraunen Haaren und dem bunten Kleid, die am Tisch saß und Arbeiten korrigierte, hatte ihn nicht kommen hören. Erst als er vor ihr stand, hob sie den Kopf, sah ihn und erschrak. Sie wollte etwas sagen, überlegte es sich jedoch und kniff die Augen zusammen, wie um sich besser erinnern zu können. Dann lächelte sie.

»*Hola* Vincente! Was machst du hier? Ich habe dich ja schon Jahre nicht mehr gesehen. Ich hätte mir gewünscht, du wärst bei uns geblieben.«

Der Junge hielt den Kopf gesenkt und nickte, während seine Augen feucht wurden. Das hatte er befürchtet. Er hatte vier glückliche Jahre in der Behindertenschule der Padres verlebt, die besten Jahre seines Lebens, bevor ...

Seine ehemalige Lehrerin riss ihn aus seinen Erinnerungen. »Du siehst nicht gut aus, mein Junge, so dünn! Willst du zur Essensausgabe und dir einen Teller Suppe holen? Soll ich Pater Bonifacio Bescheid geben?« Ihre Hand schwebte bereits über dem Telefonhörer, aber Vincente schluckte und schüttelte energisch den Kopf. Dann griff er rasch in seine Brusttasche, zog den Zettel heraus und reichte ihn über den Tisch.

Die Lehrerin strich behutsam über das dünne Blatt Papier und betrachtete aufmerksam die verblasste Schrift. »Das ist deutsch, Vincente. Ich verstehe es leider nicht, aber ich erkenne einige Worte, wie hier ›Aufgabe‹ oder ›Gott‹. Du musst jemanden finden, der Deutsch spricht und es dir richtig übersetzen kann. Willst du das?«

Vincente nickte heftig.

»Lass mich kurz nachdenken.« Die Frau runzelte die Stirn und trommelte mit den Fingern auf die Tischplatte mit den Tintenflecken. Draußen brummte der Verkehr von Medellín, und eine Fliege summte immer wieder gegen die gesprungenen Fensterscheiben.

Dann griff sie zum Telefon und wählte eine Nummer, die sie auswendig kannte.

Die Straße war so schmal und ging so steil bergauf, dass selbst die Busse nicht weiterfahren konnten. Sogar Vincente hatte Mühe, sein Lauftempo einzuhalten. Immer wieder sah er auf den Zettel mit der Adresse, den ihm seine Lehrerin mit auf den Weg gegeben hatte. Zweimal musste er Passanten um Hilfe bitten, zeigte ihnen das kleine Blatt mit Namen und Anschrift, weil die Straßenschilder fehlten und er sich in diesem Teil der Stadt nicht so gut auskannte.

Dann hatte er endlich sein Ziel erreicht. Das gedrungene dunkle Häuschen in einem der armen, höher gelegenen Stadtteile Medellíns stand etwas zurückversetzt in einem kleinen Garten, und Vincente wäre fast daran vorbeigelaufen. Señora Rosaria hatte etwas von einer Bibliothek für Kinder gesagt, aber das hier sah ganz und gar nicht danach aus. Eher wie ein in die Jahre gekommenes Hexenhaus aus einem Märchen.

Der Junge stieß entschlossen die schief in den Angeln hängende Gartentür auf, durchquerte die halb verwilderte Anlage und klingelte. Nach wenigen Augenblicken öffnete ihm ein kleines Mädchen und schaute ihn mit großen Knopfaugen fragend an. Sie mochte vielleicht acht Jahre alt sein, und hinter ihr drängten sich Dutzende Kinder, die ihm ebenfalls neugierig entgegenblickten. Vincente lächelte und zeigte dem Mädchen den Zettel mit der Adresse und dem Namen, dem ihm seine Lehrerin mitgegeben hatte: Luis Angel. Die

Kleine nickte nur stumm, drehte sich um und trippelte voran, eine steile Treppe hinauf und noch eine, vorbei an Bücherregalen und kleinen, bunten Sitzecken, die aus Kissen am Boden gebildet wurden. Oben angekommen, klopfte sie an eine schmale Tür, kicherte und lief dann sofort wieder hinunter.

Vincente sah ihr nach, zuckte mit den Schultern und trat ein, in ein niedriges, dunkles Zimmer, das nach Papier und Zigaretten roch. Links neben dem Eingang, hinter einem massiven Holztisch, saß ein älterer Mann, zusammengesunken und wie von einer schweren Krankheit gezeichnet.

»*Hola*, Vincente«, begrüßte ihn Don Luis leise, und ein Lächeln huschte über das vernarbte Gesicht. »Ich habe dich erst später erwartet. Du warst rasch hier.« Er betrachtete den dünnen Jungen, der fast mit seinem Kopf an die Decke stieß. »Setz dich hin, du bist zu groß für dieses Zimmer.« Er lachte leise auf wie ein kleines Kind. »Ich habe Muskelschwund und schrumpfe in mich zusammen. Da braucht man nicht mehr so viel Platz.«

Die Wände des Raumes waren bis zur Decke mit Bücherregalen vollgestellt. Die Bände standen dicht gedrängt, es gab keinen freien Platz mehr, nicht einmal für ein einziges weiteres Buch.

Don Luis lächelte, als er Vincente erstaunt die Regale mustern sah. »Du hast bestimmt noch nie so viele Bücher auf einmal gesehen«, stieß er hervor, und ein Husten schüttelte seinen Körper. »Ich habe sie seit langen Jahren gesammelt, viele haben mir dabei geholfen, selbst Menschen aus Europa und aus Amerika. Es sind Bücher für Kinder und über Kinder, aus aller Welt zusammengetragen. Das älteste ist fast dreihundert Jahre alt.« Er zündete sich umständlich eine Zigarette an und pickte mit dem Finger einen Tabakkrümel von seiner Zunge. »Aber du bist wegen etwas ganz anderem hier«, sagte er dann und streckte seine Hand aus.

Als der Zettel vor ihm auf der Tischplatte lag, holte Don Luis aus einer der Laden ein altmodisches Vergrößerungsglas hervor und zog die Lampe näher. Seine Großmutter war Deutsche gewesen, hatte eigentlich Engel geheißen und war aus dem Ruhrgebiet 1901 nach Kolumbien ausgewandert. Bei der Ankunft in Bogotá war zwar aus Engel Angel geworden, Deutsch aber war auch zu Hause in der Fremde immer wie selbstverständlich gesprochen worden.

Don Luis murmelte vor sich hin, während er versuchte, die verblasste Schrift zu entziffern. »Neun Zeilen, eng beschrieben ... man wollte wohl Platz sparen ... keine Absätze ... eine markante Handschrift ... eindeutig die eines Mannes ... lass uns mal sehen, was er schreibt.«

Das Vergrößerungsglas begann seinen verschlungenen Weg über den Zettel, und der alte Bibliothekar übersetzte flüssig:

*Mein gEschätztEr Freund, die Zeit iSt gekommen,
unseRe Aufgabe zu ErFüllen, wie vor laNgEm Geschworen.
Wenn Du diese Nachricht erhältst, bin ich wahrscheinlich
bereits tot und lege die VErantwortunG in Deine Hände,
gemeinsam mit FrAnz und Wilhelm die Schuld einzufordern.
Alle wurden Verständigt, jeder erhIelt das vereinbaRte Zeichen.
Ich bete nur, dass DU noch Am LebEn Bist.
Wenn nicht, dann ist alles verloren.
Möge Gott Euch helfen und unser aller Seelen gnädig sein.*

Vincente sah den alten Mann verständnislos an. Don Luis betrachtete noch immer das kleine Stück Papier, als könne er ihm sein Geheimnis entreißen. Die Zigarette lag unbeachtet im Aschenbecher und gloste vor sich hin. Ein dünner Rauchfaden stieg auf, wand sich wie eine Schlange zu unhörbaren Flötentönen nach oben und verschwand schließlich aus dem Lichtkegel der Lampe.

»Es tut mir leid, aber mehr kann ich dir dazu nicht sagen.« Don Luis hustete wieder und reichte den Zettel zurück an Vincente. »Einige der Buchstaben sind falsch gesetzt, da hat jemand die Groß- und Kleinschreibung wohl nicht so genau genommen. Ehrlich gesagt, habe ich keine Ahnung, was diese Nachricht bedeuten soll.«

Der Junge schien enttäuscht. Dann überlegte er kurz und machte das Zeichen für schreiben.

»Ich soll dir den übersetzten Text aufschreiben?«, erkundigte sich der Bibliothekar, und Vincente nickte heftig.

Zehn Minuten später war er wieder auf dem Weg ins Stadtzentrum zurück. Er lief seinen üblichen Rhythmus, den er stundenlang durchhalten konnte, selbst in den Hügeln von Medellín.

Seine Gedanken aber kreisten um die geheimnisvollen neun Zeilen und ihren Empfänger.

Je länger er lief und je mehr er über alles nachdachte, umso fester stand sein Entschluss. Er musste jenen Mann finden, der die Schuld einfordern sollte. Vielleicht könnte Alfredo ihm dabei helfen. Sein Instinkt sagte Vincente, dass sie damit vielleicht eine ganze Menge Geld verdienen könnten.

Aber ihn trieb vor allem eines an: Er wollte die Bedeutung des seltsamen Textes erfahren.

Das vor allem.

Carrera 2 E Bogotá / Kolumbien

Die Nadel des Kühlwasserthermometers stand verdächtig nahe am roten Feld, als Georg Gruber den Verkehr im Zentrum Bogotás hinter sich gebracht hatte und mit seinem roten Pick-up endlich in die Carrera 2 E einbog. Die Wohnung der Grubers lag im Süden der Stadt, in der Nähe des Hospitals La Victoria und unweit einer privaten Schule, in die seine beiden Töchter gingen. Die Talstation der Seilbahn auf den Montserrat befand sich direkt nebenan, was Georg zwar ersparte, seinen Besuchern die Adresse zu erklären, andererseits jedoch eine regen Busverkehr mit regelmäßigen Staus mit sich brachte.

So auch heute. Georg Gruber trommelte nervös aufs Lenkrad, als vor ihm Touristenbusse ihre Fracht ausspien und sich nicht die Mühe machten, auf den großen Parkplatz der Talstation vorzufahren, sondern wieder einmal den gesamten Verkehr im Viertel zum Erliegen brachten.

Der Brief seines Vaters lag auf dem Nebensitz. Georg hatte ihn eingesteckt und mitgenommen, nachdem er ihn ein erstes Mal gelesen und dann rasch sein Büro verlassen hatte. Das gelbliche Papier mit den dünnen blauen Linien erinnerte ihn an seine Schulzeit, der Geruch an alte Akten.

Da der Bus sich noch immer nicht bewegte und die Einfahrt zu seiner Garage damit in unerreichbarer Ferne lag, griff Georg zu dem einzelnen Blatt und überflog erneut die Zeilen. Irgendwie wurde er nicht wirklich gescheit aus dem Inhalt, und das machte ihn noch nervöser, als ihn der Anruf seiner Frau sowieso bereits gemacht hatte. Das Schreiben trug kein Datum, dafür ein weiteres Siegel in der rechten oberen Ecke. *Ad Astra*.

Na ja, dachte Georg und zuckte mit den Schultern. Etwas altmodisch, aber es war eben eine andere Generation gewesen.

Mein lieber Sohn,
wenn Du diese Zeilen liest, bin ich tot, und die Taube ist tatsächlich in unserer Wohnung gelandet, wie ein geheimnisvoller Sendbote aus der Vergangenheit. Wie gerne wäre ich dabei gewesen! Ein Traum wäre endlich wahr geworden, der Lohn der Geduld und des Wartens hätte mich für vieles im Leben entschädigt.
Aber das wirst Du selbst sehr schnell merken.
Heute, da ich diesen Brief schreibe, bist Du noch ein Kind, klein und unschuldig, hineingeboren in eine Welt, die einmal die Deine sein wird und nie die meine war. Wenn Dich das Zeichen erreicht, dann werde ich wahrscheinlich nicht mehr da sein, Du selbst bist vielleicht verheiratet, hast Kinder oder stehst gar schon am Ende Deines Weges.
Denn niemand kennt den Zeitpunkt.
Wir haben geschworen, die Entscheidung in Pauls Hände zu legen. Er allein bestimmt darüber, wann er oder seine Kinder das Zeichen an die anderen aussenden, an Wilhelm, Richard und mich. Du musst wissen, wir waren unzertrennlich in der schwierigsten Zeit unseres Lebens, Freunde in jenen Jahren, in denen die Welt im Wahnsinn versank. Damals nannten uns die anderen nur »die vier Musketiere«. Wenn sie gewusst hätten ... vielleicht hätten sie uns dann »die vier Reiter der Apokalypse« genannt.
Ich werde mein restliches Leben lang auf diese Taube warten, auf das Zeichen, den Ring mit den alten Symbolen. Sollte es mir zu Lebzeiten nicht vergönnt sein, dann wirst Du an meine Stelle treten. Und ich weiß jetzt bereits, dass Du Deine Aufgabe einmal ganz in meinem Sinne erfüllen wirst.
Nimm der Taube ihr Zeichen ab und bewahre es sorgfältig. Wilhelm und Richard werden Dich innerhalb weniger Tage kontaktieren, sie oder ihre Kinder. Sie wissen, was zu tun ist. Aber sie brauchen Dich dazu, Dich und den Ring.
Er wird Dein Leben verändern, in dramatischer Weise, für immer. Es tut mir leid.

Sollte es einen Gott geben, dann möge er Dich beschützen, mein Sohn. Sollte es keinen geben, dann wirst Du selbst dafür sorgen müssen, dass Du am Leben bleibst. Ich für meinen Teil habe meinen Glauben lange schon verloren. Nur eines tröstet mich – wenn es Gott nicht gibt, dann gibt es auch keinen Teufel.
Verzeih mir, Georg. Nichts wird mehr sein, wie es war.
Dein Dich liebender Vater.

Der Schnörkel am Ende des Briefes war unleserlich. Einige Flecken verwaschener Tinte ließen Georg vermuten, dass sein Vater geweint hatte, als er den Brief beendete.

Ein Hupen schreckte ihn auf. Der Bus war weitergefahren, der Weg zu seiner Garage frei und die Kolonne hinter ihm ungeduldig. Georg ließ das Blatt auf den Beifahrersitz fallen und startete durch.

Wenige Minuten später stand er seiner Frau gegenüber, die ihm die Haustür geöffnet hatte und ihn nun vorwurfsvoll ansah. »Das hat aber lange gedauert«, murmelte sie, und Georg konnte die Angst in ihren Augen lesen. »Der verdammte Vogel sitzt immer noch da und denkt nicht daran, zu verschwinden.«

Er nickte und schob sie beiseite. Auf seinem Weg in den Salon holte er eine Schale mit Wasser aus der Küche und eine Handvoll getrockneten Mais aus der Speisekammer. Er hatte zwar keine Ahnung, wie man mit einer Brieftaube umging, aber Futter könnte schon einmal nicht schaden, dachte er sich. Es ging um den Ring, und dazu musste er den Vogel zu fassen bekommen.

Im Salon standen seine beiden Töchter auf Zehenspitzen stumm vor dem hohen Kasten und schauten neugierig zu, wie die Taube weit oben hin und her wanderte und dabei leise gurrte.

»Geht auf eure Zimmer«, sagte Georg bestimmt, während er die Schüssel auf den Tisch stellte.

»Können wir die Taube behalten?«, piepste Julia, die Jüngere der beiden. »Biiiitte, Papa, sie ist so schön!«

»Ich glaube nicht«, kam ihm seine Frau zuvor und schob die beiden Mädchen sanft, aber bestimmt aus dem Salon.

Das Geräusch der Maiskörner, die Georg auf die Tischplatte rieseln ließ, lockte die Taube sofort von ihrem luftigen Platz auf dem Schrank. Sie segelte elegant durch den Raum, landete zielgenau und begann sofort auf die gelben Körner einzupicken.

»Dachte ich es mir doch«, murmelte Georg und war etwas unschlüssig, wie er nun weiter vorgehen sollte. Er streckte vorsichtig die Hand aus, aber der Vogel ließ sich dadurch nicht beunruhigen und fraß weiter. So strich er der Taube übers Gefieder. Sein Blick fiel auf den Ring, der mit einer Art Klemme am Bein befestigt war. Nach einer kurzen Überlegung zog er sein Taschenmesser und klappte die kleine Klinge auf. Dann griff er beherzt zu, befreite die Taube, die völlig still hielt, geschickt von dem Ring und setzte sie anschließend wieder zurück auf die Tischplatte.

Er war selbst erstaunt, wie schnell und unkompliziert die ganze Aktion vor sich gegangen war.

»Hast du …?« Seine Frau betrat wieder den Raum, schloss die schwere Tür zum Flur hinter sich und lehnte sich dagegen.

Als Antwort legte Georg den Ring auf die Tischplatte. Die Brieftaube pickte weiter nach den Maiskörnern. »Ich habe keine Ahnung, was das soll, Maria«, murmelte er, »selbst nachdem ich den Brief von Vater gelesen habe.« Er zog das zusammengefaltete Blatt aus der Tasche und hielt es seiner Frau hin.

Doch sie machte keine Anstalten, auch nur einen Blick darauf zu werfen. Stattdessen ging sie mit langsamen Schritten zum Tisch und ließ dabei den Ring keinen Moment aus den Augen. Dann bekreuzigte sie sich stumm. »Es ist ein böses Zeichen«, flüsterte sie. »Die Piraten sind unter der schwarzen Flagge mit dem Totenkopf gesegelt und haben jahrhundertelang Angst und Schrecken auf den Meeren verbreitet. Hitlers SS hat es zu ihrem Symbol gewählt und ganz Europa mit blutigem Terror überzogen. Bis heute bedeutet dieser Totenkopf höchste Gefahr für Leib und Leben. Was bedeutet er für uns?«

Georg zuckte mit den Schultern. »Wenn ich es wüsste, würde ich es dir sagen«, gab er zurück. »Bis jetzt ist es nur ein Ring, der auf etwas seltsame Weise bei uns abgeliefert wurde.«

Nachdenklich nahm er den silbernen Ring von der Tischplatte und drehte ihn zwischen den Fingern. Innen fielen ihm Schriftzeichen auf, aber die wollte er jetzt nicht entziffern, nicht vor seiner Frau. »Vater meint, es sei eine Art Signal, das ihm gegolten habe. Irgendjemand werde uns kontaktieren.« Wohlweislich verschwieg er jene Passagen des Briefes, die ihn keineswegs so zuversichtlich stimmten. »Wie auch immer, lass das Fenster offen. Wir werden ja sehen, was die Taube macht. Ihre Aufgabe hat sie erfüllt, vielleicht fliegt sie wieder dorthin zurück, woher sie gekommen ist.«

Er steckte den Ring ein und küsste seine Frau auf die Wange. »Ich muss wieder in die Agentur.«

Als er die Treppen hinunter auf die Straße lief, klingelte sein Mobiltelefon, und Georg zögerte. Zum ersten Mal in seinem Leben hatte er Angst, ein Gespräch anzunehmen. Doch dann griff er in die Tasche und zog das Handy heraus.

»Kommen Sie heute noch einmal ins Büro, oder sollen wir die restlichen Angebote selbst schreiben?«, erkundigte sich seine Sekretärin mit strenger Stimme.

»Bin schon auf dem Weg«, gab Georg zurück und schloss den Pick-up auf. Der Alltag hatte ihn wieder. Von wegen, nichts wird mehr sein, wie es war, dachte er. Vielleicht hatte sein Vater ja doch nicht recht gehabt, und der Ring veränderte gar nichts.

Irgendwo im Dschungel nördlich von São Gabriel / Brasilien

Die Straße durch den dichten Regenwald war besser, als John Finch angenommen hatte. Der Hummer schien die Unebenheiten geradezu glattzubügeln und durch einen Tunnel aus unzähligen verschiedenen Schattierungen von Grün zu fliegen. Aus den Augenwinkeln beobachtete er seine Begleiterin, die entspannt und mit sparsamen Bewegungen den schweren Wagen auf Kurs hielt. Sie hatte ihre Sonnenbrille wieder aufgesetzt, und ein kleines Lächeln schien sich in ihren Mundwinkeln eingenistet zu haben.

Aber vielleicht täuschte er sich auch.

Am Ende einer langgestreckten Kurve versperrte ein massives, zweiflügeliges Gittertor die nun ungeteerte Straße. Wie aus den Nichts erschienen plötzlich zwei Männer in Kampfanzügen, bewaffnet mit Heckler-&-Koch-Sturmgewehren, neben der Fahrbahn, erkannten den Hummer und öffneten rasch das Tor. Dann traten sie zurück, und Finch hatte das Gefühl, dass ihn ihre Augen hinter den verspiegelten Sonnenbrillen beim Vorbeifahren röntgenisierten.

»Diese Brillen scheinen hier echt angesagt zu sein«, lächelte er spöttisch. »Sind die Sicherheitsvorkehrungen Ihres Brötchengebers in allen Bereichen so straff?«

Diesmal lächelte sie wirklich. »Sie werden es ja erleben, Senhor Finch. Wir befinden uns auf privatem Grund und Boden. Wenn wir immer geradeaus weiterfahren würden, wären wir abends nach wie vor auf seinem Besitz. Das ruft gewisse Neider auf den Plan, selbst im menschenleeren Amazonas-Gebiet.«

»Neid gehört nicht zu meinen Schwächen«, erwiderte Finch nachdrücklich.

»Aber vielleicht Geld?«

Er zuckte mit den Schultern. »Geld ist der Treibstoff für den Flug zum Horizont. Man verdient es schnell, und man gibt es noch schneller aus. Dazwischen bezahlt man für seine Fehler.«

Sie schaute noch immer geradeaus auf die Straße, obwohl Finch gewettet hätte, dass sie hier jeden Meter auswendig kannte.

»Warum haben Sie Afrika verlassen?«, fragte sie unvermittelt, und ihre Stimme bekam einen lauernden Unterton.

»Warum wollen Sie so vieles wissen?«

»Ein brasilianisches Sprichwort meint, ein leerer Kopf sei das Büro des Teufels.«

»Aber er sorgt auch für einen ruhigen Schlaf«, erwiderte Finch trocken.

Aus der unbefestigten Piste war in der Zwischenzeit eine asphaltierte Straße geworden, die sich neben einem kleinen Wasserlauf durch den Busch wand. Plötzlich öffnete sich der Wald, und drei konzentrische Lichtungen taten sich vor ihnen auf, wie ineinander verschränkte Kreise. Die Straße führte geradewegs auf die mittlere zu, auf der ein weitläufiges weißes Haus im Kolonialstil stand, das direkt aus den Kulissen von *Vom Winde verweht* zu stammen schien.

»War Rhett Butler im Preis inbegriffen?«, fragte Finch, während sie durch einen gepflegten Park mit Teichen rollten, den Pfauen und Schwäne bevölkerten.

»Eher Scarlett«, gab seine Begleiterin unbewegt zurück und hielt sanft vor dem Portal an, das von einem Vordach auf weißen Säulen stilecht beschützt wurde. »Endstation, Senhor Finch. Mein Auftrag ist hiermit erledigt. Wir sehen uns vielleicht auf der Rückfahrt.«

»Nur vielleicht?«, erkundigte er sich und öffnete die Tür. »Ich dachte, Sie machen die Chauffeurdienste in diesem Film.«

Sie schob die Sonnenbrille auf ihre Nasenspitze und sah Finch über die Gläser hinweg ausdruckslos an. »Ich bin die Tochter des Hauses, Senhor Finch. Oder besser gesagt, die Enkelin von Scarlett. Guten Tag. Man wird sich um Sie kümmern.«

Die beiden Männer, die plötzlich hinter ihm standen und sich tatsächlich um ihn kümmerten, hatten beide nichts von einem livrierten Butler an sich. Finch erkannte Profis, sowie er sie sah. Die Anzugträger mit dem Knopf im Ohr tasteten ihn schnell und gründlich ab, nickten dann stumm und baten ihn mit einer Handbewegung in Richtung Eingangstür. Wenn sein fleckiges Hemd, die öligen Hände oder die schwarzen Fingerspuren auf seiner Stirn sie erstaunt hatten, so zeigten sie es nicht.

Ein Dienstmädchen in schwarzem Kleid und makellos gestärktem weißen Schürzchen wartete bereits auf der obersten Stufe, begrüßte ihn mit einer artigen Verbeugung und ging dann wortlos voraus. Sie durchquerten eine beeindruckende Eingangshalle mit geschwungener Freitreppe, den ungemütlich eingerichteten Salon und eine Bibliothek, die jeder Kleinstadt zur Ehre gereicht hätte. Dann klopfte das Mädchen an eine Tür und öffnete sie, ohne die Antwort abzuwarten. Sie nickte dem Gast zu, und Finch trat in einen riesigen Wintergarten, dessen Boden mit grünweißen Fliesen im Schachbrettmuster ausgelegt war. Das Licht fiel durch ein Glasdach, das von schlanken, weiß gestrichenen Gusssäulen mit Jugendstilmotiven getragen wurde. Blumen, Büsche, kleine Bäumchen und Kakteen waren sorgfältig in Gruppen arrangiert worden. Französische Fenster, die bis zum Boden reichten und offen standen, ließen den Wind herein. Ein Dutzend große Ventilatoren drehten sich träge unter dem Dach.

Kein Mensch war zu sehen, kein Laut zu hören.

Finch schaute sich um und ging dann zu einer majestätischen Rattan-Sitzgarnitur, die ebenfalls weiß gestrichen war und deren bunte Polster ihn an die Berber-Kissen in den Zelten der Nomaden erinnerte. Er strich mit den Fingern über den rauen Stoff. Als er wieder aufblickte, sah er in die beunruhigend blauen Augen eines alten Mannes im Rollstuhl, die ihn durchdringend musterten.

»Willkommen, Senhor Finch. Es ist schön, dass Sie meiner Einladung gefolgt sind. Manchmal hat Fiona zum Glück eine sehr überzeugende Art.« Seine Stimme war brüchig und leise und passte zu seinem schmächtigen, gebrechlichen Äußeren. Er schien in dem Rollstuhl zu verschwinden. Seine Augen jedoch waren klar und verrieten die Energie und Zähigkeit, die in dem schmalen Körper noch steckten.

»Wenn es sich bei Fiona um Ihre Enkelin handelt, dann haben Sie recht. Sie hat ihre Karten gut gespielt.« Finch deutete auf sein Hemd. »Ich hatte nicht einmal Zeit, mich umzuziehen.«

Der alte Mann winkte mit einer müden Geste ab. »Äußerlichkeiten. In meinem Alter beginnt man sich auf das Wesentliche zu besinnen.« Die blauen Augen ließen ihn nicht eine Sekunde los. »Irgendwann stellt man fest, dass man im Lauf der Jahrzehnte mehr Fragen als Antworten gesammelt hat. Das ängstigt mich zuweilen, weil mir nicht mehr viel Zeit für die Antworten bleibt.«

Er verstummte, als hätte ihn das Gespräch bereits über Gebühr angestrengt. Dann fuhr er fort, und seine Stimme klang voller. »Aber setzen Sie sich doch bitte. Was kann ich Ihnen zu trinken anbieten? Ich habe eigens für Sie Sakkara-Bier aus Kairo einfliegen lassen.«

»Sie sind überraschend gut informiert«, musste Finch zugeben. »Es ist lange her, dass ich meine letzte Flasche getrunken habe.«

»Dann sei es so«, nickte der Greis, und wie auf ein unsichtbares Zeichen hin öffnete sich die Tür, und das Dienstmädchen trat ein, ein Tablett mit Flaschen und Gläsern balancierend. »Wissen Sie, ich schätze Kultur in kleinen und in großen Dingen. Sie macht unser Leben erst lebenswert. Man hat mir auch gesagt, dass Sie ein Faible für Islay Single Malt Whisky hätten. Ich habe mir erlaubt, eine Auswahl zusammenzustellen, die hoffentlich Ihren Erwartungen entspricht.«

Finch war mit einem Mal auf der Hut. »Viel Aufwand für einen alten Buschpiloten wie mich«, gab er zu bedenken. »Betrunken werde ich Ihnen nicht viel nützen.«

»Wenn meine Quellen recht haben, dann sollte es sehr schwierig sein, Sie unter den Tisch zu trinken, und ich werde es ganz sicher nicht versuchen, Senhor Finch«, winkte sein Gegenüber ab und griff zu einem Glas Wasser. »Man erzählt sich noch heute einige legendäre Geschichten über Sie und Ihr Stehvermögen in der Bar des Hotels Continental Savoy in Kairo.«

»Das Continental, ja …« Finch lächelte versonnen. »Das ist lange her. Damals trafen sich alle im Continental. Die Reichen und die Schönen von Kairo, Engländer mit viel Geld und Deutsche mit noch mehr Vergangenheit. Man machte dubiose Geschäfte und lebte auf großem Fuß, auch wenn manchmal der Schuh drückte.«

»Sie hatten damals die Suite 101 gebucht, meist für einen ganzen Monat, 1962 sogar für ein ganzes Jahr. Und Sie waren ganze einundzwanzig Jahre alt.« In seiner Stimme schwang so etwas wie Hochachtung mit.

Finch kniff die Augen zusammen. »Arbeiten Sie an meiner Biographie?«, fragte er und versuchte erst gar nicht, seinen Ärger zu verbergen. »Ich sehe nicht ganz …«

Der alte Mann hob einfach seine Hand und unterbrach ihn. »Wenn es eines gibt, das ich in meinem Leben gelernt habe, Senhor Finch, dann ist es, umfassend informiert zu sein, bevor ich weitreichende Entschlüsse treffe. Ich wollte nicht anmaßend erscheinen. Ich weiß jetzt, dass ich die richtige Entscheidung gefällt habe.«

»Das ist schön für Sie. Aber ich verstehe nicht ganz, was ich damit zu tun habe …« Ein seltsames Geräusch ließ ihn verstummen. Eine braunweiße Taube flatterte um einen bis zum Glasdach reichenden Baum herum, segelte zur Sitzgruppe und landete ohne Scheu auf dem niedrigen Tisch mit der fleckenlosen Glasplatte. Dann trippelte sie zwischen den Gläsern herum, sah Finch aufmerksam an.

Der alte Mann griff in die Tasche, zog einige Körner heraus und warf sie dem Vogel hin. »Diese Taube ist der Grund, warum ich Sie gebeten habe, mich zu besuchen«, murmelte er, und Finch musste sich anstrengen, um ihn zu verstehen. »Sie kam spät in der Nacht zu mir, landete direkt in meinem Zimmer. Sie müssen wissen, Tauben fliegen schnell, bis zu einhundertsechzig Kilometer in der Stunde. Diese ist ein besonders gut gezüchtetes Exemplar.«

Finch schüttelte den Kopf. »Es tut mir leid, ich habe den Faden verloren. Verstehe ich recht, dass Sie mich wegen einer Taube haben rufen lassen?«

Der alte Mann im Rollstuhl sah ihn durchdringend an. »Ja, ganz genau deswegen sind Sie hier. Ich habe bereits vor zwei Jahren, als Sie am Flughafen von São Gabriel ein Büro gemietet hatten, Erkundigungen über Sie eingezogen. Wenn sich Europäer hier niederlassen, weiß ich gern, um wen es sich handelt. Aber dann kam diese Taube ...« Er ließ den Satz in der Luft hängen, aber Finch tat ihm nicht den Gefallen, etwas einzuwerfen. »Es hat mich sechs Stunden und eine sechsstellige Summe gekostet, um heute Genaueres über Sie zu erfahren. Dann habe ich Fiona losgeschickt.«

»Eine sechsstellige Summe? Ich hoffe, ägyptische Pfund.«

»Dollar, Senhor Finch, amerikanische Dollar. Aber das war es mir wert.«

Der Greis schwieg, und Finch wollte sagen: »Warum haben Sie nicht mich gefragt, ich hätte Ihnen für die Hälfte mein ganzes Leben erzählt«, aber er verkniff es sich. Stattdessen schüttelte er nur den Kopf. Das hier war alles zu bizarr für seinen Geschmack. »Ich glaube, mich motiviert eine Taube nicht dazu, diesen Besuch über Gebühr auszudehnen. Ich habe ein Alter erreicht, in dem man beginnt, seine Zeit einzuteilen. Danke für das Bier, Senhor ...?«

Ein Ruck ging durch den alten Mann, und die blauen Augen fixierten Finch entschuldigend. »Oh ... Es tut mir leid, ich habe ganz vergessen, mich vorzustellen. Bitte verzeihen Sie mir. Sehen Sie mir bitte auch nach, dass ich nicht aufstehen kann, wie es die Etikette gebietet. Mein Name ist Wilhelm Klausner. Ich möchte, dass Sie für mich arbeiten. Einiges herausfinden. Gegen Bezahlung, versteht sich.« Er dachte kurz nach. »Doch das Geld war nicht das Einzige, das Sie stets motiviert hat, wenn ich Ihre Biographie richtig gedeutet habe.« Der alte Mann lächelte zum ersten Mal. Es war ein kaltes Lächeln und erreichte seine Augen nicht. Finch beschloss, auf der Hut zu sein. »Sie hatten bereits ein erfülltes, abenteuerliches Leben. Ruhm und Ehre, Frauen und Luxus, Gefahr und Erfolg. Was könnte ich Ihnen also neben Geld noch bieten?«

Wilhelm Klausner sah ihn mit einem ironischen Blick an. Die Taube pickte noch immer nach den Körnern auf der Tischplatte, und das Tick-Tick-Tick begann Finch auf die Nerven zu gehen.

»Ich glaube kaum, dass Sie mir etwas anbieten können, das mich wirklich interessiert«, winkte er ab und leerte sein Bier. Dann erhob er sich. Es war an der Zeit, hier zu verschwinden.

Wilhelm Klausner lächelte noch immer. Dann wurde er schlagartig ernst. »Ich *kann*, Senhor Finch, ich *kann*, seien Sie versichert. Wie wäre es mit fünf Millionen Dollar und einem stilvollen Abgang?«

Kapitel 2

DER PIRAT

ROBERT-KOCH-STRASSE, GRÜNWALD, MÜNCHEN /
DEUTSCHLAND

Die beiden Villen auf dem fast dreitausend Quadratmeter großen Parkgrundstück wiesen die unverkennbare Handschrift eines der angesagtesten zeitgenössischen britischen Architekten auf. Zumindest konnte Christopher Weber durch die Bäume die markanten Umrisse der Gebäude erkennen. Der Rasen war auf Golflänge gekürzt und die Blumenrabatten zentimetergenau ausgerichtet worden.

»Unkraut wird hier erschossen«, murmelte Chris und drückte den oberen Klingelknopf. Die beiden Namensschilder aus Messing waren blank geputzt und jungfräulich. Reichtum hatte hier keinen Namen. Drei Kameras beobachteten das Tor, die gekieste Auffahrt und den Seiteneingang für das Fußvolk, wo Chris stand und sich vorkam wie ein unbeliebter Neuzugang bei *Big Brother*.

Er hielt sich instinktiv gerade, nachdem er geklingelt hatte, und wartete. Doch nichts geschah, die Gegensprechanlage blieb stumm. Grünwald, Nobelvorort von München und eine der exklusivsten Wohngegenden in Deutschland, schien um kurz vor neun Uhr noch zu schlafen. Vereinzelt glitten Nobelkarossen vorbei, Fußgänger gab es so gut wie keine, bis auf eine einzelne Joggerin, die mit federnden Schritten an Chris vorüberlief, die Stöpsel ihres iPods im Ohr, und ihn keines Blickes würdigte.

»Dagegen ist die Hamburger Binnenalster geradezu ein Proletenbezirk«, murmelte Christopher und klingelte erneut, lange und ausdauernd, am unteren Drücker. Diesmal ließ die Reaktion nicht auf sich warten. Zwei mächtige Schäferhunde schossen laut bellend um die Ecke des Fahrweges und bremsten gerade noch rechtzeitig vor dem massiven Gitter des Tores. Sie sprangen jedoch nicht hoch, sondern setzten sich schwanzwedelnd auf den gepflegten Rasen und sahen den Neuankömmling ruhig an.

»Wenn ihr Kratzer in das Tor macht, dann streichen die euch die Leckerlis und vermieten euch stundenweise als Blindenhunde«, sprach Chris die beiden Schäfer an, die den Kopf schief legten und die Ohren spitzten. »Oder ihr bekommt einen Job als Lawinenhund in Norwegen, damit ihr den Maler bezahlen könnt.«

»Vielleicht halten wir unsere Wachhunde absichtlich hungrig, damit sie mit ungebetenen Besuchern kurzen Prozess machen«, tönte es ironisch aus der Gegensprechanlage. »Wer immer Sie auch sind, sagen Sie, was Sie zu sagen haben, aber schnell. Wir sitzen gerade beim Frühstück.«

»Kann es sein, dass ich auf der Einladungsliste stehe?«, versuchte er es. »Ich habe hier zwei Koffer und einen Reisepass für eine Mrs. Bornheim. Der Flughafen München schickt mich.«

Durch den Lautsprecher war eine kurze, gemurmelte Diskussion zu vernehmen. Dann ertönte ein Summer, und die schmale Gittertür sprang zehn Zentimeter weit auf. Instinktiv wollte Chris sie wieder zuziehen. Da waren immer noch die beiden Schäferhunde …

Er zögerte.

»Worauf warten Sie?«, erkundigte sich die weibliche Stimme.

»Sollten Sie nicht vorher Ihre beiden Hunde zurückpfeifen?«, antwortete er und schielte um den Torpfeiler herum auf die zwei großen Schäfer, die ihn nicht aus den Augen ließen.

»Die tun nichts, die wollen nur spielen und freuen sich auf jede Gelegenheit dazu«, meinte die Stimme aus der Gegensprechanlage, und irgendwie kam es Chris vor, als unterdrücke sie ein Lachen.

»Habe ich das nicht schon irgendwo gehört?«, murmelte er, schickte ein Gebet zum Himmel, nahm die Koffer und drückte mit der Schulter vorsichtig die Tür auf. Die Schäferhunde sahen ihm interessiert zu, wie er mit raschen Schritten in einem weiten Bogen auf die nähere der beiden Villen zusteuerte. Chris erwartete jeden Moment einen Angriff aus dem Hinterhalt, aber nichts dergleichen geschah. Die beiden Hunde wollten nicht einmal mit ihm spielen, stellte er ein wenig enttäuscht fest.

Am oberen Ende einer kurzen Steintreppe, die zur Haustür der weißen Villa führte, erwartete ihn eine Frau in einem cremefarbenen Bademantel, die Hände in den Taschen versenkt, und blickte ihm entgegen. Er hatte sich Mrs. B. Bornheim anders vorgestellt. Vor allem jünger. Die Frau, die auf ihn wartete, mochte knapp über sechzig sein, sah jedoch immer noch sehr gut aus. Sie war schmal und zierlich, hatte kurzgeschnittenes, dunkles Haar und einen energischen Zug um den Mund. Ihr Lächeln war sparsam und unverbindlich.

»Danke für Ihre Mühe. Könnten Sie die Koffer einfach hier in die Halle stellen?« Sie deutete hinter sich und ging dann voran.

Chris hatte beim Anblick der Villa mit der Wohnfläche eines mittleren Flugzeughangars gerechnet, und er wurde nicht enttäuscht. Die Eingangshalle allein hatte sicherlich die Ausmaße einer herrschaftlichen Stadtwohnung, Terrasse inklusive.

»Es tut mir leid, aber ich muss eine Identifikation von Ihnen verlangen, damit ich auch sicher sein kann, dass Sie der rechtmäßige Eigentümer der beiden Koffer sind. Das Klingelschild war nicht gerade gesprächig.« Chris sah ihr Lächeln dahinschwinden wie Schnee in der ersten starken Frühjahrssonne.

»Man kennt uns hier«, entgegnete die Dame des Hauses kühl und machte keine Anstalten, einen Ausweis holen zu gehen.

»Ich bin nicht ›man‹ und auch nicht von hier«, gab Christopher unbeeindruckt zurück. »Aber ich kann das Gepäck gern wieder mitnehmen und es morgen nochmals versuchen, wenn Ihre Tochter im Haus ist.« Es war ein Schuss ins Blaue, aber er sah sofort, dass er ins Schwarze getroffen hatte.

Sie biss sich auf die Lippen, und ihr Lächeln war plötzlich wieder da, wie angeknipst. Dann blickte sie ihn mit großem Augenaufschlag an. »Es wird ja keinen Unterschied machen, ob ich oder meine Tochter die Koffer übernehmen.«

»Im Prinzip nicht, in manchen Fällen aber doch«, antwortete Chris geheimnisvoll.

Sie sah ihn etwas verwirrt an, zuckte dann mit den Schultern und trat an eine Kommode, auf der ein riesiges Blumenarrangement in den bayrischen Farben gepflegten Patriotismus verbreitete. Als sie sich wieder umwandte, hielt sie ihm mit spitzen Fingern einen Personalausweis unter die Nase. »Zufrieden?«

»Inga Bornheim, geboren in Oslo«, las Christopher und verschwieg galant das Geburtsdatum. »Und Ihre Tochter?«

»Bernadette Bornheim«, gab sie zurück und steckte den Ausweis in die Tasche ihres Bademantels.

»Wohnt sie ebenfalls hier?«, fragte er wie beiläufig und sah sich um.

»Bernadette ist ins andere Haus gezogen, in die Villa weiter hinten im Park, aber die Adresse ist dieselbe, wenn es darum geht.«

Chris reichte ihr den Pass ihrer Tochter. »Den hat Bernadette am Parkplatz verloren, und ich habe ihn gefunden. Sie wird ihn vielleicht bereits vermisst haben.«

Inga Bornheim neigte gnädig den Kopf und steckte den Pass ein. »Danke. Sie finden den Weg nach draußen?«

Die Audienz schien beendet zu sein.

»Können Sie mir sagen, warum Ihre Tochter das Gepäck nicht mitgenommen hat, als sie den Flughafen verließ? Die beiden Koffer wurden pünktlich ausgeladen, waren in der gleichen Maschine aus Genf, rechtzeitig in der Gepäckhalle, aber sie ließ sie trotzdem zurück.« Er beobachtete Inga Bornheim genau, während er sprach. Keine Reaktion.

»Ich weiß es wirklich nicht«, antwortete sie und schüttelte den Kopf. »Manchmal ist Bernadette so zerstreut.«

»Oder wollte sie die Koffer nicht selbst durch den Zoll bringen?«, bemerkte Chris wie beiläufig.

Der Ärger flammte nur kurz in ihren Augen auf, dann hatte sie sich wieder unter Kontrolle. »Ist das eine Unterstellung?«, gab sie kämpferisch zurück. »Wenn ja, dann sollte ich vielleicht unseren Familienanwalt hinzuziehen.«

Eine gefährliche Frau, schoss es ihm durch den Kopf. Aber sie war nicht umsonst da, wo sie jetzt stand – auf der gefüllten Seite des Bankkontos.

»Nein, ich habe nur laut nachgedacht«, gestand ihr Chris. »Es wäre ja naheliegend. Der Zoll durchleuchtete allerdings die Koffer, bevor er sie mir übergab. Hätte er etwas Verdächtiges gefunden, dann wäre ich nicht hier.«

Er wollte nicht so schnell klein beigeben. Bernadette interessierte ihn immer mehr. War es anfangs nur eine Kombination von Neugier und Hilfsbereitschaft gewesen, so wollte Christopher jetzt den Weg nach Grünwald nicht umsonst gemacht haben. »Soll ich das Gepäck nicht doch ins andere Haus tragen?«, nahm er einen erneuten Anlauf. Er zog auf gut Glück seine Visitenkarte aus der Tasche und reichte sie Inga Bornheim, die sie mit spitzen Fingern nahm. Dann schüttelte sie den Kopf und entließ ihn mit einer ungeduldigen Handbewegung, nachdem sie den Erhalt der Koffer quittiert hatte.

Draußen im Park waren die Hunde verschwunden, und die Seitentür stand die bekannten zehn Zentimeter offen. Chris fragte sich, wer ihn auf den Überwachungsschirmen beobachtete, als er sie hinter sich ins Schloss zog. Und warum er die Visitenkarte dagelassen hatte. Was erhoffte er sich?

Ein Streifenwagen der Polizei rollte langsam vorbei, und die Beamten musterten ihn mit misstrauischen Blicken. Als sie den weißen Lieferwagen mit dem blauen »M« sahen, den Chris aufschloss, erlosch ihr Interesse, und der BMW beschleunigte die Straße hinunter. Bevor Christopher anfuhr, warf er noch einen abschließenden Blick auf das Anwesen. Ein Schatten zwischen den alten Bäumen huschte gebückt in Richtung der zweiten Villa. Es war ihm, als wäre es eine junge Frau, ganz in Schwarz.

Aber da war sie auch schon wieder verschwunden, wie vom Erdboden verschluckt.

Universitätsviertel Colegio UPB, Medellín / Kolumbien

Es war vier Uhr morgens, und Alfredo rannte um sein Leben.

Sich ins Universitätsviertel zu wagen war Schwachsinn gewesen, das wusste der Sicario nur zu gut. Aber die kleine Serviererin mit dem süßen Lächeln hatte es ihm angetan, er hatte sie nochmals sehen und sein Glück versuchen wollen. So hatte er die halbe Nacht in dem neuen Café auf der Bolivariana, einem der großen Boulevards von Medellín, verbracht und ihr zugesehen, wie sie die meist jungen Gäste bediente. Die schwarzhaarige Studentin in den engen Jeans hatte für jeden ein nettes Wort, freundlich, immer geduldig, und war dabei schnell und effektiv. Wie Alfredo herausgefunden hatte, studierte sie im nahe gelegenen Colegio Betriebswirtschaftslehre und jobbte jede Nacht im verrauchten Café nahe der Universität, um sich möglichst bald eine eigene Wohnung leisten zu können.

Der Sicario hatte einen Drink nach dem anderen bestellt, großzügig Trinkgeld gegeben, aber das Mädchen mit den beeindruckend dunkelbraunen Augen wollte trotz all seiner Bemühungen, Esprit zu versprühen und Konversation zu machen, nichts von ihm wissen. Es gelang ihm nicht, mehr als zehn Sätze mit ihr zu wechseln.

Schließlich hatte Alfredo nach knapp vier Stunden und einem Dutzend Drinks resigniert aufgegeben, sich kurz verabschiedet und war in den frühen Morgen hinausgetappt.

Das riesige Einkaufszentrum Unicentro, das Hauptquartier der La-Divisa-Gang, lag nur einen Steinwurf vom Café entfernt, und so kam es, wie es kommen musste. Als der Sicario aus dem Café gewankt war, leicht angetrunken und mit tränenden Augen vom wabernden Zigarettenrauch, war er sich wie ein Blinder auf dem Präsentierteller vorgekommen. Die vierspurige Straße, auf der sich tagsüber der Verkehr staute, war um diese Zeit fast ganz leer. Medellín schlief, und Fußgänger waren keine unterwegs. Alfredo, einsam und allein auf dem Bürgersteig, war kaum zu übersehen und bot ein leichtes Ziel. Er verfluchte die Studentin und seine Hartnäckigkeit, senkte den Kopf und suchte den Schatten.

Dann war alles ganz schnell gegangen. Mit laut quietschenden Reifen hatte eine große dunkle Limousine auf der Gegenspur in einem weiten Halbkreis gewendet und war wie ein Falke auf ihn zugerast. Alfredo hatte keine Sekunde gezögert. Seine Instinkte übernahmen das Kommando, und der Adrenalinstoß ernüchterte ihn blitzartig.

Er stürmte los, weg von den aufgeblendeten Scheinwerfern, Haken schlagend wie ein Karnickel, jede noch so kleine Deckung der Hauseingänge ausnutzend. Nur nicht stehen bleiben, schrie seine innere Stimme immer wieder, renn so schnell du kannst!

Es war, als ob wütende Hornissen um seinen Kopf schwirrten, und Alfredo wusste, dass sie ihn unter Feuer genommen hatten. Diesmal war es Ernst. Schalldämpfer waren inzwischen in Medellín Standard bei den Schießereien um diese Nachtzeit, wollte man nicht innerhalb weniger Minuten die Polizei auf dem Hals haben. Wenn man Pech hatte, dann geriet man an jene Handvoll Beamte, die unbestechliche Idealisten waren ...

Alfredo hechtete um die Ecke, in die schützende Dunkelheit einer Nebengasse, stolperte über Sperrmüll, wäre fast gefallen, fing sich doch wieder und sprintete weiter. Er riss seine Waffe aus dem Gürtel, als er hinter sich das Aufheulen eines schweren Motors, begleitet vom Aufjaulen quietschender Reifen, hörte. Er bog nochmals ab, war nun hinter dem Einkaufszentrum und rannte immer in Richtung des Cerro Nutibara, eines Hügels und Erholungsgebietes mitten in der Stadt. Dort versprachen Büsche, Bäume und die Dunkelheit Schutz.

Wenn er es überhaupt jemals bis dahin schaffte ...

Er rannte die Calle 34 B entlang, die genau in Richtung des Hügels führte. Vor ihm lag eine große Querstraße mit hohen Büschen und einer Grünfläche zwischen den Fahrbahnen. Allerdings galt es, noch rund zweihundert Meter zu sprinten, und der Scheinwerferkegel der Limousine hatte ihn bereits wieder fest im Griff.

Alfredo ging auf volles Risiko und wechselte die Straßenseite, als er ein verrostetes Metalltor sah, von einer einsamen Straßenlaterne beschienen, das einen Spalt offen stand. Der Lenker des schwarzen Mercedes erkannte seine Chance, gab Gas und wollte den Sicario einholen und überfahren. Die Kugeln pfiffen Alfredo um die Ohren und schlugen in die Hauswände ein. Irgendwo ging ein Fenster zu Bruch, und eine laute Stimme begann loszuschreien. Wenige Sekunden bevor ihn der schwere Mercedes erreicht hätte, schlüpfte Alfredo zwischen den Torflügeln hindurch in einen stockdunklen Hof. Er stieß Abfalleimer um, hastete weiter und sah vor sich eine niedrige Mauer, die er mit einem Aufschwung bewältigte.

Draußen quietschten Reifen, zornige Stimmen schallten durch die Nacht.

Als er sich auf der anderen Seite der Mauer fallen ließ, landete er weich in einem Blumenbeet. Hinter ihm, im dunklen Hof, war einer seiner Verfolger ebenfalls über die Eimer gestürzt und offensichtlich in die Müllberge gefallen, die sich daraus ergossen. Die Flüche waren so drastisch, dass Alfredo lächeln musste. Dann rannte er vorsichtig weiter, hastete durch einen Hausflur und stieß eine Tür auf. Vor ihm, mitten auf der Fahrbahn, lag der Grünstreifen der Carrera 65 D.

Weiter links, an der Ecke, stand der Mercedes wie ein schwarz glänzendes, sprungbereites Raubtier und wartete auf ihn.

Der Sicario zögerte keinen Moment. Den Kopf tief gesenkt, stürmte er über die Straße und verschwand blitzschnell hinter einem dichten Busch. Aber sein Verfolger hatte ihn bereits erspäht. Der Motor heulte auf, und diesmal war der Fahrer entschlossen, sich nicht mehr abhängen zu lassen, er raste einige Meter gegen die Einbahn und entschied sich dann für ein gewagtes Manöver. Mit einem entschlossenen Lenkradeinschlag brachte er die Limousine zum Schleudern, die über die Begrenzungen des Grünstreifens rumpelte und genau auf die Büsche zusteuerte, hinter denen der Sicario verschwunden war. Der schwere Mercedes brach wie ein Panzer durch die Wand aus Grün, Zweige peitschten, und dann war er auch schon auf der anderen Spur der Straße, wie durch ein Wunder unbeschädigt.

Doch damit war das Glück der Verfolger aufgebraucht. Der Fahrer sah gerade noch den Rücken Alfredos, der in einem schmalen Gang zwischen den Häusern im Dunkel verschwand. Er hielt den Mercedes an, schoss dem Sicario wütend durch das offene Seitenfenster nach, als ein Polizeiwagen mit überhöhtem Tempo um die Ecke raste, nicht mehr rechtzeitig bremsen konnte und seitlich in den Mercedes krachte, der noch immer quer über die Fahrbahn stand.

Das Einsatzfahrzeug der Polizei, ein Kleinwagen französischer Herkunft im Erprobungseinsatz der Stadtverwaltung, zerschellte an der Karosserie des Mercedes wie an einem Steinblock. Glas splitterte, Airbags sprangen auf, und das Vorderteil des Streifenwagens schob sich zusammen wie eine Ziehharmonika.

Der unverletzte Fahrer des Mercedes stieß die Tür auf, sprang aus der Limousine und schrie wütend auf die Polizisten ein, die benommen auf ihren Sitzen kauerten. In diesem Augenblick brach auch der zweite Mann durch die Büsche des Grünstreifens, erfasste die Situation mit einem Blick, hob seine Pistole und tötete die beiden Beamten mit zwei gezielten Schüssen. Dann gab er dem Fahrer ein kurzes Zeichen, und beide hetzten Alfredo hinterher.

Der war inzwischen auf der anderen Seite der Häuserzeile angekommen und sah zur linken Hand die Texaco-Tankstelle auf der Calle 33, die rund um die Uhr geöffnet hatte und deren Lichter die Nacht erhellten.

Dahinter lag der Cerro Nutibara.

Er überlegte für einen kurzen Moment, die Fußgängerbrücke auf die andere Seite zu nehmen, verwarf den Gedanken aber sofort wieder. Er würde eine wandelnde Zielscheibe abgeben, wenn er hoch über der Straße durch den Lichtkreis der Bogenlampen liefe.

Also duckte er sich und stieß sich ab, überquerte die sechsspurige Calle 33 im Zick-Zack und war kaum auf der anderen Seite angekommen, als er einen mächtigen Schlag gegen die Hüfte erhielt, der ihn von den Beinen riss und gegen die Hauswand schleuderte. Sofort schoss der Schmerz wie eine Feuerwalze durch seinen Körper und nahm ihm für einen Augenblick den Atem. Gierig sog Alfredo die Luft durch die Zähne ein, wälzte sich auf den Bauch und wäre fast ohnmächtig geworden, als ein großer Stein sich in die Schusswunde zu bohren schien.

Seine Verfolger waren erst in der Mitte der Straße angekommen und mussten warten, bis eine kleine Kolonne von LKWs an ihnen vorbeigezogen war, die Gemüse zu den Großmärkten der Stadt brachten. Sie traten ungeduldig von einem Bein auf das andere, blickten nach links und rechts und vergaßen alle Vorsicht. Ihr Opfer war zu Boden gegangen, die Jagd war fast beendet.

Der Sicario zielte kurz und wartete, bis die beiden Männer die Fahrbahn betraten. Dann drückte er zweimal ab, und die Explosionen der Schüsse hallten durch die Häuserschlucht. Seine Verfolger fielen fast gleichzeitig. Als die ersten Wagen nicht mehr rechtzeitig bremsen konnten und über die beiden Leichen rollten, wandte sich Alfredo ab, steckte die Pistole in den Gürtel und rappelte sich mit schmerzverzerrtem Gesicht hoch. An seiner linken Hüfte und dem Oberschenkel durchtränkte das Blut bereits die Jeans. Ihm wurde schwarz vor Augen, und er musste sich kurz an einem Laternenmast festhalten, bevor er sich zwang, weiterzugehen.

Nun galt es, so schnell wie möglich von hier zu verschwinden.

Der Cerro Nutibara kam als Versteck nicht mehr in Frage, er lag zu weit weg, das würde er in seinem Zustand nicht mehr schaffen. Während Alfredo hastig weiterhumpelte und versuchte, die Schmerzwellen zu ignorieren, überlegte er fieberhaft, wo er sich verstecken könnte. Die ersten Polizeisirenen ertönten aus der Ferne, und bald würden sie beginnen, nach ihm zu suchen.

Da sah er am Ende der Gasse eine moderne Kirche, die er vor wenigen Wochen bereits einmal besucht hatte. Das ausladende Dach, das ihn an eine Bahnhofshalle aus einem der amerikanischen Zeichentrickfilme der fünfziger Jahre erinnerte, hatte seine Neugier erweckt. Die Kirche Nostra Señora de Fatima war in einem kleinen Park errichtet worden und hatte einen freistehenden Glockenturm nach italienischem Vorbild, rund fünfzig Meter entfernt vom Hauptgebäude. Der moderne Turm war eigentlich eine breite Wendeltreppe aus Beton, mit dicken Stahlrohren verkleidet. In acht Windungen führten die Stufen hinauf bis zu den Glocken und knapp unters Flachdach, auf dem ein riesiges modernes Kreuz aufragte.

Zwanzig Minuten später kauerte der Sicario mit schmerzverzerrtem Gesicht am Fuße des Kreuzes. Über die außen am Turm angebrachte Leiter war er, halb ohnmächtig, die letzten Meter heraufgestiegen. Von hier hatte er einen weiten Blick über die Stadt. Der Vorteil war, dass niemand ihn von unten sehen konnte. Der Nachteil bestand darin, dass Alfredo keine Ahnung hatte, wie er jemals wieder hier herunterkommen sollte.

Aber der Gedanke, auf einem Kirchturm zu sterben, tröstete ihn irgendwie.

Er legte seine Stirn gegen das kalte Metall des Kreuzes und versuchte zu beten. Dann verlor er das Bewusstsein.

7. November 1917

St. Petersburg / Russland

Der alte, langgediente Chauffeur von Samuel Kronstein lenkte den Daimler geschickt und zügig durch St. Petersburg. Er kannte das Ziel, wich den Brennpunkten in der Stadt aus und musste nur einmal bei einer Straßenblockade anhalten. Bewaffnete Rote Garden wollten den Wagen requirieren, aber die vier Begleiter des Schmuckhändlers setzten sich lautstark durch und erstritten nach einer hitzigen Diskussion die freie Durchfahrt.

Kronstein selbst hatte kein Wort gesprochen. Er saß auf der Rückbank, mit verschränkten Armen, seinen Stock zwischen den Beinen, den weißen Schal lässig um den Hals gelegt, und schaute geradeaus, in eine Zukunft, die nur er zu kennen schien. Die Gegenwart ignorierte er geflissentlich.

Die vier bewaffneten jungen Männer sahen sich unsicher an. Sie waren theoretisch in der Überzahl, hatten Gewehre, und die politischen Entwicklungen in St. Petersburg verliehen ihnen eine Macht, die keiner von ihnen vorher je besessen hatte. Und doch … Es schien, als ob Kronstein die Fäden zog, in dem kleinen Kosmos, den das Automobil darstellte, ein uneingeschränkter Herrscher auf einem beweglichen, aber zugleich vergänglichen Territorium.

Der Daimler rollte zielstrebig in Richtung Hafen, und der Chauffeur vermied dabei absichtlich die breiten Chausseen. So war es eine holprige Fahrt durch schmale Gassen, über mangelhaft gepflasterte Plätze und an staunenden Passanten vorbei, die dem Automobil lange nachsahen.

Kronstein schwieg, und seine Begleiter wagten es nicht, ihn aus seiner Gedankenwelt zu holen.

Als der Wagen schließlich auf einen Kai einbog und neben einem der alten Lagerhäuser stehen blieb, konnte man das Meer riechen. Der Geruch von Salz und Tang lag in der Luft. Der Chauffeur stellte den Motor ab und wartete.

Die vier bewaffneten jungen Männer, drei Bauernsöhne aus kleinen Ortschaften weiter im Osten und ein Student aus St. Petersburg, blickten sich neugierig um und schauten dann Kronstein erwartungsvoll an. Der schien endlich aus seiner Starre zu erwachen und lächelte in die Runde.

»Meine Herren, es ist der Augenblick gekommen, sich zu entscheiden«, sagte er mit fester Stimme. »Tolstoi hat *Krieg und Frieden* geschrieben, ich schreibe jetzt *Leben oder Tod*.«

Bei diesen Worten drehte sich der Chauffeur um und hielt eine schwere Steyr-M-1912-Pistole in der Hand, die er dem nächstsitzenden jungen Mann an die Schläfe drückte.

»Diese Pistole hat acht Schuss im Magazin und eine Patrone im Lauf«, dozierte Kronstein noch immer lächelnd. »Igor kann damit umgehen, er trifft eine Spielkarte auf fünfundzwanzig Meter. Sie wären alle tot, bevor Sie überhaupt eines der Gewehre in Anschlag gebracht hätten. Doch bitte glauben Sie mir, wenn ich Ihnen sage, wir wollen die Steyr nicht benutzen. Ich möchte nur, dass Sie mir zuhören. Dann können Sie frei wählen.«

Er machte eine kurze Pause, während er die Männer musterte, die ihn verwirrt ansahen. »Es ist mir bewusst, dass Sie zu meinem Schutz abgestellt wurden, und ich weiß es sehr zu schätzen, dass Sie dieser Aufgabe bisher so perfekt nachgekommen sind. Normalerweise würden sich hier und jetzt unsere Wege trennen. Wie Sie sich denken können, werde ich auf dem schnellsten Weg das Land verlassen. Ich habe dafür meine Vorkehrungen getroffen, schon vor einigen Jahren.«

In Kronsteins Stimme schwang Befriedigung, aber auch ein wenig Wehmut mit. »Sie sind alle noch sehr jung, während ich am Ende meines Lebens stehe, und deshalb ersuche ich Sie, mir kurz zuzuhören. Unsere Familie war immer jüdisch, müssen Sie wissen, so lange wir denken können. Wir hatten nur wenige gute Zeiten in den letzten Jahrhunderten, dafür viele Katastrophen zu überstehen.

Das hat uns geprägt, wie Tausende andere mosaische Familien in Russland ebenfalls. Die Geschichte hat uns gelehrt, vorsichtig und auf alles vorbereitet zu sein, egal, wer da oben gerade das Sagen hat.«

Kronstein verstummte, drehte seinen Stock zwischen den Fingern und schaute den jungen Männern nachdenklich einem nach dem anderen in die Augen. Er sah Respekt, Bewunderung, Unsicherheit und Interesse, aber keinen Hass. Befriedigt gab er sich einen Ruck.

»Lassen Sie mich für einen Moment Orakel spielen. Die Kämpfe in den nächsten Wochen und Monaten werden hart und verlustreich sein, auf beiden Seiten. Man muss kein Prophet sein, um das vorherzusehen. Sie sind nicht gerade das, was man erfahrene Kämpfer nennt, und Ihre Wahrscheinlichkeit zu überleben ist, nun, sagen wir, sehr überschaubar.«

Der alte Mann lächelte wieder, und diesmal hatte er sie alle vier auf seiner Seite. »Ich kenne dieses Land besser als Sie. Ich bin darin groß geworden, bin seit siebzig Jahren ein Teil dieser russischen Seele und habe mehr Erfahrung mit der Macht, als Sie wahrscheinlich je haben werden.«

Bei diesen Worten begann er den Griff seines Spazierstocks aufzuschrauben, unter den erstaunten Blicken der vier jungen Männer, die ihm atemlos zusahen. Dann streckte er die flache Hand aus und brachte den Stock in die Waagrechte. Aus der entstandenen Öffnung kullerten große, farblose Steine, die im Tageslicht atemberaubend funkelten und glitzerten.

»Das sind Diamanten, die besten und schönsten, deren ich in meiner Karriere habhaft werden konnte. Der Stock ist auf seiner gesamten Länge ausgehöhlt und damit gefüllt. Ein Vermögen, würdig eines Kaisers oder eines Zars.«

Einer seiner jungen Begleiter pfiff durch die Zähne. Es war, als sei ein Bann gebrochen worden, denn plötzlich redeten alle aufgeregt durcheinander. Kronstein suchte unbeeindruckt einige Steine aus, ließ die anderen wieder in den Stock zurückgleiten und schraubte den Griff fest. Dann hob er die Hand, und alle Gespräche verstummten mit einem Schlag.

»Mein Vorschlag ist folgender«, sprach der alte Mann mit fester

Stimme. »Ich habe hier einen Diamanten für jeden von Ihnen, wenn Sie mich bis an mein Ziel begleiten. Igor, mein alter Freund und Chauffeur, möchte hier bleiben, in St. Petersburg bei seiner Familie. Einerseits kann ich ihn verstehen, andererseits nicht, aber ich respektiere auf jeden Fall seine Entscheidung. Ich könnte vier junge, starke Männer als Reisebegleitung gebrauchen. Männer, die mir ergeben sind und zu mir halten, die mir beistehen und mich sicher an mein Ziel bringen. Es soll Ihr Schaden nicht sein, glauben Sie mir. Der Diamant ist der Lohn für Ihre Mühe, unser Ziel ist ein Land in Europa, in dem Sie keinen Gefahren ausgesetzt sind. Dafür verbürge ich mich. Es steht Ihnen allerdings frei, am Ende der Reise wieder nach Russland zurückzukehren, bei mir zu bleiben oder ein eigenes Leben zu beginnen, wo immer Sie wollen, fern von Revolution und Krieg.«

»Gibt es eine Alternative, Exzellenz?« Einer der jungen Männer, dessen Nickelbrille ihn wie einen zu jungen Philosophen aussehen ließ, sah Kronstein fragend an.

»Die gibt es gibt immer«, gab der zurück, nickte kurz seinem Chauffeur zu und lächelte weise. »Den Tod.« Er schaute in die Runde. »Sie werden verstehen, dass ich niemanden zurücklassen kann, der nur eine einzige Andeutung darüber machen könnte, wie ich dieses Land verlassen habe. Ich will auch keinesfalls das Risiko eingehen, meinen alten Freund Igor mit der Unsicherheit hierzulassen, dass eines Tages jemand zu ihm kommen könnte, um ihm meinen Aufenthaltsort mit Gewalt zu entlocken. Ich werde alle meine Spuren, so gut es geht, verwischen, um jeden Preis.«

Kronstein streckte die flache Hand aus, auf der die vier Diamanten glitzerten. Dann wies er auf die Steyr-Pistole, die noch immer auf die Schläfe eines der bewaffneten Männer zielte. »So sieht Ihre Wahl aus.« Er machte eine effektvolle Pause. »Und bitte glauben Sie mir, dass in Zeiten wie diesen keine Skrupel erlaubt sind. Die wären ein noch größerer Luxus als die Steine in meinem Stock.«

Kronstein reichte die vier großen Diamanten einem der Männer, lehnte sich zurück und zog seine silberne Taschenuhr aus der Jacke. Er ließ den Deckel aufspringen. »Ich gebe Ihnen drei Minuten, die über Ihr Leben entscheiden werden. Jetzt und hier. Die Zeit drängt ein wenig, da werden Sie mir zustimmen.«

Die Männer saßen stumm da, jeder in Gedanken versunken. Kronstein hatte eine lautstarke, erbittert geführte Diskussion erwartet, aber nichts dergleichen geschah.

Der junge Mann mit der Nickelbrille drehte fasziniert die Steine zwischen seinen Fingerspitzen.

Der Lauf der Steyr zitterte keinen Millimeter.

Die Zeit schien stillzustehen.

Da wurde plötzlich die Wagentür aufgerissen, ein Uniformierter steckte seinen Kopf herein und brüllte: »Was geht hier vor?« Im Hintergrund drängten sich zwei weitere Soldaten mit Gewehren an der Hüfte, ihre Uniformen mit Blut bespritzt.

»Nichts, was Sie interessieren könnte«, antwortete Kronstein kurz angebunden und steckte die Uhr wieder ein. Die Hand mit der Steyr ruckte kurz herum, und zwei Schüsse trafen den Soldaten in den Kopf. Er fiel zurück auf die Straße, brach zusammen ohne einen Laut. Als seine beiden Begleiter die Schrecksekunde überwunden hatten, völlig überrumpelt ihre Gewehre in Anschlag bringen und das Feuer eröffnen wollten, fielen bereits die ersten Schüsse aus dem Wagen, abgegeben von den jungen Männern, die aus der Hüfte geschossen hatten.

Alles war blitzschnell gegangen und die Stille danach umso beklemmender.

»Exzellenz, ich glaube, die Entscheidung ist gerade gefallen«, kommentierte der junge Mann mit der Nickelbrille trocken. An seine Kollegen gewandt, befahl er: »Werft die drei Leichen ins Wasser und eure Gewehre gleich hinterher. Wohin auch immer wir fahren, wir werden sie nicht so schnell wieder brauchen.«

Dabei sah er Kronstein fragend an, und der nickte lächelnd. »Pistolen sind unauffälliger, ich gebe Ihnen recht. Kann ich also auf Sie zählen, Herr …?«

»Pjotr Solowjov, Exzellenz, und ja, ich denke, Sie können auf uns alle zählen. Wir kommen mit Ihnen, wo immer Sie auch hinreisen. Wenn es sein muss, in die Hölle.«

»Das freut mich«, antwortete Kronstein einfach. »Verteilen Sie bitte die vier Diamanten, und dann lassen Sie uns verschwinden. Wir haben keine Minute zu verlieren. Hier bricht gerade eine Welt zusammen, und wir sollten weit weg sein, wenn sie untergeht.«

São Gabriel da Cachoeira, Rio Negro / Brasilien

Das Babylon-Café war eine der letzten Spelunken alten Zuschnitts zwischen Valparaiso und Beirut, die alle Fährnisse der Zeit überlebt hatten. In den zwanziger Jahren, im kulturellen Überschwang nach dem Vorbild der Oper in Manaus erbaut und für viele Jahrzehnte ein heruntergekommenes, verstaubtes Theater, war das Babylon nach dem Zweiten Weltkrieg schrittweise in eine riesige Bar umgewandelt worden – erst einer der beiden Pausenräume, dann das gesamte Parkett und schließlich das komplette Haus.

Das »Baby«, wie es die Eingeweihten und Stammgäste nannten, war zu einem schäbigen Etablissement verkommen, das sich an seine besten Zeiten nicht mehr erinnern konnte. Als Theater war es zu groß für São Gabriel gewesen, als Bar war es das nach wie vor. Das Babylon litt unter dem Einwohnerschwund entlang des Rio Negro. Es erinnerte viele an einen halbtoten, hungrigen Kraken, der bereits in einer Art Wachkoma lag und dessen Arme sich trotzdem noch bewegten und mit eisernem Griff stets neue Opfer an die längste Bar Südamerikas holten.

Nach dem Ende des Kautschukbooms waren nicht nur aus Manaus, sondern auch aus São Gabriel die Glücksritter wieder fortgezogen. Alle, die reich werden wollten, folgten jenen, die bereits reich geworden waren. Manche schnell und fluchtartig, andere langsamer, in Etappen. Sie zogen zwar weiter, kamen jedoch in regelmäßigen Abständen immer wieder zurück. Niederlagen waren auch mitten in der Wildnis nur schwer zu verwinden, und zerstörte Illusionen verlangten nach einem Tribut aus billigem Fusel. Der floss im Haus am Rio Negro in Strömen.

Theater wurde im Babylon schon lange nicht mehr gespielt. Die

Logen waren verwaist, und die roten Samttapeten verrotteten in der feuchten Luft des Amazonasgebiets. Manche hingen wie lose Hautfetzen von der Wand, andere lösten sich einfach auf, verschwanden auf geheimnisvolle Weise, zersetzten sich zu Staub. Die meisten der einst komfortabel gepolsterten Sitze waren vor langer Zeit an Tischen aufgereiht worden, andere auf einem riesigen Haufen im Keller und damit auf dem Altar des Vergessens gelandet, gemeinsam mit alten Programmheften oder Plakaten, zerfetzten Kostümen und zerbrochenen Schallplatten. Ein Berg der Erinnerungen an glanzvolle Tage.

In den ehemaligen Garderoben der Sänger und Schauspieler hatten sich Huren eingemietet, die für wenige Real ihre Dienste auf den durchgelegenen Matratzen feilboten. Meist standen sie, nur leicht bekleidet, in den schmalen Gängen herum, warteten auf Kundschaft und nippten an Cocktails.

Hoch oben auf dem Rang hatte ein Tätowierer vor wenigen Monaten sein »Atelier«, wie er es nannte, aufgeschlagen. Seit einigen Wochen schlief er auch hier, ausgestreckt auf einigen plüschigen Stühlen, von denen er die Lehne abmontiert und dann die Sitzflächen zusammengeschraubt hatte.

Seltsamerweise hatten alle Besitzer des Babylon die Bühne unangetastet gelassen. War es eine Art letzter Reverenz vor der Vergangenheit? Man munkelte, dass die Kulissen von 1943, dem Jahr der letzten Aufführung, noch immer hoch unter der Decke hingen. Gesehen hatte sie niemand. Nur ein völlig Verrückter hätte es gewagt, den komplizierten Mechanismus der Laufrollen und Hebewerke in Gang zu setzen und dabei Gefahr zu laufen, von dem schweren, rostigen Gestänge erschlagen zu werden.

Also blieb auf der Bühne alles so, wie es war.

Manchmal, wenn das Akkordeon spielte, schoben sich Tänzer zu Tango-Rhythmen über die Bretter, die hier nichts mehr bedeuteten. Alte Paare, den Scheitel akkurat gezogen, mit Ernst und Hingabe bei der Sache, versanken mit der Musik in Erinnerungen an jene Zeiten, die immer rosiger wurden, je länger der Tanz dauerte.

Wo sich einst der Orchestergraben erstreckte, über die gesamte

Breite des Parketts, stand nun die Bar. Riesig, überdimensioniert und respekteinflößend, war es ein Ungetüm aus Holz, das sich wie eine satte Schlange durch den Raum wand. Darüber, stets in Zigarettenrauch gehüllt, hingen die Lampen mit den grünen Glasschirmen an ihren meterlangen Kabeln und standen nie still. Sie schwangen stets leicht im Luftzug, und die gelben Lichtinseln wanderten in ihrem ganz eigenen Rhythmus über die zerkratzte Platte aus schwarzem Marmor, der angeblich aus Italien mit dem Schiff bis zur Amazonas-Mündung und dann den Rio Negro hinauf transportiert worden war.

Geschichten ... dieses Haus war voll davon. Sie hatten sich in allen Ecken und Nischen eingenistet, wie Schwalben, die nie mehr südwärts fliegen wollten. Nicht alle Erzählungen waren wahr. Vielleicht waren es die wenigsten, sah man erst einmal genauer hin und hörte aufmerksamer zu. Andererseits jedoch ... wer weiß? Die Legende jedenfalls, dass man trotz eines Biers in der Hand durstig wurde, wenn man bis ans andere Ende der Bar unterwegs war und dazwischen ein wenig aufgehalten wurde, die konnte jeder leicht selbst überprüfen.

Ins Babylon ging man nicht, es zog einen an. Es war wie ein Strudel, wie ein Magnet an einem Ort, der sonst nichts zu bieten hatte. Hemingway war einmal hier gewesen, so munkelte man, habe alle unter den Tisch getrunken und dann die Zeche geprellt. Evita Peron habe eines Abends plötzlich auf der Bühne gestanden und eine flammende Rede gehalten, eine Lanze fürs Frauenwahlrecht gebrochen.

Und Caruso erst ...

Je später es wurde, desto abenteuerlicher wurden die Geschichten, die im Babylon allabendlich kolportiert wurden. Was tatsächlich stimmte, das blieb für immer das Geheimnis der ätherischen Jugendstil-Engel auf der Empore, die mit unbewegter Miene seit fast einem Jahrhundert über die Besucher wachten.

John Finch saß an seinem Stammplatz, ganz am linken Ende der Bar, und drehte das Glas mit dem achtzehn Jahre alten Bruichladdich-Whisky in seinen Händen wie eine Kristallkugel. Es war spät, oder besser gesagt früh, und das Babylon hatte sich geleert bis auf ein paar Unverdrossene, die nicht mehr nach Hause gehen wollten oder konnten.

Auf der dunklen Bühne, von einem einzelnen Scheinwerfer in ein mystisches Zwielicht getaucht, klimperte ein Mann im abgetragenen Anzug leise auf einer akustischen Gitarre.

»Es ist selten, dass du so lange hier bleibst«, meinte Roberto, der Barkeeper, mit müden Augen. »Findest du nicht, dass es langsam an der Zeit wäre, die Decke übers Ohr zu ziehen?«

Finch antwortete nicht und schien zu versuchen, die goldgelbe Flüssigkeit im Glas zu hypnotisieren. Schließlich zog er die Schultern hoch und nickte langsam. »Wahrscheinlich hast du recht, ich sollte heimgehen. Ein neuer Tag, ein neues Spiel, vielleicht ein neues Glück. Obwohl ich daran zweifle.«

»Ich verstehe sowieso nicht, was du noch hier in São Gabriel machst«, meinte Roberto, während er mit seinem fleckigen Tuch das nächste Glas in Angriff nahm und verbissen so lange daran rieb, bis es gleichmäßig verschmiert war. »Dieses Kaff ist der Arsch der Welt, von hier aus geht es nirgendwo mehr hin. Dein Flugzeug steht im Hangar herum und wird in diesem Klima auch nicht besser. Wann hast du deinen letzten Auftrag gehabt? Vor acht Monaten?«

»Gestern«, gab Finch düster zurück und schaute auf seine Breitling, »genauer gesagt vor acht Stunden.«

Roberto sah den alten Flieger überrascht an. »Und?«

»Es will jemand meine alte Lady buchen und mich gleich dazu, das Geld spielt keine Rolle, ein Ende ist nicht abzusehen. Und doch ...« Finch lehrte das Glas in einem Zug und stellte es dann hart auf die Bar. »Da ist zu viel, das mir nicht gefällt«, setzte er hinzu und rutschte vom Barhocker. »Zu viel Aufwand für einen alten Flieger wie mich, wenn du weißt, was ich meine.«

Roberto schüttelte energisch den Kopf und polierte weiter.

Finch seufzte. »Na gut, ich sehe, du verstehst mich also nicht. Wenn du einen Piloten suchst, dann geht es meist darum, von A nach B zu kommen, schnell und sicher. Wenn es etwas Illegales ist, dann legst du vielleicht noch auf die Diskretion der Besatzung wert und akzeptierst einen höheren Preis. Aber warum sollte jemand von sich aus so viel Geld auf den Tisch legen, dass er das Flugzeug gleich mit dem Hangar kaufen könnte? Dazu eine komplette Crew, gute Mechaniker, eine hübsche Stewardess und genügend Ersatzteile für die nächsten fünf Jahre?«

John Finch schob sein Glas dem Barkeeper zu und rutschte vom Hocker. »Ich habe in meinem Leben viel Geld verdient, sehr viel Geld. Ich bin über dem aufregendsten Kontinent dieser Erde die unmöglichsten Einsätze geflogen, Roberto, immer am Limit und mit Taschen voller Glück.« Der Pilot grinste wie ein Schuljunge, der einen besonders perfiden Streich ausgeheckt hatte. »Die Abenteuer kamen zu mir, jeden Tag stand ein neues vor der Tür. Gefahr war das Salz in der Suppe. Und weißt du was?« Er sah Roberto an. »Ich habe es überlebt, entgegen aller Wahrscheinlichkeit. Ich wusste immer, wann es genug war, und bin rechtzeitig gegangen, bevor die letzten Trümpfe auf dem Tisch lagen. Man spielt nicht lange ungestraft mit dem Teufel.«

Finch trommelte mit den Fingern auf den schwarzen Marmor. »Aber jetzt habe ich zum ersten Mal das Gefühl, dass mein Schutzengel nicht mehr auf den Kopilotensitz will.«

»So viel Geld?«, fragte der Barkeeper und schaute ihn lauernd an.

»Noch mehr«, gab der alte Pilot einsilbig zurück, »unanständig viel.«

»Wer?«, setzte Roberto nach und hörte für einen Moment auf, die Gläser zu polieren.

Finch schüttelte nur stumm den Kopf, steckte sein Zigarrenetui ein und legte einen Zehn-Reais-Schein auf die Theke. »Wundere dich nicht, wenn du mich in den nächsten Wochen nicht zu Gesicht bekommst«, murmelte der Pilot. »Dann bin ich verreist. So oder so.«

Roberto runzelte die Stirn und sah ihn fragend an.

»Entweder ich nehme den Auftrag an, dann kannst du meine Flasche vermutlich jemandem anderen schenken. Oder ich lehne ihn ab, dann werde ich wohl für einige Zeit verschwinden müssen.

Mein Auftraggeber sieht nicht so aus, als akzeptiere er ein Nein als Antwort.« Finch zuckte mit den Schultern und dachte kurz nach. »Vielleicht besser so – und du hast recht. Es wird Zeit, die Bar zu wechseln …«

»Pass auf dich auf, alter Mann«, lächelte Roberto, »und schreib eine Ansichtskarte. Ich hab noch einen Magneten auf meinem Kühlschrank frei.«

»Schau ab und zu nach meinem Boot, bevor es ganz absäuft«, gab Finch zurück, als die Tür aufflog und drei laut grölende Männer hereintorkelten, halbleere Flaschen mit Schnaps in ihren Händen schwingend.

Der Barkeeper verdrehte die Augen. »Die haben mir heute noch gefehlt«, stieß er hervor. »Matrosen vom Schiff aus Manaus, jede Woche dasselbe Schauspiel. Die besuchen die horizontale Truppe in den Garderoben.«

»Wie verzweifelt muss man sein …?«, fragte Finch niemanden im Besonderen und wandte sich zum Gehen. »Halt mir einen Platz frei, so in ein, zwei Jahren, wenn es das Baby dann noch gibt.«

»Vergiss nicht zu schreiben«, lächelte Roberto. »Wo immer es dich auch hinverschlägt.«

Als John Finch in die tropische Nacht hinaustrat und die Türen des Babylon leise quietschend hinter ihm zuschwangen, roch er den Rio Negro und ein Parfum, das er kannte.

»Keine passende Nachtzeit für Scarletts Enkelin«, sagte er leise, ohne sich umzudrehen. »Und nicht der richtige Platz.«

»Was ist schon richtig, Senhor Finch?«, lachte es kehlig aus dem Dunkel. »Aber wollen wir hier draußen philosophieren, oder laden Sie mich auf einen Drink ein?«

»Ich bin für Ersteres«, gab er trocken zurück. »Was machen Sie hier? Alte Männer beim Trinken beobachten? Dann hoffe ich, Sie haben genau hingesehen. Weil ich für einige Zeit verreist sein werde und dieses Etablissement ohne mich auskommen muss.«

Sie war neben ihn getreten und schaute in Richtung des Flusses, als sie antwortete. »Wir haben uns nicht mehr gesehen, nachdem die

Leibwächter meines Großvaters es übernommen haben, Sie zurück nach São Gabriel zu bringen.« Er konnte ihrer Stimme nicht entnehmen, ob sie das bedauerte oder einfach nur Konversation machen wollte.

»Also keine Antwort auf meine Frage«, erwiderte Finch lakonisch und war drauf und dran, sich auf den Weg nach Hause zu machen, als ihre Hand ihn am Unterarm zurückhielt.

»Ich wollte wissen, wie Sie sich entschieden haben«, meinte sie leichthin.

»Neugier steht Ihnen nicht, Fiona«, stellte er fest und wandte sich zu ihr um. »Außerdem kann es Ihnen völlig egal sein, wie ich mich entscheide, oder täusche ich mich? Ein alter Pilot mit seinem Wasserflugzeug, das man ebenfalls bereits in die Kategorie ›erhaltenswertes Fluggut‹ einreihen kann ... Lassen Sie mich in Ruhe die Nacht zu Ende bringen und gehen Sie nach Hause.«

»Großvater hält große Stücke auf Sie, Senhor Finch«, fuhr sie unbeirrt fort.

Der Pilot seufzte. »Soll ich mich jetzt geehrt fühlen?«

»Ja.« Ihre Antwort war eine einfache Feststellung. Kein Pathos, keine Überheblichkeit. Das brachte Finch etwas aus dem Konzept.

»Außer der Tatsache, dass er über jede Menge Geld verfügen muss, weiß ich nichts über Ihren Großvater«, gab er zu bedenken.

»Dann sind wir bereits zwei«, sagte Fiona leise. »Ich kann Ihnen zwar über seine Krankheit berichten, über seine Ehe mit meiner Großmutter, die vorbildlich war, aber das ist auch schon alles. Ich habe keine Ahnung von der Vergangenheit des alten Mannes im Rollstuhl.«

»Sie waren es doch, die mir erzählt hat, dass er in den letzten zehn Jahren nur mit wenigen Menschen gesprochen hat«, erinnerte sie Finch mit einem ärgerlichen Unterton.

Die Frau neben ihm winkte ab. »Das habe ich nicht gemeint. Aber in unserer Familie wurde nie ein einziges Wort darüber verloren, was mein Großvater in Europa machte, damals, bevor er nach Südamerika kam.«

Finch schwieg und lauschte den Geräuschen der Nacht.

»Was hat er Ihnen angeboten?« Sie ließ nicht locker.

»Fünf Millionen Dollar und einen stilvollen Tod.«

Fiona versuchte erst gar nicht, ihre Überraschung zu verbergen. »Fünf Millionen? Das ist ... Wahnsinn ... Das ...«

»Zum zweiten Teil des Deals fällt Ihnen nichts ein?«, unterbrach er sie ungehalten. »Schlafen Sie gut, Fiona, ich sehe wirklich nicht, wohin das führen soll. Wenn Ihr Großvater einen Selbstmörder sucht, dann bin ich eindeutig der Falsche. Dazu liebe ich das Leben zu sehr. Ich war schon immer ein Anhänger des kalkulierten Risikos, sonst stünde ich nicht mehr hier.«

»Und Sie waren stets ein Geschäftsmann«, ergänzte die junge Frau, »der den Wert eines Angebots zu schätzen wusste. Wie viele Menschen sollen Sie umbringen für diese Summe?«

»Ihr Großvater meinte, ich solle für ihn arbeiten. Einiges herausfinden, wie er es nannte.« Finch versenkte seine Hände tief in den Taschen der Cargo-Hose. »Wenn ich annehme, dass dies nur die Spitze des Eisbergs ist, dann habe ich gerade gar keine Lust, Titanic zu spielen.«

»Das kann ich verstehen«, antwortete Fiona nachdenklich.

Hinter ihnen sprang die Tür auf, und die drei volltrunkenen Matrosen drängten aus der Bar. Sie konnten sich kaum mehr auf den Beinen halten. Einer zeigte mit ausgestrecktem Arm auf Finch und Fiona, machte eine unflätige Bemerkung über die junge Frau und ihren grauhaarigen Gesprächspartner, bevor alle drei laut lachend davontorkelten und in der Dunkelheit verschwanden.

»Andererseits ...«, setzte der Pilot an und warf den drei Matrosen einen eher belustigten Blick hinterher, »andererseits wird es vielleicht wirklich Zeit, dieses Kaff mit einer etwas kultivierteren Gegend zu vertauschen.«

»Wie damals in Kairo?«, stichelte die junge Frau lächelnd.

»Das ist eine andere Geschichte.« Er überlegte kurz. »Ach was, richten Sie Ihrem Großvater aus, dass ich sein Angebot annehme. Ich lege zwar noch keinen Wert auf meinen Tod, aber die fünf Millionen könnten mir den Weg dahin pflastern. Ich erwarte seine Instruktionen morgen früh.«

Fiona sah ihn für einen Moment ausdruckslos an. Dann, ohne ihn aus den Augen zu lassen, griff sie in ihre Jacke, zog langsam einen weißen Umschlag hervor und hielt ihn dem Piloten hin.

»Es *ist* morgen früh«, meinte sie leise. Damit drehte sie sich um und ließ einen verblüfften John Finch stehen, der sich fragte, ob sein Schutzengel nicht gerade ins Koma gefallen war.

Nostra Señora de Fatima, Medellín / Kolumbien

Das Handy läutete, und der durchdringende Klingelton holte Alfredo aus seiner tiefen Bewusstlosigkeit. Hitze wogte in Wellen durch seinen Körper, ausgehend von der Schusswunde an der Hüfte. Gleich darauf schüttelten ihn Kälteschauer. Seine Hände tasteten zitternd nach dem Mobiltelefon. Als er versuchte, die Nummer oder den Namen des Anrufers zu erkennen, verschwammen die Buchstaben vor seinen Augen.

Mit einem Krächzen nahm er das Gespräch an. Bei jeder Bewegung zündete eine kleine Explosion in seiner Hüfte. Der Sicario sank zurück auf das raue Flachdach und versuchte, still zu liegen. Er drückte das Handy mit beiden Händen an sein Ohr wie eine Lebensader, durch die auf wundersame Weise seine Rettung kommen würde.

Ein Vorhang aus dicht gesponnener Watte schien seinen Kopf zu umgeben. Die Töne, die aus dem Telefon drangen, waren nur unverständliche Laute.

Alfredo fluchte. Da rief ihn jemand an, und dann konnte er ihn nicht verstehen! Er versuchte, ins Telefon zu schreien, aber es kam nur ein Röcheln aus seiner Kehle. Tränen der Verzweiflung rannen ihm über die Wangen. Er würde also doch hier sterben, am Fuße des Kreuzes.

Der Anrufer verdoppelte seine Bemühungen, zumindest was die Lautstärke betraf. Alfredo kämpfte mit einer dunklen Wand, die ihn zu erdrücken schien. Oder war es die Nacht, die über ihn fiel wie ein Tuch und sich zuzog?

Die Bewusstlosigkeit kam zurück, der Schmerz gewann die Oberhand, und Alfredo spürte, wie das Blut aus seiner Wunde strömte und die Kräfte ihn langsam verließen.

Aber diese Stimme aus dem Handy ... Fordernd und doch unverständlich. Der Sicario stemmte sich gegen die neuerliche Ohnmacht mit aller Kraft, die ihm noch verblieben war. Er klammerte sich an die Laute aus dem Handy wie an einen Strohhalm. Langsam dämmerte es ihm. Er kramte in seiner Erinnerung. Er erkannte den Anrufer, die Stimme, den Tonfall ...

Vincente.

Alfredo drängte die Dunkelheit zurück. »*Hola* Vincente«, flüsterte er und war erstaunt, dass seine Stimmbänder wieder funktionierten. Aufgeregtes Schreien auf der anderen Seite war die Folge. Der Sicario lächelte, auch wenn es kläglich misslang und in einer schmerzverzerrten Grimasse endete.

»Hör gut zu, ich weiß nicht, wie lange ich noch bei Bewusstsein bin«, murmelte Alfredo. »Ich liege auf dem Dach des Turms der Kirche Nostra Señora de Fatima, in der Nähe des Cerro Nutibara.« Er atmete schwer.

Kein Laut vom anderen Ende der Leitung. War Vincente noch da? Der Sicario sandte ein stilles Gebet zum Himmel.

»Sie haben mich angeschossen, aber ich bin ihnen entwischt. Hol mich hier runter, wenn du kannst, sonst mach ich's nicht mehr lange ...«

Er wartete erneut auf eine Antwort, aber es kam keine. Hatte Vincente ihn verstanden? Alfredo ließ das Handy sinken und gab erschöpft den Kampf gegen die Ohnmacht auf. Die Dunkelheit kam rasend schnell und deckte gnädig alles zu. Schmerz und Euphorie, Hoffnung und Verzweiflung. Sein Blut tränkte den Boden am Fuße des großen Kreuzes aus Metall.

Der Sicario spürte es nicht mehr.

Der Mann, der sich über ihn beugte, war ein Unbekannter, dessen Gesicht in leuchtendem Weiß zu schweben schien, umgeben von einem Strahlenkranz. Ein gütiges Gesicht, voller Falten und Fältchen, wie zerknittertes und wieder glatt gestrichenes Seidenpapier.

War das Gott?

Alfredo betrachtete ihn aufmerksam und versuchte, sich an die Erzählungen seiner Mutter zu erinnern. Geschichten von eleganten, leuchtend weißen Engeln, von einem weit offenen Himmel und einem Paradies voller Zufriedenheit und endlosem Genuss. Und, nicht zu vergessen, von einem nachsichtigen Gott, der keineswegs so zornig und unnahbar war, wie Alfredo ihn später kennenlernte. Nämlich immer dann, wenn er in der Kirche saß und zu ihm betete, nach den Jobs.

Zuerst hatte Gott noch mit ihm gesprochen. Manchmal wütend, vorwurfsvoll. Dann war sein Gebet zu einem Monolog geworden.

Schließlich kam es Alfredo so vor, als ob Gott kein Wort mehr an ihn verlor.

Vielleicht hörte er ihm auch gar nicht mehr zu. Oder der Gott seiner Mutter war einfach ein anderer Gott.

Er sah ihr Gesicht, das aus dem Nebel der Erinnerung auftauchte und wieder verschwand. Die Züge waren verschwommen, es war so lange her, seit er sie zum letzten Mal gesehen hatte. Alfredo wollte weinen, aber er war ja tot.

Und Tote weinen nicht, sagte er sich.

Dann kam wieder Gott in sein Blickfeld, mit seinen ernsten Augen, und Alfredo fühlte einen stechenden Schmerz. Einen Schmerz? Empfand man Schmerzen, wenn man tot war? Während Alfredo noch grübelte und versuchte, durch die Watteschichten seiner Gedanken zu dringen, übermannte ihn eine große Ruhe. Er entspannte sich und verspürte ein Glücksgefühl, das er vorher noch nie gekannt hatte.

Vielleicht war tot sein doch gar nicht so schlecht ...

»Ich habe ihm noch eine Morphium-Spritze gegeben, dazu ein Schlafmittel«, erklärte der Arzt und gähnte laut. »Mehr kann ich nicht mehr für ihn machen. Die Wunde ist versorgt, das bereitet mir keine Sorgen. Er ist jung und hat eine eiserne Konstitution. Aber er hat viel Blut verloren. Eigentlich sollten wir ihn zur Transfusion in ein Spital bringen ...«

Vincente, der neben ihm stand und aufmerksam zuhörte, schüttelte nur energisch den Kopf.

Der Arzt mit dem vollen weißen Haar und dem schmalen Gesicht, durch das sich Fältchen wie das Liniennetz der öffentlichen Verkehrsmittel einer Millionen-Metropole zogen, nickte resignierend. »Dann wird er es so schaffen müssen«, meinte er schließlich mit besorgtem Gesichtsausdruck, während er die Latex-Handschuhe abstreifte und in den Abfalleimer warf.

Vincente sah sich kurz um, entdeckte einen Block auf dem Schreibtisch der Praxis und schrieb kurz ein paar Worte darauf. Dann hielt er ihn dem Arzt hin.

»Ob ich ihn hier behalten kann?«, lächelte der Mediziner, den Vincente aus dem Bett geklingelt hatte, einen bewusstlosen Alfredo über seiner Schulter und einen Riesenschreck in den Knochen. »Aber ganz sicher doch, junger Freund. In dem Zustand geht er nirgends hin, zumindest nicht für die nächsten zwei Tage.«

Vincente nickte befriedigt. Dann griff er in die Tasche und legte wie selbstverständlich ein Bündel Real auf den Tisch. Der Arzt sah erst den Jungen an, dann das Bündel Banknoten. Schließlich nahm er das Geld und wog es in seiner Hand, wie ein Säckchen Gold.

»Dafür könntest du ihn in einer Privatklinik unterbringen«, meinte der Mediziner kopfschüttelnd. »Viel zu viel.« Er zog ein paar Scheine aus dem Bündel und reichte das restliche Geld Vincente. »In drei Tagen sehen wir uns wieder. Dann sollte es deinem Freund bereits bessergehen. Bis dahin ist er in guten Händen, mach dir keine Sorgen. Und wenn ich eine passende Blutkonserve auftreiben kann, ohne zu viele Fragen beantworten zu müssen, fülle ich sein System auf.«

Vincente lächelte dankbar und schüttelte dem Arzt die Hand. Dann schlüpfte er gewandt durch die halboffene Tür der Praxis, stürmte die Treppen hinunter auf die Straße, wo er kurz stehen blieb und sich vorsichtig umblickte. Niemand zu sehen.

Zufrieden lief er los. Es dauerte keine fünfzehn Schritte, da hatte er seinen Rhythmus gefunden. Die Sonne war bereits aufgegangen, Medellín erlebte das übliche morgendliche Verkehrschaos.

Vincente schlängelte sich zwischen den hupenden Autos durch, nahm Abkürzungen und durchquerte Parks, wo die Sprinkleranlagen Regenbogen in die klare Luft über dem Rasen zeichneten. Jetzt, da er Alfredo gut versorgt wusste, war es an der Zeit, sich um das geheimnisvolle Stück Papier und seinen wahren Empfänger zu kümmern.

Das Haus, in dem Alfredo und Vincente wohnten, war eines der wenigen alten Gebäude im Viertel. Der dreistöckige Bau mit der brüchigen Fassade erzählte von einem vergangenen Glanz Medellíns. Weit weg von der bejubelten modernen Architektur im Stadtzentrum, dämmerte das alte Haus seinem Abriss entgegen. Es war nur noch eine Frage der Zeit, bis die Spekulanten auch die Grundstücke in La Cruz entdecken würden. Dann begann der stets gleiche Kreislauf von neuem: Die Bewohner, viele Arbeitslose und Kleinkriminelle, würden ausgesiedelt werden, weiterziehen in noch entferntere der 249 Bezirke der Stadt, während die Bagger Platz für noch mehr Stahl und Chrom schaffen würden.

Aber noch stand das Gebäude, trotz des Verfalls, und hatte sich einen Rest von seiner majestätischen Ausstrahlung bewahrt. Ende des 19. Jahrhunderts von einem der großen Kaffee-Exporteure des Landes als Niederlassung in Medellín erbaut, spiegelte der Ziegelbau mit seinen dicken Mauern die Geschichte des Landes wider. Der Bürgerkrieg 1948 hatte Dutzende Einschusslöcher hinterlassen, die nie repariert worden waren. Der Verputz, ehemals ein zartes Gelb, war in der feuchten Luft großflächig abgeblättert, die Reste hatten eine schmutziggraue Farbe angenommen. Die Puttenköpfe über den Fenstern waren nach und nach den nächtlichen Zielübungen jugendlicher Schießwütiger zum Opfer gefallen. Graffiti aus gestohlenen Spraydosen bedeckten das Erdgeschoss wie ein Dschungel mehrfarbiger Schlingpflanzen.

Als Vincente die wenigen Stufen zum Eingang hochlief, musste er spielenden Kindern und einer jungen Frau ausweichen, die auf der Treppe saß und ihrer Tochter im Säuglingsalter die Brust gab. Sie blickte auf, als sie ihn hörte, und lächelte den Jungen an. »*Hola*

Vincente, was kochst du heute Feines?«, fragte sie schelmisch. »Lädst du mich auch zum Essen ein?«

Da Vincente wusste, dass die junge Mutter einige Zeichen der Gebärdensprache verstand, machte er ihr rasch klar, dass heute gar nichts auf dem Speisezettel stand. Dann schloss er noch eine Frage an, die von der Frau mit einem Stirnrunzeln quittiert wurde.

»Wer hier am längsten wohnt? Du meinst in diesem Haus?«
Vincente nickte und wartete.

Sie legte einen Finger an ihre Lippen und dachte kurz nach. »Ich bin auch noch nicht so lange hier, höchstens drei Monate länger als du. Aber frag einmal Señor Botero, hinten im Gartenhaus. Der muss ja schon auf die hundert zugehen und schielt noch immer den Weibern hinterher«, kicherte sie. Dann machte sie mit einem Finger ein kreisendes Zeichen an ihrer Schläfe. »Und ein wenig *loco* ist er auch ...«

Sein Weg auf die Rückseite des Gartens führte Vincente an den überfüllten Müllcontainern vorbei, an skelettierten Fahrrädern und bemoosten Reifenstapeln, aus denen Gras wuchs. Er war noch nie hier gewesen. Die Fenster von Alfredos Wohnung gingen nach vorn auf die Straße hinaus. Der Garten war Neuland, und von einem Gartenhaus hatte Vincente noch nie gehört.

Je weiter er auf dem schmalen Weg vordrang, Zweige zur Seite schob und Brennnesselstauden auswich, umso dichter wurde die Vegetation links und rechts. Dann, mit einem Mal, sah er das kleine Haus, an dessen Mauer Orchideen blühten. Es war ein niedriger, gedrungener Bau, vielleicht eine alte Garage oder ein Pferdestall, mit grünen Fensterläden und einem Flachdach, auf dem unzählige Blumentöpfe standen.

Vincente schnupperte. Der Duft von Kaffee lag in der Luft. Drei ausgebleichte Stühle mit durchhängender, geflochtener Sitzfläche waren um einen weißen, runden Tisch aus Gusseisen gruppiert, auf dem eine Laterne stand, wie man sie aus den alten Cowboy-Filmen kannte.

Auf einem der Sessel lag eine rot getigerte Katze und beobachtete den Eindringling durch halbgeschlossene Augen. Alles sah überraschend sauber und gepflegt aus. Wenn Señor Botero tatsächlich bereits im Greisenalter war, dann musste er ein rüstiger und ordnungsliebender Greis sein, dachte Vincente und betrat vorsichtig durch eine sehr schmale, aber offen stehende Tür einen kleinen, fensterlosen Vorraum. Es war dunkel, und sein Körper schirmte noch zusätzlich das Tageslicht ab. Der Geruch von verloschenen Kerzen und frisch gebrühtem Kaffee lag in der Luft.

Im ersten Moment sah Vincente gar nichts. Er zögerte, versuchte seine Augen an die Dunkelheit zu gewöhnen, lauschte, aber alles blieb stumm. Kein Laut war aus dem Inneren des kleinen Häuschens zu hören. Vielleicht sollte er sich bemerkbar machen, aber er wollte andererseits nicht den womöglich schreckhaften alten Bewohner mit seinen Urmenschlauten verstören.

Also hob er die Hand, um an den Rahmen der Eingangstür zu klopfen, als ihn ein sirrendes Geräusch erstarren ließ. Einen Wimpernschlag später presste sich die Spitze einer langen Klinge an seinen Hals, kraftvoll und mit Nachdruck, während eine skurril hohe Stimme über ihm »Entert die Schaluppe! Entert die Schaluppe!« kreischte. Dazu ertönte ein tiefes Lachen aus dem Dunkel neben ihm.

Vincente standen die Haare zu Berge.

»Willkommen auf meinem Schiff«, flüsterte jemand, während sich der Druck auf die Spitze an seinem Hals verstärkte. »Der Fliegende Holländer ist eine Ausflugsjacht im Vergleich zu dieser Brigg und Davy Jones ein Wohltäter der Menschheit … gegen mich!« Die letzte Silbe des Wortes klang wie das Fauchen einer Wildkatze.

Das Gekreische über seinem Kopf ging schon wieder los. »Kielholen! Auspeitschen!«

»Vielleicht gar keine schlechte Idee.« Diese zischelnde, leise Stimme klang gefährlicher als jede Drohung, die Vincente in seinem Leben je gehört hatte. Und der Unterton von schleichendem Irrsinn machte alles nur noch schlimmer.

»Hast du die Sprache verloren, junger Freibeuter?«, klang es spöttisch aus der Dunkelheit. »Bist du auf deinen Raubzügen an die falsche Adresse geraten? Hat dich keiner gewarnt?«

Vincente wollte verneinend den Kopf drehen, spürte den Stahl an seinem Hals und ließ es besser bleiben.

Das Geräusch eines Streichholzes durchdrang das Dunkel, und mit einem Mal wurde es heller in dem kleinen Vorraum. Direkt vor sich sah Vincente eine Wand mit mehreren Ölbildern.

Es waren Erhängte in den verschiedensten Stadien der Verwesung. Davor baumelte eine große Schlinge aus einem dicken Seil. Im flackernden Kerzenlicht schien das Tau zu leben und sich zu bewegen.

»Man nannte es den Tanz am Hanfstrick«, flüsterte die Stimme. »Die Strafe für Piraten, die man gefangen nahm und verurteilte. Nachdem das Zucken aufgehört hatte, ließ man den Leichnam für drei Gezeiten am Galgen hängen, zur Abschreckung.« Das kichernde Lachen ging Vincente durch Mark und Bein. »Manchmal auch noch länger. Ein Festmahl für die Vögel, aber kein schöner Anblick.«

Vincentes Blick irrte über die Bilder. Totenköpfe grinsten auf ihn herab, leere Augenhöhlen starrten ihn an.

Es war ein Fehler gewesen, hierherzukommen, ein großer Fehler.

»Siehst du das Bild ganz oben, mit dem abgeschlagenen Kopf zwischen den Säcken und der Waage?« Das Flüstern füllte wieder den Raum. »Kapitän Guillaume Le Testu, ein französischer Pirat aus Le Havre, der im 16. Jahrhundert die Karibik unsicher machte. Er ging mit Sir Francis Drake auf Raubzug, und sie erbeuteten so viel Gold, dass sie es nicht mehr tragen konnten und den größten Teil vergraben mussten. Im Jahr 1572 dann wurde Le Testu verwundet, von spanischen Soldaten überfallen und geköpft. Sein Schädel wurde am Marktplatz von Nombre de Dios ausgestellt, nahe der Mündung des Rio Chagres.«

Der Druck der Spitze an Vincentes Hals war mit einem Mal weg, nur um einen Augenblick später durch die rasiermesserscharfe Schneide des Säbels an seinem Adamsapfel ersetzt zu werden. Vincente spürte ein paar Bluttropfen über seine Gurgel rinnen und wagte es nicht, den Kopf zu drehen. Die Erhängten tanzten vor seinen Augen.

Dann erlosch die Flamme des Streichholzes.

»Wo sollen wir deinen Kopf ausstellen, mein stummer Freund?«

Diesmal blieb das Kichern aus.

»Das hier ist vielleicht ein falsches Schiff in einem falschen Jahrhundert, und es segelt nur in meiner Phantasie. Aber der Tod ist der Freund aller Piraten. Er kommt noch immer schnell, wenn man ihn ruft.«

In seiner Phantasie sah Vincente seinen Kopf bereits zwischen den Blumentöpfen auf dem Dach stehen, über Besucher wachend und langsam von der Sonne ausgebleicht. Ein unbekanntes Gefühl des Terrors breitete sich in seinem Magen aus, und ihm wurde schlecht. Das riss ihn aus seiner Erstarrung, und er stieß einen Laut aus, der eine Mischung aus Verzweiflungsschrei und Aufheulen war. Augenblicklich verschwand die Klinge von seinem Hals und ein Gesicht, umrahmt von wirr abstehenden weißen Haaren, tauchte aus dem Dunkel auf, neugierig und ein wenig besorgt. Wache Augen betrachteten aufmerksam den Jungen, dem der Angstschweiß auf der Stirn stand.

»Du siehst nicht wie ein gewöhnlicher Einbrecher aus«, murmelte der alte Mann und ließ den Säbel sinken. »Was willst du hier?«

»Keine Gefangenen! Keine Gefangenen!«, kreischte die Stimme über Vincentes Kopf.

»Gib Ruhe, Jack Sparrow!«, fuhr der Mann den Papagei an, der auf einer Stange unter der Decke hin und her spazierte.

»*Captain* Jack Sparrow!«, kreischte der Vogel, flog auf und landete elegant auf der Schulter seines Besitzers.

Vincente sah das Paar mit großen Augen an. Der alte Mann wartete noch immer auf eine Antwort, und die Spitze des Säbels schwebte drohend in Bauchhöhe. Verzweifelt deutete der Junge mit ausgestrecktem Zeigefinger auf seinen offenen Mund. Dann machte er einige Zeichen in der Gebärdensprache.

»Du bist stumm?«, fragte Señor Botero, und Vincente nickte erleichtert. »Freu dich nicht zu früh, Buccaneer. Ich bin auf der Hut. Kannst du schreiben?« Wieder nickte der Junge und atmete tief aus, als der alte Mann mit einer fließenden Bewegung den Säbel in einer glänzenden Scheide verschwinden ließ, die er an der Hüfte trug. »Dann komm herein, ich habe Kaffee gemacht, und du kannst mir erzählen, was dich zu einem alten Piraten wie mich verschlägt. Oder willst du anheuern?«

Er stieß die Tür in den nächsten Raum auf und bedeutete Vincente, ihm zu folgen. Dann ging er mit wiegenden Schritten voran. Der Papagei auf der Schulter hatte sich umgedreht und ließ den Besucher nicht aus den Augen.

Vincente trat über die Schwelle und glaubte sich in die Kulisse eines alten Hollywood-Streifens versetzt. Der Raum war größer als vermutet und nahm wohl die gesamte Fläche des Hauses ein. Er war vollgestopft mit nautischen Geräten, Flaggen, Ansichten von alten Schiffen und Galionsfiguren. Zwei Kanonen standen auf ihren Lafetten, auf den Eingang gerichtet, wie eine Warnung. Daneben war ein pyramidenförmiger Stapel von Kugeln errichtet worden. Alte Steuerräder hingen an der Wand, neben Ölgemälden von Schlachten und den verschiedensten Arten von Messern, die fein säuberlich untereinander aufgereiht worden waren. Wohin er auch sah, entdeckte Vincente neue Dinge, von denen er viele nicht kannte. Da waren alte Pistolen und Schiffslaternen, aufgerollte Taue und seltsam geformte Anker, Karten von Inseln und Filmplakate mit längst vergessenen Schauspielern.

In der Mitte des Raumes, über einem Seil, das von einer Wand zur anderen gespannt war, hing eine riesige schwarze Flagge. Darauf war ein weißes Skelett mit Sanduhr und einem Speer in der knöchrigen Hand zu sehen. Rechts daneben prangte ein rotes, blutendes Herz.

»Die Flagge von Edward Teach, genannt Blackbeard.« Botero war neben Vincente getreten, einen Becher mit duftendem Kaffee in der Hand, den er ihm entgegenstreckte. »Er war der bekannteste englische Pirat in der Karibik, zwischen St. Lucia und der amerikanischen Küste. Die Flagge, vor der du stehst, war Programm: Das Skelett symbolisierte den Tod, den er brachte, die Sanduhr war das Zeichen für die Endlichkeit des Lebens. Der Speer wiederum stand für einen gewaltsamen, das blutende Herz für einen langsamen und grausamen Tod.«

Der alte Mann wies auf ein Porträt an der Wand, das einen etwas ironisch blickenden Freibeuter mittleren Alters zeigte. »Augenzeugen beschrieben Teach als einen großen, schlanken Mann, der einen außergewöhnlich langen schwarzen Bart trug. Daher kam sein Piratenname Blackbeard. Er steckte sich Lunten an seinen Hut, die er anzündete, um seine Feinde zu erschrecken.«

Botero kicherte, nippte an seinem Kaffee, ohne die Flagge aus den Augen zu lassen, und erzählte weiter. »Teach wurde nur achtunddreißig Jahre alt, aber sein Ruf überlebte ihn bis heute. Er starb bei einem Gefecht auf seinem Schiff, der Queen Anne's Revenge, von fünf Kugeln getroffen. Man enthauptete den Toten, warf seinen Körper in das Meer vor der Ocraroke-Insel, am südlichen Ende der Küste von North Carolina, und hängte seinen Kopf an den Bugspriet des Siegerschiffes. Das war am 22. November 1718. Der gefürchtete Blackbeard war endlich tot, aber seine Legende war geboren, und sie lebt bis heute fort.«

Vincente reichte seinen leeren Becher zurück und sah dabei Botero zum ersten Mal genauer an. Der alte Mann war etwa so groß wie er und schien aus einem der Bilder an der Wand gestiegen zu sein, direkt aus den Tiefen der Freibeuter-Vergangenheit in das Medellín von heute. Die wirren Haare, die abgewetzte und an unzähligen Stellen geflickte Bekleidung, der Papagei auf seiner Schulter, der Säbel und die riesige Pistole in seinem Gürtel, die Stulpenstiefel, aus denen ein Messergriff ragte, beunruhigten Vincente.

Ein gefährlicher alter Mann oder einfach ein Irrer, der seinen Wahn lebte?

Vincente war sich nicht sicher, was er von dem erstaunlich durchtrainiert wirkenden Bewohner dieses Museums halten sollte, dessen Gesicht zum größten Teil hinter einem ungepflegt wirkenden Bart verborgen blieb. Die blaugrauen Augen, die ihn nun ihrerseits musterten, waren klar und blickten etwas misstrauisch in die Welt und auf Vincente im Speziellen.

»Nun zu dir, junger Mann. Was bringt dich an Deck dieser Brigg?« Mit diesen Worten hielt Botero Vincente ein Blatt Papier und einen Stift hin.

Während der Junge schrieb, fütterte der alte Mann den Papagei auf seiner Schulter mit Körnern, die er aus seiner Hosentasche fischte. Dabei betrachtete er den stummen, abgezehrten Vincente in seinen schlotternden Klamotten nachdenklich.

»Du sollst hier keinen Roman schreiben, Buccaneer«, sagte er schließlich und zog Vincente ungeduldig das Papier unter dem Stift weg.

»Hängt ihn!«, kreischte der Papagei, flog auf und landete auf dem Seil, das die Flagge von Blackbeard trug. Das Skelett schien zum Leben zu erwachen und schüttelte die Sanduhr.

»Kommt Zeit, kommt eine Schlinge«, murmelte Botero.

Dann begann er zu lesen.

Cabañas Gisela, Tintipan, Islas de San Bernardo / Kolumbien

»Er ist Ihnen also entwischt.«

Der Mann wirkte im grauen Anzug mit Krawatte völlig deplatziert, aber es war ihm offenbar egal. Hinter der elegant arrangierten Sitzgruppe unter Palmen lag das azurblaue Karibische Meer, davor ein menschenleerer Sandstrand, von dem ein langer Steg aus weiß gestrichenen Holzbohlen weit in die See hinaus führte. Ein riesiges dunkelblaues Schnellboot, eine Sunseeker Predator mit 8000 PS, lag am äußersten Ende des Stegs vertäut.

Es war eine Bilderbuch-Idylle.

Doch der Schein trog.

»Er ist uns nicht entwischt, er hat sich selbst umgebracht.«

Die Stimme seines Gegenübers war ruhig und gefasst. Der hünenhafte Mann auf der anderen Seite des großen runden Tisches trug ein T-Shirt, Shorts und Dockers. Seine eisgrauen Augen blickten selbstsicher und abschätzig auf den Anzugträger. »Er hat Stil bewiesen, das muss man ihm lassen.«

»Von Stil können wir uns nichts kaufen, Major Llewellyn. Die Tauben sind aufgeflogen. Genau das ist geschehen. Und es hätte niemals geschehen dürfen.« Der Mann im Anzug schob sein schwarzes Blackberry auf der Tischplatte hin und her, in einem Muster, das wohl nur er kannte. Ein Kellner in blütenweißem Smoking kam und stellte ein paar Gläser Planters-Punsch auf den Tisch. Dann nahm er die leeren wieder mit. Die Cabañas Gisela, ein exklusives Resort auf der Insel Tintipan, waren für ihre Cocktails im gesamten Karibischen Meer bis nach Jamaica berühmt.

»Warum haben Sie ihn nicht früher gefunden?« Der Major fuhr sich mit seiner Hand über die militärisch kurzgeschnittenen grauen

Haare. »Dann hätten Sie Ihre Hinweise bereits in der Hand, und die Tauben wären auf dem Grill gelandet.«

»*Smart ass*«, zischte sein Gegenüber.

Llewellyn schaut ihn kühl an. »Nach Ihnen. Sie wissen, dass ich recht habe. Wir versuchen hier, die Kohlen aus dem Feuer zu holen, aber der Waldbrand ist bereits außer Kontrolle geraten.«

»Vielleicht ist es besser, Sie ziehen in ein Altersheim und überlassen die wirklich wichtigen Aufgaben Ihren Nachfolgern, Major.« Die Stimme des Mannes im Anzug klang spöttisch.

»Vielleicht ist es besser, Sie lernen erst einmal die Spielregeln, bevor Sie die Würfel auspacken, Mr. Schmidt«, gab Llewellyn ungerührt zurück. »Und ich glaube übrigens nicht eine Sekunde, dass dieser Name in Ihrem Pass steht. Aber Ihr Mangel an Phantasie ist im Moment nicht so wichtig.« Er nahm einen großen Schluck Punsch aus dem beschlagenen Glas, in dem die Eiswürfel klirrten. »Es gibt Dinge, die haben sich in diesem Geschäft nie geändert. Schnell zuschlagen heißt effektiv arbeiten. Sie hingegen haben Jahrzehnte vergeudet, Spuren kalt werden lassen und sich an einen Strohhalm geklammert, der bereits in den sechziger Jahren zu einem Stern auf einem Weihnachtsbaum in Ihrer Heimat geflochten wurde. Und jetzt wollen Sie den Schwarzen Peter elegant weiterreichen?«

»Ich glaube, wir sollten unsere Zusammenarbeit jetzt und hier beenden«, stellte der Anzugträger lakonisch fest. »Ich will Sie nicht davon abhalten, Ihre wohlverdiente Pension zu genießen, Major.«

»Ich habe in diese ... Arbeitsgemeinschaft eingewilligt, weil die Interessen meiner Regierung weitgehend mit den Bestrebungen Ihrer Gesellschaft übereinstimmten. Leider haben Sie die Vorarbeit gemacht und uns erst im letzten Moment verständigt.« Llewellyn blickte sich um und deutete auf die Sunseeker am Steg. »Man könnte auch sagen ... an Bord geholt.«

Er griff in die Tasche seiner Shorts und zog eine zusammengefaltete Fotografie heraus, die er auf dem Tisch glattstrich. Sie zeigte einen jungen Mann in der SS-Uniform der »Leibstandarte Adolf Hitler«. Das alte, vergilbte Foto mit den zahllosen Stockflecken wies einige

Einschusslöcher auf. Llewellyn schob es seinem Gegenüber zu. »Wer ist das?«

Der Mann im Anzug runzelte die Stirn und griff nach dem Porträt. Er betrachtete es nachdenklich, mit zusammengekniffenen Augen. Dann zuckte er mit den Schultern und legte es wieder zurück. »Ich habe keine Ahnung. Wo haben Sie es her?«

»Aus der Bruchbude, in der Paul Hoffmann hauste. Es hing an der Wand, als einziger Schmuck.« Er beugte sich vor und fixierte Schmidt. »Sein einziger Luxus, wenn Sie so wollen. Abgesehen von den Tauben und der schmutzigen Hure, die Sie als Aufklärerin vorausschickten, um ihm die Hinweise abzunehmen.«

Schmidt zog eine Grimasse. »Was auch nicht funktioniert hat, wenn man es recht bedenkt.« Er nahm die Fotografie nochmals zur Hand, drehte sie um, blickte auf die leere schmutzig-graue Rückseite und gab sie schließlich wortlos an Llewellyn zurück.

»Und jetzt?« Der Major steckte das Bild ein und sah Schmidt fragend an. »Die Tauben sind irgendwo gelandet, vielleicht in diesem Land oder in einem der angrenzenden Staaten. Oder – wer weiß wo? Die Hinweise sind jedenfalls bei ihren Adressaten angekommen. Was nun?«

»Warum hat Ihre Regierung ausgerechnet Sie und Ihre Männer ausgewählt, um eine solch heikle Aufgabe zu erfüllen?«, erwiderte Schmidt kühl. »Sie sind alle weit über sechzig, manche sogar zehn Jahre älter. Ihre Welt ist lange untergegangen, Major.«

»Sagt Ihnen der Name Red Adair etwas, Mr. Schmidt? Oder sind Sie zu jung dazu?« Llewellyns Augen blitzten. »Adair zog sich mit achtzig vom aktiven Geschäft zurück, bis dahin blies er Großbrände aus wie andere Leute die Kerzen auf ihren Geburtstagstorten. Er war Spezialist auf seinem Gebiet, der beste. Beantwortet das Ihre Frage?« Der grauhaarige Major stand auf und leerte seinen Longdrink. Dann drehte er sich um und blickte zur Sunseeker, die unmerklich in den Wellen schaukelte. »Diese ganze Geschichte hat zu einem Zeitpunkt begonnen, als Sie noch nicht einmal geplant waren, Mr. Schmidt. Ihre Eltern kannten sich wahrscheinlich noch gar nicht, weil beide die Schulbank drückten und in der Nase bohrten. Damals waren meine Männer und ich fast schon ein eingespieltes Team.« Major Llewellyn ging langsam um den Tisch herum und beugte sich zu dem Mann im Anzug hinunter. Im Hintergrund wollten zwei Leibwächter aus den Korbstühlen aufspringen, aber eine Handbewegung Schmidts hielt sie zurück. »Und so etwas wie die beiden Wichtel da drüben essen wir heute immer noch zum Frühstück«, grinste der Major. Dann wurde er wieder ernst. »Meine Männer waren schon mit allen Wassern gewaschen, da haben Sie noch nicht mal bis zum Waschbecken hinaufgereicht. Deswegen sind wir hier, und ich hoffe, das ist jetzt ein für alle Mal klar. Und deshalb wiederhole ich meine Frage – was nun?«

Schmidt schob noch immer sein Blackberry im Zickzack über den Tisch. Dann gab er sich einen Ruck. »Es hat sich etwas ergeben, ein Zufall, wenn Sie so wollen. Wie Sie wissen, haben wir Hoffmann unser Augenmerk zuerst zugewandt, weil er die Hinweise in seinem Besitz hatte. Aber vor einigen Stunden haben wir den Namen und den Aufenthaltsortes eines zweiten Mannes in Erfahrung bringen können. Wir wissen allerdings nicht, ob er noch am Leben ist. Sein Name war oder ist Ernst Böttcher, sein Wohnort Medellín.«

»Wie schnell schafft Ihr Schnellboot die zwanzig Kilometer bis zur Küste?«, erkundigte sich Llewellyn leichthin.

»In weniger als zwanzig Minuten«, gab Schmidt zurück. »Aber ich habe vorher hier auf der Insel noch etwas zu regeln. Wir laufen in einer Stunde aus. Und, Major Llewellyn, es wäre schön, wenn Sie und Ihre Männer diesmal keine Fehler machen würden. Auch im Interesse Ihrer Regierung ...« Er stand auf und schaute Llewellyn in die Augen. »... Und Ihrer Pension. Soviel ich weiß, wird die nur an Lebende ausgezahlt. Kolumbien ist nicht Europa. Es ist ein gefährliches Pflaster, müssen Sie wissen. Ein lebensgefährliches.«

São Gabriel da Cachoeira, Rio Negro / Brasilien

Das Klopfen an der Tür wollte einfach nicht aufhören ...

John Finch tastete nach seinem Wecker, brachte damit einen Stapel Taschenbücher aus dem Gleichgewicht und fluchte laut, als die gleich auch noch seine Breitling mit in die Tiefe rissen. Endlich hatte er den Wecker gefunden, der in roten Ziffern 11:35 Uhr anzeigte. Das änderte sich auch nicht, als er ihn zur Kontrolle zehn Zentimeter vor seine Nase hielt, weil er es einfach nicht glauben wollte.

Und dann war da auch noch dieses andauernde Klopfen ...

»Ja!«, schrie Finch. »Ist ja gut, ich komme schon!«

Auf dem Weg zur Tür zerrte er den Morgenmantel vom Haken und zog ihn im Gehen an. »Wer zum Teufel ...« Er riss die Tür auf und stand Fiona gegenüber, die ihn strafend über ihre Sonnenbrille hinweg anblickte und auf ihre Armbanduhr deutete.

»Wir sollten schon längst unterwegs sein.«

»Wir? Wieso wir?« Finch fuhr sich mit seiner Hand über die Augen. »Schlafen Sie nie?«

»Was hat das eine mit dem anderen zu tun?« Fiona schob den Piloten aus dem Weg und trat ein. »Sie brauchen erst einmal einen starken Kaffee und eine Dusche. Ich kümmere mich um Ersteres, während Sie den zweiten Punkt erledigen. Dann reden wir weiter.«

»Ich bin noch nicht wach genug, um zu reden«, brummte Finch missmutig und schloss die Augen. Dann seufzte er, drehte sich um und tastete sich ins Badezimmer.

Eine halbe Stunde später stand er neben Fiona auf der kleinen Terrasse seines Hauses und nippte an einem starken Kaffee, während er Fischerboote beobachtete, die im Fluss ihre Netze ausbrachten.

»Für dieses Gebräu müssen Sie meinen Vorrat an Blue-Mountain-Bohnen aufgebraucht haben«, beschwerte sich der Pilot und verzog das Gesicht.

»Ich habe sie ausgepresst, um das Wasser zu sparen«, gab Fiona ungerührt zurück.

»Warum sind Sie nicht zum Einkaufen in Paris oder auf einem Opernbesuch in Wien? Ich brauche weder ein Kindermädchen noch eine Aufpasserin, sondern Platz um die Ellenbogen. Und Kaffee kochen kann ich auch besser.«

»Senhor John Finch, hat Ihnen eigentlich schon jemand gesagt, dass Sie morgens noch weniger auszuhalten sind als …«

Finch unterbrach sie mit einer abwehrenden Handbewegung und einem bösen Blick. »Ich war nie verheiratet, und jetzt weiß ich wieder mal, warum. Also – was machen Sie hier? Wieso kann ich nicht ausschlafen? Oder in Ruhe einen vernünftigen Kaffee auf meiner Terrasse trinken? Ich kann mir nicht vorstellen, dass Ihrem Großvater der Boden unter den Füßen so sehr brennt, dass …«

Jetzt war es an Fiona, dem Piloten ins Wort zu fallen. »Wen interessiert schon Ihre Vorstellungskraft, Senhor Finch? Sie haben einen Auftrag bekommen. Die genauen Anweisungen sind in dem Kuvert, das ich Ihnen vor dem Babylon übergeben habe. Und hier ist noch etwas, das Sie vielleicht in die Gänge kommen lässt.« Sie griff in ihre Handtasche, zog einen dicken Umschlag hervor und hielt ihn Finch unter die Nase. »Mein Ticket!«

Der Pilot hob milde interessiert die Augenbrauen und wog den Umschlag in der Hand. »Was ist das? Die Lebenserinnerungen Ihres Großvaters?« Er riss das braune Kuvert auf und griff hinein.

»Hunderttausend Dollar in bar für die ersten Spesen«, antwortete Fiona kalt, »und eine Kreditkarte auf Ihren Namen. Ich komme gerade von der Bank.«

Finch sah sie mit schräg gelegtem Kopf an. »Er meint es ernst, nicht war? Wie hoch ist das Limit?«

»Welches Limit?« Sie schaute ihn verständnislos an.

»Das der Kreditkarte«, meinte er und zog eine schwarze Master-Card World Signia aus dem Umschlag, die tatsächlich seinen Namen trug.

»Es gibt keines«, gab Fiona zurück, nahm ihm die Kaffeetasse aus der Hand und ging zurück ins Haus.

»Ein völlig neues Lebensgefühl«, murmelte Finch und folgte ihr in die kleine Küche, wo die junge Frau gerade die Tassen in den Geschirrspüler räumte. »Das heißt, ich könnte mir für eine Million eine zweite Grumman Albatross kaufen und einfach mit der Karte zahlen?«

»Sind Sie jemals erwachsen geworden?«, seufzte Fiona und sah ihn zweifelnd an.

»Jedenfalls älter.« Er grinste. »Und das erfolgreich.«

»Unterschreiben Sie lieber.« Die junge Frau setzte ihre Sonnebrille auf. »Und dann machen wir uns auf den Weg.«

»Sie haben eine Quittung?« Finch runzelte die Stirn.

»Die Kreditkarte«, fauchte Fiona und rauschte an ihm vorbei. »Ich warte draußen im Wagen auf Sie. Und vergessen Sie nicht, die Instruktionen meines Großvaters mitzunehmen.«

Das Innere des Hummer-Geländewagens war gut gekühlt. Eine Wohltat angesichts der Temperaturen jenseits der 30-Grad-Marke und der tropischen Luftfeuchtigkeit der Amazonas-Region. John Finch warf seine Reisetasche auf die Rückbank und machte es sich auf dem Beifahrersitz bequem. Er hatte Shorts und T-Shirt mit Jeans und einem weißen Pilotenhemd vertauscht.

»Um auf meine Frage von vorhin nach dem ›wir‹ zurückzukommen. Danke, dass Sie mich zum Flughafen bringen, aber am Hangartor endet unsere gemeinsame Reise dann auch schon wieder«, stellte Finch fest. »Ich fliege am liebsten allein.«

»Ich auch«, gab Fiona ungerührt zurück. »Aber es gibt Ausnahmen. Öffnen Sie Ihren Umschlag mit den Anweisungen und lesen Sie.«

»Lassen Sie mich raten … Sie wissen, was drinsteht«, murmelte er, zog das Kuvert aus seiner Hemdtasche und riss es auf. Der Inhalt war sehr übersichtlich. Es war ein kleines Blatt mit wenigen Zeilen.

Sehr geehrter Senhor Finch,
es freut mich, dass Sie Ihre Entscheidung getroffen haben und mir bei meinem Vorhaben helfen. In einem ersten Schritt geht es darum, zwei Männer für mich zu finden, mit ihnen zu reden und sie dazu zu bewegen, sich mit mir zu treffen. Das könnte sich unter Umständen als problematisch herausstellen, da ich von den beiden seit mehr als fünfzig Jahren nichts mehr gehört habe. Ich weiß nicht, ob sie umgezogen sind, noch leben oder es vielleicht nur mehr ihre Nachfahren gibt.
Jeder der beiden hat – wie auch ich – innerhalb der letzten achtundvierzig Stunden Besuch von einer Brieftaube bekommen. Damit kam er in den Besitz eines Hinweises, den ich dringend benötige. Bringen Sie mir die Männer oder die Hinweise. Ihre Namen sind Ernst Böttcher und Franz Gruber. Laut meinen letzten Informationen lebte Böttcher in Medellín und Gruber in Bogotá. Alles andere liegt nun bei Ihnen, Senhor Finch.
Betrachten Sie meine Enkelin Fiona als Verbindungsglied zwischen Ihnen und mir. Sie wird Sie begleiten. Wenn Sie so wollen, als meine Rückversicherung und Ihre Assistentin.
Handeln Sie schnell, es geht um viel mehr, als Sie ahnen.
W. K.

Der Pilot drehte das Blatt um, aber die Rückseite war leer. »Nicht gerade üppig.«

»Sie sehen, ich bin Teil des Deals«, stellte Fiona zufrieden fest. »Gewöhnen Sie sich also besser an mich.«

Finch blickte schweigend aus dem Seitenfenster auf den vorbeiziehenden Dschungel. Der Flughafen, aus militärischen Gründen überdimensioniert und selbst für Jumbo-Jets geeignet, lag rund zwanzig Kilometer außerhalb der Stadt, am Ende einer neu asphaltierten Straße.

»Irgendetwas ist hier faul«, sagte er ruhig. Dann griff er nach hinten, holte den braunen Umschlag aus seiner Reisetasche und legte ihn auf den breiten Mitteltunnel. »Hier ist Ihr Geld, die Kreditkarte, und jetzt lassen Sie mich aussteigen. Ich hab's mir überlegt. Ich fliege nirgendwohin.«

Fionas Kopf fuhr herum, und sie sah ihn zornig an. »Sie wollen kneifen? Ich darf Sie daran erinnern, dass Sie vor acht Stunden noch ganz anderer Meinung waren!« Sie lenkte an den rechten Straßenrand und hielt den Hummer an. »Warum der Stimmungsumschwung jetzt plötzlich?«

»Warum hat Ihr Großvater ausgerechnet mich ausgesucht? Warum zahlt er eine unanständig hohe Summe für ein wenig Recherchearbeit? Warum sollen Sie mitkommen? Und warum habe ich das Gefühl, dass ich nicht einmal einen Bruchteil der Informationen erhalten habe, die eigentlich notwendig wären, um diesen Job vernünftig zu machen?« Finch schüttelte den Kopf. »Zu viele Fragen, zu wenige Antworten.«

»Dann machen wir uns auf den Weg und finden die Antworten.« Fiona schlug mit der flachen Hand auf den Umschlag. »Mein Großvater hat sich noch nie in die Karten schauen lassen, auch von mir nicht. Damit werden Sie sich abfinden müssen. Ich dachte, Sie haben bisher noch kein Abenteuer verpasst? Oder bereiten Sie sich jetzt auf einen ruhigen Lebensabend vor? Dann allerdings hat mein Großvater tatsächlich den Falschen ausgewählt, und Sie sollten zurück in Ihr Bett.«

»Eine reizvolle Idee!« Der Pilot grinste, dann wurde er wieder ernst. »Abenteuer sind *eine* Sache, unkalkulierbares Risiko eine andere. Wenn mir jemand so viel Geld für ein wenig Arbeit bietet, dann schrillen bei mir alle Alarmglocken. Einen Piloten mit Flugzeug bekommen Sie für bedeutend weniger Scheine, selbst und vor allem in dieser Einöde. Ich habe in Afrika eines gelernt: Je höher der Preis, umso mehr stinkt der Fisch. Mit anderen Worten – je mehr jemand zu verbergen hat, umso höher ist der Stapel Banknoten, die er bereit ist, dafür auszugeben. Wenn ich das bei Ihrem Großvater allerdings in Relation setze ...«

Fiona schwieg.

»Sie haben eine verdammt überzeugende Art, vielleicht hat er Sie deshalb vorausgeschickt«, fuhr Finch fort, »und möglicherweise will er Sie deshalb dabeihaben. Aber ich war schon immer ein Einzelgänger, und das wird sich auch jetzt nicht ändern. Mein Risiko trage ich selbst, solange ich es vor mir verantworten kann. Es ist wie beim Fliegen – gehe ich drauf, habe ich einen Fehler gemacht. Aber es waren stets *mein* Risiko und *mein* Fehler und *meine* Konsequenzen.« Er griff nach seiner Reisetasche auf dem Rücksitz. »Sie kommen aus einem behüteten Haus, brauchten sich nie um Geld Sorgen zu machen, besuchten die besten Schulen und wuchsen in einer idealen, beschützten Welt auf. Ich habe seit Anbeginn für jeden Schritt in diesem Leben bezahlen müssen, oftmals teuer. Deshalb suche ich mir den Weg genau aus.« Finch öffnete die Tür des Hummers. Heiße Luft strömte herein. »Niemand hat damit gerechnet, dass ich jemals vierzig Jahre alt werde. Ich habe die Kerze immer an beiden Enden angezündet, ein Rennen gegen die Zeit begonnen und bin, abgesehen von einigen Narben, mit heiler Haut davongekommen. Wissen Sie, warum?«

Fiona wandte den Kopf und sah ihn an. Finch glaubte, so etwas wie Unsicherheit in ihren Augen zu entdecken.

»Weil ich zur rechten Zeit vom Tisch aufgestanden bin und wusste, wann es besser ist, aufzuhören.« Er lächelte, und die Falten um seine Augen vertieften sich. »Und glauben Sie mir, oft hatte *ich* die Trümpfe in der Hand und nicht die anderen. Aber nur aus diesem Grund lebe ich heute noch.« Finch stieß die Tür weiter auf und machte Anstalten auszusteigen, doch eine Hand auf seinem Arm hielt ihn zurück.

»Ich möchte genau so wie Sie herausfinden, was hinter der Geschichte mit der Brieftaube steckt«, sagte Fiona leise. »Seit sie bei uns eingeflogen ist, erkenne ich meinen Großvater nicht wieder. Deswegen möchte ich mitkommen und habe ihm angeboten, die Verbindung zu halten.«

John Finch sah seine Begleiterin an. »Er hat Sie gehen lassen?«

»Ich bin ein Sturkopf, wenn es darauf ankommt«, antwortete sie lächelnd.

»Und auf wessen Konto gehe ich?« Finch tippte mit seinem Zeigefinger auf den braunen Umschlag auf der Mittelkonsole.

»Nicht auf meines, das könnte ich mir nicht leisten«, gab die junge Frau zurück und schüttelte den Kopf. »Nein, mein Großvater hat Sie ausgewählt. Er kennt viele, obwohl ihn selbst nur die wenigsten kennen, und er verfügt über ein großes Netzwerk, auch wenn man das im Dschungel von Amazonas nicht für möglich halten sollte.«

»Warum hat er dann nicht selbst nach den beiden Männern, diesen ...« Er blickte auf den Zettel in seiner Hand. »... Böttcher und Gruber, gesucht?«

Fiona zuckte mit den Schultern. »Ehrliche Antwort? Ich weiß es nicht. In unserer Familie galt immer ein ungeschriebenes Gesetz. Frag nicht nach dem Woher und lass die Vergangenheit ruhen.« Sie schaute angestrengt geradeaus auf die Straße. »Vielleicht ist es auch die falsche Generation, um Fragen zu stellen. Wer weiß ...«

Sie verstummte. Ein riesiger LKW raste an ihnen vorbei, und der Hummer schaukelte ein wenig im Luftstrom.

Der Pilot schwieg. Er drehte das weiße Blatt mit den wenigen Zeilen nachdenklich in seiner Hand und überlegte. Schließlich sprach er wie zu sich selbst. »Sie haben mich gefragt, warum ich hierhergekommen bin, mitten in den Urwald Amazoniens. Die Antwort ist einfach: weil ich aus Afrika weg wollte oder, besser gesagt, musste. Ich bin öfter als jeder andere zwischen Casablanca und Kapstadt in jene Krisenherde geflogen, in die sich sonst keiner hineinwagte. Ich war in gesperrten Luftkorridoren zu Hause, bin drei Mal abgeschossen worden, vier Mal notgelandet, habe mich zu Fuß wieder in die Zivilisation durchgeschlagen. Oft geht es gut, aber irgendwann geht es schief, irgendwann zahlt man Tribut. Dann fordert man das Schicksal einmal zu oft heraus, glaubt an die eigene Unverwundbarkeit. Deswegen bin ich aus Afrika weggegangen. Über kurz oder lang wäre mein Glück aufgebraucht gewesen und mein Name auf einer jener Listen gelandet, die alle vermissten Piloten in Afrika seit dem Zweiten Weltkrieg aufführt. Das wollte ich nicht. Also packte ich meine Sachen.«

»Sie haben Afrika geliebt, nicht wahr?«, fragte Fiona mit einer weichen Stimme, die ihn überraschte.

Er nickte wehmütig lächelnd. »Ich hatte einen Kontinent zur Heimat und einen endlosen Himmel. Was kann man sich als Flieger mehr wünschen? Haben Sie *Wind, Sand und Sterne* von Saint-Exupéry gelesen?«

»Der auch den *Kleinen Prinzen* geschrieben hat?«

»Ja, der berühmte französische Postflieger und Schriftsteller. Ich habe das Buch so oft gelesen, dass die Seiten nicht mehr zusammenhielten. Es erschien 1939, als Deutschland der Welt den Krieg erklärte. Saint-Exupéry berichtet über seine Erlebnisse in Nordafrika, seine Wüstenflüge und seine Teilnahme am Rennen Paris–Saigon, das für ihn bereits zweihundert Kilometer vor Kairo endete. Er musste notlanden, blieb unverletzt, war aber bereits halb verdurstet, als Beduinen ihn fanden, retteten und in die Hauptstadt brachten. Trotzdem – auch er liebte Afrika und die Freiheit über den Wolken.« Finch legte den Kopf in den Nacken und schloss die Augen. »Wissen Sie, wann er *Wind, Sand und Sterne* geschrieben hat? Als er schwer verletzt nach einem Absturz in Guatemala zur Genesung nach New York gebracht wurde. Er konnte das Fliegen auch nicht lassen.«

»Nach dem Flug ist vor dem Flug«, lächelte sie. »Es muss eine Leidenschaft sein, das kann ich mir gut vorstellen.«

»Nach einer guten Landung verlässt man das Flugzeug aus eigener Kraft, nach einer großartigen kann man es weiterverwenden«, schmunzelte Finch. »Und ich hatte nicht den Ruf eines Bruchpiloten. Vielleicht war ich deshalb so gefragt.«

»Das sind Sie jetzt auch wieder«, erinnerte ihn Fiona, »und das Honorar lohnt den Einsatz. Es ist wahrscheinlich das höchste ihrer Fliegerlaufbahn. Also? Worauf warten wir noch? Wollen Sie kneifen?«

»Ich will überleben«, gab er zurück. »Ihr Großvater hat mir fünf Millionen und einen stilvollen Abgang angeboten. Ich denke über die zweite Hälfte des Angebots nach.«

»Warum nehmen Sie nicht das Geld und gehen zurück nach Afrika?«, warf Fiona ein. »Wollen Sie Ihr restliches Leben damit verbringen, sehnsüchtig über den Atlantik zu schauen und einem Leben nachzutrauern, das Sie hier vermissen? Mit fünf Millionen können Sie in Marrakesch ein Hotel eröffnen und Ihren Gästen so nebenbei Flüge in die Wüste anbieten.«

Finch zog die Tür des Hummers zu und lehnte sich in die Polster zurück. »Eine reizvolle Idee«, lächelte er. »Und wenn es schiefgeht?«

»Dann behält mein Großvater recht, und Sie haben einen stilvollen Abgang«, erwiderte die junge Frau ungerührt. »Sie können mir ja immer noch die Millionen vermachen ...«

»Überredet«, gab er lachend zu. »Verschwinden wir von hier.« Finch griff in seine Hosentasche und zog eine Münze hervor. »Ein Silberdollar von 1844«, erklärte er Fiona, die ihn verwundert anschaute. »Lassen wir ihn entscheiden, wo wir anfangen, Medellín oder Bogotá.«

»Kopf – Medellín«, sagte sie.

»Adler – Bogotá«, ergänzte er und warf die Münze.

Armenviertel La Cruz, Medellín / Kolumbien

»Wie bist du noch mal genau an diesen Zettel gekommen?«, fragte Señor Botero misstrauisch, nachdem er wohl zum zehnten Mal die kleine Notiz überflogen hatte. Vincente war es nicht leichtgefallen, das Original mit der blassblauen Tinte herauszugeben, aber er wollte eine Auskunft von dem alten Mann, also musste er wohl einwilligen.

Er war froh, dem skurrilen Haus entkommen zu sein. Nun saß er gemeinsam mit Botero, der sich einen weiteren Kaffee eingeschenkt hatte, auf den Stühlen im Garten zwischen Orchideen, die in allen Farben leuchteten. Die rot getigerte Katze ließ sich genussvoll von Vincente kraulen und schnurrte. Hinter einer grünen Wand aus Büschen und Blattwerk schien die Stadt ganz weit weg, Vom Lärm Medellíns war so gut wie nichts zu hören.

Nach dem Durchlesen der Zeilen, die Vincente eilig aufs Papier geworfen hatte, war der alte Mann seltsam wortkarg geworden. In Gedanken verloren hatte er aus dem Fenster geblickt, und es kam Vincente so vor, als hätten die Hände von Botero angefangen zu zittern.

Dann hatte er von seinem Besucher den kleinen Zettel verlangt.

»Du hast also eine Brieftaube auf dem Fensterbrett gefunden«, begann Botero, »dem Fensterbrett der Wohnung deines Freundes Alfredo. Wo ist sie jetzt?«

Vincente zuckte mit den Schultern und machte eine fliegende Bewegung mit den Händen.

»Du meinst, sie ist weggeflogen? Hmmm …« Der alte Mann versank wieder in die Betrachtung des kleinen Papierstücks. »Und jetzt möchtest du wissen, für wen diese Nachricht bestimmt war? Wer vor

Alfredo in der Wohnung gewohnt hat? Oder davor? Wer weiß ...«, meinte Botero schließlich. »Es kann ja auch einer der Bewohner davor gewesen sein, der bereits länger nicht mehr hier wohnt.«

Vincente nickte langsam. Das hatte er nicht bedacht.

Der Papagei auf Boteros Schulter ließ ihn nicht aus den Augen. »Warum möchtest du ihn finden?«

Die Frage traf Vincente unvorbereitet und riss ihn aus seinen Gedanken. Ja, warum eigentlich? Er nahm das weiße Blatt Papier vom Tisch, strich es mit der flachen Hand glatt und schrieb darauf: »Ich will dem alten Mann helfen, die Schuld einzufordern, wenn er noch lebt.« Er zögerte. Dann schrieb er daneben: »Und aus Neugier.«

Das war das erste Mal, dass Vincente Botero lächeln sah. »Das klingt ehrlich, Buccaneer«, sagte er. »Wie heißt du eigentlich?«

Der Junge schrieb seinen Namen auf das Blatt. Vincente Cortés.

»Cortés? Du hast einen berühmten Namen.« Als sein Gegenüber ihn fragend ansah, stand der alte Mann auf und verschwand kurz im Haus. Vincente überlegte, ob er die Gelegenheit nicht nützen, weglaufen und alles einfach vergessen sollte. Doch da kam Botero auch schon wieder zurück und legte ein aufgeschlagenes Buch auf den Tisch. Er tippte mit dem Zeigefinger auf ein großes Bild, das Foto eines zeitgenössischen Gemäldes, auf dem ein Mann stolz und ein wenig überheblich auf den Betrachter blickte. Er trug eine Art Uniform mit Stehkragen und weichem Hut, an dem eine Feder prangte.

»Hernán Cortés, geboren in Medellín, allerdings in der spanischen Provinz Extremadura«, erklärte Botero. »Er war ein spanischer Konquistador, der im Auftrag seines Königs die Azteken besiegte und die Legende vom unerschöpflichen Gold in den Ländern Amerikas begründete. Ohne ihn hätte es wahrscheinlich nicht so viele Piraten in der Karibischen See gegeben.«

Der Papagei auf seiner Schulter schien nur auf das Stichwort gewartet zu haben. »Ladet die Kanonen!«, kreischte er und flatterte auf das flache Dach, wo er sich wie auf einem Ausguck niederließ, aber zwischen den Blumentöpfen etwas deplatziert aussah.

»Gib Ruhe, Sparrow!«, rief ihm Botero nach.

»*Captain* Jack Sparrow«, schallte es von oben.

»Du musst wissen, dass ich mich seit langem fast ausschließlich mit ihm unterhalten habe«, stellte Botero fest. »Deswegen plaudert er auch so gern.«

Dann wandte er sich wieder den Zeilen auf Deutsch zu. »Du hast das Dokument also übersetzen lassen.« Es war eine Feststellung, und der alte Mann hatte es wie zu sich selbst gesagt. Er schien angestrengt zu überlegen.

Vincente schrieb ein paar Zeilen auf das Blatt, das nun wie ein überfüllter Notizzettel aussah.

»Ein Bibliothekar, so, so«, murmelte Botero geistesabwesend. »Was hat er zu den Zeilen und den seltsamen Großbuchstaben gemeint?«

Ein Kopfschütteln war die einzige Antwort Vincentes.

»Dabei ist es so einfach, wenn man weiß, wie man es lesen soll«, flüsterte der alte Mann und kicherte. »Wer sich wie ich jahrzehntelang mit Schatzkarten und den Blaupausen von Schiffsplänen in Archiven beschäftigt hat, der sieht die Dinge mit anderen Augen. Aber gut ...« Er fixierte Vincente. »Mit wem hast du außer Alfredo und dem Bibliothekar noch über die Brieftaube und die Mitteilung gesprochen?«

Der Junge schüttelte ein weiteres Mal den Kopf. Doch dann erinnerte er sich an seine Lehrerin, die ihn an Don Pedro weiterempfohlen hatte, und machte eine Notiz.

Botero las sie und schien zufrieden. Er stand auf, klemmte sich das Buch unter den Arm und ging zurück ins Haus. Sparrow sah ihm interessiert nach, startete von der Dachkante und segelte dann mit einem eleganten Schwung durch die Eingangstür.

Vincente wartete. Der alte Mann hatte seine Frage noch immer nicht beantwortet. Er war der Lösung keinen Schritt näher gekommen.

Nachdem weder der kleine Papagei noch Señor Botero wiederauftauchten, machte sich Vincente auf den Weg nach drinnen, durch den furchtbaren Vorraum, in das Zimmer mit der großen schwarzen Piratenflagge. Er fand den alten Mann in seinem Fauteuil sitzend und vor sich hin starrend. Das kleine Papier hielt er fest in seiner Hand. Sparrow saß auf seinem Stammplatz und schaukelte vergnügt auf dem Seil, das quer durch den Raum gespannt war.

Das Skelett tanzte wieder.

Doch der Raum hatte für Vincente viel von seiner Bedrohlichkeit verloren. Botero mochte zwar eine ausgeprägte Vorliebe für Piraten haben, aber er war keineswegs der verrückte Alte, der seine Besucher enthauptete. Das redete sich der Junge zumindest immer wieder ein, während er aus den Augenwinkeln ab und zu einen Blick auf die Figur im Lehnsessel warf, die sich jedoch nicht rührte und eingeschlafen zu sein schien.

Nachdem er einige Minuten gewartet hatte, fasste er sich ein Herz und begann ziellos durch die Ansammlung von Antiquitäten und Andenken zu wandern. Er blieb vor den vergilbten Karten von Tortuga und Hispaniola stehen, bewunderte Säbel und Entermesser, einen großen Kompass, dessen Windrose unter Glas wie ein sorgfältig gemaltes Gemälde aussah. In einer Ecke standen einige kleine Kisten übereinandergestapelt, mit Tragegriffen an den Seiten, kunstvoll verziert. Daran lehnte ein altes, zerbrochenes Steuerrad, und Vincente nahm an, dass es sicher von einem berühmten Piratenschiff stammte, das in der Karibik auf Grund gelaufen oder in einer Schlacht untergegangen war.

Es war ihm, als könnte er das Meer rauschen hören, den Pulverdampf riechen und die schweren Kanonenkugeln spüren, die in das Holz einschlugen.

»Es war eine Zeit von legendären Persönlichkeiten, die man bis heute kennt. Sir Francis Drake, Sir Henry Morgan, Calico Jack Rackham, William Kidd und wie sie alle geheißen haben«, ertönte da die Stimme aus dem Lehnsessel, voll und kräftig. »Manche waren erst Piraten, wechselten dann die Seiten und jagten ihre ehemaligen Kumpane im Auftrag der Krone. Andere wieder hielten einen offiziellen Kaperbrief in Händen und wurden zu Piraten der Könige. Die Karibik ist noch heute voll mit ihren Geschichten, von Port Royal bis nach Cartagena.« Señor Botero winkte Vincente zu sich. »Aber du bist nicht wegen der alten Abenteurer zu mir gekommen. Du suchst den Empfänger dieser Mitteilung, nicht wahr?«

Der Junge nickte eifrig.

»Ich habe darüber nachgedacht und bin zu einem Entschluss gekommen. Ich werde dich ins Vertrauen ziehen. Mein vollständiger Name ist Ernesto Botero. Das ist aber eine Übersetzung aus dem Deutschen. Als ich in dieses Land gekommen bin, vor langer Zeit, da habe ich mich angepasst, weil niemand meinen richtigen Namen aussprechen konnte. Ich heiße eigentlich Ernst Böttcher. Ich bin es, an den die Nachricht geschickt wurde. Ich habe vor deinem Freund Alfredo in der Wohnung gewohnt, bevor ich ins Gartenhaus gezogen bin.«

Vincente sah den alten Mann erstaunt an. Dann begann er zu begreifen.

»Ja, mein junger Buccaneer, du hast am richtigen Piratenschiff angeheuert. Und jetzt ist dank dir der Moment gekommen, auf den ich bereits mein ganzes Leben lang gewartet habe.«

10. November 1917

Ostsee / südlich der Insel Gotland

Es war einer jener gefürchteten Winterstürme, die in diesem Jahr zeitiger als üblich über die Ostsee fegten und meterhohe Wellen auftürmten. Die Wolken jagten tief, aus Norden kommend, über das aufgewühlte Wasser. Zur schlechten Sicht kamen die Minenteppiche, die von der russischen Marine in der Ostsee gelegt worden waren und die sich immer wieder aus der Verankerung rissen, abtrieben und so jeden Versuch einer Lokalisierung zunichtemachten.

Samuel Kronstein und die vier Männer in seiner Begleitung waren einer Hölle entkommen, um direkt in die nächste zu stolpern.

Obwohl es Mittag war, schien vor den Luken der Jacht »Marquise« die Nacht hereinzubrechen. Schwarze Wolken verdunkelten den Himmel, Schneeschauer trieben waagerecht über die Wellen. Der Wind heulte um die Aufbauten des 30-Meter-Schiffes, zerrte an den Tauen, schäumte die Gischt auf und schleuderte sie übers Deck.

Im Salon hatten sich die Passagiere, so gut es ging, zwischen Bänken und Tischen verkeilt, um von den Schiffsbewegungen nicht durch den Raum geschleudert zu werden. Zwei der jungen Männer beteten, einer weinte still vor sich hin. Solowjov hatte die Hand auf das Foto einer kleinen Ikone gelegt und konnte sich nicht entscheiden, ob ihm einfach nur schlecht oder zum Heulen war. Keiner der vier war jemals zur See gefahren.

Samuel Kronstein hatte die Augen geschlossen, ein kleines Lächeln umspielte seine Lippen.

»Haben Sie keine Angst vor dem Tod, Exzellenz?«, fragte Solowjov, nahm seine Nickelbrille ab und rieb sich müde über die Augen. Das Schiff ächzte unter den Brechern, die immer wieder von

Norden her das Deck überfluteten. Die Petroleumlampen im Salon schwankten wie Betrunkene nach einer durchzechten Nacht.

»Nein, schon lange nicht mehr«, gab Kronstein nachdenklich zurück. »Je älter man wird, umso vertrauter wird einem das Ende dieses Lebens. Es ist eine Annäherung auf Raten, müssen Sie wissen. Irgendwann wird einem bewusst, dass der Weg nicht ewig so weitergehen kann. Plato hat vor langer Zeit gesagt: ›Nur die Toten haben das Ende des Krieges gesehen‹, und er hatte recht. Es war wie eine Prophezeiung. Dieser Krieg dauert nun bereits mehr als drei Jahre, und er ist noch lange nicht vorbei. Aber wir leben noch.«

Solowjov nickte düster. »Ja, wir leben noch …«, murmelte er.

Ein Blitz erhellte die Welt vor den Bullaugen, Sekunden später kam der Donnerschlag, und alle zuckten zusammen.

»Ich kenne gar nicht so viele Gebete, wie ich nun gern beten würde«, stieß der junge Mann hervor, und Kronstein öffnete die Augen. Er sah die Angst in den Gesichtern seiner Begleiter.

»Der Tod wartet auf nichts und niemanden«, sagte der alte Mann mit fester Stimme, »aber unsere Zeit ist noch nicht gekommen. Wir haben noch eine Aufgabe zu erfüllen.«

Solowjov zuckte die Schultern. »Oder auch nicht. Bakunin starb in Bern, Turgenjew in Paris, und wie es aussieht, sterben wir im Niemandsland. Man wird uns vergessen, das Meer wird unser Grab. Keine Namen, keinen Stein. Wir werden spurlos verschwinden.«

Die »Marquise« krängte auf die andere Seite, legte sich gegen den Wind, als wolle sie dem Sturm trotzen, und fiel dann in ein tiefes Wellental, auf dessen Boden sie krachend aufschlug. Eines der Bullaugen sprang auf, und eine Fontäne Wasser schoss wie eine fauchende Schlange in den Salon, der binnen weniger Augenblicke durchnässt wurde. Solowjov stürzte zu der Luke, schlug sie zu und verriegelte sie wieder. Dann kehrte er zurück auf seinen Platz und stützte den Kopf in die Hände.

»Wir werden nicht untergehen«, meinte Kronstein nur ruhig, als sei nichts gewesen. »Dieses Schiff ist das seetüchtigste, das ich finden konnte, und der Kapitän der beste, der für Geld zu haben war.

Er kennt die Ostsee zwischen St. Petersburg und Lübeck wie kein Zweiter und wird uns sicher ans Ziel bringen. Wir haben noch rund zweihundertfünfzig Seemeilen vor uns. Wenn sich der Sturm beruhigt hat, dann sollten wir in spätestens zwei Tagen im Hafen von Lübeck eintreffen. Das Barometer steigt wieder und damit die Wahrscheinlichkeit, dass wir das schlechte Wetter bald hinter uns lassen.« Er blickte in die zweifelnden Gesichter seiner Begleiter. »Wenn Sie schon mir nicht glauben, meine Herren, dann vertrauen Sie wenigstens auf die Technik und auf Gott.«

Zwölf Stunden später war es offensichtlich, dass Samuel Kronstein recht behalten hatte. Es klarte auf, und nur mehr der hohe Seegang erinnerte an den Sturm, der südostwärts weitergezogen war. Die Sterne blitzten zwischen den Wolken hervor, es wurde bitter kalt, und die Mannschaft servierte eine stärkende Suppe. Nach zwei Flaschen Krim-Sekt und einigen Gläsern Wodka schliefen alle bis in den späten Vormittag des kommenden Tages. Dann, nach einer kurzen Besprechung mit dem Kapitän, versammelte Samuel Kronstein die Männer um sich und öffnete eine lederne Reisetasche, die er bisher in seiner Kabine verwahrt hatte.

»Wir werden heute Abend in Lübeck eintreffen. Ich brauche Sie nicht zu erinnern, dass sich Russland im Krieg mit dem Deutschen Reich befindet und wir als russische Staatsbürger nicht so gern gesehen wären. Deshalb habe ich einige Vorbereitungen getroffen.« Kronstein zog einen dicken Umschlag hervor, den er umständlich öffnete. »Ich habe hier fünf Diplomatenpässe, ausgestellt in Helsinki. Alle Stempel sind authentisch, die Pässe sind keine Fälschungen. Sie sind echt. Allerdings sind, wie Sie sehen können, noch keine Namen eingetragen. Das werden wir nun nachholen, während ich Ihnen die Hintergrundgeschichte liefere.«

Kronstein verteilte die Papiere an die Männer. »Nach dem Ausbruch des Ersten Weltkrieges 1914 befand sich das Großfürstentum Finnland als Teil des Russischen Reiches im Krieg mit dem Deutschen Reich. Finnische Aktivisten sahen in der Annäherung an das deutsche Kaiserreich ihre Chance. Sie meldeten sich als Freiwillige zur preußisch-deutschen Armee und ließen sich militärisch ausbilden. Ihre Ziele dabei waren damals klar und sind es noch immer: Sie rechnen sich Chancen für ein von Russland unabhängiges Finnland aus.« Er tippte mit dem Finger auf die Papiere. »Diese Pässe weisen uns als Angehörige dieser Aktivistengruppe aus, allerdings auf höchstem diplomatischen Niveau. Wir wurden in das Deutsche Reich gesandt, um den Kontakt mit den Teilnehmern dieses streng geheimen Ausbildungskursus nicht abreißen zu lassen. Denn aus den ursprünglich zweihundert Mann ist das fast ausschließlich aus Finnen bestehende verstärkte königlich-preußische Jägerbataillon Nr. 27 geworden.«

Solowjov nickte beeindruckt. »Wasserdicht, Exzellenz. Wenn der Kapitän jetzt auch noch als Ursprungshafen Helsinki angibt, dann sind wir so gut wie schon durch die deutschen Kontrollen. In Finnland sprechen viele Russisch, wir werden also nicht auffallen.« Er betrachtete befriedigt die Reisepapiere. »Sehr gut, wirklich sehr gut.«

»Helsinki ist bereits in den Schiffspapieren eingetragen und abgestempelt. Wenn ich etwas plane, dann mache ich es gründlich«, stellte Kronstein abschließend fest. »Tragen Sie bitte nun Ihre Namen und Geburtsdaten ein. In wenigen Stunden werden wir in Lübeck festmachen.«

Der Kai am Holstenhafen war mit Handelsschiffen, Seglern und Fischkuttern dicht belegt. An manchen Plätzen lagen die Schiffe in Paketen zu zweit oder gar zu dritt. Nach den Regenschauern der letzten Nacht glänzten die alten Ziegelhäuser der Hansestadt nass. Überall zwischen den Anlegestegen liefen Menschen geschäftig hin und her, während schwer beladene Lastkarren vom Kai zu den Lagerhäusern pendelten.

Geschickt navigierte der Kapitän die »Marquise« zwischen den Pfählen hindurch und legte sie entlang des Kais unterhalb der Marienkirche an, zwischen einem weiß gestrichenen Handelssegler und einem Ausflugsdampfer, der von Zeit zu Zeit kleine Rauchwolken aus seinem Schornstein blies.

Kaum waren die Leinen festgemacht, kamen drei Uniformierte an

Bord und verschwanden im Steuerhaus. Keine zehn Minuten später erschienen sie wieder, salutierten kurz vor den fünf Passagieren, die sich die Beine an Deck vertraten, und verschwanden in der Menge am Kai.

»Alles zur vollsten Zufriedenheit der Behörden«, teilte der Kapitän lächelnd mit, als er zu Kronstein trat und ihm die Papiere zurückgab. »Sie haben einen Einreisestempel und damit eine Aufenthaltserlaubnis im Deutschen Reich für die nächsten vier Wochen. Damit ist unser Auftrag zu Ihrer Zufriedenheit erledigt, nehme ich an.«

Samuel Kronstein nickte. »Was werden Sie nun machen? Kehren Sie zurück nach St. Petersburg?«

Der Kapitän, ein kleiner, stämmiger Mann mit einem wilden Bart und einer abgegriffenen Mütze auf dem kugelrunden Kopf, blickte zum wolkenverhangenen Himmel und zog dann eine Pfeife aus der Tasche. »Ich glaube kaum«, meinte er ruhig. »Aber vielleicht ist es besser, Exzellenz, wenn wir nicht zu viel von unseren jeweiligen Zukunftsplänen wissen. Dann kann man nicht die falschen Antworten geben ...«

»Eine weise Einstellung, die ich zu schätzen weiß«, erwiderte Kronstein und zog einen kleinen Lederbeutel aus der Tasche, dem er zwei Steine entnahm und sie dem Kapitän in die Hand drückte. »Unsere gemeinsame Reise endet hier. Möge Gott Sie beschützen und Ihnen stets eine Handbreit Wasser unter dem Kiel bescheren.«

Als Kronstein und seine Begleiter über den hölzernen Landungssteg die »Marquise« verließen und an Land gingen, läuteten die Glocken von St. Marien fünf Uhr nachmittags. Ein kleiner Junge, der schon seit einiger Zeit ungeduldig am Kai auf und ab gehüpft war, rannte auf sie zu und baute sich vor den Neuankömmlingen auf. »Darf ich mich um Ihr Gepäck kümmern, meine Herren?«, krähte er und drehte seine Kappe zwischen den Händen.

»Das wird nicht nötig sein, mein Junge«, lächelte Kronstein, »wir haben leider keines. Aber du könntest uns ein gutes Hotel zeigen. Was hältst du davon?« Er zog eine Zehn-Kopeken-Münze aus der Tasche und reichte sie dem Knirps. Der ließ sie blitzschnell in der

Tasche seiner ausgebeulten Hose verschwinden, zog die Mütze vom Kopf und verneigte sich theatralisch.

»Sie stehen fast davor, Herr Baron«, meinte er und wies auf ein hohes, weißes Gebäude. »Das Hotel Kaiserhof ist ein Haus mit allem Komfort. Es hat elektrisches Licht, Zentralheizung, Telefon in jedem Zimmer und Bäder. Folgen Sie mir!«

Mit einer Handbewegung schickte Kronstein den Kleinen voraus. »Ein heißes Bad wird uns guttun, ein üppiges Abendessen auch«, wandte er sich an Solowjov, der neben ihm herging und interessiert das bunte Treiben in der Hafenstadt beobachtete. »Außerdem brauchen wir Kleidung, Gepäck und Bargeld für die Zugbillets südwärts.«

»Wir sind also noch nicht am Ziel«, stellte Solowjov fest, »aber das habe ich auch nicht angenommen. Wie weit wird unsere Reise noch gehen?«

»Haben Sie bereits Heimweh nach Russland?«, entgegnete Kronstein und wich einem der zahlreichen Träger aus, der mit seiner schweren Last zur Lagerhalle für Kaffee unterwegs war.

»Ich habe auf dem Schiff darüber nachgedacht.« Solowjovs Stimme klang endgültig. »Ich halte mein Versprechen und begleite Sie bis an Ihr Ziel, Exzellenz. Dann aber kehre ich nach St. Petersburg zurück. Mein Platz ist da, wo ich aufgewachsen bin und wo nun die Revolution alles Alte wegfegen wird. Mein Glaube an diesen neuen Staat für freie Menschen ist ungebrochen. Ich weiß Ihr Angebot zu schätzen, aber ich fürchte, Ich bin kein Kosmopolit, sondern ein ganz traditioneller, bodenständiger Russe.«

Sie waren vor einem dreistöckigen, prachtvollen Gebäude angelangt, vor dem zahlreiche Droschken auf Kundschaft warteten. Am Dach, auf dem drei Fahnen träge im Wind wehten, verkündeten goldene Lettern »Hotel Kaiserhof« und »Restaurant«. Ein livrierter Portier eilte geschäftig herbei, als er die Reisenden erblickte. Ihr kleiner Führer hielt ihn auf, flüsterte ihm kurz etwas ins Ohr und lief dann davon.

»Wir haben noch keine Ahnung, was wir machen werden, Exzellenz«, meinte einer der anderen jungen Männer zu Kronstein. »Wir wissen nicht, wo Ihr Ziel liegt, aber wir werden wie Pjotr die Reise bis zum Ende mitmachen und Sie begleiten. Alles andere entscheiden wir an Ort und Stelle nach unserer Ankunft. Wir sind einfache Bauernsöhne und verstehen es nicht, so schön zu reden wie unser Philosoph hier. Aber Sie können sich auf uns verlassen.«

»Dann lassen Sie uns ein paar bequeme Zimmer beziehen und den Abend genießen«, lächelte Kronstein und winkte den Portier näher. »Nächste Woche um diese Zeit wird die Entscheidung gefallen sein. Sie werden entweder die Heimreise angetreten haben oder meine neuen Mitarbeiter sein.«

Aeropuerto Internacional José María Córdova, Medellín / Kolumbien

Die Grumman Albatross legte sich wie ein träger Vogel im Landeanflug in die letzte Kurve und nahm dann Kurs auf den Runway 36 des Internationalen Flughafens von Medellín. Der Himmel war bedeckt, und eine graue Wolkenschicht versperrte die Sicht auf die Bergkette der Anden am Horizont. John Finch fuhr das Fahrwerk aus und betrachtete über die Nase des alten Mehrzweckflugzeuges die breite Landepiste vor ihm, die langsam näher kam.

»Viel zu lang für uns«, grinste er und ließ den Hochdecker wie einen majestätisch dahingleitenden Schwan einschweben. »Hier ist vor kurzem der Airbus A 380 gelandet. Gegen den sind wir eine Mücke.«

»Eine pensionsreife Mücke«, gab Fiona trocken zurück, die sich im Kopilotensitz angeschnallt hatte, nachdem sie Finch hatte versprechen müssen, nichts anzufassen. »Ich wusste nicht, dass Sie ein Faible für fliegende Antiquitäten haben. Hätte es nicht ein Lear-Jet oder wenigstens ein schicker Business-Helikopter sein können?«

»Beides nützt im Amazonas-Gebiet nicht wirklich viel«, versicherte ihr Finch. »Außerdem bin ich mit meiner Vorliebe für alte Grumman-Wasserflugzeuge nicht allein. Die teile ich mit so bekannten Leuten wie dem Sänger Jimmy Buffett oder Institutionen wie der US-Coast Guard oder der Navy.«

»Das Ding mag ja 1947 schnell gewesen sein, aber für heutige Verhältnisse ist es ein fliegendes Verkehrshindernis. Wie, sagten Sie, lauten die Kosenamen für diesen Wal? Ziege, Dumbo oder Entenarsch? Die Entscheidung fällt wahrlich schwer.« Fiona schaute aus dem Fenster. »Apropos Ente. Ich glaube, es hat uns gerade eine überholt«, lästerte sie.

»Das ist sogar die stärkere Version mit mehr als dreitausend PS«, verteidigte der alte Pilot sein Schmuckstück, »und in den letzten Jahren hatte ich es nicht wirklich eilig. Da ging es eher darum, sicher im Dschungel auf Flüssen oder Seen zu landen oder auf Pisten, die nicht einmal verzeichnet waren.«

Die Albatross setzte ganz weich auf und federte leicht nach, als Finch vorsichtig in die Bremsen stieg. »Willkommen in Medellín«, verkündete er und nahm die erste Ausfahrt vom Runway. Der Tower wies der blauweißen Maschine einen Platz auf dem halbrunden Vorfeld zu.

Als die Propellermotoren verstummten, schnallte sich Fiona los und streckte sich. »Ich würde vorschlagen, wir bringen die Formalitäten rasch hinter uns und nehmen uns einen Mietwagen. Allerdings suche *ich* den aus, sonst treiben die womöglich noch einen VW-Käfer der ersten Baureihe auf, nachdem sie das Flugzeug gesehen haben.«

Keine Stunde später waren beide unterwegs westwärts, in Richtung Medellín-Stadt. Fiona hatte einen BMW-X5-Geländewagen gebucht und sich ohne viele Diskussionen durchgesetzt: Mit den Worten »Sie sind geflogen, ich fahre!« rutschte sie hinters Steuer und drückte Finch die Straßenkarte in die Hand.

»Es sollten etwas mehr als fünfundzwanzig Kilometer bis ins Zentrum von Medellín sein«, überschlug der Pilot kurz die Strecke. »Aber ein großer Teil davon sind extrem kurvige Bergstraßen. Autobahn gibt es keine.«

»Heute können wir sowieso nichts mehr ausrichten«, gab Fiona zurück. »Wir suchen uns ein Hotel mit einem guten Restaurant und beginnen morgen mit der Suche.«

»Ich dachte, wir sollten keine Zeit verlieren?«, erwiderte Finch spöttisch, griff in seine Tasche und holte sein Handy heraus. »Gute Journalisten arbeiten rund um die Uhr. Vor allem, wenn der Auftraggeber mit einer vollen Geldbörse winkt.«

»Senhor Finch, sehe ich das richtig, dass Sie Kontakte in Medellín haben? Die Welt ist voller Überraschungen!« Fiona schaltete herunter, gab Gas und überholte zwei schwer beladene LKW.

»Eduardo Gomez ist ein junger Reporter und Fotograf, den ich vor wenigen Monaten den Rio Negro hinauf- und wieder hinuntergeflogen habe«, meinte er und suchte im Telefonbuch des Handys nach der richtigen Nummer. »Er war Teilnehmer einer Expedition zum Stamm der Waika-Yanumami-Indianer im Grenzgebiet zwischen Kolumbien und Brasilien. Und er machte einen sehr fähigen Eindruck auf mich.«

»Dann schauen wir, wie gut seine Beziehungen zu den Meldebehörden sind. Laden Sie ihn doch zum Abendessen ein«, schlug Fiona vor. Während Finch telefonierte, lenkte sie den BMW geschickt über die kurvige Straße, die sich durch die Santa-Elena-Berge schlängelte. Die Dunkelheit war langsam von Osten übers Land gekommen, hatte die Schatten schwarzblau gefärbt und den Himmel tintenfarbig. Als der BMW den letzten Anstieg erklomm und über den Bergkamm rollte, lag das Lichtermeer von Medellín vor ihnen wie ein unwirkliches, atemberaubendes Panorama.

Eduardo Gomez war sichtlich erfreut über das Wiedersehen mit John Finch, das hervorragende Abendessen und einen gut dotierten Auftrag. Seine Flirtversuche prallten zwar an Fiona ab, dafür entschädigte die Küche im Diez-Hotel für einiges. Das Restaurant, in dem Spezialitäten der kolumbianischen Küche serviert wurden, lag im siebten Stock und bot einen weiten Blick über die Stadt.

»Irgendwo da draußen ist oder war Ernst Böttcher«, meinte Finch zu dem Journalisten und deutete auf die nächtliche Skyline, »und ich kann dir leider nicht viel Zeit geben, um ihn aufzutreiben.«

»Spätestens morgen zum Frühstück kann ich dir mehr sagen«, beruhigte ihn Gomez. »Es wird ein paar pralle Kuverts an den richtigen Stellen erfordern, aber dafür werden wir schnell Ergebnisse bekommen. Hier funktioniert alles ein wenig anders. Es gibt in Medellín so viele Einwohner, die nicht offiziell gemeldet sind, vor allem dann, wenn sie in den letzten Jahren zugezogen sind. Wenn dein Böttcher aber bereits länger hier ist, dann steigt die Wahrscheinlichkeit, dass er irgendwo erfasst ist. In den Archiven der Kranken- oder Pensionskassen, der Versicherungen oder der Finanzbehörde. Er hat vielleicht ein Bankkonto oder einen Wagen angemeldet, bezieht Beihilfe oder ist womöglich irgendwann mit dem Gesetz in Konflikt gekommen.« Gomez klang zuversichtlich. »Ich habe da einige Experten an der Hand, die sich in verschiedenen Computerclubs herumtreiben und meist nachts in Netzwerke eindringen, in denen sie eigentlich nichts zu suchen haben.«

Der Kellner kam und füllte formvollendet die Gläser mit einem ausgezeichneten chilenischen Rotwein nach. Das Restaurant über den Dächern der Stadt schien ein beliebter Treffpunkt der oberen Zehntausend von Medellín zu sein. Die Besucher waren jung, gestylt und durchwegs teuer angezogen.

Vielleicht fiel deswegen die Gruppe von fünf älteren Herren auf, die nur in Hemd und Jeans gekleidet an einem reservierten Tisch Platz nahmen. Fiona warf einen Blick hinüber und beobachtete den Nachzügler, der als Letzter in das Restaurant geschlendert kam. Es war ein Hüne von einem Mann, breitschultrig und mit kurz geschnittenen weißgrauen Haaren. Es waren jedoch seine Augen, die Fiona faszinierten, als er an ihrem Tisch vorbeiging und ihr kurz zunickte.

Sie waren eisgrau.

Flughafen Franz Josef Strauss, München / Deutschland

Christopher Weber taten alle Knochen weh. Seine Schicht war endlich vorüber und er rechtschaffen müde. Zwei seiner Kollegen waren ausgefallen und einfach nicht erschienen, ihre Arbeit war aufgeteilt worden, und Chris hatte zwei zusätzliche Flüge nach Hongkong und Istanbul zugewiesen bekommen. Hunderte Koffer mehr und viel zu wenig Zeit.

Es gab Tage, die würde er in Zukunft nicht vermissen.

Trotz der Müdigkeit lag jetzt noch ein Stapel Bücher zwischen ihm und seiner verdienten Ruhe. Das Fernstudium rief, und er wollte nun, auf den letzten Metern vor dem Ziel, keine Verzögerung mehr riskieren. Das Licht am Ende des Tunnels war deutlich zu sehen und Chris sicher, dass es nicht der entgegenkommende Zug war. Die letzten Prüfungen standen vor der Tür, und spätestens Anfang Oktober sollte die Lernerei ein Ende haben, zwei Wochen später der Job am Flughafen. Chris fragte sich, ob der alte Bulli es dann noch über die Rampe nach draußen schaffen würde oder so enden würde wie der Chevrolet gegenüber – vergessen unter Schichten von Staub, mit flachen Reifen und obszönen Schmierereien auf den Scheiben.

Seufzend schlüpfte Christopher in seine frischen Jeans und streifte den ausgebeulten Pullover über. Duschen wäre heute auch noch angesagt, nach all dem Koffergewichtheben, aber das musste warten, bis die Pausenräume leerer waren. Mitternacht oder knapp davor war erfahrungsgemäß die beste Zeit.

Er wickelte eine Wurstsemmel aus dem Papier, die er heute wegen dem Stress auf dem Vorfeld nicht gegessen hatte. Kein kulinarisches Highlight, aber besser als gar nichts, dachte er und biss hinein.

Kaugummi mit Wurstgeschmack.

»Eine frische Pizza käme jetzt gerade recht«, murmelte er, als er einen Bissen hinuntergewürgt hatte. Vielleicht ginge es mit einer Dose Bier leichter? Chris schüttelte den Kopf. Dann würden die Bücher ungelesen bleiben. Und das ging gar nicht.

Das orangene Sofa an der Seitenwand des VW-Busses winkte ihm einladend zu. Als Antwort schnappte sich Chris einen 500-Seiten-Wälzer mit dem Titel *Strategische Unternehmensführung*, schaltete die Leselampe ein und setzte sich auf die Stufe in die offene Tür, seinem Stammplatz für schwierige Lektüren.

Die Garage dröhnte von den rein- und rausfahrenden Wagen. Nach einem Jahr hier unten kannte Chris alle Geräusche, die aus den anderen Etagen drangen. Sein Stockwerk füllte sich erst, wenn alle anderen Parkplätze bereits belegt waren. Und selbst dann fand man dank der verwinkelten Architektur seinen Bulli in der hintersten Ecke bloß nach einigem Suchen, was Christopher nur recht sein konnte.

Er hatte keine halbe Stunde gelernt, als ihn Schritte aufhorchen ließen. Stöckelschuhe auf dem Asphalt der Garage. Und sie kamen näher. Genauer gesagt waren es zwei Paar, und dann hörte Chris auch schon die Stimme von Sabine, die ironisch meinte: »Willkommen in Ali Babas Räuberhöhle! Allerdings sind die Schätze schon lange nicht mehr da, und man kommt auch ohne ›Sesam öffne dich‹ hinein. Eine Parkkarte genügt.«

Chris runzelte die Brauen. Gefahr im Verzug. Sabine um diese Zeit in Begleitung eines anderen weiblichen Wesens konnte nichts Gutes bedeuten. Andererseits – ein Entkommen war nicht möglich. Also fügte er sich ins Unvermeidliche.

Wie eine Walküre in Lufthansa-Uniform mit wehenden langen Haaren bog Sabine um die Ecke, begleitet von einer schlanken, hochgewachsenen jungen Frau, die Chris nicht kannte. Sie trug einen eleganten Hosenanzug, der Haute Couture auf eine dezente Art als Lebensanschauung ausstrahlte. Die dunkelbraunen Haare waren kurz geschnitten, das blasse, schmale Gesicht verriet ihre Unsicherheit.

Ihre Schuhe müssen mehr gekostet haben, als ich in einem Monat verdiene, schoss es Chris durch den Kopf, als er das Buch zur Seite legte und den beiden Frauen entgegensah.

»Sieh da, der Räuber ist persönlich anwesend«, lächelte Sabine maliziös. »Hier kommt Besuch für dich.« Und an ihre Begleiterin gewandt: »Sie finden den Weg zurück?«

Die junge Frau nickte lächelnd. »Danke für Ihre Hilfe. Ich hoffe, ich kann mich irgendwie bei Ihnen erkenntlich zeigen …«

Sabine winkte ab und dann Chris zu, bevor sie wieder zwischen den geparkten Autos verschwand.

Der junge Loader war verwirrt und elektrisiert. Für diese Stimme wäre er bis zum Horizont gegangen und noch ein Stück weiter. Aber er hatte keine Ahnung, wer diese Frau war und warum Sabine sich so schnell wieder aus dem Staub machte. Das sah ihr ganz und gar nicht ähnlich.

Die junge Frau nahm ihre Handtasche in beide Hände und schaute sich aufmerksam in der Garage um, warf einen langen Blick auf den Chevrolet, auf den Bulli mit Chris in der Schiebetür und trat dann langsam näher. Schließlich blieb sie vor Christopher stehen und legte den Kopf schräg.

»Bornheim. Bernadette Bornheim.«

»Weber. Christopher Weber.«

Chris versuchte auf cool zu spielen, was ihm kläglich misslang. Er war maßlos überrascht, und zugleich war es ihm einfach nur peinlich, dass die Tochter aus bestem Haus ihn hier so sah. Der Kontrast zwischen den Villen in Grünwald und seiner rollenden Behausung in der Garage des Flughafens hätte nicht größer sein können. Er sah Inga Bornheim und ihre Selbstsicherheit vor sich, das weitläufige luxuriöse Anwesen und wusste mit einem Mal nicht mehr, was er sagen sollte.

Komplettes Blackout.

Alles lief schon von Anfang an verkehrt, völlig verkehrt.

Das Schweigen dehnte sich wie ein Bungee-Seil über einem bodenlosen Abgrund.

»Als ich Sie das letzte Mal sah, hatten Sie weniger an und sprachen genau so viel«, versuchte Bernadette nicht gerade gewandt die Situation zu retten. Das war ihr Sekunden später auch bewusst, und sie blickte verwirrt zu Boden.

»Ähhh ...«, stotterte Chris und dachte fieberhaft nach ... »Ach ja, Sie meinen gestern auf dem Außenparkplatz. Da habe ich Sie leider verschlafen.« Er lächelte hilflos. Wohin war seine Schlagfertigkeit ausgewandert, ohne ihm etwas zu sagen?

»Ich wollte mich bei Ihnen bedanken ...«, versuchte es die junge Frau aufs Neue, aber Christopher fiel ihr ins Wort.

Er sprang auf und deutete auf das orangene Sofa. »Wollen Sie sich nicht setzen?« Langsam kam er sich vor wie in einer schlechten Komödie.

Bernadette stieg ein und sah sich interessiert im Inneren des Bulli um. »Wie kommt man auf die Idee, in einer Garage zu wohnen?«, erkundigte sie sich mit einer Stimme, die kein bisschen ironisch klang.

»Ganz einfach«, antwortete Chris. »Aus Geldgründen und sicher nicht aus irgendeiner verrückten Mode heraus. Loader verdienen nun einmal verdammt wenig, und München ist ein teures Pflaster.« Während er eine Dose Bier aus dem kleinen Kühlschrank holte und ein sauberes Glas suchte, erzählte er seiner Besucherin von dem Einzug in die Tiefgarage vor einem Jahr und im selben Atemzug auch gleich von dem bevorstehenden Exodus.

»Sie haben BWL studiert? Bei mir waren es Deutsch und Geschichte.« Bernadette nippte an ihrem Bier und schaute Chris über den Rand ihres Glases forschend an. »Haben Sie schon eine Ahnung, was Sie danach machen wollen? Welchen Job in welchem Land?«

»Meine Mutter war Südamerikanerin und mein Vater Deutscher«, antwortete Christopher, »ich habe also zwei Muttersprachen, da es keine Vatersprache gibt. Das sollte den Horizont der Berufswahl erweitern.«

»*War?*«, hakte Bernadette nach.

Chris nickte. »Sie sind beide bei einem Unfall ums Leben gekommen. Aber Sie brauchen mir kein Beleid auszusprechen, es ist schon lange her. Ich bin bei meiner Großmutter in Berlin aufgewachsen und mit achtzehn ausgezogen. Seither schlage ich mich alleine durch.«

»Und tragen zerstreuten Passagieren Koffer und Pass hinterher«, lächelte seine Besucherin. »Danke dafür, obwohl es wahrscheinlich gar nicht Ihr Job ist, oder?«

»Ertappt«, gab Chris grinsend zu, »ich war einfach nur neugierig, als ich die Gepäckabschnitte auf dem Asphalt liegen sah. Und dann bin ich bei Ihrer Mutter gelandet ...« Bernadette lachte und Chris war hin und weg. Schließlich fing er sich wieder. »Auf dem Bild in Ihrem Pass sehen Sie übrigens mit den langen Haaren ganz anders aus.« Er wollte ›jünger‹ sagen, überlegte es sich jedoch im letzten Moment. »Aber warum sind Sie gekommen? Ein Anruf hätte doch auch genügt oder eine SMS.«

Sie schaute ihn spitzbübisch an. »Vielleicht war es auch Neugier? Wer weiß? Ich wusste zwar schon, wer mich erwartet ...«

»Aber nicht, was«, meinte Chris und deutete mit einer Handbewegung auf seine spärlich eingerichtete Behausung.

»Haben Sie schon etwas gegessen heute?«, wechselte Bernadette diplomatisch- unvermittelt das Thema.

Er schaute unschuldig. »Warum? Knurrt mein Bauch so laut?«

»Sehr gut! Ich wollte Sie sowieso zum Essen einladen, schon um mich zu revanchieren für Ihre Mühe. Mein Wagen steht eine Etage höher. Ich gehe ihn holen, und dann lassen Sie uns in die Stadt fahren.«

»Mein Anzug ist aber in der Reinigung ... Ich habe nichts Vernünftiges anzuziehen«, warnte er sie.

»Lokale, in denen die Kellner vornehmer sind als die Gäste, sind sowieso nicht meine«, gab Bernadette zurück. »Wir finden in Schwabing sicher etwas Gemütliches mit großen Portionen, damit Sie nicht hungrig bleiben.«

»Klingt super!«, freute sich Christopher. »Geben Sie mir fünf Minuten, und ich bin so gut wie neu.«

Als der dunkelblaue Porsche 911 Turbo mit dem heiseren Klang einer tiefschwarzen Soul-Sängerin aus der Tiefgarage schoss, schnallte sich Chris auf dem Beifahrersitz an. Er beobachtete aus den Augenwinkeln, wie geschickt Bernadette Bornheim den Sportwagen in den Zubringer zur Autobahn einfädelte. Dann presste ihn die Beschleunigung in den Sitz.

Die schwere Mercedes-Limousine, die ihnen in sicherem Abstand in die Stadt folgte, bemerkte keiner von beiden.

15. November 1917

BAHNSTRECKE FRANKFURT–BASEL / DEUTSCHES REICH

Der D-Zug vom Frankfurter Hauptbahnhof nach Basel war pünktlich, trotz eines Gewitters, das neben sintflutartigen Regenfällen in den Bergen den ersten Schnee brachte. Samuel Kronstein blickte auf die vorbeiziehende Landschaft und beobachtete das Wetter mit Sorge. Die kaiserliche Kurstadt Baden-Baden lag noch eine gute halbe Stunde entfernt, und die fast fabrikneue, schwere Schnellzuglokomotive der preußischen Staatseisenbahnen mit ihren riesigen, mehr als zwei Meter großen Triebrädern hatte mit den wenigen Schnellzugwagen leichtes Spiel.

Sie rasten mit fast 130 Kilometern in der Stunde in Richtung Süden. So weit war bisher alles gutgegangen.

Kronstein hatte ein Abteil in der ersten Klasse reserviert, die von der volkstümlichen »Holzklasse« so weit entfernt war wie die Westfront von den eleganten Salons in Wien oder Berlin. Feinster Samt, bequem gepolsterte Sitzbänke, Goldkordeln und schwere Vorhänge machten selbst lange Fahrten erträglich. Beheizt und mit Petroleumlampen aus Messing beleuchtet, boten die neuen Wagen aus Metall einen wesentlich höheren Komfort als die alten Wagen in Holzbauweise. Dazu kam, dass der dunkelrote Speisewagen, der die erste von der zweiten Klasse trennte, unmittelbar an ihren Waggon anschloss. Wie der Kellner bei einem kurzen Besuch betont hatte, würde man die Speisen gern auch im Abteil servieren, wenn dies gewünscht werde.

Pjotr Solowjov schlief seit der Abfahrt des Zuges in Frankfurt am Main tief und fest. Kronstein ertappte sich dabei, den jungen Russen um seine Unbekümmertheit und seinen politischen Idealismus zu beneiden. War mit der stetig anwachsenden Zahl an Jahren bei ihm nicht auch der Grad der Desillusionierung gestiegen? Woran glaubte er, Samuel Kronstein, im Alter eigentlich noch? An eine politische Strömung? Ganz sicher nicht. Die Monarchien hatten sich in dieser Form selbst überlebt, egal ob in Russland, im Deutschen Reich oder in Österreich-Ungarn. Dieser Krieg würde einen Wechsel bringen, eine schmerzhafte Zäsur, eine Neugeburt Europas.

Es war Zeit, sein Schicksal selbst in die Hand zu nehmen, um in der Welle der Veränderungen nicht unterzugehen.

Kronsteins Blick schwenkte vom schlafenden Solowjov zu den anderen drei Männern seiner Begleitung, die aus Koffern einen provisorischen Tisch in der Mitte des Abteils errichtet hatten und Karten spielten. Seit dem kurzen Aufenthalt in Lübeck hatte er den jungen Revolutionär Solowjov mit seiner ständig schmutzigen Nickelbrille ins Herz geschlossen. Sie hatten sich am Abend lange unterhalten und diskutiert, der Intellektuelle, der vor Begeisterung für die neue Arbeiterklasse überschäumte, und der alte jüdische Juwelier des Zaren, der seine Illusionen schon lange verloren hatte. Solowjov trug sein Herz auf der Zunge. Kronstein lächelte nachsichtig, wenn er an die Diskussion mit dem jungen Idealisten dachte.

Die anderen drei Männer waren reservierter, ihr Denken einfacher und ihr Horizont wohl auch begrenzter als der Solowjovs. Wie Kronstein erfahren hatte, waren sie vor wenigen Tagen zum ersten Mal aus der Provinz nach St. Petersburg gekommen. Die politischen Ereignisse, die Unzufriedenheit und die schiere Not der Bauern hatten sie aus einem kleinen Nest in die große Stadt des Zaren gespült. Und nun? Das Schicksal hatte sie in einen Zug gesetzt, in einem fremden Land, auf einer Reise mit unbekanntem Ziel.

Wer von ihnen würde wohl nach Russland zurückkehren?, fragte sich Kronstein. Er selbst wusste, dass es für ihn keine Heimkehr mehr geben würde. Aber damit hatte er sich längst abgefunden, und der Gedanke belastete ihn nicht.

Der Regen hatte nachgelassen, die Landschaft vor dem Fenster war hügelig und freundlich, trotz des grauen Herbstwetters. Zur Linken konnte man die Ausläufer des Schwarzwalds sehen, rechts lag das Rheintal mit seinen fruchtbaren Ebenen. Kronstein erkannte die Rauchsäulen von Kartoffelfeuern in der Ferne, während vereinzelte Dampfschwaden der Lokomotive wie Nebelfetzen vorüberhuschten.

Der Bahnhof von Baden-Baden kam rasch näher, und der Zug begann zu bremsen. Als sich Kronstein wieder seinen Mitreisenden zuwandte, blickte er in den Lauf einer Pistole, die mit den Bewegungen des Zuges leicht auf und ab schwankte. Eine zweite Waffe war auf den schlafenden Solowjov gerichtet. Das Kartenspiel war verschwunden, der Deckel des obersten Koffers geöffnet.

»Warum sollten wir uns mit einem Stein begnügen, wenn wir alle haben können?«, fragte leise einer der jungen Bauern mit einem unverschämten Grinsen und stupste Kronstein mit der Pistole an. »Los, Väterchen, geben Sie uns den Stock! Wir sind lange genug mit Ihnen durch halb Europa gereist. Für uns ist hier Endstation.«

»Das ist ein großer Fehler. Sie werden nicht weit kommen«, stellte Kronstein ruhig fest.

»Lassen Sie das unsere Sorge sein, Kronstein. Auch wenn wir für die Diamanten nur die Hälfte von dem bekommen, was sie eigentlich wert sind, so reicht es für uns alle drei allemal bis ans Lebensende.«

Die Bremsen des Zuges wurden stärker angezogen und begannen zu quietschen. Das Geräusch weckte Solowjov aus seinem Tiefschlaf und er fuhr hoch. Mit einem Blick erfasste er die Situation.

»Habt ihr den Verstand verloren? Was macht ihr da?«, brüllte er und wollte aufspringen, aber einer der jungen Männer drückte ihm seine Pistole an die Brust.

»Bleib ruhig sitzen, Pjotr, dann geschieht kein Unglück«, sagte er, warf einen Blick nach draußen und fuhr dann seine Komplizen an. »Los jetzt! Wir sind jeden Augenblick da. Wir müssen aus diesem Zug verschwinden, und zwar mit dem Stock!«

Der Mann, der Kronstein die Waffe vors Gesicht hielt, spannte nervös den Hahn. »Sie haben ihn gehört, Väterchen. Her damit!«

Der alte Mann schüttelte resigniert den Kopf.

Der Zug war fast zum Stillstand gekommen.

Der junge Russe hob die Waffe ...

... da reichte Kronstein ihm den Stock mit den Worten: »Das wird Ihr Verderben sein.«

Im nächsten Augenblick rissen die drei Männer die Tür auf, stürmten aus dem Abteil und drängten zum Ausstieg, an den erstaunten Reisenden im Gang vorbei, die sie fast umstießen. Wenige Sekunden später rannten sie über den Bahnsteig, sprangen über Koffer und hasteten am erstaunten Bahnhofsvorsteher vorbei aus der großen, ehrwürdigen Bahnhofshalle.

Die Polizisten, die auf dem Vorplatz routinemäßig ihre Patrouille gingen, sahen ihnen kopfschüttelnd hinterher, wie sie zwischen den wartenden Droschken in Richtung des Kurbezirks verschwanden, jauchzend und tanzend wie die Kinder.

Einer von ihnen hielt triumphierend einen Spazierstock in die Höhe.

Der Zug nach Basel rollte nach einem kurzen Aufenthalt wieder an. Samuel Kronstein hatte keine Bewegung gemacht, war auf seinem Fensterplatz sitzen geblieben, nachdenklich und völlig ruhig. Er hatte weder um Hilfe gerufen noch sein Abteil verlassen und keinerlei Anstrengungen unternommen, um die Diebe zu verfolgen.

Pjotr Solowjov war erschüttert und fassungslos. Er starrte Kronstein an, der sich mit unbewegter Miene in sein Schicksal zu fügen schien.

Da lächelte der alte Mann plötzlich und sagte etwas, an das sich Solowjov sein ganzes Leben lang erinnern sollte: »Gott bewahre mich vor dummen Menschen.«

Wirtshaus zur Brez'n, Schwabing, München / Deutschland

Christopher Weber war hin und weg, und das passierte ihm selten. Besser gesagt: so gut wie nie.

Das Mädchen, das ihn seit nun fast zwei Stunden von der anderen Seite des Tisches anlächelte, war etwas ganz anderes, als was er bisher kennengelernt hatte. In seinen Augen war Bernadette Bornheim einfach unwiderstehlich. Sie war charmant, intelligent, manchmal ein wenig zerstreut, aber auf eine liebenswerte und anziehende Art, unaufdringlich gebildet und ansonsten genau das, was er seit Jahren gesucht hatte.

Mit einem Wort – hinreißend.

Chris schien es, als habe er bereits sein ganzes Leben vor der interessiert zuhörenden Bernadette ausgebreitet. Sie stellte die richtigen Fragen, zog die naheliegenden Schlüsse und machte die passenden Bemerkungen. Chris war fasziniert.

Doch der Abstand blieb, sie waren immer noch per Sie. Denn es gab da ein Problem, mindestens eines, sagte sich Chris unentwegt, während er sich genussvoll durch Vorspeise, Hauptgang und Dessert gegessen hatte – Bernadette Bornheim war gut aussehend, reich, unabhängig, hatte einen Job in der Schweiz und wahrscheinlich nicht wirklich auf ihn gewartet. Studenten, die in einer Tiefgarage wohnten und sich meist von Second-Hand-Pizzas ernährten, Flugzeuge mit Koffern beluden und sich auf öffentlichen Parkplätzen sonnten, standen mit Sicherheit nicht auf ihrer Präferenzliste. Das Beuteschema der Mädchen aus sehr gutem Haus war wohl eher auf junge, erfolgsverwöhnte und karrieregeile Banker oder Rechtsanwälte, Ärzte oder Popstars ausgerichtet.

»Verständlich«, murmelte Chris und leerte sein Bierglas.

»Wie meinen Sie?« Bernadette sah von ihrem Pfannkuchen auf, für den sie sich nach dem Salat mit Hühnerstreifen entschieden hatte.

»Ich philosophiere gerade über die Ungleichheit der sozialen Klassen mit besonderer Berücksichtigung der Fortpflanzungsstrategie zu Überlebenszwecken«, gab Christopher trocken zurück. »Oder anders ausgedrückt: Gleich und gleich gesellt sich gern. Meistens jedenfalls.«

»Aber nicht immer«, erwiderte Bernadette achselzuckend und offensichtlich unbeeindruckt. »Manchmal ziehen sich auch Gegensätze an. Oder?«

»*Touché*«, nickte Chris. »Wann fliegen Sie eigentlich wieder nach Basel?«

»Voraussichtlich morgen Abend.« Die junge Frau runzelte die Stirn und schob dann ihren halbvollen Teller zurück. »Köstlich, aber zu viel. Wenn ich noch einen Bissen esse, dann platze ich bestimmt!«

»Was ausgesprochen schade wäre«, meinte Chris ehrlich und schickte sein bestes Lächeln über den Tisch. »Sie haben mir in der letzten Stunde zwar ein Loch in den Bauch gefragt, ich habe daraufhin ununterbrochen nur von mir erzählt, aber ich weiß so gut wie gar nichts über Sie. Was halten Sie davon, wenn wir den Spieß jetzt einmal umdrehen?«

Bernadette lächelte und nickte zustimmend. »Dann fragen Sie!«

»Name?«

»Bernadette Ludwiga Bornheim. Verspotten Sie mich nicht wegen des zweiten Vornamens, den habe ich meiner Urgroßmutter zu verdanken …«

»Alter?«

»Hey, so haben wir nicht gewettet!« Die junge Frau lachte. »Alt genug, um solche Fragen nicht zu beantworten.«

»Wo geboren?«

»In Shanghai. Meine Eltern wohnten damals dort, weil mein Vater eine leitende Position bei einem internationalen Bankhaus hatte. Danach zogen sie noch nach Tokio, Singapur und Hongkong, bevor sie nach München kamen. Ein Asiengastspiel, sozusagen …«

»Status?«

»Sie sind aber wirklich neugierig!«, wich Bernadette aus.

»Ich meine verheiratet, verlobt, verliebt, Single ...« Chris ließ nicht locker.

»Ich habe schon verstanden«, grinste sie.

»Und?«

»Seit drei Monaten wieder Single und froh darüber, es zu sein. Mein Ex sah das bis vor einigen Tagen allerdings anders. Ich musste ihm den Kopf zurechtrücken und war deshalb auf dem Flug nach München wohl etwas durch den Wind ... Zufrieden?«

»Beruf?«

»Lehrerin für geistig behinderte Kinder in einer Schweizer Privatschule.« Sie zögerte, und Chris hatte den Eindruck, als bedrücke sie etwas. Mit fahrigen Bewegungen zeichnete sie mit dem Fingernagel ein Muster auf die blaue Serviette. »Wie Sie sich vorstellen können, waren meine Eltern nicht begeistert darüber, weder über den Job noch über die Tatsache, dass ihre Tochter im Ausland arbeitet.«

Christopher runzelte die Stirn. »Muss ich das jetzt verstehen?«

Bernadette zuckte mit den Schultern. »Meine Eltern sind etwas ... hm ... besitzergreifend, wenn es um ihr einziges Kind geht. Sie hätten mich gern ununterbrochen in ihrer Nähe und würden am liebsten jeden meiner Schritte kontrollieren. Noch lieber wäre es ihnen natürlich, ich hätte einen standesgemäßen Verlobten und eine geplante Zukunft.«

Sie verstummte.

Chris wartete.

»Aber seit drei Monaten ist genau das Geschichte, meine Eltern sind daher etwas frustriert und noch unleidlicher. Manchmal muss ich mich heimlich vom Grundstück schleichen, um dem Katalog der bohrenden Fragen zu entgehen ...« Der genervte Ausdruck im Gesicht der jungen Frau sprach Bände.

»Oje, und dann komme ich!«, seufzte Christopher. »Verzeihung, war keine Absicht. Aber die Sicherheitskameras machen den unentdeckten Abgang bestimmt nicht gerade leichter ...«

Bernadette grinste spitzbübisch. »Man muss nur die Tricks und toten Winkel kennen, dann geht es schon. Wenn ich allerdings das Auto nehme …«

»Manchmal hat meine Tiefgarage vielleicht auch einen Vorteil«, meinte er nachdenklich, »obwohl ich nicht weiß, ob mein VW sich überhaupt noch bewegt.«

»Es war schon ein großer Schritt, endlich das Haus meiner Eltern zu verlassen und in die zweite Villa umzuziehen«, erinnerte sich Bernadette. »Der Bruder meines Vaters lebte da, bevor er vor zwei Jahren bei einem Verkehrsunfall ums Leben kam. Er war Junggeselle, und so stand das Haus nach seinem Tod leer.«

»Ist es nicht ein wenig zu groß für Sie?«

»Viel zu groß«, gab die junge Frau zu. »Manchmal erdrückt mich die Leere.« Sie sah Weber an. »In Basel lebe ich in einer kleinen Wohnung unter dem Dach, Zimmerküche und ein paar Kräuter auf dem Fensterbrett. Da fühle ich mich wohl.«

»Lehrerin für geistig behinderte Kinder ist kein Allerweltsjob, eher eine Berufung«, meinte Christopher und sah sein Gegenüber mit schief gelegtem Kopf an. »Es muss Sie also mit Befriedigung erfüllen, sonst würden Sie ihn wohl nicht machen.«

Bernadette nickte. »Es sind Kinder mit verschiedenen Behinderungen, manchmal sind sogar Genies darunter, die aber andererseits Schwierigkeiten haben, sich die Schuhsenkel zu binden. Das Institut in St. Chrischona bei Basel ist mehr als neunzig Jahre alt, und ich bin nach dem Ende meines Studiums eher zufällig dort hingekommen. Wie so oft im Leben …«

»Und geblieben«, stellte Chris fest. »Auch, um Ihren Eltern zu entkommen?«

»Gut möglich«, gab Bernadette zu, »zumindest, um etwas Abstand zu schaffen.«

»Einfach ausziehen ist keine Option?«

Die junge Frau schüttelte energisch den Kopf. »Das würde meiner Mutter das Herz brechen. Nach meiner Geburt konnte sie keine Kinder mehr bekommen, und ich blieb die einzige Tochter, der Ersatz für den Sohn, den sich mein Vater immer so sehr wünschte.«

»Ihre Mutter machte auf mich nicht gerade den Eindruck, als könnte ihr irgendetwas so leicht das Herz brechen«, erwiderte Christopher ironisch. »Sie wirkte eher wie ein General im Morgenmantel knapp vor dem Angriff.«

»Reiner Selbstschutz«, winkte Bernadette ab. »Theaterspielen ist in meiner Familie an der Tagesordnung, seit ich mich erinnern kann.«

»Ich muss mich also in Acht nehmen und nicht alles glauben, was ich sehe?«, hakte Christopher schmunzelnd nach.

»Schauen Sie genau hin und werfen Sie einen Blick hinter die Fassade.« Bernadette gab der Kellnerin ein Zeichen. »Ich wurde in einem sehr konservativen Internat erzogen; in dem man uns beibrachte, dass vornehme Zurückhaltung die oberste Mädchenpflicht sei. Die Erziehung tat das Übrige. Aber die Emanzipation ist im Gange, ich arbeite daran.«

Zwanzig Minuten später waren Christopher und Bernadette neben dem Porsche angekommen, den sie in einer der Nebenstraßen der Leopoldstraße abgestellt hatten.

»Danke für den netten Abend, und ich meine es auch so«, lächelte die junge Frau, während sie die Schlüssel in ihrer Handtasche suchte. »Ist es okay, wenn ich Sie jetzt wieder zum Flughafen bringe?«

Christopher Weber schaute auf die Uhr und nickte. »Ich bin es, der sich bedanken muss. Sie haben mich gefahren, Sie haben gezahlt, wir sind mehr als quitt. Meine Schicht beginnt in genau sechs Stunden, insofern ist es sicher das Beste, wenn ich mich in die Koje lege …«

»Wir könnten uns vielleicht morgen kurz sehen, wenn ich nach Basel fliege. Was halten Sie davon?«

»Kommt darauf an, wann Ihr Flug geht. Ich arbeite bis halb drei.«

»Ich fliege um fünf nach vier, also passt es ausgezeichnet. Für einen schnellen Kaffee am Airport sollte die Zeit reichen.«

Der Porsche erwachte zum Leben, und Chris fragte sich, ob seine Gänsehaut von der Stimme Bernadettes oder vom Sound des Sechszylinders herrührte. So einen würde ich auch gern mal fahren, dachte er sich und beobachtete die junge Fahrerin aus den Augenwinkeln dabei, wie sie sicher und zügig in Richtung Autobahn lenkte.

Aber vorher will ich mein Glück bei der Besitzerin versuchen, lächelte er in sich hinein. Und wenn ich mich dabei bis auf die Knochen blamiere.

Der schwarze Mercedes hielt diesmal einen größeren Abstand als bei der Fahrt in die Stadt. Sein Fahrer kannte ja bereits das Ziel. Mit der freien Hand griff er nach dem Mobiltelefon und rief seinen Auftraggeber an.

Kapitel 3

DER RING

Armenviertel La Cruz, Medellín / Kolumbien

Vincente hatte schlecht geschlafen. Im Traum war immer wieder ein blutbespritzter Papagei durch sein Zimmer geflattert, hatte »Hängt ihn von der Rah!« gekreischt und sich schließlich auf die Schulter eines Piratenkapitäns gesetzt, dessen Bart in Flammen stand. Dann hatte er dem grimmig dreinschauenden Seeräuber ein Auge ausgehackt und es verspeist.

Es war noch früh am Morgen. Die Dämmerung kroch langsam über die Berge, während sich Vincente unter seiner Decke hin und her drehte und doch keinen Schlaf mehr finden konnte. Schließlich setzte er sich auf und versuchte, die Spinnweben in seinem Kopf zu beseitigen.

Señor Botero hatte gestern noch lange mit ihm zusammengesessen und erzählt. Oft zusammenhangloses Zeug, viele Dinge, die Vincente nicht verstanden hatte, andere, die er sehr wohl begriff. Es ging um eine Schuld, die bereits lange, lange zurück lag. Und um viel Geld. Ein Vermögen, für das es sich zu leben und zu sterben lohnte. Und um ein Geheimnis.

»Dieses Papier«, hatte Botero gesagt und mit dem kleinen Zettel gewinkt, »dieses Papier ist der erste Schritt dahin.« Wohin genau, das hatte er sich nicht entlocken lassen. Jetzt müsse man warten. Als Vincente ihn gefragt hatte, worauf denn nur, hatte der alte Mann lediglich mit den Schultern gezuckt und gemeint, das werde sich in den nächsten Tagen herausstellen.

Vincente stand auf und ging in die Küche, um einen Kaffee aufzusetzen. Die Pistole Alfredos lag noch immer auf dem Wohnzimmertisch. Vincente hatte sie mitgenommen, als er den Sicario beim Arzt in Sicherheit wusste. Während das Wasser heiß wurde, holte der Junge die Schachtel mit den Patronen aus der kleinen Kommode, ließ das Magazin aus dem Griff gleiten und lud nach. Alfredo hatte zwei Patronen verschossen, wahrscheinlich auf seine Angreifer. Vincente hoffte, dass er gut getroffen hatte.

Die Beretta fasste acht Schuss im Magazin und eine Patrone im Lauf. Vincente überlegte, wo er sie verstecken sollte, bis Alfredo wieder nach Hause kommen würde, da pfiff der Wasserkessel, und er steckte die Waffe in den Gürtel unter sein T-Shirt.

Mit einem Becher frischen Kaffee in der Hand ging er zurück an den Tisch, nahm die Fernbedienung und schaltete den Fernseher an. Die Frühnachrichten flimmerten über den Schirm. Streik gegen die Rentenreform in Frankreich, ein Bericht über die amerikanischen Superreichen und ein chinesischer Ministerpräsident, der den armen Ländern Hilfe versprach. In Neuseeland kämpften Freiwillige um das Leben von vierundzwanzig gestrandeten Walen.

Vincente wechselte den Sender.

In Mexiko hatte die Polizei einen Folterkeller der Drogenmafia gefunden, hundert Kilometer südlich der Hauptstadt. Nichts Neues, davon gibt es in Medellín auch jede Menge, dachte Vincente unbeeindruckt und zappte weiter zu einer Morgenshow, wo eine leicht bekleidete Moderatorin die neu angelaufenen Kinofilme vorstellte. Er nickte anerkennend und schlürfte zufrieden seinen Kaffee.

Schließlich machte die äußerst hübsche junge Frau im Fernsehen einem älteren Herrn im Anzug Platz, der sich ernst und konzentriert an das Verlesen der lokalen Nachrichten machte. Mit einem frustrierten Kopfschütteln schaltete Vincente ab, stand auf und ging ans Fenster. Er öffnete die beiden Flügel und ließ die warme Luft hereinströmen, die bereits nach Diesel und Kanal roch. Sollte er Alfredo besuchen? Das Laufen würde ihm guttun.

Er sah sich suchend um. Die Taube war verschwunden, und drei Stockwerke tiefer, auf der Straße, knatterten die Mopeds und Motorräder vorbei. Zusammengeflickte LKWs, haushoch beladen, schoben sich zwischen den geparkten Autos durch, nur Zentimeter von den Außenspiegeln entfernt, und hinterließen schwarze Wolken von Abgasen.

Aus den Augenwinkeln sah Vincente einen glänzenden schwarzen Geländewagen, der mit viel Glück einen Parkplatz auf der anderen Seite der Straße ergattert hatte. Er blickte genauer hin. Fremde mit einem eleganten Wagen in La Cruz? Das Auto hatte er noch nie hier gesehen.

Eine dunkelhaarige Frau stieg auf der Fahrerseite aus und schaute sich um. Dann kletterte ein etwas zerknittert wirkender junger Mann aus dem Fond, sprang auf die Straße und wies mit ausgestrecktem Arm auf das Gebäude, in dem Alfredo und Vincente wohnten. Der Mann, der als Letzter ausstieg, war wesentlich älter, aber irgendetwas an ihm sagte Vincente, dass man sich besser vor ihm in Acht nahm. Und sein Instinkt hatte ihn noch nie im Stich gelassen.

Während der junge Mann sich auf die Kühlerhaube des Geländewagens setzte und wartete, überquerten der Ältere und die Frau die Fahrbahn und verschwanden im Haus. War es vielleicht der Besuch, auf den Señor Botero wartete?

Vincente stürmte aus der Tür, lief die Treppen hinunter und nahm immer zwei Stufen auf einmal. Er flog geradezu nach unten, mit großen Sätzen, bog um die Ecke im ersten Stock und hätte fast die dunkelhaarige Frau umgerannt, die ihm entgegen kam.

»Hey! Nicht so stürmisch«, rief sie aus und stützte sich an der Wand ab. Vincente lächelte entschuldigend. »Aber wenn du schon einmal da bist, dann kannst du mir sicher auch weiterhelfen. Ich suche einen gewissen Ernst Böttcher, einen alten Mann, der hier an dieser Adresse wohnen soll. Weißt du, wo?«

Vincente machte ein paar Gesten in Gebärdensprache und deutete auf den Hof.

»Oh«, meinte die Frau, »du bist stumm ... Hm, bist du taubstumm?«

Der Junge schüttelte den Kopf.

»Sehr gut«, lächelte die Fremde, »dann kannst du mich verstehen, trotz meines brasilianischen Akzents. Wohnt Böttcher hier im Haus?«

Vincente schüttelte den Kopf, zuckte die Schultern und bedeutete ihr, ihm zu folgen. Er lief voran. Während er dem Weg durch den Garten folgte und die Zweige zur Seite schob, fragte er sich, wo der Mann war, der sie begleitet hatte. Doch dann hörte er die Stimme von Sparrow, der »Meuterei!« krächzte, und wusste mit einem Mal, wo er den Unbekannten finden würde.

John Finch war nicht zum Lachen zumute. Das Gekreische in der Dunkelheit mochte ja vielleicht ein Vogel sein, dachte er, aber die Klinge an seinem Hals war echt und scharf geschliffen.

»Es tut mir leid«, murmelte er auf Spanisch, ohne den Kopf zu bewegen, »ich hätte wohl nicht so einfach hier hereinplatzen sollen.« Er schluckte. »Ich suche einen gewissen Ernst Böttcher und dachte mir ...«

»Du dachtest? Und bei der Gelegenheit wolltest du dir auch gleich noch die Taschen füllen, du verfluchter Piratenjäger«, zischte Señor Botero unbeeindruckt.

»Schach und matt«, kam da die spöttische Stimme von Fiona durch den Eingang. »Wie wär's zur Abwechslung mit höflich fragen, Senhor Finch?«

»Frau an Bord!«, kreischte Sparrow aus der Dunkelheit, flog auf und segelte an Finchs Kopf vorbei durch die Tür in den Garten, wo er sich auf das Flachdach zurückzog und Fiona interessiert beäugte.

»Böttcher sagtest du?« Señor Botero ließ den Säbel sinken. »Was willst du von Böttcher? Der ist schon lange tot.«

Fiona, die vor dem Haus stehen geblieben war, sah Vincente forschend an, aber der schüttelte nur den Kopf. Er deutete in die Dunkelheit des Vorraums und nickte bestätigend.

»Señor Böttcher, mein Name ist Fiona Klausner, und der Mann, dem Sie beinahe die Kehle durchgeschnitten hätten, heißt John Finch. Mein Großvater hat uns geschickt, um Sie zu finden.« Fiona zog in aller Ruhe einen Gartensessel heran und setzte sich. »Ich würde vorschlagen, Sie kommen heraus, und wir genehmigen uns erst einmal einen Kaffee. Wir hatten nämlich noch kein Frühstück heute.«

La Candelaria, Bogotá / Kolumbien

Der Totenkopf auf dem Ring schien Georg Gruber herausfordernd anzugrinsen.

»Ein schönes Stück, wirklich!« Die schmale, zerbrechlich wirkende Frau hinter dem Tresen strahlte Gruber an. »Diese Ringe sind selten geworden«, stellte sie geschäftig fest, »die meisten sind miserable Kopien aus Polen oder Fernost. Aber dieser hier ...« Sie nahm ihn von der Glasplatte und drehte ihn vorsichtig zwischen den Fingern.

»Können Sie mir etwas dazu erzählen?«

Georg Gruber hatte auf dem Weg in die Agentur einen Abstecher nach La Candelaria, ins historische Zentrum von Bogotá, unternommen, weil er sich in einem der zahlreichen Antiquitätenläden rund um den Palacio de San Carlos Aufschluss über den Ring versprach. Nach zwei vergeblichen Anläufen in Geschäften, deren Besitzer gleich abwinkten, weil sie keine Ahnung hatten, schickte ihn ein Dritter in eine schmale Nebenstraße nahe der Freien Universität. »Gehen Sie zu Señora Valeria, die hat sich auf solche Dinge spezialisiert. Der kleine Laden mit der blauen Eingangstür, Sie können ihn nicht verfehlen.«

Nun stand er Señora Valeria gegenüber, einer Mittfünfzigern mit randloser Brille, durch deren Gläser die kleinen dunklen Knopfaugen etwas fragend in die Welt blickten. Doch der Eindruck täuschte. Antiquitätenhändlerin in dritter Generation, hatte Valeria das Handwerk von ihrem Großvater Juan Mendez gelernt, der am Ende des Ersten Weltkriegs die Zeichen der Zeit erkannt hatte und auf Militaria umgestiegen war. Die nächsten dreißig Jahre hatten sein kleines Geschäft in ganz Kolumbien bekannt gemacht. Nach 1945 war Mendez & Sons für Sammler in aller Welt zur anerkannten Autorität in Sachen Devotionalien des Dritten Reichs avanciert. Zwanzig Jahre später hatte Juan das Geschäft seinem Sohn übergeben, eine große Hazienda in den Bergen gekauft und sich zurückgezogen.

Nach dem frühen Tod ihres Vaters stand nun Señora Valeria Mendez seit sechzehn Jahren an der Spitze eines Versandgeschäfts, das Militaria-Liebhaber in der ganzen Welt mit ausgesuchten Stücken versorgte.

Der kleine Laden war eine Goldgrube.

»Was möchten Sie denn wissen?«, lächelte die Antiquitätenhändlerin, holte ein Silberputztuch aus einer Schublade und begann den alten Ring zu polieren. »Ich könnte stundenlang Geschichten über Totenkopfringe erzählen, aber ich möchte Sie nicht langweilen.«

»Das tun Sie keineswegs«, wehrte Gruber ab und stützte sich auf die Ladentheke. »Genau deswegen bin ich zu Ihnen gekommen.«

Die Knopfaugen hinter den Brillengläsern blitzten auf. »Dann lassen Sie mich ein wenig ausholen. Dieser Totenkopfring oder SS-Ehrenring war ursprünglich von Reichsleiter-SS Heinrich Himmler als eine private Auszeichnung gedacht. Er sollte allen SS-Angehörigen mit einer Mitgliedsnummer unter 5000 verliehen werden.« Señora Valeria machte eine wegwerfende Handbewegung. »Aber wie meist im Dritten Reich wurde dieser strikte Ansatz bald verwässert. Es dauerte nicht lange, und der Ring wurde generell an alle SS-Angehörigen verliehen, die erfolgreich die ›SS-Führerschule‹ abgeschlossen hatten. Im Zweiten Weltkrieg trug bereits das gesamte SS-Führerkorps einschließlich der Offiziere der Waffen-SS und der Gestapo den Ring. Bis Ende des Krieges waren dann zwischen sechzehn- und dreißigtausend Ringen, die Angaben schwanken hier stark, ausgegeben worden.«

»Sie sind ungewöhnlich gut darüber informiert«, musste Gruber gestehen.

»Es handelt sich bei diesen Dingen immerhin um äußerst gesuchte Stücke aus der Vergangenheit«, entgegnete Señora Valeria und legte den nun glänzenden Ring wieder auf die Glasplatte der Verkaufstheke, »und die sind mein Geschäft. Das Material ist 900er Silber, nicht punziert. Es halten sich zwar hartnäckig Legenden, wonach es auch einige wenige goldene Ringe gegeben haben soll, aber mir ist noch keiner untergekommen. Beginnen wir also mit der Außenseite. Den Totenkopf auf der Stirnseite mit den gekreuzten Knochen kennen wir als Symbol bereits von früher, etwa von den Kosakenregimentern oder den Piratenflaggen. Links und rechts sehen Sie einige Runenzeichen, die den Träger an die sogenannten ›germanischen Tugenden‹ erinnern sollen.«

Sie drehte sich um und griff in ein Regal an der Rückwand des Ladens, holte einen dicken Ordner heraus und schlug ihn auf. »Zu dem Ring kam ein Standardschreiben des Reichsführers-SS, in dem handschriftlich der Name des Empfängers und das Datum eingesetzt wurden«, erklärte sie, während sie suchend blätterte. »Ah, hier ist es ja. Der Text ist ganz interessant und lautet folgendermaßen: ›Ich verleihe Ihnen hiermit den Totenkopfring der SS. Er soll sein: ein Zeichen unserer Treue zum Führer, unseres unwandelbaren Gehorsams gegenüber unseren Vorgesetzten und unserer unerschütterlichen Zusammengehörigkeit und Kameradschaft. Der Totenkopf ist die Mahnung, jederzeit bereit zu sein, das Leben unseres Ichs einzusetzen für das Leben der Gesamtheit. Die Runen dem Totenkopf gegenüber sind Heilszeichen unserer Vergangenheit, mit der wir durch die Weltanschauung des Nationalsozialismus erneut verbunden sind. Die beiden Siegrunen versinnbildlichen den Namen unserer Schutzstaffel. Hakenkreuz und Hagall-Rune sollen uns den nicht zu erschütternden Glauben an den Sieg unserer Weltanschauung vor Augen halten. Umkränzt ist der Ring von Eichenlaub, den Blättern des alten deutschen Baumes. Dieser Ring ist käuflich nicht erwerbbar und darf nie in fremde Hände kommen. Mit Ihrem Ausscheiden aus der SS oder aus dem Leben geht dieser Ring zurück an den Reichsführer-SS. Abbildungen und Nachahmungen sind strafbar, und Sie haben dieselben zu verhüten. Tragen Sie den Ring in Ehren! Gez. H. Himmler.‹«

Señora Valeria klappte die Mappe wieder zu und stellte sie zurück. Georg Gruber lief ein Schauer über den Rücken. Es war, als habe der Ring eine Persönlichkeit erhalten, seine Bestimmung offengelegt.

Aber er verbarg immer noch sein Geheimnis.

»Kommen wir nun zur Innenseite.« Die Spezialistin drehte den Ring aufmerksam, zog ein Vergrößerungsglas aus einer der vielen Laden unter dem Tresen und untersuchte ihn akribisch. »Die Gravur war ebenfalls standardisiert. Auf die Buchstaben S.lb., was so viel wie ›Seinem lieben‹ heißt, folgte der Name des Trägers, dann die Unterschrift Himmlers und schließlich das Verleihungsdatum.« Sie sah Gruber nachdenklich an. »In diesem Fall ist es ein H. Claessen, das Datum ist der 2.7.43, und das ist hochinteressant.«

»Warum?« Der verständnislose Blick Grubers machte ihr klar, dass er die Bedeutung nicht erkannte.

Also fuhr sie fort. »Einen Tag zuvor, am 1. Juli 1943, verloren die Juden im Deutschen Reich jeglichen Rechtsschutz durch die Justiz und unterstanden ab da nur noch der Polizei. Gut möglich, dass dieser Claessen eine Rolle dabei spielte.«

»Aha«, murmelte Gruber. »Wenn ich Sie also richtig verstehe, dann wurde dieser Ring Anfang Juli 1943 einem SS-Angehörigen verliehen, als Dank oder Anerkennung oder Auszeichnung.«

»Mit diesem eingravierten Datum? Ein klares Ja!«

»Der Mann, der ihn erhielt, war also ein gewisser H. Claessen. Kann man sonst noch etwas dazu sagen?«

Señora Valeria dachte kurz nach. »Ja, es gibt noch eine Geschichte, die Sie kennen sollten. Die Produktion der Ringe, die in München erfolgte, wurde 1944 eingestellt, und Himmler ordnete die sichere Verwahrung aller zurückgeschickten und der noch nicht verliehenen Exemplare an. Sie wurden auf einem Berg nahe der Wewelsburg versteckt. Manche sagen in einer Höhle, deren Eingang man anschließend zusprengte. Die Ringe wurden auf jeden Fall nie wieder gefunden.«

»Haben Sie gesagt ›aller zurückgeschickten‹?«, erkundigte sich Gruber überrascht.

Die Händlerin nickte. »Sie müssen wissen, dass alle Ringe wieder an Himmler zurückgegeben werden mussten, sollte der Besitzer getötet werden oder die SS verlassen. Es war geplant, sie auf der Wewelsburg als eine Art mystische Erinnerung in einem Schrein aufzubewahren.«

»Und das geschah tatsächlich?«, fragte Gruber misstrauisch.

Señora Valeria nickte energisch. »So weit es mir bekannt ist, ja. Wenn ein Ringbesitzer im Kampf fiel, dann waren seine SS-Kameraden angehalten, jede nur erdenkliche Anstrengung zu unternehmen, um den Ring nicht in Feindeshand fallen zu lassen. Und das taten sie auch. Bis zum Januar 1945 waren immerhin mehr als sechzig Prozent der offiziell angefertigten vierzehntausendfünfhundert Ringe wieder an Himmler zurückgeschickt worden. Andere endeten in Gräbern, gemeinsam mit ihren Besitzern, denn in den letzten Tagen der Kriegswirren wurden die Ringe häufig mit dem Träger einfach verscharrt. Heute rechnet man damit, dass noch rund dreitausendfünfhundert echte Ringe existieren.«

Die Antiquitätenhändlerin drehte den Ring so, dass Georg dem Totenkopf in die Augen blickte. »Ihr Ring hat eine Besonderheit, die ich noch nie gesehen habe und die ihn einzigartig macht. Jemand hat zwei Diamanten in die Augen des Totenschädels eingefasst, und zwar zwei schwarze Brillanten. Die waren damals äußerst selten und außerhalb von Gemmologen-Kreisen so gut wie unbekannt. Vielleicht gibt Ihnen das einen Hinweis …?«

Gruber zuckte die Schultern, ratlos und verunsichert. »Ich weiß nicht«, murmelte er, »ehrlich gesagt, ich habe keine Ahnung …« Er unterbrach sich und dachte kurz nach. »Existieren vielleicht spezielle Listen über die Verleihung der Totenkopfringe? Etwa mit den Namen der Ausgezeichneten?«

Señora Valeria dachte kurz nach. »So viel mir bekannt ist, gibt es so etwas. Die Ringe wurden, wie auch die Ehrendegen der SS, in den sogenannten Dienstalterlisten eingetragen. Die letzte kam 1944 heraus und wurde noch einmal Anfang des Jahres 1945 ergänzt. Aber machen Sie sich keine großen Hoffnungen, diese Listen wurden nur unvollständig geführt, und nicht einmal ein Drittel der tatsächlich Ausgezeichneten wurde da auch wirklich eingetragen. Das wird Ihnen also kaum weiterhelfen.«

»H. Claessen bleibt also ein Mann ohne Gesicht und Geschichte«, stellte Gruber enttäuscht fest.

»Nicht unbedingt«, beruhigte ihn Señora Valeria. »In unserem

Kundenkreis befinden sich zahlreiche Sammler, die einen unwahrscheinlich großen Fundus an Dokumenten, Akten, Verzeichnissen und Fotos angehäuft haben. Ich kenne Privatleute, die wesentlich mehr Raritäten zu Hause horten als manches Museum in seinem Depot. Wenn Sie möchten, lassen Sie mir Ihre Telefonnummer da, und ich höre mich um.«

»Das wäre sehr freundlich von Ihnen.« Gruber reichte der Händlerin seine Visitenkarte.

»Ich nehme an, Sie möchten den Ring nicht verkaufen«, lächelte Señora Valeria und kramte unter der Verkaufstheke nach einer kleinen Schachtel. »Passen Sie gut darauf auf, er ist in einem bemerkenswerten Zustand.« Sie wickelte den Ring in ein Stück Seidenpapier und legte ihn dann vorsichtig in die kleine Box. »Wann immer Sie sich entschließen sollten, sich doch von ihm zu trennen, dann freue ich mich auf Ihren Besuch. Ich kann Ihnen sicher ein gutes Angebot machen.«

Als Georg Gruber zu seinem alten Pick-up zurückging, sah ihm Señora Valeria durch die staubigen Scheiben ihres kleinen Geschäfts nachdenklich hinterher. Dann drehte sie sich um, griff zum Telefon und wählte eine lange Nummer am anderen Ende der Welt.

Armenviertel La Cruz, Medellín / Kolumbien

Misstrauisch blickte Señor Botero mit zusammengekniffenen Augen in die Runde. Vincente hatte Kaffee für alle gebrüht, ein Tablett in der Form einer alten Schatzkarte in der Küche gefunden und darauf die Tassen in den Garten gebracht. Nun saßen Finch, Fiona, Vincente und der alte Böttcher um den Tisch und schlürften das heiße, schwarze Getränk. Sparrow hatte seinen Lieblingsplatz auf dem Flachdach nicht verlassen. Er putzte sich, wenn er nicht auf die versammelte Gesellschaft herunterschaute, ausnahmsweise schweigsam.

»Sie sollen mich also mitnehmen«, meinte der alte Mann, und betrachtete Fiona, die konzentriert auf dem Touchscreen ihres Handy herumtippte. »Und wer genau schickt Sie?«

»Wilhelm Klausner hat mich beauftragt, Sie zu ihm zu bringen, und ich bin froh, dass wir Sie so schnell gefunden haben«, antwortete Finch. »Ich hatte mich schon auf eine wochenlange Suche eingestellt.«

»Willi also«, murmelte Böttcher und nickte nachdenklich, »der gute alte Willi. Er war immer der Zäheste von uns. Der Spruch mit Kruppstahl und Leder war für ihn geschaffen worden. Wo lebt er jetzt?«

»Im Dschungel des Amazonas, am Oberlauf des Rio Negro«, antwortete Finch und leerte seine Tasse.

»Bei den Wilden?«, fuhr Böttcher auf und lachte kurz. »Da gibt es doch nichts außer Urwald, Schlangen, ein paar Eingeborenen mit Blasrohren und die Aussicht auf ein einsames Begräbnis.«

»Fast korrekt«, lächelte Fiona, während sie noch immer tippte.

»Sie werden es bald mit eigenen Augen sehen«, meinte Finch trocken. »Wie lange brauchen Sie zum Packen?«

»Wie lange brauchen Sie zum Packen!«, äffte Böttcher ihn nach. »Wer sagt Ihnen, dass ich überhaupt irgendwohin gehe? Wer sind Sie denn? Ich kenne keinen von Ihnen. Sie kommen hierher, nennen einen Namen und glauben, ich falle darauf rein?«

Finch runzelte die Stirn. Dass es nicht einfach werden würde, hatte er angenommen. Aber so, wie es aussah, würde es eher noch schwieriger werden. Alte, starrsinnige Männer standen auf seiner Prioritätenliste nicht unbedingt ganz oben.

»Señor Böttcher, ich nehme an, Sie haben vor kurzem einen Hinweis bekommen. Eine Brieftaube hat ihn gebracht.« Fiona legte Ihr Handy zurück und schaute den alten Mann auffordernd an. »Mein Großvater hat ebenfalls gefiederten Besuch erhalten. Eine dritte Taube soll in Bogotá gelandet sein. Señor Finch hier ist beauftragt worden, alle Hinweise und ihre Empfänger auf das Anwesen meines Großvaters zu bringen. Er versucht nur, seinen Job zu machen.«

»Ach was«, gab Böttcher halsstarrig zurück. »Vielleicht stecken Sie ja mit Señor Finch unter einer Decke? Erzählen können Sie mir viel! Aber können Sie es auch beweisen?«

»Ich habe mir gedacht, dass Sie das sagen werden. Deshalb habe ich meinem Großvater eine SMS geschickt und ihn gebeten, mich zurückzurufen.« Wie auf Bestellung meldete sich das Handy mit einem melodischen Klingelton. »Das wird er sein. Ihr Gespräch, Señor Böttcher.«

Der alte Mann musterte das kleine schwarze Telefon mit misstrauischem Blick. Er kratzte sich an der Wange, dann schoss schließlich seine Hand vor, und er nahm das Gespräch mit einem »Ja?« an.

Gut eine Minute lang hörte er wortlos zu.

Vincente beobachtete ihn aufmerksam, während John Finch leise mit Fiona konferierte. Böttchers Gesicht blieb erst unbewegt. Dann geschah etwas, das Vincente tief berührte. Eine Träne lief über die Wange des alten Piraten und zog eine silberne Spur bis in seinen struppigen Bart. Er sagte nur ein einziges Wort: »Willi.« Anschließend stand er auf, das Handy immer noch am Ohr, und ging langsam ins Haus.

»Wir fliegen am besten von hier nach Bogotá und suchen nach den Grubers«, schlug Finch vor. »Dann bringen wir alle gemeinsam zu Ihrem Großvater. Morgen, spätestens übermorgen, sollten wir wieder am Rio Negro sein.«

»Vergessen Sie nicht, dass wir Gruber erst finden müssen«, gab Fiona zu bedenken. »Oder seine Nachfahren. Das kann schwierig werden. Haben Sie Kontakte in der Hauptstadt?«

»Einen alten Polizisten, dessen Familie aus São Gabriel da Cachoeira stammt und der vor langer Zeit nach Bogotá zog, um sein Glück zu versuchen«, antwortete Finch. »Er landete bei der städtischen Polizei und machte Karriere, bevor er angeschossen wurde und in Frühpension ging. Jetzt widmet er sich nur mehr seinem Hobby, dem Fischen. Ich habe ihn ein paarmal im Amazonas-Gebiet zu den Fischgründen geflogen.«

»Das klingt gut«, gab Fiona zu. »Also haben wir reelle Chancen, dass wir die Grubers rasch finden, wenn sie noch in Bogotá sind. Wenn Böttcher das Telefonat beendet hat, machen wir uns auf den Weg.«

Eine Handbewegung von Vincente unterbrach sie. Er legte den Finger auf die Lippen und schien angestrengt zu lauschen. Finch sah den Jungen fragend an.

Lautlos stand Vincente auf und blickte sich vorsichtig um, dann bedeutete er Fiona und Finch, an ihren Plätzen zu bleiben, und verschwand zwischen den Gebüschen des Gartens.

Sparrow flog auf und segelte ebenfalls in Richtung Haupthaus. Aus dem Inneren des Gartenhauses hörte Finch den alten Mann telefonieren.

Alles schien ruhig und friedlich, und doch …

John Finch versuchte, ungewöhnliche Geräusche aus dem leisen Umgebungslärm der Stadt zu filtern, aber er konnte nichts Besonderes entdecken. Vincente kannte das Haus, die Nachbarschaft und das Viertel einfach besser, dachte er sich.

Heimvorteil.

Böttcher alias Botero telefonierte noch immer.

Fiona zog eine Zigarette aus einer Packung und zündete sie an.

Sparrow blieb verschwunden.

Da tauchte fast geräuschlos Vincente wieder aus den Büschen auf. Sein Gesicht spiegelte Verwirrung und Aufregung wider. Er nahm das kleine Blatt Papier vom Tisch und kritzelte hastig einige Wörter darauf.

»Sechs Bewaffnete im Vorderhaus. Wohnung aufgebrochen. Gefahr!«, las Finch und sprang auf. »Wir müssen weg von hier, los! Ich habe keine Ahnung, wer das ist, aber es klingt nicht gut.« Er ärgerte sich, dass er keine Waffe eingesteckt hatte. »Gibt es einen Hinterausgang?«

Vincente zog die Schultern hoch und drehte die Handflächen nach oben. In diesem Moment segelte Sparrow zwischen den Bäumen hindurch und krächzte: »Piraten! Piraten!« Dann verschwand er mit einer eleganten Kurve im Gartenhaus.

Finch hatte Fiona am Arm gepackt und zog sie in den kleinen Vorraum. Vincente eilte ihnen nach, schlug die schmale Holztür zu und verschloss sie von innen. Dann holte er die Seilschlinge von der Wand und verband damit die beiden Türflügel miteinander.

Böttcher telefonierte noch immer, doch Fiona nahm ihm einfach das Handy aus der Hand. »Hier sind Unbekannte aufgetaucht und in Böttchers alte Wohnung eingebrochen. Wir melden uns später wieder«, sprach sie ins Telefon und beendete damit das Gespräch, während der alte Mann sie mit großen Augen anstarrte.

»Gibt es hier einen Hinterausgang, oder müssen wir durch das Haupthaus?«, fragte sie Böttcher atemlos. »Ich fürchte, hier wird es in wenigen Augenblicken ziemlich ungemütlich. Wir sollten rasch verschwinden!«

»Wir werden angegriffen?«, fragte Böttcher ungläubig.

»Das ist bestimmt keine Splittergruppe der Heilsarmee«, gab Finch zurück. »Die sind in Ihre alte Wohnung eingedrungen, und das mit gezogener Waffe.«

Die Augen des alten Piraten blitzten. Er stieß Finch in die Seite. »Helfen Sie mir, die beiden Kanonen hinter die Flagge von Blackbeard zu schieben!«, stieß er hervor. »Rasch! Keine Fragen!«

Fiona betrachtete inzwischen mit offenem Mund die Sammlung

Böttchers. Als sie sich von ihrer Überraschung erholt hatte, suchte sie fieberhaft nach einem weiteren Ausgang, aber sie konnte keinen entdecken. Dieser Raum war eine Sackgasse. Alle Fenster führten zum Garten.

Das erste Klopfen an der Tür ertönte. Dann folgten Tritte gegen das Holz, und schließlich warf sich jemand mit voller Wucht gegen die schmalen Türflügel.

»Vincente, nimm vier Pistolen und zwei Säbel von der Wand«, befahl Böttcher atemlos, während er mit Finch die beiden schweren Kanonen hinter die Flagge schob. »Gib Señor Finch zwei davon und eine Klinge, junger Buccaneer.«

Finch war völlig verwirrt. Was sollte er mit Theaterwaffen gegen ein halbes Dutzend zu allem entschlossene Männer anrichten?

Es war, als könnte Böttcher seine Gedanken lesen. »Alles hier ist scharf geladen und echt, Señor Finch. Unterschätzen Sie mich nicht.« Der alte Mann kicherte. »Diese Brigg ist kampfbereit!«

In diesem Augenblick ertönte eine Salve aus einer automatischen Waffe, die große Teile aus der schmalen Tür riss und das Seil zerfetzte.

»Achtung!«, zischte Finch. »Sie kommen.« Fiona und Vincente befahl er: »Bleibt hinter uns!«

Wortlos drückte ihm Böttcher ein abgegriffenes Zippo-Feuerzeug in die Hand und richtete die beiden Kanonen rasch auf den Eingang aus. Dann flüsterte er: »Hinter der Flagge sehen sie uns nicht gleich. Auf mein Kommando Feuer an die Lunten!«

John Finch hatte kaum Zeit, sich auszumalen, was wohl Kanonen dieses Kalibers auf kurze Distanz anrichten würden, da drängten auch schon zwei Männer durch die Tür und sahen sich sichernd um. Finch war überrascht. Die Eindringlinge waren viel älter, als er angenommen hatte. Sie hatten Glatzen und einen Bauchansatz, aber die Läufe der kurzen Sturmgewehre in ihren Händen zitterten nicht. Finch erkannte Profis, wenn er sie sah, und sein Mut sank.

Aus den Augenwinkeln beobachtete er, wie Böttcher die Flamme an die Lunte hielt, und er machte es ihm nach. Das Zischen alarmierte die Eindringlinge, die nach und nach in den Raum drängten.

»Zurück! Raus hier!«, schrie jemand auf Englisch, dann feuerten die Kanonen, und Finch schien es, als ob der Weltuntergang gekommen sei. Der Knall der Explosionen war ohrenbetäubend, die Kugeln zerfetzten die Fahne von Blackbeard und donnerten mit unvorstellbarer Wucht durch den Raum. Zwei der Angreifer wurden sofort in Stücke gerissen, bevor die Kugeln die Mauern wie Löschpapier durchschlugen. Augenblicklich bildeten sich große Sprünge, das Dach des Vorraums senkte sich und stürzte schließlich ein. Schreie und lautes Stöhnen ertönten. Finchs Ohren klingelten, und er fragte sich, ob er jemals wieder hören würde.

Da packte ihn Böttcher am Arm und zog ihn fort in den rückwärtigen Teil des Hauses, wo die kleinen Kisten übereinandergestapelt standen. Der alte Mann riss eine von ihnen auf und zog seltsam geformte Beutel heraus. »Leinen und Schießpulver, die frühen Handgranaten«, rief er und drückte Finch zwei der Wurfgeschosse in die Hand. Dann richtete er sich auf und hielt die Flamme an den Stoff.

»Zweite Breitseite, werft die Angreifer ins Meer!«, krächzte der alte Mann und schleuderte die Beutel mit voller Kraft in Richtung Vorraum.

Sparrow kreischte »Hängt sie! Hängt sie!« und flatterte auf Vincentes Schulter.

Dann rasten die Schockwellen der Explosionen durch den Raum. Die Wucht ließ die Reste des Vorraums einstürzen und riss Finch fast von den Beinen. Dann warf auch er seine beiden Granaten in Richtung Fenster, wo einer der Angreifer den Lauf eines Sturmgewehrs durch die Scheiben schob. Der Feuerball verschlang die Waffe, den Mann, das Fenster sowie einen Teil der Mauer und hinterließ ein klaffendes Loch.

Böttcher tauchte bereits ein weiteres Mal in die Kiste und zog wieder vier Beutel hervor. Dann wandte er sich an Fiona. »Öffnen Sie den großen Vitrinenschrank mit den Landkarten, dahinter befindet sich eine Tür aufs Nachbargrundstück.«

Vier weitere Explosionen erschütterten das Gartenhaus und hielten alle eventuell verbliebenen Angreifer auf Distanz. Von irgendwo her ertönten Polizeisirenen, die rasch näher kamen.

»Alles geht von Bord!«, kommandierte der alte Pirat und warf einen letzten Blick auf das Schlachtfeld, das einmal sein Zuhause gewesen war. Dann schob er rasch Vincente durch die Tür ins Freie.

Keine fünf Minuten später saßen alle in dem BMW-Geländewagen, den der Journalist Eduardo Gomez rasch und sicher aus La Cruz in Richtung Innenstadt lenkte.

»Als die sechs Männer auftauchten und im Haus verschwanden, haben bei mir alle Alarmglocken geläutet«, erzählte er Finch, der neben ihm auf dem Beifahrersitz saß. »Die sahen nicht gerade vertrauenserweckend aus. Ich dachte mir, dass irgendetwas nicht stimmt. Dann kamen die ersten beiden Explosionen, und da bin ich in den Wagen gesprungen und hab begonnen, Runden um den Block zu drehen.« Gomez lächelte. »Und siehe da, da waren auch schon die Autostopper …«

»Danke für die rasche Reaktion«, meinte Fiona von der Rückbank. »Die Polizei hätte uns wahrscheinlich noch tagelang verhört. Geladene Kanonen! Wer denkt schon an so etwas?«

»Kanonen?«, fragte der Journalist ungläubig. »Das ist jetzt ein Scherz, oder?« Dann sah er die großen einschüssigen Pistolen an Finchs Gürtel und bekam große Augen. »Etwas antiquiert, aber offenbar effektiv, wenn ich das so sagen darf …«

»Piratenschiffe sind auf jede Schlacht vorbereitet«, kicherte Böttcher mit leuchtenden Augen. Dann klopfte er Finch auf die Schulter. »Sie haben sich gut geschlagen, Buccaneer.«

»Buccaneer?«, fragte Gomez und runzelte die Stirn.

Finch winkte ab. »Eduardo, vergiss es einfach. Du kannst später deine Meldung an die Zeitungen rausgeben. Jetzt müssen wir so schnell wie möglich hier weg.«

Vor dem zerstörten Gartenhaus stand inzwischen der Mann mit den eisgrauen Augen, betrachtete die noch rauchenden Trümmer und fluchte. Er blutete aus einer Wunde am Oberarm, während sich rund um ihn Polizisten und Ambulanz-Teams durch das Chaos kämpften. Als sein Handy läutete, zog er es mit der unversehrten Hand aus der Tasche, warf einen Blick auf das Display und schaltete es schließlich mit einer Grimasse aus.

Dann drehte sich Major Llewellyn abrupt um und stapfte durch den Garten in Richtung Straße.

Villa Kandel, Altaussee, Steiermark / Österreich

Die Villa im Stil der traditionellen steirischen Holzhäuser stand inmitten eines gepflegten Gartens am Südausläufer des Losers, dem Hausberg des Altausseer Landes. Die Aussicht von den umlaufenden Balkonen ins schroff zerklüftete Tote Gebirge und auf den bekannten See war atemberaubend. Überbordende Blumenkästen und strahlend weiße Fensterläden verliehen dem mehr als hundertfünfzig Jahre alten herrschaftlichen Haus ein freundliches Aussehen, trotz des verwitterten Holzes, das in den Jahrzehnten eine fast schwarze Farbe angenommen hatte.

Von einer deutschen Kaufmannsfamilie Brunhardi aus Frankfurt Mitte des 19. Jahrhunderts erbaut, blickte die Villa auf eine wechselhafte Geschichte zurück. Als die Brunhardis wegen eines Konkurses zur Jahrhundertwende das Anwesen verkaufen mussten, erwarb es ein österreichischer Industrieller, Simon Kandel, der gemeinsam mit seiner Familie jedes Jahr die Sommer in Altaussee verbrachte, seine Lederhosen beim lokalen Schneider anfertigen ließ und stundenlange Touren in die umliegenden Berge unternahm. Nach dem Anschluss Österreichs 1938 an das Deutsche Reich war die Idylle allerdings schlagartig zu Ende. Die Familie Kandel wurde nie wieder in Altaussee gesehen, die Nationalsozialisten arisierten das Textil-Unternehmen und alle Besitzungen, verhafteten den Eigentümer und ermordeten ihn wenige Tage vor Kriegsende im KZ Mauthausen. Seine Frau und die einzige Tochter waren bereits Monate zuvor in Auschwitz vergast worden.

Versuchte man im Altaussee des Dritten Reichs Kandel so rasch wie möglich zu vergessen, so munkelte man über die Nutzung der Industriellen-Villa in der NS-Zeit nur hinter vorgehaltener Hand.

Im Jahr 1942 zog eine mysteriöse »Stiftung Wolf« ein, die im Grundbuch als Eigentümer des Hauses eingetragen wurde. Während im nahe gelegenen Toplitzsee die geheimen Versuche einer marinetechnischen Versuchsstation liefen, gingen seltsam schweigsame Männer in Uniform als Besucher in der Villa Kandel ein und aus. Auf Anfrage von Seiten der Gemeinde sprach man von einer »kriegswichtigen Einrichtung« und verschanzte sich ansonsten hinter der Geheimhaltungspflicht.

Die große Zäsur kam mit dem Kriegsende im Mai 1945, als die Marineversuchsstation, die Stiftung Wolf und damit auch die Bewohner der Villa über Nacht spurlos verschwanden. Das Haus stand erst leer, füllte sich schließlich nach einigen Wochen mit Flüchtlingen, die in der sogenannten Alpenfestung gestrandet waren und eine Bleibe suchten.

Ein paar Jahre später stand die ehemals prächtige Villa, abgewohnt und zum Teil innen verwüstet, zum Verkauf. Ein Kriegsgewinnler aus Wien wurde der neue Besitzer. Er setzte sie wieder instand, legte den Garten neu an und zog den Zaun um das riesige Grundstück, in dem mehrere alte Bäume alle Wirren der Zeit überlebt hatten.

Der Mann, der nun auf der Terrasse im Garten den spätsommerlichen Nachmittag genoss, legte nachdenklich das Telefon zur Seite und blickte dann über den Rand seiner Sonnenbrille auf den See hinunter. Ein paar Ruderboote zogen ihre Bahn, aber sonst war es ruhig geworden in dem Luftkurort. Die Touristen waren wieder heimgefahren, die internationalen Reisebusse verschwunden. Der Geburtsort des Schauspielers Klaus Maria Brandauer gehörte wieder den Einheimischen.

Soichiro Takanashi griff geistesabwesend zu seinem Glas Mineralwasser und nippte daran. Der Anruf aus Südamerika hatte den Japaner überrascht. Takanashi lebte seit den frühen neunziger Jahren in Altaussee und hatte vor rund fünfzehn Jahren die Villa Kandel erworben, als sie erneut zum Verkauf stand. Er war mit der Produktion von Klimaanlagen in Asien reich geworden, bevor er sein Unternehmen verkauft hatte, um sich ganz seiner Leidenschaft zu widmen: Takanashi war einer der bedeutendsten Militaria-Sammler weltweit. Sein Spezialgebiet war das Dritte Reich, seine Kenntnisse, die er im Lauf von Jahrzehnten erworben hatte, waren bei Händlern und befreundeten Sammlern gleichermaßen hochgeschätzt. Noch keine sechzig Jahre alt, galt Takanashi als *die* Institution, wenn es um die Begutachtung und Bewertung von Sammlerstücken galt, die aus dem Zeitraum 1933 bis 1945 stammten.

Die Villa Kandel hatte Takanashi mit Bedacht gewählt. Bei Kriegsende war in Altaussee die Prominenz aus dem auseinanderbrechenden Dritten Reich zusammengetroffen. Exilregierungen mit Koffern voller Gold und Drogen, Geheimagenten auf der Durchreise, Generäle mit ihren jeweiligen Armeekassen, deutsche und österreichische Gauleiter, SS-Granden und Polit-Prominenz, reiche Sympathisanten auf der Flucht und Kriegsgewinnler auf dem Weg nach Südamerika – sie alle reisten über Altaussee. Die sogenannte »Rattenlinie«, die viele Nazis über Südtirol und den Vatikan bis in andere Kontinente führte, begann de facto in dem kleinen steirischen Ort. Hatte es die legendäre Alpenfestung auch nur auf dem Papier gegeben, so war Altaussee doch *die* Drehscheibe in den letzten Kriegstagen. Für viele war es das Sprungbrett in ein neues Leben. Einige, wie etwa der Leiter des Reichssicherheitshauptamtes Kaltenbrunner, endeten in Nürnberg auf der Anklagebank und am Galgen, andere in amerikanischen Forschungslabors oder als Berater der ägyptischen Sicherheitskräfte und in Luxusvillen.

Takanashi war also an den richtigen Ort gekommen und hatte die Villa Kandel zu seinem zweiten Wohnsitz erkoren, neben dem Penthouse in Nagasaki, in das er immer dann zurückkehrte, wenn ihn seine verschiedenen Geschäfte nach Asien riefen.

Und dann war da noch der berüchtigte Toplitzsee, der selbst fünfundfünfzig Jahre nach Kriegsende nichts von seiner Faszination verloren hatte. Was hatte man nicht alles auf dem Grund des kleinen Sees vermutet, um den sich zahllose Legenden rankten? Takanashi lächelte bei dem Gedanken. Die österreichischen Wälder und Seen waren eine schier unerschöpfliche Reserve an Orden, Waffen, Kriegsrelikten, Gold und versenkten oder vergrabenen Kisten mit Unterlagen. Allein die Funde in und um Altaussee hatten in den sechziger und siebziger Jahren zu einem wahren Grabungstourismus geführt, von dem selbst Takanashi im weit entfernten Japan profitiert hatte.

Die umfangreiche Sammlung des Japaners, die inzwischen Weltruf besaß, hatte noch niemand zu Gesicht bekommen. Takanashi verlor niemals ein Wort darüber, wo er seine Schätze gelagert hatte. Diskretion war einer seiner Grundsätze. Gern präsentierte er hie und da eines seiner Schmuckstücke, stellte Exponate für Ausstellungen zur Verfügung, nahm nie Geld dafür. Er verfügte offenbar über genügend Mittel. Museen konnten oft nur hilflos zusehen, wenn Takanashi bei internationalen Versteigerungen seine Gebote abgab. Er kaufte nicht wahllos, ganz im Gegenteil. Aber wenn er sich einmal in den Kopf gesetzt hatte, eine Rarität zu erwerben, dann gab es wenig, was ihn davon abhalten konnte. Manche bezeichneten den Japaner als hemmungslos, wenn es darum ging, ein wichtiges Stück seiner Sammlung einzuverleiben, denn dann war Takanashi jedes Mittel recht.

In Sammlerkreisen mutmaßte man, er habe bereits Diebstähle in Auftrag gegeben, illegale Grabungen unterstützt und Tauchgänge in Sperrgebieten finanziert. Doch Genaues wusste niemand, nachweisen konnte man dem umtriebigen und schweigsamen Japaner nichts. Hatte er einmal Witterung aufgenommen, dann konnte ihn nichts von der Fährte eines besonderen Stückes abbringen, schon gar nicht der Preis. Selbst riesige Konvolute oder Teile von Sammlungen, die in sechsstelligen Beträgen gehandelt wurden, stellten kein Problem für Takanashi dar.

Allerdings war Takanashi bei aller Sammelleidenschaft auch Geschäftsmann geblieben, allerdings einer, der sich sehr bedeckt hielt. Oft holte er durch geschickten Tauschhandel oder gezielte Verkäufe von Dubletten den Großteil des investierten Geldes wieder herein und bekam so das Stück, das ihn wirklich interessierte, fast umsonst.

Mit Politik wollte der Sammler niemals etwas zu tun haben, nichts lag ihm ferner als die nationalsozialistische Ideologie. Takanashi sympathisierte nicht mit Hitler, seinen Ideen oder gar seiner Gedankenwelt. Der Österreicher aus Braunau hatte auch Japan Schaden zugefügt, das vergaß und verzieh ihm der patriotische Takanashi nie. Für ihn war die Jagd nach besonderen Stücken eine Leidenschaft, eine Lebensaufgabe. Er wollte eine perfekte Sammlung besitzen, *die* perfekte Sammlung. So komplett wie möglich, unersetzlich und einzigartig. Unvergleichlich.

Der Japaner hatte so über die Jahrzehnte eine marktbeherrschende Stellung bei NS-Militaria erlangt. Darüber hinaus kontrollierte er große Teile des Schwarzmarktes, der sich wie bei allen politischen Devotionalien bald nach dem Zusammenbruch 1945 gebildet hatte. Sein gut gepflegtes Informantennetz war weltumspannend, aber nicht nur deshalb verband ihn mit Señora Valeria in Bogotá eine jahrelange Geschäftsverbindung. Viele Stücke, die in Südamerika nach und nach aufgetaucht waren, hatte Takanashi über sie erwerben können. So hatte es ihn auch nicht verwundert, als die bekannte Händlerin ihn nun angerufen hatte. Nur was sie gesagt hatte, das hatte den Japaner unvorbereitet getroffen.

Die Eiswürfel klirrten leise im Glas, als Takanashi es auf den weißen Gartentisch neben die neue Ausgabe der *New York Times* stellte. Seine langen, feinen Finger streiften die Wassertropfen ab, die sich an der Außenseite gebildet hatten, während er mit seinen Gedanken ganz woanders war.

Wäre es tatsächlich möglich?

Die Suche nach den Devotionalien des Dritten Reichs hatten unvermeidlich dazu geführt, dass Takanashi sich mit den Geheimnissen, ungelösten Rätseln und ungeklärten Vorgängen im Deutschen Reich befasst hatte – und davon gab es jede Menge. Vom Ahnenerbe Himmlers über die deutsche Atomforschung und die geheime Waffenproduktion bis zu so illustren Figuren wie Otto Rahn, dem verschwundenen SS-General Hans Kammler oder dem Wahrsager des Führers, Hanussen, reichte der Bogen an Merkwürdigkeiten.

Heinz Claessen fiel in diese Kategorie. Takanashi hatte nach der Legende Claessen jahrelang gesucht, nach dem SS-Ring und dem Verbleib des Mannes, der ihn trug. Konnte es Heinz Claessen tatsächlich bis nach Südamerika geschafft haben? Der Ring sprach dafür. Der lag also nicht mit Tausenden anderen irgendwo in der Nähe der Wewelsburg, sondern war plötzlich in Bogotá aufgetaucht.

Auf dem Gesicht des Japaners zeichnete sich keinerlei Reaktion ab, als er erneut nach dem Telefon griff. Nur ein Muskel unter seinem linken Auge zuckte ein paarmal und verriet seine Anspannung.

Takanashi stand auf und ging auf der gepflasterten Terrasse auf und ab, während er auf seine Verbindung wartete. Er war ein schlanker, mittelgroßer Mann mit dichtem, schwarzen Haar, der großen Wert auf makellose Kleidung legte. Seine Vorliebe für weiße Anzüge und Panama-Hüte war zu seinem Markenzeichen geworden und hatte ihm selbst im bescheiden-mondänen Altaussee eine sofortige Aufmerksamkeit beschert.

Endlich läutete es auf der anderen Seite. Der Japaner klopfte mit dem Nagel seines kleinen Fingers ungeduldig gegen den Hörer. »So heb schon ab«, murmelte er missmutig. Der überlange, gepflegte Nagel am kleinen Finger seiner linken Hand war ein traditionelles asiatisches Zeichen dafür, dass er nicht körperlich arbeiten musste.

Für Takanashi war es allerdings mehr. Er hatte ihn vor Jahren bereits als Waffe eingesetzt.

Als er jemandem damit das Auge ausgestochen hatte.

Avenida Las Vegas, Medellín / Kolumbien

Der Verkehr auf der vierspurigen Schnellstraße Avenida Las Vegas, eine der großen Achsen Medellíns, rollte trotz der Vormittagsstunden halbwegs flüssig. Die Staus, die sich vereinzelt vor den Ausfahrten und großen Kreuzungen bildeten, lösten sich auch rasch wieder auf. So kam der große BMW X5 mit Fiona am Steuer zügig voran. John Finch hatte Eduardo Gomez, den Journalisten, aussteigen lassen, nachdem er ihm einen Packen Dollars in die Hand gedrückt und sich für die Hilfe bedankt hatte. Dann hatte er hinzugefügt: »Halte dich mit den Meldungen noch etwas zurück, bis wir die Stadt verlassen haben.«

Vincente und Señor Böttcher alias Botero teilten sich die Rückbank. Der Papagei Sparrow, dem das Autofahren offenbar nicht geheuer vorkam, konnte sich nicht entscheiden, auf welcher Schulter er sich niederlassen sollte. So flatterte er immer wieder hin und her, bis er schließlich auf Vincentes Arm sitzend interessiert aus dem Seitenfenster schaute.

»Spätestens am Flughafen werden wir ein Problem bekommen«, meinte Fiona pessimistisch und wich einem streunenden Hund aus, der laut kläffend über die Straße schoss. »Weder Vincente noch Señor Böttcher haben einen Pass dabei. Von unserem Plauderkünstler will ich gar nicht reden.«

John Finch nickte und schlug eine Karte der Umgebung auf, die er im Handschuhfach des Mietwagens gefunden hatte. »Darüber habe ich auch schon nachgedacht. Das wird nicht so einfach ...«

In diesem Moment läutete ein Handy. Vincente griff in seine Tasche, betrachtete die angezeigte Nummer auf dem Display und zuckte die Schultern. Dann nahm er das Gespräch an.

»*Hola* Vincente, hier ist Dottore Herradura, ich behandle deinen Freund mit der Schussverletzung. Ich weiß, dass du nicht mit mir sprechen kannst, aber ich wollte dich warnen. Ein Kollege aus dem *barrio* hat mich soeben angerufen. Die Jungs von der La-Divisa-Gang klappern alle Ärzte im Viertel ab, um mehr über einen angeschossenen Sicario herauszufinden, der gestern zwei ihrer Anführer erledigt hat. Sie sind stinksauer, und es wäre nicht gut, wenn sie ihn bei mir finden würden. Am besten wäre, du holst ihn so rasch wie möglich ab. Er hat eine Bluttransfusion bekommen, ich habe ihn mit Medikamenten vollgepumpt, aber alleine schafft er es nicht.« Der Arzt machte eine kurze Pause. Vincentes Gedanken rasten. »Du erinnerst dich noch an meine Adresse? Mach schnell!«

Damit war die Leitung tot, Vincente ließ das Handy sinken.

Wenn die Jungs von La Divisa Alfredo finden würden, wäre der Sicario so gut wie tot. Daran zweifelte Vincente nicht einen Augenblick. Er klopfte Finch hektisch auf die Schulter.

»Was ist los, Vincente? Probleme?«

Der Junge nickte nervös. Dann machte er das Zeichen »schreiben«, und der Pilot drückte ihm seinen Kugelschreiber und die Karte in die Hand.

»Ich glaube, es wäre besser, Sie würden kurz rechts ran fahren«, meinte Finch zu Fiona.

»Ich dachte, wir haben es eilig?«, gab sie zurück und warf einen Blick auf Böttcher, der Sparrow von der Schulter Vincentes holte und dabei versuchte, die Worte, die der Junge auf einen freien Platz auf der Karte kritzelte, zu entziffern.

»Ein Freund unseres jungen Buccaneers liegt verletzt bei einem Arzt«, murmelte der alte Mann. »Wir müssen ihn abholen, weil er sonst umgebracht wird. Eine Gang namens La Divisa ist ihm auf den Fersen.«

Finch sah Vincente fragend an. Der Junge nickte bestätigend.

»Warum lassen wir Vincente nicht einfach hier, und er löst seine Probleme selbst?«, warf Fiona ein, die den BMW angehalten hatte und sich nun umdrehte. »Mein Bedarf an Schießereien, Explosionen und Kanonendonner ist für heute gestillt. Wir sollten nach Bogotá verschwinden und Señor Gruber suchen, anstatt einen Krankentransport durch halb Kolumbien zu organisieren.«

Vincente schüttelte entschieden den Kopf. Dann zog er die Nachricht der Brieftaube aus der Tasche, knüllte sie zusammen und machte Anstalten, sie in seinen Mund zu stecken und zu schlucken.

Finch kniff die Augen zusammen. »Ich dachte, Señor Böttcher hat die Nachricht?«

Der alte Mann begann in seinen Taschen zu kramen, schüttelte dann aber den Kopf. »Ich hatte sie, ich bin ganz sicher.«

Vincente grinste spitzbübisch.

»Haben Sie den Text entziffert?«, erkundigte sich Fiona.

Böttcher schüttelte den Kopf. »Dazu war nicht genug Zeit«, murmelte er und fixierte Vincente wütend.

»Patt!«, meinte Fiona trocken und wandte sich Vincente zu. »Wohin fahren wir?«

Keine zehn Minuten später standen sie vor dem alten Haus, in dem Dottore Herradura seine Praxis hatte. Vincente sprang aus dem Wagen und winkte den anderen, ihm zu folgen.

»Besser, ich bleibe hier«, meinte Fiona zu Finch, »sicher ist sicher. Wir sollten nicht mit einem Verletzten im Arm auf der Straße stehen und unser einziges Transportmittel am Horizont verschwinden sehen.«

Vincente, der sie gehört hatte, eilte zurück zum Wagen, zog die Beretta Alfredos hervor und reichte sie ihr durch das Fenster. Dann drehte er sich um und verschwand endgültig im Haus.

»Bleiben Sie lieber auch hier«, sagte Finch zu Böttcher. »Vielleicht braucht die Lady den Schutz eines Piratenkapitäns.«

»Luken dicht!«, kreischte Sparrow, und der alte Mann nickte.

»Aye! Verschwinden Sie schon! Wir decken den Rückzug.« Damit schlug er mit der flachen Hand gegen die Pistolen, die er im Gürtel stecken hatte. »Ein paar Asse haben wir noch im Ärmel.«

John Finch rannte die Treppen nach oben, immer zwei Stufen auf einmal nehmend. Ein Messingschild neben der Eingangstür hatte verkündet: »Dr. Ermano Herradura – Praxis dritter Stock«, und so wusste Finch, wohin Vincente unterwegs war, dessen schnellen Schritte er über sich hörte.

Dr. Herradura, der beim ersten Klingeln die Tür öffnete, war ein älterer Mann im weißen Mantel und mit Halbglatze, dem die Angst an den Augen abzulesen war.

»Vincente! Gott sei Dank!«, stieß er hervor. »Sie haben schon angerufen und gefragt, ob ich in den letzten beiden Tagen einen schlanken, tätowierten Mann mit einer Schusswunde behandelt habe, aber ich habe nichts gesagt. Ich weiß nicht, ob sie mir geglaubt haben, ich bin kein guter Lügner.«

»Machen Sie sich keine Sorgen, Doktor, wir nehmen den Patienten mit«, beschwichtigte ihn Finch. »Wie ist sein Zustand?«

»Stabil, er hat eine eiserne Konstitution«, antwortete Herradura und eilte voran, tiefer in die Wohnung, die auch seine Praxis war. »Es sollte keine Komplikationen geben, die Wunde hat sich nicht entzündet. Er hat zwar einiges an Blut verloren, aber ich habe ihm eine Blutkonserve verabreicht, und seither hat er viel geschlafen.«

Finch und Vincente folgten dem Arzt in eine Art Gästezimmer, das altmodisch eingerichtet war und in dem ein einzelnes Bett entlang der Wand stand. Darauf saß der Sicario und blickte ihnen entgegen. Sein blasses, eingefallenes Gesicht verriet die Schmerzen und die Anspannung.

Als er Vincente erkannte, lächelte er müde. »*Hola!* Diesmal war es knapp, zu knapp. Wenn du nicht gewesen wärst, läge ich auf dem Dach von Nostra Señora de Fatima, und sie hätten nur mehr meine Knochen gefunden.« Sein Blick fiel auf Finch. »Hast du Verstärkung aus dem Altenheim mitgebracht? So schlecht geht es mir auch wieder nicht.«

»Dem Schweiß nach zu schließen, der dir gerade über die Schläfen rinnt, bist du nicht in bester Verfassung – und der Alte hat mehr Kondition als du«, lächelte Finch und streckte die Hand aus. »John Finch. Pilot. Und die Kavallerie wartet unten.«

»Alfredo Garcia Alvarez …« Der Sicario wusste nicht, was er als Beruf anfügen sollte und brach ab.

»Dr. Herradura hat uns gerufen, die Konkurrenz ist dir auf den Fersen. Wir sollten also rasch von hier verschwinden und dem guten Doktor nicht noch mehr Ungelegenheiten machen.« Finch blickte rasch aus dem Fenster, aber alles schien ruhig. Der BMW parkte noch immer vor dem Haus.

Vincente half dem Sicario hoch und stützte ihn. »Ich habe ihm schmerzstillende Mittel gegeben«, meinte der Arzt zu Finch und reichte ihm ein kleines Päckchen. »Hier ist nochmals ein kleiner Vorrat für die nächsten Tage. Es wäre nicht schlecht, wenn er so bald wie möglich wieder in ärztliche Behandlung käme.«

»Ich kann für nichts garantieren«, murmelte der Pilot. »Trotzdem vielen Dank.« Er steckte die Medikamente ein und folgte Vincente und Alfredo ins Treppenhaus. »Ihr Honorar?«

Dr. Herradura winkte ab. »Alles bereits beglichen. Viel Glück!« Dann warf er die Tür zu und sperrte sie zu.

Glück werden wir brauchen können, dachte sich Finch und blickte auf die Uhr. Sie hätten bereits längst in der Luft sein sollen. Nach Bogotá hatten sie noch zwei Stunden Flugzeit vor sich, und dann, einmal angekommen, stand ihnen noch die Suche nach dem alten Gruber bevor. Und der angeschossene Alfredo machte alles nicht leichter.

Der Sicario humpelte, gestützt auf Vincente, die letzten Treppenabsätze hinunter. Sein Gesicht war verzerrt von der Anstrengung und den Schmerzwellen, die immer wieder von der Hüfte aus durch seinen Körper schossen.

Die Medikamente scheinen nicht allzu viel zu helfen, dachte Finch und hielt den beiden die Haustür auf. Doch noch bevor sie das Haus verlassen konnten, erstarrten Vincente und Alfredo mitten in der Tür. Der Pilot fluchte leise.

»Hallo Ratte!«, rief eine Stimme von der Straße. »Haben wir dich, du kleiner Wichser! War doch klar, dass du hier irgendwo versuchen würdest, unterzutauchen. So viele Ärzte gibt es nicht im *barrio*.«

Finch hielt die Luft an, als er hörte, wie zwei Pistolen zugleich entsichert und durchgeladen wurden.

»Noch ein kurzes Gebet, und ihr beide macht einen Abgang«, sagte die Stimme, die sehr jung klang.

Während Finch fieberhaft überlegte, was er machen sollte, drang eine andere, tiefe Stimme an sein Ohr.

»Hat dich der Klabautermann kastriert, du Windelscheißer?« Dann wurden zwei Hähne gespannt, und dieses Geräusch klang noch bedrohlicher als die zu allem entschlossene Stimme. »Komm schon, mach eine einzige kleine Bewegung. Krümm den Finger um den Abzug, und ich puste dir den Kopf weg. Bei meinem Kaliber erkennt dich nachher nicht einmal deine Mutter.«

Der Pilot atmete tief aus, und ein kleines Lächeln spielte um seine Lippen. Er trat um den Türflügel herum und sah vor sich zwei Jugendliche, die kaum achtzehn sein konnten, in Schlabberhosen und Sweater. Unsicher hielten sie schwere Pistolen in ihren ausgestreckten Händen und wussten nicht, was sie tun sollten. Unmittelbar hinter ihnen stand Böttcher, zwei seiner riesigen Duell-Pistolen im Anschlag.

»Ich würde an eurer Stelle genau zuhören«, meinte Finch wie nebenbei, schob den Sicario und Vincente zur Seite und damit aus dem Blickfeld. Dann baute er sich vor den beiden Auftragskillern auf. »Er ist in meinem Alter und damit in einem Lebensabschnitt, wo zwei weitere Weicheier wie ihr nicht mehr wirklich ins Gewicht fallen.«

Die beiden sahen sich unsicher an.

»Meine Geduld ist aufgebraucht«, zischte Böttcher. »Waffen fallen lassen.«

»Hängt sie!«, kreischte Sparrow, der auf seiner Schulter saß.

Das gab den Ausschlag. Die beiden Pistolen klapperten zu Boden.

»Und jetzt rennt um euer Leben, solange ich noch in einer großzügigen Stimmung bin«, donnerte Böttcher. »Und ich will euch Gesindel nie wieder in meinem Leben sehen, sonst filettiere ich euch bei lebendigem Leib.«

Ohne einen weiteren Augenblick nachzudenken, stürmten die beiden los, Panik in den Augen. Sekunden später waren sie zwischen den parkenden Autos verschwunden. Sie riskierten keinen einzigen Blick zurück.

Finch hob die Waffen auf und bedeutete Vincente und Alfredo, rasch in den Wagen zu steigen. Dann klopfte er Böttcher, der gewissenhaft die Hähne seiner Pistolen wieder entspannte, bevor er sie seelenruhig in den Gürtel steckte, anerkennend auf die Schulter. »Lassen Sie mich nicht vergessen, dass ich niemals zwischen Ihnen und Ihrem Ziel stehe. Diese Kaliber machen bestimmt Löcher so groß wie ein Fenster.«

Der alte Mann lächelte nur still, drehte sich wortlos um und stieg in den Wagen.

»Nächster Halt Flughafen«, verkündete Finch und schwang sich auf den Beifahrersitz.

Fiona erholte sich gerade von ihrer Überraschung und ließ die Beretta wieder sinken. Sie hätte Böttcher die Schnelligkeit und Kaltblütigkeit nicht zugetraut. »So kann man sich irren«, murmelte sie kopfschüttelnd. »Man sollte alte Männer nie unterschätzen.« Während sie den BMW startete, sah sie Finch über ihre Sonnenbrille hinweg alarmiert an. »Die Zahl unserer Passagiere ohne Ausweis wächst rapide ...«

»Ich weiß und ich arbeite daran«, erwiderte der Pilot. »Wunder dauern etwas länger, auch bei mir.«

Als er in den Spiegel der Sonnenblende schaute, sah er Alfredo, der verblüfft auf den alten Piraten und seinen Papagei blickte. Dann sagte der Sicario nur ein Wort: »Danke.«

15. November 1917

BAHNSTRECKE FRANKFURT–BASEL / DEUTSCHES REICH

Die Landschaft des Oberrheins zog gleichmäßig an den Fenstern des Schnellzugs vorbei, als sei nichts gewesen. Der Waggon schaukelte über die Weichen eines kleinen Bahnhofs, und Samuel Kronstein schien tief in Gedanken versunken. Es dauerte mehr als fünf Minuten, bevor Pjotr Solowjov sich dazu durchringen konnte, ihn zu stören.

»Es tut mir leid, Exzellenz, und ich möchte mich für den schändlichen Verrat meiner drei Gefährten bei Ihnen entschuldigen«, meinte er niedergeschlagen. »Ich hätte nie vermutet …«

»Schon gut, mein idealistischer Freund«, unterbrach ihn Kronstein nachsichtig lächelnd. »Sie müssen noch viel lernen. Ich hoffe nur für Sie, dass solche Taten und Gesinnungen nicht symptomatisch für die Umstürze in unserer Heimat sind. Ich werde nicht mehr nach St. Petersburg zurückkehren, Sie aber werden mit der neuen Generation von Revolutionären leben müssen.«

Solowjov sah den alten Mann ratlos an. »Ja, aber Sie haben doch …«

»… eine Erfahrung mehr gemacht?«, warf Kronstein ein. »Ja, ohne Zweifel. Hätten Sie jedoch erlebt, was unsere Familie seit mehreren hundert Jahren in Russland durchgemacht hat, dann wären Sie auch auf alles vorbereitet, glauben Sie mir.« Er sah Solowjov mit einem ironischen Augenzwinkern an. »Mein Stock wird mir fehlen, ich werde mir wohl einen neuen machen lassen müssen, wenn wir angekommen sind. Merken Sie sich eines, Pjotr. Vertrauen Sie niemandem, hinterfragen Sie alles, glauben Sie nichts.« Der alte Mann hob den Zeigefinger. »Denn nichts ist so, wie es scheint.«

Verstehen dämmerte in den Augen des jungen Russen. »Sie hatten die Steine gar nicht mehr in Ihrem Stock, Exzellenz. Gehe ich recht in der Annahme?« Er nickte mehrmals. »Natürlich, wieso kam ich nicht gleich auf den Gedanken? Sie sind stets auf alles vorbereitet, nicht wahr?«

Die schwere Schnellzuglokomotive der preußischen Staatseisenbahnen beschleunigte den Zug wieder auf Reisegeschwindigkeit. Die Abteiltür öffnete sich, und ein Zugbegleiter steckte den Kopf herein. »Nächster Halt ist Freiburg im Breisgau, meine Herren«, verkündete er, dann waren Solowjov und Kronstein wieder allein.

»Das Leben ist wie ein Schachspiel gegen einen unbekannten Gegner«, stellte der alte Mann fest und beobachtete, wie die Gebäude eines kleinen Bahnhofs am Fenster vorbeiflogen. »Man kann einige Spielzüge im Vorhinein planen, ahnen und hoffen, vieles überlegen, und doch wird man immer wieder überrascht. Aber je besser man in dem Spiel wird, umso geringer wird die Zahl der Überraschungen. Sicherlich einer der Vorteile, die das Älterwerden mit sich bringt.«

»Das heißt, die drei haben nun einen leeren Spazierstock in den Händen«, meinte Solowjov und seine Miene hellte sich auf.

»Bald werden sie darauf kommen, dass sie keinesfalls reich sind, sondern gestrandet in einem fremden Land, ohne Geld und Unterstützung«, ergänzte Kronstein. »Sie werden sich zornig fragen, wohin meine Reise geht, aber ich habe es ihnen nie verraten. So haben sie keine Ahnung, wohin sie sich wenden sollen. Früher oder später werden sie aufgegriffen werden und, wenn sie Pech haben, als Spione erschossen. Die Deutschen sind im Moment nicht sehr gut auf Russen zu sprechen.«

»Ich bewundere Ihre Weitsicht und Konsequenz, Exzellenz«, gab der junge Russe zu, »aber Sie haben vergessen, dass jeder der drei im Besitz eines Diamanten ist. Die Steine sollten die Kosten der Rückkehr nach Russland mehr als decken.«

Unbeirrt griff Kronstein in seine Rocktasche und zog drei Diamanten hervor. »Meinen Sie diese Steine, Pjotr?«, fragte er verschmitzt. »Vergessen Sie nicht, wir haben eine Nacht im Hotel verbracht, und das Personal ist, wie überall, so auch in Lübeck käuflich. Zimmermädchen, Diener, Pagen – sie alle haben die Zweitschlüssel zu den Zimmern.«

Instinktiv griff Solowjov an seine Brusttasche.

Kronstein lachte. »Nein, nein, keine Angst, Ihr Stein ist noch da, wo Sie ihn verborgen haben. Ich kann mich auf meine Menschenkenntnis verlassen, sie hat mich in all den Jahren nie in die Irre geführt.« Er hielt dem jungen Russen die drei Diamanten hin. »Nehmen Sie, Pjotr, sie gehören Ihnen. Ehrlichkeit und Treue müssen belohnt werden.«

»Das kann ich nicht annehmen, Exzellenz«, wehrte Solowjov ab. »Ich habe versprochen, Sie bis an Ihr Ziel zu begleiten, dafür habe ich meinen Lohn schon erhalten. Da wir in Richtung der Schweizer Grenze unterwegs sind, nehme ich an, dass unsere Reise bald zu Ende gehen wird.«

Kronstein nickte befriedigt. »Wenn Gott will, dann sind wir heute Abend in Basel. Machen Sie mir die Freude und leisten Sie mir noch ein paar Tage Gesellschaft. Ich möchte die Steine an einem sicheren Ort wissen, bevor ich Ihnen Adieu sage.« Er strich sich mit der flachen Hand über die Bauchbinde, die er unter seinem Hemd trug.

»Ich halte mein Versprechen, Exzellenz«, gab Solowjov einfach zurück. »Ist die Schweiz tatsächlich unser endgültiges Ziel, oder reisen Sie weiter an die Côte d'Azur?«

»Nein, Pjotr, ich möchte mich in Genf oder Basel niederlassen«, bestätigte Kronstein und zog seine Taschenuhr aus dem Jackett. »Die Grenzen nach Deutschland und Frankreich sind nahe, Schweizer und Russen haben bereits seit langem freundschaftliche Verbindungen aufgebaut. Vergessen Sie nicht, dass ab dem Ende des 17. Jahrhunderts bis zum heutigen Tag mehr als zwanzigtausend berufstätige Schweizer vorübergehend oder für immer ins Zarenreich auswanderten. Im Gegenzug öffnete die Schweiz nur allzu gern ihre Grenzen für russisches Kapital, adelige Touristen oder selbst Flüchtlinge, die zwischen Boden- und Genfersee Asyl suchten. Darf ich Sie an Wladimir Iljitsch Lenin erinnern?«

Solowjov lächelte. »Erzählen Sie bitte weiter, Exzellenz, ich muss gestehen, dass ich die Schweiz bisher nur mit hohen Bergen, erstklassiger Schokolade und teurem Käse in Zusammenhang gebracht habe.«

»Womit Sie durchaus recht haben, Pjotr«, gab Kronstein zurück. »Aber da ist noch viel mehr. Wer genauer hinsieht, der erkennt, dass neben den adligen Touristen, Kurgästen und Wahlschweizern, den politischen Emigranten und Revolutionären auch noch jede Menge russische Studierende in den vergangenen fünfzig Jahren an die Schweizer Universitäten drängten. Frauen waren an den russischen Universitäten nicht zugelassen, in der Schweiz konnten sie problemlos immatrikulieren. Dazu kommt die bekannte Asyltradition, der damit verbundene Schutz vor politischer Verfolgung und die zentrale Lage in Europa. Es gibt in der Schweiz eigene russische Kirchen, Bibliotheken, karitative Einrichtungen, Synagogen, Druckereien, außerdem noch jede Menge Zirkel und Gruppierungen. Sie sehen, ich habe mein Ziel mit Bedacht gewählt.«

»Ich habe keinen Augenblick daran gezweifelt.« Solowjov blickte aus dem Fenster, als der Zug an einer Baustelle langsamer wurde. »Trotzdem wäre das keine Alternative für mich. Ich gehe wieder nach Russland zurück, meine Entscheidung steht fest. Aber was möchten Sie in der Schweiz machen, Exzellenz? Ihren Ruhestand genießen?«

»Einer meiner Vorfahren hat gesagt, man sollte alle sechs Jahre etwas anderes machen, um seinen Geist nicht einrosten zu lassen«, antwortete Kronstein und sah Solowjov wohlwollend an. »Jeder neue Lebensabschnitt ist eine Herausforderung, das werden Sie auch merken, wenn Sie in ein Russland zurückkehren, das nun hoffentlich das Ihre, aber nicht mehr das meine ist. Ich habe zu lange immer nur dasselbe gemacht. Nun könnten Sie einwenden, ich wäre zu alt, um etwas Neues zu beginnen, doch noch fühle ich mich stark genug. Was genau? Ich weiß es noch nicht. Kommt Zeit, kommt Rat.«

Damit schloss Samuel Kronstein die Augen und lehnte sich in die Polster zurück.

Die Formalitäten bei der Einreise waren zur Überraschung Solowjovs rasch erledigt. Die Beamten an der Grenzstelle am Basler Bahnhof waren ausgesucht höflich, freundlich und zugleich effektiv. Sie kontrollierten die Pässe der beiden Männer, stempelten sie und wandten sich dem Nächsten in der Schlange zu. Durch den Zoll wurden die Reisenden aus dem fernen St. Petersburg mit ihrem leichten Gepäck nach einigen allgemeinen Fragen ebenfalls rasch abgefertigt. Niemand interessierte sich für Geld oder Wertsachen oder etwa das Ziel ihrer Reise.

Als Kronstein und Solowjov auf den geschäftigen Bahnhofsplatz hinaustraten, brach die Dämmerung herein, und es begann zu schneien. Von der anderen Seite des Platzes leuchtete ein rotes Gebäude herüber, das Hotel Schweizerhof, und der junge Russe senkte den Kopf gegen den Wintersturm, um darauf zuzueilen, als Kronstein ihn am Arm zurückhielt.

»Ich war bereits einige Male in Basel«, erklärte der alte Juwelier leise, »im Auftrag der Zarenfamilie und einiger europäischer Potentaten. Aber das ist eine andere Geschichte.« Er schlang den weißen Schal um seinen Hals und gab einer der wartenden Droschken ein Zeichen. Während Solowjov in die Kutsche stieg, nannte Kronstein dem dick vermummten Kutscher ihr Fahrtziel: »Hotel des Trois Rois am Rhein.«

Wenige Augenblicke später war die Droschke in der anbrechenden Dunkelheit und dem dichten Schneegestöber verschwunden.

Lufthansa »Senator Café«, Flughafen München / Deutschland

Die Croissants im »Senator Café« mit dem überdimensionalen Neon-Kranich über dem Eingang sahen lecker und frisch aus, die riesigen Champagner-Flaschen dahinter fast schon ein wenig einschüchternd. Christopher Weber, die Kaffeetasse in der Hand, wanderte am Buffet entlang. Sandwiches, kleine Salate, Snacks und Kuchen warteten auf bevorzugte Vielflieger der Lufthansa. Chris war pünktlich gewesen, hatte am Eingang seinen Ausweis vorgezeigt und die Hostess überredet, ihn drinnen auf Bernadette Bornheim warten zu lassen. Nach einem Blick auf die Listen der Business- und Erste-Klasse-Passagiere nach Basel hatte die kleine Blonde in der dunkelblauen Uniform Chris durchgewunken.

»Eigentlich ...«, hatte sie angesetzt, als er an ihr vorbeigegangen war, und ihre Brauen gehoben.

»Ich benehme mich auch anständig«, versuchte Chris seinen Charme spielen zu lassen. Mit Erfolg. Sie wandte sich leise lachend zwei Neuankömmlingen zu.

Seine kleine Tasse Kaffee balancierend, wählte Chris einen der kleinen Tische, die von zwei bequemen schwarzen Fauteuils flankiert waren und im Blickfeld des Eingangs lagen. Er setzte sich leise stöhnend. Die heutige Schicht hatte es in sich gehabt, er spürte jeden einzelnen Muskel. Andererseits hatte er sich den ganzen Tag lang genau auf diesen Moment gefreut. Schon am Morgen, als er nach kaum vier Stunden Schlaf vom Wecker aus dem Schlaf gerissen worden war, hatte er es sich eingestehen müssen – er war in das dunkelhaarige Mädchen aus gutem Haus verliebt.

Bis über beide Ohren.

Als er Bernadette durch den Eingang kommen sah, einen kleinen

Rollkoffer hinter sich herziehend, kribbelte es in seinem Bauch. Sie trug ausgewaschene Jeans, einen dunkelblauen Blazer und Sneakers. Christopher musste sich eingestehen, dass es völlig egal war, was die junge Frau anhatte.

In seinen Augen sah sie in jedem Outfit hinreißend aus.

Bernadette, etwas atemlos, ließ ihren Blick über die geschmackvolle Einrichtung mit den ledernen Clubsesseln, über die wenigen Gäste, das Buffet und die Bar gleiten, während die kleine blonde Lufthansa-Angestellte ihren Namen in den Passagierlisten suchte und schließlich auch fand.

»Sie werden bereits erwartet«, meinte die junge Lufthansa-Frau und musterte Bernadette interessiert von oben bis unten – so von Frau zu Frau. Dann wandte sie sich dem nächsten Gast zu.

Bernadette Bornheims Augen blickten etwas skeptisch über die Gläser ihrer Sonnenbrille, doch als sie Chris sah, lächelte sie und kam rasch durch den Raum auf ihn zu. »Es tut mir leid, ich weiß, ich bin zu spät dran«, entschuldigte sie sich, »aber die Sicherheitskontrolle …«

Während Chris noch überlegte, ob er sie umarmen sollte, küsste Bernadette ihn rasch auf beide Wangen. Ihr Parfum stieg ihm in die Nase. Es roch sündhaft teuer, und Chris wünschte sich, mehr von edlen Düften zu verstehen. Und von Marken. Französisch? Chanel? Wenn ja, dann würde er für eine halbwegs respektable Flaschengröße eine Bank überfallen müssen.

Erfolgreich – und eine Hauptstelle …

Bernadette riss ihn aus seinen Träumereien. »Ist der Kaffee trinkbar?«

»Nicht italienisch, aber auch nicht deutsch«, gab Chris lächelnd zurück. »Soll ich Ihnen eine Tasse holen?«

»Ich mache das schon«, winkte sie ab. »Danke trotzdem. Der Wille zählt …« Bernadette lächelte ein wenig spöttisch, und Chris fragte sich, ob sie genauso weiche Knie hatte wie er.

Als sie wieder zurückkam, balancierte sie zwei Sektflöten und eine Kaffeetasse auf einem kleinen Tablett. »Sie haben Ihre Arbeit für heute bereits erledigt, und ich muss nicht mehr Auto fahren«, erklärte sie entschieden und stellte das Tablett ab. »Also warum nicht ein bisschen über die Stränge schlagen und anstoßen?«

»Gibt es einen besonderen Grund zum Feiern?«, erkundigte sich Chris vorsichtig und dachte an seine eigenen Erfahrungen in letzter Zeit. Nachdem es bei Bernadette keine Steckdose in der Garage gewesen sein konnte, blieben wohl nur ein Mann oder ein Geburtstag, schoss es ihm durch den Kopf.

Die junge Frau lächelte, und es kam Chris so vor, als sei sie ein wenig verlegen. »Ich finde, wir sollten …«, setzte sie an, dann ergriff sie einfach ihr Glas und prostete ihm zu. »Ich heiße Bernadette, aber das weißt du ja schon.«

»Christopher, aber das weißt du auch schon«, erwiderte er lächelnd und kam sich ziemlich blöd vor. Warum fehlten ihm immer die richtigen Worte angesichts dieser dunklen, forschenden Augen? Dann hob er die Sektflöte und suchte verzweifelt nach einer etwas witzigeren Formulierung. »Ich würde dich gern wiedersehen, wenn du aus Basel … Ich meine, wie lange bleibst du fort?«

Der Sekt perlte in seinem Mund. Das alles war ein unterhaltungstechnisches Fiasko.

»Keine Sorge, nicht lange, ich komme nächste Woche wieder zurück«, antwortete Bernadette ungerührt und drehte ihr Glas zwischen den Fingern. »Ich bin für eine erkrankte Kollegin eingesprungen, deshalb habe ich zwei Klassen in den nächsten Tagen zu betreuen. Nicht allein, aber wir wechseln uns mit den anderen Lehrern ab. Ist vielleicht eine ganz gute Herausforderung, nicht immer nur mit den Kindern zu arbeiten, die man bereits kennt. Also, wie du siehst, viel Arbeit und wenig Freizeit in der Schweiz.«

»Trotzdem hätte ich dich gern wiedergesehen und etwas mit dir unternommen«, sagte Chris. »Das Wochenende steht vor der Tür …« Er dachte daran, sich nächstes Mal einen Spickzettel mit ein paar weltmännischen Bonmots vorzubereiten, bevor er sich mit Bernadette traf. Dann würde er nicht unaufhörlich wie der letzte Idiot herumstammeln.

Andererseits spürte er die Begeisterung der jungen Frau, wenn sie von ihrem Beruf sprach, und musste unwillkürlich an sein eigenes

Lernpensum denken. Die letzte Prüfung rückte immer näher. Also war es vielleicht ganz gut, dass Bernadette im Gegenzug für ein paar Tage in weite Ferne rückte.

»Dann lass uns das für kommendes Wochenende planen«, entgegnete Bernadette und blätterte in einem Wochenkalender. »Da habe ich drei Tage frei und wollte eigentlich in die Berge fahren, um den Herbst zu genießen. Aber wenn du möchtest, dann fliege ich nach München zurück.«

»Ich könnte mir auch meine gesammelten Überstunden freinehmen«, dachte Chris laut nach und brauchte keinen Kalender dazu. Er besaß gar keinen. »Drei Tage in den Schweizer Bergen wären schon eine Überlegung wert.«

Er zögerte.

»Vor allem mit dir ...«, schickte er ein wenig hilflos hinterher.

»Für jemand anderen würde ich auch nicht nach München zurückkommen«, gab Bernadette zurück und schmunzelte ihn frech an. »Wie willst du aber bis in die Schweiz fahren? Schafft es dein Bulli noch weiter als zum nächsten Schrottplatz?«

»Jetzt sollte ich wahrscheinlich beleidigt sein«, brummte Chris mit gespielter Entrüstung. »Aber ehrlich gesagt, bist du nicht weit von der grausamen Wahrheit entfernt. Der Bulli ist eher eine Immobilie.«

»Er hat immerhin ein Bett«, lenkte Bernadette ein, bemerkte dann, was sie gesagt hatte, und nahm rasch einen Schluck Sekt.

»Mehr eine Liege«, lachte Chris und freute sich über die Verlegenheit der jungen Frau. »Was soll's? Er hat mir ein Jahr lang gute Dienste geleistet.«

Bernadette schien zu überlegen. Dann griff sie kurz entschlossen in die Tasche ihrer Jeans und zog einen Schlüssel hervor. »Ich habe meinen Wagen in der Etage über dir geparkt, du findest ihn leicht.« Sie legte die Papiere in einer schwarzen Lederhülle daneben, die Garagenparkkarte darauf.

Chris sah sie verständnislos an. »Soll ich ihn umparken?«

»Mit einem kurzen Umweg über Basel«, gab Bernadette zurück und strahlte ihn an. »Im Handschuhfach liegt eine Tankkarte der väterlichen Firma.«

»Du machst Witze«, antwortete Chris und schüttelte unsicher den Kopf.

»Ganz und gar nicht, ich rufe dich an, sobald ich weiß, wann genau ich frei habe. Das hängt auch von meiner Kollegin ab.« Bernadette sah Chris mit schräg gelegten Kopf an. »Wie lange brauchst du, um deine Überstunden einzulösen?«

»Mein Schichtführer schuldet mir noch einen Gefallen, also mach dir darüber keine Gedanken«, winkte er ab. »Aber ...«

»Kein Aber«, erwiderte Bernadette. Dann senkte sie den Blick und stellte ihr Glas zurück. »Wenn dir der Weg nicht zu weit ist ...«

»Ich würde noch viel weiter fahren«, murmelte Chris. »Die Schweiz muss um diese Zeit atemberaubend schön sein.«

Bernadette sah auf, nickte erfreut und klatschte leise in die Hände. »Abgemacht dann! Drei Tage fern von deinem geliebten Flughafen schaden dir auch nichts. Und jetzt muss ich los, sonst fliegen die ohne mich!« Nach einem Blick auf die Uhr sprang sie auf, hauchte Chris zwei Küsse auf die Wangen und eilte zum Eingang. Dann drehte sie sich in der Tür nochmals kurz um, winkte fröhlich und war verschwunden.

Christopher nahm den Schlüssel und das Lederetui nachdenklich von dem niedrigen Tisch. »So rasch kommt man zu einem Urlaub in der Schweiz«, murmelte er. Die Schmetterlinge in seinem Bauch trainierten Kunstflugfiguren.

Die kleine Blonde am Ausgang sah ihm grinsend entgegen.

»Was bin ich schuldig?«, erkundigte er sich.

»Nachdem Ihre Freundin Erste-Klasse-Passagier ist, gar nichts«, flötete sie und klopfte mit ihrem manikürten Fingernagel auf den eingeschweißten Ausweis, den Chris um den Hals trug. »Ist sie nicht ein wenig zu alt für Sie?«, fragte sie mit einem süffisanten Gesichtsausdruck und einem unschuldigen Augenaufschlag, bevor sie sich umdrehte und demonstrativ einen Namen aus ihrer Liste strich. Während Chris noch nach einer passenden Erwiderung suchte, klingelte das Telefon, und die Lufthansa-Angestellte vertiefte sich ins Gespräch.

Auf dem langen Fußweg zurück in die Garage sah Christopher die Maschine der Swiss starten und steil in den Himmel steigen. Er war mit seinen Gedanken bei Bernadette, bei ihrem gemeinsamen Kurzurlaub, spürte den Wagenschlüssel in seiner Hosentasche. Ein Hochgefühl nistete sich neben den Schmetterlingen ein.

Mit hochdrehenden Motoren und rotierenden Blaulichtern brauste ein Feuerwehrwagen an ihm vorbei, gefolgt von einem Einsatzfahrzeug der Polizei. Die Zahl der Übungen auf den Flughäfen war nach den Terrorwarnungen verstärkt worden, sowohl für Rettung und Polizei als auch die Einsatzkräfte von Security und Feuerwehr. Selbst die Sicherheitskontrollen für Loader hatten nichts mehr mit dem freundlichen Durchwinken von vor einigen Jahren zu tun, von dem langgediente Kollegen immer wieder erzählten, wenn sie in Erinnerungen schwelgten.

Der Flughafen wird immer mehr zu einem Hochsicherheitstrakt, dachte Chris. Eingezäunt, mit Maschinenpistolen bewacht. Er roch das Kerosin, und während das Donnern der Swiss leiser und leiser wurde, fuhr noch ein Krankenwagen an ihm vorbei, diesmal sogar mit Sirene.

Der späte Nachmittag war sonnig und warm, der Asphalt unter seinen Füßen erinnerte ihn an Spaziergänge durchs sommerliche Rom, damals, mit seinen Eltern. Chris hatte manchmal das Gefühl, dass ihm die Bilder seiner Kindheit entglitten, obwohl er so sehr versuchte, sie festzuhalten. Sie verblassten unaufhaltsam und mit ihnen die Erinnerung an seine Eltern.

Er kam an einem der Außenparkplätze vorbei und ertappte sich dabei, Bernadette zu beneiden, der ein atemberaubendes Alpenpanorama auf ihrem Flug nach Basel zu Füßen liegen würde. Plötzlich hatte er Fernweh, wollte nur auf und davon, südwärts, immer der Mittagssonne nach.

Als er den Seiteneingang der Garage erreicht hatte, ging er durch eine Gruppe von Menschen, die diskutierend beisammenstanden. Chris zog die Tür zur Tiefgarage auf, nur um einem breitschultrigen Polizisten gegenüberzustehen, der abwehrend die Hand hob. »Tut mir leid, die Garage ist derzeit gesperrt wegen eines Feuerwehreinsatzes. Gedulden Sie sich bitte etwas und warten Sie vor dem Gebäude, es besteht noch Explosionsgefahr.«

»Aber ich ...« Chris unterbrach sich rechtzeitig. »... wohne hier«, wäre jetzt nicht so gut gekommen, dachte er. »Ähh ... habe meinen Wagen hier geparkt.«

Der Polizist sah ihn nachsichtig an. »Das ist mir klar, sonst wären Sie ja wohl nicht hier«, antwortete er. »Wo haben Sie Ihren Wagen denn abgestellt?«

»Im untersten Tiefgeschoss.« Er zeigte dem Polizisten seinen Ausweis. »Ich arbeite am Flughafen und habe meinen ... Stammplatz.«

Der Polizist warf einen Blick auf den Ausweis und dann auf Chris. Ein alarmierter Ausdruck stand in seinen Augen. »Was für einen Wagen fahren Sie genau, Herr Weber?«

»Einen VW-Bus«, antwortete Chris nichtsahnend. »Warum?«

»Dann kommen Sie einmal mit, junger Mann«, nickte der Uniformierte, nahm ihn am Arm und schob ihn ins Innere des Gebäudes. Es roch nach Rauch und Feuerlöschschaum. Aus den unteren Stockwerken drangen laute Stimmen, und während der Polizist Chris die Rampe hinunterführte, zog er ein Funksprechgerät aus dem Gürtel.

Der Mann, der in der untersten Etage unberührt vom Gewusel um ihn herum wie ein Fels in der Brandung stand, hatte seine Hände in den Taschen einer ausgebeulten Freizeithose versenkt. Sein Kopf war vorgestreckt wie der eines kurzsichtigen Habichts, der nach seiner Beute sucht. Er schnüffelte asthmatisch. Es war, als bemühte er sich, alle Gerüche aus der Luft zu filtern und sie in kleinen Döschen einzuordnen, um sie dann in Schubladen zu verstauen. Währenddessen irrten seine Augen von links nach rechts und wieder zurück, scannten die Marken der geparkten Wagen, deren Alter, deren Zustand, die Kennzeichen, und stellte zu jedem Überlegungen an. Als er den uniformierten Polizisten und Chris kommen hörte, fuhr er herum.

»Christopher Weber?« Seine Stimme war tief und rau, und Chris fühlte sich ertappt. Er nickte stumm. »Fein, sehr fein. Das erspart uns eine Menge Nachforschungen.« Er winkte Chris, ihm zu folgen, und trat ein paar Schritte vor, über Schläuche und Wasserlachen, in denen sich die Scheinwerfer der Spurensicherung spiegelten. Dann wies er nach links. Das völlig ausgebrannte Skelett seines VW-Busses hätte eine ausgezeichnete Werbung für jede Feuerschutzversicherung abgegeben. Die Decke und die umliegenden Wände der Garage waren schwarz.

Es sah gespenstisch aus, wie in einer sehr reellen Geisterbahn.

»Ist das … Verzeihung, war das Ihr Wagen?«, fragte ihn der Mann in den ausgebeulten Hosen und hielt gleichzeitig einen Ausweis hoch, auf dem Christopher das amtliche Siegel der Münchner Kriminalpolizei erkennen konnte. Alfons Maringer, stand darunter.

Chris räusperte sich. Der Gestank nach Gummi und verbranntem Plastik klebte in seiner Kehle. Die ersten Feuerwehrleute rollten bereits wieder ihre Schläuche ein. Männer in weißen Ganzkörperanzügen, die sich vorsichtig um den ausgebrannten Wagen bewegten, sahen im starken Licht der Scheinwerfer wie blendend helle Gespenster aus.

»Ja, ja.« Chris räusperte sich erneut. Der klebrige Gestank blieb. »Das war mein Wagen.«

»Dann kann Sie jemand ganz und gar nicht leiden«, meinte der untersetzte Kriminalkommisar nachdenklich und wippte auf den Fußballen, die Hände noch immer tief in den Hosentaschen. »Brandbeschleuniger sind eine Sache. Aber die leeren Benzinkanister gleich offen neben dem Wagen liegen zu lassen, das sieht mir eher nach einer letzten Warnung aus.« Maringer fuhr herum und starrte Chris durchdringend an. »Da ich nicht annehme, dass Sie Ihren eigenen Wagen angezündet haben, frage ich mich, wem Sie so heftig auf die Zehen gestiegen sind, dass er in Kauf nimmt, eine ganze Tiefgarage abzufackeln. Wurden die Brandmelder absichtlich deaktiviert, oder funktionierten sie nur heute nicht richtig? Denken Sie scharf nach, Herr Weber, und zwar schnell. Ich mag mich nicht an den Gedanken gewöhnen, dass sich der Herr der Kanister morgen auf diesem internationalen Flughafen mit seinen Zehntausenden Passagieren etwas anderes einfallen lässt, weil seine Warnung nicht ernst genommen wurde. Haben wir uns verstanden?«

Chris schluckte schwer und nickte wortlos. Sein Blick fiel auf die kläglichen Reste seines Lebens, und ihm wurde mit einem Mal klar, dass er nun heimatlos war. Dann zuckte er hilflos mit den Schultern. »Ich habe trotzdem keine Ahnung, tut mir leid.«

Maringer seufzte. »Dann werden wir uns jetzt in aller Ruhe unterhalten und versuchen, etwas Licht ins Dunkel zu bringen. Am besten in meinem Büro.«

Der schwarze Mercedes war schon weit vom Flughafen entfernt, als der Fahrer auf der A92 bei Moosburg-Süd von der Autobahn abfuhr und die schwere Limousine auf dem Park-&-Ride-Parkplatz ausrollen ließ. Er griff in die Seitenfächer der Fahrertür, zog ein paar Gummihandschuhe hervor, blickte sich vorsichtig um und schleuderte sie ins nächste Gebüsch. Dann holte er sein Mobiltelefon aus der Jackentasche und wählte.

Der Auftrag begann ihm Spaß zu machen.

Embalse La Fe, Nähe Medellín / Kolumbien

Die frisch gemähte Wiese war zum Wasser hin leicht abfallend. An ihrem oberen Ende, fast am Gipfel des Hügels, stand ein zweigeschossiges Haus mit weißen Mauern und holzverschalten Balkonen. Unter den Nadelbäumen entlang des Ufers wand sich ein breiter, gekiester Weg. Alles machte einen sehr gepflegten Eindruck. Es war windstill, und die Oberfläche des Sees lag fast spiegelglatt vor einem pittoresken Panorama von waldbedeckten Hügeln und Bergketten.

Die Staustufe, die auch der Ursprung des Rio Negro war, zählte zu den beliebten Naherholungsgebieten von Medellín. Trotzdem waren an diesem frühen Nachmittag nur wenige Ausflügler zu sehen. Die meisten saßen in den umliegenden Restaurants und Gaststätten, auf überdachten Terrassen oder unter farbenfrohen Sonnenschirmen und genossen ihr Mittagessen.

Fiona hatte den BMW X5 auf einem Parkplatz nahe am Wasser geparkt, etwas versteckt unter tiefhängenden Ästen. Zwei breite Landzungen reichten weit in den aufgestauten See hinein und machten, aus der Vogelperspektive gesehen, aus dem blauen Oval eine stark eingedellte, grün umrandete blaue Acht.

Auf die westliche der beiden Landzungen führte eine asphaltierte Straße fast bis zum Ufer und endete in einem Parkplatz. Der war das Ziel Fionas gewesen.

Vom nahen Landhaus her erklangen Kinderlachen und das Klirren von Geschirr. Sonst war es ruhig an dem kleinen See, der auf mehr als zweitausend Meter Höhe lag.

Señor Böttcher alias Botero stand an die Motorhaube gelehnt und beobachtete Vincente, der vom Ufer aus flache Steine über die Wasseroberfläche springen ließ, während Sparrow auf dem Armaturenbrett hin und her trippelte und sich offenbar nicht entschließen konnte, nach draußen zu flattern und die unbekannte Umgebung zu entdecken. Von der Rückbank kamen ruhige Atemzüge. Alfredo schlief, und es schien so, als habe sich sein Zustand etwas gebessert. Fiona betrachtete im Rückspiegel den hageren, fast schon abgezehrten jungen Mann mit dem kahlgeschorenen Kopf. Er hatte bisher kaum gesprochen, nur manchmal das Gesicht verzogen, wenn die Schmerzen bei einer Bodenwelle wieder einmal zu stark gewesen waren.

Als sie John Finch am Flughafen hatte aussteigen lassen und wieder angefahren war, hatten es Vincente und Böttcher verwirrt zur Kenntnis genommen und sie fragend angesehen. »Er hat einen Plan«, hatte Fiona nur kurz angebunden festgestellt und war dann ziemlich zügig auf der Landstraße entlang dem Rio Negro westwärts in Richtung Berge gefahren. »Es könnte klappen, wir sollten uns nur nicht verspäten.«

Sie waren zügig vorangekommen, und Vincente hatte sie mit sparsamen Gesten perfekt bis zu dem Parkplatz auf der Landzunge gelotst, die Karte auf dem Schoß.

Und nun? Fiona warf unruhig einen Blick auf ihre Armbanduhr.

War etwas schiefgegangen?

Böttcher schien ihre Gedanken lesen zu können. Er stieß sich ab, trat ans Seitenfenster und schaute Fiona fragend an. In seinen altmodischen Kleidern sah er aus wie ein Pirat, der sein Schiff verpasst hatte und der nun auf einer Sandbank gestrandet war. »Worauf genau warten wir eigentlich? Sollten wir nicht schnellstens nach Bogotá und dann zu Ihrem Großvater?«

Sparrow legte den Kopf schief und krächzte: »Bogotá! Bogotá!«

»Finch wollte es nicht darauf anlegen, mit einem Verwundeten und zwei Passagieren ohne Papiere durch die Polizei- und Zollkontrollen zu kommen«, entgegnete Fiona. »Bei aller Bestechlichkeit der Behörden – ich kann ihn verstehen. Die Erklärungen hätten zu lange gedauert, und die Explosionen in Ihrem Gartenhaus werden in der Zwischenzeit Stadtgespräch sein.«

Der alte Mann nickte und deutete dann mit einer weit umfassenden Geste auf den See und die malerische Landschaft. »Das erklärt allerdings noch nicht den Ausflug in die Natur. Und den Buccaneer auf dem Rücksitz sollten wir vielleicht auch besser in eine Krankenstation bringen.«

Fiona schüttelte den Kopf. »Das wird noch warten müssen, bis wir bei meinem Großvater angekommen sind. Dann ist er in besten Händen, aber bis dahin wird er durchhalten müssen.«

Ein Brummen war zu hören – erst leise, dann immer lauter –, das sich von Süden her dem See näherte. Fiona lächelte Señor Böttcher erleichtert an. »Und was unseren Schwan nach Bogotá betrifft, so schwebt er gerade ein.«

Der alte Mann blickte sie verwirrt an, dann hob er den Kopf und lauschte. »Aber …«, murmelte er leise und schaute sich um. »Wo zum Teufel …?«

Die Grumman Albatross tauchte über den Bäumen auf und schwebte wie ein behäbiger Flugsaurier ein, legte sich in eine langgezogene Kurve und schien fast zum Greifen nahe.

»Heilige Seehexe!«, entfuhr es Böttcher, als er die Albatross erblickte. Dann musste er grinsen. »Ein Wasserflugzeug! Ein verdammtes Wasserflugzeug!« Er warf Fiona einen anerkennenden Blick zu. »Ich muss zugeben, dieser Finch hat mehr auf dem Kasten, als man im ersten Moment glaubt.«

»Nehmen Sie Ihren Papagei und machen Sie sich zum Entern bereit«, lächelte Fiona und stieg aus. »Wir haben keine Minute zu verlieren. Wenn die Flugsicherung die Albatross erst einmal vom Radarschirm verloren hat, dann wird die Zeit knapp.«

John Finch setzte das Flugzeug behutsam auf die Wasseroberfläche und steuerte den immer langsamer werdenden Flieger in Richtung der Landzunge. Die Propeller peitschten durch die Luft, schickten Fontänen von Wassertropfen über die Oberfläche des Sees und schoben die schwerfällige Albatross immer dichter an das Ufer.

Vincente hatte Alfredo geweckt, und gemeinsam mit Böttcher hatten sie den verschlafenen Sicario auf einen Steg geführt, der ein Dutzend Meter in den See hineinführte. Ein paar Ruderboote, die an den Pollern vertäut waren, schaukelten gemächlich in der Brise.

Geschickt manövrierte Finch die Albatross näher. Der Lärm der Motoren hallte von den Bergen zurück.

»Rasch, in eines der Boote!«, kommandierte Fiona. Sie wartete auf den richtigen Augenblick, dann löste sie die Leine und stieß sich mit voller Kraft vom Steg ab. Das kleine Boot driftete vom Ufer weg.

»Und jetzt? Wir haben keine Ruder«, gab Böttcher zu bedenken.

»Aber einen erfahrenen Piloten im Mutterschiff«, antwortete Fiona trocken. »Machen Sie sich bereit zum Leinen-Aufnehmen.«

Als der Flügel der Albatross fast über ihnen war, verstummten die beiden Motoren bis auf ein leises Brummen. Die Tür der Einstiegsluke am Heck klappte zur Seite, und Finch erschien in der Öffnung, ein zusammengerolltes Seil in Händen. Er verlor keine Zeit, nahm kurz Maß und warf die Leine. Sie fiel einen halben Meter vom Ruderboot entfernt ins Wasser, und Böttcher griff rasch zu.

»Alle Mann an Bord! Beeilt euch«, rief Finch, »ich möchte hier nicht zur Touristenattraktion werden!« Damit verschwand er im Inneren des Flugzeugs.

Selbst im Wasser wirkte die Albatross riesig, je näher Böttcher das Boot an den Flugzeugrumpf heranzog. Kaum war Fiona als Letzte aus dem Ruderboot geklettert, holte der alte Mann die Leine ein und schlug die Tür zu. Fast gleichzeitig brachte Finch die Motoren auf Drehzahl und hielt auf die Mitte des Sees zu.

»Sucht euch einen Platz und schnallt euch an, wir starten …« Fiona hörte die Motoren aufheulen. »… jetzt!«

Sie eilte nach vorn ins Cockpit, ließ sich aufatmend in den Kopilotensitz fallen und griff zu den Gurten. Finch blickte konzentriert auf die vor ihnen liegende Wasserfläche und überschlug in Gedanken die notwendige Startdistanz.

»Ich dachte schon, Sie hätten die Antiquität nicht zum Laufen gebracht, geschweige denn zum Fliegen«, ächzte die junge Frau und schnallte sich an.

»Danke! Es tut auch gut, Sie zu sehen«, gab Finch ungerührt zurück. Dann nahm er das Gas zurück, ließ die Albatross noch etwas näher ans Ufer driften, lenkte das Wasserflugzeug in eine enge Kurve und schob die beiden Hebel wieder vor bis zum Anschlag. Die

Propeller peitschten die Luft und das Wasser auf, und das Flugzeug kam behäbig in Fahrt. Der gesamte See lag nun vor ihnen, aber Fiona kam er mit einem Mal verdammt kurz vor.

»Geht das auch etwas schneller?«, fragte sie und klopfte nervös auf den Geschwindigkeitsanzeiger vor ihr. »Das ist keine endlose Startbahn für einen Airbus, sondern eine etwas größere Badewanne.«

»Ich weiß, warum ich immer allein fliege«, brummte Finch nur und korrigierte den Kurs mit sparsamen Bewegungen am Steuerrad. Scheinbar in Zeitlupe hob sich der Rumpf der Albatross höher aus dem Wasser und begann zu gleiten.

In Fionas Augen kam das Ende des Sees rasend schnell näher, viel zu schnell. »Wie lange braucht diese Ente eigentlich, um ihren Arsch aus dem Wasser zu bekommen?«, rief sie verzweifelt.

»Immer mit der Ruhe. Genießen Sie die Aussicht und gehen Sie dem Piloten nicht auf die Nerven.« Finch blickte scheinbar ungerührt der niedrigen Staumauer entgegen, die das Ende ihrer Startbahn markierte.

Dahinter ging es in die Tiefe.

Fiona schloss ihre Augen und überlegte sich, ob sie zu beten beginnen sollte. Da spürte sie, wie sich die Nase der Albatross hob und das Rauschen des Wassers am Rumpf leiser wurde. Als sie die Augen wieder öffnete, rasten sie gerade in wenigen Metern Höhe mit dröhnenden Motoren über die Staumauer hinweg.

»Jetzt werden wir uns wohl eine Ausrede einfallen lassen müssen«, stellte Finch fest und legte einen Schalter um. Sofort ergoss sich ein Schwall aufgeregter Worte in das Cockpit. »Der Tower macht sich Sorgen, wo wir geblieben sind«, erklärte der Pilot und griff zum Mikrophon. »Zeit für eine gut argumentierte Beruhigungsstrategie.«

Er reichte Fiona eine Karte. »Machen Sie sich derweil nützlich, wenn Sie schon den Kopilotensitz blockieren, und rechnen Sie aus, wie lange unsere Flugzeit nach Bogotá ist. Der Kurs ist eingezeichnet, unsere Durchschnittsgeschwindigkeit liegt bei hundertfünfzehn Knoten.« Als hätte er den ratlosen Blick über die Gläser der Sonnenbrille vorausgeahnt, fügte er grinsend hinzu: »Das sind ziemlich genau zweihundertzehn Kilometer die Stunde.«

»Mit oder ohne Nachbrenner? Da bin ich ja im Auto schneller«, maulte Fiona und beugte sich über die Karte.

John Finch seufzte und drückte den Sprechknopf am Mikrophon. *»Tower, this is Charly Bravo Thirteen, we had a slight technical problem ...«*

Cargo Terminal, Block B, Airport El Dorado, Bogotá / Kolumbien

Georg Gruber wischte sich den Schweiß von der Stirn und überlegte ernsthaft, heute früher nach Hause zu gehen. Die drei Räume der International Freight Agency Gruber schienen Teil eines ausgedehnten Saunakomplexes zu sein, in den ununterbrochen aus den Gittern der Lüftungen der nächste Schwall heiße Luft geblasen wurde. Nicht einmal die weit offen stehenden Fenster brachten eine spürbare Abkühlung. Doch dann fiel sein Blick auf den Stapel »Noch zu bearbeitende Anfragen«, und er seufzte. Wenn auch nur aus zehn Prozent der Papierflut, gegen die er jeden Tag kämpfte, fixe Aufträge entstünden, dann wäre er bereits vor Jahren reich und sorgenfrei in Rente gegangen.

Aber so war es nicht.

Eine Transportanfrage war schnell gestellt, ein Auftrag jedoch viel schwieriger erteilt. Gruber fragte sich, ob es im Endeffekt nicht völlig egal war, welche Zahlen und Preise er nannte. Manchmal gewann er den Eindruck, dass sowieso keiner seiner potenziellen Kunden die Angebote der IFAG zur Kenntnis nahm oder gar durcharbeitete.

So wurde die Aussicht auf einen raschen Aufbruch immer verlockender. Aber da waren noch die Megären im Vorzimmer seines Büros …

Gruber nahm einen Schluck kalten Kaffee, verzog das Gesicht und goss den Rest in den Topf einer Zimmerpflanze neben dem Schreibtisch. »Wohl bekomm's«, murmelte er, »Kaffee soll ein hervorragender Dünger sein.« Angesichts der traurig hängenden Blätter schien sich das wohl noch nicht bis zur Pflanze herumgesprochen zu haben, und Georg bekam auf der Stelle ein schlechtes Gewissen.

Er wollte aufstehen und ein Glas Wasser holen, als das Telefon auf seinem Schreibtisch läutete.

»Bis zum Regen dauert es noch ein wenig«, meinte er entschuldigend zu dem schütteren Gewächs und hob ab.

»Da ist jemand am Telefon, der Sie unbedingt persönlich sprechen möchte.« Aus dem Mund einer der Schwestern in seinem Vorzimmer klang das wie ein Affront. Gruber konnte die beiden nie auseinanderhalten, wenn er ihre Stimmen am Telefon hörte. Sie klangen beide gleich herablassend.

»Stellen Sie einfach durch und wundern Sie sich nicht«, meinte Georg trocken. »Es gibt noch Kunden, die den Chef sprechen wollen.«

Ein Klick ertönte, dann rauschte es ein wenig in der Leitung. »International Freight Agency Gruber, Georg Gruber am Apparat, was kann ich für Sie tun?«

Es blieb verdächtig still, und Georg fragte sich schon, ob ihn die Schwestern eigentlich mit dem Anrufer verbunden oder aus Protest einfach aufgelegt hatten. In letzter Zeit traute er ihnen alles zu.

»... mir einen Ring verkaufen.«

Georg Gruber hielt vor Schreck den Atem an. Er wusste nicht, was er sagen sollte. Vom internationalen Runway startete eine Maschine der Avianco, und die Schallwelle brachte die Scheiben der Fenster zum Klingen.

»Ich glaube, Sie sind falsch verbunden«, gab Gruber mit einer Stimme zurück, die er selbst nicht erkannte. Sie klang brüchig wie die eines alten Mannes. »Hier ist ...«

»Ich weiß, wer da ist«, unterbrach ihn der Anrufer sanft. Er sprach Spanisch mit einem Akzent, den Gruber nicht einordnen konnte. »Die Frachtagentur Gruber auf dem Flughafen El Dorado in Bogotá, Kolumbien. Sie sitzen in Block B, im letzten Stock, direkt unter dem Dach.«

Instinktiv blickte Georg aus dem Fenster auf die Straße, ob ihn der Anrufer nicht beobachtete. Doch abgesehen vom üblichen Kommen und Gehen, den Fahrzeugen der internationalen Kurierdienste und ein paar LKWs war niemand zu sehen.

Der Anrufer lachte leise, als hätte er seine Gedanken erraten. »Nein, ich bin ganz weit weg, Señor Gruber, und weiß doch genau, mit wem ich spreche. Ich bin gern gut informiert, wissen Sie? Das ist ein Teil meiner Geschäfte.«

Georg hatte keine Ahnung, was er sagen sollte. Dieser Akzent … Er spürte das kleine Döschen mit dem Ring in seiner Hosentasche.

»Denken Sie in Ruhe nach, ich habe keine Eile. Die wichtigen Dinge im Leben sollte man nicht überstürzen.« Die Stimme des Anrufers klang einschmeichelnd.

»Wer spricht da überhaupt?« Georg ärgerte sich darüber, dass der Unbekannte so viel über ihn zu wissen schien und er im Gegenzug gar nichts.

»Oh, Verzeihung, mein Fehler. Mein Name ist Soichiro Takanashi.«

Japaner. Das erklärte den Akzent, dachte Georg und grübelte nach, ob ihm der Namen bereits irgendwann einmal untergekommen war.

»Sollte ich Sie kennen? Leben Sie in Bogotá?«

Ein leises Lachen kam durch die Leitung. »Zweimal ein klares Nein, Señor Gruber. Ich muss gestehen, ich war noch nie in Kolumbien, ja nicht einmal in Südamerika. Aber vielleicht hole ich das schleunigst nach. Zum Teil wird das auch von Ihrer Entscheidung abhängen.«

»Von mir?«, erkundigte sich Georg erstaunt.

»Natürlich, von Ihnen und dem Ring.«

»Ich weiß nicht, wovon Sie sprechen«, versuchte Gruber auszuweichen. »Ich verkaufe Fracht in die ganze Welt, meist per Flugzeug. Aber keine Ringe.«

»Nun, ich will jetzt nicht in Phrasen verfallen, aber es gibt immer ein erstes Mal«, kam es leicht ironisch durch das Telefon.

»Hören Sie zu, Señor Takanashi. Ich möchte ja nicht unhöflich erscheinen, aber diese Unterhaltung führt meiner Meinung nach zu nichts. Sie wollen offenbar einen Ring kaufen, sind überzeugt, dass ich einen habe und dass ich ihn Ihnen verkaufen würde. Aber dem ist nicht so.« Georg beschloss, das Gespräch so rasch wie möglich zu beenden.

Takanashi ließ sich nicht aus der Ruhe bringen. »Was ist nicht so? Sie haben keinen Ring, oder Sie wollen ihn nicht verkaufen?«

»Ich glaube, ich lege jetzt einfach auf«, stellte Georg lakonisch fest. »Sie hören mir ja doch nicht zu.«

»Nein, Señor Gruber, *Sie* hören *mir* nicht zu. Sie haben etwas, das ich gern von Ihnen erwerben möchte. Einen Ring mit einem Totenkopf.« Takanashis Ton war der eines geduldigen Lehrers, der einem etwa begriffsstutzigen Kind die Lektion in leicht verständlichen Scheibchen darlegt. »Er stammt von einem gewissen Heinz Claessen, ist von Himmler signiert und hat eine Besonderheit: Zwei schwarze Diamanten wurden in die Augenhöhlen des Totenkopfes gefasst.«

Georg schluckte. Seine Gedanken rasten. Dann fiel es ihm ein. Natürlich, Señora Valeria und ihr kleiner Laden in La Candelaria! Er hatte ihr sogar seine Visitenkarte hinterlassen …

»Sie haben ein beneidenswertes Netzwerk«, murmelte Gruber und begann, Strichmännchen auf die Schreibunterlage zu zeichnen. »Ich dachte nicht, dass sich die Neuigkeiten in Ihren Kreisen so rasch herumsprechen.«

»In welchen Kreisen?«, fragte Takanashi vorsichtig nach.

»Nun, ich nehme an, Sie sind ein Händler, dem Señora Valeria von dem Ring berichtet hat. Und nun, da ich mit ihr kein Geschäft gemacht habe, versuchen Sie Ihrerseits Ihr Glück.« Georg schüttelte den Kopf. »Aber ich verkaufe den Ring nicht, weder an Señora Valeria noch an einen Señor Takanashi.«

»Ich weiß nicht, wie viel Ihnen geboten wurde …« Der Japaner lachte wieder. »Doch lassen Sie mich zuerst einen Irrtum aufklären. Ich bin kein Händler, ich bin ein privater Sammler. Ich konnte die Señora überzeugen, mir Ihre Telefonnummer zu verraten, weil ich mein Glück bei Ihnen direkt versuchen wollte. Aber ich kann Sie beruhigen. Sollte unser kleines Geschäft zustande kommen, dann geht Valeria nicht leer aus.«

»Es wird kein Geschäft geben, auch wenn Sie Sammler sind! Der Ring bleibt bei mir. Er ist ein Familienerbstück und hat einen ideellen Wert, den Sie niemals abgelten könnten.« Georg strich mit einem großen Kreuz eine Gruppe von Strichmännchen durch. »Und jetzt Adios, ich habe zu tun.«

»Warten Sie bitte noch einen Augenblick«, hakte Takanashi nach. »Sie wissen genauso gut wie ich, dass das nicht stimmt.«

»Dass was nicht stimmt?«, erkundigte sich Georg misstrauisch.

»Ihre Geschichte. Sie sind nicht mit Heinz Claessen verwandt, davon wüsste ich.« Die Sicherheit des Japaners schien unerschütterlich. »Also ist der Ring auch kein Familienerbstück. Er kann gar keinen ideellen Wert für Sie haben, Señor Gruber. Aber ich bin trotzdem gern bereit, über seinen Preis mit Ihnen zu verhandeln und einen eventuellen ideellen Wert, wie Sie es nennen, abzugelten.«

Georg war für einen Moment sprachlos. Dann stotterte er: »Woher ...?«

»... ich das alles weiß? Weil es meine Aufgabe ist, zu wissen. Wenn Sie, so wie ich, seit Jahrzehnten eine ganz bestimmte Art von Objekten sammeln würden, wären Sie schlecht beraten, *nicht* zu wissen.« Takanashi klang keineswegs überheblich. »Also bleibt uns nur, über den Preis zu reden.«

»Ich habe Ihnen bereits gesagt, dass ich nicht verkaufe«, erwiderte Gruber verärgert.

»Diese Ringe erzielen üblicherweise Preise zwischen zweitausendfünfhundert und dreitausendfünfhundert Dollar, je nach Erhaltungszustand und der Prominenz des Trägers.« Takanashi schien ihn gar nicht gehört zu haben oder seine Einwände einfach nicht zur Kenntnis nehmen zu wollen. »Wie viel hat Ihnen Señora Valeria geboten?«

»Sie hat mir gar kein Angebot gemacht, weil ich ihr von vornherein gesagt habe, dass ich den Ring nicht verkaufen würde«, schnappte Georg, »und im Gegenteil zu Ihnen hat sie mir zugehört.«

»Dann unterbreite ich Ihnen jetzt ein Angebot«, sagte der Japaner ungerührt. »Fünfzigtausend Dollar.«

»Wie bitte?« Gruber wäre um ein Haar der Telefonhörer aus der Hand gefallen.

»Fünfzigtausend US-Dollar auf ein Konto Ihrer Wahl. Sobald ich Ihre verbindliche Zusage habe.« Es klang, als nehme der Japaner genießerisch schlürfend einen Schluck Wein. »Sie können den Ring selbstverständlich erst dann abschicken, wenn das Geld gutgeschrieben wurde. Ich vertraue Ihnen da voll und ganz, Señor Gruber. Oder ich komme und hole ihn persönlich in Bogotá ab.«

»Das ... das ist eine Menge Geld«, stieß Georg hervor. Er überlegte fieberhaft. Was um alles in der Welt war an diesem Ring so Besonderes? Was wusste Takanashi? Wer war dieser Heinz Claessen? Fragen über Fragen, und der Japaner musste einen guten Teil der Antworten kennen, sonst würde er ihm nicht eine derartig hohe Summe bieten. »Liegt Ihnen tatsächlich so viel an dem Ring?«

»Ich mache nie einfach zum Scherz Angebote, Señor Gruber«, kam die prompte Antwort, »und ich weiß immer ganz genau, was ich will. Dieser Ring von Heinz Claessen würde einen Teil meiner Sammlung vervollständigen, einen wichtigen Teil.«

Georg Gruber hatte die Fünf mit den vier Nullen vor sich auf die Schreibunterlage gemalt, und jetzt schienen ihn die Zahlen anzustarren. 50 000 Dollar, und er wäre den Ring los! Ein verlockender Gedanke! Wer weiß, ob sich überhaupt jemand bei ihm melden würde, wie sein Vater geschrieben hatte. Vielleicht waren diese mysteriösen »Anderen« bereits seit langem tot, begraben und vergessen ...

»Ich melde mich morgen wieder bei Ihnen«, entschied Takanashi, ohne eine Antwort Grubers abzuwarten. »Überlegen Sie in Ruhe, ich habe es nicht eilig, ich kann warten. *Sayonara*, Gruber-San. Danke, dass Sie mir zugehört haben.«

Bevor Georg etwas erwidern konnte, erklang das charakteristische Tut-tut-tut. Sein geheimnisvoller Gesprächspartner hatte aufgelegt.

Auf der anderen Seite der Erde streckte sich Soichiro Takanashi zufrieden in seinem Liegestuhl und blickte versonnen auf den Altausseer See hinunter. »*Kuchi wa wazawai no moto*«, zitierte er mit einem dünnen Lächeln ein altes japanisches Sprichwort. »Der Frosch im Brunnen weiß nichts vom großen Meer.«

Kapitel 4

DAS ANGEBOT

Auf dem Flug nach El Dorado, Bogotá / Kolumbien

Der Tower in Medellín hatte sich nach einigen Erklärungsanläufen John Finchs wieder beruhigt und dem Piloten schließlich einen guten Flug nach Bogotá gewünscht. Dafür waren alle Voraussetzungen gegeben. Abgesehen von einigen harmlosen Kumulus-Wolken, die sich in der Nachmittagsthermik bildeten, war das Wetter klar und die Sicht auf die Bergwelt der kolumbianischen Gipfel atemberaubend.

Die Motoren der Albatross dröhnten vertrauenserweckend gleichmäßig. Fiona blickte aus dem rechten Seitenfenster auf den langsam unter ihnen vorbeiziehenden Teppich aus Wäldern und Ackerland. Dazwischen leuchteten immer wieder Flächen roter Erde auf, wie tiefe Wunden in der üppigen Vegetation.

»Wann wurde diese schwimmende Rarität eigentlich gebaut? Vor oder nach dem Krieg?« Fiona schaute zu Finch hinüber, der entspannt in seinem Sitz lehnte und die Albatross mit leichtem Griff auf Kurs hielt.

»Meinen Sie den Ersten oder Zweiten?«, grinste er und fuhr sich mit der Hand durch seine kurzgeschnittenen grauen Haare. »Nein, im Ernst, Grumman baute die erste Albatross 1947 und die letzte in den späten fünfziger Jahren, insgesamt vierhundertsechzig Stück. Sie zählen bis heute zu den verlässlichsten und vielseitigsten Flugzeugen, die jemals entwickelt wurden. Sie retteten unzählige Menschen aus Seenot, flogen Geheimeinsätze hinter den feindlichen Linien, jagten Unterseeboote und landeten auf dem offenen Meer unter Bedingungen, die oft schlichtweg katastrophal waren. Im Jahr 1967 flog die Albatross ihren letzten Einsatz in Vietnam, sechs Jahre später musterte die amerikanische Armee die Flugzeuge aus und überstellte sie an die Küstenwache. Die Helikopter waren immer besser geworden und übernahmen nun die militärischen Aufgaben.«

Finch kontrollierte den Kompass und legte die Albatross in eine sanfte Kurve. »Dann, 1983, kam auch das Aus für das Wasserflugzeug bei der Coast Guard.«

»Und wie kamen Sie an dieses Exemplar?«

»Nur wenige Menschen wissen, dass die Albatross auch in den sogenannten *Drug Wars* gegen das kolumbianische Drogenkartell eingesetzt wurde«, erzählte Finch. »Langstreckenflüge von Miami aus waren an der Tagesordnung. Viele Crews flogen Geheimeinsätze entlang der kolumbianischen Küsten, verfolgten Schiffe und Schnellboote, sammelten Tonnen von Drogen ein, vor allem Kokain. Am Ende blieben zwei Albatross in Kolumbien zurück. In einer davon sitzen wir nun, die andere wurde verschrottet.«

»Also ein Stück fliegende Geschichte«, meinte Fiona. »Wie ihr Pilot.«

»Aber ein paar Jahre jünger«, feixte Finch. »Am Ende ihrer Regierungsdienste wurden die Grummans verkauft, vorwiegend an Privatleute oder Charterfirmen, die sie umrüsten ließen und die Flugzeuge an ihre neuen Aufgaben anpassten. Normalerweise wurde die Albatross immer von mindestens zwei Mann geflogen, aber ich habe meine so umbauen lassen, dass ich sie auch allein fliegen kann. Wie Sie wissen …«

»… sind Sie ein Einzelgänger«, vollendete Fiona den angefangenen Satz, »wahrscheinlich, weil es niemand länger mit Ihnen ausgehalten hat. Waren Sie eigentlich jemals verheiratet?«

»Oft«, gab Finch zurück. »Mit meinen Flugzeugen, der Wüste, Afrika, dem Continental in Kairo …«

»Also nie«, nickte sie. »Kein Wunder. Bevor eine Frau Sie schnappen konnte, waren Sie auch schon wieder in der Luft und verschwanden am Horizont in ein Abenteuer mit ungewissem Ausgang.«

Finch lächelte und griff in die Tasche. Dann zog er eine Münze heraus und reichte sie seiner Kopilotin.

»Ich weiß, der Silberdollar«, nickte sie.

»Sehen Sie genauer hin«, forderte er sie auf.

»Ein Maria-Theresien-Taler«, wunderte sich Fiona. »Haben Sie Ihre Taschen immer voller Silber?«

»Nein, nur der Dollar und der Taler begleiten mich seit langem.« Der Pilot streckte sich und rückte die Sonnebrille zurecht. »Hinter jedem steckt eine Geschichte. Welche wollen Sie hören – die des Dollars von 1814 oder die des Maria-Theresien-Talers?«

Fiona drehte die große alte Münze zwischen ihren Fingern. Sie war abgenutzt, das Bild der Kaiserin verflacht. Der doppelköpfige Reichsadler auf der Rückseite trug ein fast unkenntliches Wappen auf seiner Brust, die Jahreszahl 1780 war nahezu unleserlich geworden.

»Die Zeit und die Menschen haben ihre Spuren hinterlassen«, meinte sie leise.

»Man nannte ihn auch ›Levantinertaler‹«, sagte Finch, »weil er in Nord- und Zentralafrika jahrhundertelang als harte Währung galt, selbst als er kein offizielles Zahlungsmittel mehr war. Länder kamen und gingen, Papiergeld war über Nacht nur mehr Makulatur, aber der Maria-Theresien-Taler behielt seinen Wert.«

»Erzählen Sie mir die Geschichte?«

Der Pilot nickte. »Der Algerienkrieg war einer der schmutzigsten Kriege, die Nordafrika jemals gesehen hat. Er dauerte acht Jahre, und es war eigentlich ein Zwei-Fronten-Krieg. Einerseits kämpften die Algerier um die Unabhängigkeit von Frankreich, andererseits tobte gleichzeitig ein Bürgerkrieg zwischen den algerischen Loyalisten und der Unabhängigkeitsbewegung. Die Franzosen ließen die Kolonie, die seit 1848 in ihrem Besitz war, nicht leicht gehen. Das Militär schlug mit voller Härte zu, über eineinhalb Millionen Franzosen kämpften in Algerien einen grausamen und erbarmungslosen Krieg. Folterungen, Morde, Vergewaltigungen und Massenerschießungen waren an der Tagesordnung. Fallschirmspringereinheiten, Fremdenlegion, Nahkämpfer, Scharfschützen – die Franzosen boten alles auf, was sie hatten, und warfen es in die Schlacht. So kam es, dass der FNL, der Front National de Libération, also die Unabhängigkeitsbewegung, eines Tages so gut wie am Ende war. Aber nach acht Jahren Krieg war auch die Stimmung in der französischen Bevölkerung umgeschlagen. Man war des Krieges müde, war bereit, die Unabhängigkeit Algeriens zu akzeptieren, die so viele Menschenleben gekostet hatte. So geschah es: Im Jahr 1962 wurde das Abkommen unterzeichnet, der Krieg beendet. Auch wenn in den Verträgen den französischen Siedlern im Land ihr Eigentum garantiert wurde, flüchteten sie doch in Massen nach Frankreich. Eine Repatriierungswelle schwappte über das Mittelmeer.«

Finch streckte die Hand aus, und Fiona legte den Taler auf seine Handfläche. Die Münze blinkte in der Nachmittagssonne.

»Aber das war noch nicht das Ende. Mehr als hundertfünfzigtausend Muslime, die sogenannten Harkis, die während des Krieges in der französischen Armee gedient und sich zur französischen Republik bekannt hatten, wurden nach der Unterzeichnung des Friedensvertrags und der Unabhängigkeit von französischen Soldaten entwaffnet und ihrem Schicksal überlassen. Die Mehrzahl dieser Harkis wurde unter furchtbaren Umständen ermordet. Es gibt nur Schätzungen, aber Experten sprechen von hundertzwanzigtausend Toten. Nur einigen Zehntausenden gelang die Flucht nach Frankreich, wo sie keiner haben wollte, in ein Exil, in dem sie nie heimisch werden sollten.«

Der Pilot sah nachdenklich auf die Münze in seiner Hand. »Ich flog damals für eine Frachtfluglinie Versorgungsgüter nach Algier, beinahe jeden Tag. Das Land war nach acht Jahren Krieg ausgeblutet, fast alle Ausländer waren entweder fort oder ermordet worden, ihre Güter verwüstet, ihre Arbeiter erschlagen. Gruppen von marodierenden Anhängern der FNL zogen mordend durch die Straßen, mit Macheten und Knüppel bewaffnet. Sie machten Jagd auf Harkis und deren Familien, auf alles, was auch nur im entferntesten an den verhassten Kolonialstaat erinnerte. Algier brannte an allen Ecken und Enden, ein Terrorregime feierte seine Revanche und nahm blutige Rache. Niemand flog damals gern nach Algier, also nahm ich den Auftrag an. Er war gut bezahlt.«

»Und lebensgefährlich«, ergänzte Fiona.

Finch zuckte die Achseln. »Das kümmerte mich nie wirklich, oder ich verdrängte es. Ich flog damals eine alte Douglas DC-3, die in den sechziger Jahren bereits ein Veteran war. Auf dem Rückflug nach Kairo war die Maschine immer leer, und wir testeten einfach so zum Spaß, was man mit einer DC-3 in der Luft alles anstellen konnte. Einmal schafften wir sogar ein Looping ...«

Der Pilot lachte, als er daran dachte, und schloss seine Hand um den Maria-Theresien-Taler. Dann wurde er mit einem Mal ernst.

»An jenem Tag stand plötzlich ein alter Mann neben dem Flugzeug, ein Mädchen an der Hand. Ich weiß bis heute nicht, wie er bis auf das Flugfeld gekommen war. Er blutete aus einer Kopfwunde, die nur notdürftig verbunden war. Aber die Augen des kleinen Mädchens – es mochte vielleicht zehn Jahre alt sein – waren das Schlimmste. Sie waren ausdruckslos, wie tot. Wenn ich heute daran denke, bekomme ich noch immer eine Gänsehaut. Der Mann stand da und starrte mich an, während ihm das Blut über die Wange rann. Die Hitze war unerträglich, und Fliegen schwirrten um seinen Kopf. In seinen Augen spiegelten sich Verzweiflung und Todesangst.«

Finch machte eine Pause, und Fiona blieb stumm. Sie war in Gedanken auf einem Flugfeld in Algier.

»Wir hatten das strikte Verbot, Flüchtlinge aus Algerien mitzunehmen. Harkis waren unerwünscht, überall. Man wollte sie vergessen, so schnell wie möglich. Sie waren Paria. Aber da standen dieser Mann und dieses Mädchen, und die Straßen von Algier waren voller Leichen.« Es klang wie eine Entschuldigung. »Ich wusste, dass es einen kleinen Verschlag in der DC-3 gab, in dem wir immer wieder kistenweise Alkohol und Gold schmuggelten. Darin verstaute ich die beiden, drückte ihnen eine Flasche Wasser in die Hand und schloss die Klappe. Ich rückte eine halbleere Kiste mit Ersatzteilen davor. Dann kam der FNL.«

Finchs Augen wurden hart. »Sie schrien herum, berichteten von einem Flüchtling, der ihnen entwischt sei, fuchtelten mit Macheten und drohten, mich zu köpfen. Ich sagte ihnen, dass dann niemand am kommenden Tag Hilfsgüter und Medikamente nach Algier fliegen würde. Ich sei der Einzige, der wahnsinnig genug gewesen war, den Job zu übernehmen. Mein Kopilot Freddy Horneborg, ein

Holländer, machte sich vor Angst in die Hose. Als sie das sahen, begannen sie zu lachen, klopften mir auf die Schulter und meinten, wir sollten morgen Schnaps mitbringen, am besten Whisky. Dann stürmten sie aus dem Flieger.«

»Und dann?«

»*Business as usual.* Wir flogen zurück. Der Zoll in Ägypten kannte uns, mochte uns und machte uns keine Schwierigkeiten. Wir wurden so gut wie nie kontrolliert, gaben an den richtigen Stellen Bakschisch und konnten damit rechnen, dass alle wegsahen, wenn es einmal eng wurde. So auch diesmal. Der Harki und seine Tochter tauchten in den Straßen von Kairo unter. Die Wochen vergingen, die nächsten Abenteuer kamen um die Ecke, der nächste Krieg, das nächste Drama. Ich vergaß die ganze Geschichte. Dann, etwa ein Jahr später, stand ich eines Tages an der Bar des Continental Savoy, als der Concierge mit einem Mädchen an der Hand in der Tür erschien und mit ausgestrecktem Arm auf mich wies. Als die Kleine vor mir stand, erkannte ich sie sofort. Es war das Mädchen aus Algier. Sie war adrett angezogen, trug ein makellos weißes Rüschenkleid. Dicke Tränen liefen über ihre Wangen, aber ihre Augen leuchteten. Sie lächelte verschämt und legte wortlos den Maria-Theresien-Taler auf die Bar. Dann ergriff sie meine Hand, küsste sie und stürmte wieder aus dem Hotel. Ich sah sie nie mehr wieder.«

Finch steckte die Münze ein. »Seitdem begleitet mich der Taler als Talisman.«

»Wie viele solcher Geschichten haben Sie erlebt?«, wollte Fiona wissen.

»Wie viele Jahre haben Sie Zeit zuzuhören?«, gab er zurück. »Wir waren ein kleiner, aber eingeschworener Haufen von Abenteurern. Da gab es Flieger und Archäologen, Glücksritter und Lebenskünstler, gescheiterte Existenzen und Privatiers, bei denen niemand wusste, wovon sie lebten. Keiner von uns wollte je in ein normales Leben zurückkehren. Vielleicht konnte es auch keiner. Wir waren alle vom Virus Nordafrikas gepackt, von den grenzenlosen Möglichkeiten und der Weite der Dünen. Wir liebten die Freiheit und hassten die Routine. Manche von uns blieben irgendwo in der Wüste, verschollen, andere wurden krank und brachten sich um, bevor sie jemandem zur Last fielen. Wieder andere verschwanden irgendwo zwischen Casablanca und Kapstadt oder tauchten unter, auf der Flucht vor der Gesellschaft, der Polizei, den Geheimdiensten und manchmal auch vor sich selbst. Das Leben war kurz, und wir wollten keinen Augenblick davon verpassen. So dachte niemand von uns jemals an seine Pension. Es war ja nie geplant, dass einige von uns so alt werden sollten …«

»*Against all odds*«, lächelte Fiona. »Es war eher entgegen aller Wahrscheinlichkeit.«

Flughafen Franz Josef Strauss, München / Deutschland

Die Spurensicherung war wieder abgezogen, die Feuerwehren hatten lange schon die Schläuche eingerollt, nachdem sie noch versucht hatten, die Schäden, die beim Löschen entstanden waren, zu minimieren. Die Reste des verbrannten VW-Busses hatte ein Fahrzeug der Polizei abtransportiert, für weitere Untersuchungen, wie Kommissar Maringer betont hatte.

Danach würden sie entsorgt.

»Und damit ein Teil meines Lebens«, murmelte Christopher Weber niedergeschlagen, als er vor dem leeren Parkplatz stand. »Meine Bücher, meine Fotos, meine Erinnerungen, meine Dokumente, meine Kleidung, mein Zuhause. Alles weg …« Den Geruch des Rauches und des verbrannten Gummis würde er wohl nie mehr in seinem Leben vergessen.

Das Management der Garage hatte die Hälfte der untersten Etage großräumig abgesperrt, nachdem die übrigen geparkten Wagen in andere Stockwerke geschleppt worden waren.

Nun war es bereits nach Mitternacht. Kommissar Maringer hatte Chris nach zwei Stunden intensiver Befragung entlassen, frustriert und ratlos. »Jetzt bin ich genauso schlau wie vorher«, hatte er gebrummt und ihn ermahnt, sich abzumelden, sollte er die Stadt verlassen. »Und wenn Ihnen noch etwas einfällt …«

Christopher hatte stumm genickt und war von dannen gezogen. Als Wohnadresse hatte er die Studentenbude seines Freundes Martin, des Pizza-Rennfahrers, angegeben. Maringer hatte nicht nachgefragt.

Nachdem er unter der Absperrkette durchgeschlüpft war, hatte Chris zuerst seinen ehemaligen Wohnplatz besichtigt, wohl aus einem Gefühl der Sentimentalität heraus. Nun wanderte er ziellos durch den rußgeschwärzten, leeren Teil der Garage und schwankte zwischen Selbstmitleid und Zorn. Er hatte Maringer nicht angelogen. Christopher hatte keine Ahnung, wer sich als Feuerteufel auf einem der größten deutschen Flughäfen versucht hatte, um ihm eine Warnung zukommen zu lassen.

Und vor allem – warum? Und warum *ihm*?

Maringer war schlechter Laune gewesen, nachdem die Auswertung der Aufzeichnungen der Sicherheitskameras keinerlei verdächtige Aktivitäten ergeben hatte. Autos waren rein- und rausgefahren, wie jeden Tag, genau 673 Wagen seit den frühen Morgenstunden. Aber was hieß das schon? Könnte der Feuerteufel nicht schon am Tag zuvor oder noch früher hier geparkt haben? Und nach seiner Tat die Garage zu Fuß verlassen haben? Vielleicht stand sein Wagen noch immer hier? Oder er hatte ihn gar nicht in der Garage geparkt, sondern war zu Fuß gekommen, durch einen der beiden Eingänge, die nicht durch Kameras überwacht wurden.

Hier gab es nichts mehr für ihn zu sehen. Chris beschloss, seinem alten Leben den Rücken zu kehren. Für die restlichen drei Wochen bis zur Prüfung würde er bei Martin unterschlüpfen und sich von kalten Pizzas ernähren. Und die Frage, ob es sein Bulli jemals wieder aus der Garage heraus schaffen würde, hatte sich damit auch erledigt. Aus der Immobilie war ein schwarzes stählernes Skelett geworden und ein Häufchen Asche, auf einem Außenparkplatz der polizeilichen Spurensicherung.

Als er langsam die Rampe in die nächste Etage hinaufging, spürte er den Autoschlüssel, den ihm Bernadette zugesteckt hatte, in seiner Hosentasche. Wenn schon weg von hier, dann ganz, beschloss Chris und warf einen Blick auf die langen Reihen der abgestellten Wagen. Das gelb-rot-schwarze Wappen mit dem springenden Pferd auf dem Schlüssel sollte die Suche nicht so schwer machen, dachte er sich. Aber die Porsche-Dichte in München und Umgebung war nicht zu unterschätzen. Allein in der ersten Reihe der geparkten Wagen standen fünf 911er, und keiner reagierte auf den Druck der Taste am Funk-Schlüssel. Chris ärgerte sich darüber, dass er sich letzte Nacht nicht das Kennzeichen von Bernadettes Wagen gemerkt hatte. Das würde nun einiges vereinfachen, sagte er sich, und nahm die nächste Reihe in Angriff.

Doch auch da war kein dunkelblauer 911er in Sicht, und Chris begann sich zu fragen, ob er Bernadette nicht falsch verstanden hatte. Vielleicht hatte sie ihren Porsche ganz woanders geparkt? Andere Etage oder gar anderes Parkhaus …? Er erinnerte sich an die Zerstreutheit der jungen Frau und seufzte.

Es gab Tage, da ging gar nichts gut.

Als er die Fahrbahn überquerte und sich bei einem wartenden Autofahrer bedankte, der seinetwegen stehen geblieben war, fiel ihm eine Reihe kleiner Parkplätze zwischen den Auf- und Abfahrten auf. Vier Autos standen dort, und einer davon … Chris hielt den Schlüssel hoch und drückte die Taste. Mit einem Blinkzeichen meldete sich der dunkelblaue Porsche, entriegelte die Türen und schaltete die Innenbeleuchtung ein.

Je näher Chris dem auf Hochglanz polierten Sportwagen kam, umso beeindruckender erschienen ihm der große Heckflügel, die breit ausgestellten Radhäuser, die geduckte Form. Es war, als würde das Auto mit ihm sprechen, ihm zuflüstern: »Besser, du machst keinen Fehler. Sonst schaffst du es mit mir nicht einmal aus der Garage.«

Zum ersten Mal zweifelte Christopher, ob es eine so gute Idee gewesen war, den Porsche und nicht den Bus nach Erding zu nehmen, wo Martin wohnte. Nur eine einzige Delle im sündhaft teuren Blechkleid, und die neue Beziehung zu Bernadette wäre schneller zu Ende, als sie begonnen hatte. Sie würde ihn köpfen und ihr Vater den Rest danach noch vierteilen.

Wenn er überhaupt so freundlich war und ihn nicht gleich scheibchenweise an die Schäferhunde verfütterte.

Der Innenraum des Sportwagens war eine noble Landschaft in Leder und roch wie ein englischer Clubsessel. Und doch – ein Hauch von Bernadettes Parfum lag noch über allem, und Chris fühlte sich mit einem Mal als Eindringling. Er suchte das Zündschloss, fand es endlich auf der falschen Seite der Lenksäule und startete den Motor.

In der niedrigen Garage klang es, als sei ein wütender Bär aus dem Winterschlaf erwacht und keineswegs erfreut über die Störung. Als der Porsche die Rampen zur Ausfahrt hinaufröhrte, standen Chris die Nackenhaare zu Berge. Für diesen Wagen brauchte man einen Waffenschein und alle seine Sinne. Sein Respekt vor Bernadettes Fahrkünsten stieg.

Die fünfzehn Kilometer zu der Einliegerwohnung in dem weißen, gepflegten Einfamilienhaus in Erding legte Christopher, wie es ihm schien, im Tiefflug und einer neuen Rekordzeit zurück. Als er den Porsche neben dem Lieferwagen von Martin abstellte und den Schlüssel abzog, schienen die Schallwellen durch die Nacht zu branden, bevor sie sich in der Dunkelheit verloren.

Prompt ging hinter zwei Fenstern das Licht an.

»Womit bist du da? Mit einer Boden-Luft-Rakete?« Martin, in T-Shirt und Shorts, blickte verschlafen ums Eck der Treppe, die aus seiner Wohnung im Untergeschoss in den Garten führte. »Ich dachte schon, ein Gewitter sei im Anzug …«

»Das wirst du morgen noch früh genug sehen«, erwiderte Chris müde. »Jetzt brauche ich eine Dusche und ein Bett. In sechs Stunden beginnt meine Schicht.«

Martin beachtete ihn gar nicht. Er schob ihn beiseite, und sein Blick versuchte, die Dunkelheit zu durchdringen. Dann erkannte er die Silhouette des Porsches. »Oh, heilige Mutter Maria«, flüsterte er, »wo hast du den gestohlen?«

»Das ist der Wagen meiner Freundin, du Blödmann!«, antwortete Christopher und schloss erschöpft die Augen.

Martin fuhr überrascht herum. »Seit wann hast du eine Freundin?«

»Seit gestern.« Chris zog seinen Freund am Ärmel. »Ab ins Bett jetzt, sonst kann ich gleich wieder umkehren und zum Flughafen zurückfahren.«

»Und dann hat sie dir heute ihren Porsche in die Hand gedrückt?

Sie muss den Verstand verloren haben.« Martin war erschüttert. »Oder du hast ihr selbigen im Bett herausgev…«

»Martin!«, zischte Chris wütend. »Es reicht! Komm jetzt! Ich bin todmüde, und es ist verdammt spät.«

»Spielverderber«, maulte Martin und ließ sich widerwillig von seinem Freund mitziehen. »Du könntest morgen meinen Transporter nehmen und lässt mir den Por…«

»… und dann hat der Wecker geläutet und du bist aufgewacht«, unterbrach ihn Chris ungehalten und tippte sich mit dem Finger an die Stirn. »Du hast sie nicht mehr alle! Vergiss es! Gute Nacht!«

Bevor Chris auf dem Sofa einschlief, dachte er an Bernadette und wie rasch sich doch das Leben ändern konnte. Das Feuer hatte ihm alles genommen, seinen gesamten Besitz. Er besaß nur mehr das, was er am Körper trug. »Und die paar läppischen Kröten auf meinem Bankkonto«, murmelte er und drehte sich auf die Seite. Andererseits stand er vor einer neuen Herausforderung, einer Weggabelung in seinem Leben.

Mit diesem Gedanken schlief er ein.

Hätte Christopher Weber geahnt, in welchen tödlichen Strudel er in den nächsten Tagen geraten würde, dann wäre er von einem Alptraum in den nächsten gefallen.

Oder er wäre schreiend davongerannt.

16. November 1917

Hotel Des Trois Rois, Basel / Schweiz

Samuel Kronstein saß im fast leeren Speisesaal des Trois Rois bei einem hervorragenden Frühstück mit frisch gepresstem Orangensaft und duftenden Croissants, das man schon fast opulent nennen konnte. Vor ihm lagen die neuesten Tageszeitungen aus Deutschland und der Schweiz auf einer bestickten Damast-Tischdecke. Es war ruhig in dem eleganten, reich mit Stuck verzierten Raum, in dem große, monumentale Ölgemälde Allegorien der vier Jahreszeiten darstellten. Nur die Parkettböden knarrten hin und wieder unter den Schritten der aufmerksamen Bedienung, die diskret und eilfertig versuchte, die Wünsche der illustren Gäste bereits im Vorfeld zu erahnen.

Der Krieg schien von dem elitären Platz am Rhein zwar weit entfernt, aber er hatte seine Spuren selbst in den besten Hotels Europas hinterlassen. Weniger Gäste, ein ausgedünntes Speisenangebot, hin und wieder eine mausgraue Uniform, an der Orden klimperten. Die Schweiz wurde zwar von vielen als ein anderer Planet betrachtet, ein sicherer Hafen für den Rückzug vor Elend und Leid, das Land befand sich jedoch auf dem gleichen Kontinent wie Verdun oder Compiègne.

Die Front war näher, als viele glaubten.

Seufzend legte Kronstein die in Basel erscheinende *National-Zeitung* aus der Hand. Keiner der Berichte war in irgendeiner Form ermutigend. Europa zerbrach, und jeder gab dem anderen die Schuld dafür. Die großen Strukturen, die völkerverbindenden Reiche gehörten der Vergangenheit an, da gab es keinen Zweifel. Seit Kaiser Franz-Joseph in Wien gestorben war, beschleunigte sich der Niedergang der alten Ordnung. Alles zerfiel, verschwand in einem gewaltigen Strudel des Umbruchs. Jeder Staat versuchte, das Beste dabei für sich herauszuholen, seine Bestrebungen mit den abenteuerlichsten Thesen zu untermauern. Was davon konnte man glauben?

Kronstein fiel die alte Weisheit Napoleons ein, der einmal gesagt hatte: Geschichte ist die Lüge, auf die man sich geeinigt hat.

Als Pjotr Solowjov den Speisesaal betrat, riss er Kronstein aus seinen düstern Gedanken. Der junge Student mit der Nickelbrille sah ausgeruht und fröhlich aus. Seine Haare standen widerspenstig nach allen Seiten und kontrastieren zu seinem makellos gebügelten Anzug und dem steifen weißen Kragen.

»Guten Morgen, Exzellenz!«, begrüßte er Kronstein, der ihn mit einer einladenden Handbewegung aufforderte, zu seiner Rechten Platz zu nehmen. »Der Service in diesem Haus ist vorzüglich, wenn ich das sagen darf. So gut hat mein Anzug nicht einmal ausgesehen, als er neu war. Und mein Hemd kann vor Stärke selbst gehen ...«

»Das beste Haus am Platz«, bestätigte Kronstein. »Haben Sie gut geschlafen? Wir hatten eine lange Reise, und Sie haben eine noch längere vor sich. Ich würde mich freuen, wenn Sie mir noch einige Tage Gesellschaft leisten könnten, sich ausruhen und ohne Hast auf die Rückfahrt nach St. Petersburg vorbereiten würden.«

Solowjov schnupperte genussvoll an der Tasse Tee, die der Kellner mit einer Verbeugung vor ihn hinstellte, gefolgt von Tellern mit Käse, Schinken, Wurst und Obst. »Sie führen mich in Versuchung, Exzellenz, und ich bedanke mich höflichst für Ihr großzügiges Angebot. Ich weiß es zu schätzen, und ich könnte mir keinen luxuriöseren Ort vorstellen, um ein paar Tage Ruhe und Entspannung zu genießen. Aber ...«

Kronstein unterbrach ihn mit erhobener Hand. »Zumindest heute noch sind Sie mein Gast, bevor Sie die Heimreise antreten. Keine Widerrede. Die Revolution wird auf Sie warten.« Er deutete auf die Zeitschriften, die vor ihm lagen. »Man spricht von Schießereien, Toten, schweren Gefechten und chaotischen Zuständen. Sie versäumen nichts, glauben Sie mir.«

»In Russland wird Geschichte geschrieben«, gab Solowjov zu bedenken, während er Butter auf sein Croissant strich. »Auf diesen

Moment haben wir gewartet, darauf hingearbeitet, gehofft und gebangt. Und jetzt bin ich nicht dabei, sondern weit weg vom Geschehen, sitze in einem Luxushotel in der Schweiz und genieße das Leben ...«

»Lassen Sie mich eine Voraussage wagen, mein junger Freund.« Kronstein lächelte geheimnisvoll. »Sie werden an diese Tage noch oft zurückdenken, wenn die Entbehrungen und die Rückschläge, die Einschränkungen und Enttäuschungen Sie mürbe gemacht haben. Vielleicht werden Sie bedauern, mein Angebot nicht angenommen zu haben, als mein Sekretär bei mir geblieben zu sein.«

Solowjov nickte. »In der Tat, es mag sein, dass dies der Preis dafür ist, einem neuen Zeitalter den Weg zu bereiten. Dann sei es so! Wir sind ein kleines, aber abenteuerliches Stück des Weges gemeinsam gegangen, nun trennen sich unsere Lebenslinien wieder. Ich hoffe, ich konnte Ihre Erwartungen erfüllen, die Sie in mich gesetzt haben.«

»Voll und ganz«, beruhigte ihn Kronstein. »Frühstücken Sie in Ruhe fertig, dann lassen Sie uns zur Bank gehen und die Steine in ein sicheres Depot bringen.«

Die Bank La Roche & Co. war die älteste Privatbank in Basel und besaß seit jeher einen ausgezeichneten Ruf, der nach und nach weit über die Grenzen der Schweiz gedrungen war. Das historische Haus »Zur hohen Sonne« unweit des Basler Münsters in der Rittergasse 25 war eine der ersten Adressen, wenn es um diskrete und effiziente Bankgeschäfte ging. Der Schneefall hatte aufgehört, und so hatten Kronstein und Solowjov beschlossen, den Weg durch die Innenstadt zur Bank zu Fuß zurückzulegen.

»Es ist noch gar nicht lange her, da wurde Benedikt La Roche erster Generaldirektor der Eidgenössischen Post«, erzählte der alte Juwelier, als er sich bei Solowjov unterhakte. »Er beteiligte sich auch aktiv an der Finanzierung der Schweizer Eisenbahn, die ihm ein großes Anliegen war. Was die bekannt guten internationalen Beziehungen der Bank betrifft, so sind sie recht früh bis an den Zarenhof vorgedrungen.«

Es war sonnig, aber kalt, und der Atem stand in weißen Wolken in der Morgenluft. Das Pflaster der alten Gassen war vielerorts nach wie vor schneebedeckt und trügerisch glatt. Kronstein vermisste seinen Stock schmerzlich. Das war auch der Grund, warum er vor einer schmalen, goldverzierten Ladenfassade anhielt. In den beiden nur sparsam bestückten Schaufenstern lagen neben Herrenhüten, Handschuhen und Schals auch Spazierstöcke mit den verschiedensten Griffen.

»Sie verzeihen den kurzen Halt, aber ich fühle mich mit Stock bei diesem Wetter doch eindeutig sicherer«, nickte Kronstein und betrat, gefolgt von Solowjov, das Geschäft, in dem es nach feinem Tuch und einem etwas extravaganten Rasierwasser roch.

Zwanzig Minuten später hatte sich Kronstein für einen Ebenholzstock mit silbernem Griff entschieden, der einen Greif darstellte. »Wir lassen Ihre Initialen selbstverständlich kostenlos für Sie eingravieren, Exzellenz«, betonte der Verkäufer, nachdem er die Geldscheine in der Kasse deponiert und sich verneigt hatte. »Wenn Sie mir vielleicht Ihre Visitenkarte …?«

Kronstein nickte. »Ich wohne im Trois Rois, Suite 265. Wie lange wird es dauern?«

»Ich lasse Ihnen den Stock noch heute Abend durch einen Boten zustellen, Exzellenz«, antwortete der Verkäufer und warf verstohlen einen Blick auf die Karte. Dann notierte er die Nummer der Suite auf der Rückseite und lächelte. »Sie werden mit unserer Arbeit zufrieden sein. Viele Prominente, ja selbst gekrönte Häupter wie …«

Kronstein unterbrach ihn mit einer Handbewegung. »Ich schätze Diskretion über alles, selbst wenn es nur um Kleinigkeiten geht. Ich will nicht wissen und ich will nicht, dass man weiß.«

Der Verkäufer verneigte sich noch tiefer. »Selbstverständlich, Exzellenz, selbstverständlich. Ich hoffe, Sie beehren uns bald wieder.«

Als Kronstein und sein Begleiter den kleinen Laden verlassen hatten, verschwand der Verkäufer kurz hinter einem schweren Samtvorhang, gab einige Anweisungen an seinen Gehilfen und tauchte wenige Augenblicke mit Hut und Mantel bekleidet wieder auf, die

Visitenkarte Kronsteins in der Hand. Er warf einen kurzen Blick darauf, dann steckte er sie ein, öffnete die Tür, blickte sich rasch um und eilte über die verschneite Straße davon.

Pjotr Solowjov saß in einem etwas altmodisch eingerichteten Raum mit verblasster Textiltapete, einer unbequemen Sitzgarnitur aus braunem Leder mit Messingknöpfen an der Vorderseite und wartete. Zwei Porträts mit ernsten, würdevoll blickenden Männergesichtern hingen links und rechts der doppelflügeligen, gepolsterten Eingangstür. Zwei Stehlampen versuchten vergeblich, der Kälte zum Trotz eine anheimelnde Atmosphäre zu verbreiten. Aber die Eisblumen auf den Fensterscheiben hatten längst den Kampf gegen den zu klein dimensionierten Ofen gewonnen, der nur in einem gering bemessenen Umkreis etwas Wärme abstrahlte.

Solowjov spürte die Kälte an seinen Beinen hochsteigen, stand auf und rieb sich die Hände. Dann stellte er sich vor den kleinen Ofen und hoffte, dass Kronstein bald fertig sein würde. Der alte Juwelier hatte sich für ein mittelgroßes Schließfach sowie ein Konto bei »La Roche & Co.« entschieden, die dazu notwendigen Verträge unterzeichnet, hatte Solowjov bedeutet zu warten und war dann mit einem der Direktoren im Souterrain verschwunden.

Gerade als der junge Russe fröstelnd überlegte, dass man in Basel eigentlich auf harte Winter vorbereitet sein müsste, öffnete sich die Tür, und Kronstein betrat den Raum. Er sah zufrieden aus und nickte Solowjov lächelnd zu.

»Alles erledigt, mein Freund«, meinte er beschwingt. »Ich schlage vor, wir gehen Mittag essen. Gleich um die Ecke soll es ein stadtbekanntes Lokal geben, das ein hervorragendes Zürcher Geschnetzeltes serviert. Vielleicht kann ich Sie ja doch zum Bleiben überreden!«

»Exzellenz, der Bahnhof ist nicht weit von hier, und ich habe bereits nach dem Frühstück dem Concierge die Anweisung gegeben, meinen Koffer an die Station bringen zu lassen«, gab Solowjov zurück. Er zog seine Taschenuhr hervor und warf einen Blick darauf. »Nun, da ich weiß, dass Ihre Geschäfte zu einem glücklichen Ende gebracht wurden, möchte ich mich so rasch wie möglich auf den Heimweg machen.«

»Tja, dann rückt unser Abschied näher, fürchte ich.« Kronstein griff in seine Rocktasche und zog ein Kuvert heraus, das er dem jungen Mann reichte. »Hier sind einige Devisen, die Sie auf Ihrer Reise bestimmt gut brauchen können.« Als Solowjov etwas einwenden wollte, hob Kronstein die Hand. »Keine Widerrede. Nehmen Sie es an, mir zuliebe.« Er legte den Arm um die Schultern des Studenten. »Und jetzt kommen Sie, ich begleite Sie zum Bahnhof und nehme mir von da eine Droschke zurück zum Hotel.«

Als Samuel Kronstein nachdenklich dem ausfahrenden Schnellzug nach Berlin hinterherblickte, den Hut schwenkte und die winkende Hand Solowjovs mit dem weißen Taschentuch immer kleiner wurde, überraschte er sich dabei, tief in seinem Inneren ein Gefühl der Einsamkeit zu verspüren. Es kam ihm vor, als wäre mit der Abreise Pjotr Solowjovs die letzte Verbindung zu seiner alten Heimat gekappt worden. Nun war er tatsächlich und endgültig angekommen – in einer neuen Welt, einem anderen Leben, einer unvorhersehbaren Zukunft. Zu dem gewohnten Alltag in St. Petersburg, den er so geschätzt hatte, würde er nie wieder zurückkehren.

Die Schweiz war nun seine neue Heimat. Er würde hier seine letzten Jahre erleben, sterben und beerdigt werden, weit weg von den Gräbern seiner Vorfahren. Niemand würde an seinem Grabstein stehen, das Kaddish sprechen oder an ihn denken. Er war der letzte Kronstein, ohne Frau und Kinder, Brüder oder Cousins.

Er war das Ende einer Ära.

Der alte Mann schloss die Augen, der Winterwind fuhr durch seine weiße Mähne und zerzauste seine Frisur. Seufzend setzte er den Hut wieder auf und wandte sich um. Der Rauch der Schnellzuglok hatte sich lange verzogen, während auf dem Nachbargleis bereits der nächste Zug einfuhr und mit quietschenden Bremsen zum Halten kam. Mit offenen Armen eilten einige der Wartenden zu den Abteilen, um die neu Angekommenen zu begrüßen.

Ein ewiges Kommen und Gehen, dachte Kronstein wehmütig.

Dann straffte er sich, gab sich einen Ruck und verließ mit großen Schritten den Perron in Richtung Bahnhofshalle. Für einen Moment überlegte er, in wärmere Gefilde weiterzuziehen, nach Italien oder Frankreich, an die Amalfi-Küste oder nach Korfu, an die Côte d'Azur oder nach Monte Carlo. Aber dann dachte er wieder an einen der typischen Sprüche seiner Großmutter Malka: »Wenn die Welt untergeht, dann gehen wir in die Schweiz.« Er musste schmunzeln.

Nun war er hier.

Und die Welt ging unter.

Flughafen El Dorado, Bogotá / Kolumbien

Miguel Sanzarra sah aus wie ein vertrockneter, faltiger Karpfen, mit einem großen Mund und vorstehenden Lippen, fliehendem Kinn und einer Glatze, die in der Abendsonne leuchtete. Er trug ein weites Hawaii-Hemd mit großen, türkisen Blumen und eine helle Cargo-Hose, deren Taschen prall gefüllt waren. In der schwarzen Koppel, die er tief unter seinem ausladenden Bauch trug, steckte neben einer gewaltigen Taschenlampe eine großkalibrige Pistole. Als er John Finch aus der Albatross steigen sah, eilte er lachend die letzten Meter bis zur ausgeklappten Gangway und verscheuchte die jungen, uniformierten Zollbeamten mit einer ungeduldigen Handbewegung. »Ich übernehme ab hier«, bellte er autoritär, »ich kenne dieses Fliegerass schon zu lange.«

»Sagtest du Aas oder Ass?«, erkundigte sich Finch grinsend und schüttelte Sanzarra die Hand. »Ich wusste gar nicht, dass du eine Stelle am Flughafen hast, du alter Ködervernichter. Badest du die Würmer immer noch, oder fischst du schon?«

Sanzarra sah über die Schulter Finchs und beobachtete Fiona, die mit steifen Beinen vorsichtig aus der Albatross kletterte. Er pfiff leise vor sich hin, und seine Augen leuchteten.

»Schwerenöter!«, zischte er anerkennend.

»Es ist nicht so, wie du denkst«, beschwichtigte ihn Finch. »Die Enkelin meines Auftraggebers, mein Wachhund, mein wandelndes Gewissen. Darf ich vorstellen? Fiona Klausner.«

»Sehr erfreut«, lächelte Sanzarra und betrachtete Fiona ungeniert von oben bis unten. »Willkommen in Bogotá!« Dann wandte er sich wieder dem Piloten zu. »Du bist weit von deinem üblichen Jagdrevier entfernt, alter Freund. Ist dieser Gruber so wichtig?«

Finch nickte und nahm den Polizisten am Ellenbogen. »Erstens ja, zweitens bin ich in Eile, weil ich ein paar Fluggäste habe, die in Bogotá nicht durch die Kontrollen gehen können und daher an Bord bleiben müssen. Einer von ihnen ist verwundet, und wir sollten den Besuch daher nicht über Gebühr ausdehnen.«

»Verwundet?« Sanzarra kniff die Augen zusammen und sah zur Albatross hoch. Dann zwinkerte er Finch zu. »Dann lass mich doch einmal sehen, was wir tun können. Ist Geld ein Problem?«

»Ein Mittel zum Zweck«, gab Finch unbeeindruckt zurück.

»Wie angenehm«, erwiderte der Polizist und griff zum Funkgerät. »Ich brauche zwei voll ausgerüstete Sanitäter auf der P-5, dazu eine Catering-Crew mit VIP-Menüs, Getränken und kiloweise Eiswürfel. Und zwar plötzlich!« Er ließ zufrieden den Sprechknopf los und sah Finch forschend an. »Sonst noch etwas?«

»Einen Refill mit bestem Flugbenzin, deine Verschwiegenheit, diesen Gruber auf einem Silbertablett – und die nächsten Fischzüge am Rio Negro gehen auf mich. Seit wann arbeitest du am Flughafen, Miguel? Ich dachte, du bist in Frühpension?« Der Pilot sah kurz auf die Uhr.

»Das war ich auch, aber dann suchten sie Spezialisten für den Aufbau einer neuen Polizeieinheit am Flughafen. Der alte Gruppenleiter war wegen einer Bestechungssumme von zwei Millionen Dollar von heute auf morgen verhaftet worden, die meisten seiner Leute begleiteten ihn ins Gefängnis. Mein Ruf und meine Vergangenheit waren offenbar besser als die aller anderen zur Verfügung stehenden Bewerber. So kam ich nach El Dorado, und nun habe ich seit rund zwei Jahren das Sagen hier, was Zoll, Polizei und Sicherheit betrifft.«

Sanzarra machte eine weite Armbewegung, die Terminals, Hangars und die parkenden Flugzeuge mit einbezog. »Und glaube mir, der Job ist nicht schlecht, einer der Gründe, warum ich in der letzten Zeit nicht mehr nach São Gabriel da Cachoeira kam. Man kann nicht alles haben ...« Er zuckte mit den Schultern. »So wird mir wenigstens nicht langweilig. Die Fische und die Pension werden warten ...«

»Und Gruber?«

»Einfach!« Der Polizist lachte und rückte seinen Gürtel zurecht. »Wie viel bin ich dir schuldig?«

»Geben Sie, was Sie können«, schmunzelte Sanzarra. »Ich traue mich nicht, etwas von dir zu verlangen, weil es mich keine fünf Minuten gekostet hat, deinen Gruber aufzutreiben.«

»Weiß er, dass wir ihn suchen?«, erkundigte sich Fiona vorsichtig.

Der alte Polizist schüttelte energisch den Kopf. »Nein, auf keinen Fall ... Ich kann euch auch nicht garantieren, dass es der richtige Gruber ist. Aber einen besseren habe ich in der kurzen Zeit nicht gefunden.«

»Dann werden wir wohl mit dem vorliebnehmen müssen«, meinte Finch. Wir können noch immer nach einem anderen suchen, sollte es nicht der Richtige sein. Wie kommen wir in die Stadt?«

»Müsst ihr gar nicht, wenn ich mich nicht irre«, erklärte Sanzarra geheimnisvoll und griff erneut nach seinem Funkgerät. »Schickt mir auch einen Polizeiwagen auf die P-5«, kommandierte er kurz angebunden. Wenige Augenblicke später raste eine Ambulanz heran, gefolgt von einem Lieferwagen, an dessen Seitenwand in großen Lettern »ED Catering Service« prangte.

»So, für deine Passagiere ist gesorgt«, murmelte Sanzarra zufrieden und fuhr sich mit der flachen Hand über die Glatze. »Am besten, du weist sie ein, dann können wir verschwinden, sobald der Polizeiwagen da ist.«

Als Finch seine Passagiere in den besten Händen wusste und zufrieden wieder die Stufen der Gangway herabstieg, hatten zwei Polizisten links und rechts des Einstiegs Aufstellung genommen und salutierten zackig. Sanzarra hielt Fiona den Schlag zu einem riesigen weißen Straßenkreuzer auf, dessen vordere Türen ein dekoratives Wappen verzierte. Große Blaulichter rotierten langsam auf dem Dach.

»Erstens brauchen die beiden Beamten nicht zu sehen, wohin wir fahren, und zweitens setzt damit auch kein Neugieriger einen Fuß in die Albatross«, meinte Sanzarra, der sich ächzend hinter das Lenkrad klemmte und losfuhr.

Fiona lächelte anerkennend. »Perfekt organisiert, ich bin beeindruckt. Was machen wir aber, wenn es der falsche Gruber ist?«

»Man sollte nicht gleich das Schlimmste annehmen«, wehrte Sanzarra ab, »aber darüber können wir uns noch immer den Kopf zerbrechen, wenn es so weit ist. Ich muss euch übrigens gleich vorweg enttäuschen. Ich habe bei meiner Recherche drei Grubers gefunden, die sich nach dem Krieg in Bogotá niedergelassen haben. Alle drei sind bereits lange tot. Einer starb kinderlos, der andere hatte zwei Töchter, von denen eine noch in der Stadt ist, und einer hatte einen Sohn, der seine Firma übernommen hat. Bei dem fangen wir an. Sein Unternehmen ist eine Frachtagentur, heißt IFAG und hat ihr Büro im Block B des Frachtgebäudes von El Dorado.«

»Du meinst, er arbeitet hier am Flughafen?«, erkundigte sich Finch überrascht.

Sanzarra nickte. »Das macht es einfach«, bestätigte er. »Ich habe den Namen bereits ein paarmal gelesen, aber ich hatte mit der Agentur bisher nie etwas zu tun. Eines der alteingesessenen Unternehmen, seriös und verlässlich, keine Glücksritter, nie Drogen. Die Frachtpapiere der IFAG stimmen immer, was du in Kolumbien als Seltenheit einstufen kannst.«

Durch ein gesichertes Tor mit Doppelschranke und bewaffneten Wachen verließen sie das Vorfeld und bogen auf einer breiten Straße in Richtung Bogotá ein. Der Polizist hatte die Blaulichter ausgeschaltet und folgte den Wegweisern zum Frachtterminal, dessen langgestreckte Gebäude an einer Seite des Flughafens entlang der nationalen Landebahn lagen.

An der Schranke der Security-Kontrolle angekommen, hielt Sanzarra an. Einer der Sicherheitsbeamten schaute kurz auf, nickte und öffnete angesichts des Polizeifahrzeugs den Schlagbaum, doch Sanzarra winkte ihn zu sich.

»*Buenos Tardes!*«, grüßte der Uniformierte und beugte sich zum Seitenfenster. »Was verschafft uns die Ehre, Miguel?«

»Kannst du nachsehen, ob Georg Gruber noch in seiner Firma ist?«, ersuchte ihn Sanzarra. »Ich möchte nicht umsonst bis unters Dach steigen. Der Lift ist sicher wieder einmal außer Betrieb.«

»Das hält fit und geschmeidig«, erwiderte der Uniformierte nach einem Blick auf Sanzarras Bauch trocken, kontrollierte rasch seine Liste und nickte dann. »Du hast Glück, er sollte noch da sein«, bestätigte er, »ich habe ihn noch nicht ausgetragen. Kann aber nicht mehr lange dauern, wenn du mich fragst. Normalerweise fährt er jeden Tag spätestens um diese Zeit nach Hause. Du kennst den Weg?«

Sanzarra nickte. »Sollten wir ihn aus irgendeinem Grund verfehlen, dann halte ihn auf und ruf mich an.«

»Etwas Ernstes?«, erkundigte sich der Uniformierte wie nebenbei.

»Ach wo«, winkte Sanzarra ab. »Ich habe hier Besuch für ihn und möchte den beiden den Weg in die Stadt ersparen.«

»Alles klar«, antwortete der Sicherheitsbeamte grinsend. »Sollte dir ein rauchender, schnaufender Pick-up entgegenkommen, der mehr Rost als rot ist, dann halt ihn auf. Es ist Gruber …« Damit winkte er sie durch.

Doch der Einzige, der schnaufte, war Sanzarra, als er die Treppen in Block B bis unters Dach gestiegen war. Er schnappte nach Luft wie der Weihnachtskarpfen auf dem Trockenen und ließ ermattet seine Faust einfach gegen die weiße Holztür mit der Aufschrift »IFAG« fallen. Dann, ohne eine Antwort abzuwarten, trat er ein.

»Wir haben bereits geschlossen!«, rief eine der beiden Sekretärinnen, ohne von ihrer Arbeit aufzusehen.

»Ich bin auch gar nicht hier«, schnaufte Sanzarra ungerührt, blickte in die Runde und sah die Tür im Hintergrund. »Geht's da hinein zu Ihrem Chef?«

Die beiden Schwestern sahen alarmiert hoch. Der Polizist zog seinen Ausweis aus der Tasche seines Hawaii-Hemds und hielt ihn so, dass beide Frauen ihn sehen konnten.

»Feierabend«, verkündete er. »Auf Sie wartet bestimmt jemand zu Hause, also verspäten Sie sich nicht! Auf Wiedersehen!« Er hielt die Tür zum Gang auf und sah die beiden auffordernd an. Murmelnd und grummelnd räumten die beiden Frauen ihre Arbeitsplätze, packten ihre Handtaschen und warfen Sanzarra böse Blicke zu. Dann verschwanden sie aus dem Büro.

Der Polizist sah ihnen kurz nach, schloss die Tür und drehte den Schlüssel um. »Jetzt sind wir ungestört«, stellte er fest und machte eine einladende Bewegung in Richtung Chefbüro. »Du bist dran, Finch. Dein Auftritt!«

Als es an seiner Tür klopfte, unterbrach Georg Gruber etwas irritiert die Berechnung von zwei Paletten T-Shirts nach Atlanta, Georgia, und sah hoch. Waren die Schwestern bereits gegangen, ohne ihm etwas zu sagen? Er blickte auf seine Armbanduhr und rief: »Ja, bitte!«

Den Mann, der in der Tür stand und sich wie selbstverständlich neugierig umsah, bis sein Blick auf dem Porträt von Gruber senior über dem alten Safe hängen blieb, hatte Gruber noch niemals gesehen. Hinter ihm tauchten eine attraktive, dunkelhaarige Frau und ein untersetzter Mann in einem unmöglichen Hawaii-Hemd auf, die ihn beide unverhohlen musterten. Von den Schwestern war weit und breit keine Spur.

In wenigen Sekunden war das kleine Büro überfüllt, und Gruber begann sich unbehaglich zu fühlen.

»Ist das Ihr Vater?«, erkundigte sich der schlanke Mann mit den kurzgeschnittenen, fast weißen Haaren unvermittelt und wies auf die alte Fotografie. »Franz Gruber?«

Georg sah von einem zum anderen, völlig überrumpelt. Erst der seltsame Anruf des Japaners, nun die drei Unbekannten, die plötzlich in seinem Büro standen und sich nach seinem Vater erkundigten. Er verschränkte die Arme vor der Brust.

»Wer möchte das wissen?«, gab er zurück.

Der hochgewachsene Mann ließ sich nicht beirren. Er kaute an dem Bügel seiner Pilotenbrille und betrachtete das ausgebleichte Porträt wie ein Schmetterlingssammler seine neueste Beute, bevor er sie mit einer Stecknadel durchbohrt.

»Ich!« Der Unbekannte lächelte, aber sein Lächeln erreichte nicht seine Augen, die unverwandt Gruber senior fixierten.

Der Mann im Hawaii-Hemd zog einen Ausweis aus seiner Brusttasche und hielt ihn Georg vor die Nase. »Miguel Sanzarra, Sicherheitschef des Flughafens. Sie können die Fragen ruhig beantworten,

Señor Gruber, es hat alles seine Richtigkeit, und ich garantiere für Ihren Besuch.«

Die junge Frau, die Georg unverwandt angesehen hatte, streckte ihm unvermittelt ihre Hand über den Schreibtisch entgegen. »Fiona Klausner«, meinte sie, »ich kann mir vorstellen, dass Sie etwas überrascht sind, Herr Gruber. Nun, dann geht es Ihnen wie uns. Wir dachten, dass die Suche viel länger dauern würde.«

»Die Suche wonach?«, erkundigte sich Georg ratlos.

Anstelle einer Antwort wandte sich der hochgewachsene Mann ihm zu, und seine grüngrauen Augen fixierten ihn spöttisch, während er einen einzigen Satz sagte, der Georg sprachlos vor Schrecken machte: »Hatten Sie vor kurzem Besuch von einer Taube, Señor Gruber?«

British Honorary Consulate, Carrera 42, Itagui / Medellín

»Wie meinen Sie das genau?«, fragte die Stimme am Telefon nach, und Major Llewellyn ärgerte sich schon allein über den Tonfall, der zwischen Herablassung und purer Verwunderung schwankte.

»Rede ich in Rätseln?«, gab Llewellyn kalt zurück. »Was verstehen Sie nicht? Meine Männer wurden aufgerieben. Drei sind tot, zwei wurden im Spital verarztet und einer liegt noch auf der Intensivstation. Es ist fraglich, ob er durchkommt.«

Für einen Augenblick herrschte Stille. Nur das Knacken und Rauschen der Long-Distance-Verbindung verriet, dass die Leitung noch stand.

»Aufgerieben? Major, das ist kein Krieg und kein Grabenkampf, das ist kein Putsch in Schwarzafrika oder Gefecht mit den Taliban in den Bergen von Afghanistan. Sie sind in der Großstadt Medellín und, bei allem Respekt, die Männer, gegen die Sie …« Die Stimme zögerte einen Moment. »… kämpfen, haben alle bereits ihr Verfallsdatum überschritten. Würde ich nicht Ihre Verdienste kennen, die Vergangenheit Ihrer Männer und deren Auszeichnungen, würde ich glauben …«

»… glauben heißt nichts wissen«, unterbrach ihn Llewellyn mit einem schneidenden Unterton. »Der alte Mann im Dschungel, dieser Paul Hoffmann, hat mit einer Machete zuerst das Mädchen und dann sich selbst umgebracht. Er hätte auch gegen uns gekämpft, gegen die Übermacht, wahrscheinlich bis zum Letzten, hätte er auch nur eine einzige passende Waffe gehabt. Dann dieser Böttcher. Ich habe keine Ahnung, wie viel Kilogramm Sprengstoff er in seinem Gartenhaus bunkerte, aber er hatte zwei Schiffskanonen, die er auf wenige Meter Distanz auf meine Männer abfeuerte.«

»Kanonen? Sie meinen richtige Kanonen?« Sein Gesprächspartner war sichtlich um Haltung bemüht. »Mitten in Medellín?«

»Kaliber 15«, zischte Llewellyn. »Zentimeter, nicht Millimeter.«

»Ach du ...« Die Stimme räusperte sich. »Ich verstehe.«

»Gar nichts verstehen Sie!« Der Major schloss erschöpft die Augen. Seine Wunde am Oberarm begann zu pochen. Die Spritze, die ihm der Ambulanzarzt verpasst hatte, verlor nach und nach ihre Wirkung. »Und ich muss gestehen, ich auch immer weniger. Hier stimmt etwas ganz und gar nicht.«

»Sprechen Sie weiter, Major«, ermunterte ihn sein Gesprächspartner. »Was stimmt nicht? Ich möchte Sie aber erinnern, dass dies keine sichere Leitung ist.«

»Ich bin kein Anfänger, Sir, dazu bin ich zu alt«, bellte Llewellyn zurück. »Und außerdem – scheiß auf die sichere Leitung! Dieser verdammte Auftrag begann unter ganz anderen Vorzeichen. Ich darf Sie daran erinnern, dass gewisse Regierungsstellen jeden Einzelnen von uns aus der Reserve geholt haben. Oder aus dem Ruhestand, wie immer Sie das bezeichnen wollen. Warum, darüber hat man sich elegant ausgeschwiegen, niemand hat mit uns wirklich gesprochen, obwohl viel gesagt wurde. Auf die richtigen Fragen unsererseits kamen immer die falschen Antworten. Wir sollten drei Tauben daran hindern aufzufliegen und diesen Hoffmann rausbringen. Klang leicht, war schwer. Aber man hat vor allem darauf vertraut, dass wir, wie in den alten Tagen, einfach gehorchten.«

Llewellyn machte eine Pause. »Aber vielleicht haben ja Sie nun die richtige Antwort. Warum wir?«

Sein Gesprächspartner räusperte sich erneut. »Ich bin leider nicht befugt, darüber Auskunft zu geben.«

»Und genau das kann ich mir nicht vorstellen. Wenn nicht Sie, wer dann? Und das mit der Befugnis, habe ich das nicht schon irgendwo gehört?«, fragte der Major spöttisch. »Wer ist dieser Schmidt, und wie heißt er wirklich?«

»Er ist der Sprecher eines Konsortiums, und was seinen wahren Namen betrifft ...«

»Siehe oben«, unterbrach ihn Llewellyn zynisch. »Warum macht unsere Regierung gemeinsame Sache mit dieser Bande? Der arrogante, sonnenbebrillte Arsch im Anzug ...«

»Major! Dies sind Verbündete Englands aus einem mitteleuropäischen Land!« Der Verweis und der strafende Unterton waren nicht zu überhören.

»Armes England«, gab Llewellyn unbeeindruckt zurück. »Mit dicken Schnellbooten protzen und unverhohlene Drohungen ausstoßen, das ist keine Kunst. Ich habe drei meiner besten Männer verloren, zwei sind verwundet und für Wochen außer Gefecht, und einer ringt mit dem Tod. Das sind die Tatsachen, und ich werde sie den Familien mitteilen müssen. Was soll ich auf Nachfragen sagen? Bisher habe ich dafür keine Erklärung, außer einem dubiosen Auftrag meiner Regierung, verschlungenen Ausreden und einer alten Fotografie.«

»Fotografie? Was für eine Fotografie?«, fragte sein Gesprächspartner bass erstaunt.

»Habe ich vergessen, das zu erwähnen? Ein altes Schwarzweißporträt aus der armseligen Hütte dieses Hoffmann«, gab der Major zurück, faltete das Bild auf und strich es mit einer Hand glatt. »Junger Mann, keine dreißig, Waffen-SS, Leibstandarte Adolf Hitler. Mehrere Einschüsse in dem Papier, so, als wäre auf das Foto geschossen worden. Ausgeblichen, jede Menge Stockflecken, daher sicher ein Original. Im Übrigen der einzige Schmuck in der primitiven Behausung im Dschungel. Eine kaum noch leserliche Widmung rechts unten in Deutsch: ›Meinem geliebten Vater, zur stolzen Erinnerung.‹ Dann eine hingekritzelte Unterschrift, die so ziemlich alles heißen kann.«

»Warum haben Sie uns nicht bereits früher von diesem Foto berichtet?« Der Mann am anderen Ende der Leitung klang alarmiert.

»Vor Beginn unseres Gesprächs habe ich das Bild eingescannt und per E-Mail an Ihr Büro geschickt«, erwiderte Llewellyn ungerührt. »Dieser Herr Schmidt konnte mir keine Antwort geben, als ich ihn fragte, wer der Mann sei und ob er ihn bereits irgendwann gesehen habe.«

»Schmidt hat das Bild gesehen?«, fragte sein Gesprächspartner nach. Er schien darüber keineswegs erfreut zu sein. Vielleicht war es mit der Partnerschaft doch nicht so weit her, dachte Llewellyn befriedigt.

»Warten Sie einen Moment, ich lasse in meinem elektronischen Postkasten nachsehen.« Es dauerte keine dreißig Sekunden, und die Stimme war wieder da. »Major, händigen Sie das Original des Bildes unverzüglich dem Honorarkonsul aus. Keine Kopie, kein Scan, keine Skizze. Das Foto wird mit der nächsten Diplomatenpost nach London geschickt. Sie haben dieses Gesicht niemals gesehen.«

»So, so, habe ich nicht?« Der Major ließ seine Worte einwirken. »Ich glaube kaum, dass ich mich noch daran erinnern kann, wo das Foto zur Zeit ist.« Er faltete das Bild zusammen und steckte es vorsichtig in seine Brusttasche. »Vielleicht ist es auch zwischen dem Büro des Konsuls und diesem Raum abhandengekommen? Menschen und Dinge verschwinden so schnell in Südamerika, und vor allem in Kolumbien, müssen Sie wissen ...«

»Major, soll ich Sie an Ihren Diensteid erinnern?«, ereiferte sich sein Gesprächspartner.

»Nein, Sie sollten mich über meinen genauen Auftrag aufklären, das wäre schon einmal ein kolossaler Fortschritt für die Regierung Ihrer Majestät«, donnerte der Major. »Dann schaffen Sie mir diesen Schmidt vom Hals und erklären mir, warum diese alten Männer hier auf Kriegspfad sind und sich lieber die Kehle durchschneiden oder ein halbes Stadtviertel in die Luft jagen, als mit mir zu reden. Und wenn ich dann noch zuhöre, dann würde ich gern wissen, wie es nun weitergehen soll. Und falls ich bis dahin zufrieden bin, sollten Sie nicht zu erwähnen vergessen, wem das Gesicht auf dem Foto gehört. Dann – und nur dann – erinnere ich mich vielleicht wieder daran, wohin ich dieses verdammte Bild gesteckt habe!«

»Wollen Sie mich erpressen?«, fragte der Mann am anderen Ende der Leitung drohend.

»Wollen Sie mir Angst machen?«, gab Llewellyn unbeeindruckt zurück. »Dann merken Sie sich eines und bei Gott, ich werde es nur ein einziges Mal sagen. Sie reden mit einem alten Mann, der für diese Regierung, für König, Gott und Vaterland mehr als einmal die heißen Kartoffel aus dem Feuer geholt hat, an allen Ecken dieser Welt und zu einer Zeit, als unsere Konsuln noch nicht in klimatisierten Büros ihren Arsch flach saßen. Sie, Sir, waren damals vermutlich noch nicht einmal in der Volksschule und haben gerade gelernt, Dreirad zu fahren. Ich hingegen habe es verlernt, Angst zu haben. Und am Ende meines Lebens werden Sie es mir nicht mehr beibringen. Ich könnte nun ganz einfach auflegen, dieses Konsulat verlassen und in Medellín untertauchen. Oder doch vielleicht in Lima oder Rio, in Valparaiso oder Buenos Aires? Dann wünsche ich Ihnen viel Glück bei der Suche. Entweder Sie liefern mir innerhalb der nächsten fünf Minuten sehr gute Gründe, oder ich bin von Bord, kaufe mir einen neuen Pass und einen neuen Namen und verschwinde spurlos im Amazonas-Gebiet.«

Die Stille, die darauf folgte, dehnte sich wie ein Bungee-Seil. Schließlich drang ein Seufzen durch die Leitung. »Man hatte mich gewarnt. Gut, Major, was genau wollen Sie wissen?«

»Wie schon gesagt«, gab Llewellyn kurz angebunden zurück. »Sollte mir etwas unklar sein, dann frage ich nach. Und jetzt legen Sie los, mein Arm schmerzt. Und vergessen Sie das mit der sicheren Leitung. Die hatten wir zu unserer Glanzzeit auch nicht, und trotzdem klappte alles.«

Fünfzehn Minuten später starrte Llewellyn gedankenverloren auf das Bild des britischen Premierministers, der von seinem Platz über dem Schreibtisch des Konsuls auf seine Untertanen herab blickte. Der Major ließ den Telefonhörer sinken, nachdem sein Gesprächspartner in der Londoner Downing Street 10 bereits vor mehr als einer Minute aufgelegt hatte. Langsam wurde ihm klar, warum in den letzten Tagen manche Menschen lieber starben oder mit Handgranaten warfen, als mit ihm zu reden.

Sie kannten zu viele Geheimnisse.

Und sie hatten nichts mehr zu verlieren.

Flughafen El Dorado, Bogotá / Kolumbien

»Wie ich sehe, hatten Sie Besuch von einer Taube«, stellte John Finch lakonisch fest, nachdem in dem kleinen Büro im letzten Stock des Block B einige Minuten lang völlige Stille geherrscht hatte, nur durch eine startende Maschine der Avianca unterbrochen.

Georg Gruber war leichenblass und starrte verzweifelt auf seine Hände, die flach auf der Schreibunterlage lagen und trotzdem zitterten. Miguel Sanzarra stand unbewegt, die Arme vor der massigen Brust verschränkt, sein aufmerksamer Blick wanderte von Finch zu Gruber und wieder zurück. Fiona war auf den einzigen Stuhl gesunken, der vor dem völlig überfüllten Schreibtisch stand. Sie beobachtete, wie Gruber der Schweiß ausbrach, und fragte sich, was um alles in der Welt ihn so terrorisierte.

»Wir sind also am richtigen Platz«, stellte Finch befriedigt fest und warf dem alten Gruber einen letzten Blick zu, bevor er sich neben Fiona stellte, sich vorlehnte und beide Arme auf der Tischplatte abstützte. Er fixierte Gruber junior, der noch immer auf seine Hände starrte. »Lassen Sie mich raten«, sagte er leise. »Eine Brieftaube flatterte bei Ihnen durchs Fenster, völlig unerwartet, und sie brachte Ihnen etwas.«

Gruber nickte stumm.

»Etwas, das Sie offenbar nicht erwartet hatten.«

Gruber nickte wieder.

»Mit dem Sie nicht unbedingt etwas anfangen können.«

Dasselbe Nicken.

»Und es sieht ganz so aus, als hätte Sie dieses ... Ding zu Tode erschreckt.«

Georg Gruber seufzte, dann nickte er erneut. »Vor allem meine

Frau«, flüsterte er. »Ich hatte ja noch den Brief meines Vaters ...« Er stockte, dann sah er auf. »Wer sind Sie überhaupt? Was wollen Sie von mir? Was geht Sie das alles an?«

»Mein Name ist John Finch, und dies ist Fiona Klausner, sie vertritt meinen Auftraggeber, Wilhelm Klausner. Auch er hatte Besuch von einer Brieftaube, auch er erhielt einen Hinweis. Meine Aufgabe ist es, die übrigen zwei Männer zu finden, die zwei Hinweise und sie zu Klausner zu bringen. Fragen Sie mich nicht, warum. Das müssen Sie Klausner selbst fragen.«

»Es gibt mehrere Brieftauben?«, fragte Georg erstaunt.

»Ja, drei, um genau zu sein. Eine flog nach Brasilien, in die Nähe des Rio Negro, eine nach Medellín und eine nach Bogotá, zu Ihnen. Was hatte Ihre Taube an den Fuß gebunden?«

»Einen Ring«, flüsterte Georg tonlos.

Finch runzelte die Stirn. Er wollte etwas sagen, aber Fiona unterbrach ihn mit einer kurzen Handbewegung.

»Señor Gruber, ich kann Ihre Ratlosigkeit und Ihr Erstaunen verstehen«, sagte sie mit einer Wärme in der Stimme, die Finch überraschte. »Wir werden hier offenbar alle von etwas eingeholt, das sich vor langer Zeit abgespielt hat und das vielleicht für immer im Dunkel der Vergangenheit bleiben sollte. Ich weiß es auch nicht, mein Großvater hat kaum mit mir darüber geredet. Es gibt derzeit drei Hinweise, nach meinen Informationen. Einen Schlüssel, von dem wir nicht wissen, was er sperrt. Den hat mein Großvater. Ein paar verworrene Zeilen auf einem kleinen Stück Papier, die wohl eine Nachricht sein sollen, die jedoch niemand versteht. Dieses Papier ist im Besitz von Señor Böttcher. Nun kommt noch der Ring dazu, den Sie erhalten haben. Könnte ich ihn sehen?«

Gruber zögerte. Es arbeitete in ihm, das war unschwer an seinem Gesicht abzulesen. »Ich ... ich weiß nicht ...«

»Was wissen Sie nicht?«, stieß John Finch nach.

»Ich habe einen Anruf erhalten ... Man hat mir ein Angebot gemacht.«

»Für den Ring?«, fragte Finch misstrauisch. »Haben Sie die Landung der Taube an die große Glocke gehängt?«

Georg schüttelte energisch den Kopf. »Ich habe ihn lediglich einer Expertin gezeigt, da ich so gut wie nichts darüber wusste. Keine zwölf Stunden später rief ein Japaner an, ein Sammler, der mir eine Menge Geld für den Ring bot.«

»Haben Sie zugesagt?«, erkundigte sich Fiona besorgt.

»Nein, habe ich nicht, aber ...« Gruber verstummte.

»Aber Sie überlegen«, beendete Finch den Satz und gab Fiona einen Wink. Dann fuhr er fort: »Lassen Sie mich nochmals raten, Señor Gruber. Der Sammler hat Ihnen ein Angebot gemacht, das man normalerweise nicht ablehnt. Und Sie können Geld gebrauchen, weil die Agentur ...« Er blickte sich kurz um, sah die abgewohnten Möbel, die Löcher im Linoleum, die fleckigen Wände. »... nicht wirklich gut geht und Sie eine derartige Summe aus dem Gröbsten herausholen könnte.«

Georg sah das erste Mal auf und direkt in die grüngrauen Augen von Finch. »Ja«, sagte er einfach, »fünfzigtausend Dollar sind für mich eine Menge Geld. Normalerweise erzielt man nicht einmal ein Zehntel für einen solchen Ring. Jetzt kommen Sie ...«

»... und Sie sehen Ihre Felle davonschwimmen«, ergänzte Fiona. »Wäre der Verkauf an den japanischen Sammler tatsächlich eine Option für Sie?«

Gruber nickte langsam. »Je länger ich darüber nachdenke, umso besser erscheint mir die Lösung. Sie müssen wissen, meine Frau war von dieser Taube, von diesem Ring terrorisiert. Sie sah in ihm etwas Bedrohliches, etwas Böses.«

»Und Sie?« Fiona kniff die Augen zusammen und lehnte sich vor.

»Ich? Als ich den Brief meines Vaters gelesen hatte, war mir klar, dass er sein ganzes Leben wohl auf die Taube gewartet hatte.« Gruber stützte den Kopf in seine Hände. »Irgendetwas muss an diesem Ring dran sein, aber ich kann es beim besten Willen nicht entdecken und auch nicht erklären. Und ich hatte gehofft ...« Er schwieg.

»Was hatten Sie gehofft?«, fragte Fiona nach.

»... dass Sie niemals hier erscheinen«, vollendete Georg leise.

Stille senkte sich über den Raum. Der Pilot sah Sanzarra an, dann

Fiona und schließlich Gruber. »Kann ich den Brief Ihres Vaters lesen?«, ersuchte er ihn.

Georg griff in seine Tasche und zog ein zusammengefaltetes Blatt hervor, das er wortlos über den Tisch schob.

Während John las, streckte Fiona ihre Hand aus. »Zeigen Sie mir bitte den Ring.«

Da war etwas Einschmeichelndes in ihrer Stimme, das Gruber zu überzeugen schien. Resigniert griff er in die Tasche und zog das Etui heraus. »Die Expertin meinte, er sei aus Silber, stamme aus dem Zweiten Weltkrieg und sei ein SS-Ehrenring.«

Fiona klappte das Etui auf und fuhr zurück. Der Totenkopf mit den schwarzen Diamanten in den Augenhöhlen schien sie höhnisch anzugrinsen. »Ich kann Ihre Frau verstehen«, murmelte sie und drehte das Etui in den Fingern. Es war, als umgebe den Ring eine Aura des Bösen.

Finch ließ den Brief sinken und sah Fiona über die Schulter. Dann wandte er sich an Georg Gruber. »Wenn ich also recht verstehe, dann hat Ihr Vater die Aufgabe in Ihre Hände gelegt. Sie sollten den Ring nutzen, die Informationen, die er enthält oder für die er steht.« Er las laut vor: »*Nimm der Taube ihr Zeichen ab und bewahre es sorgfältig. Wilhelm und Richard werden Dich innerhalb weniger Tage kontaktieren, sie oder ihre Kinder. Sie wissen, was zu tun ist. Aber sie brauchen Dich dazu, Dich und den Ring.*«

Georg sah Finch an und nickte zaghaft.

»Nun, wir sind da, und wir brauchen Sie, Sie und den Ring.« Finch überlegte kurz, dann faltete er das Schreiben wieder zusammen und reichte es Gruber. »Aber ich verstehe Ihre Lage. Daher mache ich Ihnen ein Gegenangebot: Einhunderttausend Dollar für den Ring, und Sie begleiten uns nach São Gabriel da Cachoeira zu meinem Auftraggeber, jenem Wilhelm, von dem Ihr Vater in seinem Brief spricht. Richard Böttcher haben wir bereits gefunden, er lebte in Bogotá und sitzt nun in meinem Flugzeug keine zweihundert Meter von hier. Er hat seinen Hinweis mitgebracht, wie Fiona bereits sagte.«

Georg war völlig überrumpelt. »Ist das Ihr Ernst, oder bluffen

Sie?« Er sah misstrauisch von einem zum anderen. »Haben Sie überhaupt so viel Geld?«

Finch griff in die Brusttasche seines Pilotenhemds und zog ein Bündel Geldscheine hervor, das er auf den Tisch fallen ließ. »Reicht eine Anzahlung von fünfundzwanzigtausend Dollar, um uns Ihrer Mitarbeit zu versichern? Ich bluffe nicht, Señor Gruber. Mein Angebot steht, und spätestens wenn wir mit Wilhelm Klausner zusammentreffen, bekommen Sie den Rest. Genügt Ihnen das?«

Zum ersten Mal lächelte Gruber, und seine Erleichterung war greifbar. »Abgemacht!«, strahlte er und streckte seine Hand über den Tisch. »Der Ring gehört Ihnen!«

Finch schüttelte Grubers Hand und war von dem festen Griff des Spediteurs angenehm überrascht. Er schob die Scheine über den Tisch, aber seine Hand blieb auf dem Bündel liegen, und er sah Georg durchdringend an. »Das Angebot gilt allerdings nur, wenn Sie uns begleiten, und zwar sofort. Wir haben keine Zeit zu verlieren. Böttcher und zwei weitere Passagiere warten im Flugzeug.«

»Sie wollen heute noch weiterfliegen?«, erkundigte sich Gruber. Er überlegte kurz, sah den verlockenden Stapel grüner Scheine unter der Hand von Finch und griff zum Telefon. »Lassen Sie mich nur meine Frau anrufen, dann können wir von mir aus starten. Wie lange werde ich weg sein?«

Finch zuckte mit den Schultern. »Vielleicht ein, zwei Tage. Das hängt von Wilhelm Klausner ab.«

Gruber nickte und begann zu wählen. »Mir fällt gerade ein ... Ich habe aber meinen Pass gar nicht dabei«, meinte er plötzlich und stockte.

Finch grinste und warf Sanzarra einen belustigten Blick zu. »Das haben Sie mit dem Rest meiner Passagiere gemeinsam. Auf einen mehr oder weniger kommt es jetzt auch nicht mehr an. Im Übrigen verlassen wir uns auf Miguel.«

»Ach, das ist nur eine Frage des Honorars«, lachte Sanzarra und nickte Finch zu. »Im Ernst, das sollte unser geringstes Problem sein.«

Fiona hatte den Ring nicht aus der Hand gelegt. Während Gruber mit seiner Frau telefonierte, schienen sie die schwarzen Diamanten des Totenkopfes zu hypnotisieren, und ein Schauer lief über ihren Rücken. Bilder erschienen vor ihren Augen, Bilder von Gewalt und Tod, von unvorstellbaren Grausamkeiten und Menschenverachtung. Wie ein Kaleidoskop blitzten sie stroboskopartig auf, wischten an ihr vorbei, ein unaufhaltsamer Strom von kollektiven Erinnerungen.

Sie klappte das Etui zu und atmete tief durch. Das Gefühl der Hilflosigkeit ließ nach, die Bilderflut versiegte, der Terror klang ab. Stumm schob sie das Etui Finch zu, der ihr zunickte und es wie nebenbei in die Tasche seiner Jeansjacke steckte. Dabei fragte sich Fiona, ob es nicht besser wäre, jetzt und hier den Ring zu vernichten und ihrem Großvater zu sagen, sie hätten Gruber nie gefunden.

Hotel Diez, Medellín / Kolumbien

Als Major Llewellyn nach einem kurzen Arztbesuch und der damit verbundenen schmerzstillenden Spritze die elegante Lobby des Hotels Diez betrat, an die Rezeption ging und nach seinem Schlüssel verlangte, wurde ihm klar, dass er nun völlig auf sich allein gestellt war. Die drei Toten würden durch die Botschaft nach dem Abschluss der Untersuchungen nach London geflogen werden, die beiden Verletzten durften die Stadt nicht verlassen, und der Mann in der Intensivstation ging sowieso nirgendwo hin.

Llewellyn war ab sofort ein Ein-Mann-Team.

»Ich behalte nur mehr mein Zimmer, die Kollegen mussten bereits weiterreisen«, meinte er wie nebenbei zu der jungen Frau hinter der Rezeption, die daraufhin hektisch begann, in ihren Unterlagen zu kramen. »Stellen Sie das Gepäck aus den Zimmern bitte in Ihr Depot, ich kümmere mich später darum. Und schreiben Sie alles auf meine Rechnung.«

»Selbstverständlich.« Die Rezeptionistin nickte erleichtert, schob Llewellyn ein Blatt zu und reichte ihm einen Stift. »Würden Sie bitte hier unterschreiben?«

Der Lärmpegel in der spektakulären Lobby des Hotels mit den langen Bambusstangen vor den hohen Fenstern, den farbenfrohen Designermöbeln und den abstrakten Bildern an der Wand war beträchtlich. Nach und nach trafen die Jungen und die Schönen aus Medellín ein, Töchter und Söhne aus bestem und nicht so gutem Haus, die das Geld ihrer Eltern mit vollen Händen ausgaben und jeden Abend im Diez damit begannen, es unter die Leute zu bringen.

Diez, Drinks, Dinner, Dance – das waren die vier D, die im mondänen Medellín einem nächtlichen Glaubensbekenntnis gleichkamen. Das stadtbekannte Restaurant, berühmt für seine kolumbianischen Spezialitäten und elitär teuer, war ebenso spektakulär eingerichtet wie das gesamte Designer-Hotel. Es lag im siebenten Stock, und so drängten sich bereits Trauben von hungrigen Menschen vor den Liften.

Lewellyn fuhr in einem Nebel aus teuren Parfums in den sechsten Stock, umringt von einer durchgestylten, lachenden und zu laut plaudernden Gesellschaft, die sich auf die kulinarischen Genüsse freute. Er atmete auf, als er in den ruhigen Gang hinaustrat, den Lärm hinter sich ließ und die Liftkabine weiterfuhr.

Aus den großen Fenstern bot sich ihm ein weiter Blick über die Millionenstadt, in der nach und nach die Lichter angingen. Der Major war nach dem Gespräch im Konsulat verunsichert. Er wusste nicht, was er davon halten sollte. Wie viel Lüge und wie viel Wahrheit hatte er gehört? Was war im Schatten geblieben, ungesagt? Wie weit ging die Need-to-know-Basis?

Er gab sich einen Ruck und riss sich vom Anblick der Abenddämmerung los. Tief in Gedanken betrat er sein Zimmer und steckte die Schlüsselkarte in den dafür vorgesehenen Terminal. Einige gedämpfte Lichter im Raum gingen an, ein fremder Geruch irritierte ihn, und er fragte sich, ob der Rest des Parfum-Gaus im Lift noch immer in seiner Nase war. Aber vielleicht hatte auch nur das Zimmermädchen das Bett für die Nacht vorbereitet.

Llewellyn war müde und erschöpft. Hoffentlich werde ich jemals so alt, wie ich mich fühle, dachte er, ging ins Badezimmer und schluckte zwei Schmerztabletten, die ihm der Arzt mitgegeben hatte. »Nehmen Sie die, bevor Sie schlafen gehen«, hatte der gesagt, »sonst werden Sie kein Auge zumachen.«

Die Tabletten schmeckten bitter, und Llewellyn verzog das Gesicht. Er zog das neue T-Shirt aus, das er gekauft hatte, und betrachtete den Verband an seinem Oberarm. An einigen Stellen sickerte noch Blut durch. Mit dem T-Shirt in der Hand ging er zu dem futuristisch gestylten Kleiderschrank, der auch in ein Museum moderner Kunst gepasst hätte.

»Sie sehen gar nicht gut aus.« Die Stimme mit dem ironischen Unterton kam vom riesigen Lehnsessel, der vor der Panoramascheibe stand.

»Jesus, haben Sie mich erschreckt«, gab Llewelly ruhig zurück und zog ein frisches Hemd aus dem Schrank. »Sie sollten das Aftershave wechseln, es riecht aufdringlich.«

»Lassen Sie Jesus aus dem Spiel. Der ist tot und begraben, der liebe Gott ist weit weg, da oben im Himmel, und der Heilige Geist ist schon vor Jahren an der Vogelgrippe krepiert«, meinte die Stimme kalt, und eine schlanker Mann erhob sich aus dem Lehnsessel. Sein grauer Anzug war makellos und faltenfrei, die Frisur wirkte wie frisch geföhnt. Er stand mit dem Rücken zu Llewellyn, die Hände in den Taschen, und blickte auf das abendliche Medellín. »Ich hatte Sie heute Mittag angerufen, aber Sie haben nicht abgehoben. Vermutlich war der Zeitpunkt unpassend?«

»Also sind Sie selbst gekommen, Herr ... Schmidt«, stellte der Major trocken fest und zog ein frisches Hemd an.

»Also bin ich selbst gekommen, bevor Ihnen die Situation gänzlich aus den Händen gleitet«, präzisierte Schmidt, »was ich von Anfang an zu bedenken gegeben habe. Erst konnten Sie nicht verhindern, dass die Tauben aufflogen, nun trickste Böttcher Sie aus, sprengte seinen Weg aus dem Gartenhaus und ein paar Ihrer Männer direkt in die Hölle. Und jetzt? Jetzt sind Sie ein müder alter Mann, der nicht mehr weiterweiß.«

»Träumen Sie weiter«, gab Llewellyn zurück, »und stören Sie mich nicht länger. Wie sind Sie eigentlich in dieses Zimmer gekommen? Wen haben Sie diesmal bestochen?«

»Ich habe mir das Zimmer neben dem Ihren gemietet, auf der Gästekarte aus dem 5er einen 6er gemacht und das Zimmermädchen gebeten, mir aufzusperren, weil ich meine Schlüsselkarte im Badezimmer vergessen hatte.« Schmidt drehte sich um und streckte sich. »Wie Sie sehen, ist nicht immer eine Bestechung notwendig. Wollen Sie mir nichts zu trinken anbieten?«

Llewellyn machte keine Anstalten, zur Hausbar zu gehen. »Wo sind Ihre beiden Wachhunde geblieben? Dürfen die mit ihrer Artillerie in so feine Hotels nicht hinein? Oder müssen die bei Ihrem Schnellboot bleiben, das Sie im Halteverbot geparkt haben?«

»Ich habe ihnen heute Abend freigegeben«, erwiderte Schmidt unverbindlich und wechselte das Thema. »Ihre Regierung wird ganz und gar nicht mit den neuesten Entwicklungen zufrieden sein. Viele Optionen verbleiben nicht mehr, um die alten Männer aufzuhalten.«

»Was vor allem Ihnen schlaflose Nächte bereiten sollte, während meine Regierung, wie Sie es so locker formulieren, eher gelassen den Dingen entgegensieht, die da kommen mögen«, warf der Major ein. »Wenn ich das richtig sehe, dann hat Ihr Konsortium ein echtes Problem, Herr Zwingli. So heißen Sie doch, oder? Egon Zwingli aus Luzern.«

Llewellyn hängte einen Pullover um die Schultern und ignorierte den forschenden Blick des Schweizers.

»Sie haben …«, setzte der an.

»… mit Downing Street 10 telefoniert«, vollendete der massige Mann den Satz und trat neben Zwingli vorbei an die große Panoramascheibe. »Wissen Sie, die Drecksarbeit immer nur andere machen zu lassen, das funktioniert manchmal doch nicht so gut. Ab und an stellen sich sogar die dummen Erfüllungsgehilfen Fragen. Sollten sie keine Antwort darauf erhalten, dann werden sie unangenehm, steigen sogar Regierungen auf die Zehen, vor allem dann, wenn sie selbst nichts mehr zu verlieren haben.«

Er sah dem Schweizer in die Augen. »Die Männer, die heute gestorben sind, waren Freunde von mir. Sehr enge Freunde, seit langen Jahren. Ich hätte gute Lust, Sie einfach durch dieses Fenster hinunter auf die Straße zu befördern. Dann wäre mir wohler. Ein weiterer Toter in den gefährlichen Straßen von Medellín.«

Instinktiv trat Zwingli einen Schritt zurück, und Llewellyn grinste.

»Sie haben gelogen, von Anfang an.« Als der Schweizer etwas einwenden wollte, hob der Major die Hand. »Nein, in Ihren Kreisen würde man es anders ausdrücken: Sie haben nicht die volle Wahrheit gesagt, lediglich ein paar Informationen zurückgehalten. Stimmt's?«

Zwingli öffnete den Mund, um etwas zu sagen, überlegte es sich jedoch und schwieg.

»Sorgen Sie sich nicht um mein Alter oder meine Pension, um meine Gesundheit oder darum, ob ich weiß, wie es weitergeht«, fuhr Llewellyn fort. »Ich bin ab sofort eigenständig unterwegs. Meine Regierung hat mir grünes Licht gegeben für alle Entscheidungen, die ich treffe. Ich werde das tun, was ich bereits seit Beginn hätte machen sollen: die Interessen Englands vertreten, und nicht einem dubiosen Konsortium Hindernisse aus dem Weg räumen.«

»Sie haben keine Ahnung, worum es wirklich geht«, gab Zwingli verärgert zurück. »Sie sind ein ignoranter, störrischer alter Mann, der nicht in die heutige Zeit passt, weil er sie nicht mehr versteht.«

»Mag sein, dass sich seit meiner aktiven Zeit einiges verändert hat.« Llewellyn lächelte dünn. »Aber vieles gilt nach wie vor. Ich werde ab sofort auf eigene Faust herausfinden, was hinter der ganzen Geschichte steckt, die Sie uns seit Anbeginn aufgetischt haben. Was davon stimmt und was nicht. Und glauben Sie mir eines – wenn sich herausstellen sollte, dass Ihr ganz persönlicher Eigennutz im Vordergrund gestanden hat und Sie die britische Regierung nur benutzt haben, unter Vorspiegelung falscher Tatsachen, dann sorge ich persönlich dafür, dass Ihnen die richtigen Leute auf hohem Niveau den Arsch aufreißen. War das klar genug?«

»Kommen Sie mir in die Quere, und Sie sind tot«, fauchte Zwingli.

»Gleich habe ich Angst«, lachte Llewellyn. Dann wurde er wieder ernst, ging zur Zimmertür und hielt sie auf. »Und jetzt raus hier! Ich habe Hunger und werde mir einen Platz im Restaurant suchen, bevor ich in aller Ruhe schlafen gehe. Die Tamales und das gekühlte Bier erwarten mich bereits. Machen Sie Ihre Dreckarbeit selbst und geben Sie acht dabei – Sie sind weit weg von zu Hause, und Kolumbien ist ein gefährliches Pflaster! Haben Sie mich nicht letztes Mal selbst gewarnt?«

Mit hochrotem Gesicht ging der Schweizer an ihm vorbei. Er wollte noch etwas sagen, überlegte es sich jedoch und verschwand wortlos im Gang.

Llewellyn warf die Tür hinter ihm zu, lehnte sich von innen dagegen und schloss erschöpft die Augen. Er hatte keine Ahnung, wie er nun weitermachen sollte. Hoffmann war tot, Böttcher verschwunden.

Der Major fluchte leise.

Wo zum Teufel waren die beiden anderen Tauben gelandet?

Auf dem Flug nach São Gabriel da Cachoeira, Rio Negro / Brasilien

Die altmodische Uhr über der Cockpittür der Albatross hatte wenige Minuten nach acht Uhr abends angezeigt, als John Finch sich von Miguel Sanzarra verabschiedet hatte. Er war rasch die Gangway hinaufstiegen und hatte den beiden Polizisten zugenickt, die mit einer zackigen Bewegung salutiert und Georg Gruber geflissentlich ignoriert hatten.

Als Finch die Motoren warmlaufen ließ und vom Tower die Starterlaubnis erhielt, war er zufrieden. Bis hierher war alles gutgegangen. Aber das konnte sich blitzschnell ändern, das hatte er oft genug erlebt. Noch waren sie nicht am Ziel.

Fiona rutschte auf den Kopilotensitz, stellte eine Schachtel mit Sandwiches neben sich und schnallte sich fest. »Essen ist fertig. Außerdem wird es langsam dunkel«, murmelte sie. »Ist das ein Vorteil oder ein Problem in unserer Lage?«

»Im Dunklen können wir uns den Rio Negro entlang nach Brasilien hineinschleichen«, meinte Finch. »So weit zum Vorteil. Das Problem? So ein Fluss wird verdammt eng, wenn man schnell fliegt ... Vor allem in den Biegungen ...«

»Dann haben wir kein Problem«, gab Fiona ironisch zurück. »Dieses Ding fliegt nicht schnell.«

»Abwarten«, lächelte Finch wissend. »Wie sieht es da hinten aus?« Er wies mit dem Daumen auf die Passagierkabine.

»Vincente hat sich einmal durch den Catering-Van gegessen, während die Sanitäter seinen Freund Alfredo neu verbunden und mit Medikamenten abgefüllt haben. Er wird voraussichtlich bis zur Ankunft schlafen wie ein Baby. Sparrow haben alle ganz besonders ins Herz geschlossen und ihn mit Nüssen, Keksen und Apfelscheiben gefüttert, sodass er jetzt wie eine vollgefressene Boa constrictor aussieht. Und was unseren Piraten betrifft, so habe ich den Verdacht, dass er sich mit Hingabe einer Flasche Rum gewidmet hat. Zumindest riecht die gesamte Kabine wie ein Schnapsdepot.«

»Das ist mir auch schon aufgefallen«, lachte Finch. »Mit einem Wort, wir haben zufriedene Passagiere. Wenn alles gutgeht, dann liegen rund neunhundert Kilometer Luftlinie vor uns. Zum Glück ist heute Vollmond, und die Wettervorhersage spricht nur von leichter Bewölkung. Wir sollten also genügend Sicht haben für unseren Tiefflug.«

»Warum fliegen wir nicht ganz einfach nach São Gabriel und landen direkt auf dem Flughafen?«, fragte Fiona. »Sie werden doch sicherlich auch da ein paar Beziehungen haben ...«

»Um vier Passagiere ohne Papiere ins Land zu bringen? Direkt aus Medellín und Bogotá? Auf welchem Stern leben Sie? Irgendeiner plaudert immer, und sei es nur, weil er glaubt, weniger Geld erhalten zu haben als seine Kollegen. Nein, das wäre zwar einfach, ist aber leider unmöglich.« Finch schüttelte entschieden den Kopf. »Der Tower akzeptiert eine Landung im Wasser bei einer Albatross, ohne viel nachzudenken. Aber die Behörden werden sofort hellhörig. Wir können nur hoffen, die Passagiere nach einer perfekten Landung so rasch wie möglich mit einem Wagen in das Anwesen Ihres Großvaters zu schaffen. Damit sind sie aus dem Sichtfeld der Beamten. Ich wette, keine zehn Minuten nach unserer Landung am Fluss steht ein Polizeiwagen mit rotierenden Blaulichtern am Ufer. Dann darf nur noch Sparrow an Bord sein, sonst sind wir geliefert, und ich kann meine Lizenz vergessen. Das Zeitfenster ist also verflixt klein.«

Die Albatross war auf die Startbahn gerollt, der Tower gab grünes Licht, und Finch schob nach einer letzten Kontrolle der Instrumente beide Gashebel bis zum Anschlag nach vorn. »Wir haben bisher verdammtes Glück gehabt. Das sollten wir nicht über Gebühr strapazieren«, meinte er leise. Dann löste er die Bremsen, und das Flugzeug setzte sich schwerfällig in Bewegung. »Haben Sie schon einmal einen Nachtflug in Bodennähe gemacht?«

Fiona schaute fasziniert auf die Lichterkette, die entlang der Startbahn glitzerte. »Bisher bin ich stets brav in den großen Linienjets geflogen. Weit oben, über den Wolken.«

Die beiden Motoren dröhnten und schoben die Albatross die breite Piste hinunter. Der rötliche Schein am westlichen Horizont war fast gänzlich verblasst, als Finch das Flugzeug sanft in die Luft steigen ließ und in einer weiten Kurve nach Südwesten einschwenkte.

»Die einzige Gefahr sind die Bäume am Ufer und das Wasser unter den Tragflächen«, meinte er schließlich lakonisch. »Und wir haben einen unschätzbaren Vorteil: Es gibt keine Hochspannungsleitungen über den Rio Negro.«

Fiona sah ihn mit großen Augen an. »Das meinen Sie jetzt nicht ernst, oder?«

Finch warf ihr einen belustigten Blick zu. »Wollen Sie Wasserski fahren? Dann lassen Sie es mich rechtzeitig wissen.«

»Der Schlag soll Sie treffen, John Finch«, knurrte Fiona. »Wenn Sie uns in Grund und Boden fliegen, dann ist die Mission endgültig gescheitert, in einem großen Feuerball.«

»Ach ja? Dann habe ich den Jungs in Medellín lediglich die Arbeit abgenommen«, gab er gleichmütig zurück. »Oder haben Sie die Männer mit den Maschinenpistolen bereits verdrängt? Glauben Sie, die geben so leicht auf? Wir haben vielleicht einen kleinen Vorsprung, aber das ist auch schon alles. Und wenn wir den ausbauen wollen, dann werden wir jeden noch so fiesen Trick anwenden müssen. Von der brasilianischen Grenze bis nach São Gabriel sind es zweihundertfünfzig Kilometer Luftlinie. Wir werden uns die ersten Flussschlingen ersparen und versuchen, in direkter Linie knapp über den Baumwipfeln zu fliegen. Aber je näher wir unserem Ziel kommen, umso vorsichtiger müssen wir werden.«

»Sie meinen, umso tiefer müssen wir fliegen?«, fragte Fiona vorsichtig nach.

»Yes, Madam!«, nickte Finch mit einem grimmigen Gesichtsausdruck. »Und hoffen, dass die Luftüberwachung zu später Stunde etwas nachlässig wird.«

»Warum habe ich bloß so ein flaues Gefühl im Magen?«

»Weil Sie noch nichts gegessen haben«, antwortete er prompt und wies auf die gutgefüllte Schachtel mit Sandwiches. »Es wäre an der Zeit, mit dem Service zu beginnen, finden Sie nicht?« Er grinste und legte die Albatross wieder gerade, nachdem er das Flugzeug auf Kurs gebracht hatte. »Ein satter Pilot ist ein zufriedener Pilot.«

Die ersten Sterne leuchteten auf einem dunkelblauen Samthimmel, und die gelbe Scheibe des Mondes stieg über den zackigen Grat der Bergkette im Osten. Finch blickte über seine linke Schulter und schickte ein kurzes Gebet zum Himmel, dass die Nacht wolkenlos bleiben möge.

Sonst würde der Rio Negro ihr Grab werden.

Wenige Meilen vor der Grenze leitete Finch einen Sinkflug ein, der sie von der bisherigen Reisehöhe allmählich tiefer und tiefer der dunklen Erde entgegenbrachte.

»Sehen Sie, da links vor uns, das beleuchtete Flugfeld?«, fragte der Pilot Fiona. »Das ist Lauraete, der erste Flughafen auf brasilianischem Boden. Jetzt wird es Zeit, in Deckung zu gehen.«

»Was werden wir der Luftüberwachung sagen?«

»So wenig wie möglich, ohne aufzufallen, um dann aus dem Himmel zu fallen.« Finch drückte die Nase der Albatross nach unten. »Bildlich gesprochen natürlich«, ergänzte er, »ich möchte keine nassen Füße bekommen.«

Der Mond stand fast über ihnen und beleuchtete mit einem fahlen Licht die unter ihnen vorbeiziehende Landschaft. Fiona sah aus dem Seitenfenster. Wäre da nicht das Glitzern auf dem Wasser gewesen, man hätte den Rio Negro nicht gesehen. Alles war schwarz – der Wald, der Fluss und die Schatten, die ineinander überzugehen schienen.

In diesem Moment kam es der jungen Frau vor, als würde die Albatross unter ihr wegsacken. Ein paar gedämpfte Protestrufe kamen aus der Passagierkabine. Die nächtliche Landschaft schien auf sie zuzustürzen, die Motoren heulten auf.

»Hat Ihnen schon mal jemand gesagt, dass Sie eigentlich wahnsinnig sind?«, rief sie aus und klammerte sich an einen Haltegriff.

»Öfter. Nichts Neues«, gab Finch ungerührt zurück.

Das Rauschen des Windes nahm zu, und die Albatross schüttelte sich. Ein Vibrieren breitete sich von den Tragflächen aus, und es schien Fiona, als ächzte das ganze Flugzeug.

Der Urwald kam rasend schnell näher.

»Schon gut! Ich nehme alles zurück! Dieser Entenarsch kann wirklich schnell sein!« Fiona sah Finch alarmiert an. »Wollen Sie die alte Kiste in der Luft zerlegen?«

»Schnallen Sie sich fest und genießen Sie die Show.« Die Augen des Piloten leuchteten. »Das hier ist mein Element, hier bin ich zu Hause, zwischen Himmel und Erde. Haben Sie gedacht, fliegen sei die Zeitspanne, die man in einem Luftkorridor irgendwo zwischen Start und Landung verbringt? Ha! Sie haben noch gar nichts gesehen. *Jetzt* beginnt fliegen!«

Den Höhenmesser im Auge, dessen Nadel wie verrückt rotierte, wartete Finch, bevor er die Albatross abfing. Fiona starrte mit schreckgeweiteten Augen nach vorn. »Das schaffen wir niemals«, flüsterte sie, als die schwarzgraue Fläche des Dschungels sich vor ihr aufbaute. Dann erblickte sie den Fluss, etwas weiter links. Er mochte hier drei- oder vierhundert Meter breit sein. Sein Wasser war rabenschwarz, nur der Mond spiegelte sich stellenweise auf der Oberfläche.

Finch flog eine scharfe S-Kurve und schwenkte über dem Rio Negro ein. Die Albatross donnerte keine zwanzig Meter hoch über die Strudel dahin. Seelenruhig griff der Pilot zu den Schaltern und löschte die Positionslichter.

»Links neben uns Berge, rechts neben uns Berge, vor uns Berge, wo würden Sie hinfliegen?« Er schien den Flug zu genießen, während Fiona die Haare zu Berge standen. »Auf den ersten vierzig Kilometern macht der Rio Negro vier große Schlingen, die ziemlich eng sind. Die werden wir uns sparen. Wir springen über die Berge und kürzen ab.«

Die Frau auf dem Kopilotensitz schwieg und versuchte, durch die Cockpitfenster zu erkennen, wie weit die Berge noch entfernt waren. Plötzlich schien alles viel zu schnell zu gehen. Draußen lief ein Film im Zeitraffer ab.

»Die verbleibenden zweihundert Kilometer folgen wir danach dem Flusslauf. Die Ufer werden dann flacher, ein paar Behausungen, kleine Orte, sonst Urwald. Greifen Sie in die rechte Seitentasche, da finden Sie einen Plan, so etwas wie eine Straßenkarte im großen Maßstab. Danach werden wir fliegen.« Er grinste und tippte sich mit dem Zeigefinger an die Nase. »Und nach dieser da.«

Die Berge waren schneller da, als Fiona vermutet hatte. Atemlos zeigte sie nach vorn, während sie mit ihrer Rechten nach der Karte tastete.

Finch zog die Albatross hoch, und die Bäume kamen gefährlich näher. Der Berg schien nach dem Flugzeug zu greifen, und der Pilot zog noch stärker an dem dünnen Steuerrad. Allmählich verlor die Albatross an Fahrt, während sie höher und höher stieg.

»Das wird knapp«, stieß Fiona hervor und stemmte sich instinktiv mit beiden Beinen ab.

»Knapp ist, wenn Sie den weißen Streifen am Rücken des Stinktieres sehen können«, wehrte Finch ab. »Alles andere ist innerhalb der Toleranz.«

Als der Bergkamm zum Greifen nahe unter ihnen vorbeihuschte, atmete Fiona tief aus. »Ich habe seine Schnurrbarthaare gesehen«, meinte sie kopfschüttelnd. »Sie *sind* wahnsinnig.«

Finch brachte die Albatross in die Waagerechte und die Geschwindigkeit nahm wieder zu. »Nach der nächsten Schlinge geht der Spaß erst richtig los«, meinte er vergnügt. »Haben Sie schon einmal eines dieser Computerspiele gespielt, bei dem man einen Bob durch den Eiskanal ins Ziel bringen muss? Alles geht viel zu schnell, und es bleibt keine Zeit, um Fehler zu korrigieren, sonst fliegen Sie raus.«

»Am Computer kann man dann das Spiel neu starten«, gab Fiona düster zurück.

»Hier und jetzt ist es im Ernstfall ein ziemlich endgültiges Finale, das macht es ja so spannend«, setzte Finch fort. »Und im Eiskanal kommen einem keine Schiffe entgegen. Wie langweilig!«

»Wie bitte? Schiffe? Sie scherzen …« Fiona brach ab. »Herrgott, Sie haben recht, daran habe ich gar nicht gedacht … Schiffe!«

»Normalerweise sollte der Schiffsverkehr am oberen Rio Negro während der späten Nachtstunden ziemlich spärlich sein«, grinste der Pilot. »Doch das hier ist Brasilien, und alles ist möglich.«

»Aber wir fliegen doch sicher hoch genug, um nicht an die Aufbauten zu krachen«, erkundigte sich Fiona vorsichtig.

»Im Geradeausflug schon«, nickte Finch, »da bleiben ein paar Meter. Aber in den Kurven … Einmal, im Kongo, habe ich mit einer Tragfläche fast das Wasser gestreift. Da hätte nicht einmal ein Ruderboot Platz gehabt.«

Fiona hielt sich demonstrativ die Ohren zu. »Ich will es gar nicht hören!«, rief sie. »Wenn ich hier heil wieder rauskomme, dann fliege ich nur noch mit Linienjets und nie mehr mit völlig irren Wüstenpiloten, die noch die Gebrüder Wright gekannt haben!«

»Reine Legende«, schmunzelte Finch, »das mit dem Irrsinn, meine ich …«

Fiona hatte die Karte auf Ihrem Schoß ausgebreitet und ein altersschwaches Leselicht an einem Schwanenhals knapp über jenem Ausschnitt platziert, der den Oberlauf des Rio Negro zeigte. »Und wie soll ich mich hier zurechtfinden?«

»Das werden Sie schon noch sehen«, beruhigte er sie. »Wir legen gleich los.«

Er zeigte nach vorn. Wie auf ein Stichwort zog der zweite Bergrücken unter ihnen hinweg, und das dunkle Band des Flusses glitzerte im Mondlicht. »Da ist unsere Autobahn heimwärts. Keine Ausfahrt mehr bis zum bitteren Ende.«

In einer Steilkurve ließ er die Albatross absacken. »Vergleichen Sie das Muster des Flusslaufs mit Ihrer Karte, dann haben Sie unseren Einstiegspunkt. Und sobald wir über dem Wasser angekommen sind, sagen Sie mir die Schlingen an.«

»Und wenn ich mich irre?«

»Tilt! Last Exit Brooklyn.« Finch nahm das Gas zurück und schätzte die Entfernung zur Wasseroberfläche ab. Im Funk begann eine Stimme hektisch zu quäken, während die Nadel des Höhenmessers erneut rotierte. »Over and out!«, antwortete Finch und schaltete den Funk ab. »Die reden sowieso zu viel«, kommentierte er, und dann war das Wasser da, und er zog die Nase der Albatross sanft hoch.

Das Wasserflugzeug raste mit mehr als zweihundert Kilometern in der Stunde wenige Meter über den Wellen dahin, eine weiße Schleppe aus aufgepeitschten Wassertropfen hinter sich herziehend, die im Mondlicht leuchtete.

»Wir sind im Rennen«, lächelte Finch grimmig und schob die Gashebel ganz nach vorn. »Full speed, und wer bremst, der bekommt seine gerechte Strafe.«

»Wirklich beruhigend zu wissen. Nächste Schlinge schräg links, dann ein Hundertachtzig-Grad-Turn nach rechts.«

Sie donnerten das Flussbett entlang, und Finch legte die Albatross sachte in eine langgezogene Linkskurve. Eine flache Insel huschte unter ihnen hinweg, und Fiona zuckte zusammen. »Hätte ich die ansagen sollen?«

»Bis São Gabriel liegen rund zehn Inseln im Fluss und teilen den Strom in zwei Arme«, klärte er sie auf. »Meist ist einer der Hauptstrom und der andere nur ein dünner Nebenarm. Den sollten wir nicht wählen. Also wäre ich dankbar für eine Vorwarnung.«

»Aye, Aye, Sir!«, nickte Fiona, die ihre Karte nicht aus den Augen ließ. »Tut mir leid.« Als sie aufschaute und einen kurzen Blick nach draußen warf, stockte ihr der Atem. Die 180-Grad-Schlinge flog auf sie zu, rasend schnell. Der Rio Negro hatte sich hier in Jahrtausenden ein Tal durch die Berge gegraben, das immer schmaler wurde, je näher es dem Kurvenausgang kam.

John Finch saß völlig entspannt auf dem Pilotensitz, nur seine zusammengekniffenen Augen verrieten seine volle Konzentration. Mit einer entschiedenen Handbewegung legte er die Albatross aus der leichten Linkskurve in eine Steilkurve nach rechts. Das Flugzeug stand fast auf seinem rechten Flügel, und Fiona befürchtete einen Augenblick lang, die Flügelspitze würde im Wasser verschwinden.

Sie hielt den Atem an.

Das Flussbett wurde immer enger, die Berghänge schienen näher zu rücken.

»Das kann nicht gutgehen …«, flüsterte sie.

Ein leichtes Lächeln spielte um die Lippen von Finch. Er hielt die

Albatross eisern in der Schräglage, korrigierte leicht, berechnete in Gedanken die Parabel der Flugroute.

»Insel voraus!«, warnte ihn Fiona. »Drei Arme, zwei gleich große, in der Mitte ein schmaler, der gerade durch die Sandbank verläuft. Gleichzeitig ein Neunzig-Grad-Turn nach links.«

Die Albatross schoss über dem Wasser dahin, aus der Tal-Enge heraus, und Finch hatte gerade noch Zeit, die Maschine in die Waagerechte zu bringen, da lag auch schon die Insel vor ihnen. Aus dem breiten Rio Negro wurden zwei schmale Flussläufe, die in weiten Mäandern um das Eiland herumführten, und ein dritter, noch schmalerer, der es in der Mitte durchschnitt.

»Davor hat mich mein Vater immer gewarnt«, stellte Finch fest. »Nicht genug Zeit für Entscheidungen. Also nehmen wir die Direttissima.« Damit steuerte er den schmalen Arm an.

Genau in diesem Augenblick wurde die Cockpittür aufgerissen, und ein wütender Pirat stürmte herein, eine halbvolle Flasche schwenkend. Böttchers Gesicht war rot, und er konnte sich nur noch mühsam auf den Beinen halten.

»Welcher Anfänger fliegt eigentlich diese beschissene Linie!?«, brüllte er.

»Festhalten!«, rief Finch und kippte die Albatross in eine scharfe Linkskurve.

Böttcher schrie auf, verlor den Halt, ruderte mit beiden Armen und schleuderte dabei die Rumflasche quer durch das Cockpit, an Finchs Kopf vorbei, direkt in die Cockpitscheibe.

Splitter sausten durch die Luft wie Schrapnelle. Dann zersprang mit einem ohrenbetäubenden Knall die Scheibe vor dem Piloten in tausend kleine Stücke.

»Übernehmen Sie!«, schrie Finch.

»Waaaas?« Fiona saß wie erstarrt auf ihrem Sitz.

»Das Steuer! Halten Sie es einfach fest!« Er schnallte sich los und riss Böttcher hoch, der sich verwundert umblickte. Die Albatross verlor konstant an Höhe und drohte über die Tragfläche abzuschmieren. Mit einer Hand korrigierte Finch den Kurs, bevor er den alten Mann durch die Cockpittür in den Passagierraum zurückschob. Glücklicherweise kam ihm Georg Gruber zu Hilfe, der Böttcher übernahm und ihn auf seinen Sitz drückte. »Sitzen bleiben, anschnallen«, befahl er und stellte sicher, dass der mit einem Mal nüchterne und blasse alte Mann gehorchte.

»Rasch, stehen Sie auf, wir wechseln die Plätze!«, forderte Finch im Cockpit Fiona auf, die verzweifelt das Steuerrad umklammerte und sich vergeblich bemühte, die Albatross stabil in der Kurve zu halten. Die Wasseroberfläche auf der einen Seite und die Baumkronen der Insel auf der anderen kamen immer näher.

Das Wasserflugzeug schlitterte geradezu durch die Luft.

Der Pilot schnallte Fiona los und versuchte gleichzeitig, durch das intakte Fenster in der Dunkelheit den weiteren Verlauf des Flusses zu erkennen. »Aus dem Weg jetzt, los!«, drängte er und ließ sich keinen Augenblick zu früh auf den Kopilotensitz fallen. Die Bäume am Ufer waren nur noch wenige Meter von den Flügelspitzen entfernt, als Finch die Albatross wieder aufrichtete und leicht am Höhenruder zog. Das Flugzeug schoss mit ohrenbetäubendem Lärm, eine lange Wasserfahne hinter sich herziehend, aus dem schmalen Flussarm auf die weite Wasserfläche hinaus, noch immer bedrohlich tief über den Strudeln.

»Nehmen Sie die Karte und schalten Sie das Leselicht auf der Pilotenseite ein! Wenn mich nicht alles täuscht, dann liegt die schwierigste Passage direkt vor uns«, rief er Fiona zu.

Als sie im matten Lichtkegel auf die Karte blickte, sah sie sofort, was Finch gemeint hatte. Der Fluss machte eine Reihe von scheinbar labyrinthischen Wendungen und verengte sich an mehreren Stellen auf weniger als sechzig Meter. Drei Inseln lagen verstreut im Strom.

»Das würden wir nicht mal am Tag schaffen, geschweige denn in der Dunkelheit«, entschied Fiona. »Wir müssen über Land ausweichen.«

»Die Engstelle liegt genau zwischen zwei Siedlungen, wenn mich meine Erinnerung nicht trügt. Stromleitungen, wohin das Auge schaut. Nicht gut.«

»Dann müssen wir eben höher fliegen.«

»Keine Option. Jetzt sind wir vom Radarschirm verschwunden.

Wenn wir wieder höher gehen, dann sehen sie uns.« Finch schüttelte den Kopf. »Nein, wir müssen eine kombinierte Taktik anwenden. Teils über Land, teils über Wasser.«

Fiona blickte geradeaus, direkt auf das weiße Geflecht von Bruchlinien, das die Cockpitscheibe durchzog. »Ich sehe gar nichts von hier aus. Sie werden Ihren Weg alleine finden müssen.«

»Auf welcher Seite des Rio Negro sollten wir bleiben?«, erkundigte sich Finch.

»Auf der linken, keine andere Möglichkeit«, antwortete Fiona und zog mit ihrem Finger eine Linie bis zur Engstelle. »In der ersten Kurve liegt eine gebogene Insel, wir wählen den linken Arm. Dann streifen wir zwei Landzungen, und danach sollten wir uns in der Mitte des Flusses halten. Weil es dann verdammt eng wird, wie an der Taille einer Sanduhr.«

»Kommen Sie hinter mich, lehnen Sie sich an den Sitz und halten Sie sich fest«, schlug Finch vor. »Vier Augen sehen mehr als zwei. Und machen Sie das Licht aus!«

Im Cockpit wurde es ganz dunkel. Nur das hellgrüne Licht der Instrumentenbeleuchtung glühte noch.

Vor der Albatross tauchte eine Insel auf, wie ein riesiges, helles Croissant im schwarzen Wasser. »Das ist die erste Insel, links bleiben«, sagte Fiona und beugte sich vor, um besser sehen zu können. Kam es ihr nur vor, oder wurde der Schein des Mondes schwächer?

Sie blickte zum Himmel und sah, dass sich eine dünne, ganz hohe Wolkenschicht vor die helle Scheibe geschoben hatte.

Finch folgte dem linken Flussarm und legte die Albatross in eine Rechtskurve.

»Nicht zu stark«, meinte Fiona, »am Ende der Insel kommen die beiden Landzungen von links, die müssen wir überqueren. Der Abstand zwischen den beiden ist etwa ein Kilometer. Also Land, Wasser, Land – und dann ist die Engstelle da.«

Während die Albatross in Schräglage um die Insel herumdonnerte, suchten vier Augen die Dunkelheit nach den Landzungen ab.

»Da!«, rief Fiona aus und wies mit dem ausgestreckten Arm nach vorn. »Sehen Sie die Häuser? Das muss die erste sein!«

Auf dem leicht ansteigenden Ufer standen flache, weiße Häuser. In einigen Fenstern brannte noch Licht.

Die Albatross raste genau darauf zu.

»Höher!« Fionas Stimme überschlug sich.

Finch schüttelte nur den Kopf.

»Bitte!«

»Nein!«

Sie schloss die Augen und verfluchte die Sturheit des Abenteurers, der die Maschine flog.

»Lassen Sie meine Schulter los, wir sind schon drüber hinweg«, bedeutete ihr Finch einen Augenblick später. Fiona zog überrascht die Hand weg, mit der sie in ihrer Anspannung die Schulter des Piloten festgehalten hatte.

Schmale Straßen sausten unter ihnen vorbei, ein Spielplatz, gefolgt von einem kleinen Hafen mit einem schlanken Pier. Dann waren sie wieder über dem schwarzem Wasser des Rio Negro.

»Sie sind ein harter Knochen.« Fiona atmete auf.

»Jahrzehntelanges Training«, grinste Finch. »Freuen Sie sich nicht zu früh. Gleich kommt der zweite Teil.«

Kaum hatte er ausgesprochen, tauchte auch bereits die östliche Siedlung des kleinen Ortes auf.

»Höher?« Die Stimme des Piloten hatte einen spöttischen Unterton.

»Der Teufel soll Sie holen«, flüsterte Fiona, die ihren Blick nicht von den näher rasenden Häusern abwenden konnte.

Dann donnerte die Albatross auch schon über die Dächer, und Fiona hätte schwören können, dass der Luftstrom einige Dachziegel hochwirbelte. Sekunden später warf Finch das Flugzeug in eine steile Linkskurve, um die Engstelle nicht zu verfehlen. Aus dem Dunkel tauchte ein schmaler Streifen Wasser auf, der wenig mehr als die Breite einer sechsspurigen Straße hatte.

Kaum hatte Finch die Albatross so ausgerichtet, dass sie mittig über dem Fluss blieb, schallte ein neuer Alarmruf durch das Cockpit: »Schiff!«, schrie Fiona entsetzt auf. Sie hatte aus den Augenwinkeln rote und grüne Positionslichter mitten im Rio Negro erkannt.

Der Pilot biss die Zähne zusammen und zog die Albatross in Schräglage einige Meter höher. Ein Frachtkahn raste unter ihnen hindurch. Die linke Tragflächenspitze verfehlte die hölzerne Brücke nur um wenige Zentimeter.

Fluchend drückte Finch das Flugzeug wieder tiefer auf die Wasseroberfläche. »Verdammter Gegenverkehr!«, brummte er, dann waren sie durch die Engstelle, und der Fluss wurde wieder breiter.

»Nächster Knick nach rechts, und dann haben wir kaum noch heikle Stellen bis nach São Gabriel«, meinte Fiona erschöpft, »abgesehen von ein paar Schiffen, sieben Inseln und den flachen Stellen knapp vor unserem Ziel. Da verzweigt sich der Rio Negro in unzählige Nebenarme.«

»Gut, dass Sie die erwähnen«, gab Finch zurück. »Habe ich Ihnen bereits erzählt, dass es nur eine Stelle im Fluss vor São Gabriel gibt, an der wir gefahrlos landen können?«

Als John Finch die Albatross eine knappe Stunde später in einer kleinen, geschützten Bucht nördlich von São Gabriel mit fast auf Standgas gedrosselten Motoren ans Ufer treiben ließ, warteten bereits zwei schwarze Hummer-Geländefahrzeuge auf der staubigen Straße.

Zwei Männer in schwarzen Kampfanzügen fingen die Leinen auf und befestigten sie an eigens dafür eingeschlagenen dicken Stahlhaken. Schließlich kappte Finch die Spritzufuhr, und der Motorlärm erstarb.

»Nehmen Sie unsere Fluggäste und verschwinden Sie so rasch wie möglich«, meinte er und fuhr sich mit der Hand über die Augen. »Es reicht, wenn *ich* mir das Gezeter der Behörden anhöre.«

Fiona nickte müde. »Kommen Sie nach?«

»Nein, ich gehe nach Hause. Schon vergessen? Ich habe hier eine Wohnung.« Er lächelte. »Aber trotzdem vielen Dank für die Einladung.«

Die junge Frau schlüpfte aus dem Cockpit, und Finch lehnte sich zurück und streckte sich. Er hätte seine neue Kreditkarte darauf verwettet, dass Fiona eine auffallend rote Gesichtsfarbe hatte, als sie durch die Tür verschwunden war ...

Kapitel 5

DER ANSCHLAG

São Gabriel da Cachoeira, Rio Negro / Brasilien

Die Nacht war lau und fast sternenklar, die dünne Wolkenschicht, die sich vor den Mond geschoben hatte, war wieder in zahllose Schäfchenwolken zerstoben. John Finch saß auf der Terrasse seiner Wohnung in seinem Lieblingslehnstuhl, ein Glas zehnjährigen Laphroaig-Whisky in der Hand, und ließ den Tag Revue passieren. Er war zwar müde, aber der Blick auf den gemächlich dahinfließenden Rio Negro beruhigte ihn und spülte die Reste an Adrenalin aus seinem Blutkreislauf.

So würden die Alpträume nicht kommen, die ihn sonst nach solchen Extremtouren immer aus dem Schlaf rissen.

Der Mond stand am westlichen Nachthimmel wie ein Lampion, den jemand vergessen hatte abzunehmen. Bis auf ein paar Geräusche des Dschungels, in dem nachtaktive Jäger die Herrschaft übernommen hatten, war es still. In dem kleinen Ort am Rio Negro dauerten die Abende nie lange, man feierte nicht bis in die frühen Morgenstunden. Bösartige Zungen behaupteten, die Gehsteige würden um acht Uhr abends eingerollt, die Zahl der nächtlichen Attraktionen war überschaubar.

Wer nicht im Babylon trank oder hurte, der lag im Bett.

Finch nahm einen Schluck und genoss den torfigen Geschmack des Islay-Whiskys. Er erinnerte ihn an die langen Tage in Schottland, als er einmal im Auftrag eines großen arabischen Getränkehändlers Ende der siebziger Jahre eine ganze Flugzeugladung Whisky abholen und nach Kairo transportieren sollte. Damals war sein Lieblingsgetränk Cognac oder Armagnac gewesen, und so hatte ihn wie immer eine Flasche Chateau de Millet auf seinem Flug begleitet.

Die Brennereien auf der Insel waren jedoch mit dem Auftrag

nicht rechtzeitig fertig geworden, und so war Finch auf dem kleinen Islay Glenegedale Airport gestrandet. Nach einem Anruf bei seinem Auftraggeber hatte rasch festgestanden, dass er auf seine Fracht warten sollte. Der Importeur würde für alle seine Spesen aufkommen. Nachdem Finch seinen ziemlich leeren Terminkalender durchforstet hatte, war er zu dem Entschluss gekommen, auf Islay zu bleiben und zu warten.

Keine Fracht, keine Passagiere – und die südlichste Insel der Inneren Hybriden war auch damals nicht gerade als Mittelpunkt des Jet-Sets bekannt. So war die einzige mitgebrachte Flasche rasch geleert und auf Nachfrage stellte sich das Getränkeangebot auf dem schottischen Eiland als äußerst einseitig heraus: mittelmäßiges Bier und einheimischer Whisky. John entschied sich, ohne zu zögern, für Zweiteres und für ein kuscheliges Bed & Breakfast, in dem sich die Stürme, die regelmäßig über die Insel brausten, vor einem offenen Kamin aushalten ließen.

Wenn es gerade nicht wehte oder regnete, dann unternahm er lange Spaziergänge über den Big Strand bis nach Laggan Point, zum alten Vermessungspunkt am Eingang zu Loch Indaal. Selten begegnete er dabei jemandem, meist lag die Küste völlig verlassen da. Die kalte Seeluft roch nach Tang und Fernweh.

Finch wanderte stundenlang auf dem breiten Sandstreifen oder setzte sich ins Gras, schaute den Möwen bei ihren waghalsigen Flugmanövern zu und der Sonne nach, wenn sie im Westen zwischen den Wolkenschichten im Meer versank. Von hier nach Neufundland waren es mehr als dreitausend Kilometer über einen eisigen und trügerischen Atlantik. Eine Herausforderung für jeden Piloten.

Die Tage in Islay waren der erste wirkliche, wenn auch unfreiwillige Urlaub gewesen, den er bis dahin jemals gemacht hatte. Nichts hätte weiter entfernt von dem heißen, turbulenten, gefährlichen und mondänen Kairo sein können. Der Kontrast faszinierte Finch Tag für Tag aufs Neue. Hier roch die Luft jeden Morgen wie frisch gewaschen, das Grün der Wiesen und Hügel kontrastierte mit den niedrigen weißen Häusern, den blühenden Ginsterbüschen und dem blauen Meer. Tausende von Schafen zogen scheinbar völlig frei über die endlosen Weiden und beachteten ihn nicht.

Die Einsamkeit und die Zeit schienen hier zu Hause zu sein.

Islay hatte keine überfüllten Bazare, in denen schreiende und gestikulierende Horden von Händlern um die Kunden buhlten, keine staubigen Straßen, dreckigen Hinterhöfe oder abgewohnten Absteigen, keine Luxushotels oder überfüllte Straßen. Auf der Insel konnte man tagelang allein bleiben, kein Wort reden, tief in sich hineinhören.

So kam es, dass John Finch zum ersten Mal in seinem Leben Bilanz zog. Er war 1961 mit zwanzig Jahren nach Kairo gekommen. So unglaublich es klang, damals hatte er bereits zehn Jahre lang in Flugzeugen gesessen. Erst auf dem Schoß seines Vaters, dann daneben.

Nur das eine Mal nicht ...

War es Fügung gewesen? Zufall? Als er das Wrack gesehen hatte, ein zerknülltes Stück Aluminium an einem überraschend unversehrten Leitwerk, da war ihm klar gewesen, dass er nie wieder mit seinem Vater fliegen würde.

Die Tränen waren erst später gekommen.

Er hatte sich umgedreht und sich geschworen, entweder genauso zu sterben oder zum Andenken an seinen Vater noch besser zu werden, zu fliegen und trotzdem zu überleben.

Als die Behörden seiner Mutter vor der Beerdigung den Tascheninhalt ihres Mannes aushändigten, hatte sich ein Silberdollar von 1844 darunter befunden. Es war das einzige Erinnerungsstück an seinen Vater, das John Finch mitnahm. Wortlos hatte er seinen Koffer gepackt, seine Fliegerjacke und das wenige Geld eingesteckt, das er gespart hatte. Nachdem er seine Mutter umarmt hatte, war er zum Bahnhof gegangen, durch den strömenden Regen. So sah niemand seine Tränen.

Am Bahnsteig angekommen, hatte er noch immer keine Ahnung, wohin er fahren wollte. Nur eines stand fest: Nichts wie raus aus dem engen, kalten und nassen England. Während er auf den ersten Zug nach London wartete, sah er neben einem Zigarettenautomaten ein verblasstes Plakat, das Werbung für das Savoy-Continental Hotel in

Kairo machte. Gott allein wusste, wie lange es bereits da hing. Im Schattenriss thronte die Sphinx vor drei Pyramiden unter einem heißen Himmel, umgeben von Sanddünen.

So geschah es, dass Finch einen Tag später durch die Drehtür zum ersten Mal das ehrwürdige Hotel an der Shareh Gomhouriah in der ägyptischen Hauptstadt betrat und nach einem Blick auf die Zimmerpreise beschloss, mit dem Schicksal zu pokern.

Seine Ersparnisse reichten gerade mal für sieben Nächte.

Danach war er entweder pleite, oder er hatte einen Job, der ihm sein Leben finanzieren würde. Vier Tage später verlängerte er seine Zimmerbuchung auf unbestimmte Zeit und flog seinen ersten Auftrag. Der Algerienkrieg tobte, und man suchte junge, unerschrockene Männer, die nichts zu verlieren hatten und flogen wie der Teufel …

Zwanzig Jahre später saß ein älterer, erfahrener John Finch an der Küste von Islay, schaute über die Wellen bis zum Horizont und dachte an seinen Vater. Der Silberdollar begleitete ihn noch immer, wie eine eiserne Reserve für seine Himmelsreisen, den letzten Zoll an der äußersten Grenze. Wer würde die Münze einmal aus seiner Tasche ziehen? Wann und wo? Nach dem allerletzten Flug … Dann würde der alte Silberdollar seinen Mythos verloren haben, seine Kraft und sein Geheimnis. Denn da war niemand mehr, der ihn zu seinem Talisman machen würde. Seine Mutter war vor wenigen Jahren plötzlich gestorben, völlig überraschend für alle. So hatte er das kleine Reihenhaus verkauft, in dem er aufgewachsen war, und dabei überraschend wenig Skrupel verspürt. Ohne in Wehmut zurückzublicken, hatte er die letzten Zelte in England abgebrochen und war nach Kairo zurückgekehrt.

Seine Familie gab es nicht mehr, sein Zuhause waren die Flugzeuge. So war er in seinem Hotelzimmer im Savoy-Continental geblieben.

Immer auf dem Sprung …

Als die Destillerien endlich die Kisten mit altem Whisky in die Frachtabfertigung des kleinen Flughafens angeliefert hatten und

Finch sich bei einem letzten Spaziergang von Islay verabschiedete, war er mit sich im Reinen. Nordafrika war sein Leben und seine Heimat geworden, Fliegen noch immer seine größte Leidenschaft.

So war sein Weg vorgezeichnet, und er würde ihn gehen.

Schon aus Verpflichtung seinem Vater gegenüber und wegen des Versprechens, das er damals gegeben hatte. Und wegen des Silberdollars …

Auf dem Rio Negro tutete ein verspäteter Frachtkahn und riss Finch aus seinen Erinnerungen. Der Whisky roch nach Salz und Wind, nach Heidegras und dem Torffeuer des Kamins von damals. Wieder waren dreißig Jahre vergangen, und er musste sich eingestehen, dass er Heimweh hatte. Nach Kairo und der Wüste, nach der Weite und dem Meer. Er holte den Dollar aus der Tasche und drehte ihn zwischen den Fingern. Die alte Münze blinkte matt im Mondlicht.

Mit einem Mal wusste Finch, dass er zurückgehen würde.

Nach Hause.

Nach Nordafrika.

Fünf Millionen wären ein gutes Startkapital, schmunzelte er und trank den letzten Schluck. Dann stand er auf, steckte die Münze ein und machte sich auf den Weg ins Bett.

Da war nur noch die Geschichte mit dem stilvollen Tod …

Aber vielleicht könnte man den noch ein wenig aufschieben.

Vorfeld, Flughafen Franz Josef Strauss, München /
Deutschland

Christopher Weber war müde und unaufmerksam.

Nach knapp fünf Stunden Schlaf war es kein Wunder, dass er das Gefühl hatte, sein Gehirn sei in Watte gepackt. Ein zappeliger Martin hatte ihn am Morgen eine halbe Stunde zu früh geweckt, weil er den Porsche bei Tageslicht bewundern wollte. Daraufhin war Chris fluchend im Halbschlaf in den Garten getorkelt, hatte den Turbo aufgesperrt, den Schlüssel vorsorglich eingesteckt und sich wie ein Schlafwandler wieder zurück ins warme Bett getastet.

Es gab Nächte, da geizte man mit jeder Minute ...

Die kurze Fahrt zum Flughafen hatte Chris dann zwar die Spinnweben aus dem betäubten Hirn geblasen, aber die Watte war geblieben. Jetzt stand er vor einem Airbus aus Kairo, bis zum Rand gefüllt mit Tonnen von Fracht und zahllosen Koffern, und wünschte sich, es gäbe ein System zur vollautomatischen Selbstentladung. Zu viele Schichtdienste, dachte sich Christopher, kombiniert mit zu wenig Schlaf waren eine mörderische Kombination.

»Willst du endlich die Hände aus den Taschen nehmen, oder wartest du auf das Schichtende?« Die Stimme der Ramp-Agentin der Lufthansa schnitt durch die Watte wie ein glühender Draht. Sie war eine kleine, drahtige Mittvierzigerin mit betoniertem Pagenschnitt, die in einem ihrer früheren Leben der ungekrönte Star im römischen Circus Maximus gewesen sein musste.

»Die Löwen haben bestimmt panisch nach einem Ausgang aus der Arena gesucht, als sie dich kommen sahen«, murmelte Chris.

»Wir haben nicht einmal fünfundfünfzig Minuten Bodenzeit, und wenn du weiter so trödelst, dann campieren die Passagiere vor dem Gepäckband, bis sie ihre Koffer auftauchen sehen. Mit Grill und gekühlten Getränken.« Renate war heute offenbar ganz und gar nicht gut drauf. »Wo bleibt die Verstärkung?«

»Schon angefordert«, gab Chris kurz angebunden zurück. »Muss jede Minute hier sein.« Wie auf Stichwort bog einer der kleinen Elektro-Karren mit einem Dutzend Anhängern von der Fahrbahn ab und schwenkte in Richtung Airbus. Zwei zusätzliche Loader standen auf dem Zugfahrzeug und machten eine Grimasse, als sie Renate sahen.

»Es gibt Tage, da bleibt einem nichts erspart«, meinte der eine, als der Zug aus Gepäckwagen zum Stehen kam.

»Hallo Renate, wo hast du heute deine Reitgerte?«, rief der andere der Ramp-Agentin zu, während er vom Trittbrett sprang. Dann zwinkerte er Chris zu. »Die föhnt sich die Haare zur Abhärtung hinter den laufenden Triebwerken.«

Mehmet, ein in Bayern geborener Türke, der sein Studium ebenfalls als Loader verdiente, lenkte geschickt das fahrbare Gepäckband an den Airbus. »Ey, Renate, braucht du hart? Geb ich dir voll konkret krasse Tipp. Kuckstu in Zeitung und so! Spalte ›türkisch Mann‹!«

Chris musste grinsen. Mehmet studierte Sprachwissenschaften und Germanistik in München und sprach besser Deutsch als alle auf dem Vorfeld und wahrscheinlich im gesamten Flughafen.

Aber bei Renate biss er auf Granit. Die kleine Frau in der blauen Uniform ließ sich nicht aus dem Konzept bringen. Mit einem mitleidigen Lächeln kam sie näher und baute sich vor ihm auf. »Ey, Mehmet, was geht? Wenn du nicht voll konkret ganz schnell die Scheißkoffer aus dem Flieger reißt, dann kuckstu in Zeitung unter ›türkisch tot‹.«

»Voll krass«, konterte Mehmet. »Dann werde ich mich nun den drastischen Aufforderungen des Ground Captains fügen und die Fracht mit der gebotenen Schnelligkeit entladen.«

»Ich schwör, Alta, is bessa so«, gab Renate mit steinernem Gesichtsausdruck zurück und schaute demonstrativ auf die Uhr. »Und konkret voll auf Speed. Red isch kein Deutsch, oda was?«

»Mit der kannst du ruhig Kirschen essen gehen«, raunte Chris

Mehmet zu und nahm die ersten Koffer vom Band. »Die isst nur die Kerne.«

»Wer den Drachen zu Hause hat, macht Urlaub bei der Fremdenlegion und erholt sich«, meinte Mehmet kopfschüttelnd.

»Hab ich gehört!«, rief Renate. »Bodenzeit zweiundfünfzig Minuten und schwindend! Wenn ich wegen euch eine Verspätung auf dem Flieger habe, dann sorge ich für volles Programm bis übermorgen. Ich bin drei Tage auf der Rampe!«

»Gott in deiner unendlichen Güte, sei uns armen Loadern gnädig«, flehte Mehmet theatralisch.

»Ich dachte, der heißt Allah bei dir?«, wunderte sich Chris und wuchtete einen Koffer auf den Karren, der mit Goldbarren gefüllt sein musste.

»Ist mir konkret egal«, lachte Mehmet, »bei der würde ich auch Buddha anrufen, wenn es hilft. Ich habe gehört, du bist heute mit Porsche eingeritten?«

»Das ist ein Dorf voller Tratschtanten hier«, konterte Chris kopfschüttelnd.

»Klasse Auto, darf bleiben«, nickte Mehmet und hob belehrend den Zeigefinger. »Musst du schnell fahren, den Schlitten. Beim Beschleunigen müssen die Tränen der Ergriffenheit waagerecht zum Ohr hin abfließen.«

Nachdem die Maschine mit nur einer Minute Verspätung zur Startbahn gerollt und auf dem Rückflug nach Kairo war, sah Chris dem Flugzeug müde hinterher. Entladen, Tanken, Beladen und Catering waren in Rekordzeit abgeschlossen. Das hatte Renate mit einem kurzen »Geht doch!« quittiert, bevor sie wieder in ihren Wagen gestiegen und grußlos verschwunden war.

Jetzt hatte Chris fünfzehn Minuten Pause bis zur nächsten Ankunft auf diesem Flugsteig. Zeit für einen starken Kaffee, am besten eine Mischung zwischen türkischem und Espresso doppio, dachte er und machte sich auf den Weg zur Kantine. Fünf Minuten hin, fünf retour und fünf, um den Kaffee zu trinken. War knapp, könnte sich jedoch ausgehen, wenn ihm nicht Sabine oder Biggi über den Weg liefen. Also drückte er sich selbst die Daumen und rannte los. Mit Renate als Ramp-Agent war es ganz und gar nicht ratsam, zu spät zu kommen.

Chris hatte gerade den halben Weg zur Kantine geschafft, da klingelte sein Handy. Ohne anzuhalten, zog er es aus der Tasche und schaute auf das Display. Unbekannt. Wie ich das hasse, dachte er und nahm das Gespräch an.

»Hier auch unbekannt, was haben *Sie* zu verbergen?«

Ein gelangweiltes Kichern war die Antwort. »Sie Witzbold. Hat Ihnen das kleine Feuer unter dem Arsch noch nicht gereicht, Weber?«

Chris blieb stehen, als sei er gegen eine Wand gerannt. »Wer spricht da?«, fragte er und ärgerte sich in der gleichen Sekunde darüber.

»Nennen Sie mich einfach einen Freund«, kam es gönnerhaft durch die Leitung. »Jemand, der außerordentlich um Ihr künftiges Wohlergehen besorgt ist.«

»Danke, ich sorge für mich selbst am besten«, gab Chris zurück. »Was wissen Sie über das Feuer in der Tiefgarage?«

»Alles«, entgegnete der Anrufer, »einfach alles. Hat Sie die Warnung sensibilisiert, empfänglich gemacht für ... nun, sagen wir, verschiedene Vorschläge? So schnell kann es gehen, und man hat keine Wohnung mehr ...«

»Schwein! Sie waren es selbst«, zischte Chris. »Wenn ich Sie zwischen die Finger bekomme, dann schick ich Ihre Reste als Paket an Kommissar Maringer.«

»Das ist so gut wie unwahrscheinlich«, antwortete der Mann selbstsicher. »Und der gute Maringer hat wahrscheinlich in der Zwischenzeit schon wieder einen neuen Fall an der Backe. Ihr Bulli ist eine Karteileiche. Dazu sind Sie nicht wichtig genug, Weber. Eine kleine Makrele zwischen lauter Haien.«

Chris ließ sich auf einen leeren Sitz sinken. Die so offen zur Schau gestellte Überheblichkeit des Anrufers ärgerte ihn maßlos, ebenso, dass ihm keine passende Antwort einfiel.

»Wie ich sehe, habe ich Ihre Aufmerksamkeit. Gut so. Wir wollen uns Ihrer Mitarbeit versichern bei einer ... nennen wir es: profitablen Transaktion. Aber zuvor wollten wir auch sicherstellen, dass Sie uns ernst nehmen. Ich hoffe, das ist uns gelungen.«

»Ich habe keine Ahnung, wovon Sie reden. Auf meinem Bankkonto waren die Summen stets so klein, dass jede größere ...«

»Ganz falsche Richtung«, unterbrach ihn der Anrufer, »ganz, ganz falsch. Behalten Sie Ihr Konto und das bisschen Geld, ich rufe nicht aus Nigeria an. Nein, wir wollen uns Ihrer Unterstützung versichern auf einem Gebiet, das Sie in- und auswendig kennen. Dem Flughafen.«

Christopher wäre vor Überraschung fast das Mobiltelefon aus der Hand gefallen. Er war sprachlos.

»Sind Sie noch da, Weber?«

Chris räusperte sich. »Ja ... ja, ich bin noch da. Und ich denke nicht im Traum daran, Ihnen bei irgendetwas zu helfen. Der Bulli war alles, was ich hatte. Das Nächste, was Sie anzünden können, ist meine Hose. Etwas anderes ist mir nicht mehr geblieben.«

»Auch ein Porsche brennt leicht ab«, meinte der Anrufer leichthin. »Nur der Schaden ist etwas größer, und Sie würden die nächsten zehn Jahre damit beschäftigt sein, ihn zurückzuzahlen. Und wenn Sie das nicht beeindruckt, ist da immer noch Ihr Freund Martin ... Jedem kann etwas zustoßen.«

»Das würden Sie nicht wagen«, flüsterte Chris und spürte, wie sich die Kälte in seinem Bauch ausbreitete.

»Was glauben Sie, wie die Bornheims darauf reagieren würden, wenn sie die Leiche ihrer Tochter in einem Straßengraben zwischen München und Erding identifizieren müssten? Und überall wären Ihre Fingerabdrücke, Weber ... Im Porsche, auf der Kleidung, vielleicht Ihr Sperma in dem Mädchen ...« Der Mann lachte leise. »Nichts ist unmöglich. Denken Sie darüber nach, lassen Sie sich das alles in Ruhe durch den Kopf gehen. Wir haben einen Tag Zeit. Dann brauchen wir allerdings Ihre Zusage.« Seine Stimme klang plötzlich gönnerhaft. »Aber ich bin mir sicher, da wird es keine Schwierigkeiten geben.« Damit legte er auf.

Die Hände Christophers zitterten so sehr, dass er drei Versuche benötigte, um die rote Taste des Handys zu drücken.

16. November 1920

HOTEL DES TROIS ROIS, BASEL / SCHWEIZ

»Drei Jahre bin ich nun bereits hier, drei wunderschöne, lange, aufregende und doch deprimierende Jahre. Mir fehlt St. Petersburg. Aber lassen Sie uns trotzdem auf die Zeit hier in der Schweiz trinken!«

Samuel Kronstein prostete seinem Gegenüber zu, einer attraktiven, schlanken Frau mit mandelförmigen Augen und rötlichbraunen Haaren. Sie mochte um die vierzig Jahre alt sein, aber die Zeit hatte es gut mit ihr gemeint. Ihr fein gezeichnetes Gesicht war fast faltenlos, verriet nicht ihren russischen Ursprung. Natalja Fürstin Demidow, wie Kronstein von der Oktoberrevolution ins Exil getrieben und nach abenteuerlicher Flucht in Basel gestrandet, lächelte bescheiden, hob ihr Glas und erwiderte den Toast.

»Das Schicksal hat Sie doch verwöhnt, teurer Freund«, gab sie zu bedenken und tupfte sich mit einer gestärkten Leinenserviette die Lippen ab. »Sie leben seit drei Jahren im nobelsten Hotel Basels, genießen den Luxus des sorgenfreien Lebens in einem demokratischen Land, ohne Furcht vor politischen Repressalien. Sie können gehen und kommen, wann immer Sie wollen, reisen, wohin es Ihnen beliebt, und das Leben genießen.«

Kronstein nickte geistesabwesend. Er war mit seinen Gedanken woanders, weit fort, bei einem jungen Mann mit runder Nickelbrille, von dem er nach dessen Abreise nie wieder etwas gehört hatte. Schließlich lächelte er der Fürstin zu. »Sie haben ja recht, meine Liebe, aber auf die Dauer befriedigt ein Leben im Hotel auch nicht, und sei es noch so angenehm.«

»Warum haben Sie nicht bereits vor langem einen Haushalt gegründet? Am Geld kann es nicht liegen ...« Natalja unterbrach sich unvermittelt. Es schickte sich nicht, über Geld zu reden, das hatte sie von ihren Eltern und ihrem Mann immer wieder gehört. Der russische Adel legte viel Wert auf perfekte Umgangsformen.

Aber die Zeiten hatten sich rasend schnell geändert. Ihr Mann war gleich zu Beginn des Krieges gefallen, hatte sie mit ihren beiden Kindern allein zurückgelassen. Nachdem sie sich verkrochen und wochenlang geweint hatte, hatte sie das verdunkelte Zimmer schließlich nur ihren Kindern zuliebe verlassen. Ganz langsam hatte sie ihr Leben wieder in den Griff bekommen, unterstützt von ihren Eltern und Verwandten.

Der weitere Kriegsverlauf glich einer einzigen Katastrophe, die ganz Europa ins Unglück stürzte. Immer mehr Todesnachrichten kamen von der Front, Verzweiflung breitete sich aus. Die Revolution hatte schließlich das Schicksal des Zaren und vieler Adelsfamilien besiegelt. Die Familie Demidow war nicht verschont geblieben. Rote Garden hatten Nataljas Eltern erschossen, die Bediensteten verschleppt und Natalja und die Kinder mit vorgehaltener Waffe zu einer überstürzten Abreise aus Moskau gezwungen. Sie hatte all ihren Besitz zurücklassen müssen, nachdem die Revolutionäre das Vermögen ihrer Familie requiriert, die Ländereien beschlagnahmt und unter den umliegenden Bauern aufgeteilt hatten.

Was danach kam, war ein beklemmender Alptraum. Mit Mühe und Not hatte Natalja es geschafft, Russland zu verlassen und sich bis in die Schweiz durchzuschlagen, wohin einer ihrer Onkel, Andrej, bereits 1910 ausgewandert war. Doch vier Wochen vor ihrer Ankunft in Basel war Andrej Fürst Demidow verstorben.

So stand Natalja eines Tages völlig mittellos, ihre beiden Kinder an der Hand, auf dem Bahnhofsvorplatz und wünschte sich, sie wäre tot.

Doch da waren noch Stephanie und Alexej ...

So nahm die Fürstin Demidow eine Stelle als Zimmermädchen in einem der großen Hotels an, bezog eine kleine Wohnung mit niedrigen Zimmern unter dem Dach und versuchte zu überleben.

In der Grippeepidemie 1918/19, die mehr als fünfzig Millionen

Menschen weltweit dahinraffte, verlor sie ihre Tochter, ihr Sohn Alexej erkrankte ebenfalls schwer, erholte sich aber wieder.

Natalja hätte ihm gewünscht, er wäre gestorben.

Alexej überstand die Krankheit zwar, allerdings war sein Gehirn geschädigt worden, und er war behindert, benötigte unentwegt Pflege und Zuwendung. Das war die Zeit, in der sie oft an Selbstmord dachte und doch nicht den Mut fand, ihn zu verüben. Also weinte sie sich in den Schlaf, verzweifelt über ihre Mutlosigkeit.

Die Wochen vergingen, und immer mehr russische Emigranten trafen in Basel ein. Während die einen nach Berlin flüchteten, die meisten in Paris strandeten, gingen andere, die wohlhabenderen, in die Schweiz. Rasch bildeten sich sogenannte Zirkel, Hilfs- und Diskussionsrunden, die viele als »Café Heimweh« bezeichneten.

So lernte Natalja Fürstin Demidow eines Tages bei einer dieser Veranstaltungen auch Samuel Kronstein kennen, den ehemaligen Steinhändler der Zarenfamilie. Natalja hatte ihn sofort erkannt, den großen, schweigsamen und imposanten Mann aus St. Petersburg. Er war ihr vor vielen Jahren bereits einmal begegnet, im Haus ihrer Eltern. Als ihr Vater ein wertvolles Diamanten-Collier aus dem Familienbesitz verkaufen wollte, hatte er einen diskreten Händler gesucht. Der seriöse und renommierte Kronstein war ihm empfohlen worden und hatte damals die Angelegenheit zur vollsten Zufriedenheit ihrer Familie erledigt.

Aber das war lange her ... in einer anderen Welt, auf einem anderen Planeten, in einem anderen Zeitalter, so schien es Natalja.

Die Fürstin und Kronstein hatten sich nur allmählich angefreundet, ein wenig misstrauisch von seiner Seite und sehr zaghaft von der ihren. Sie, die völlig Mittellose, wollte nicht aufdringlich erscheinen und versteckte ihre abgearbeiteten Hände oft schamhaft unter dem Tisch. Doch vielleicht hatte gerade das den hinter vorgehaltener Hand als so unnahbar verschrienen Kronstein beeindruckt. Sie trafen sich mal öfter, dann wieder Wochen lang nicht.

Der kinderlose Kronstein nahm Anteil am Tod ihrer Tochter, bezahlte für eine stilvolle Beerdigung und wehrte ab, als Natalja ihn fragte, wie sie sich erkenntlich zeigen könne. »Ich habe alles, was ich brauche, und noch mehr«, hatte der große alte Mann gesagt, seinen Hut gezogen, sich verneigt und war still und leise vom Friedhof verschwunden. In ihrer Handtasche hatte Natalja später ein dickes Kuvert mit Schweizer Franken gefunden, die ihr über die schlimmste Zeit hinweghalfen.

Ab diesem Zeitpunkt entwickelte sich eine Freundschaft zwischen den beiden ungleichen Emigranten, die das Schicksal in ein neues Leben in einem unbekannten Land geworfen hatte. Jeder von ihnen versuchte auf seine Art, damit fertig zu werden.

Das alles ging Natalja durch den Kopf, während Kronstein ihr lächelnd Champagner nachschenkte und dann begann, das Abendessen mit dem eigens aus der Küche herbeigeeilten Chefkoch des Trois Rois zu besprechen.

Als er zufrieden war, wandte sich Kronstein wieder der Fürstin zu. »Wie geht es Alexej?«, erkundigte er sich. »Das ist viel wichtiger als meine Wehmutsphase.«

»Unverändert, danke der Nachfrage«, antwortete Natalja. »Er sollte nun bereits seit zwei Jahren in der Schule sein, allerdings gibt es hier kein passendes Institut für behinderte Kinder. Und in ein Internat geben will ich ihn keinesfalls und könnte es mir auch nicht leisten. Ich bin Ihnen bereits unendlich dankbar, dass Sie mir tagsüber eine Betreuung ermöglicht haben, sonst könnte ich nicht arbeiten gehen. Aber das Schulproblem ist und bleibt ungelöst.«

»Das ist traurig und unbefriedigend«, gab Kronstein zu. »Wie gefällt Ihnen Ihr neuer Arbeitsplatz?« Wenige Monate zuvor hatte er Natalja einen Posten in der Privatbank verschafft, die auch seine Konten betreute. Die Zahl der russisch sprechenden Kunden stieg ständig, und die Leitung der Bank war mehr als erfreut gewesen, eine gutaussehende, gebildete russische Adelige mit besten Referenzen einstellen zu können.

»Sehr gut«, lächelte die Fürstin, »die Arbeit mit den Kunden macht mir Freude. Ich weiß wirklich nicht, was ich ohne Sie gemacht hätte. Wahrscheinlich würde ich immer noch im Hotel Zimmer putzen und verzweifeln.«

»Ach was«, winkte Kronstein ab, »ich hatte jede Menge Glück und

Sie nicht. Also war es das mindeste, was ich tun konnte.« Er klopfte mit einem Finger nachdenklich an sein Glas. »Aber die Schulfrage beschäftigt mich. Wissen Sie, Fürstin, ich hatte nie Kinder. Vielleicht, weil ich nie die richtige Frau gefunden habe, vielleicht, weil ich mich nie wichtig genug nahm, um mich fortzupflanzen.« Er zuckte mit den Schultern. »Die Kronsteins werden also mit mir aussterben, die Welt wird sich weiter drehen. Es wird keinen Unterschied machen. Andererseits ist mir der Gedanke gekommen, ob ich der Nachwelt nicht etwas hinterlassen sollte, sozusagen als Dank für all den Erfolg, den ich hatte. Etwas, das mich überleben wird.«

»Sie meinen, ein gutes Werk?«, erkundigte sich Natalja neugierig. »Aber das tun Sie ja jeden Tag für mich!«

»Sehen Sie, Natalja, ich bin ein alter Mann und komme langsam ans Ende meines Weges.« Kronstein hob die Hand, als sein Gegenüber zu einer Erwiderung ansetzte. »Es bleibt mir nicht mehr viel Zeit, wenn ich tatsächlich noch etwas verwirklichen will und damit der Gesellschaft etwas zurückgeben kann von dem, was sie mir gegeben hat.«

Er blickte sich vorsichtig im Saal um, in dem ein Dutzend Tische besetzt waren. Dann dämpfte er seine Stimme. »Ich weiß, dass ich Ihnen vertrauen kann. Ich habe Sie jetzt zwei Jahre beobachtet, auch wenn Sie es nicht bemerkt haben sollten.« Kronstein lächelte, als er den erstaunten Gesichtsausdruck von Natalja sah. »Hören Sie mir zu, Fürstin. Ich habe es geschafft, ein Vermögen aus Russland mitzunehmen. Es ist gut aufbewahrt, aber nicht gut angelegt, wenn Sie verstehen, was ich meine. Es bringt weder Geld, noch arbeitet es in meinem Sinne, es ist einfach nur da, und das ist unbefriedigend. Ich habe nie etwas von Aktien oder Spekulationen verstanden, ich war mein ganzes Leben lang ein Händler des Luxus. Ich habe eingekauft und verkauft und vom Verdienst gelebt.«

Kronstein nahm einen Schluck Champagner und wartete, während der Kellner die Teller mit den Vorspeisen – Schinkenrollen auf Blattsalat – vor sie hinstellte und einen guten Appetit wünschte. Dann fuhr er fort: »Sie … nein, eigentlich Alexej brachte mich auf die Idee mit der Schule, bereits vor einigen Monaten, und ich dachte lange und ausführlich darüber nach. Meine Entscheidung steht fest: Ich werde im Rahmen einer Stiftung ein privates Institut gründen, für behinderte Kinder, die sonst keine Zukunft hätten. Eine Ausbildungsstätte für Menschen, die benachteiligt wurden, von Anfang an. Aus diesem Grund habe ich mir in der vergangenen Woche einige Objekte in der näheren Umgebung angesehen.«

Natalja blieb vor Überraschung der Mund offen. Sie vergaß den köstlichen Schinken und ihren Hunger.

»Kennen Sie St. Chrischona? Ein kleiner Ort, nördlich von Basel gelegen, draußen im Grünen und doch nicht weit entfernt.« Kronstein zerteilte seine Schinkenrollen mit chirurgischer Präzision, während er sprach. »Mitten in einem großen, aber etwas verwilderten Park steht eine alte Villa aus der Gründerzeit seit Jahren leer. Ich habe mich entschlossen, das Haus zu kaufen und es ausbauen zu lassen.«

Er blickte Natalja an, die ihn mit großen Augen anstarrte. Ihre Vorspeise war noch immer unangetastet. »Haben Sie keinen Hunger, oder schmeckt es Ihnen nicht?«, erkundigte sich Kronstein besorgt. »Ich bestelle Ihnen auch gern etwas anderes.«

»Nein … nein … um Gottes willen, nein, es … ich … ich bin nur … Sie haben nie etwas von Ihren Plänen erzählt«, stotterte sie hilflos und hatte sofort ein schlechtes Gewissen wegen des immer noch unberührten Tellers.

»Das habe ich mein ganzes Leben so gehalten, also wundern Sie sich nicht«, gab Kronstein zurück. »Vielleicht haben das Junggesellen so an sich. Wie auch immer … Letzte Woche habe ich einem Basler Notar den Auftrag erteilt, den Kauf der Villa einzuleiten und gleichzeitig eine Gründungsurkunde für eine Stiftung aufzusetzen, der ich mein Vermögen übertragen werde. Das ist auch der Grund für unser heutiges Diner.«

Natalja sah ihn völlig verwirrt an. »Jetzt verstehe ich noch weniger«, murmelte sie. »Was habe ich damit zu tun?«

»Mehr als Sie denken«, gab Kronstein vergnügt zurück. »Ich möchte, dass Sie den Vorsitz der Stiftung übernehmen, sich um die Einrichtung der Schule kümmern, das Personal und den Lehrkörper einstellen und schließlich den ersten Schüler einschreiben.« Er machte eine Pause. »Alexej Fürst Demidow.«

Natalja war wie vom Donner gerührt. Die Tränen liefen ihr über die Wangen, und mit großen Augen blickte sie Kronstein unverwandt an.

Der alte Mann griff gerührt über den Tisch, legte seine Hand auf ihre und drückte sie leicht. »Sie schaffen das schon, glauben Sie einfach an sich. Und vertrauen Sie mir.«

Villa Kandel, Altaussee, Steiermark / Österreich

Soichiro Takanashi genoss die Aussicht auf das Ausseer Land jeden Tag aufs Neue. Er hatte die Villa damals auch deswegen gekauft, weil zu dem Haus und der Terrasse ein parkähnlicher Garten gehörte, der ihm einen gewissen Grad an Abgeschiedenheit und Privatsphäre bescherte. Takanashi wollte nicht, dass ihm seine Nachbarn auf die Finger sehen konnten.

So hatte er die Büsche und Hecken nie zurückschneiden lassen, was dem Garten von außen einen eher verwilderten Eindruck verlieh, seinen Besitzer andererseits sehr effektiv vor neugierigen Blicken abschirmte. Rund um die riesige, mit Natursteinen gepflasterte Terrasse, die ihm einen unvergleichlichen Blick auf den See ermöglichte, war der Garten allerdings sorgsam gepflegt, und die Kieswege, die zu dem dunklen Holzhaus führten, waren makellos.

Seinen Gärtner hatte Takanashi bereits vor Jahren sehr sorgfältig ausgesucht. Es war ein alter Mann, der in der Nähe wohnte und für sein Hobby – seltene Pflanzen und vollbiologisches Gemüse – lebte. Der Japaner hatte ihm erlaubt, ein Glashaus zu bauen, die Beete nach seinen Vorstellungen anzulegen und ansonsten zu schalten und walten, wie immer er es für gut befand. Zwei Bedingungen hatte er jedoch dem Alten gestellt: Er solle die äußeren Büsche wachsen und sprießen lassen und die Villa niemals betreten. Beides fiel dem alten Gärtner nicht schwer. Er liebte englische Gärten, und Neugier gehörte nicht zu seinen Schwächen. Takanashi zahlte darüber hinaus gut und war die Hälfte der Zeit sowieso nicht in Altaussee anzutreffen. Somit hatte der alte Mann einen eigenen Garten, den er hegte und pflegte und der sein ganzer Stolz war.

Ein großes Glas Tonic in der Hand, wanderte Takanashi nachdenklich zu den großen, weißen Sonnenschirmen, unter denen sich eine riesige Sitzgarnitur mit Bänken und Fauteuils für zwanzig Personen erstreckte. Die weißblau gestreiften Kissen leuchteten einladend, aber der Japaner schlenderte daran vorbei, bis an den Rand der Terrasse, wo er sich an die Brüstung lehnte und die warmen Strahlen der Mittagssonne genoss. Der Blick auf das Dachstein-Massiv, das sich schneebedeckt im See spiegelte, war eine Postkartenidylle. So sehr er Japan liebte, so musste er sich doch eingestehen, dass der strategische Platz im Herzen Österreichs zugleich einer der schönsten war, an dem man leben konnte.

Mit halbem Ohr hörte Takanashi den Gärtner im Glashaus arbeiten, mit Blumentöpfen hantieren. Der September neigte sich dem Ende zu, und manchmal kam der Winter in den Bergen schnell und überraschend. Nicht winterharte Pflanzen mussten dann rasch ins Warme gebracht werden, um nicht in den ersten Nachtfrösten zu erfrieren.

Der Japaner hatte dafür kein Verständnis.

Pflanzen konnten leicht wiederbeschafft werden, ebenso wie Menschen. Sie waren Material, das man kaufte, wenn man es benötigte, und sobald es zu Grunde ging, gab es genügend Nachschub. Humanismus war in Takanashis Augen ein Luxus, dem nur Schwächlinge frönten. Ein Luxus, der den Untergang Europas besiegeln würde, wenn sie hier auf diesem Kontinent nicht rasch die Lektionen der Mujaheddin, der Chinesen oder der Yakuza lernten.

Takanashi fragte sich angesichts der neuesten Wirtschaftszahlen und der Tatsache, dass China die zweite Weltmacht hinter den USA geworden war, warum niemand tiefer schürfte. War es Blindheit oder Vermessenheit? War es die pure Überheblichkeit der westlichen Kulturen? Hatte niemand begriffen, dass 1,5 Milliarden Menschen, zum Wohlstand entschlossen in einem Kapitalismus ungeahnten Ausmaßes, eine Welle darstellten, die keiner mehr würde aufhalten können? Europa würde über kurz oder lang zu einem Museum verkommen, einem Reiseziel organisierter chinesisch-asiatischer Massenreisen, einem riesigen Disneyland mit echten Bewohnern, abhängig von Waren und Kapital aus China, geleitet von Wirtschaftstycoonen aus Peking und Shanghai.

Das hatten einige vorausschauende Oyabun, die patriarchalischen Führer der Yakuza, bereits vor mehr als zwei Jahrzehnten erkannt und ihre Einflusssphäre auf Europa ausgeweitet. Umsichtig und konsequent waren sogenannte Schläfer nach Amsterdam und Paris, dann nach London und Frankfurt am Main gebracht worden. Gleichzeitig hatte die Organisation diskret ihre ersten Stützpunkte errichtet und begonnen, Netzwerke zu spinnen. Während alle Augen auf die italienische Mafia gerichtet waren, schossen japanische Sushi-Restaurants in ganz Europa wie Pilze aus dem Boden. Ihre Geheimsprache und ihr Auftreten als japanische Geschäftsleute, ihre strikte Hierarchie und erbarmungslose Grausamkeit hatten jahrhundertelang den Aufstieg der Yakuza gesichert.

Europa war ein weiterer Schritt zu einer weltumfassenden Macht.

Im Gegensatz zu den historischen Anfängen, als die Yakuza ein Robin-Hood-Image hatten, den Reichen nahmen und den Armen gaben, gehörte Humanismus heute nicht mehr zu ihrer Philosophie. Entstanden aus den Glücksspielsyndikaten vor rund vierhundert Jahren, hatten »die Wertlosen«, wie Yakuza sinngemäß übersetzt hieß, nach und nach wie ein Pilzgeflecht Japan unterwandert. Es gab so gut wie keine legale oder illegale Aktivität, die nicht irgendwo eines der Tätigkeitsfelder der Organisation tangierte. Ihrer größten Gruppe, der Yamaguchi-gumi, gehörten mehr als zwanzigtausend Mitglieder an. Deren Anführer war wild entschlossen, auf dem europäischen Kontinent den alten Erzfeinden, den Chinesen, die Stirn zu bieten. Das war den Yakuza bereits in Südkorea und Thailand gelungen, während sie in den USA gescheitert waren. Die Vereinigten Staaten waren pleite, die Wirtschaft strauchelte, immer mehr Menschen mussten ihre Häuser verkaufen, während China in wenigen Jahren zum Hauptgläubiger avanciert war.

Der Dollar hing am chinesischen Tropf.

Europa sollte einen anderen Weg gehen. Wenn schon ein Museum, dann eines, in dem die Yakuza Geld mitverdienen würden, indem sie ihre Erzfeinde schröpften.

Zu diesem Zweck war auch Takanashi als Abgesandter der Oyabun in den Westen gegangen, zumindest zeitweise. Er sollte sich persönlich vom Fortgang der Unterwanderung überzeugen, die richtigen Leute an die wichtigen Stellen setzen, und konnte so nebenbei an Ort und Stelle seine Sammlung ergänzen und vervollständigen. Nach reiflicher Überlegung hatte er sich als Wohnort das idyllische Altaussee ausgesucht, im Herzen der Insel der Seligen, wie man Österreich auch nannte. Aber auch im Zentrum der Alpenfestung, jenem letzten, erträumten Rückzugsgebiet im Endstadium des Dritten Reiches.

Leise vor sich hinmurmelnd, schob der Gärtner eine Schubkarre über den Kiesweg. Die Reifen knirschten auf den weißen Steinchen und holten Takanashi wieder in die Gegenwart zurück. Er blickte auf die Uhr und nickte kurz.

Zeit für den Anruf.

So drückte er die Wiederholungstaste, blätterte kurz in der Liste und wählte dann. Während er die Enten beobachtete, die ihre Spuren über den See zogen, wartete er auf das Läuten am anderen Ende der Welt.

»International Freight Agency Gruber«, meldete sich eine gelangweilte weibliche Stimme. »Wir erledigen Ihre Speditionsaufträge immer schnellstens.«

»Das hoffe ich«, gab Takanashi trocken auf Spanisch zurück. »Ich habe gestern bereits einmal angerufen und mit Señor Gruber gesprochen. Können Sie mich mit ihm verbinden?«

»Sie scherzen!«, antwortete die Stimme ironisch. »Wissen Sie, wie spät es ist? Knapp nach sechs Uhr morgens, und das ist eine Zeit, zu der Señor Gruber noch im Tiefschlaf liegt. Also, ich würde Sie gern verbinden, aber er ist nicht im Büro, war heute noch nicht da. Meine Schwester und ich sind die Einzigen hier, die früh anfangen und spät aufhören.« Die Stimme klang keineswegs erfreut über die Tatsache.

»Könnten Sie mir sagen, wann er normalerweise kommt? Kennen Sie seinen Terminkalender?«

»Erste Antwort – das wüsste ich selbst gern«, bellte die Stimme schlecht gelaunt, »zweite Antwort – seinen was?«

Takanashi wollte nachfassen, aber seine Gesprächspartnerin kam ihm zuvor. »Außerdem haben Sie schlechte Karten. Gestern Nachmittag stürmten ein paar Leute in sein Büro und schickten uns nach Hause. Heute Morgen fanden wir eine Notiz auf dem Computerschirm. ›Bin für ein paar Tage verreist.‹ Wie soll man so arbeiten?«

Bei Takanashi schrillten ganz hinten in seinem Gehirn die Alarmglocken. Er dachte kurz nach. »Wissen Sie, wer diese Leute waren?«, erkundigte er sich schließlich vorsichtig.

»Keine Ahnung, wir haben die zum ersten Mal gesehen«, kam die prompte Antwort. »Einer fuchtelte mit einem Polizeiausweis herum und führte sich auf wie der Innenminister persönlich. Aber ich konnte seinen Namen nicht lesen.«

»Ich muss Señor Gruber unbedingt erreichen, wir haben ein wichtiges Geschäft abzuschließen. Könnten Sie mir vielleicht die Nummer seines Mobiltelefons geben?« Der Japaner zog einen Stift aus dem Jackett und wartete.

»Das wird Ihnen nicht viel helfen, wir haben auch schon versucht, ihn zu erreichen. Mailbox.« Es klang wie ein vernichtendes Urteil. »Aber vielleicht haben Sie mehr Glück.« Sie diktierte ihm eine Ziffernreihe ohne Vorwahl, und Takanashi schrieb mit.

Er notierte die Zahlen auf der Innenseite seines Unterarms.

Gleich neben dem Kopf der Schlange, die sich als Tatoo über seinen gesamten linken Arm schlang und seinen Yakuza-Namen versinnbildlichte: *Falke und Schlange*. Der Falke breitete seine Schwingen auf dem Rücken Takanashis aus.

Nachdem er sich bedankt hatte, legte er auf und versuchte sein Glück mit der kolumbianischen Mobilnummer. Aber auch er landete auf der Mailbox, die von Gruber persönlich besprochen worden war. Zufrieden darüber, die richtige Nummer zu haben, aber frustriert über den Misserfolg seines Anrufs, legte Takanashi auf und überlegte seine nächsten Schritte. Was war passiert? Hatte es etwas mit dem Ring zu tun, oder war es einfach nur ein Zufall? Sollte ihm jemand zuvorgekommen sein, oder ging es um ganz etwas anderes? Er bereute es, nicht sofort nach dem Anruf von Señora Valeria nach Bogotá geflogen zu sein.

Der Schnee des Dachsteingletschers leuchtete blütenweiß in der Sonne, und der Japaner setzte seine Sonnenbrille auf. Was nun? Entwischte ihm Claessen nach so vielen Jahren doch noch? Oder sein Ring, und damit …

Das Telefon läutete, und Takanashi runzelte die Stirn. Nur wenige Menschen kannten diese Nummer.

»Ja?«, meldete er sich vorsichtig. Er hatte seine Leute immer dazu ermahnt, niemals Namen am Telefon zu nennen.

»Auftrag erledigt«, ertönte es leise, aber zufrieden aus dem Hörer. »Er hat die Hosen gestrichen voll. Morgen ist er ganz sicher zur Zusammenarbeit bereit.«

»Sehr gut«, gab Takanashi zurück, »ich habe nichts anderes erwartet. Sonst schicken wir ihm die Finger seiner Freundin einzeln zu.«

»Das wird nicht notwendig sein«, beruhigte ihn der Anrufer. »Außerdem wäre das eine wahre Verschwendung. Sie sieht verdammt gut aus.«

»Wie Millionen anderer Frauen auch«, erwiderte Takanashi. »Der Transport kommt morgen Abend in München an, und ich will keine noch so kleine Panne haben. Es geht nicht nur um viel Geld, sondern auch um mein Gesicht, mein Ansehen. Haben wir uns verstanden?«

»Klar und deutlich. Ich melde mich morgen Vormittag, nachdem ich nochmals mit ihm gesprochen habe. Vier Stunden später landet die Maschine. Zeit genug für alle Vorbereitungen und zu wenig, um auf dumme Gedanken zu kommen.«

»Überaus zutreffend«, murmelte der Japaner zufrieden. »Bis morgen!«

Als er zu der Sitzgarnitur hinüberwanderte und sich in einen der bequemen Armsessel fallen ließ, waren seine Gedanken bei Gruber und dem Totenkopfring. Zu viele Fragezeichen, zu viele Unsicherheiten, zu viele Wenn und Aber für seinen Geschmack. Er hatte das seltsame Gefühl, dass Gruber gerade dabei war, ihm durch die Finger zu schlüpfen. Er konnte rein gar nichts dagegen unternehmen, und das ärgerte ihn.

Wenigstens war die Münchner Sache in den besten Händen, und dieser Christopher Weber würde ihm dabei helfen, ohne Aufsehen an den Transport zu kommen. Elegant, rasch und effektiv. Bei der Übergabe danach würde es dann ein Leichtes sein, Weber zu beseitigen.

Keine Zeugen, keine Fragen, keine Gefahr.

Christopher Weber gab es viele auf dieser Welt. Dieser eine war also durchaus entbehrlich.

São Gabriel da Cachoeira, Rio Negro / Brasilien

Die Uhr auf der Anrichte schlug 6 Uhr 30, als die Tür zum Wintergarten aufschwang und ein adrett gekleidetes Dienstmädchen Ernst Böttcher hereinführte. Der alte Pirat wirkte überraschend wach nach seinem Alkoholkonsum vom Vortag und schaute sich interessiert um. Er hatte seine historische Kleidung gegen einen rot-weißen Jogginganzug vertauscht, den er im Schrank der Gästewohnung gefunden hatte.

»Wo sind die anderen? Liegen die noch in den Hängematten?«, erkundigte er sich neugierig, als das Dienstmädchen auf die große Tafel in einer Ecke des großen Raumes wies.

»Die schlafen wahrscheinlich noch«, nickte das junge Mädchen lächelnd. »Sie sind gestern spät angekommen.«

Böttcher hatte bei seiner nächtlichen Ankunft der Security wohl oder übel seine Pistolen und seinen Säbel überlassen müssen, was ihm ein griesgrämig gemurmeltes »Passen Sie gut darauf auf, jetzt bin ich nackt …« entlockt hatte.

Fiona wiederum hatte spontan beschlossen, ihren Großvater nicht aufzuwecken. Dann hatte sie den ungläubig staunenden Vincente in einem der großen Gästezimmer im Nebenflügel untergebracht, während sie Alfredo eines der angrenzenden Zimmer zugewiesen und den Arzt verständigt hatte. Dr. Altamonte versprach, morgen früh vorbeizuschauen und selbstverständlich die Betreuung des Verwundeten zu übernehmen. Daraufhin hatte sie Böttcher in das leerstehende Appartement ihrer Mutter komplimentiert, bevor sie todmüde auf ihr Bett gefallen und sofort eingeschlafen war.

»Der Frühstückstisch wurde auf Anordnung von Senhorita Klausner hier im Wintergarten gedeckt«, meinte das Dienstmädchen zu

Böttcher. »Bitte nehmen Sie Platz und bedienen Sie sich selbst am Buffet, frischer Kaffee kommt in einer Minute.« Sie lächelte erneut, als sie Sparrow beobachtete, der auf der Schulter Böttchers saß und sich neugierig umsah. »Und für Ihren gefiederten Begleiter finden wir sicher noch ein paar Nüsse. Ich werde jetzt Senhor Klausner wecken und ihm mitteilen, dass Sie bereits wach sind.«

»Nicht nötig, Margherita«, ertönte da eine leise Stimme vom Eingang her. »Alte Männer können meist schlecht sehen, sie hören stets das, was sie nicht hören sollen, und schlafen nur mehr kurz. Das haben wir gemeinsam, nicht wahr, Ernst?« Klausner rollte fast lautlos mit seinem Rollstuhl über die grünweißen Fliesen des riesigen Wintergartens, bevor er vor Böttcher stehen blieb und ihn aufmerksam ansah.

Für Minuten sprach keiner der beiden ein Wort.

Schließlich streckte Klausner seine Hand aus und sagte auf Deutsch: »Schön, dich wiederzusehen, Ernst. Ich hätte nicht gedacht, dass ich das in diesem Leben nochmals sagen würde.«

Böttcher beugte sich vor und umarmte den hageren alten Mann im Rollstuhl herzlich. Sparrow flatterte auf, setzte sich nach einem kurzen Rundflug in eine der zahlreichen Palmen und begann sich zu putzen.

»Du bist schmal geworden, Willi«, meinte Böttcher leise, als er sich wieder aufrichtete. Zwei Tränen rannen über seine faltigen Wangen. »Dabei kann ich mir nicht vorstellen, dass die Rationen hier so schlecht sind. Wie lange ist es her?«

»Lange, ganz lange«, flüsterte Klausner und schloss die Augen. »Ein halbes Leben. Und ich hätte so gern …« Er verstummte, suchte nach Worten. Seine Hände öffneten und schlossen sich um seine kraftlosen Beine. Dann ließ er den Kopf hängen und schluchzte leise auf.

Böttcher nickte mitfühlend. »Ja, ich weiß, ich hätte auch alle so gern noch einmal gesehen … zusammen an einem Tisch, wie früher. Wir vier, Paul und Franz, du und ich. Doch wir hatten uns geschworen …« Er verstummte mit einem Mal. Dann meinte er leise: »Aber du weißt ja selbst, wie Paul war …«

»Ja, ich weiß. Je älter er wurde, umso verschlossener wurde er«, gab der alte Mann im Rollstuhl zurück. »Ich habe sogar einmal versucht, ihn in Muzo zu erreichen, aber er weigerte sich strikt, mit mir zu reden. Wann immer er in der letzten Zeit mit seinen Tauben anreiste, um sie zu trainieren, sprach er kein Wort. Er kam, ließ sie fliegen und verschwand wieder. Dann, eines Tages, drehte er die Flugrichtung um. Er hatte es geschafft, ihnen die Ziele anzutrainieren, frag mich nicht, wie. Paul hat es mir nie verraten. Also kam er fortan, um sie abzuholen. Ich hatte meinen Sicherheitsleuten die Anweisung gegeben, ihn jederzeit aufs Grundstück zu lassen. Paul und die Taube trafen stets fast zugleich ein. So musste er nicht länger bleiben als nötig.« Klausner schluckte schwer. »Er wollte mich niemals sehen, nicht ein einziges Mal.«

Böttcher ließ sich in einen Fauteuil der Sitzgarnitur sinken und legte den Kopf in die Hände. »So war es bei mir auch«, seufzte er leise, »ganz genauso. Paul kam und ging, ein schweigender Schatten, wie der Klabautermann.«

»Vielleicht misstraute er uns immer ein wenig?« Klausner zuckte mit den Schultern. »Dem Bonvivant Gruber, dem Piraten Böttcher und mir, dem *Gringo Loco* Klausner, der sich in den tropischen Regenwald zurückzog und ein Südstaatenhaus baute. Wer kann es ihm verdenken? Wir hatten ihn nicht umsonst ausgesucht.«

Beide Männer schwiegen und hingen ihren eigenen Gedanken nach.

Der Duft von Kaffee durchzog die Luft des Wintergartens, als das Dienstmädchen mit zwei silbernen Kannen hereinkam und sie auf dem Frühstückstisch abstellte. Dann verschwand sie genauso leise wieder.

»Wie ist es dir ergangen?«, erkundigte sich Klausner und rollte näher. »Hast du geheiratet, Kinder?«

Böttcher lehnte sich zurück und schüttelte den Kopf. »Nein, ich bin allein geblieben, nach alter Piratensitte, bis auf einen Papagei, der mich nun bereits seit mehr als zwanzig Jahren begleitet. Glaub mir, Willi, am Anfang war es schwer.« Böttcher schloss die Augen. »Ihr habt mir gefehlt, wie Brüder, mit denen man jahrelang gelebt und gelitten hat und die plötzlich nicht mehr da sind. Die vier Musketiere waren in alle Windrichtungen zerstoben. Paul ging in die Hölle von Muzo, ich blieb in Medellín, Franz zog nach Bogotá und du hattest dich im Amazonasgebiet verkrochen.«

»Woher weißt du von Franz und Paul?«, wunderte sich Klausner.

»Von seinem Sohn, ich meine den jungen Gruber, der in Bogotá an Bord gegangen ist. Franz ist bereits vor Jahren gestorben«, antwortete Böttcher, »Er investierte den Großteil seiner Million in eine Smaragdmine in Muzo, die überschwemmt wurde und nie mehr leer gepumpt werden konnte. Bei einem Besuch am Wasserloch erfuhr er auch, dass Paul in der Gegend war, in den Minen arbeitete. Doch Paul weigerte sich ebenso, ihn zu treffen. So weiß niemand, was mit seiner Million geschah, ob er verheiratet war oder Kinder hatte.«

»Oder wie er starb«, vollendete Klausner bitter, drehte seinen Rollstuhl und blickte hinaus auf die grüne Wand des Amazonas-Urwalds. »Ja, Geld hatten wir alle genug, eine Million Dollar war ein Vermögen, besonders damals und in diesem Teil Südamerikas«, erinnerte er sich. »Es reichte nicht nur zum Leben, gut angelegt, konnte man damit alt werden. Also heiratete ich, ging hierher und kaufte jede Menge Land, baute erst ein bescheidenes Haus. Der Regenwald rund um den Amazonas ist reich an Bodenschätzen. Bauxit, Eisenerz, Zinn und Gold. Ich investierte in die richtigen Minen, in die ergiebigen Goldwasch-Unternehmen. Ich hatte Glück, Franz hatte Pech.« Er zögerte. »Moment ... du sagst, sein Sohn ist hier? Dann landete die Taube bei ihm ...«

»Ja, mit einem Totenkopfring am Bein.«

Der alte Mann im Rollstuhl nickte langsam. »Ich verstehe, der Ring. Und du? Was hat dir die Taube gebracht?«

»Einen Zettel mit ein paar Zeilen in Deutsch darauf gekritzelt, seltsame Schreibweise. Wahrscheinlich hat Paul den Hinweis verschlüsselt.«

»Guter alter, vorsichtiger Paul.« Die Stimme Klausners war warm und voller Sympathie. »Wir haben damals tatsächlich die richtige Wahl getroffen.«

»Und was hast du mit der Taubenpost bekommen?«, erkundigte sich Böttcher neugierig.

»Einen kleinen Schlüssel«, antwortete Klausner und griff in seine Tasche, suchte. »Ach, ich habe ihn in meiner Aufregung in meinem Zimmer liegengelassen. Ich zeige ihn dir später.«

»Drei Tauben, drei Hinweise«, zog Böttcher Bilanz. »Paul hat sich bis zuletzt an alle Abmachungen gehalten. Hätte einen perfekten Piratenkapitän abgegeben … wäre mit seinem Schiff untergegangen.«

»Die Tauben sind aufgeflogen, also lebt er nicht mehr«, meinte Klausner düster. »Er entschied, dass die Zeit gekommen sei, und wir sollten versuchen, unseren Teil der Abmachung einzuhalten. Nur mehr wir beide sind noch übrig, Ernst. Jetzt liegt es an uns.«

»Die Rache der alten Piraten?«, meinte Böttcher ironisch. »Möchtest du tatsächlich nach Europa segeln?«

Als sich sein Freund ihm zuwandte, genügte dem Piraten ein Blick in die harten Augen des schmächtigen Mannes im Rollstuhl. »Und wenn es das Letzte ist, was ich tue«, flüsterte Klausner entschieden. »Das sind wir nicht nur Paul und Franz schuldig. Das Leben ist so schnell vorübergegangen, die Jahre sind verflogen, und während wir gewartet haben, hat sich die Welt verändert. Aber eines ist stets gleich geblieben, bis heute: Irgendwann muss jeder für seine Fehler bezahlen. Und jetzt ist die Zeit gekommen.«

Fiona parkte den Hummer auf der schmalen Straße am Stadtrand von São Gabriel und gähnte. Die Security hatte sie aus dem Bett geläutet, als Dr. Altamonte früher als geplant mit einer Krankenschwester und einer halben Apotheke im Gepäck vor dem Tor gestanden hatte und »seinen« Kranken sehen wollte. Die Stimmen ihres Großvaters und Böttchers wiederum hatte sie im Vorübergehen aus dem Wintergarten gehört. Damit würden Georg Gruber und Vincente die Einzigen sein, die heute länger schlafen konnten.

»Und jetzt wollen wir noch Senhor Finch aus dem Bett holen«, murmelte sie schadenfroh, als sie hinauf zu seiner Terrasse schaute und die zugezogenen Vorhänge bemerkte. Dann stieg sie die Treppen hoch in den zweiten Stock, parkte ihren Finger auf der Klingel und erinnerte sich daran, dass die nicht funktionierte.

Also pochte sie mit voller Kraft an die Tür.

»Gehen Sie weg!«, ertönte es aus der Wohnung. »Hier wohnt niemand!«

Fiona ließ sich nicht beeindrucken und verdoppelte die Schlagzahl. Sie hörte lautes Stöhnen, dann fiel etwas mit einem splitternden Krach um. Schließlich drehte sich der Schlüssel im Schloss.

»Wer immer das ist – Sie sind tot«, knurrte ein verschlafener Finch, als er mit geschlossenen Augen die Eingangstür aufzog.

»Darf ich reinkommen?«, fragte Fiona unschuldig.

»Nein!«, kam es prompt zurück und Finch wollte die Tür zuschlagen, aber die junge Frau stellte rasch ihren Fuß in den Spalt.

»Ich könnte einen starken Kaffee gebrauchen«, meinte sie hartnäckig.

»Und ich eine Pistole, um Sie zu erschießen«, brummte John Finch. »Was wollen Sie hier mitten in der Nacht? Gehen Sie nach Hause und machen Sie einen netten jungen Mann glücklich. Oder von mir aus schlafen Sie auch tief und fest. Aber bringen Sie alte Piloten nicht um ihren verdienten Schlaf.«

»Sie sind ein grummeliger Morgenmuffel«, gab Fiona zurück und lehnte sich gegen die Tür. »Lassen Sie mich rein, ich mache uns Kaffee.«

»Ich fasse es nicht«, murmelte Finch und drehte sich um. »Ich will auch gar nicht wissen, wie spät es ist. Ich gehe sofort wieder schlafen.«

»Andere Leute joggen um diese Zeit«, rief ihm Fiona hinterher.

»Diese anderen Leute fliegen aber auch nicht mitten in der Nacht mit einer alten Albatross den Rio Negro hinunter, als Passagier einen irren Piraten an Bord, der mit Rumflaschen um sich wirft, und landen in einem Swimming Pool«, erwiderte Finch kaltschnäuzig. »Das mache nur ich. Und deshalb verbitte ich mir jeden Angriff auf meine Gesundheit. Inklusive Ihrem Kaffee ... meinem Kaffee ... egal ...«

Er verschwand im Schlafzimmer, schlüpfte unter die noch warme Decke und stöhnte wohlig. »Jaaahh ... gute Nacht, und wenn Sie gehen, dann ziehen Sie die Tür leise hinter sich ins Schloss.«

Finch tauchte genussvoll in die Traumebene ab, als er von einer

Erschütterung der Matratze wieder an die Oberfläche gebracht wurde.

Es roch nach Kaffee.

»Ich will nicht«, murmelte er und kniff die Augen ganz fest zu. »Warum hört mir denn keiner zu? Verschwinden Sie doch endlich. Sie haben Ihren Kaffee, ich habe meine Decke. Wir sind beide glücklich. Und jetzt adieu!«

»Warum haben Sie nie geheiratet?«

Finch zog sich verzweifelt das Kissen über den Kopf.

»Der Schlag soll Sie treffen! Was ist das für eine Frage am frühen Morgen?«, stöhnte er. »Wahrscheinlich weil ich ausschlafen wollte!«

»Lügner!«, lachte Fiona. »Ich darf mich doch auf Ihr Bett setzen?«

»Sie sitzen sowieso bereits da, also was soll's«, seufzte er, stopfte sich wieder das Kissen unter den Kopf und blinzelte. Die junge Frau saß mit untergeschlagenen Beinen im Schneidersitz am Fußende des Bettes und schlürfte eine Schale Kaffee. »Sie sehen übrigens furchtbar aus, ein wenig mehr Schlaf hätte Ihnen gut getan«, grinste er.

»Das kann ich zurückgeben«, fuhr ihn Fiona an. »Sie sehen ...« Dann begriff sie, dass sie Finch in die Falle gegangen war.

»Eben«, stellte der Pilot ungerührt fest. Er drehte sich zur Seite und schloss die Augen. »Deshalb lassen Sie mich in Morpheus' Armen, er tut mir gut. Mein Schönheitsschlaf!«

»Was Ihre Schönheit betrifft – so viel können Sie gar nicht schlafen«, fauchte Fiona, »selbst wenn Sie erst nächste Woche aufstehen.«

»Verlockender Gedanke«, murmelte er.

»Also?«

»Also was? Wissen Sie, dass Sie lästig sind?«

»Also warum haben Sie nie geheiratet?« Die junge Frau ließ nicht locker.

»Warum bewerben Sie sich nicht bei der Inquisition?«, versetzte Finch. »Die brauchen Leute wie Sie.«

»John!«

»Ja! Herrgott noch mal, was habe ich Ihnen getan? Ich habe nicht geheiratet, weil ich niemandem ein Leben wie meines zumuten wollte. Ständig unterwegs, immer in der Luft. Flugzeuge haben die Tendenz, aus dem Himmel zu fallen, wussten Sie das? Nordafrika war nicht der Spielplatz des Kindergartens um die Ecke, ganz im Gegenteil. Wenn einer der Krisenherde halbwegs unter Kontrolle gebracht wurde, dann ging es in einem anderen Land los. Mord, Totschlag, Genozid, Unabhängigkeitskriege, machthungrige Diktatoren, Sklavenhandel und dazwischen noch ein paar Diamantenminen. Andauernd Aufträge am Rand der Legalität. Auf dem Hinweg Goldbarren für den Diktator, auf dem Rückweg Söldner und Waffen. Am nächsten Tag …« Finch winkte ärgerlich ab. »Ach was, ist ja egal.«

Er tastete nach seinem Wecker und schielte auf die roten Zahlen. »Sie haben den Verstand verloren«, meinte er dann nur kopfschüttelnd und schloss die Augen. »Fragen Sie mich wieder mal, wenn ich wach bin. Dann erzähle ich Ihnen ein paar Geschichten von willigen Frauen in jeder Stadt und müden Buschpiloten, die in den Tag hinein lebten, weil sie den nächsten nicht mehr erleben würden.«

»Von müden *alten* Buschpiloten?«, neckte ihn Fiona.

»Auch das, wenn Sie wollen«, seufzte Finch, »auch das. Meine Spezialität.« Er überlegte kurz. »Was war das eigentlich für eine Einladung gestern Abend? Die mit dem ›Kommen Sie nach?‹«

»Ach das.« Fiona senkte den Kopf und schaute angestrengt in die leere Kaffeetasse. »Das ist mir nur so herausgerutscht …«

»Dachte ich mir«, brummte er erleichtert. »Die Müdigkeit, die Aufregung und das Adrenalin. Na ja, ich hab Alpträume nach solchen Einsätzen. Es gibt Dinge, an die gewöhnt man sich nie.« Er zog die Decke hoch und streckte sich aus. »Und jetzt, wenn Sie mich entschuldigen, schlafe ich noch ein paar Stunden. Beichte vorbei, Pfarrer glücklich.«

»John?«

»Ja! Was ist noch?«

»Darf ich unter die Decke kommen?« Fionas Stimme klang unsicher.

»Ich bin nicht Ihr Typ, das haben Sie mir gleich zu Beginn so unmissverständlich klargemacht, dass selbst ich es verstanden habe.

Ich bin viel zu alt, das lassen Sie mich nie vergessen. Und ich bin hundemüde«, gab Finch zurück, »und daran sind Sie schuld. Und jetzt fahren Sie brav zurück zu Großvater und Hauspersonal. Ich will schlafen!«

»Ich auch«, lächelte Fiona und klang wie ein kleines Mädchen. »Vielleicht können wir das gemeinsam machen?«

»Du meinst, der einzige Hinweis, den wir derzeit in Händen haben, ist mein kleiner Schlüssel?« Wilhelm Klausner schaute seinen Freund ungläubig an. Böttcher hatte ihm von Medellín, Vincente und Alfredo berichtet und von der Tatsache, dass der kleine Zettel mit den Zeilen Paul Hoffmanns noch immer in der Tasche des stummen Jungen war.

»Wo ist der Ring? Den muss doch Georg Gruber bei sich haben«, gab der alte Mann im Rollstuhl zu bedenken.

»Irrtum, den hat John Finch«, korrigierte ihn Böttcher. »Gruber hatte ein äußerst lukratives Angebot von einem Japaner erhalten, und Finch hat es verdoppelt, als er davon hörte. So verkaufte ihm der junge Gruber den Ring für hunderttausend Dollar und stimmte zu, uns zu dir zu begleiten.«

Klausner legte das Besteck zur Seite. »Moment, jetzt verstehe ich gar nichts mehr. Es gibt einen Japaner, der von dem Ring weiß? Woher?«

»Da musst du Georg Gruber fragen«, antwortete Böttcher achselzuckend. »Ich ... ich habe bestimmte Informationen nicht so klar behalten ... Sagen wir, der Flug war etwas turbulent und ohne Beruhigungsmittel nicht auszuhalten ...«

»... dem du reichlich zugesprochen hast, ich verstehe«, erwiderte Klausner mit einem strafenden Blick auf seinen alten Freund. »Nichtsdestotrotz – Finch hat nun den Ring und der stumme Junge den Zettel.«

Böttcher nickte und schenkte sich Kaffee nach.

»Vincente geht nirgends hin, er ist auf meinem Grund und Boden und das Team der Security-Männer ist erprobt«, stellte Klausner fest. »Das macht mir keine Sorgen.«

»Auch wegen des Piloten würde ich mich nicht sorgen«, meinte Böttcher, »den hast du gut ausgewählt. Ein loyaler alter Haudegen, mit allen Wassern gewaschen. Hat die Diamantenkriege miterlebt und Söldner geflogen. Der sieht nicht so aus, als würde er mit dem Ring verschwinden.«

»Du magst recht haben, wir können uns aber auch täuschen«, wandte Klausner ein. »Finch hat eine ziemlich bewegte Vergangenheit. Ich habe sein Leben recherchiert und vor allem eines herausgefunden: Er stand immer nur auf seiner Seite, und das felsenfest. Er erledigte alle Aufträge verlässlich, aber er legte sich nie fest.«

»Gute Taktik«, murmelte der alte Pirat, »da gibt es in der Geschichte ein paar hervorragende Beispiele …«

Klausner schob seinen Rollstuhl zurück. »Das mag sein, aber es beruhigt mich nicht. Ich möchte diesen Ring so rasch wie möglich in den Händen haben. Wir benötigen alle drei Hinweise, wenn du dich erinnerst. Einer allein nützt uns gar nichts, zwei auch nicht. Wo finden wir Finch?«

»Hmm … ich nehme an, bei seinem Flugzeug«, antwortete Böttcher. »Es gab da einen kleinen Schaden … den muss er reparieren, bevor er das nächste Mal startet, und deshalb nehme ich an, dass er bei der Albatross ist.«

»Dann lass uns hinfahren«, beschloss Klausner, »und den Ring holen. Anschließend nehmen wir Vincente den Zettel ab, dann haben wir alle drei Hinweise von Paul beisammen und können an die Entzifferung gehen. Fiona müsste wissen, wo das Flugzeug vertäut liegt.« Er klingelte nach dem Dienstmädchen. »Würden Sie bitte dringend meine Enkelin wecken und zu mir schicken?«

»Gern, Senhor Klausner, aber Senhora Fiona ist nicht mehr im Haus«, antwortete die Hausangestellte. »Sie hat ihr Zimmer bereits vor mehr als einer Stunde verlassen.«

»Gut, dann lassen Sie den Wagen vorfahren«, entschied Klausner überrascht, »und finden Sie heraus, welche der Sicherheitsleute in dieser Nacht unsere Gäste vom Flugzeug abholten. Wir brauchen sie als Führer und Begleitung.«

Fünfzehn Minuten später verließ ein schwarzer Landrover mit

Klausner und Böttcher und den beiden Security-Männern das Anwesen und machte sich auf den Weg nach São Gabriel.

»Das nennst du schlafen?«, grinste John Finch und ließ sich in die Polster zurückfallen. »Wie nennst du dann ...?«

»Schsch«, machte Fiona und legte ihm ihren Zeigefinger auf die Lippen. »Wie wäre es mit einem Kaffee? Jetzt, wo du endlich wach bist ...«

»Hat dir schon jemand gesagt, dass du eine Nervensäge bist?«, erkundigte sich Finch und gähnte. »Es ist früh, die Vögel stimmen sich erst ein, und das, was du Kaffee nennst, treibt in gefilterter Form Düsentriebwerke an.« Er wies mit ausgestrecktem Zeigefinger auf die roten Leuchtziffern des Weckers. »Ich habe bis nach Mitternacht gearbeitet und mir meinen Schlaf redlich verdient. Eine Stunde noch! Und keine Widerrede!«

»Aye, Aye, Sir, einverstanden«, gab Fiona klein bei und griff nach dem Kissen. »Aber das bekomme ich. Selbst schuld, wenn du kein zweites hast ...«

Die Albatross schaukelte leicht in der schwachen Brise und den kleinen Wellen, die immer wieder vom Rio Negro her in die flache Bucht vordrangen. Um diese Zeit waren die Kinder in der Schule und die kleine Straße entlang des Wassers menschenleer. Als der schwarze Landrover von der Hauptstraße abfuhr und in Richtung Albatross einbog, zog der Geländewagen eine lange rötliche Staubfahne hinter sich her.

Böttcher, der neben seinem Freund auf der Rückbank saß, sah das Wasserflugzeug schon von weitem. »Da ist es ja!«, rief er aus und wies nach vorn.

»Und die Tür ist offen, also sollte Finch da sein«, ergänzte Klausner befriedigt. Nachdem der Wagen direkt neben der ausgeklappten Gangway angehalten hatte, wies er einen der Sicherheitsleute an, nach Finch zu sehen. »Bitten Sie ihn, zu uns zu kommen, und sagen Sie ihm, wir werden ihn nicht lange aufhalten.«

Der Mann nickte und stieg aus. Auch Böttcher öffnete die hintere

Wagentür, ließ die frische, kühle Morgenluft in das Fahrzeug und atmete tief ein. Dann schaute er dem Mann im schwarzen Kampfanzug zu, wie er über die Gangway kletterte und in der Albatross verschwand.

Eine ungeheure Detonation zerriss die Stille.

In einem orangeweißen Feuerball, der Dutzende Meter zum Himmel stieg, explodierte die Albatross, und die Druckwelle fegte mit ungeheurer Kraft über das Wasser und die Straße, durch die Vorgärten, fegte alles hinweg, was ihr im Weg stand. Fensterscheiben zerbarsten im weiten Umkreis, Dächer wurden teilweise abgedeckt, einige Holzhäuser schwer beschädigt. Der Landrover wurde wie von einer riesigen Faust gepackt, durch die Luft gewirbelt, in einem Strudel aus Glassplittern und kreischendem Metall. Der Wagen riss einen Zaun um und landete schließlich am Fuß eines Strommastes, der von der Druckwelle der Explosion gekappt wurde. Die Krone mit den Isolatoren und den Drähten knickte weg, stürzte auf das Wrack des Geländewagens, und in einem Funkenregen sprang der Strom über, bevor es in der halben Stadt einen riesigen Kurzschluss gab.

»Was war das?« Finch fuhr hoch und horchte.

»Ich habe keine Ahnung«, murmelte Fiona verschlafen. »Du hast vielleicht geträumt.«

»Nein, ganz sicher nicht«, antwortete er und sprang aus dem Bett. »Das klang nach einer Explosion …« Finch riss die Tür auf und stürzte auf die Terrasse. Eine riesige Rauchfahne stand über der Bucht, in der die Albatross vertäut lag. Von irgendwoher ertönten die ersten Sirenen.

»Scheiße«, entfuhr es dem Piloten, und er schlug mit der Faust auf das Metallgeländer, »verdammte Scheiße!«

Fiona stand plötzlich neben ihm, ein Bettlaken umgeschlungen. »Was …?«

»Sie haben die Albatross gesprengt«, flüsterte Finch geschockt. Die ersten Blaulichter der Einsatzwagen von Feuerwehr und Rettung leuchteten in den Straßen auf. »Diese Schweine haben herausgefunden, wohin wir geflogen sind. Los, zieh dich an. Wir müssen hin!«

Die Reste der Albatross lagen über mehr als hundert Meter verstreut. Als die Rettungs- und Feuerwehrmannschaften des kleinen Ortes wenige Minuten später am Explosionsort eintrafen, wurde rasch klar, dass in dem Wrack des schwarzen Geländewagens niemand überlebt hatte. Die Polizei sperrte die Straße ab, und so wurde der Hummer von Fiona bereits an der Abzweigung von der Hauptstraße aufgehalten.

»Hier können Sie leider nicht durch«, meinte ein junger Polizist energisch und salutierte. Dann stutzte er, erkannte Finch auf dem Beifahrersitz und beugte sich vor. »*Hola* John, was machst du hier?«

»Ich befürchte, es war meine Albatross, die da in die Luft flog«, gab Finch düster zurück. »Lässt du uns durch?«

»Ach, du heilige …«, setzte der Polizist an, dann löste er rasch das Absperrungsband und winkte den Hummer vorbei.

Je weiter sie fuhren, umso klarer wurde es Finch, dass die Albatross das Ziel des Anschlags gewesen war. Trümmer lagen überall, Fetzen der Außenhaut und Teile des Leitwerks hingen in den Bäumen. Auf dem nahen Wasser trieben Öllachen und Landkarten, eine halbe gelbe Schwimmweste und zerfetzte Sitzkissen.

Plötzlich grub sich die Hand von Fiona in seinen Unterarm. Die junge Frau war leichenblass und starrte auf einen Haufen Blech, um den sich die Uniformierten bemühten. Die schwarze Hecktür des Landrovers war das einzige noch deutlich erkennbare Teil. Sie lag etwas weiter entfernt, verbeult, zerkratzt und ohne Scheibe, aber das Kennzeichen hing noch an seiner Stelle.

»Oh, nein«, stöhnte sie. »Großvater …«

Institut Peterhof, St. Chrischona, Basel / Schweiz

Der Schulhof hinter dem neugebauten Komplex mit seinen großen Fenstern und freundlichen Farben hallte wider vom Rufen und Schreien der Kinder. Das schöne Wetter, die sommerlichen Temperaturen und der tiefblaue Himmel hatten selbst die Pausenmuffel hinaus ins Freie gelockt. Jetzt flogen Bälle und Frisbeescheiben durch die Luft, wurde Fangen gespielt, Basketball und in Gruppen diskutiert. Ein paar Betreuer saßen abseits, genossen die Sonne oder lasen. Alles sah völlig normal aus. Eine Schule wie viele andere auch.

Aber das täuschte.

Das Institut Peterhof, von Samuel Kronstein gegründet und von seiner Stiftung verwaltet, hatte sich in fast hundert Jahren einen hervorragenden Namen in der Ausbildung behinderter Kinder und Jugendlicher gemacht. Während man bei den Lehrplänen so flexibel wie möglich blieb und versuchte, auf jedes Kind einzugehen und ihm zu einem Lernerfolg zu verhelfen, lag es den Lehrern und Betreuern am Herzen, den übrigen Tagesablauf so zu gestalten, als handle es ich bei den Schülern und Schülerinnen um ganz normale Kinder. Dieses Konzept und der Erfolg hatten das Institut, das sowohl als Ganztagsschule wie auch als Internat geführt wurde, weit über die Grenzen der Schweiz bekannt gemacht. So waren nach und nach in St. Chrischona behinderte Kinder aus ganz Europa eingetroffen. Manche aus wohlhabenden Familien, manche aus ärmlichen Schichten. Getreu dem Konzept und der Maxime des Schulgründers wurden alle gleich behandelt.

Doch nicht nur das.

Während die bessergestellten Eltern für die Ausbildung ihrer Kinder bezahlten, unterstützten sie damit die kostenlose Ausbildung der weniger bemittelten. Mit einem nur geringen Zuschuss konnte sich so die Schule die besten und talentiertesten Lehrer leisten, eine eigene medizinische Abteilung, Psychologen und Betreuer, selbst einen Spitzenkoch, der aus der Gastronomie kam und für eine gesunde und ausgewogene Ernährung sorgte.

Dementsprechend lang waren die Wartelisten für jene Kinder, die aus Platzmangel nicht aufgenommen werden konnten. Was einerseits traurig für betroffene Eltern war, andererseits den makellosen Ruf der Schule in St. Chrischona noch weiter festigte.

Bernadette Bornheim saß auf einer etwas abseits gelegenen Bank im Halbschatten und blätterte in einem Buch über die Region Basel und Umgebung. Die grenznahe Lage der Stadt machte Ausflüge in das Elsass oder in den Freiburger Raum zu einem Tagestrip. Bernadette bedauerte wieder einmal, ihren Wagen in München gelassen zu haben, und beruhigte sich damit, dass ja bald Chris zu einem Kurzurlaub auftauchen würde – mit Porsche. Das war auch einer der Gründe, warum sie das Buch las. Sie schwankte zwischen den Schweizer Alpen und dem Elsass als Reiseziel für den gemeinsamen Kurzurlaub.

Und überhaupt – Christopher ...

Sie legte das Buch zur Seite. Die Sonne wärmte sie, und Bernadette schloss lächelnd die Augen. Christopher war – anders. Er war nicht hinter ihrem Geld her, weit davon entfernt. Wahrscheinlich dachte er nicht einmal daran, dass die Bornheims eine der reichsten Familien Deutschlands waren, gestand sich Bernadette ein. Weil er es nicht wusste ...? Gut so, sagte sie sich, und so sollte es auch so lange wie nur möglich bleiben. Ihre letzten Beziehungen waren an der Habgier gescheitert, an den Zahlen in den Augen ihrer Verehrer. Eine allerdings auch an der kategorischen Opposition ihrer Eltern. Wenn sie so zurückschaute, dann war ihr Beziehungskarussell der letzten Jahre eher eine Ansammlung von Pleiten, Pech und Pannen. Männer, die sich Aufstieg und Macht versprachen, andere wieder, die Einfluss zu vermehren suchten oder mit einer reichen Erbin an ihrem Arm für die Klatschmagazine posieren wollten.

So war Bernadette vorsichtig geworden, noch zurückhaltender und selektiver, als sie es sowieso schon seit ihrer Kindheit gewesen war. Lieber allein glücklich als zu zweit frustriert, das wurde ihr Wahlspruch nach einige Affären und One-Night-Stands, gescheiterten Liebschaften und wütenden Auseinandersetzungen, bei denen mehr Geschirr zerschlagen worden war, als die Beziehungen ihr anfangs an Befriedigung gebracht hatten.

Aber Christopher ... Bernadette musste lächeln, als sie an den manchmal so naiv wirkenden Studenten dachte. Sie konnte ja noch verstehen, dass man für wenig Geld Schicht arbeitete, um sich das Studium zu finanzieren. Tausende Studenten hatten nicht das Glück, zahlungskräftige Eltern zu haben, und mussten oft zwei Jobs annehmen, um überleben zu können. Aber wie um alles in der Welt konnte man nur in einem alten VW-Bus in der untersten Etage einer Tiefgarage leben?

Als sie das Buch wieder aufschlug, irgendwo, auf gut Glück, stach ihr das Bild einer prachtvollen romanischen Kathedrale ins Auge, die von einem Meer aus Blumen umgeben war. Der Text unter dem Foto klang vielversprechend: »Rosheim ist ›la Cité Romane‹, die romanische Stadt. Die romantische, wunderschöne alte Winzerstadt an der Route du Vin, der elsässischen Weinstraße, bietet mit ihren mittelalterlichen Mauern und Tortürmen, den restaurierten Fachwerkhäusern alles, was man für ein entspannendes Wochenende oder einen Kurzurlaub braucht. Wenige Kilometer von Straßburg entfernt, laden Winzer, Cafés und Restaurants zum Verweilen und zu Spaziergängen durch die alte Stadt ein.«

»Bingo!«, murmelte Bernadette. »Da fahren wir hin. Und dann, dann sehen wir weiter ...« Insgeheim hoffte sie, dass aus dem romantischen Wochenende mehr werden würde.

Bist du vielleicht verliebt?, fragte sie sich.

Ein Schatten fiel auf die Buchseiten mit den Hochglanzfotos, und Bernadette blickte auf. Vor ihr stand Direktor Professor Dr. Dr. Pierre Grasset, der seit zwei Jahren das Institut leitete und selbst als Schattenriss gegen die Sonne leicht zu erkennen war. Er hätte als etwas schlankerer Bruder des King of Queens durchgehen können.

Der joviale, stets gutgelaunte Grasset stammte aus Frankreich, hatte vor einer Woche seinen fünfzigsten Geburtstag gefeiert und war einer der brillantesten Köpfe, denen Bernadette jemals begegnet war. Mit dem studierten Neurologen, Psychologen und Psychiater, der mit seinen Forschungsergebnissen jedes Jahr die Fachwelt verblüffte, hätte die Schule keinen besseren Griff machen können. War Grasset auch viele Wochen im Jahr unterwegs, um auf hochkarätig besetzten Konferenzen zu sprechen oder an interdisziplinären Universitätsprojekten teilzunehmen, so galt seine ganze Liebe und Hingabe dem Institut in St. Chrischona und den Schülern. Sein Fachwissen, sein einfühlsamer Umgang mit den behinderten Kindern und seine scharfsichtige Beobachtungsgabe beeindruckten alle Lehrer und Betreuer jeden Tag aufs Neue.

»Darf ich mich zu Ihnen setzen, Frau Kollegin?«, lächelte Grasset und wies auf den leeren Platz neben Bernadette. »Oder störe ich Sie? Dann sagen Sie es nur.«

»Nein, nein, keineswegs, Professor. Ich speichere die Sonnenstrahlen für die nebligen Winterabende und habe mir überlegt, wo ich meine kommenden freien Tage verbringen könnte.« Sie zeigte Grasset die Fotos von Rosheim.

»Ich beneide Sie«, erwiderte der Direktor, »ein wunderschöner Platz für einen Kurzurlaub. Und der Wein …« Er schnalzte mit der Zunge. »Essen Sie eine Tarte Flambée, einen Elsässer Flammkuchen, trinken Sie dazu einen Crémant, den lokalen Sekt, und genießen Sie das Leben.« Er zwinkerte Bernadette zu. »Wie Gott in Frankreich.«

Grasset blickte über den Schulhof und lehnte sich zurück. »Wie Sie vielleicht erfahren haben, fliege ich morgen nach New York zu einem internationalen Kongress zum Thema Savant-Syndrom. Inselbegabung, ein faszinierendes Gebiet, in das wir uns erst hineintasten. Sie wissen, wovon ich spreche?«

»Nur in groben Zügen«, gab Bernadette zu.

»Nun, es ist ein Phänomen, das meist bei behinderten Menschen auftritt und meist bei männlichen. Savants vollbringen unglaubliche Gedächtnisleistungen in einem scharf umrissenen Gebiet, einem kleinen Teilbereich, während sie an den meisten alltäglichen Dingen, die wir wie nebenher erledigen, kläglich scheitern.«

»Autisten?«, fragte Bernadette.

»Nein, so einfach ist es nicht«, antwortete Grasset. »Kaum die Hälfte der Savants sind Autisten. Einer meiner Kollegen, Darold Treffert, machte vor zwanzig Jahren den Vorschlag, die Savants in erstaunliche und talentierte Savants einzuteilen, also in Menschen, die wirklich herausragende Fähigkeiten besitzen, und solche, die höchstens durchschnittliche Leistungen aufweisen.« Der Professor wischte eine Wespe vom Ärmel seines Hemds. »Sie müssen wissen, es gibt nicht *den* einen Savant, sondern ein breites Spektrum von Inselbegabten mit sehr unterschiedlichen Hirnstörungen und Teilbegabungen, die Unglaubliches vollbringen können.« Er schüttelte den Kopf. »Da gibt es musikalische Savants, die meist blind sind und einmal gehörte Musikstücke fehlerfrei nachspielen können.«

Grasset griff nach dem Buch, das in Bernadettes Schoß lag. »Oder nehmen Sie jene Savants, die zwei Seiten gleichzeitig lesen können, die linke mit dem einen und die rechte mit dem anderen Auge. Sie merken sich Zehntausende Bücher auswendig, vom Titel bis zu allen Fußnoten, nach nur einem Mal lesen. Unter den Savants finden sich mathematische Begabungen, die jene Zahl Pi, die wir alle in der Schule gelernt haben, bis auf 22 514 Stellen nach dem Komma aus der Erinnerung wiedergeben können. Dazu kommt, dass es nicht viele dieser erstaunlichen Savants gibt. Zurzeit kennt die Wissenschaft weltweit nur etwa fünfzig Menschen, die solche unfassbaren Dinge vollbringen und sich trotzdem nicht die Schuhe zubinden können.«

»Faszinierend«, staunte Bernadette. »Und was ist der Auslöser für diese Begabungen?«

»Es gibt mehrere Theorien, aber wenn ich ehrlich sein soll, Genaues weiß man nicht«, antwortete Grasset nachdenklich. »Und das wird auch eines der Themen der Konferenz in New York sein. Die Gabe kann angeboren sein oder aufgrund einer späteren Hirnschädigung auftreten. Da gibt es zahlreiche Beispiele. Von einem Baseball, der einen Zehnjährigen am Kopf traf, bis zu einem epileptischen Anfall oder einer Verletzung der linken Hirnhälfte, die ihren

Gegenpart, die rechte Hirnhälfte, zu außergewöhnlicher Aktivität anregte.«

Er zuckte mit den Schultern und schaute die junge Frau ernst an. »Manche Forscher behaupten, dass eine Isolationshaft über längere Zeit zum Savant-Syndrom führen könne. Es gibt allerdings auch Theorien, die Hirnströme verantwortlich machen. Aber das geht nun zu weit«, wehrte er ab und schmunzelte. »Sie sollten einen Forscher nie nach seinem Spezialgebiet befragen, sonst hört er gar nicht mehr auf zu reden. Und ich will Sie nicht langweilen.«

»Das ist ganz und gar nicht langweilig, das ist äußerst spannend«, entgegnete Bernadette.

»Sie werden sich fragen, warum ich Ihnen das alles erzähle«, fuhr Grasset fort. »Nun, Sie übernehmen heute Nachmittag eine Klasse, in Vertretung von Frau Wiesner, die erkrankt ist. Gestern Nachmittag kam eine neue Schülerin zu uns, sie wurde von ihren Eltern gebracht. Ich habe sie nach ausführlichen Tests in genau jene Klasse eingeteilt, die Sie heute betreuen werden. Francesca Di Lauro ist zwölf Jahre alt, und ich bin der festen Überzeugung, sie ist einer der extrem seltenen weiblichen erstaunlichen Savants. Ich möchte daher, dass Sie sich ihrer ganz besonders annehmen. Sie muss mit einer neuen Umgebung zurechtkommen, hat unbekannte Schulkameraden um sich herum. Ich habe deshalb noch einen zusätzlichen Lehrer für die Klasse eingeteilt, damit Sie auch genug Zeit und Muße haben, sich um das Mädchen zu kümmern.«

»Sehr gern«, gab Bernadette zurück, »aber ich muss gestehen, dass mein Italienisch etwas eingerostet ist.«

Der Wissenschaftler lächelte geheimnisvoll. »Sagte ich nicht, dass sie ein Savant ist? ›Savants‹ heißt übersetzt ›die Wissenden‹. Francesca spricht unter anderem acht Sprachen fließend. Allerdings nicht mit jedem.«

Hotel Diez, Medellín / Kolumbien

Llewellyn köpfte sein kernweiches Frühstücksei mit einem einzigen Schlag. Er war nicht gerade bester Laune – nach einer ungestörten, aber keineswegs erholsamen Nacht. Jedes Mal, wenn er aufgewacht war, hatte er sich den Kopf darüber zerbrochen, wohin Böttcher verschwunden sein konnte. Darüber war er dann regelmäßig wieder in einen unruhigen, von seltsamen Träumen erfüllten Schlaf gefallen.

Nach dem Abgang von Zwingli alias Schmidt am Abend zuvor hatte sich auch das letzte Verbindungsglied zu dem berüchtigten Konsortium in Luft aufgelöst. Llewellyn weinte dem aalglatten Schweizer keine Träne nach. Aber damit waren seine Optionen äußerst reduziert: Der Major konnte nur an Böttcher dranbleiben. Doch genau das war das Problem, denn es gab Fragen über Fragen: Wohin war der alte Sonderling geflohen? War er noch in Medellín, in Kolumbien, oder hatte er das Land bereits verlassen? Woher hatte Böttcher gewusst, dass ihm die Schweizer oder Llewellyn und seine Männer auf den Fersen waren? Wo hatte der alte Mann so viel Sprengstoff her? Wer waren die Männer, die ihm geholfen hatten? Denn Böttcher war bei seiner Fluchtaktion nicht allein gewesen, das stand fest, sonst hätte er nicht so rasch verschwinden können.

Der Major hatte keinerlei Kontakte in Medellín. Der britische Honorarkonsul, misstrauisch wie eine alte Jungfer, hatte ihm nach der ausführlichen Untersuchung des eingeschweißten Ausweises mit gemischten Gefühlen sein Büro zur Verfügung gestellt und einen Arzt verschafft, der ohne viele Fragen die Wunde am Oberarm behandelt hatte. Aber weiter würde er nicht gehen, das hatte er unmissverständlich klargemacht. Auf seine Männer konnte der Major auch nicht mehr zählen, die waren entweder bereits im Sarg auf der Heimreise oder nach wie vor im Krankenhaus.

Llewellyn war also gestrandet, im Frühstücksraum eines Hotels in Medellín, und das ärgerte ihn.

Bisher ist so ziemlich alles schiefgegangen bei diesem Auftrag, der vielleicht gar keiner mehr war, dachte er. Sollte er einfach aufgeben, das Feld räumen und nach England zurückfliegen?

Selbst der Duft des frisch gebrühten Kaffees konnte seine Stimmung nicht heben. Im halbleeren Saal, der extravagant dekoriert war und mit einem Büffet aufwarten konnte, das seinesgleichen in Medellín suchte, saßen um diese Zeit nur mehr ein paar Langschläfer. Llewellyn sah sich um und beschloss dann, noch einmal einen Nachschlag vom Buffet zu holen und das Frühstück mit einigen Früchten und einer Schale Müsli zu krönen.

»Man gönnt sich ja sonst nichts«, murmelte er missmutig und schlängelte sich zwischen den Tischen durch. In einer Ecke des Raumes liefen auf einem der unvermeidlichen Flatscreens Soap Operas, unterbrochen von Werbung und Nachrichten aus aller Welt, Südamerika und Kolumbien. »Caracol-TV« stand im linken oberen Eck des riesigen Bildschirms als Senderkennung.

Llewellyn dachte schaudernd, dass die Programme auf der ganzen Welt bereits beängstigend gleich aussahen, während er die Müsliflocken in eine kleine Schüssel schaufelte und die kalte Milch drübergoss. Schließlich griff er nach einer Banane, und während er sie schälte, sah er mit einem Auge auf den Fernsehmonitor.

Stumme Nachrichten.

Eurokrise, Griechenland, Flucht in die Rohstoffe. Frauenfußball-WM. Llewellyn verzog das Gesicht und entschied sich noch für einen Apfel.

Trümmer, Großaufnahme eines völlig zerstörten Wracks, das einmal ein Auto gewesen sein musste. Darunter eine Laufschrift: »Gewaltige Explosion am Rio Negro«. Dann das übliche Interview mit dem örtlichen Polizeichef. Llewellyn musste lächeln, als er die frisch gekämmten und geölten Haare des Mittvierzigers sah. Er suchte nach einem Messer und begann die Banane in Scheiben zu schneiden, schaute zu, wie die gelbweißen Kreise in der Milch versanken.

Als er wieder auf den Flatscreen blickte, wurde eine europäisch aussehende Frau Mitte dreißig interviewt. Hübsch, schwarze Haare, verweinte Augen. Llewellyn stutzte.

Er hatte die Frau schon einmal gesehen!

Aber wo?

Doch da war das Interview auch schon zu Ende, und der Kameramann machte einen Schwenk über die Stadt.

»São Gabriel da Cachoeira, Brasilien«, wurde eingeblendet, gefolgt von einem Foto eines altertümlich aussehenden Wasserflugzeugs. Der Major erkannte die charakteristischen Linien sofort. Eine Grumman Albatross.

Aber was hatte sie damit zu tun?

Er suchte nach der Fernsteuerung, um die Lautstärke hinaufzuregeln, fand sie endlich auf einem der Nebentische und musste feststellen, dass der Bericht vorüber war und die spanisch synchronisierte Version der »Schrecklich netten Familie« wieder begonnen hatte.

Also schnetzelte er den Apfel klein und ließ den Bericht noch einmal vor seinem geistigen Auge Revue passieren, während er auf seinen Platz zurückging.

Ein Wasserflugzeug. Das perfekte Transportmittel im Amazonas-Gebiet.

Die Explosion. War die Albatross auf die Stadt gestürzt und danach explodiert?

Das Interview. Es bereitete ihm das meiste Kopfzerbrechen. Eine Augenzeugin?

Die junge Frau mit den verweinten Augen ... Er hatte sie gesehen, vor gar nicht langer Zeit. Sie war ihm aufgefallen, weil sie ihn direkt angeblickt hatte.

Llewellyn ließ sich auf den Stuhl sinken. Sie war in Gesellschaft gewesen, daran erinnerte er sich noch ...

Ja! Mit einem Mal fiel es ihm wieder ein. Der Speisesaal, hier im Hotel! Die Frau war in Medellín gewesen, vor zwei Tagen noch ...

Nun stand sie am Ufer des Rio Negro, Zeugin oder Betroffene eines Unfalls?

Die Gedanken Llewellyns überschlugen sich. Wasserflugzeug ... heute in Brasilien ... dann hätte sie gestern abreisen müssen ... am Tag des Verschwindens von Böttcher.

Alles nur Zufall? Ein Zusammentreffen von Ereignissen?

Der Major schnappte seine Schlüsselkarte und eilte zu den Aufzügen.

Das Mädchen an der Rezeption hatte noch immer oder schon wieder Dienst. Sie lächelte ihm etwas müde entgegen.

Llewellyn zog einen Fünfzig-Pesos-Schein aus der Tasche und schob ihn ihr diskret zu. »Ich brauche zwei Dinge von Ihnen: die Telefonnummer von Caracol-TV und eine Auskunft. Gestern ist ein Gast dieses Hauses, eine junge Frau aus Brasilien, abgereist. Wahrscheinlich lebt sie in São Gabriel da Cachoeira. Könnten Sie mir ihren Namen verraten? Ich glaube nämlich, ich habe sie gerade im Fernsehen gesehen, sie wurde interviewt anlässlich eines Unglücks, und ich wollte nur sichergehen.«

Die Rezeptionistin sah sich erst verstohlen um und warf Llewellyn dann einen verschwörerischen Blick zu. »Sie wissen, Señor, dass dies eigentlich streng verboten ist ...«

Der Major winkte ab. »Es wird niemand erfahren, und es ist ja nur ein Name.«

»Wie alt ist die Dame etwa?« Die Hotelangestellte blätterte bereits in ihren Listen. »Wir hatten gestern mehrere Abreisen von brasilianischen Gästen ... nein, warten Sie, hier, das muss sie sein. São Gabriel da Cachoeira, kein Zweifel.« Sie griff nach einem kleinen Stück Papier und notierte etwas. Dann suchte sie kurz im Internet und fand die passende Nummer. Schließlich schob sie Llewellyn das Papier zu: »Caracol-TV: +57 (0)16 43 04 30« und »Fiona Klausner« stand auf dem kleinen Blatt.

»Wollen Sie gleich anrufen?«, erkundigte sich die Rezeptionistin hilfsbereit und wies auf ein Telefon am Ende der Halle. »Von dem Apparat da drüben können Sie Inlandsgespräche kostenlos führen.«

»Gracias, Señorita«, nickte der Major, steckte das Blatt Papier ein und eilte mit großen Schritten zu dem Telefon. Möglicherweise ist noch nicht alles verloren, dachte er. War Böttcher bereits in Brasilien? Wo wollte der alte Mann hin? Bisher hatte sich alles in Kolumbien ereignet. Die Tauben, der alte Mann im Dschungel, Böttcher in Medellín. Führte die Spur nun nach Brasilien?

Llewellyn fluchte leise, während er die Nummer eintippte. Downing Street 10 hatte Brasilien mit keinem Wort erwähnt, und das verunsicherte ihn.

Andererseits war da noch sein Instinkt, sein Bauchgefühl, das ihn selten im Stich gelassen hatte und das ihm sagte, dass die Explosion irgendwie in Zusammenhang mit dem Verschwinden Böttchers stand.

Wenn nicht, dann hatte er die Spur des alten Mannes verloren.

São Gabriel da Cachoeira, Rio Negro / Brasilien

»Und was nun?« Georg Gruber blickte ratlos von einem zum anderen.

Der Tisch im Wintergarten schien mit einem Mal viel zu groß für die wenigen Gäste. Nachdem John Finch und Fiona kurz vernommen worden waren, hatte der Polizeichef von São Gabriel sie mit dem üblichen Hinweis entlassen, dass sie bis zum Ende der Untersuchung in der Stadt zu bleiben hätten. Abschließend hatte er Fiona die Hand geschüttelt und ihr sein Beileid zum Tod ihres Großvaters ausgesprochen. Finch hatte er nur einen misstrauischen Blick zugeworfen und zum Abschied kurz genickt.

Auf dem Weg zurück auf das Anwesen hatte Fiona kein Wort geredet. Sie hatte mit starrem Blick neben dem Piloten gesessen, verloren in ihrer Trauer. Nach der Ankunft auf dem Anwesen hatte die junge Frau ihn kurz umarmt, sich entschuldigt und war in ihrem Zimmer verschwunden.

Finch hatte daraufhin Vincente, Alfredo und Georg im Wintergarten zusammengerufen und ihnen die schlechten Neuigkeiten mitgeteilt. Klausner und Böttcher waren tot, in die Luft gesprengt worden. Finch hatte kein Flugzeug und keinen Auftraggeber mehr.

Nun lag eine eigenartige Atmosphäre über dem Raum. Vincente, Sparrow auf seiner Schulter, beobachtete den Piloten, der den Ring, das kleine weiße Blatt Papier und den Schlüssel nebeneinander aufreihte und sie wie ein Hütchenspieler immer wieder hin und her schob.

Alfredo, dessen erstaunliche Kondition den Piloten bereits in den vergangenen Stunden überrascht hatte, lauschte aufmerksam, als Finch ihm seine persönliche Rolle in der Geschichte von Anfang an schilderte. Der Auftrag Klausners, der Flug nach Medellín, die Begegnung mit Böttcher alias Botero, der Angriff und die anschließende Flucht nach Bogotá, die Alfredo in einer Art Dämmerzustand verbracht hatte.

Doch nun sah der Sicario erholt und ausgeruht aus, seine Augen blitzten interessiert. »Ich verwette alles, was ich habe, darauf, dass die Angreifer nicht aus Medellín kamen und keiner Gang angehörten«, meinte er schließlich. »Das ist nicht ihr Stil, einen alten Mann zu fünft oder sechst anzugreifen, schon gar nicht zu Hause. Die würden warten, bis sie ihn auf der Straße umnieten könnten. Alles andere wäre viel zu unsicher. Außerdem würden sie einen oder maximal zwei Mann schicken. Selbst wenn Böttcher jemandem im Weg gewesen und ein Preis ausgesetzt worden wäre, hätte sein Killer ihn nicht zu Hause erledigt. Unwahrscheinlich.«

Finch sah Alfredo durchdringend an. »Du hast zwar nicht mehr viel zu verwetten, aber du bist erstaunlich gut unterrichtet.«

Der Sicario senkte den Blick. Dann gab er sich einen Ruck. »Vincente, der alte Böttcher und du, ihr habt mir das Leben gerettet«, begann er leise. »Ohne euch wäre ich schon längst tot. Die Jungs von La Denisa hätten mich fertiggemacht.«

Er verstummte, und alle warteten.

Nur Sparrow flog kreischend auf und landete in der nächsten Palme.

»Ich bin kein unbeschriebenes Blatt, ich hab Scheiße gebaut. Oft ... und auf dem Dach der Kirche, als ich am Verbluten war, da dachte ich, dass ich dafür in der Hölle schmoren würde. Ich habe gebetet, stundenlang, und ich glaubte nicht, dass Gott mir noch zugehört hat. Doch dann ...« Alfredo lächelte. »Während ihr mich halb tot aus Kolumbien ausgeflogen habt, da hatte ich Zeit, nachzudenken. Über alles, meine Vergangenheit und meine Zukunft, sollte ich noch eine haben.«

»Es sieht ganz gut aus«, gab Finch trocken zurück. »Dr. Altamonte meint, es wird nur eine Narbe an der Hüfte zurückbleiben. Damit wirst du leben müssen.«

»Das kann ich leicht«, meinte Alfredo. »Deshalb will ich meine zweite Chance nicht mit einer Lüge anfangen.« Er legte die Hände flach auf den Tisch. »Der Totenkopf auf meinem Oberarm hat mehr Menschen sterben gesehen als ihr alle zusammen. Ich bin ... war ein Sicario, ein Auftragskiller, seit vielen Jahren, habe Menschen für Geld umgebracht, den Mächtigen die Hindernisse aus dem Weg geräumt, für die Drogenmafia gearbeitet. Ich weiß nicht, ob Gott mir verzeihen kann. Vielleicht gibt es Dinge, die nicht einmal er in seiner Güte nachsehen kann.«

»Das musst du mit ihm ausmachen«, meinte Finch leise.

»Ich kann auch nicht erwarten, dass ihr das versteht. Das einzig Gute, das ich in meinem Leben je getan habe, war es, Vincente aufzunehmen. Ich wollte ihm einen Start in ein normales Leben ermöglichen, vielleicht eine Stelle als Koch verschaffen, weit weg von Medellín und seinen mörderischen Straßenkämpfen. Amerika, Europa ... Das ist mir wohl nicht gelungen ...« Alfredo zuckte mit den Schultern. »Wenn ich so zurückschaue, dann ist mir überhaupt nicht viel Gutes gelungen.«

»Willkommen im Club!«, lächelte Finch grimmig und sah zu Georg Gruber hinüber. »Ich werfe sicher nicht den ersten Stein ...«, meinte er dann nur und wandte sich wieder Alfredo zu. »Du wirst deinen Weg finden müssen, egal wo, und alles andere machst du besser mit deinem Gewissen aus. An diesem Tisch sitzen keine Heiligen und keine Polizisten.«

»Das stimmt. Wenn mein Vater und seine Freunde hier unter uns wären, dann würden sie den Spruch auch unterschreiben«, meldete sich Georg zu Wort. »Wir wissen und du weißt, dass wir wissen. Das genügt mir. Und jetzt wiederhole ich mich nur ungern, aber ... was nun?«

Gruber sah in die Runde.

Vincente und Alfredo blickten ihn und Finch erwartungsvoll an.

»Ehrlich gesagt, ich habe keine Ahnung«, meinte der Pilot schließlich. »Mein Auftraggeber ist tot, und mit ihm starb Ernst Böttcher. Damit ist niemand mehr von der Gruppe der Auswanderer am Leben, die damals aus Europa kamen. Gruber senior ist schon lange tot, und Paul Hoffmann ließ die Tauben fliegen, weil er wahrscheinlich sein Ende kommen spürte. Damit ist allerdings auch jede Chance verschwunden, die alten Männer noch zu befragen.«

»Wie wahr!« Georg wies auf die drei Hinweise, die auf der glänzenden Tischplatte lagen. »Hat irgendjemand eine Ahnung, was es damit auf sich hat? Mit diesem seltsamen Zettel, dem Totenkopfring und dem Schlüssel?«

Wie auf ein unhörbares Kommando schüttelten alle den Kopf.

»Hmm ...« Gruber seufzte. »Dann anders gefragt: Hat jemand von euch eine Ahnung, worum es bei der ganzen Sache überhaupt geht? Was wollten die alten Männer? Was hatten sie vor? Klausner muss doch einen Plan gehabt haben, als er dich beauftragte, John.«

»Ich sollte die anderen beiden mit ihren Hinweisen hierherbringen«, erklärte Finch. »Das habe ich getan. Wie es weitergehen sollte, das hat er mir nie verraten.«

Alfredo nahm den Ring in die Hand und drehte ihn zwischen seinen Fingern. »Das heißt, wir haben alle Hinweise, die dieser Gringo im Dschungel seinen Tauben ans Bein gebunden hat, beisammen. Wozu schickte er sie allerdings überhaupt los?«

Finch sah den Sicario verwundert an. »Na ja, um die anderen zu informieren, die noch lebten. Oder deren Nachkommen.« Er wies auf Gruber.

»Schon klar«, meinte Alfredo, »aber wozu brauchten die anderen irgendwelche Hinweise? Wussten die nicht, was Sache war?«

Finch war so verblüfft, dass er nur sprachlos dasaß und den Sicario anstarrte.

»Wow«, flüsterte Gruber, »das ist genial.«

»Hab ich etwas Falsches gesagt?«, erkundigte sich Alfredo etwas unsicher.

»Ganz im Gegenteil.« Finch grinste. »Du hast als Einziger richtig überlegt, und wir haben geschlafen. Wieso zum Teufel sollte jemand drei Hinweise verschicken? Ganz einfach! Weil die Empfänger zwar vielleicht wussten, worum es ging, aber nicht ...« Er unterbrach sich. »Tja, was könnte in diesen Hinweisen verborgen sein, was alle drei nicht wussten?«

Vincente griff aufgeregt zu einer Zeitung, die auf dem Tisch lag, und malte mit einem Stift ein großes Kreuz auf die Titelseite. Dann zeichnete er eine Linie aus Strichen, die zu dem Kreuz hinführte.

»Du meinst, einen Ort und den Weg dahin?« Georg begann zu begreifen. »Das wäre eine Antwort. Dieser Hoffmann versteckte also etwas, von dem alle wussten, aber sie kannten die genaue Stelle nicht. Nur – warum sollte er das tun?«

Schweigen legte sich über die Runde.

»Wenn man etwas versteckt und sonst niemand etwas darüber weiß, dann muss es auch wieder gefunden werden können, sonst ist alles verloren«, gab John Finch zu bedenken. »Deswegen gibt es seit Jahrhunderten Schatzkarten. Aber weshalb sollten vier Freunde das Geheimnis nicht von Anfang an teilen? Warum so kompliziert? Drei Hinweise an drei verschiedene Menschen verschicken, die wahrscheinlich nur dann zum Ziel führen, wenn man alle in Händen hält oder vor sich liegen hat.«

»Vielleicht, weil sie einander nicht über den Weg trauten?« Die Stimme kam von der Tür und klang müde. Fiona hatte nicht schlafen können und war auf die Suche nach den Übrigen gegangen. »Oder weil es sich um etwas so Wertvolles handelte, dass keiner das Risiko eingehen wollte, dass es sich einer der drei unter den Nagel reißt, ohne den anderen etwas zu sagen?«

Sie ließ sich in einen der weißen Lehnstühle fallen. »Ich weiß ja nicht, wie es euch geht, aber ich habe viel nachgedacht. Über den Angriff auf Böttcher, die Explosion, die Tauben, die Nachrichten.«

»Haben wir auch«, nickte Finch. »Höchstwahrscheinlich stellen diese drei Dinge hier auf dem Tisch eine Schatzkarte dar, eine Wegbeschreibung in drei Teilen. Warum? Du hast die Antwort selbst geliefert. Weil sie einander nicht über den Weg getraut haben. Also sollten sie nur gemeinsam auf die Suche gehen. Wonach? Das wissen wir nicht. Wo? Keine Ahnung.«

»Das ist nicht gerade üppig«, warf Fiona ein. »Aber lasst uns am Anfang beginnen, vielleicht bringt das ein wenig Klarheit in die Geschichte. Ein alter Mann lässt drei Tauben fliegen, weil er meint, seine Zeit sei gekommen. Er schickt drei Hinweise ab, und sie kommen auch tatsächlich an, an drei unterschiedlichen Orten in Südamerika.

Zwei der alten Männer, an die sie gerichtet sind, leben noch, einer ist tot. So landet die Taube bei seinem Sohn, Georg Gruber.«

»So weit alles klar«, nickte Alfredo. »Aber dann wird es schwirig. Kaum ist die Taube in Medellín gelandet und die erste Mitteilung angekommen, gibt es einen Angriff auf Señor Böttcher, den Empfänger. Zufall?«

»Der zweite alte Mann, Wilhelm Klausner, beauftragte mich mit den Nachforschungen, nachdem die Taube bei ihm gelandet war. Er wollte, dass ich alle drei Hinweise zu ihm bringe«, ergänzte Finch. »Das gelang mir auch, doch wenige Stunden später war Klausner tot, gestorben gemeinsam mit Böttcher bei einer Explosion, die mein Flugzeug zerstört und auf den Grund des Rio Negro geschickt hat. Nächster Zufall oder Auftrag endgültig erledigt?«

»Doch eher Letzteres«, zog Fiona Bilanz. »Jemand ist hinter den Hinweisen oder den Empfängern her. Vielleicht derselbe, der auch Paul Hoffmann auf dem Gewissen hat?«

»Wir haben zu viele Fragen und zu wenig Antworten, aber wir haben immerhin die drei Hinweise« fasste Gruber zusammen. »Und ich lebe noch.«

»Du gehörst auch nicht zur Riege der alten Männer«, warf Finch ein.

»Richtig, wie beruhigend«, lächelte Georg. »Aber was die Hinweise betrifft – glaubt ihr nicht, wir sollten darüber nachdenken, die Sicherheitsstufe hier auf Rot zu setzen und es den Unbekannten nicht zu leicht machen, uns umzubringen und an die Hinweise zu kommen? Die alten Männer sind tot, jetzt haben sie uns, die nächste Generation, vielleicht im Fadenkreuz.«

»Mein Großvater hat sehr viel Wert auf seine Sicherheit und seine Ungestörtheit gelegt«, gab Fiona zu bedenken. »Die Security ist wasserdicht. Ich kann mir nicht vorstellen …«

»Georg hat recht«, unterbrach sie Finch, »die Lage hat sich geändert, und wir müssen auf der Hut sein. Diese Explosion ist der Beweis dafür.«

Die junge Frau nickte betrübt. »Dann werde ich mich sofort darum kümmern.«

Finch sah auf die Uhr. »Nächstes Treffen hier in einer Stunde«, schlug er vor und sammelte die drei Hinweise ein. »Ich werde ein paar Erkundigungen einziehen. Mein Vertrauen in die Fähigkeiten der lokalen Polizei hält sich in Grenzen. Wer spricht von euch alles Deutsch?«

Georg und Fiona nickten. Also reichte Finch das kleine Blatt Papier an Fiona weiter. »Versuche, mehr über die Nachricht herauszufinden. Das wird dich außerdem etwas ablenken. Georg, du könntest versuchen, so viel wie möglich über den Ring in Erfahrung zu bringen. Ich weiß, dass du bereits bei der Händlerin in Bogotá warst, aber man kann ja nie wissen.« Damit schob er den Totenkopfring Gruber zu. »Ich nehme an, dass es hier im Haus eine Internet-Verbindung gibt. Fiona zeigt dir sicher gern den Rechner.«

Die junge Frau nickte.

»Vincente, für dich hab ich eine besondere Aufgabe.«

Der stumme Junge sah Finch neugierig an.

»Lass dir einen Plan des Anwesens geben. Wie ich gehört habe, ist der Besitz riesengroß. Ich würde mich sicherer fühlen, wenn du eine Runde laufen gehst.«

Vincente lächelte verstehend, dann nickte er.

»Du musst nicht alle Zäune kontrollieren, aber Stichproben wären nett. Und nimm sicherheitshalber eine Waffe mit, die Security wird sich darum kümmern.«

Er sah zu Alfredo, der auf seine Aufgabe zu warten schien. »Die Bewachung in diesem Haus wurde von einem alten Mann organisiert und nicht von jemandem, der auf den Straßen Medellíns gelernt und überlebt hat. Egal, was wir planen und wie lange wir hierbleiben, ich will nicht noch so eine Explosion erleben.«

»Ich werde Fiona unterstützen und den Jungs auf den Zahn fühlen, bevor ich ihnen die letzten Feinheiten beibringe«, nickte der Sicario. »So, wie es aussieht, sind wir im Krieg, und da sind alle Mittel erlaubt.«

»Das erinnert mich an ein altes Sprichwort: Der Krieg ist niemandes Freund«, meinte Finch leise.

»Wir wollen nicht mit ihm befreundet sein, wir wollen ihn gewinnen«, meinte Alfredo lakonisch, nickte Fiona zu und stand auf. Er verzog etwas das Gesicht, als er den Schmerz an der Hüfte spürte. Die Wunde musste noch verheilen.

»Nichts, was nicht auszuhalten wäre«, winkte er ab, als er die forschenden Blicke von Finch und Georg Gruber sah. »Gehen wir?«

Kapitel 6

FRANCESCA

INSTITUT PETERHOF, ST. CHRISCHONA, BASEL / SCHWEIZ

Francesca Di Lauro entsprach in keinem einzigen Punkt den Vorstellungen, die Bernadette sich von einem weiblichen Savant gemacht hatte. Sie war ein langhaariger, schlanker, braungebrannter Teenager, der weder dicke Brillen trug noch abwesend ins Leere starrte. Ganz im Gegenteil.

Mit aufmerksamen dunklen Augen betrachtete sie ihre Mitschüler, die Klasse und die Lehrerinnen, während ein dauerndes Lächeln um ihre Mundwinkel zu spielen schien. Es hatte keineswegs etwas mit Hochmut oder Überheblichkeit zu tun, sondern mit einer angeborenen Freundlichkeit, die Bernadette sofort an dem jungen Mädchen faszinierte. Sie ging zu ihr hinüber und streckte ihre Hand aus.

»Hallo! Schön, dich kennenzulernen. Ich bin Bernadette Bornheim, deine Lehrerin«, begrüßte sie Francesca, »zumindest für die nächsten Tage, bis Frau Wiesner wieder auf den Beinen ist. Und ich wollte mich gleich bei dir für mein Italienisch entschuldigen …«

Das junge Mädchen schüttelte Bernadette die Hand und strahlte sie an. »Wollen wir in Deutsch weiterreden?«, fragte sie bereitwillig und wechselte in ein perfektes Deutsch, in dem Bernadette keinen noch so kleinen italienischen Akzent finden konnte. »Direktor Grasset hat mir gestern bereits von Ihnen erzählt. Er meint, Sie seien eine seiner vielversprechendsten Nachwuchslehrerinnen.«

»Er ist manchmal ein wenig französisch-überschwänglich«, wiegelte Bernadette ab, »aber ein genialer Wissenschaftler, um den uns selbst amerikanische Universitäten beneiden. Ich muss mich bei ihm für die Einschätzung bedanken, wenn er wieder aus New York zurück ist.« Damit legte sie einen Stapel Bücher vor Francesca auf das Pult. »Du bist zwei Wochen nach allen anderen in dieses

Schuljahr eingestiegen«, meinte sie. »Ich werde dir daher ein wenig Nachlernen nicht ersparen können. Hier habe ich dir eine Liste mit Kapiteln in den verschiedenen Fächern zusammengestellt, die bereits durchgenommen wurden. Das heißt, die anderen beherrschen den Stoff bereits.« Sie zwinkerte Francesca zu. »Mehr oder weniger.«

»Sicher kein Problem«, entgegnete Francesca, »ich merke mir Dinge leicht.«

»Davon hat mir Professor Grasset berichtet. Beneidenswert.«

»Es hat auch seine Nachteile«, merkte Francesca wie beiläufig an und überflog rasch die Liste. »Ich kann nichts vergessen. Es gibt keinen Filter, der darüber entscheidet, was ich mir merken muss, merken kann und was ich mir nicht merken muss.«

»Du weißt sehr viel über deine ...« Bernadette stockte. Zum ersten Mal, seit sie in der Schule in St. Chrischona war, fand sie nicht die richtigen Worte.

Francesca lächelte nachsichtig. »Ich weiß, es ist schwierig, einen Begriff dafür zu finden. Es ist keine Krankheit, eher ein Ausnahmezustand, eine Abnormalität. Als ich erfahren habe, dass ich ein Savant bin, an dem Inselbegabungssyndrom leide, habe ich alles gelesen, was dazu publiziert worden war. Doch das ist bis jetzt nicht allzu viel. Die Wissenschaftler rätseln noch mehr, als sie wissen.«

»Du bist sehr erwachsen für dein Alter«, wunderte sich Bernadette, die das junge Mädchen vom Fleck weg ungeheuer sympathisch fand. Sie konnte bisher beim besten Willen keine Behinderung feststellen. »Warum haben deine Eltern entschieden, dich nach St. Chrischona zur Schule gehen zu lassen? So wie es für mich aussieht, könntest du auch in jeder anderen Privatschule problemlos dem Unterricht folgen.«

»Es gab keine geeigneten Hochbegabtenschulen in Italien«, erwiderte Francesca. »Das Unternehmen meines Vaters ist in der Schweiz angesiedelt, er und Professor Grasset kannten sich bereits seit vielen Jahren. Also war das Institut Peterhof die erste Wahl, als es um ein Gymnasium ging. Außerdem ...« Das Gesicht des jungen Mädchens verfinsterte sich. »Es gibt Tage, da kann ich mit niemandem reden. Da kommt mir vor, alles würde sich auf mich zubewegen, mich erdrücken, mir die Luft nehmen. Dann drehen sich die Bilder im Kopf wie ein Karussell, das nicht stehenbleiben will. Ein Kaleidoskop aus Farben, Formen, glitzernden Ziffern und blitzenden Spiralen, die alles überlagern ... Das sind Tage, an denen es mir nicht so gutgeht.«

»Ich verstehe«, nickte Bernadette. »Du bist hier gut aufgehoben, glaub mir«, beruhigte sie das junge Mädchen. »Woher aus Italien kommst du eigentlich genau?«

Francesca lächelte wieder. »Aus der Provinz Lucca an der Versilia, am Ligurischen Meer. Der kleine Ort heißt Capezzano Pianore, ein paar Kilometer vom Strand entfernt. Wir haben dort eine Villa im Hinterland, auf den Hängen der Berge. Da ist es nicht so heiß.«

»Das klingt wunderschön«, gab Bernadette zu. »Das Wetter hier in der Schweiz kann leider nicht mit dem italienischen konkurrieren. Ich hoffe, du hast genügend warme Pullover im Gepäck.«

»Für einen langen und kalten Winter«, bestätigte Francesca lachend. »Allerdings besuchen mich meine Eltern voraussichtlich alle zwei Wochen, dann kann mir meine Mutter immer noch etwas von zu Hause mitbringen.«

»Du bist also im Internat in St. Chrischona«, stellte Bernadette fest. »Hast du ein schönes Zimmer bekommen?«

Francesca nickte begeistert. »Man sieht weit über Basel, bis zu den schneebedeckten Bergen! Wunderschön!«

»Da hast du mehr Glück als ich«, lächelte Bernadette. »Ich habe eine kleine Dachwohnung mitten in der Stadt, mit schrägen Wänden und kleinen Fenstern. Ich komme auch nicht von hier, meine Familie lebt in München. Aber glaub mir, es hat Vorteile, im Institut zu wohnen. Man kann ungestört lernen, und ich wette, Professor Grasset hat auch eine Menge mit dir vor. Ich glaube, er hatte noch nie einen Savant auf dieser Schule und ist neugierig auf dich. Und jetzt würde ich vorschlagen, du beschäftigst dich den Rest des Nachmittags mit den Kapiteln auf meiner Liste. Wenn du mich brauchst, dann ruf einfach. Ich schau jetzt mal bei den anderen vorbei und helfe ihnen.«

Francesca nickte, schlug das erste Buch auf und vertiefte sich in die Seiten.

Als um 17 Uhr die Klasse zu Ende ging, nahm das junge Mädchen aus Italien seinen Bücherstapel, winkte Bernadette kurz zu und verschwand im Gang.

»Was meinst du zu unserer neuen Schülerin?«, fragte ihre Kollegin Bernadette, während die einem behinderten Jungen half, seine Bücher am Rollstuhl zu verstauen.

»Sie ist der erste Mensch mit einer Inselbegabung, den ich kennenlerne«, antwortete Bernadette. »Daher habe ich keine Vergleichsmöglichkeiten. Francesca macht auf den ersten Blick einen völlig normalen Eindruck. Sehr erwachsen für ihr Alter, gebildet, überaus fröhlich und aufgeweckt.« Sie schob den Rollstuhl bis zur Klassentür und sah dem Jungen nach, als er allein den Korridor entlangfuhr.

Direktor Grasset wich ihm aus, als er um die Ecke kam. Dann erblickte er Bernadette und winkte ihr zu. »Frau Bornheim! Ich wollte Sie noch kurz zu Ihren Eindrücken befragen, bevor ich mich morgen auf den Weg nach New York mache und wir uns vielleicht nicht mehr sehen. Was sagen Sie zu Francesca, unserem Neuzugang?«

»Das fragen mich in den letzten Minuten alle«, zwinkerte Bernadette ihrer Kollegin zu. Sie schilderte Grasset kurz ihre Unterhaltung mit dem jungen Mädchen aus Italien.

Der Professor hörte nachdenklich zu, bevor er nickte. »Wir dürfen uns nicht täuschen lassen, die Normalität kann ganz rasch umkippen. Jeder Savant reagiert anders, aber da es eine äußerst beschränkte Zahl von ihnen auf der ganzen Welt gibt, verfügen wir über keine statistischen Erfahrungen. Deshalb bin ich als Wissenschaftler sehr dankbar, dass wir Francesca bei uns haben. Aber wir sollten ihr nie das Gefühl geben, ein Versuchskaninchen zu sein. Was ihre intellektuellen Möglichkeiten betrifft, so schlägt sie sicher alle Mitschüler um Längen!«

»Und möglicherweise einige aus dem Lehrkörper, mich zerstreute Person inbegriffen«, grinste Bernadette.

»Das ist die Herausforderung, Frau Bornheim«, gab der Direktor zurück. »Savants haben Zugriff auf Teile des Gehirns, die wir nicht erreichen können. Nehmen Sie zum Beispiel unsere endlos verfaltete Großhirnrinde. Sie ist eine Art Arbeitsspeicher und beim Menschen überproportional groß. Dazu kommt, dass sie unfassbar viele Nervenzellen enthält. Würde ich alle Verbindungen – die Kontaktpunkte, die man auch Synapsen nennt – zwischen ihnen im Sekundentakt zählen, wäre ich zweiunddreißig Millionen Jahre nur damit beschäftigt. Sie sehen, unsere Gedächtnisleistungen sind völlig unbegrenzt, allerdings nutzen wir nur einen verschwindend geringen Teil der Möglichkeiten. Savants haben einen wesentlich besseren Zugriff, doch auch sie lediglich auf einen kleinen Teil. In unseren Augen ist er allerdings riesig.« Professor Grasset sah Bernadette tief in die Augen. »Savants wissen so viel, dass sie uns wahrscheinlich nicht einmal einen Bruchteil davon mitteilen können. Dazu kommen dann auch noch ihre Tagesverfassung, persönliche Vorlieben und natürlich auch die psychischen Störungen, die sie fast alle haben, mit wenigen Ausnahmen. Wenn sie will, dann wird Francesca Ihnen einiges erzählen, was sie sonst niemandem eröffnet. Das kann, muss aber nicht geschehen. Also, Sie sehen, Neuland für uns alle hier.«

Er klatschte in die Hände, und Bernadette konnte seine Energie spüren, die alle hier im Institut immer wieder motivierte. »Ich bin in vier Tagen wieder zurück, bis dahin vertraue ich Francesca Ihrer Obhut an. Ich bin voll und ganz überzeugt, Sie werden bestens mit ihr auskommen.«

Als Bernadette in ihre kleine Wohnung unter dem Dach in der Rittergasse in der Basler Innenstadt zurückkam, spielte sie mit dem Gedanken, Chris in München anzurufen. Sie zog sich um, duschte und überlegte, ob sie kochen oder eine Kleinigkeit beim Italiener um die Ecke essen sollte. Immer wieder ertappte sie sich dabei, an ihre neue Bekanntschaft zu Hause zu denken.

War das ein gutes Zeichen?, fragte sie sich. Andererseits freute sie sich auf den gemeinsamen Kurzurlaub in Rosheim mit dem unkomplizierten und unkonventionellen Christopher.

Zerbrich dir nicht unnötig den Kopf, sagte sie sich und beschloss, beim Italiener eine Pizza zu essen und die Küche für diesmal links liegen zu lassen. Schon bald würde sie mit Christopher durch Rosheim spazieren und die elsässische Weinstraße erkunden.

Danach würde sie weitersehen.

São Gabriel da Cachoeira, Rio Negro / Brasilien

Zum vereinbarten Zeitpunkt war Georg Gruber der Erste, der erneut den Wintergarten betrat und von Sparrow krächzend begrüßt wurde. Der Papagei saß noch immer in einer der Palmen, putzte sich und hatte überdies eine Schüssel Äpfel auf dem Frühstücksbuffet entdeckt. Die Zahl der Früchte in der Glasschale hatte daraufhin rapide abgenommen ...

Gruber legte einige Ausdrucke vor sich auf den Tisch und den Totenkopfring darauf, da öffnete sich die Tür ein weiteres Mal.

»Bin ich zu spät?«, fragte Fiona, der es wieder besserzugehen schien. Die Aktivität tat ihr gut, brachte sie auf andere Gedanken. Sie hatte in der Zwischenzeit mit ihrer Mutter telefoniert, die in den Staaten lebte, und ihr mitgeteilt, dass ihr Vater gestorben war. Die näheren Umstände seines Todes schilderte sie nicht. Die Tochter Wilhelm Klausners hatte sofort zugesagt, sich auf den Weg in das Amazonasgebiet zu machen. Da von Fionas Vater seit Jahren jede Spur fehlte, hätte ihn die junge Frau gar nicht anrufen können, selbst wenn sie es gewollt hätte. Ihre Eltern lebten seit langem getrennt, hatten sich 1989 scheiden lassen. Ihr Vater war danach nach Europa gezogen, ihre Mutter nach San Francisco.

»Ach wo«, meinte Georg, »ich bin auch erst zurückgekommen. Ich hatte wahrscheinlich die leichteste Aufgabe ...«

»Die Security wurde verstärkt, nachdem Vincente zwei Löcher im Zaun entdeckt hatte. Wahrscheinlich von wilden Tieren.« Fiona schien zufrieden. »Ein Bautrupp wurde damit beauftragt, die Lücken im Zaun wieder zu schließen. Alfredo ist noch bei den Männern des Sicherheitsteams und geht alle Ernstfälle durch. Er stößt später zu uns.«

In diesem Moment kamen Vincente und John Finch durch die Tür in den Wintergarten. Der Junge aus Medellín hatte sich ein Handtuch um den Hals gelegt und sah etwas außer Atem aus. Der Pilot klopfte ihm anerkennend auf die Schulter. »Gut gemacht, danke. Damit haben wir wenigstens in der näheren Umgebung die Risiken minimiert. Den ganzen Besitz könnte man nur abfliegen, aber die Albatross gibt es nicht mehr.«

Als er sich an den Tisch setzte, hatte sein Gesicht einen grimmigen Ausdruck. Er griff in die Jeans und zog den kleinen Schlüssel hervor, legte ihn vor sich auf den Tisch, direkt neben die Ausdrucke und den Totenkopfring. Fiona ihrerseits strich den kleinen, beschriebenen Zettel glatt und schob ihn dann zu den anderen beiden Hinweisen.

»Wer beginnt?«, fragte sie und sah Georg und Finch an.

»Nachdem ich wahrscheinlich die wenigsten Informationen habe, ich«, meinte der Pilot und zeigte auf den Schlüssel. »Ich habe ihn eingescannt, von beiden Seiten, und die Bilder an einen alten Freund von mir in Wien geschickt, sein Name tut nichts zur Sache. Er ist, sagen wir, ein Spezialist, wenn es um Schlüssel und Schlösser geht. Wir haben uns vor Jahren einmal kennengelernt, er war in Südosteuropa unterwegs, und ich zufällig ebenfalls da. Eine andere Geschichte ... Wie auch immer – er meinte, es handle sich um einen ganz normalen Schlüssel, wie er zum Aufziehen von Uhren verwendet wird. Dieser hier stamme aus der Zeit nach der Jahrhundertwende, also aus den Jahren zwischen 1910 und 1920, Genaueres lässt sich erst feststellen, wenn man die dazu passende Uhr findet. Das Fabrikat wiederum lässt sich nicht vom Schlüssel ableiten.«

Fiona und Georg sahen ihn erwartungsvoll an.

Finch drehte die Handflächen nach oben. »Ende, Schluss, das war es. Mehr gibt es zu diesem Schlüssel nicht zu sagen, tut mir leid.«

»Du meinst, mehr können wir dazu nicht herausfinden?« Georg klang enttäuscht. »Also ein ganz einfacher Schlüssel zum Aufziehen einer Uhr? Das bringt uns keinen Schritt weiter. Völlig nutzlos. Wir wissen nicht mal, in welchem Teil der Welt sich die Uhr befunden hat, ob es sie noch gibt oder nicht, und was dieser Schlüssel soll.« Er schüttelte frustriert den Kopf. »So kommen wir überhaupt nirgends hin. Was mich noch mehr ärgert, ist die Tatsache, dass ich bei meinem Ring auch nicht schlauer geworden bin. Mehr oder weniger habe ich genau das herausgefunden, was mir Señora Valeria bereits in Bogotá gesagt hatte. Der Ehrenring eines gewissen H. Claessen, das Datum der Verleihung ist der 2.7.43. Keiner der alten Männer hier hieß Claessen, wir können sie allerdings auch nicht mehr fragen, ob sie einen Mann dieses Namens gekannt haben. Gibt man Claessen in eine Suchmaschine im Internet ein, dann scheint der Name bei der Recherche nicht auf. Lediglich ein paar Ärzte in Deutschland heißen ebenfalls so. Aber das ist reiner Zufall, nehme ich an. Kein Kriegsverbrecher, kein bekannter Name, keiner aus dem Who-is-who im Dritten Reich. Alles andere steht hier in den Ausdrucken, doch das meiste wusste ich schon vorher. Wenn ihr mich fragt, eine weitere Sackgasse nach dem Uhrschlüssel. Selbst wenn wir die Verleihungslisten der Ringe auftreiben, was nutzt uns das? Ich glaube, für mich ist das Abenteuer hier zu Ende ... Ich werde mich auf den Heimweg machen, meine Familie wartet. John gibt mir mein restliches Geld, ich lasse euch den Ring hier, bringe die Firma wieder auf Kurs und vergesse das Ganze.«

Gruber sah Finch, Vincente und Fiona an und zuckte dann mit den Schultern. »Tut mir leid, aber weder der Schlüssel noch der Ring bringen uns auch nur einen Schritt weiter. Ihr habt selbst gesagt, alle drei Hinweise ergeben nur zusammen einen Sinn, ähnlich einer Schatzkarte in drei Teilen. Nun, die ersten beiden Teile ergeben für mich gar keinen Sinn. Wenn ihr gescheiter seid, dann ziehe ich meinen Hut.«

»Nein, wir sind auch nicht gescheiter«, musste Finch zugeben. »Außer, Fiona hat bei ihren Recherchen herausgefunden, was es mit den Zeilen auf dem alten Stück Papier auf sich hat.« Er nahm den Zettel und las vor:

> »*Mein gEschätztEr Freund, die Zeit iSt gekommen,*
> *unseRe Aufgabe zu ErFüllen, wie vor laNgEm Geschworen.*
> *Wenn Du diese Nachricht erhältst, bin ich wahrscheinlich*
> *bereits tot und lege die VErantwortunG in Deine Hände,*

gemeinsam mit FrAnz und Wilhelm die Schuld einzufordern.
Alle wurden Verständigt, jeder erhIelt das vereinbaRte Zeichen.
Ich bete nur, dass DU noch Am LebEn Bist.
Wenn nicht, dann ist alles verloren.
Möge Gott Euch helfen und unser aller Seelen gnädig sein.

Ein wüstes Durcheinander von Groß- und Kleinbuchstaben, neun Zeilen, ansonsten ein eher allgemeiner Text.« Finch ließ das Blatt Papier auf den Tisch zurückfallen. »Ich bin leider nur Pilot, kein Spezialist für Kryptographie oder komplizierte Buchstabenrätsel.«

Er wandte sich an Fiona. »Was haben deine Recherchen ergeben? Wenn wir da auch eine Niete ziehen, dann bin ich fast der Ansicht von Georg. Gehen wir heim und vergessen wir das Ganze.«

Vincente, der aufmerksam zugehört hatte, nahm einen Stift und malte zwei Worte auf das Titelblatt eines Lifestyle-Magazins: »Heim wohin?«

»Vincente hat recht«, antwortete Fiona. »Wohin sollen wir Alfredo und ihn schicken? Zurück in ihre Wohnung nach Medellín, in den sicheren Tod? Ist das eine Lösung?« Sie zog ein zusammengefaltetes Blatt aus ihre Jackentasche. »Ich habe einen Studienkollegen von mir angerufen und ihm die Zeilen zugefaxt. Er ist zwar auch kein Fachmann für Geheimschriften, aber er hat sich schon während des Studiums für alte Karten und Dokumente interessiert. Nach einer kurzen Analyse des Textes hat er ein paar Anomalien aufgezeigt, die uns vielleicht weiterhelfen. Erstens: In den neun vorliegenden Zeilen gibt es nur sieben, in denen willkürlich Großbuchstaben eingestreut sind. Die letzten beiden Zeilen sind daher nach seiner Ansicht für den versteckten Text unbedeutend. Des Rätsels Lösung muss also in den ersten sieben versteckt sein. Zweitens: Sollte es tatsächlich ein Text sein, der eingestreut wurde, dann ist er höchstwahrscheinlich auch in deutscher Sprache. Eine Einschränkung macht er jedoch – wie immer man beginnt, die Großbuchstaben zu lesen, sie ergeben keinen Sinn. Er meinte jedoch, es könne eine Verschlüsselung mit mehreren Ebenen sein.«

»Womit wir wieder so gescheit sind wie zuvor«, stellte Georg lakonisch fest.

»Was heißt mehrere Ebenen?«, erkundigte sich Finch.

»Soweit ich ihn verstanden habe, kann man mittels eines Codeworts oder einer Ziffernreihe einen Text verschlüsseln«, führte Fiona aus. »Man nimmt eine Ziffer oder einen Buchstaben der Chiffre oder des Codeworts und kombiniert ihn mit einem Buchstaben des Originaltextes. Das Ergebnis kann eine scheinbar sinnlose Abfolge von Lettern sein, die aber in Wirklichkeit eine Nachricht beinhaltet.«

»Dafür muss man studiert haben«, murmelte Georg. »Wenn es sich bei unserem Text tatsächlich um eine Geheimschrift handelt, dann brauchen wir einen Experten, der noch dazu Deutsch spricht. Den werden wir aber hier am Amazonas kaum finden.«

Finch nahm Vincente den Stift und das Magazin ab, blätterte, bis er eine Werbung mit viel weißer Fläche auf der Seite fand und begann, die Großbuchstaben der ersten sieben Zeilen hintereinander zu notieren.

M-E-E-F-Z-S-R-A-E-F-N-E-G-W-D-N-V-E-G-H-F-W-S-A-V-I-R-Z-I-D-U-A-L-E-B

»Das sind die Großbuchstaben in den ersten sieben Zeilen, und ich muss deinem Freund leider recht geben«, meinte er. »Wie immer man das liest, es ergibt keinen Sinn. Weder von vorn noch von rückwärts gesehen.«

Vincente stand auf, kam um den Tisch herum und schaute Finch über die Schulter. Fiona lehnte sich ebenfalls konzentriert vor und versuchte, einen Sinn in der Buchstabenfolge zu erkennen.

Nur Georg Gruber war sitzen geblieben und drehte noch immer den Ring in den Fingern. »Könnten die Zahlen in dem Ring etwas damit zu tun haben?«, murmelte er gedankenverloren. Dein Freund hat von einem Code gesprochen, der eventuell auch eine Ziffer sein könnte. Nun, wir haben hier ein Datum, den 2.7.43 …«

»Wenn es so ist, dann brauchen wir tatsächlich einen Kryptographen«, zog Finch eine vorläufige Bilanz. »Aber noch interessieren mich diese Buchstaben. Mir ist gerade aufgefallen, dass es willkürlich eingestreute gibt und solche Worte, die auf jeden Fall in Deutsch groß geschrieben werden müssen.«

»Wo hast du so gut Deutsch gelernt?«, erkundigte sich Fiona neugierig.

»Das erzähle ich dir einmal, wenn wir zwischen Start und Landung ein wenig Zeit haben«, entschied der Pilot und begann erneut zu schreiben.

E-E-S-R-E-F-N-E-G-E-G-A-V-I-R-U-A-E-B

»Eesrefne klingt auch nicht gerade ermutigender«, warf Georg ein, als Finch anfing, laut mitzulesen.

»Ich muss ihm leider zustimmen«, murmelte Fiona.

»Gebt mal kurz Ruhe«, wehrte der Pilot ab. Dann vertiefte er sich in die Buchstabenfolge. »Hast du einen kleinen Spiegel?«, fragte er nach einiger Zeit die junge Frau.

»Moment, kommt gleich.« Fiona eilte aus dem Wintergarten.

»Etwas entdeckt?«, fragte Gruber neugierig.

»Abwarten.« Finch hatte den Stift beiseitegelegt und runzelte die Stirn.

Als Fiona mit einem kleinen Schminkspiegel in ihrer Hand wieder an den Tisch zurückkam, nahm ihn ihr Finch aus der Hand und setzte ihn am Ende der Buchstabenfolge an. Dann glitt seine Hand mit dem Spiegel langsam nach rechts.

S-E-E

»See!«, rief Fiona aus. »Du bist ein Genie!«

»Leonardo da Vinci sei Dank«, schmunzelte Finch. Er zog die Hand weiter. Georg trat neben ihn und beobachtete gespannt den Spiegel.

G-E-N-F-E-R-S-E-E

»Genfer See«, las er, »wir sind in der Schweiz gelandet.« Der Spiegel rückte weiter nach rechts.

R-I-V-A-G-E-G-E-N-F-E-R-S-E-E

»Jetzt habt ihr mich verloren«, gestand Gruber stirnrunzelnd.
»Abwarten«, wiederholte Finch. Seine Hand mit dem Spiegel glitt weiter.

B-E-A-U-R-I-V-A-G-E-G-E-N-F-E-R-S-E-E

»Das Beau Rivage am Genfer See«, flüsterte Fiona ungläubig und gab Finch instinktiv einen Kuss auf die Wange. »Du bist …«
»… nicht dein Typ«, grinste er und legte den Spiegel beiseite. »Bedankt euch bei Vincente. Wenn er das kleine Stück Papier nicht gerettet hätte, dann wäre der entscheidende Teil des Puzzles für immer verloren gewesen. Der Uhrschlüssel gibt sein Geheimnis nicht preis, zumindest noch nicht jetzt. Der Ring ist in sich selbst ein Rätsel, und ich muss gestehen, ich habe nicht einmal die geringste Ahnung, was dahintersteckt. Aber die geheimnisvollen Zeilen haben uns wenigstens ein Ziel vorgegeben.«
Finch tippte mit seinem Zeigefinger auf das kleine Blatt. »Vielleicht steckt noch viel mehr in diesem Text, ich bin wirklich kein Spezialist. Wir sollten ihn auf jeden Fall sorgfältig aufbewahren. Wer weiß?«
Vincente lächelte stolz und klopfte dem Pilot anerkennend auf die Schulter.
»Könnte mir jemand erklären, was ›Beau Rivage‹ bedeutet?«, warf Georg Gruber ein.
»Wörtlich übersetzt ›schönes Ufer‹. Das Beau Rivage ist eines der legendären Hotels am Genfer See«, erklärte Fiona. »Es beherbergte gekrönte Häupter, wie etwa die österreichische Kaiserin Sissi auf ihrer letzten Reise an den Genfer See. Sie wurde damals fast genau vor dem Hotel ermordet.«
»Der deutsche Politiker Uwe Barschel wurde ebenfalls tot in einer

Badewanne im Beau Rivage aufgefunden, wenn ich mich recht erinnere«, ergänzte Finch.

»Ein berüchtigtes Hotel also«, folgerte Georg nachdenklich.

»Eher ein ehrwürdiges, luxuriöses, traditionsreiches Haus«, verbesserte ihn Fiona, »sicherlich eines der berühmtesten und besten Hotels der Welt.«

»Und was genau hat das mit unseren drei alten Herren zu tun?«, erkundigte sich Georg. »Soviel ich weiß, ist mein Vater niemals in die Schweiz auf Urlaub gefahren. Er hat nach seiner Ankunft in Bogotá das Land nur ein einziges Mal verlassen, nämlich für eine Reise nach Costa Rica. Da verbrachte er zwei Woche in einem Strandhotel. Wie war es mit deinem Großvater?«

Fiona zuckte etwas hilflos mit den Schultern. »Da müsste ich erst seine Papiere durchsuchen. In den letzten zehn Jahren verließ er meines Wissens nicht einmal diesen Besitz, geschweige denn Brasilien. Aber alles andere davor …«

»Vergesst nicht, dass diese Zeilen höchstwahrscheinlich Paul Hoffmann geschrieben hat, vor langer Zeit«, meinte Finch. »Sie werden kaum mit Reisen der Familien Gruber oder Klausner in Verbindung stehen. Ich sehe unseren alten Piraten Böttcher auch nicht als Segler über den Genfer See kreuzen, mit seinem Papagei auf der Schulter, geladenen Kanonen an Bord und der Piratenflagge von Blackbeard am Mast.«

»Armer Sparrow, er ist jetzt ein Waise«, murmelte Fiona.

Vincente schüttelte den Kopf und deutete mit dem Zeigefinger auf seine Brust.

»Du nimmst ihn zu dir?«, fragte Fiona nach.

Der Junge nickte entschieden.

»Soll das also bedeuten, dass der erste Hinweis in ein berühmtes Hotel in der Schweiz führt?«, fasste Georg zusammen.

»Und damit an das schöne Ufer des Genfer Sees«, präzisierte Finch. »Ich sehe beim besten Willen keinen geographischen Hinweis in dem kleinen Uhrenschlüssel. Wohin könnte uns der Totenkopfring leiten?«

»Hmm … natürlich nach Deutschland, eventuell zur Wewelsburg, in deren Nähe es ein Depot der Ringe geben soll.« Gruber drehte den Ring. »Die Gravur besteht nur aus Namen und Datum, kein Ort. Die schwarzen Diamanten? Südafrika?«

»Weit hergeholt«, entschied Fiona. »Der Name vielleicht?«

»Claessen? Ich verschicke Güter in die ganze Welt, seit Jahren, aber mir ist noch niemals ein Ort namens Claessen untergekommen«, verneinte Gruber.

»Das halte ich auch für ziemlich unwahrscheinlich«, bestätigte Finch. »Die Bedeutung des Ringes wird sich erst nach und nach erschließen. Die drei Teile des Puzzles haben eine chronologische Abfolge – der erste Teil ist sicher das kleine Stück Papier mit dem Text, der zweite mag der Ring sein, der dritte dann der Schlüssel. Das ist zwar nur meine Vermutung, aber etwas in den neun Zeilen bestärkt mich darin. Warum sonst sollte Hoffmann schreiben:

›Ich bete nur, dass DU noch Am LebEn Bist.
Wenn nicht, dann ist alles verloren.‹

Damit wollte er uns ohne Zweifel sagen, dass ohne den Empfänger des kleinen Stücks Papier seine gesamte Strategie der Verschlüsselung ins Wasser fallen würde. Hätte seiner Taube niemand die Nachricht abgenommen, dann wäre der Weg zur Lösung bereits zu Ende gewesen, bevor er überhaupt begonnen hatte.«

»Du meinst, die neun Zeilen waren der erste Schritt, und je weiter wir nun auf diesem Weg vordringen, umso klarer werden uns die anderen Hinweise erscheinen?« Georg wirkte skeptisch. »Ich weiß ja nicht, wie es euch geht, aber nur wegen einem verschlüsselten Text einem Schweizer Nobelhotel einen Besuch abzustatten, das erscheint mir kein Problem, wenn man in Deutschland oder in Frankreich zu Hause ist. Wir sind jedoch auf einem anderen Kontinent! Die Schweiz liegt von uns aus gesehen auf der anderen Seite der Erde!«

Finch nickte. »Über dem Erfolgserlebnis des ersten kleinen Schrittes sollten wir auch eines nicht vergessen: Wir haben keine Ahnung, wonach wir überhaupt suchen. Das wussten nur Klausner, Gruber,

Böttcher und Hoffmann ganz genau. Aber keinen von denen können wir fragen.«

»Mein Großvater hat dir allerdings eine riesige Summe als Honorar angeboten«, erinnerte ihn Fiona.

»Das kann heißen, dass Wilhelm Klausner sehr wohlhabend war oder es um sehr viel Geld ging«, entgegnete der Pilot.

»Was ist für euch eine riesige Summe?«, erkundigte sich Georg neugierig.

Vincente horchte auf und ließ Finch nicht aus dem Augen.

»Fünf Millionen Dollar«, antwortete der nach einem Moment des Zögerns. »Klausner hat mir fünf Millionen geboten, um für ihn ›einiges herauszufinden‹, wie er es nannte.«

Vincente ließ sich mit großen Augen auf einen der Stühle sinken.

Georg Gruber pfiff durch die Zähne. »Das ist ein Vermögen, John, das bezahlt keiner mal eben so aus der Portokasse. Entweder war sein Vorhaben völlig illegal, oder …« Er brach ab.

»… oder es ging um viel, viel mehr«, vollendete Finch.

»Oder mein Großvater hatte zu viel Geld«, sagte Fiona ohne wirkliche Überzeugung.

»Kann die Lösung des Rätsels in der Vergangenheit der vier Männer liegen?«, fragte sich Georg und kratzte sich am Kopf. »Mein Vater hat in seinem Brief an mich von ›den vier Musketieren‹ gesprochen. Was haben sie gemeinsam unternommen, nachdem sie in Südamerika angekommen waren? Womit haben sie ihr Geld verdient? Klausner muss reich geworden sein. Wodurch? Mein Vater beteiligte sich an einer Smaragdmine, baute ein Haus. Woher hatte er das Geld?«

»Wenn du es nicht weißt, dann werden wir es nie erfahren, und von Böttcher und Hoffmann wissen wir noch weniger«, meinte Finch. »Aber selbst du, der einen Brief vom eigenen Vater hat … Du weißt auch nichts Genaues. Was stand noch genau drin?«

Gruber griff in die Innentasche seiner Jacke und zog den Umschlag hervor. »Du hast ihn ja bereits gelesen, aber überfliege ihn ruhig noch mal, nachdem wir die Zeilen entziffert haben«, murmelte er und schob dem Piloten den Brief zu. »Stör dich nicht am Stil, mein alter Herr war immer etwas theatralisch.«

Während Finch das Schreiben überflog, nahm Fiona den kleinen Zettel vom Tisch und schlenderte zu einem der riesigen Fenster, die eigentlich Türen waren und bis zum Boden reichten.

Sparrow segelte aus seiner Palme und landete auf ihrer linken Schulter. Dann rieb er seinen Kopf an ihrem. Geistesabwesend kraulte ihn Fiona, während sie das Blatt betrachtete. Die verblasste Schrift auf dem Papier, die eng zusammengedrängten Zeilen.

Dabei hätte der Verfasser mehr Platz gehabt, am unteren Rand blieben rund drei Zentimeter frei. Fiona erinnerte sich an ihre Kinderzeit. Sie überlegte kurz, dann lächelte sie und sah sich suchend um. Auf dem Frühstücksbüffet stand ein Toaster. Fiona ging rasch hinüber, legte den Hebel um und platzierte das kleine Blatt flach auf die Oberseite des Geräts.

Dann wartete sie.

Es dauerte nur einige Sekunden, dann erschienen die ersten Buchstaben.

Flughafen Franz Josef Strauss, München / Deutschland

Der Tag war zu Ende gegangen, und Christopher Weber hatte rückblickend nicht viel von seinem Dienst auf dem Vorfeld bewusst erlebt. Seit dem Anruf des Unbekannten bewegte er sich wie durch einen Nebel, fühlte sich gefangen in einem Strudel aus Emotionen, Befürchtungen und Angstattacken. Sollte er Kommissar Maringer informieren? Seinen Freund Martin warnen? Den Porsche in Sicherheit bringen? Oder einfach verschwinden?

Über Bernadette und die Gefahr, in der sie schwebte, sollte er den Vorschlag der Gangster ablehnen, darüber wollte er gar nicht nachdenken.

Instinktiv schaute er auf die Uhr.

Noch etwas mehr als zwölf Stunden.

Dann würde der Unbekannte wieder anrufen und eine Entscheidung fordern. Für einen kurzen Augenblick dachte Chris daran, das Handy einfach abzuschalten. Dann jedoch malte er sich aus, was danach geschehen würde, und er wusste, dass es keine Option war.

Scheiße, dachte er, ich sitze in der Falle.

Nachdem er sich umgezogen hatte, schob er seine Stechkarte in die Uhr und stempelte sich aus. Dann verließ er Terminal B. Auf der anderen Fahrbahnseite lag die Station des Flughafenbusses zu den Parkplätzen, aber Chris beschloss, lieber zu Fuß zu gehen.

Vielleicht würde das seine Nerven etwas beruhigen.

Als er vor dem dunkelblauen Porsche stand und seine Hand zitterte, während er den Knopf der Fernbedienung drückte, wusste er, dass es nichts genutzt hatte. Sollte er nicht doch Maringer informieren?

Er ließ sich in den Fahrersitz gleiten, legte die Stirn aufs Lenkrad und schloss die Augen.

Es musste einen Ausweg geben, es musste einfach!

Was könnte der Unbekannte von ihm wollen? Plante er einen Anschlag? Wollte er einen Zugang zur Sicherheitszone des Flughafens? Da würde selbst Chris passen müssen. Die Kontrollen waren streng, rund um die Uhr im Einsatz, und Körperscanner waren bei den Personaleingängen bereits seit langem an der Tagesordnung. Es war unmöglich, etwas auf das Flugfeld zu schmuggeln, egal, ob Schusswaffe oder Sprengstoff, großes Messer oder irgendeinen anderen verdächtigen Gegenstand. Jede Tasche wurde durchleuchtet, im Verdachtsfall händisch durchsucht, und alle Loader mussten ohne Ausnahme jeden Tag durch den Scanner. Dazu kamen Ausweis- und Gesichtskontrolle, obwohl man sich seit Jahren kannte. Neue Mitarbeiter hatten es noch schwerer, wurden besonders streng durchsucht.

Nein, das würde nicht funktionieren.

Aber Chris nahm an, dass dies auch die Gangster wussten. Nur jemand, der wirklich gut über die Arbeitsverteilung und die Sicherheitsvorkehrungen auf dem Vorfeld informiert war, suchte sich gezielt einen Loader aus.

Also musste es um etwas anderes gehen.

Möglicherweise hatte es gar nichts mit dem Flugbetrieb zu tun? Ging es um Sabotage an den Einrichtungen? Waren Gegner des Baus der nächsten Start- und Landebahn am Werk?

Alles Grübeln brachte Chris nicht weiter. Er startete den Porsche und versuchte, die rabenschwarzen Gedanken zu verbannen und sich auf das Fahren zu konzentrieren. Nachdem er das Flughafengelände verlassen hatte, beschloss er spontan, nicht nach Erding zu Martin zu fahren, sondern noch ein wenig über Nebenstraßen durch die abendliche bayerische Landschaft zu kurven. Vielleicht würde ihn das etwas von seinen Problemen ablenken und auf andere Gedanken bringen.

So fuhr Chris südwärts, vermied die Autobahn und die meist überfüllte Umfahrung Münchens und rollte auf der alten Römerstraße in Richtung Rosenheim. Der Sportwagen brummte in einem hohen Gang vor sich hin. Die Schatten wurden länger, und der Verkehr dünnte nach und nach aus, als Chris auf gut Glück in eine der schmalen Nebenstraßen abbog. »*Take the road less travelled*«, hatte ihm einmal einer seiner Freunde beim Abschied auf den Weg mitgegeben, bevor er nach Australien ausgewandert war.

Genau diesen Rat befolgte Christopher nun.

Das Asphaltband schlängelte sich über Hügel mit Wäldern, durch kleine Orte mit adrett gestutzten Blumenrabatten vor den Häusern und vorbei an Bauernhöfen, die seit Jahrhunderten die Landschaft prägen und deren Bewohner in kleinen Gemüsegärten Unkraut jäteten oder auf den Wiesen das Heu einbrachten.

Chris beneidete mit einem Mal die Menschen um ihre Normalität. Sein Leben geriet soeben aus den Fugen, er wusste nicht mehr ein noch aus, und hier goss jemand seine späten Tomaten.

Was sollte er nur machen? Kaum hatte er Bernadette getroffen und sich in sie verliebt, da rückte sie auch schon wieder in unerreichbare Ferne. Was für eine Ironie!

Chris biss sich frustriert auf die Lippen.

Wie immer er es drehte und wendete, er würde sich den Vorschlag des Unbekannten anhören müssen. Dann konnte er noch immer entscheiden, beruhigte er sich. Das Telefonat war nicht das Ende. Es gab noch Optionen. Einfach aussteigen, sich weigern, versuchen zu argumentieren ... Oder doch nicht?

Vor seinem geistigen Auge sah Chris einen zusammengeschlagenen, blutüberströmten Martin im Straßengraben liegen, neben seinem brennenden Lieferwagen.

Nein, doch keine Option, keine Wahl.

Maringer?

Der Kommissar hatte nicht gerade einen sehr kompetenten Eindruck auf Chris gemacht. Möglicherweise hatte der Anrufer recht, und Maringer war schon mitten im nächsten Fall, hatte den abgefackelten VW-Bulli zu den Akten gelegt und die Reste entsorgen lassen. Wie immer er es drehte und wendete, die Gangster hatten die Falle perfekt vorbereitet.

Chris musste nur mehr hineintappen.

Er wich einem rostigen Trecker aus, der ihm mit einem Anhänger samt riesiger Heuladung auf der schmalen Straße entgegenkam. Der Abend war mild, und Christopher roch das Heu durch das offene Fenster. Als eine kleine Ausweiche in Sicht kam, ließ er den Porsche ausrollen, hielt an und stieg aus. Von dem Hügel aus konnte man weit nach Süden sehen, wo sich im bläulichen Dunst die Alpen abzeichneten.

Chris setzte sich ins Gras und lehnte sich an den Vorderreifen. Rund um ihn war es still, bis auf das Zwitschern der Vögel. Einige Schwalben kreisten weit oben in der Abendthermik, auf der Suche nach Insekten.

Hierher komme ich mit Bernadette, wenn alles vorüber ist, dachte er, und wir schauen weit ins Land, bis die Nacht kommt.

Der Satz »wenn alles vorüber ist« ließ ihn nicht los, auf seiner Fahrt zurück nach Erding.

Chris fragte sich, ob er noch leben würde, wenn alles vorüber war.

São Gabriel da Cachoeira, Rio Negro / Brasilien

»*Per aspera ad astra*«, rezitierte John Finch leise und reichte Georg den Brief zurück. »Über raue Pfade zu den Sternen. Hatte es dein Vater geschafft?«

»Ach wo, seine Sterne leuchteten am hellsten in den Bordellen von Bogotá«, antwortete Gruber. »Seine Smaragdmine soff ab, die Wohnungen in unserem Haus musste er nach und nach verkaufen, die Agentur ging mehr schlecht als recht, und daran hat sich bis heute wenig geändert. Das Einzige, was ihm bis zuletzt blieb, waren sein Charme und sein unerschütterlicher Optimismus. Die Frage, die ich mir heute stelle, ist eine ganz andere: Woher hatte er das viele Geld, das er gleich zu Beginn in Kolumbien investierte? Anteile an einer Smaragdmine, ein Hausbau, eine Firmengründung – und so ziemlich alles nahm er gleichzeitig in Angriff.«

»Könnte seine Mine etwas abgeworfen haben, bevor sie von einem Wassereinbruch in ein Schlammloch verwandelt wurde?«, erkundigte sich Finch. »Mir sind ein paar Dinge in diesem Brief aufgefallen. Dein Vater hat sinngemäß geschrieben, sie hätten die Entscheidung in Pauls Hände gelegt. Er allein würde darüber bestimmten, wann er das Zeichen, wie es dein Vater nannte, an die anderen aussenden würde.«

»Ja, darüber habe ich heute auch nachgedacht, als wir darüber gerätselt haben, worum es hier überhaupt geht«, meinte Georg. »Paul, der Mann im Dschungel, musste das Vertrauen aller gehabt haben.«

»Und dann sprang mir noch eine Passage ins Auge, in der dein Vater schrieb, dass sie in der schwierigsten Zeit ihres Lebens unzertrennlich gewesen waren«, stellte der Pilot fest. »In einer Zeit, in der die Welt im Wahnsinn versank oder so.«

»John?« Die Stimme Fionas vom Frühstücksbuffet klang aufgeregt.

Der Pilot stand auf und ging zu der jungen Frau hinüber. Er sah den kleinen Zettel auf dem Toaster liegen und schüttelte verständnislos den Kopf. »Röstest du jetzt die Mitteilung? Das halte ich nicht für zielführend.«

»Macht nichts«, gab Fiona zurück. »Schau hin und staune.«

Finch beugte sich über den Toaster, spürte die Wärme und schaute verblüfft auf das Papier. Unter den neun blassblauen Zeilen waren zwei weitere Zeilen aufgetaucht, braune, geschwungene Buchstaben, eindeutig von derselben Hand verfasst wie der Rest des Textes.

»Was zum Teufel …«, wunderte er sich und kniff die Augen zusammen, um besser lesen zu können.

»Du brauchst nur eine Zitrone oder Milch, Essig oder Zwiebelsaft«, freute sich Fiona. »Erinnerst du dich an die geheimen Botschaften, die wir in unserer Kindheit verfassten? Manchmal führen die einfachsten Dinge zum Ziel.«

»Hat dir heute schon jemand gesagt, dass du voller verborgener Talente steckst?«, fragte sie Finch. Dann las er laut vor:

»Nehmt nicht das Erstbeste und sucht die Rose
im Untergrund, am Fuß des dritten Pfeilers.«

»Wieso spricht dieser Paul immer in Rätseln?«, ärgerte sich Gruber. »Kann er nicht ein einziges Mal eine klare Anweisung geben?«

»Er muss sehr misstrauisch gewesen sein, wenn ich mir das kleine Blatt Papier so ansehe«, murmelte Fiona. »Selbst in den beiden unsichtbaren Zeilen hat er nichts Handfestes formuliert. Nur Andeutungen, die man erst dann begreift, wenn man vor dem Problem oder vor Ort steht.«

»Lasst mich laut nachdenken«, warf Finch ein. »Die beiden Zeilen müssen die anderen neun ergänzen, sonst hätte es sich dieser Paul ersparen können, sie mit unsichtbarer Tinte zu schreiben. Wir haben drei Hinweise: nicht das Erstbeste zu nehmen, was immer es ist, die Rose im Untergrund zu suchen und anschließend den Fuß des dritten Pfeilers.«

Er machte sich rasch Notizen auf der Rückseite des Briefes von Gruber senior, dann zog er das kleine Blatt vom Toaster und schaltete das Gerät aus. »Viel Aufwand, der da betrieben wurde«, fasste er zusammen. »Für mich der beste Beweis, dass es hier um mehr geht als nur um eine simple Schnitzeljagd durch Europa. Vergessen wir nicht den Angriff auf Böttcher, die Explosion der Albatross und den Tod der beiden alten Männer.«

»Entweder wir sind sehr bald unterwegs, oder wir sind tot«, kam da eine Stimme vom Eingang und Alfredo betrat mit großen Schritten den Wintergarten. »Die Sicherheit mag für deinen Großvater genügt haben, aber einem richtigen, durchgeplanten Angriff sind wir hier ziemlich schutzlos ausgeliefert. Wie ich erfahren habe, ist der Besitz so groß, dass nur Teile davon regelmäßig durch Patrouillen überwacht werden können. Bisher haben sich die Männer des Schutzteams auf die Umgebung des Hauses konzentriert, die dank der gerodeten Lichtung leicht zu kontrollieren ist. Aber das lässt uns keine Vorwarnzeit, um rechtzeitig zu verschwinden, sollten die Jungs der anderen Seite ihren Job wirklich gut und gründlich machen. Erst wurde die Albatross in kleine Stücke gesprengt – und dann wir?«

John Finch sah Alfredo alarmiert an. »Wie viel Zeit haben wir deiner Meinung nach noch?«

»Wie schnell kannst du uns hier rausbringen?«, entgegnete Alfredo.

»So schlimm? Ich verstehe«, murmelte der Pilot. »Aber so rasch geht das nicht. Ihr braucht Papiere, vorher Fotos, dann müssen wir ein Flugzeug chartern oder Tickets auf einer Linienmaschine buchen.«

»Ein Linienflug? Dann können wir gleich ein riesengroßes Schild aufstellen: ›Wir sind hier lang!‹«, warf Georg ein.

»Er hat recht«, kam ihm Fiona zu Hilfe. »Außerdem kenne ich niemanden, der uns in São Gabriel innerhalb von ein paar Stunden falsche Pässe anfertigt.«

»Also müssen wir nach Manaus«, folgerte Finch. »Rund achthundertfünfzig Kilometer Luftlinie, knappe tausendzweihundert auf dem Fluss.«

»Zu weit für ein Boot«, wandte Alfredo ein.

»Vergiss es!« Der Pilot schüttelte den Kopf. »Fliegen oder hier bleiben.«

»Fliegen«, bekräftigte Fiona. »Kannst du ein Flugzeug besorgen?«

»Und in Manaus am Flughafen landen, mit Passagieren ohne Papieren, um dann der Polizei in die Hände zu laufen?«, gab Finch zurück. »Die Albatross ist Vergangenheit. Nein, wir brauchen einen Helikopter für vier Passagiere. Dann können wir ohne viel Umstände eine Außenlandung beantragen, ihr steigt aus, ich fliege zum Airport und wir treffen uns, um die Pässe zu besorgen. Von da müssen wir nach São Paulo, weil ich keinen einzigen internationalen Direktflug ab Manaus kenne.«

»Das dauert zu lange«, wandte Alfredo ein. »Bis wir außer Landes sind, vergehen sicher mehr als zwei Tage. Außerdem kennen wir keine Quellen für falsche Papiere in Manaus – und in São Paulo noch weniger.«

»Gegenvorschlag?«, ließ sich Georg Gruber vom Fenster vernehmen, während er misstrauisch den Wald um die Lichtung beobachtete.

»Medellín«, sagte Alfredo grinsend. »Da bin ich zu Hause, bekomme innerhalb einer Stunde Papiere, die jeder Kontrolle standhalten. Zwei Stunden später sind wir unterwegs nach Europa.«

»Soviel ich weiß, gehen außerdem von Medellín aus jeden Tag Flüge nach London über Miami«, bestätigte Georg.

»Und mit einem schnellen Helikopter sind wir in weniger als fünf Stunden da«, gab Finch zu, »wir müssen nicht dem Fluss folgen und können so direkt wie nur möglich fliegen. Aber da sind einige Dinge, die mir überhaupt nicht gefallen. Wir wissen nicht, ob wir in Medellín nach dem Anschlag auf Böttcher alias Botero auf der Fahndungsliste stehen.« Er wandte sich an den Sicario. »Eines jedoch ist ganz sicher – du stehst auf der Abschussliste der Konkurrenz mit Abstand ganz oben. An erster Stelle.«

»Trotzdem führt der schnellste Weg zu den Pässen und dann

nach Europa über Medellín, wie immer wir es drehen und wenden«, meinte Fiona bestimmt. »Alles andere dauert einfach zu lange, und wenn wir wirklich von den Mördern meines Großvaters verfolgt werden, dann ist Zeit genau das, was wir nicht haben.«

»Der Flug nach London heute Abend könnte unserer sein«, nickte Alfredo dem Piloten beruhigend zu. »Wir wollen ja nicht alt werden in Medellín.«

»Das wirst du auch nicht, wenn wir nicht schnellstens wieder aus der Stadt draußen sind«, knurrte Finch und zog sein Handy aus der Tasche. »Packt alles zusammen und macht den Hummer startklar, ich organisiere inzwischen einen Hubschrauber. Zufällig weiß ich von einem, der ständig startklar ist.« Er hob abwehrend die Hand, als er den fragenden Blick von Fiona bemerkte. »Keine Einzelheiten, und nein, er steht nicht in einem Hangar auf dem Flughafen, sondern in einem Versteck nicht weit von hier.«

In diesem Moment ertönte in der Ferne die erste einer Reihe von dumpfen Explosionen. Dazwischen fielen Schüsse.

Dann war es wieder still, und alle im Wintergarten hielten den Atem an.

Zum Glück hob der Gesprächspartner von Finch beim ersten Läuten ab.

»*Hola* Pedro! Ich brauche deinen Heli – jetzt!«, zischte der Pilot ohne lange Vorrede. »Medellín. Wir sollten schon weg sein.«

»Das kostet das Doppelte«, gab eine ruhige Stimme unbewegt zurück. »In bar und im Voraus.«

»Gekauft! Wir sind unterwegs!« Finch legte auf. »Los jetzt, raus hier und nichts wie weg! Das Packen ist gestrichen.«

Wie auf ein Stichwort zerbarst in diesem Augenblick eine der großen Fensterscheiben des Wintergartens mit einem Knall in tausend Stücke. Georg Gruber stand glücklicherweise etwas abseits und die Glassplitter verfehlten ihn, zischten über den Fliesenboden.

Draußen wurden Schreie laut.

Eine Maschinenpistole ratterte.

Vincente griff in seinen Gürtel und zog eine Glock hervor, die er Alfredo zuwarf.

»Raus hier! Sie greifen an!«, schrie der Sicario, entsicherte die Pistole und riss Gruber vom Fenster weg.

Sparrow kreischte »Hängt sie!« und krallte sich auf der Schulter Fionas fest, die kreidebleich geworden war.

»Hier entlang! Zum Hummer!«, entschied sie nach einem kurzen Moment des Überlegens und stürmte voran, in Richtung Garage.

John Finch rannte ihr nach, stoppte jedoch nach wenigen Schritten, machte kehrt und trat an den Tisch, nahm alle drei Hinweise und steckte sie ein. Dann drehte er sich um und eilte den anderen nach.

Kaum hatte er die Tür zugeworfen, zerbarsten hinter ihm Dutzende weitere Scheiben in einem wütenden Kugelhagel. Querschläger fegten durch den Wintergarten, Glasstücke wirbelten, Schrapnellen gleich, durch den Raum. Die Palmen in den hölzernen Bottichen wurden wie Streichhölzer geknickt.

Der Krieg hatte sie rascher eingeholt, als Finch befürchtet hatte.

Ab jetzt würde es ein Wettlauf gegen die Zeit und einem zu allem entschlossenen Gegner werden. Der Pilot fluchte, während er die Explosionen näher kommen hörte.

Er hatte nicht die leiseste Ahnung, wer dieser Gegner war.

Und das ärgerte ihn am meisten.

1. November 2001

MIRNY AIRPORT, JAKUTIEN / RUSSLAND

Die vier Turbinen der weißen Ilyushin Il-76 des russischen Innenministeriums, Codename Candid, heulten kurz auf, und das große Transportflugzeug mit den auffälligen Fenstern im Boden des Cockpits setzte sich schwerfällig in Bewegung. Besorgt betrachtete der Kapitän die schwarze Wolkenfront, die sich unerbittlich von Norden kommend über Sibirien schob, während sein Kopilot noch die letzten Startvorbereitungen traf und versuchte, die Warnlichter zu ignorieren, die in regelmäßigem Rhythmus aufblinkten.

»Das gefällt mir gar nicht«, murmelte Juri Orlov, der dienstälteste Pilot des Innenministeriums, immer wieder. Ob er die Schlechtwetterfront oder die Warnlichter meinte, ließ er dahingestellt. Die Ilyushin war auf einer streng geheimen Mission. Eigentlich hätte sie niemals hierher nach Mirny fliegen dürfen, denn die Maschinen dieses Typs flogen in Russland nirgendwo mehr hin. Ende 2000 hatten die zuständigen Behörden nach einem spektakulären Unfall, bei dem ein Triebwerk während des Fluges von der Tragfläche abgebrochen war, ein kategorisches Flugverbot für die Ilyushin Il-76 verhängt. Zumindest bis zur Klärung der Unfallursache, und die lag noch in weiter Ferne, dank einer zähen Bürokratie und dem russischen Ermittlungssumpf.

Trotzdem hatte die weiße Il-76 schweres, dick verpacktes Gerät nach Mirny geflogen, einem kleinen Ort in der Weite Jakutiens. Soldaten mit Kränen und Lastwagen hatten das Ausladen übernommen, nachdem ein Sicherheitskordon von schwer bewaffneten Eliteeinheiten rund um die Il-76 gezogen worden war.

Niemand sollte die Maschinen sehen.

Nach fünf Stunden waren sie fertig gewesen. Nun stand der Weiterflug nach Irkutsk an, und Orlov wünschte sich im Stillen, sie wären bereits da. Das Außenthermometer zeigte minus 22 Grad.

Mirny, eine Bergarbeitersiedlung mit 35 000 Einwohnern, lag am Rande eines riesigen Lochs im Boden und war der Arsch der Welt, wie sich Orlov drastisch ausdrückte.

Für alle anderen war Mirny das Zentrum der russischen Diamantenförderung und die größte Mine der Welt. Mit einer Tiefe von 525 Meter und einem Durchmesser von 1200 Meter war der Tagbau inmitten des kleinen Ortes eines der größten von Menschenhand geschaffenen Löcher weltweit.

Die wichtigste Abbaustätte Russlands war 1955 anlässlich einer Expedition im Auftrag Joseph Stalins von einer Geologin entdeckt worden. Seither lieferte die Mine Jahr für Jahr rund zwei Millionen Karat Diamanten. So war in über fünfzig Jahren Abbau ein riesiger Trichter in der Ebene Ostsibiriens entstanden, in dem Tausende Arbeiter nach den kostbaren Steine schürften. Doch es war eine mühselige und schwere Arbeit. Der harte, festgefrorene Boden musste mit Düsentriebwerken aufgetaut werden, um den Kampf gegen den Permafrost zu gewinnen. Ohne schweres Gerät ging gar nichts. Wenn all das versagte, dann wurden Tonnen von Sprengstoff herangekarrt. Die Explosionen rissen Sprünge in die Wände der Wohnhäuser.

Doch die Diamanten waren wichtiger.

Haushohe LKWs rollten fast rund um die Uhr über die ringförmig angelegten Straßen im Trichter und transportierten den Abraum hoch an die Oberfläche. Sie benötigten zwei Stunden für eine Fahrt, vom Grund des Lochs bis ganz nach oben. Die Mine war zur Flugverbotszone erklärt worden, nachdem mehrere Helikopter von den Luftströmungen in die Tiefe gesogen worden waren.

Mirny war jedoch nicht nur einer der spektakulärsten Plätze der Erde, sondern auch einer der einsamsten. Die umliegende Taiga, mit ihren endlosen Wäldern und den meist gefrorenen, weiten Ebenen, war die Heimat der sibirischen Tiger, Wölfe und Bären. Ein menschenfeindliches Gebiet, das sich niemandem unterwarf.

Orlov nannte es die eisige Hölle.

Dieser Flug unterschied sich von allen anderen, die der langgediente Kapitän jemals im Auftrag des Innenministeriums durchgeführt hatte. Es gab keine Ladelisten, keine Flugpläne, keinen offiziellen Auftrag und keine Passagiere. Der Befehl war mündlich erteilt, die elf Mann Besatzung waren sorgfältig ausgesucht worden. Sie hatten zusätzlich zu ihrem Diensteid eine Erklärung unterschreiben müssen, dass sie niemals in Mirny gewesen waren und an diesem Tag jeder an einem anderen Ort einer anderen Beschäftigung nachgegangen war.

Flug 202 gab es offiziell nicht und durfte es nicht geben.

Als der Tower sich mit der Startfreigabe meldete, nickte Orlov seinem Kopiloten zu. Die Il-76 rollte auf die Startbahn.

Die Crew hatte noch sechs Minuten und zweiunddreißig Sekunden zu leben.

Orlov schob die Gashebel nach vorne, und die schwere Transportmaschine beschleunigte den Runway hinunter. Eine Böe erfasste die Ilyushin, doch Orlov korrigierte geschickt.

Der Wintersturm schickte seine Vorboten voraus.

Weit vor dem Ende der Startbahn zog Orlov am Steuerrad, und die Il-76 nahm gehorsam die Nase hoch und stieg in einer geraden Linie in den grauen Himmel.

»Tut mir leid, Juri.« Die Worte ließen Orlov zu seinem Ko hinüberschauen. Er blickte direkt in den Lauf eines .22er Revolvers.

Dann war da ein Blitz, und dann kam die Dunkelheit.

Die drei Crewmitglieder im Cockpit, Ingenieur, Mechaniker und Navigator, waren über ihre Instrumente gebeugt und sahen nicht auf, als der Schuss fiel. Der Körper Orlovs sackte zusammen, vom Gurt im Sitz gehalten. Blut sickerte aus einem kleinen Loch auf der Stirn.

Der Kopilot ließ die Waffe fallen und legte die Il-76 in eine Kurve, änderte den Kurs und drückte zugleich die Nase des Flugzeugs wieder hinunter, bis der vierstrahlige Jet im Tiefflug über die Taiga donnerte.

»Operation Kronstein hat begonnen«, sprach er in ein tragbares Funkgerät, das ihm der Bordingenieur in die Hand gedrückt hatte, bevor er den toten Orlov vom Pilotensitz gezogen und sich selbst dort angeschnallt hatte.

Die Crew hatte noch zwei Minuten und einundzwanzig Sekunden zu leben.

»Hast du die genauen Koordinaten vom Abwurfpunkt?«, fragte der Bordingenieur den Navigator, der noch immer über seine Karten gebeugt war.

»Ihr müsst den Kurs um drei Grad nach Osten korrigieren«, kam die rasche Antwort. Zugleich schrillte ein durchdringendes Alarmsignal durch das Cockpit.

»Was zum Teufel ist da los?«, schrie der Navigator auf.

»Die Hydraulik spinnt, Druckabfall!«, rief der Kopilot, und zugleich kippte die Il-76 über die rechte Tragfläche.

Der Crew blieben noch neununddreißig Sekunden.

Der Kopilot versuchte verzweifelt, auf das Reservesystem umzuschalten und gleichzeitig die Ilyushin auf ihrem bodennahen Kurs zu halten.

»Achtung! Da!«, schrie der Bordingenieur in Panik und zeigte nach vorn. Der Förderturm einer aufgelassenen Diamantenmine raste auf sie zu. Bevor irgendjemand reagieren konnte, rammte die weiße Il-76 mit der rechten Tragfläche das tonnenschwere, verrostete Eisenskelett. Ein fürchterlicher Schlag ging durch das Flugzeug, als die Hälfte der Tragfläche mit einem Triebwerk abgerissen wurde und Benzin aus den Tanks schoss.

Der Feuerball der Explosion riss die Il-76 wie ein Spielzeugflugzeug aus dem Himmel und schleuderte sie auf die gefrorene Erde der Taiga. Nach kaum dreißig Metern Sturzflug prallten die Trümmer der Ilyushin auf den steinharten Boden.

Der Tod war gnädig.

Er kam schnell.

Keines der elf Crewmitglieder überlebte.

In den folgenden Tagen bargen Rettungsmannschaften des Innenministeriums die Leichen der Opfer nach und nach aus dem völlig zerstörten Flugzeug. Eine unverbindliche Zwanzig-Zeilen-Meldung wurde an die Medien herausgegeben, Fernsehteams waren in der Einsamkeit der Taiga ausdrücklich nicht erwünscht. So gab es keine Berichte oder Fotos, keine Videos in den Nachrichten. Die Tatsache, dass eine Il-76 trotz Flugverbot aufgestiegen war, wurde nie untersucht. Der Mantel des Schweigens wurde über das Unglück gebreitet. So erfuhr die Öffentlichkeit auch nicht, dass die ersten Teams, die an der Absturzstellen eintrafen, Agenten des KGB und des Inlandsgeheimdienstes FSB waren, die sich nicht einen einzigen Augenblick um die Leichen kümmerten. Sie zerstörten die Blackbox und suchten fieberhaft nach einer kleinen Stahlkiste, der einzigen Fracht im riesigen Laderaum der Il-76.

Doch nach zwei Tagen stand fest, dass die Kiste spurlos verschwunden war. Auf dem tiefgefrorenen Boden gab es keinerlei Spuren. Das menschenleere Land schien den gepanzerten Stahlbehälter verschluckt zu haben. Dann setzte zu allem Überfluss noch heftiger Schneefall ein, und Tausende Quadratkilometer Taiga verschwanden für Monate unter einer dicken Schneedecke.

Nachdem die Leichen geborgen worden waren, sprengten Teams des KGB die Reste der Il-76. Der Flug, den es nie hätte geben sollen, geriet in Vergessenheit. Angekündigte Untersuchungen verliefen im Sand oder wurden gar nicht erst begonnen, Ergebnisse nie präsentiert. Die Angehörigen der Opfer wurden mit den unterschriebenen Erklärungen konfrontiert und zum absoluten Stillschweigen verpflichtet.

Im Interesse der Staatssicherheit.

Es wurde ruhig um Flug 202.

Doch im Hintergrund brodelte es. Der neu ernannte russische Innenminister Boris Groslow, seit März 2001 im Amt, geriet unter enormen Druck. Eine Gruppe von einflussreichen Männern im Parteivorstand betrachtete den mysteriösen Absturz der weißen Il-76 und das Verschwinden der Stahlkiste als sein persönliches Fiasko. Mehr als zwei Jahre lang suchten KGB und FSB erfolglos. Sie fanden keine Zeugen, keine Spuren, keine Täter. Nach mehreren Mordanschlägen auf ihn, die erfolgreich vertuscht wurden, reichte Groslow im Dezember 2003 entmutigt seinen Rücktritt ein.

Die Kiste blieb verschwunden.

São Gabriel da Cachoeira, Rio Negro / Brasilien

Der verbeulte Chevy-Bus rauchte aus dem Auspuff wie der Fabrikschlot einer Gießerei. Todesverachtend gab der Fahrer Vollgas und überholte zwei altersschwache LKW, die Baumstämme transportierten. Major Llewellyn auf dem Beifahrersitz schloss die Augen und hoffte, dass der Gegenverkehr ein Einsehen haben würde.

»Wie weit ist es noch bis zum Fluss?«, fragte er, und der Fahrer murmelte eine unverständliche Antwort, die zwischen Kautabak und Zahnlücken verendete.

»Lassen Sie mich einfach da raus, wo das Flugzeug explodiert ist.« Llewellyn war mit einer Chartermaschine aus Bogotá gekommen und hatte vor dem Flughafen von São Gabriel nur einen leeren Taxistandplatz vorgefunden. Kurzerhand hatte er einen Bauern angesprochen, der seine Frau auf einen Flug nach São Paulo zu ihrer Mutter gesetzt hatte und nun in die kleine Stadt zurückfuhr. Llewellyns Dankbarkeit wurde durch die ratternde Rostlaube auf vier Rädern gemindert, die vorher Hühner transportiert haben musste. Der Gestank war unsäglich.

So war er nicht böse, als der Bauer ihm am Ende einer schmalen Querstraße bedeutete, auszusteigen. »Da vorn links, dann sehen Sie schon die Absperrung«, nuschelte er, bevor der Bus in einer schwarzen Wolke Dieselqualms um die Ecke schaukelte.

Seinen Seesack auf der Schulter, wanderte der Major in Richtung Flussufer. Es donnerte in der Ferne, und dunkle Wolken zogen über dem Rio Negro herauf, ballten sich zu Kumulustürmen zusammen. Bald wird es regnen, dachte sich Llewellyn und hoffte, ein Dach über dem Kopf zu haben, bevor ihn das tropische Gewitter bis auf die Knochen durchnässen würde.

Die staubige Straße entlang der kleinen Bucht, die der Fluss in Jahrtausenden ausgewaschen hatte, war mit einem leuchtend gelben Plastikband abgesperrt. Ein junger, gelangweilt wirkender Polizist hielt Wache und sah dem Major neugierig entgegen, als er auf ihn zuging.

»Sie können hier nicht durch, Senhor«, meinte der junge Uniformierte freundlich, aber bestimmt. »Die Aufräumarbeiten sind noch im Gang, und auch die Stromleitung ist noch nicht repariert.«

Mit der einfachen Frage »Was ist denn passiert?« entfesselte Llewellyn einen nicht enden wollenden Redefluss bei dem Polizisten, der ihn in weniger als fünf Minuten mit allen Details versorgte, die er wissen wollte.

»Wilhelm Klausner, sagten Sie?«, fragte er nach.

Der junge Beamte nickte eifrig.

»Und die übrigen Opfer?«

»Wir haben die Enkelin Klausners gebeten, die Leichen zu identifizieren, was bei einigen nicht leicht war, wie Sie sich vorstellen können«, erzählte der Polizist und wiegte den Kopf. »Neben den Leibwächtern von Senhor Klausner gab es unter den Opfern auch noch einen alten Mann, dessen Namen die Senhora mit Klaus Böttcher, einem Freund der Familie, angab.«

Bingo, dachte sich Llewellyn, aber zugleich machte sich bei ihm die Enttäuschung darüber breit, dass er Böttcher zwar gefunden, aber auch gleich wieder verloren hatte.

»Und das Flugzeug?«, stieß der Major nach. »Sie haben ein Foto im Fernsehen gebracht. Ein Wasserflugzeug?«

»Eine alte Albatross. Gut gepflegt, schade drum«, meinte der junge Polizist und nahm erfreut die Zigarette, die Llewellyn ihm anbot. »Danke! Der Pilot und Eigner ist ein guter Bekannter, John Finch. Er lebt seit ein paar Jahren hier im Ort. Machte Touren mit Fischern und Expeditionen.«

Llewellyn horchte auf. Rückte das Gewitter näher, oder hörte sich das nach dumpfen Explosionen in der Ferne an?

»Keine Sorge, die sprengen wieder in einer der Bauxitminen«, winkte der Polizist ab und blickte besorgt zum Himmel. »Aber der Regen wird auch nicht lange auf sich warten lassen.«

Der Major nickte und verabschiedete sich rasch. Er lief los in Richtung Ortsmitte und war noch keine hundert Meter weit gekommen, als an einer Straßenecke vor ihm ein Taxi anhielt und ein Paar aussteigen ließ. Ungeduldig wartete er, bis der Wagen frei war, dann warf er seinen Seesack auf die Rückbank und ließ sich daneben in die Polster fallen. Keine Sekunde zu früh – die ersten schweren Regentropfen zerplatzten auf der Windschutzscheibe.

»Kennen Sie das Haus der Klausners?«, fragte er den Fahrer, der den Gringo ein wenig misstrauisch über die Schulter ansah.

»*Sim*, Senhor, das Anwesen liegt weiter draußen, im Dschungel, rund dreißig Minuten von hier«, meinte er und schaltete die Scheibenwischer ein. »Sind Sie eingeladen? Wenn nicht, dann werden Sie kein Glück haben. Der Besitz ist abgesperrt. Hoher Zaun, Wachposten und so.« Er zuckte mir den Schultern. »Ich kann Sie gern hinfahren, aber ...«

Die restlichen Worte des Taxifahrers gingen in einem Schwall von Turbinenlärm unter. Llewellyn lehnte sich aus dem Seitenfenster und erkannte einen eleganten mattschwarzen Hubschrauber, der genau über seinem Kopf im Tiefflug über die Häuser hinwegdonnerte, bevor er in eine abenteuerliche Schräglage einschwenkte und den Fluss entlang nach Nordwesten verschwand.

»Fahren Sie mich zu dem Landsitz«, nickte Llewellyn, zog ein paar Dollar aus der Tasche und drückte sie dem Fahrer in die Hand. »Da ist die Anzahlung. Wenn wir hineinkommen, gibt es mehr. Und ich habe es eilig!«

»*Sim*, Senhor, schon unterwegs!« Das Taxi schoss los, und Llewellyn lehnte sich zurück. Er zweifelte keine Sekunde daran, dass die Wachen kein Problem darstellen würden.

Als sie zweiundzwanzig Minuten später am Tor des Anwesens ankamen, wurde rasch klar, dass die Wachen in der Tat kein Problem darstellen würden: Das doppelflügelige Gittertor stand weit offen, das Wärterhäuschen war leer.

Der Taxifahrer hielt verwirrt an und blickte sich um. »Das verstehe ich nicht«, murmelte er, »der alte Senhor Klausner legte großen Wert auf seine Ruhe und Ungestörtheit. Ich kann mich nicht erinnern ...«

»Fahren Sie weiter!«, unterbrach ihn Llewellyn. »Aber langsam.« Aufmerksam betrachtete er den Waldrand. Das grüne Dickicht des Dschungels reichte bis an die Straße, die nun geteert war und an sorgsam gepflegten Blumenbeeten vorüberführte.

Alles schien verlassen. Das Taxi rollte auf eine Gabelung zu, und der Fahrer sah Llewellyn im Rückspiegel fragend an. Der Major überlegte kurz, während der Regen wütend aufs Wagendach trommelte. Dann entschied er sich spontan für den rechten Weg.

»Hier ist es zu ruhig«, sagte er mehr zu sich selbst als zu dem Fahrer und blickte sich aufmerksam um, während das Taxi wieder beschleunigte. »Keine Wachen weit und breit.«

Plötzlich bemerkte er etwas zwischen den Blumen. »Warten Sie!« Der Fahrer stieg auf die Bremse.

Llewellyn sprang aus dem Wagen und rannte zu einem der großen Rosenbüsche. Er hatte sich nicht getäuscht. Ein Mann im schwarzen Kampfanzug lag im nassen Gras auf dem Rücken, die Augen weit aufgerissen. Blut rann aus einem Mundwinkel, vermischte sich mit dem Regen.

Llewellyns Gedanken überschlugen sich. Er ging in die Knie, sah sich vorsichtig um, spürte den Regen sein Hemd durchweichen. Noch immer war kein Mensch zu sehen, nichts rührte sich. Es war gespenstisch still.

Kurz entschlossen griff der Major nach einem Heckler-&-Koch-Sturmgewehr, das halb unter dem leblosen Körper begraben war, und zog es hervor. Dann nahm er dem Toten die Reservemagazine vom Gürtel und rannte zurück zum Taxi. Mit einem raschen Griff holte er seinen Seesack von der Rückbank.

»Verschwinden Sie und alarmieren Sie die Polizei«, stieß er hervor, schlug die Tür zu, ohne eine Antwort abzuwarten, und rannte gebückt zum Waldrand. Mit quietschenden Reifen wendete der Fahrer, und das Taxi verschwand im Regen.

Llewellyn kauerte hinter einem Busch und wartete, das Gewehr im Anschlag. Der Regen schien immer stärker zu werden, der Himmel hatte seine Schleusen geöffnet. Doch Llewellyn spürte ihn nicht. Sein Instinkt hatte übernommen, jahrzehntelang in unzähligen Gefechten geschult. Ohne den Blick von der Straße zu wenden, griff er mit einer Hand neben sich in den Matsch, nahm eine Faust nasser Erde voll und schmierte sich die dunkle Masse ins Gesicht. Anschließend kontrollierte er ein letztes Mal das Heckler & Koch, lud durch und versteckte den Seesack unter den Zweigen.

»Dann wollen wir doch mal sehen, was hier los ist«, murmelte er und sprintete los, immer am Waldrand entlang, in Sichtweite der Straße. Es dauerte keine drei Minuten, da stieß er auf die nächste Leiche. Es war ein Mann in Jeans und schwarzem Hemd, dem eine Kugel den halben Kopf weggerissen hatte. Llewellyn durchsuchte ungerührt seine Taschen, doch seltsamerweise waren sie völlig leer. Die Waffe des Toten lag einen Meter weiter im Gras, und der Major runzelte die Stirn. Es war eine MP5 mit Laserpointer, eine seltene Sonderanfertigung mit mattierten Stahlteilen, die von Einsatz- und Elitetruppen verwendet wurde.

Llewellyn griff nach der MP5 und hängte sich das Sturmgewehr über die Schulter. Wer immer den Angriff auf das Anwesen geplant und durchgeführt hatte, war zu allem entschlossen, stellte er fest und lief gebückt weiter.

Die Straße machte einen sanften Bogen. Dahinter öffnete sich der Wald, wich zurück und gab den Blick auf eine große Lichtung mit einem weißen Haus frei. Vor dem Eingang erkannte der Major einige Männer in schwarzen Kampfanzügen mit erhobenen Händen, bewacht von drei Bewaffneten in Zivil.

Llewellyn schlug sich nach rechts in die Büsche und folgte dem Waldrand, bis er außer Sichtweite der Männer am Eingang war. Dann holte er tief Luft, sah sich ein letztes Mal um und stürmte geduckt über die weite Rasenfläche auf einen niedrigeren Teil des Hauses zu, dessen Fenster alle zu Bruch gegangen waren. Jede Sekunde wartete er auf laute Alarmrufe oder Schüsse. Es schien ihm eine Ewigkeit, bis er sich schwer atmend durch eines der hohen Fenster schob.

Nichts war geschehen, keiner hatte ihn gesehen.

Ein Wintergarten oder was davon übrig geblieben ist, dachte Llewellyn, als er sich umblickte und rasch den großen Raum sicherte, in dem er stand. Dabei knirschten seine Schritte auf den Glassplittern, mit denen der Boden übersät war, und er fragte sich, was mit den Bewohnern des Hauses geschehen war. Da hörte er aus dem Nebenraum Stimmen, laute Befehle, dann ein panisches Kreischen.

Die Stimme einer Frau in Todesangst.

Ohne nachzudenken, trat Llewellyn die Tür ein und stürmte in das Zimmer. Mit einem Blick erfasste er die Situation. Eine nackte junge Frau stand mit dem Rücken zur Wand, die Hände erhoben, die Augen fest zugekniffen, und kreischte unentwegt. Der Mann neben ihr hielt mit ausdruckslosem Gesicht eine Pistole an ihre Schläfe. Zwei andere sahen zu, ihre Hände in die Hüften gestützt, die MP5 umgehängt. Ein weiterer, von dem Llewellyn nur einen Teil des Kopfes sah, saß weiter abseits in einem Lehnstuhl.

Alle fuhren herum, als sie den Krach des nachgebenden Holzes hörten. Die Pistole des Mannes neben der Nackten ruckte in Richtung Tür, und Llewellyn drückte ab. Der Feuerstoß schleuderte den Bewaffneten gegen die Wand, an der er langsam herabrutschte.

Die beiden anderen rissen die MP5 von den Schultern, hechteten hinter Tische und Sessel und eröffneten sofort das Feuer. Doch Llewellyn hatte sich auf den Boden fallen lassen, legte die Maschinenpistole flach auf die Fliesen, drückte den Abzug und drehte die MP5 dabei. Die Salven durchschlugen das Holz wie Butter und trafen die beiden Schützen mit tödlicher Präzision.

Der beißende Geruch von Kordit durchzog den Raum.

»Raus!«, schrie Llewellyn die völlig verstörte Frau an, die ihn mit starrem Blick anschaute. »Los! Raus!«

Die junge Frau stolperte fast über einen der Toten, dann lief sie mit zaghaften Schritten zur Tür und verschwand schluchzend im Wintergarten.

Der Mann im Lehnstuhl hatte sich nicht bewegt.

»Aufstehen!«, befahl der Major. »Langsam, und ich möchte dabei

Ihre Hände sehen. Versuchen Sie keine Tricks, ich bin länger in diesem Geschäft, als Sie denken, und Sie sind schneller tot, als Sie blinzeln können.«

»Das weiß ich, Major Llewellyn«, meinte der Mann im Lehnstuhl mit grimmiger Stimme, »aber es könnte sein, dass Sie heute das Geschäft in den Konkurs geschickt haben.« Mit diesen Worten erhob sich Egon Zwingli aus dem Sessel und fixierte Llewellyn erbost. »Sind Sie nicht bereits ein wenig zu alt, um sich als Retter nackter Weiblichkeit aufzuspielen?«

»Ratte!«, stieß der Major hervor. »Kleine, miese Ratte. Waren Sie das mit der Albatross? Das hätte ich mir denken können. Wie unglaublich geschickt! Sie haben die letzten beiden alten Männer ins Nirwana gebombt, Sie Anfänger! Lassen Sie mich raten. Jetzt versuchen Sie verzweifelt, Informationen aus nackten Hausangestellten herauszupressen, weil alle anderen verschwunden sind? In die Flucht geschlagen durch Ihren subtilen, fast lautlosen Angriff auf das Anwesen Klausners? Man hat Sie bis nach São Gabriel gehört, Sie Idiot! Gehen Sie zurück in Ihr Büro und jonglieren Sie mit Zahlen. Alles andere überlassen Sie besser den Profis.«

Eine Tür flog auf, und zwei Bewaffnete stürmten herein, die Maschinenpistolen im Anschlag. Mit zwei großen Schritten stand Llewellyn neben Zwingli und drückte ihm den Lauf unters Kinn. »Nur zu, Jungs, drückt ab, und euer Chef singt im großen Chor der Cherubim die erste Stimme.«

Ratlos und verunsichert sahen die Männer Zwingli an.

»Fallen lassen!«, kommandierte der Major. »Jetzt!«

Der Schweizer nickte unmerklich, und die beiden Maschinenpistolen polterten auf den Boden.

»Hinlegen, auf den Bauch, Hände auf den Rücken!« Llewellyn wandte sich an Zwingli. »Und Sie – hinsetzen! Wie viele dieser Hampelmänner turnen noch im Haus herum?«

»Kein Kommentar«, zischte der Schweizer.

Llewellyn richtete seelenruhig die MP5 auf die Kniescheibe Zwinglis. »Sie haben ja so recht, Ihre Beine brauchen Sie nicht in Ihrem langweiligen Bürojob. Drei – zwei – eins ...«

»Drei Männer sind noch draußen und bewachen die Security-Leute Klausners«, fauchte Zwingli.

»Dann sind sie ja beschäftigt, und wir können uns in Ruhe unterhalten«, gab der Major zufrieden zurück. »Zumindest so lange, bis die Polizei hier eintrifft.« Er riss zwei Vorhangschnüre herunter und fesselte rasch die beiden am Boden liegenden Männer.

»Sie bluffen«, fuhr ihn der Schweizer an.

»Keineswegs«, lächelte Llewellyn. »Ich schätze, selbst die langsamen Gesetzeshüter von São Gabriel werden nicht länger als eine halbe Stunde benötigen, um die paar Kilometer hierher zu fahren. Es bleiben Ihnen also höchstens noch ein paar Minuten, um meine Fragen zu beantworten. Dann haben Sie ein ernstes Problem.«

»Und Sie, Sie hängen mit drin«, winkte Zwingli ab, »das würden Sie nie machen.«

»Ich habe doch den Taxifahrer als Zeugen, der mich hierhergebracht hat, habe ich das vergessen zu erwähnen? Er wird bestätigen, dass ich nach den Kämpfen hier ankam und nur helfen wollte.« Llewellyns Stimme triefte vor Hohn. »Das wird auch das nackte Mädchen bekräftigen, die Sie so feinfühlig befragt haben. Sie stecken bis zum Hals in der Scheiße, Zwingli. Und wissen Sie was? Ich werde mit den Behörden kooperieren, ihnen einen kleinen Wink geben, dass Sie auch für die Explosion der Albatross und den Tod der beiden alten Männer samt ihren Leibwächtern verantwortlich sind. Bis Sie wieder aus dem Gefängnis draußen sind, ist Ihr Land Mitglied der Europäischen Union.«

Zwingli wollte aufspringen, aber Llewellyn bohrte ihm den Lauf der MP5 in die Brust. »Geben Sie acht! Ein Toter mehr oder weniger spielt bei dem Gemetzel, das Sie und Ihre Männer hier angerichtet haben, keine Rolle mehr. Schweizer Blut ist genauso rot wie … Ach ja, woher haben Sie eigentlich Ihre Söldner? Ausrangierte Fremdenlegionäre?«

Zwingli antwortete nicht. Er saß zusammengesunken in dem Stuhl und starrte auf seine Hände.

»Warum haben Sie die alten Männer umgebracht?«, fragte ihn Llewellyn. »Es war abgemacht, dass sie überleben sollten, um nicht nur bei der Entschlüsselung der Hinweise mitzuhelfen, sondern auch um von meiner Regierung befragt werden zu können. Und dann wäre da noch eine weitere Frage, um deren Beantwortung sich alle bisher herumgedrückt haben: Wovor haben Sie und Ihre Kompagnons so eine Höllenangst, Zwingli?«

Der Schweizer schwieg hartnäckig.

»Wie Sie wollen. Das ist Ihr Problem und nicht das meiner Regierung«, setzte der Major fort. »Downing Street hat mir überlassen, wie es nun weitergehen soll.«

Er lehnte sich zu Zwingli hinunter. »Lassen Sie mich raten, Sie Django für Arme. Sie haben sogar die Spur der Hinweise und der Enkelin von Klausner verloren, die sich wahrscheinlich mit diesem Piloten, diesem Finch, aus dem Staub gemacht hat ...«

Llewellyn stutzte und unterbrach sich. »Moment mal!«

Mit eisernem Griff riss er Zwingli aus dem Sessel hoch und schleppte ihn hinter sich her. Nachdem er die Halle durchquert hatte, stieß er die Eingangstür auf, schob den Schweizer vor sich die Treppen hinunter.

»Vorstellung zu Ende, Waffen fallen lassen!«, rief er den drei Bewaffneten zu, die erstaunt herumfuhren, und drückte Zwingli die MP5 in die Seite. »Euer Chef hat es sich anders überlegt.«

Wenige Augenblicke später hatten die Security-Leute Klausners die Lage unter Kontrolle.

Llewellyn hielt Zwingli mit eisernem Griff am Oberarm fest. »Die Polizei wird gleich hier sein, ich nehme diesen Vogel so lange in Gewahrsam«, meinte er zu den Sicherheitsleuten, die ihm dankbar zunickten. »Wo geht's zur Garage? Ich brauche ein Auto, und zwar rasch!«

Der schwarze Mercedes S 600 erreichte die Weggabelung genau in jenem Moment, in dem in der Ferne die ersten Blaulichter der Polizeiwagen aufleuchteten. Llewellyn riss das Steuer nach rechts und beschleunigte die schwere Limousine in die entgegengesetzte Richtung. Nach einer Kurve wendete er und wartete.

»Lassen wir die Kavallerie vorbeiziehen«, meinte er zu Zwingli, der mürrisch auf dem Beifahrersitz kauerte. »Und machen Sie nicht so ein Gesicht, sonst überlege ich es mir noch einmal und vergesse Sie auf einer lokalen Polizeistation.«

»Fahren Sie doch zur Hölle«, giftete Zwingli.

»Nur mit Ihnen«, gab der Major zurück. »Wir werden ab sofort unzertrennlich sein, Sie und ich, wie Pat und Patachon oder Laurel und Hardy. Vor allem werden Sie mir eine spannende Geschichte erzählen – die Geschichte von der Angst der Schweizer vor vier alten Männern. Und lassen Sie kein Detail aus.«

Doch Zwingli dachte nicht daran. Er stieß plötzlich die Beifahrertür auf, sprang auf die Straße und war mit wenigen Schritten im dichten Dschungel verschwunden, bevor Llewellyn reagieren konnte.

Der Major wollte aufspringen, Zwingli verfolgen, doch dann überlegte er es sich. Es gab Wichtigeres. Also startete er den schwarzen Mercedes und rollte in Richtung Tor.

Sein Seesack lag noch genau da, wo er ihn versteckt hatte. Er entlud das Sturmgewehr, warf es mit großen Schwung in den Wald und stopfte die MP5 zwischen seine Hemden. Bei dem Interview, das er noch plante, könnte eine zusätzliche Überzeugungshilfe willkommen sein.

Als Llewellyn wieder in den S 600 stieg und in Richtung São Gabriel beschleunigte, wurde der Regen schwächer und hörte schließlich ganz auf. Am Tor hatten zwei Polizisten im Wächterhäuschen Schutz gesucht. Bevor sie auf die Straße springen und Llewellyn befragen konnten, war die schwarze Limousine bereits in einem dicken Sprühnebel aus Wassertropfen verschwunden.

Jetzt gilt es nur noch, die richtigen Informationen einzuholen, dachte der Major, während er vergeblich versuchte, in seinen Taschen eine trockene Zigarette zu finden. Er zweifelte keine Sekunde daran, dass John Finch und Fiona Klausner mit den Hinweisen in dem mattschwarzen Helikopter entkommen waren.

Das Flugziel des Hubschraubers herauszufinden, das erachtete Llewellyn nicht als Schwierigkeit. Es kam nur auf den Nachdruck an, mit dem man die Fragen stellte …

Sosnovaya Alleya 5, Pokrovskoje Streschnevo,
Moskau / Russland

Das Penthouse im obersten Stock des neu erbauten Wolkenkratzers, einer Komposition aus Stahl, Glas und Beton, bot neben 280 Quadratmetern Luxus auch einen atemberaubenden Blick auf das nächtliche Moskau. Das Domizil in Pokrovskoje Streschnevo, einem der besten Bezirke der russischen Hauptstadt, hatte ein Vermögen gekostet und die Ausstattung durch einen französischen Innenarchitekten ein weiteres.

Doch das kümmerte Georgi Atanasiew nicht. Geld kam mit den Geschäften, und Geschäfte gab es genug.

Das heiße Wasser aus dem vergoldeten Duschkopf prasselte im Massage-Rhythmus auf seine Schultern. Atanasiew sah aus wie ein alternder Boxer, der die letzten Kämpfe verloren hatte. Doch der Eindruck täuschte. Zwar stand seine Nase schief, und zahllose Narben an Schläfen, unter den Augen und am Rücken zeugten von einer bewegten Vergangenheit. Aber das war lange her. Der in der Hafenstadt Archangelsk geborene Atanasiew hatte seine Heimatstadt mit sechzehn verlassen, um sein Glück in Moskau zu versuchen. Die »Stadt der Erzengel« am Weißen Meer war ihm zu klein geworden, nicht zuletzt wegen seines langen Vorstrafenregisters. Wenn ihn nicht die Polizei in die Finger bekommen hätte, dann hätten sich seine zahllosen Feinde wie Bluthunde an seine Fersen gehängt.

Und ihn erwischt.

So aber war er bei Nacht und Nebel nach Moskau aufgebrochen und spurlos untergetaucht.

Der Zeitpunkt war gut gewählt. Mitte der achtziger Jahre flutete eine Aufbruchsstimmung durch Moskau, brandete bis an die Kremlmauern. Ihr Sog wirbelte die etablierten Klassen durcheinander, brach verkrustete Strukturen auf und spülte Talente aus ganz Russland in die Hauptstadt.

Talente verschiedenster Berufsgattungen.

Atanasiew hatte keine Skrupel, keine Familie, keine Verpflichtungen, wenig Hemmungen und nichts zu verlieren. Ideale Voraussetzungen für eine Blitzkarriere im einschlägigen Moskauer Milieu, in dem alle nach oben wollten und niemand zurückblickte.

Georgi trat aus der Dusche, nahm ein riesiges Badetuch und trocknete sich ab. Für einen Moment überlegte er, für einen Aufguss in die private Sauna zu gehen, aber dann verwarf er den Gedanken wieder. So viel Zeit blieb nicht.

Er schlüpfte in einen Bademantel und wählte eine Davidoff aus dem Humidor. Während er die Zigarre anzündete, trat er auf die Terrasse hinaus, lehnte sich an die Brüstung und genoss den Blick über den Lesopark auf das Stadtzentrum.

Als der Zusammenbruch der Sowjetunion eine Ära beendete und ein neues Zeitalter einläutete, hatte »der Erzengel«, wie der Spitzname Atanasiews lautete, bereits die erste Dollar-Million auf seinem Konto und blickte zuversichtlich in die Zukunft. Er war in der Zwischenzeit als Geschäftsmann bekannt und akzeptiert. Ob Computerteile aus Taiwan oder Wodka aus der Ukraine, Uhren aus der Schweiz oder Waffen aus Österreich, Atanasiew hatte die richtigen Verbindungen aufzuweisen, genügend Mittel, um sie zu pflegen, und eine harte Hand, um sie bei der Stange zu halten.

So verwunderte es niemanden, dass er von Anfang an dabei war, als in den frühen neunziger Jahren die ersten Kartelle der russischen Mafia gegründet wurden. Der wirtschaftliche Niedergang und die sich bietenden Möglichkeiten der Privatisierung von Kollektiveigentum aus staatlichem oder Volksvermögen stellten eine Einladung an die organisierte Kriminalität dar, die auch Atanasiew nicht ausschlagen konnte.

Bald teilten sich zwei kriminelle Kartelle die Tätigkeiten in Moskau mehr oder weniger reibungslos auf. Viele Paten und führende Mitglieder wurden aus dem Offizierskorps der Roten Armee und des KGB rekrutiert. Sie hatten mit der Reduzierung der Streitkräfte nach dem Ende des Kalten Krieges ihre Posten verloren und griffen nach jedem Strohhalm.

Drogen, Waffen, Menschen, Schutzgelder, Erdöl, Gas und Rohstoffe – nach den wilden »Gründerjahren« begannen viele Paten und Oligarchen in den wachsenden Konsum ihrer Landsleute zu investieren. Immobilien hieß das Zauberwort, und Atanasiew sprang rechtzeitig auf den Zug auf. Zur Jahrtausendwende war sein Vermögen auf mehr als 100 Millionen angewachsen, und der Bauboom hatte erst begonnen ...

So stand denn Atanasiew auch auf der Terrasse seines eigenen Hochhauses. In den untersten drei Etagen war der nobelste und elegantste Wellness-Club Moskaus untergebracht, der ebenfalls ihm gehörte. Das Zehn-Millionen-Projekt stillte die ständig wachsende Nachfrage nach Luxus und den Hunger der Moskauer, in einem schicken Ambiente umhegt zu werden. Deshalb hatte der Bauherr geklotzt: Die Gäste wurden auf knapp 5000 Quadratmetern mit allem nur erdenklichen Komfort verwöhnt. So war es kein Wunder, dass der Club seit dem ersten Tag eine Geldmaschine war. Der jährliche Mitgliedsbeitrag von umgerechnet mehr als 4000 Euro garantierte Exklusivität. Doch damit nicht genug. Die darüberliegenden dreißig Stockwerke mit hochwertig eingerichteten Appartements hatten beim Verkauf weitere 50 Millionen Gewinn auf das Konto des Erzengels gespült.

»Ich darf Sie daran erinnern, dass in einer halben Stunde die Männer vom Werttransport kommen?« Sein Sekretär Anatolij war wie immer zuverlässig und pünktlich.

Atanasiew nickte und schnippte das lange Streichholz über die Brüstung. »Ich bin gleich so weit. Bereiten Sie inzwischen alles vor, rufen Sie im Hotel an und erinnern Sie Saul Pleaser an den Termin. Dann geben Sie Mischa Bescheid.«

Auf dem Weg ins Schlafzimmer schaltete er den Fernseher an und drehte den Ton ab. CNN berichtete über die Wirtschaftskrise in den EU-Staaten, und Atanasiew verzog das Gesicht. Er hatte bereits vor Jahren einen Teil seines Vermögens in Euro angelegt und beobachtete nun mit Sorge die Entwicklung der schwächelnden Währung.

Der begehbare Kleiderschrank hatte das Ausmaß eines Salons und die Auswahl eines exklusiven Pariser Modegeschäfts. *Eine* Lektion hatte Atanasiew rasch gelernt: In einer Stadt, die Luxus und Eleganz groß schrieb, musste man sich anpassen, um dazuzugehören. So besaß er mehr Anzüge, als er jemals tragen konnte, und weniger bequeme Schuhe, als er gern gehabt hätte.

Er wählte sorgfältig seine Kleidung aus – Designerhose, Fred-Perry-T-Shirt und Armani-Sneakers – und zog sich an. Als er sich zufrieden im Spiegel betrachtete, hörte er, wie Anatolij bereits Mischa begrüßte. Der Georgier, einer der neuen Köpfe des Solntsewskaja-Kartells, kulturell interessiert und ein studierter Ökonom, wollte sich den Transport nicht entgehen lassen und hatte dafür sogar auf eine Premiere von Verdis *Rigoletto* verzichtet. Und das hieß bei dem fanatischen Opernliebhaber eine ganze Menge.

»Georgi!«, begrüßte Mischa den Hausherrn mit weit ausgebreiteten Armen. »Siehst du nur ausländische Programme, oder hast du auch einen anständigen französischen Cognac für deine Gäste?«

»Du meinst mein Lebenselixier?«, lächelte Atanasiew und wies auf die Bar. »Nimm dir, was immer dein Herz begehrt. Ich würde vorschlagen, wir gehen etwas später ins Noev Korcheg beim Kreml, einverstanden?«

»Gute Idee, Georgi, ich habe seit Monaten nicht mehr armenisch gegessen«, antwortete Mischa vergnügt, während er sich eine großzügige Portion Rémy Martin einschenkte. »So, und jetzt will ich endlich das Objekt der Begierde sehen, das uns mit einem Schlag an die Spitze katapultieren wird.«

»Dann komm und staune«, nickte Atanasiew und führte Mischa in sein Arbeitszimmer, das eher einer Bibliothek in einem englischen Club ähnelte. Bilder und Messinglampen, Lederfauteuils und dunkles Holz verbreiteten eine gemütliche Atmosphäre. An den Wänden reichten die Bücherregale bis an die Decke.

Auf einem großen Schreibtisch stand, beleuchtet von einer Lampe mit grünem Schirm, ein Stahlbehälter in der Größe eines Schuhkartons und glänzte geheimnisvoll im Licht der Glühbirne.

»Ich dachte, sie wäre größer«, murmelte Mischa andächtig.

Atanasiew lächelte nachsichtig. »Das ist nur der innerste Kern«, meinte er und strich mit der Hand über den kühlen Stahl. »Du kennst die Matrjoschkas, jene Puppen, die eine immer noch kleinere Puppe in ihrem Inneren bergen. So war es auch bei diesem Behälter. Was du hier siehst, ist das Herz. Es war geplant, die kleine Kiste aus dem Flugzeug abzuwerfen. Also war sie perfekt verpackt, in einer dicken Schicht Holzwolle, einer weiteren Stahlkiste, einer Schicht Asbest, einem dritten Stahlbehälter und schließlich noch einem großen, gepolsterten Hartplastikcontainer, der beim Aufschlag zerbrechen und den Peilsender auslösen sollte.«

Mischa pfiff durch die Zähne. »Erzähl mir mehr«, sagte er einfach und ließ sich in einen der Clubsessel fallen.

»Die alte Geschichte vom Absturz der Il-76 bei Mirny kennst du ja bereits«, winkte Atanasiew ab.

»Wie alle anderen Zeitungsleser auch«, gab Mischa zurück. »Was war der Hintergrund, und was geschah danach?« Er nippte genüsslich an der goldgelben Flüssigkeit in dem Kristallschwenker.

»Nun, die Machtspiele im Innenministerium sind und waren immer legendär, das brauche ich dir nicht zu sagen«, begann Atanasiew und ließ sich auf der Tischkante nieder. »KGB, FSB, diverse politische Interessen, gewürzt mit einer Prise Privatinitiative und Habgier. Eine explosive Mischung. Was willst du mehr? Dazu ein geheimer Flug – von den einen befohlen, von den anderen ausgenutzt. Wer immer den Abwurf angeordnet hatte, ließ sich nie zweifelsfrei nachweisen. Vor allem nicht, nachdem Flug 202 abstürzte, die Besatzungsmitglieder mit sich in den Tod riss und offiziell gar nicht existierte.«

»Und die Kiste?«

»Die stürzte mit ab«, bestätigte Atanasiew, »aber Dank der perfekten Verpackung überstand sie Explosion und Aufprall, Feuer und Frost. Doch sie lag ja nicht lange in der Taiga. Flug 202 kam in unmittelbarer Nähe einer aufgelassenen Diamantenmine herunter. Und, so unglaublich es klingt, da gab es jemanden, der in dieser Mine schürfte, nach Diamantkristallen suchte. Illegal, geheim und mit seinen eigenen, beschränkten Mitteln. Er hörte den Knall, stürzte ins Freie und stand vor den brennenden Resten der Il-76.«

»Und er fand die Kiste.«

»Ja, er fand die Kiste«, nickte Atanasiew. »Der Hartplastikcontainer war zerstört, der Peilsender funktionierte nicht mehr. Ein Absturz ist etwas anderes als ein Abwurf. Die inneren Schichten jedoch waren unbeschädigt. Nachdem er lange Jahre in der Diamantenindustrie gearbeitet hatte, erkannte der illegale Schürfer den Behälter und seine Bedeutung. Er lud ihn in seinen Geländewagen und fuhr los.«

»Weit weg?«

»Ach wo, nach Hause«, grinste der Hausherr. »Er war gescheiter als alle. Sein Verschwinden in dieser kleinen Stadt, umringt von Einsamkeit, wäre aufgefallen, der KGB hätte eins und eins zusammengezählt. Nein, er machte weiter wie bisher, allerdings stellte er seine illegalen Grabungen ein. Er hatte seinen Schatz ja bereits gefunden und im Keller seines Reihenhauses versteckt. Und – er hatte Zeit. Die Untersuchungen um Flug 202 verliefen im Sand, wie du weißt, der Innenminister nahm seinen Hut. Die Saboteure, die an die Kiste wollten und ihren Abwurf geplant hatten, wurden nie gefunden. Wie auch? Alle Zeugen waren tot, die Il-76 gesprengt, der Stahlbehälter verschwunden. Und mit ihm sein Inhalt.«

»Mach auf«, sagte Mischa ruhig und stellte sein Glas beiseite. »Ich will sie sehen.«

Atanasiew zog wortlos einen flachen Schlüssel aus der Tasche und sperrte das Schloss auf. Dann winkte er seinem Besuch zu. »Komm her und mach selbst.«

Der Deckel schloss fast nahtlos mit dem Rand des Stahlbehälters ab. Vorsichtig fuhr Mischa mit seinem Daumennagel in die Fuge und hob an. Hunderte hellblaue Papierbriefchen lagen dicht gedrängt in der Kassette, mit Zahlen und Kennbuchstaben beschrieben.

Atanasiew griff hinein und zog vorsichtig eines der Briefchen heraus, schlug es auf und hielt es Mischa hin. »Zehn Stück Einkaräter, makellos, perfekt geschliffen, beste Farbe.« Die Steine glitzerten atemberaubend im Licht der Leselampe. Funkelnde Blitze schienen aus der Tiefe der Diamanten zu schießen und kleine Regenbogen an die Decke zu zeichnen.

»Fünfhundert Briefchen, fünftausend Diamanten. Marktwert

etwa fünfundsiebzig Millionen Euro«, stellte Atanasiew zufrieden fest.

»Dafür steht sich selbst eine schöne Frau auf der Straße ziemlich lang die Beine in den Bauch«, gluckste Mischa. »Wie sind wir an die Klunker gekommen? Hast du den Schürfer in einen deiner Neubauten einbetoniert?«

Atanasiew schüttelte den Kopf. »Das wäre einfach gewesen, ging aber nicht. Vor zwei Jahren machte der Glückspilz einen Fehler. Er bot Steine zum Verkauf an – leider einem KGB-Agenten, der sich so seine Gedanken machte. War er an der Operation Kronstein im Jahr 2001 beteiligt? Niemand weiß es. Die Mühlen des Geheimdienstes begannen zu mahlen, der Schürfer wandte sich an uns um Schutz und eine neue Identität für sich und seine Familie, bevor ihm die Agenten die Kehle durchschneiden konnten. Fünfundsiebzig Millionen sind ein unerhörter Anreiz ...« Atanasiew massierte sich die Nasenwurzel mit Zeigefinger und Daumen. »Nun, wir sorgten für beides. Er lebt heute in Florida unter falschem Namen, mit einem gut gefüllten Bankkonto. Und wir haben die Diamanten. Es war ein Geschäft, das allen nur Vorteile brachte.«

»Lass mich raten. Wir verdienen siebzig Millionen?«, kicherte Mischa.

»Etwas mehr«, gab Atanasiew trocken zurück. »Wir ließen ihm die Wahl zwischen drei Millionen oder einem Sarg. Er war nicht sehr erfreut.«

»Aber er lebt«, entgegnete Mischa, legte das Briefchen wieder an seinen Platz und klappte den Deckel zu. »Lass uns noch etwas zu trinken holen, bevor der Transport abgeht.«

Die beiden Männer schlenderten in das Wohnzimmer hinüber, und Mischa warf einen Blick auf den großen Flatscreen. »Sieh da, wir sind in CNN!«, rief er und stellte den Ton lauter.

»Brutale Auseinandersetzungen gab es sowohl zwischen den russischen Organisationen selbst als auch mit internationalen Verbrecherorganisationen wie der italienischen Mafia und der japanischen Yakuza«, stellte die Sprecherin fest, während im Hintergrund Filmberichte über Festnahmen und Prozesse liefen. »Es gilt als erwiesen, dass Kontakte zu kolumbianischen Drogenhändlern im Kokain-Geschäft als Folge eines Rückgangs der Drogentransporte in die Sowjetunion geknüpft wurden. Zum Kerngeschäft der russischen Kartelle gehörten lange Zeit der Schmuggel illegaler Arbeitskräfte in die EU, der Menschenhandel und die Prostitution. Heute sind Immobiliengeschäfte, Rohstoffhandel und Geldwäsche-Aktivitäten in Europa und Übersee die ergiebigsten Einkommensquellen der kriminellen Kartelle.«

Als Anatolij den Raum betrat und sich räusperte, schaltete Atanasiew den Fernseher ab.

»Mr. Pleaser ist soeben eingetroffen, und der Werttransport fährt in die Tiefgarage«, meinte der Sekretär und trat einen Schritt zur Seite, um einem älteren, etwas untersetzten Mann im dunkelblauen Anzug Platz zu machen, der lächelnd auf Atanasiew zueilte.

»Es freut mich, Sie zu sehen!« Pleaser schüttelte dem Hausherrn begeistert die Hand.

»Ich hoffe, Sie hatten eine gute Reise«, antwortete Atanasiew höflich und wies auf Mischa, der sich noch einen Cognac einschenkte. »Mihail Antonow, ein Geschäftspartner und Freund, Saul Pleaser, einer der verantwortlichen leitenden Einkäufer von De Beers, London. Mr. Pleaser ist hier, um den Inhalt des Stahlbehälters zu kontrollieren, bevor er auf die Reise geht. Dann werden wir ihn gemeinsam versiegeln, damit alles seine Ordnung hat, und ihn dem Werttransport-Unternehmen übergeben.«

»Genau, genau«, beeilte sich Pleaser zu versichern, schaute sich suchend um und zog eine Zehnfach-Lupe aus der Tasche. »Wenn Sie erlauben?«

ÜBER MEDELLÍN / KOLUMBIEN

»Flieg einfach den Berghang im Westen entlang, lass die Stadt rechts liegen!« Alfredo beugte sich über die Schulter von John Finch und deutete nach vorn. »Damit schlagen wir zwei Fliegen mit einer Klappe. Der Luftraum über der Stadt ist sicher heikel, über den Nobelvororten werden sie nicht so rasch misstrauisch, wenn ein Helikopter auftaucht. Das ist hier nichts Besonderes. Außerdem ist das der direkte Weg zum Hospital Mental zwischen Medellín und Bello.«

»Willst du uns ins Irrenhaus verfrachten?«, erkundigte sich Finch stirnrunzelnd und korrigierte den Kurs des Agusta A 109. Er hatte den Hubschrauber an der Grenze seiner Leistungsfähigkeit geflogen und sicher einen neuen Rekord aufgestellt, was die Flugzeit von São Gabriel nach Medellín betraf.

»Eine bessere Entschuldigung zur Außenlandung als ein Krankenhaus kann ich dir nicht liefern«, lächelte der Sicario. »Sag das der Luftüberwachung, und sie werden kein zweites Mal nachfragen.«

»Gut kombiniert«, meinte Fiona anerkennend. »Wir fliegen einen Notfall, und er braucht dringend ärztliche Versorgung. Epileptischer Anfall?«

Finch griff bereits zum Funkgerät. »Wenn ich euch zuhöre, dann fühle ich mich plötzlich krank«, murmelte er, dann rief er die Luftraumüberwachung im Tower des internationalen Flughafens und teilte ihr sein neues Flugziel mit. Der Fluglotse am anderen Ende klang nicht sehr überzeugt.

Schließlich beendete Finch das Gespräch ziemlich abrupt. »Wenn wir Pech haben, dann schickt er die Polizei zum Krankenhaus.«

»Abwarten«, stellte Alfredo fest und hielt Ausschau nach dem weißen, charakteristischen Gebäudekomplex des Hospital Mental.

Das Krankenhaus, mitten im Grünen an einem sanften Berghang gelegen, bestand aus mehreren ineinander verschachtelten Häusern, die großzügig über einen parkähnlichen Garten verstreut lagen.

»Da! Da unten ist es!«, rief der Sicario und deutete nach vorne. »Wir müssen zu der Halle am oberen Ende. Ich sage Mario Bescheid, dass wir kommen.« Er nahm sein Handy und wählte.

»Zählt Mario zu den Ärzten oder den Insassen?«, erkundigte sich Georg Gruber vorsichtig.

»Weder noch«, gab Alfredo grinsend zurück. »Er ist der Haustechniker.«

Das Gelände rund um die große Halle mit dem gewölbten Dach lag etwas abseits der übrigen Gebäude, am Rande einer weiten Grünfläche, die sich den Berghang hinaufzog. Als Finch den Helikopter knapp über der Wiese schweben ließ, öffneten sich zwei große Schiebetüren der hohen Halle, und ein kleiner Mann in T-Shirt und blauer Latzhose winkte ihnen zu.

»Schaffst du es, uns reinzufliegen?«, fragte Alfredo Finch und wies auf die hohe Halle.

»Platz ist in der kleinsten Hütte«, lächelte der Pilot. »Gute Idee, dann haben wir den Agusta weg von der Straße.« Er ließ den Hubschrauber vorsichtig in die Halle gleiten, bevor er ihn behutsam auf dem Betonboden landete und die zwei Prat-&-Whitney-Turbinen herunterfuhr.

Sofort schloss der Techniker die Schiebetüren wieder und verriegelte sie.

»Der erste Teil unseres Trips nach Europa verlief wie geplant«, sagte Georg und schnallte sich los. »Jetzt brauchen Vincente und Alfredo rasch Pässe, am besten amerikanische.«

»Du kommst mit deinem kolumbianischen Pass auch nicht weit«, meinte Fiona, die sich aus dem Kopilotensitz schälte. »Visumspflicht in der EU und in der Schweiz!«

»Daran hab ich nicht gedacht«, murmelte Georg betroffen.

»Ich hoffe, Alfredo hat eine gute Quelle, die schnell liefern kann, sonst hängen wir in Medellín fest, und das würde mir überhaupt nicht gefallen«, stellte Finch fest und legte den Hauptschalter um.

»Wir sitzen hier auf dem Präsentierteller, sind noch immer in Südamerika, haben keine Ahnung, wer hinter uns her ist und wie nah er an uns dran ist. Das reicht für mehrere Alpträume pro Nacht.«

Sobald der Rotor zum Stillstand gekommen war, öffnete Alfredo die Tür des Hubschraubers und winkte dem Techniker zu, der lachend näher kam.

»Hola! Mit dem Trick könnten wir auftreten«, begrüßte er den Sicario, der aus dem Agusta sprang. »Wer immer es ist, der Typ kann fliegen. Bleibst du länger in der Stadt?«

»Der Typ ist der Beste«, antwortete Alfredo. »Wir bleiben nur ein paar Stunden. Pass gut auf den Hubschrauber auf, morgen kommt jemand und holt ihn ab. Und zerlege ihn nicht, mit den Eigentümern ist nicht zu spaßen.«

»Kein Problem.« Der Techniker nickte anerkennend. »Zusatztanks, mattschwarz, coole Farbe. Eher ungewöhnlich.«

»Perfekt für Schmuggeltouren über die Grenze. Gold, Drogen, Menschen«, antwortete der Sicario leise. »Glaub mir, die Jungs auf der anderen Seite in Brasilien wissen auch, was sie tun.«

Finch schloss den Agusta ab und ließ die Schlüssel in die Hand des Technikers fallen. »Die Uhr tickt«, meinte er ungeduldig zu Alfredo. »Wir sollten hier nicht herumhängen.«

»Brauchst du sonst noch etwas?«, erkundigte sich der Haustechniker und lächelte Fiona zu, die mit Sparrow auf ihrer Schulter neben Vincente und Finch trat.

»Einen Wagen.« Alfredo blickte auf die Uhr. »Ich will das Risiko nicht eingehen und ein Taxi nehmen. Wenn wir Pech haben, dann sitzt der falsche Fahrer drin und kann seinen Mund nicht halten.«

»Nimm meinen, er steht vor der Halle auf dem Parkplatz, die Schlüssel stecken. Wo finde ich ihn wieder?«

»Am Flughafen heute Abend«, meinte der Sicario. »Wir müssen schnell abhauen, ich schick dir eine SMS, wo genau der Wagen steht. Und jetzt sind wir weg, die Zeit läuft. Ich sollte gar nicht in der Stadt sein.«

»Dann raus mit euch und viel Glück.« Der Haustechniker klopfte Alfredo auf die Schulter. »Melde dich, wenn du wieder zurück bist.«

Als der Sicario in den überraschend neuen silberfarbenen Golf einsteigen wollte, der vor der Halle parkte, hielt ihn Finch auf. »Ich schlage vor, wir trennen uns«, meinte er, »Fiona und ich nehmen ein Taxi, fahren direkt zum Flughafen und kümmern uns um die Tickets nach London. Ihr besorgt Papiere und kommt so rasch wie möglich nach. Und da ist noch etwas …«

Alfredo, Georg und Vincente sahen ihn fragend an.

»Jeder von euch sollte sich genau überlegen, ob er wirklich mit nach Europa kommen möchte, und das meine ich verdammt ernst. Es wird keine Vergnügungsreise, das sollte jedem nach dem Angriff auf das Anwesen klargeworden sein. Irgendjemand ist zu allem entschlossen und hinter den Hinweisen her.« Er blickte jeden der Reihe nach an. »Damit also hinter uns.«

»Sieht ganz so aus, als würden wir gefährlich leben«, bestätigte Alfredo grinsend. Dann wurde er wieder ernst. »Aber vergesst nicht – ohne den alten Böttcher alias Botero wäre ich schon unter der Erde. Er wollte nach Europa, der Spur der Hinweise folgen, also gehe ich jetzt an seiner Stelle. Das ist das wenigste, was ich für ihn noch machen kann. Und hier hält mich sowieso nichts mehr.« Er legte den Kopf schief und sah Finch fragend an. »Wenn ihr jemanden wie mich überhaupt brauchen könnt …«

»Böttcher hätte gesagt – *welcome aboard*.« Finch wandte sich Vincente zu. »Wie ist es mit dir? Bist du dabei, oder bleibst du hier?«

Der Junge legte beide Zeigefinger Seite an Seite und deutete nach Osten.

»Gut. Georg, du hast eine Frau und Kinder, eine Firma …«

»… und ein Familiengeheimnis aufzudecken«, vollendete Gruber. »Ich rufe meine Frau an und erkläre ihr alles. Die fünfundzwanzigtausend Dollar sind auf der Bank, also wird die Agentur überleben, während ich in Europa bin. Alles andere wird sich zeigen.« Er zog sein Handy aus der Tasche und schaltete es ein. »Ich möchte die Vergangenheit meines Vaters kennenlernen, und vielleicht ist das jetzt die letzte Gelegenheit dazu. Ich könnte es mir nie verzeihen, die zu verpassen.«

»Dann buche ich fünf Flüge nach London und weiter nach Genf«, stellte Finch zufrieden fest. »Nachdem wir keine Zeit hatten zu packen, kaufen wir alles, was wir brauchen, vor Ort.« Er drückte Alfredo ein Bündel Dollar in die Hand. »Das sollte für die Pässe reichen. Gebt eure richtigen Namen an, das erspart Probleme. Dann passen bei Nachforschungen Führerschein und Kreditkarten zum Pass.«

Alfredo steckte das Geld ein und wollte einsteigen, aber der Pilot hielt ihn ein weiteres Mal zurück. »Im Austausch dafür gibst du mir die Glock. Ich möchte nicht, dass du im letzten Moment Probleme in Medellín bekommst. Seid unauffällig, fahrt langsam, meidet die falschen Viertel. Und noch etwas. Wenn ihr nicht bis spätestens um zwanzig Uhr am Flughafen seid, fliegen Fiona und ich allein. Unser Vorsprung schmilzt mit jeder Minute.«

São Gabriel da Cachoeira, Rio Negro / Brasilien

Llewellyn war sauer, stocksauer.

Nach fünf Stunden war er immer noch auf der Suche nach Informationen über den mattschwarzen Helikopter und seinen Besitzer. Weder am Flughafen noch bei der Polizei wusste man irgendetwas. Oder wollte etwas wissen … Die Beamten hatten sich angesehen, dann mit den Schultern gezuckt und sich wieder ihren Akten gewidmet. »Tut uns leid, Senhor, einen solchen Helikopter hat hier noch niemand gesehen«, hatte einer der Uniformierten schließlich gemeint, als Llewellyn stehen geblieben war und keine Anstalten gemacht hatte, die Polizeistation zu verlassen. »Der kam sicher von außerhalb.« Seine Kollegen hatten genickt und bemüht auf ihre Schreibunterlagen geschaut.

Nun stürmte Llewellyn, seinen Seesack auf der Schulter, wütend eine schmale Straße entlang, die außer ein paar heruntergekommenen Geschäften und einem Café mit gelbroter Fassade nichts zu bieten hatte. Zwingli war ihm entwischt, die Bewohner des Anwesens ebenfalls, Klausner und Böttcher waren tot und der Pilot inzwischen mit der Enkelin des alten Mannes bestimmt über alle Berge, mit unbekanntem Ziel.

Die drei kleinen schmutzigweißen Tische außerhalb des Cafés waren alle besetzt: vier Jugendliche, ein Pärchen und ein alter, fast zahnloser Mann, mit struppigem Bart, die grauen Haare zu einem Pferdeschwanz gebunden. Als Llewellyn, einen Becher dampfenden Kaffee in der Hand, wieder aus dem nach Zigarettenrauch stinkenden Lokal kam, wählte er den einzigen freien Stuhl am Tisch des Spätachtundsechzigers. Er nickte ihm kurz zu und verzog das Gesicht, als er die Alkoholfahne roch. Es gab Tage, an denen ging nichts gut.

Die Jugendlichen begannen sich zu streiten.

Das Pärchen küsste sich.

Der Alte leerte in einem Zug den letzten Rest aus der Tequila-Flasche und schaute dabei Llewellyn mit glasigen Augen an.

»Neu hier?«, nuschelte er, und der Major musste sich anstrengen, um ihn zu verstehen. Er gab ein unverbindliches »Hmm ...« von sich und nippte weiter an seinem Kaffee.

Der Streit am Tisch der Jugendlichen eskalierte, zwei Jungen sprangen auf und begannen sich anzurempeln. Gläser flogen, ein Stuhl stürzte um. Die anderen beiden sprangen ebenfalls auf, ergriffen lautstark Partei. Dann stürmte plötzlich einer von ihnen los, und die anderen folgten ihm schreiend.

Llewellyn überlegte, an den nun freien Tisch zu wechseln, weit weg von der grauhaarigen Schnapsdrossel, die wohl bereits die ganze Flasche Tequila vernichtet hatte. Es war ein Wunder, dass der Alte bei dieser Hitze noch bei Bewusstsein war, dachte sich der Major.

»Der Kaffee hier schmeckt nach Scheiße«, lallte der Betrunkene. »Pferdepisse. Aber das war schon immer so. Nur bei Tequila, da können sie nicht pantschen. Ich mache die Flaschen selbst auf, Amigo.« Er zwinkerte Llewellyn zu. »Aber nie mehr zu!« Dann lachte er brüllend und warf die leere Flasche mit Schwung auf die andere Seite der Straße.

»Was ... was treibst du in diesem beschissenen Nest?«, stieß er hervor und sah sich suchend auf dem Tisch um. Dann begann er in der Brusttasche seines fleckigen Hemds zu kramen. »Hast du mal 'ne Zigarette?«

Llewellyn schob ihm das Päckchen über den Tisch zu. »Ich bin auf der Durchreise«, gab er zurück, »und hab meinen Flug versäumt.«

Mit zitternden Händen versuchte der Alte, die Zigarette anzuzünden, und Llewellyn sah bereits den struppigen Bart seines Tischnachbars in Flammen aufgehen. Doch nach ein paar Anläufen brannte der Filter. Es dauerte zwei Züge, bis der Betrunkene das Missgeschick bemerkte und eine Grimasse schnitt. Dann dämpfte er das glimmende Ende in einer Lache auf dem Tisch aus, drehte die Zigarette um und zündete das richtige Ende an.

»Ausländische Marke«, raunzte er, »passiert mir nie mit den hiesigen Sargnägeln.« Er hustete. »Wann machst du den Abflug? Ich meine ... wann geht dein Flieger raus aus diesem Loch?«

Der Major schwankte zwischen aufstehen und gehen oder den Alten zum Schweigen bringen. Er nippte an seinem Kaffee und überlegte. »Ich suche einen schwarzen Hubschrauber«, sagte er dann und war sich nicht sicher, ob der Betrunkene ihn gehört oder den Satz begriffen hatte.

»Schwarzer Hubschrauber ...?«, wiederholte der Alte stupide.

»Ja, genau«, bestätigte Llewellyn und neigte immer mehr zur zweiten Option. Zum Schweigen bringen. Das würde wenigstens den Frust abbauen.

»Zum Fliegen?«, fragte der Alte, und sein Kinn ruckte vor.

»Du hast dir auch schon dein Hirn versoffen«, murmelte der Major und leerte seinen Kaffee. Der Kopf des Alten senkte sich langsam auf seine Brust. Er war dabei, einzuschlafen, die Zigarette im Mundwinkel.

Llewellyn seufzte und zerknüllte den Becher. Da zuckte der Alte hoch.

»Du musst zu Pedro gehen, der hat einen«, nuschelte er halb im Dusel.

Llewellyn horchte auf. »Was hat Pedro?«

»Na, einen Hubschrauber, einen schwarzen, so einen, der nicht glänzt. Du weißt schon, Amigo, für die Nacht, über die Grenze ...« Er hustete, dabei fiel ihm die Zigarette aus dem Mund. »Scheiße, die war noch ganz neu«, beschwerte er sich und versuchte, sich zu bücken.

»Warte, Amigo«, hielt ihn Llewellyn zurück, »behalte das ganze Päckchen, ich hab noch mehr davon. Wer ist dieser Pedro?«

Der Alte starrte ihn aus wässrigen Augen an, als sehe er einen Geist. Dann schüttelte er den Kopf. »Ach ja, hab ich vergessen, du bist ja nicht von hier. Pedro ist ein Geschäftsmann.« Er kicherte. »Transporte, Exporte, Importe. Weiber, Gold, Steine, Waffen, was immer du brauchst. Pedro liefert. Ein Einzelgänger. Vertraut niemandem.«

»Hat er einen mattschwarzen Hubschrauber?«

Der Alte nickte energisch. »Genau!«

Llewellyn wurde mit einem Schlag klar, warum die Polizei nichts von dem Helikopter wissen wollte. Zuverlässig sprudelnde Einkommensquellen verriet man nicht gern.

»Die Flasche geht auf mich«, rief er der Kellnerin zu, die ihren Kopf aus der Tür des Cafés steckte, um nachzusehen, was der Krach sollte.

»Verdammt großzügig von dir«, strahlte ihn der Alte an.

»Schon gut. Wo finde ich diesen Pedro?«

»Was willst du von ihm?«, fragte der Betrunkene misstrauisch.

»Informationen«, antwortete der Major. »Du hast gesagt, er handelt mit allem.«

»Mit allem, ja, aber nicht mit jedem«, nuschelte der Alte bedächtig. »Nein, nicht mit jedem. Hast du Geld?«

»Klar. Wo finde ich ihn?«

Der Grauhaarige zögerte. Er warf Llewellyn einen listigen Blick zu. »Spendierst du mir noch eine Flasche?«

»Zwei, aber ich hab's eilig«, antwortete der Major und legte einen 50-Real-Schein auf den Tisch. »Wo der herkommt, gibt es noch welche. Also?«

»Pedros Basis ist eine aufgelassene Gummifabrik weiter im Nordosten. Rund zehn Kilometer von hier, mitten im Dschungel.« Die Hand des Alten griff gierig nach dem Schein. »Nimm am besten ein Taxi und gib viel Trinkgeld. Die fahren nicht gern zu Pedro.«

Lewellyns Hand schoss nach vorn und schloss sich wie eine Schraubzwinge um das dünne Gelenk des Grauhaarigen. »Geht's noch genauer? Die Adresse?«

Der Schmerz ernüchterte den Alten blitzschnell. »Nein ... keine Adresse ...«, stotterte er verängstigt, »im Dschungel gibt es keine Adresse. Sag einfach zu Pedro, das genügt.«

Der Major ließ das Handgelenk los und nickte dem Grauhaarigen zu. »*Obrigado,* Amigo.« Die eisgrauen Augen glitzerten.

Rasch griff er nach seinem Seesack und machte sich auf die Suche nach einem Taxi.

Die alte Gummifabrik war selbst für Einheimische schwer zu finden. Nachdem der dicke Taxifahrer sich dreimal verfahren hatte, weil er falsch abgebogen war, lernte Llewellyn in kurzer Zeit eine Sammlung der markigsten Flüche kennen, die São Gabriel und das Umland zu bieten hatte. Zur Beruhigung ließ der Major ein paar Dollar auf den Beifahrersitz fallen.

Endlich, als die enge Straße in rotem Schlamm und zwischen den immer dichter zusammenrückenden Bäumen zu versickern drohte, schälten sich ein paar verrostete Eisenträger aus dem ewigen Grün des Dschungels. Sie hielten ein löchriges Wellblechdach, das nur mehr dekorativen Charakter hatte. Dahinter schoben sich Ziegelbauten ins Blickfeld, aus denen Gras und Büsche wuchsen.

»Hier wurde lange nichts repariert«, stellte Llewellyn fest und klopfte dem Fahrer auf die Schulter. »Von hier aus gehe ich zu Fuß. Endstation.«

»Soll ich auf Sie warten, Senhor?«, erkundigte sich der Dicke mit einem Blick, der eindeutig sagte: »Nur das nicht.«

»Nein, geht schon klar, ich kann immer noch mit dem Handy ein Taxi rufen«, beruhigte ihn Llewellyn, dann stieg er aus und versank sofort bis zu den Knöcheln im roten Schlamm der aufgeweichten Straße.

Hinter sich hörte er den Wagen zurückstoßen und schließlich wenden. Dann verklang das Motorengeräusch, und die Laute des Dschungels drängten sich in den Vordergrund. Ein schmaler Weg zweigte von der Straße ab, verschwand zwischen den Bäumen und Büschen, führte genau auf die Ziegelgebäude zu.

Llewellyn überlegte kurz, griff dann in den Seesack, zog die MP5 heraus und lud durch. »Einzelgänger haben manchmal ungastliche Sitten«, murmelte er und begann sich durch das Unterholz zu schlängeln.

Wo immer er auch hinblickte, alles war verfallen, verrottet oder in der andauernden Luftfeuchtigkeit bis zur Unkenntlichkeit verrostet. Leitern und Metallstiegen lagen übereinandergetürmt, die Dachstühle der Ziegelbauten hatten nachgegeben und waren bereits vor langer Zeit eingestürzt. Es erschien Llewellyn immer unwahrscheinlicher, dass hier jemand wohnte, der einen funktionierenden Helikopter sein Eigen nannte und von hier aus startete und landete.

»Der verdammte Säufer hat mir einen Bären aufgebunden«, knurrte er. Die alte Gummifabrik war genau das, was sie war – eine alte Gummifabrik in einem menschenfeindlichen Dschungel, der sich sein Territorium wieder zurückholte.

Trotzdem stapfte er weiter, an Ruinen vorbei, an denen sich Schlingpflanzen emporwanden und blinde Fensterscheiben nach und nach von Moos zugewachsen wurden. Der Major stieß auf gut Glück eine Tür auf, die schief in den Angeln hing, und blickte in den kleinen Raum, der einmal ein Büro gewesen sein musste. Eine gelbe Schlange zog sich züngelnd in die Dunkelheit zurück, zwischen Papieren, die einmal Rechnungen oder Lagerlisten gewesen sein mochten.

Für einen Moment war Llewellyn ratlos. Was nun? Hier deutete nichts auf eine intakte menschliche Behausung hin. Der Gewitterregen mochte alle Reifenspuren auf der Straße verwischt haben, aber hier war alles völlig verwildert, seit vielen Jahren unbenutzt und vernachlässigt. Wenn Pedro tatsächlich an diesem Ort lebte, seinen Hubschrauber wartete und von hier zu den Schmuggelzügen über die Grenze aufbrach, dann musste er unsichtbar sein.

Llewellyn drang weiter in den Dschungel vor, zwischen den halbverfallenen Gebäuden, schob tiefhängende Äste zur Seite und scheuchte ein paar Vögel auf, die schnatternd und kreischend protestierten, bevor sie davonflogen. Zur Linken war nun ein einstöckiges Gebäude zu sehen, halb zugewachsen von wuchernden und blühenden Büschen. Den beiden Autowracks aus den sechziger Jahren nach zu schließen, die vor einem der drei großen Tore lagen und sich langsam auflösten, war es einmal die Garage gewesen, darüber hatten sich vielleicht die Wohnungen der Fahrer befunden.

Davor erstreckte sich eine kleine Lichtung, keine dreißig Meter im Durchmesser. Seltsam, dachte sich der Major, es sieht fast so aus, als wäre der Rasen kurz gehalten. Nicht auffällig kurz, aber für einen Hubschrauber würde es reichen.

Sollte der alte Saufbold doch einen hellen Moment gehabt haben?

Vorsichtig nach allen Seiten sichernd, lief Llewellyn über die Lichtung zu dem Garagengebäude. Alles war ruhig. Die Garage schien unbewohnt, die Fenster zwar intakt, aber die Scheiben durch den Schmutz der Jahre undurchsichtig und braun. Die hohen Tore, die ehemals blau gewesen sein mussten, hatten nun ein verwaschenes Grau angenommen. An allen Ecken und Enden blätterte der Anstrich ab.

Einer der großen Flügel war nicht ganz geschlossen, und so ging Llewellyn hinüber, wartete, horchte. Nichts. Schließlich lehnte er sich gegen das Holz, zwängte sich durch den Spalt ins Innere. Er hielt den Atem an und konnte nicht glauben, was er sah.

Eine große, blitzblanke Halle mit grau gestrichenem Betonboden erstreckte sich vor ihm. An der Wand standen penibel aufgeräumte und beschriftete Ersatzteilregale, Drehbänke und verschiedene Messgeräte. Werkzeugbänke, Schreibtische mit Computerterminals und ein paar Sessel vor einem Fernseher, ja sogar eine kleine Küche komplettierten die Einrichtung. Im Hintergrund sah Llewellyn eine Treppe, die ins Obergeschoss führte. An den Wänden hingen Fotos von Hubschraubern, ein Pin-up-Kalender und Landkarten. Die Fläche in der Mitte der Halle war groß genug, um einen Hubschrauber zu parken.

»Unglaublich«, murmelte Llewellyn beeindruckt, »er zieht den Helikopter hier herein und spannt wahrscheinlich noch ein Tarnnetz über die Lichtung. Dann ist nichts mehr zu sehen, außer endlosem Dschungel und dazwischen ein paar alten Gebäuden. Die perfekte Basis.« Er ging durch die Halle und lauschte. Auch hier war kein Geräusch zu hören. War Pedro gar nicht zu Hause? Warum war dann das Tor offen? Llewellyn ließ den Seesack auf einen der Stühle fallen und machte sich auf den Weg zur Treppe.

Fünf Minuten später stand fest, dass die Garage leer war. Es gab keine Hinweise auf Einbrecher oder einen hastigen Aufbruch. Sogar das Bett im Schlafzimmer im ersten Stock war gemacht, das Geschirr in der Küche gespült. Plötzlich hörte Llewellyn das Geräusch eines Lüfters, der anlief. Er drehte sich um, suchte und fand einen

Computer, der eingeschaltet war. Als er die Maus bewegte, leuchtete der Bildschirm auf. Eine Bestellung von Ersatzteilen bei einer internationalen Firma war nur teilweise ausgefüllt worden, der Cursor blinkte in der Hälfte eines Wortes.

»Das gefällt mir gar nicht«, wisperte Llewellyn misstrauisch.

Er nahm seinen Seesack und zwängte sich durch den Spalt wieder ins Freie, suchte die Rasenfläche nach Spuren ab. Vergeblich. Wer immer hierher eingedrungen war, musste von der Rückseite der Garage durch den Dschungel gekommen sein. Also umrundete der Major das Gebäude, den Rücken zur Wand und die Maschinenpistole schussbereit.

Als er um die Ecke kam, sah er ihn.

Jemand hatte Pedro auf ein altes LKW-Chassis gebunden, ihm das Hemd ausgezogen und die Haut in Streifen geschnitten. Das Gesicht hatte nichts Menschliches mehr an sich. Es war verschwollen und blau.

Llewellyn ließ die Waffe sinken und rannte zu dem blutüberströmten Körper. Wolken von Insekten flogen auf, es roch nach Blut und Exkrementen. Der Major beugte sich hinunter, legte in einer automatischen Handbewegung zwei Finger an die Halsschlagader und spürte zu seiner Überraschung einen ganz schwachen Puls. Als er dem Bewusstlosen vorsichtig Wasser aus seiner Feldflasche über die Lippen goss und ihn losschnitt, flatterten die Augenlider Pedros.

Llewellyn legte ihn ins Gras und goss vorsichtig Wasser auf sein Gesicht. Die Lippen des Mannes bewegten sich, er stöhnte auf.

»Ganz ruhig«, murmelte der Major, »ich hole gleich Hilfe aus der Stadt. Wer war das?«

Krächzende Laute kamen aus der Kehle des Verwundeten.

»Ich verspreche dir, ich kriege sie«, flüsterte Llewellyn, »aber ich muss wissen, wer es war.«

»Drei ... Gringos ... wollten wissen ... Hubschrauber ...« Er brach erschöpft ab.

»Drei Ausländer?«

Pedro nickte schwach.

»Sie wollten wissen, wem du deinen Hubschrauber geliehen hast?«
Pedro nickte erneut.

Llewellyn kam ein Verdacht. »Sie wollten das Flugziel wissen. Einer sah aus wie ein Frettchen, das in einen Topf mit Pomade gefallen ist.«

Pedro riss die Augen auf, dann nickte er erneut.

»Zwingli, dieses Schwein«, murmelte Llewellyn. »Ich schick ihn in die Hölle. Wo flog dein Heli hin?«

Der Verwundete röchelte, dann versuchte er zu sprechen. »Medellín …«, hauchte er schließlich.

»Wer flog?«

»John … John Finch.« Pedro sah Llewellyn hilfesuchend an.

Der zog bereits das Handy aus der Tasche und wählte den Notruf. Als er wieder aufgelegt hatte, beruhigte er den Schwerverletzten. »Halt durch, noch eine halbe Stunde, dann ist Hilfe da.«

Als die Einsatzkräfte fünfundzwanzig Minuten später an Ort und Stelle waren, fanden sie nur mehr einen schrecklich entstellten Toten. Pedro war seinen Verletzungen erlegen.

Vom Anrufer, der die Rettung alarmiert hatte, fehlte jede Spur.

Flughafen Domodedowo, Moskau / Russland

Die grünen Leuchtziffern auf der großen Digitaluhr über der Einfahrt zum Moskauer Flughafen zeigten 23 Uhr 35, als der gepanzerte Lieferwagen mit der großen roten Aufschrift »безопасность« – Sicherheit – und dem Moskauer Stadtwappen in Richtung der Cargo-Gebäude abbog und der üblichen Route folgte. Die beiden Männer in der Fahrerkabine waren seit mehr als zehn Jahren Spezialisten für Werttransporte, ihr Kollege, der im Laderaum mitfuhr, arbeitete sogar noch länger bei der Firma. Alle drei waren bewaffnet, erfahren und wussten, dass es der letzte Transport für heute sein würde.

Danach war Feierabend.

Der Mann im Laderaum beobachtete sorgfältig die Straße hinter dem Lieferwagen. Außer dem brandneuen, schwarzen Audi S8 der Auftraggeber war niemand dem Transport gefolgt. Die Kunden wollten offenbar sichergehen, dass die versiegelte Metallkiste auch tatsächlich unversehrt den Flughafen erreichte.

Zwei Polizisten standen an einer der großen Kreuzungen neben ihren Motorrädern und winkten dem Transport und den Wachleuten zu. Der Fahrer hupte kurz, trotz der späten Stunde, und winkte zurück. Er kannte die beiden seit langem. Nach Dienst trank man oft gemeinsam ein Gläschen oder zwei und philosophierte über Frauen, Politik und die ständig steigenden Preise.

Die Schranke mit dem Wärterhäuschen kam näher, und der Wagen rollte aus. Der Beifahrer hielt seinen Ausweis an die Scheibe, und ein Mann der Flughafensecurity ließ kurz seine Taschenlampe aufblitzen, um das Foto zu kontrollieren. Reine Routine. Dann hob sich die Schranke, und der Werttransporter fuhr wieder los.

Der schwarze Audi musste zurückbleiben. Hier begann jenes Sperrgebiet rund um Domodedowo, in dem sich zahlreiche internationale Unternehmen angesiedelt hatten, die mit Flugzeugtechnik, Spezialtransporten oder VIP-Dienstleistungen beschäftigt waren. Der Mann im Laderaum beobachtete, wie der Audi kurz mit den Scheinwerfern blinkte und dann wendete. Er sah auf die Uhr. Mit etwas Glück konnten sie es noch vor Mitternacht schaffen, auf dem Weg nach Hause zu sein.

Als der Lieferwagen in die Zufahrtsstraße einbog, öffnete sich auf der linken Seite in einem der modernen Neubauten ein Metalltor und glitt zur Seite. Gleichzeitig gingen ein Dutzend Neonröhren in der Einfahrt an. Zwei Männer mit Maschinenpistolen traten heraus, sahen sich um und gaben dann dem Fahrer ein Zeichen.

»Die Schleuse ist frei«, murmelte der Beifahrer zufrieden. »Ich hatte schon Angst, die Kollegen sind diesmal früher dran und blockieren uns womöglich.«

Kaum war der Transporter in die Einfahrt gerollt, traten die Bewaffneten wieder zurück, und das Metalltor schloss sich lautlos. Der Mann im Laderaum öffnete die Tür und stieg aus.

»Ladung?«, fragte ihn einer der Bewaffneten und öffnete eine Mappe.

»Eine Stahlkiste, versiegelt. Das ist alles.«

Der Mann mit der umgehängten Maschinenpistole nickte zufrieden, notierte etwas und sprang in den Laderaum. Er kontrollierte die Siegel an dem Metallbehälter – breite Papierbänder mit einem roten Stempel –, sah sich kurz um und verließ den Wagen wieder. Nachdem er die Tür geschlossen hatte, klopfte er mit der flachen Hand zweimal an die Seitenwand des dunkelblauen Lieferwagens.

»In Ordnung, weiterfahren!«

Ein weiteres Tor öffnete sich, und die Neonröhren in der Schleuse erloschen bis auf eine. Vor dem Fahrer lag eine Halle, in der mehrere gepanzerte Fahrzeuge abgestellt waren. Langsam rollte er bis zu einem freien Parkplatz vor dem Büro.

»Ausladen, übergeben, umziehen, heimfahren«, lächelte der Beifahrer und gähnte. »Genug für heute.«

Der Fahrer entriegelte alle Türen, zog den Zündschlüssel ab und streckte sich. »Du sagst es«, murmelte er. »Morgen ist mein freier Tag, und ich freue mich aufs Ausschlafen.«

Die beiden bewaffneten Mitarbeiter hatten inzwischen die Kiste aus dem Laderaum geholt und trugen sie ins Büro, das um diese Zeit nur mit einem einzigen Mitarbeiter besetzt war. Kaito Higurashi war seit mehr als zehn Jahren Mitinhaber und Geschäftsführer der »безопасность«, die einen ausgezeichneten Ruf besaß und in mehreren Ländern Asiens Niederlassungen hatte. Higurashi war ein schmächtiger Mann mit großen, dicken Brillengläsern, die ihn stets etwas tollpatschig aussehen ließen. Er zog eine Schublade auf, nahm eine Nikon D80 heraus und schaltete sie ein.

»Stellt die Kiste hier auf den Tisch«, befahl er seinen Männern. Dann machte er sieben Fotos – eines von jeder Seite, eines von oben und zwei Großaufnahmen von den intakten Siegeln. Er kontrollierte die Ergebnisse, während zwei Männer die Kiste auf eine Waage stellten. »Gewicht 8,75 Kilogramm«, las einer der beiden laut von der Skala ab, und Higurashi notierte die Zahl gewissenhaft. Dann nahm der Japaner ein Metermaß, kontrollierte Breite, Höhe und Tiefe des Behälters und machte erneut Fotos mit dem Maßband als Größenreferenz.

»Gut, dann bringen wir sie in den Tresorraum«, entschied er endlich und ging voran. Der gesicherte, vollklimatisierte Lagerraum der Werttransportfirma erfüllte alle internationalen Versicherungsvorschriften und damit die höchsten Standards. »безопасность« wickelte jedes Jahr Transporte im Wert von mehreren Milliarden Dollar ab.

Es hatte noch nie einen Zwischenfall gegeben.

Nachdem die Stahlkiste in eines der hohen, nummerierten Regalfächer geschoben worden war, verschloss Higurashi den Tresorraum und schaltete die Alarmanlage scharf. Dann ging er zurück ins Büro, während er in seinen Listen blätterte.

»Die Kiste geht morgen auf den Flug um 11 Uhr 33 nach München«, informierte er einen der Männer, der für die Sicherheitstransporte innerhalb des Flughafens verantwortlich war. »Wie ich sehe, haben wir morgen extrem hohe Werte. Wir brauchen einen gepanzerten Wagen bis zur Maschine, inklusive bewaffneter Eskorte. Mindestens vier Mann. Geben Sie auch der Flughafenpolizei Bescheid. Die sollen ebenfalls mit einem Einsatzfahrzeug anrücken, wozu zahlen wir den Chefs die Urlaube am Schwarzen Meer?«

Er schlug die Mappe zu.

»Die Ladeliste für München umfasst mehrere Stücke. Sorgen Sie dafür, dass wir den üblichen Laderaum bekommen, und bleiben Sie bei dem Flieger, bis er von der Position geschoben wird. Ich möchte morgen keine Nachlässigkeiten erleben.«

Higurashi nahm die Kamera und seine Jacke und löschte das Licht auf seinem Schreibtisch. »Gute Nacht, ich bin weg. Wir sehen uns morgen früh.«

»Schönen Abend noch!«, riefen ihm die beiden Männer hinterher, bevor sie sich auf den Nachtdienst einrichteten. Starke Scheinwerfer wurden in der Halle eingeschaltet, die äußeren Tore verriegelt. Nach einer Kontrolle der Überwachungskameras, die im Sekundentakt Bilder aus allen Ecken des Komplexes aufzeichneten, begannen die beiden Männer schwer bewaffnet ihre Runden.

Kaito Higurashi hielt seinen Ausweis an die Scheibe und wartete, bis der Schlagbaum an der Kontrollstation hochruckte. Dann beschleunigte er den blauen Mazda zügig auf die Umfahrungsstraße des Flughafens, bog rechts ab und war wenige Minuten später auf der Schnellstraße in Richtung Moskau.

Der Verkehr war um diese Zeit spärlich, und Higurashi kam rasch voran. So dauerte es auch nur knappe dreißig Minuten, bis er den ersten Autobahnring kreuzte. Er fuhr immer geradeaus weiter, bis er die Varshavskoe Shosse erreichte. Kleine Industriebetriebe prägten hier das Bild der Stadt. Dazwischen hatte man neue Wohnblocks hochgezogen, die in der Nacht durch bunte Neonröhren in ein surreales Licht getaucht wurden.

An der Nagatinskaya ulitsa bog Higurashi rechts ab. Ein paar Wohnblocks tauchten auf, eine späte Straßenbahn ratterte vorbei. Endlich sah er auf der rechten Straßenseite ein Lokal mit einer roten

Leuchtreklame – eine Reisschale mit zwei gekreuzten Essstäbchen, darunter in verschlungenen Lettern »Ninja Beef«.

Higurashi parkte den Mazda direkt davor und stieg aus. Es roch nach billigem Fett und ungeklärten Abwässern.

Das kleine japanische Restaurant war um diese Zeit fast leer, lediglich im hintersten Eck saß ein junges Paar händchenhaltend ins Gespräch vertieft, vor sich zwei Teeschalen.

Der Japaner trat ein und ging, ohne sich umzusehen, direkt bis zur schmalen Durchreiche, die mit schmutzigen Geschirr fast gänzlich versperrt war. Wortlos legte er die kleine Speicherkarte der Nikon auf das schmierige Blech.

Dann drehte er sich um und verließ das Lokal.

Kapitel 7

DIE DIAMANTEN

Flughafen Franz Josef Strauss, München / Deutschland

Christopher Weber hatte nicht geschlafen. Nach einer durchwachten Nacht, in der er sich im Bett von links nach rechts und wieder zurück gedreht hatte, war er um fünf Uhr früh aufgestanden und hatte den Wecker wieder ausgeschaltet – eine Viertelstunde bevor der hätte läuten sollen. Nervös hatte er sich hochgequält und war ins Bad gegangen. Martin hatte tief und fest geschlafen und noch dazu ohrenbetäubend geschnarcht.

Einen starken Kaffee und zwei Beinahe-Unfälle später war er zehn Minuten vor Schichtbeginn am Flughafen eingetroffen, hatte den Porsche vorsichtig in der Garage geparkt und seinem Schutzengel gedankt, dass er ihn noch immer begleitete.

Nun stand er vor dem aktuellen Flugplan, las ihn durch und war doch mit seinen Gedanken nicht bei der Sache. Immer wieder schaute er auf die Uhr. Wann würde der Unbekannte anrufen? Chris bemerkte, dass seine Hände zitterten.

»Lernst du den auswendig?« Mehmet stand hinter ihm und schlürfte seinen Tee aus einem verbeulten Pappbecher. »Sieh da, sieh da, ein Airbus A320 nach Abu Dhabi zur frühen Morgenstunde. Was ist die minimale Besatzung für 320er?«

Chris zuckte mit den Schultern.

»Ein Pilot und ein Hund«, beantwortete Mehmet seine Frage ungerührt selbst.

»Häh?«

»Der Pilot hat die Aufgabe, den Hund zu füttern, und der Hund hat aufzupassen, dass der Pilot nichts anfasst«, grinste Mehmet, warf den leeren Becher in den Mülleimer und klopfte Chris auf die Schulter. »Es wird Zeit! Ich darf dich dran erinnern, dass draußen Renate auf der Rampe auf uns wartet. Der heutige Tag erinnert mich an ein lateinisches Zitat: *Veni, vidi, volo in domum redire* – ich kam, ich sah, ich wollte nach Hause gehen.«

Chris musste trotz seiner Nervosität lachen. Er kletterte hinter Mehmet in den kleinen Bus, der sie zu dem Flieger bringen würde.

»Wie geht's dem Porsche?«, erkundigte sich Mehmet. »Fährst du noch, oder fliegst du schon? Apropos fliegen … vergiss nicht: Gute Autofahrer haben die Fliegen auf der Seitenscheibe …«

»Blödmann«, gab Chris zurück, »der gehört nicht mir, und ich fasse ihn mit Samthandschuhen an. Wenn daran etwas kaputtgeht, kann ich ins Exil gehen.«

»Alles besser als hier«, seufzte Mehmet. »Aber es gibt ein Licht am Ende des Tunnels, und es ist nicht der entgegenkommende Zug. Ich hab noch drei Wochen, vier Tage, sieben Stunden und achtundzwanzig Minuten, dann sehe ich den Flughafen nur noch von außen und verdiene wieder auf anständige Weise mein Geld.« Er blickte versonnen aus dem Fenster und beobachtete, wie Renate aus dem kleinen Wagen mit dem Kranich der Lufthansa ausstieg. »Wohin ich auch komme, der Feind ist schon da«, stellte er lakonisch fest.

»Wurde ja auch Zeit!«, rief Renate, als der Bus anhielt und sie Chris und Mehmet aussteigen sah. »Ich bin seit drei Stunden wach, seit zwei Stunden hier und seit einer schlecht aufgelegt, weil jemand meinen Spätdienst morgen auf einen Frühdienst umgebucht hat, ohne mich zu fragen.«

»Willst du uns deswegen gleich erschießen oder erst später?«, erkundigte sich Mehmet interessiert. »Nur damit ich noch schnell meinen Gebetsteppich ausrollen kann und ein paar letzte Worte mit dem Allerobersten wechsle.«

»Wenn ich mir die Ladeliste so anschaue, dann später«, erwiderte Renate spitz. »Ich habe keine Ahnung, wo wir das alles hinpacken sollen, aber die Cargo-Leute nehmen offenbar an, dass wir im Ernstfall den Flieger ein wenig dehnen.« Sie schüttelte den Kopf. »Wer die Paletten gepackt hat, war weit über der Promillegrenze. Los jetzt, hilft alles nichts, rein mit dem Zeug!«

Doch selbst mit drei weiteren Loadern als Verstärkung gelang es Mehmet und Chris nicht, die gesamte Ladung im Bauch des A320-200 zu verstauen. Als die Koffer der Passagiere an die Reihe kamen, klingelte Christophers Handy, und er zuckte zusammen. War es schon so spät?, fragte er sich.

Auf dem Display stand »Unbekannt«, und Weber schluckte. Sollte er es einfach läuten lassen? Nach einigen Augenblicken nahm er das Gespräch an.

»Hallo Chris, ich bin's, Bernadette. Stör ich dich?« Die Stimme klang schüchtern und ein wenig verschlafen.

»Bernadette! Was machst du schon so zeitig auf den Beinen? Ich dachte, die Schule beginnt erst um neun …« Chris atmete erleichtert auf und wuchtete den nächsten Koffer aufs Förderband.

»Freust du dich über meinen Anruf, oder soll ich später …«

»Nein, das passt schon, natürlich freu ich mich!«, unterbrach Chris sie und ärgerte sich über Mehmet und Renate, die sich bemühten, unauffällig neugierig zuzuhören. »Wir beladen eine Maschine nach Abu Dhabi. Wie geht's dir?«

»Gut, danke. Ich habe übrigens ein nettes Ziel für unseren Kurzurlaub gefunden, im Elsass«, antwortete Bernadette. »Warst du schon mal da?«

»Ehrlich gesagt, nein«, meinte Christopher und ging ein wenig weiter weg von den Zuhörern. »Ich freu mich sehr auf unsere gemeinsame Zeit. Hier gibt es jede Menge Neugieriger, die es am liebsten hätten, wenn ich das Telefon laut stellen würde«, raunte er.

»Wann kannst du da sein?«, fragte Bernadette beschwingt. »Ich habe gestern noch mit Professor Grasset gesprochen, und er hat mir eine neue Schülerin anvertraut. Aber das macht nichts, dann bleiben wir anfangs in Basel und fahren eben anschließend ins Elsass. Wie lange hast du Zeit?«

Chris dachte an den Brandsatz unter seinem Bulli und war versucht zu antworten: »Am liebsten für immer.« Laut sagte er: »So lange, bis ich dir auf die Nerven gehe. Ich wohne im Moment bei Freund Martin, und der holzt bei Nacht ganze Wälder ab und verarbeitet sie dann noch zu Zahnstochern.« Er zögerte und überlegte, dann gab er sich einen Ruck. »Jemand hat meinen VW-Bus abgefackelt, deshalb bin ich bei ihm untergeschlüpft.«

»Jemand hat *was*?« Bernadette klang mit einem Mal blitzwach und schien nicht zu wissen, ob sie richtig gehört hatte.

»Meinen Bus angezündet, gestern, nachdem du abgeflogen bist«, bestätigte Christopher. »Ich bin sozusagen heimatlos.«

»Das ... das ist doch nicht möglich!«, gab Bernadette verdutzt zurück. »Warum sollte jemand so etwas machen?«

»Darüber rätselt auch die Polizei«, murmelte Chris unverbindlich. »Ich muss jetzt weiterladen, Bernadette. Ich melde mich heute Nachmittag, wenn mein Dienst vorbei ist. Bis später!«

Rasch drückte Chris auf die rote Taste, bevor Bernadette ihm ein Loch in den Bauch fragen konnte und er gezwungen wäre zu lügen.

»Frau Porsche?«, fragte Mehmet wie nebenbei.

Statt zu antworten, hob Chris die letzten Koffer aufs Band.

»Ziehst du jetzt zu ihr?« Mehmet ließ nicht locker.

»Du spinnst total, türkisch Mann«, antwortete Christopher und tippte sich an die Stirn. »Glaubst du, die hat auf mich gewartet? Wenn du das Anwesen der Familie in Grünwald siehst, dann bewirbst du dich dort als Fußabstreifer, Rasenmäher oder als Kauknochen für die Schäferhunde.«

»Hast du eigentlich noch etwas von der Polizei gehört nach dem Brand?«, fragte Mehmet und stellte das Band ab.

Chris schüttelte den Kopf. »Die Sache wird im Sand verlaufen. Wegen der paar tausend Euro Schaden machen die keine Überstunden.«

»Paar tausend?«, grinste Mehmet. »Du übertreibst und meinst ›paar hundert‹. Das Teil war am Beton festgerostet.«

Als der Bus kam, der die Loader abholte, kletterte Chris an Bord. Mehmet winkte noch rasch Renate zu, und zu seiner Überraschung winkte sie zurück. Kopfschüttelnd stieg er ein und zog die Tür hinter sich zu. »Irgendwie weichgekocht heute, die gute Renate. Sonst hätte sie mich nicht einmal zur Kenntnis genommen.«

»Die mag dich eben«, stichelte Christopher.

»Die mag niemanden, nicht mal sich selbst. Gehen wir heute Abend auf ein Bier?«

Chris blickte aus dem Fenster auf einen landenden Lufthansa-Jet. »Nein, ich ... ich hab etwas vor heute Abend. Und morgen wollte ich einen freien Tag nehmen, dann hab ich zwei Tage frei und anschließend Abenddienst.«

»Das heißt, du willst den Porsche bewegen, und zwar möglicherweise südwärts, in die Schweiz?« Mehmet versuchte erst gar nicht, den Neid aus seiner Stimme zu eliminieren.

In diesem Moment klingelte Christophers Handy. Er warf einen Blick auf das Display. »Unbekannt«. Sein Herz machte einen Sprung, und seine Hände begannen zu zittern, als er das Gespräch annahm. Glücklicherweise hatte der Bus sein Ziel erreicht. Mehmet stieg aus, winkte Chris zu und eilte davon.

»Weber.«

»Ich wette, Sie sind bereits fleißig, Christopher, ich darf Sie doch Christopher nennen?« Die Stimme triefte vor Selbstsicherheit und Überheblichkeit.

»Sie dürfen nicht«, begehrte Chris auf. »Und außerdem habe ich wenig Zeit.«

»Stimmt nicht, Weber, Sie haben gerade die A320-200 fertig beladen und einiges an Fracht hierlassen müssen, also erzählen Sie mir nichts«, entgegnete der Unbekannte. »Jetzt haben Sie mehr als genug Zeit, mir zuzuhören.«

Alarmiert blickte sich Chris um. Konnte ihn der Anrufer etwa sehen? War er hier auf dem Vorfeld?

»Ach, Weber, Weber, Sie müssen noch viel lernen ...«, setzte der Unbekannte fort, und Chris hörte ihn leise lachen. »Und jetzt passen Sie gut auf, ich werde Ihnen die Anweisungen nur ein einziges Mal geben. Sollten Sie das versemmeln, dann schneide ich Ihrem Freund Martin die Kehle durch, setze ihn in den Porsche und befördere ihn mit Turboschub in eine Urne. Anschließend beschäftige ich mich näher mit Ihrer Bernadette. Also besser, Sie überlegen sich genau, was Sie ab jetzt tun.«

Flughafen Domodedowo, Moskau / Russland

Kaito Higurashi schaute auf seine Glashütte-Armbanduhr mit dem Krokodillederband. Es war genau 9 Uhr 45 Moskauer Zeit, noch vierzig Minuten bis zum Start des Fluges Aeroflot 121 nach München.

Alles lief nach Plan.

Der Transporter hatte heute früh noch zwei Sendungen für München ins Depot gebracht, eine Kiste mit drei Goldbarren und ein dickes Kuvert mit Aktien und Anteilsscheinen, die für eine Deutsche-Bank-Filiale in der bayerischen Hauptstadt bestimmt waren. Alles zusammen gerechnet waren diesmal Werte für mehr als 125 Millionen Euro an Bord der Maschine nach Deutschland.

Das war selbst für die Mannschaft von »безопасность« außergewöhnlich viel. Dementsprechend hoch waren die Sicherheitsvorkehrungen. Niemand wollte sich eine Blöße geben. Die Jobs bei der Werttransportfirma waren begehrt.

9:55 – der Tresor wurde geöffnet, Higurashi stellte gemeinsam mit zwei Mitarbeitern und mit Hilfe seiner Liste den Transport zusammen. Die Schleuse war geschlossen worden, die Wachen hatten vor dem Büro Aufstellung genommen. Nun durfte kein Transport mehr in das Depot einfahren. Nachdem der Japaner sorgfältig jede Kiste und jedes Kuvert erneut gewogen und das Gewicht kontrolliert hatte, hakte er den Posten ab und stellte die gesamte Wertgutsendung Stück für Stück auf dem großen Tisch im Büro zusammen. Eine Sicherheitskamera filmte den Ablauf von Anfang bis zum Ende, um spätere Kontrollen zu erleichtern. Als Higurashi endlich zufrieden nickte, wurde der Tresor wieder verschlossen, und die beiden bewaffneten Wachen nahmen mit steinernem Gesicht neben dem Tisch Aufstellung.

10:08 – ein gepanzerter Transporter rollte vor den Eingang des Büros. Sowohl der Fahrer als auch der Begleiter blieben vorschriftsmäßig auf ihren Plätzen. Während der Motor lief, übergab Higurashi dem Mann im Laderaum des Lieferwagens die Liste. Dann begannen zwei Angestellte unter den aufmerksamen Augen der beiden Wachen die einzelnen Wertsendungen in den dunkelblauen Wagen zu verladen. Gewissenhaft hakte der Mann im Laderaum jeden einzelnen Posten auf der Liste ab. Als er zufrieden nickte, schlug einer der Wachmänner die Tür zu, der Fahrer verriegelte sie, und Higurashi gab das Zeichen zur Abfahrt.

10:16 – die Schleusen öffneten sich, die Stahltore glitten zurück, und der Wagen bog in die Straße in Richtung Vorfeld ein. Nach dem Passieren einer letzten Kontrolle öffnete sich ein weißer Schlagbaum, und der gepanzerte Lieferwagen reihte sich hinter Flughafenbussen und Aeroflot-Servicewagen auf der eingezeichneten Fahrbahn ein. Die Position der Maschine nach München war jeden Tag die gleiche, der Fahrer kannte den Weg im Schlaf.

10:22 – nachdem das Betanken bereits abgeschlossen war, die Loader jedoch noch einige Koffer zu verstauen hatten, steuerte der Fahrer den dunkelblauen Wagen näher an den Gepäckraum heran, der für die Werttransporte vorgesehen war. Der Beifahrer stieg aus, sprach kurz mit dem Lademeister und gab dann dem Fahrer ein Zeichen. Der entriegelte die Laderaumtür. Die beiden bewaffneten Wachen stiegen aus, blickten sich sichernd um und nahmen dann links und rechts des Wagens Aufstellung. Dann wurden alle Wertgegenstände zügig und mit so wenig Verzögerung wie nur möglich in den gesicherten Laderaum geschafft. Als alles zur Zufriedenheit des Lademeisters und der Sicherheitstransportmannschaft verstaut war, atmeten die Männer in den blauen Uniformen erleichtert auf.

10:29 – der rote Mazda, der mit Vollgas heranschoss und neben dem blauen Lieferwagen zu stehen kam, überraschte alle. Die Köpfe wandten sich Higurashi zu, der mit einer schwarz verpackten Sendung unter dem Arm aus dem Wagen sprang.

»Ihr könnt bereits ins Depot zurückfahren, ich habe noch eine dringende Sendung hereinbekommen«, rief der kleine Japaner dem Fahrer zu. »Die Wachen bleiben hier bis zur Abfertigung des Fluges.« Er nickte dem Lademeister zu. »Tut mir leid, aber wir müssen nochmals in den Laderaum.«

Beide Männer kletterten hoch, und Higurashi verstaute die schuhkartongroße Sendung in der vorgesehenen Sammelkiste für die Wertsendungen.

Vorher zog er noch die schwarze Plastikfolie ab.

Die Metallkiste, die darunter zum Vorschein kam, sah der Edelstahlkassette mit den Diamanten zum Verwechseln ähnlich. Wer immer sie genauer untersucht hätte, er hätte keinerlei Unterschiede feststellen können. Die Abmessungen, das Gewicht, die Siegel, die Art des Schlosses waren bei beiden Behältern genau gleich. Sie ähnelten einander wie eineiige Zwillinge.

Higurashi griff in die Tasche und klebte einen kleinen roten Punkt auf das rechte Eck des Metallbehälters. Dann schloss er den Deckel der Sammelkiste und verließ den Laderaum. Der gepanzerte Wagen war bereits davongerollt, während die beiden Wachen noch immer aufmerksam neben dem Flugzeug standen und auf ihren Chef warteten.

10:34 – mit einem Fauchen verriegelte sich das hydraulische Schloss der Tür zum Laderaum. Der Lademeister gab Higurashi ein Zeichen und stieg als Letzter in einen kleinen Bus, der die Mannschaft zurück zum Terminal fuhr.

»Ich nehme euch mit zum Depot«, murmelte der kleine Japaner, während er seine Brille polierte und angespannt auf das Flugzeug vor ihm blickte. Dann drehte er sich abrupt um und stieg ein.

Als der rote Mazda anfuhr und rasch die Position verließ, startete der Pilot die Triebwerke.

Flug Aeroflot 121 würde pünktlich starten und München voraussichtlich plangemäß um 11 Uhr 45 Ortszeit erreichen.

Higurashi blieben noch zwanzig Minuten.

10:39 – nachdem er die beiden Wachen beim Depot hatte aussteigen lassen, entschuldigte sich Higurashi unter einem Vorwand und gab Gas. Mit quietschenden Reifen beschleunigte er den Mazda in Richtung Abflugterminal. Der Mann an der Schranke erkannte den Wagen bereits von weitem und winkte ihn – entgegen aller Vorschriften – durch. Zwei Minuten gespart, freute sich Higurashi und tastete in der Tasche seines Jacketts nach den Unterlagen.

Alles da.

Vor dem Abflugterminal angekommen, parkte er den Mazda im Halteverbot und ließ den Schlüssel stecken. Dann lief er mit großen Schritten zur Sicherheitskontrolle.

10:47 – sein Ausweis der höchsten Sicherheitsstufe brachte ihn direkt zur Halle mit den Flugsteigen. Keine Kontrolle, kein Warten, dachte sich Higurashi, trotzdem würde es knapp werden. Er rannte zum Flugsteig Nummer 8, wo die beiden Stewardessen den Flug gerade schließen wollten. Der kleine Japaner wedelte mit seinem Ticket und lächelte entschuldigend. Dabei sah er die Aeroflot-Stewardess mit großen Augen durch seine dicken Brillengläser an.

»Mr. Yoshimura, Sie wissen, dass Sie zu spät dran sind?«, stellte die Stewardess streng fest, während sie durch den japanischen Pass blätterte und die Boarding-Card kontrollierte. »Haben Sie Gepäck?«

»Nein, habe ich nicht, und es tut mir wirklich leid«, meinte Higurashi zerknirscht.

»Dann gehen Sie jetzt schnell zur Maschine, wir starten in wenigen Minuten«, erwiderte die junge Frau in der Aeroflot-Uniform, ließ den Abschnitt durch den Scanner laufen und winkte den Japaner durch.

Während er zur Flugzeugtür eilte, zog Higurashi sein Jackett aus und rollte sich die Ärmel hoch. Auf dem linken Arm wurden die Klauen eines tätowierten Tigers sichtbar.

Aber das war Higurashi nun egal.

10:57 – der Flug Aeroflot 229 nach Amsterdam-Schiphol wurde mit nur zwei Minuten Verspätung aus der Parkposition geschoben. Als der Jet auf der Startbahn eins beschleunigte und schließlich abhob, stand gerade ein Polizist der Verkehrsstreife hinter dem geparkten roten Mazda und gab das Autokennzeichen an die Zentrale durch.

Ungeduldig wartete er, bis endlich per Funk die Antwort kam.

Die Tatsache, dass der Wagen einem der Chefs einer Werttransportfirma am Flughafen gehörte, beruhigte den Polizisten. Wollen wir mal ein Auge zudrücken, dachte er sich achselzuckend, drehte sich um und setzte seine Streife fort.

Villa Kandel, Altaussee, Steiermark / Österreich

Wieder die Mailbox!

Frustriert verzog Soichiro Takanashi das Gesicht und legte auf. Wo zum Teufel steckte dieser Gruber? Warum funktionierte sein Handy nicht? Der Japaner wollte nicht auf die Mailbox sprechen, dazu war der Anlass zu brisant und das Angebot zu vertraulich. Seine Finger trommelten ungeduldig auf die Glasplatte des Gartentisches.

Wenigstens lief bei dem Transport aus Moskau alles plangemäß, beruhigte er sich und goss den Lapsang-Souchong-Tee in eine dünnwandige Tasse, die mit dunkelblauen chinesischen Mustern geschmückt war.

Dann schaute er auf seine Uhr.

Noch etwas mehr als zwei Stunden bis zur Landung der Aeroflot-Maschine in München, bis zum elegantesten Coup des Jahres. Die Moskauer Mafia würde toben, dachte der Japaner schadenfroh und schlürfte das aromatische Getränk, während er von der Terrasse über den See blickte.

75 Millionen auf einen Schlag! Keine Zeugen, kein Aufsehen, keine Schüsse. Eine Kassette voller Diamanten, die auftragsgemäß geliefert würde. Mit intakten Siegeln, ohne Kratzer.

Nur der Inhalt war spurlos verschwunden …

Takanashi rieb sich die Hände. Das war ein Coup, wie er ihn sich lange gewünscht hatte. DeBeers würde nicht zahlen, weil die Steine ja niemals bei ihnen angekommen waren. Die Russen würden das Werttransportunternehmen verdächtigen, doch dort war alles belegbar, nachvollziehbar, ja sogar auf Videoband aufgenommen. Es gab Dutzende Zeugen, die Gewicht, Aussehen und Größe des Edelstahlbehälters bestätigen würden. Und dann ... der Japaner lächelte. Dann würden die ersten Gerüchte auftauchen. Unberührte Siegel? Hatten die beiden Auftraggeber vielleicht eine leere Schatulle auf den Weg nach München geschickt? Allein der Verdacht würde genügen, um die ersten Killer aus dem Dunkel ans Licht und auf die Fährte der Absender zu bringen. Die Russen machten kurzen Prozess und hielten sich nicht lange mit Recherchen auf, das hatten ähnliche Fälle in der Vergangenheit bewiesen.

Mit etwas Glück würde ein Krieg ausbrechen, erst ein interner Machtkampf, dann ein internationaler. Nämlich spätestens dann, wenn die Yakuza die Steine DeBeers anbieten würden ...

Ja, das ist ein Schachzug nach meinem Geschmack, dachte Takanashi, und ganz in der Tradition des alten Kampfes um die Vormachtstellung zwischen japanischer und russischer Mafia. Die Schlachten wurden erbittert geschlagen, überall auf der Welt. Den drohenden Krieg würden die Japaner über kurz oder lang für sich entscheiden, davon war Takanashi überzeugt.

Diesen russischen Bauern fehlte alles, dachte er sich. Stil, Klasse und Tradition, Disziplin und Konsequenz. Geheimdienst hin oder her, es war nur eine Frage der Zeit gewesen, bis die russischen »silbernen Bären«, wie man die perfekt geschliffenen Diamanten aus der Mirny-Mine nannte, nach dem Absturz wieder auftauchen würden. Waren die typischen *silver bears* normalerweise nur 0,2 Karat groß, so hatten die Leiter der riesigen Mine jahrzehntelang die großen Steine gesammelt, geschliffen und beiseitegelegt. Bis zum Jahr 2001 ...

»Fünftausend Karat«, murmelte Takanashi andächtig und ließ sich die Zahl auf der Zunge zergehen. Genug, um die Russen vor Wut schäumen zu lassen und die Yakuza-Aktivitäten in Europa auf Jahre hinaus zu finanzieren.

Er nahm einen Bissen des noch warmen Croissants und lehnte sich zurück. Was für ein Schlag ins Gesicht dieser Parvenüs, die tatsächlich glaubten, dass Gewalt alle Probleme lösen könne! Takanashi schüttelte den Kopf. Gewalt galt bei den Yakuza als letztes Mittel. Der weitaus größte Teil der alltäglichen Geschäfte jedoch, wie

Kreditvergabe oder Arbeitskräftevermittlung, Prostitution, Glücksspiel oder Drogenhandel, lief absolut friedlich ab. Die Japaner hatten in den letzten Jahren national und weltweit die Strategie der Unauffälligkeit praktiziert – mit Erfolg. Bis in die frühen neunziger Jahre waren die Yakuza in Japan legal gewesen, und man hatte ihre Büros überall in den Großstädten finden können. So war es auch den Normalbürgern möglich gewesen, jederzeit mit der Organisation Kontakt aufzunehmen und ihre Unterstützung zu suchen. Die Yakuza-Bosse hatten Interviews und Pressekonferenzen gegeben, eigene Zeitungen besessen, ja man hatte traditionell zu Neujahr sogar der Polizei Glückwunschbesuche abgestattet ...

... und Freundschaftsgaben dagelassen, die sich während des restlichen Jahres bezahlt machten ...

Doch dann wurden die Yakuza verboten, mussten ihre Büros umwandeln, die Strukturen anpassen, ihr oftmals auffallendes und herausforderndes Verhalten ablegen. Ehemalige offizielle Büros wurden in Kredit- oder Arbeitskräftevermittlungen umfirmiert, man stieg auf unauffälligere Autos um, dafür wuchsen Gewaltbereitschaft und Waffengebrauch, vor allem bei den jüngeren Mitgliedern. Die Yakuza waren zur Jahrtausendwende im Wandel gewesen, in einer Umstrukturierungsphase, die nun abgeschlossen war.

Takanashi nickte zufrieden.

Es war über weite Teile sein Verdienst gewesen, dass nun die internationalen Aktivitäten in Europa so reibungslos liefen. Jetzt galt es noch, den Russen den Rang abzulaufen und sich als ernstzunehmende Konkurrenz in der Europäischen Union zu etablieren. In der Welt der Unternehmer hatte die organisierte Kriminalität der Japaner schon lange ein gewichtiges Wort mitzureden. Man war akzeptiert, integriert und beteiligte sich an vielversprechenden Unternehmungen rund um den Globus ganz legal. Und man fürchtete nur eine Nation – die Chinesen ...

Aber die Russen? Einerseits hatte Takanashi dafür geworben, dass die Yakuza ganz offen in den russischen Energiesektor investierten, andererseits saß das Misstrauen angesichts der anarchisch und oft unkoordiniert agierenden Gruppen aus der ehemaligen Sowjetunion tief. Eben war ein Oligarch bei den Regierenden im Kreml noch ein und aus gegangen, am nächsten Tag saß er hinter Gittern und musste zusehen, wie sein Firmenimperium konfisziert und aufgeteilt wurde.

Kein Gedanke, der die japanischen Anleger beruhigte.

Doch das Verschwinden von Diamanten für 75 Millionen Euro würde den russischen Gruppen einen empfindlichen Schlag versetzen und DeBeers vor ein Rätsel stellen. Natürlich nur so lange, bis Takanashi ihnen die Ware anbieten und das Geschäft anstelle der Russen machen würde.

Der Japaner leerte seine Tasse Tee und erhob sich. Es war an der Zeit, aufzubrechen. Die Fahrt nach München würde knapp drei Stunden dauern. Zeit genug für Christopher Weber, die Kassette aus dem Flughafen heraus und zum vereinbarten Treffpunkt zu bringen. Takanashi wollte die Übergabe selbst beobachten, sich im Hintergrund halten und dafür sorgen, dass nichts schiefging.

Bei 75 Millionen durfte nichts schiefgehen.

Das würden ihm die Oyabun in der Heimat niemals verzeihen.

Ein Fehler wäre sein Todesurteil.

Und dann war da noch dieser Ring des H. Claessen ... Während er seinen Lexus startete und aus der Garage rollte, wählte Takanashi ein weiteres Mal die Nummer Grubers.

Und landete fluchend erneut auf der Mailbox ...

ÜBER DEM NORDATLANTISCHEN OZEAN

Der Nachtflug von Miami nach London war überraschend leer. Fast die Hälfte der Sitzreihen war unbesetzt, selbst nachdem einige Passagiere die Plätze gewechselt hatten, um am Fenster zu sitzen oder sich in einer der leeren Reihen zum Schlafen auszustrecken. Vincente, Alfredo und Georg hatten es den übrigen Passagieren bereits kurz nach dem Start nachgemacht und sich im hinteren Teil des Flugzeugs eine freie Reihe gesucht. Inzwischen schliefen sie tief und fest.

»Wir sollten es genauso machen«, meinte Finch zu Fiona. »Nutzen wir die Zeit, wer weiß, was uns in Europa erwartet.«

Die junge Frau gähnte. »Uns bleibt in London kaum eine halbe Stunde bis zu unserem Flug nach Genf. Wenn alles gutgeht, kommen wir um 16 Uhr 40 Ortszeit in der Schweiz an. Dann Hotel suchen, Zimmer beziehen, duschen, essen und nach einem kurzen Spaziergang schlafen.« Sie blickte ihn herausfordernd aus den Augenwinkeln an. »Vorausgesetzt, du teilst ein Zimmer mit mir, dann etwas später schlafen.«

»Hat dir schon jemand gesagt, dass du genusssüchtig bist?«, grinste Finch. »Aber im Ernst. Das wird keine Urlaubsreise mit langen Spaziergängen am Genfer See, eher ein Hindernislauf mit echten Querschlägern. Wir sollten nie vergessen, immer wieder über unsere Schulter zu schauen. Während wir nach den Spuren suchen, die uns der alte Hoffmann hinterlassen hat, werden andere uns sehr effektiv daran hindern wollen, und zwar mit allen Mitteln. Erinnere dich an die Sprengung der Albatross und den Angriff auf das Anwesen deines Großvaters. Wer immer das war, sie fackeln nicht lange, und ich werde das Gefühl nicht los, dass sie in Europa einen Riesenvorteil haben.«

»Wie meinst du das?«

»Sie sind da zu Hause«, gab Finch düster zurück. »Ich habe darüber nachgedacht. Über die Anschläge in Medellín auf Böttcher, anschließend auf die Albatross und deinen Großvater, dann auf das Anwesen. Das waren keine Südamerikaner. Wieso sollten die mit einem Mal an den alten Männern interessiert sein, wenn sie doch über fünfzig Jahre lang Zeit hatten – und gar nichts unternahmen?« Er schüttelte den Kopf. »Nein, das waren Europäer. Das Geheimnis der vier alten Musketiere, wie sie sich selbst bezeichneten, führt uns in die Schweiz. Es muss also aus einer Zeit stammen, als die vier entweder am Ende des Krieges oder kurz danach irgendetwas entdeckten. Erinnere dich an den Satz, den Gruber an seinen Sohn schrieb: ... *Freunde in jenen Jahren, in denen die Welt im Wahnsinn versank.* Damit kann nur der Zweite Weltkrieg gemeint sein. Dazu kommt der Totenkopfring von Claessen, für den sich auch dieser Japaner so brennend interessiert.«

Fiona legte ihren Kopf auf die Lehne des Sitzes zurück und schloss die Augen.

»Es wird für dich vielleicht schwer zu verstehen sein, aber vieles spricht dafür, dass dein Großvater ein Nationalsozialist mit dunkler Vergangenheit war, wie auch seine anderen drei Freunde«, meinte Finch leise. »Denk nach. Sie hatten alle deutsche Wurzeln, jeder kam offenbar mit viel Geld nach Südamerika. Ein bekanntes Szenario, oder? Woher hatten sie das Geld? Was meinte Gruber senior mit den *vier Reitern der Apokalypse?* Das klingt nicht nach einer Pfadfinderfahrt mit Zeltlager, pubertären Zoten und Gesang am Lagerfeuer.«

»Darüber habe ich so oft nachgedacht und bin doch zu keinem Schluss gekommen«, antwortete Fiona müde. »Glaubst du, Georg ahnt etwas?«

»Wahrscheinlich«, gestand Finch. »Ich habe noch nicht mit ihm über das Thema gesprochen, aber es bedrückt ihn doch zusehends, dass sein Vater von seiner Jugend in Europa kaum etwas erzählt hat. Vielleicht waren die Ereignisse für Georg bis jetzt nur eine abenteuerliche Schnitzeljagd, aber in Europa wird er Schritt für Schritt die Vergangenheit seines Vaters entdecken, ob sie ihm gefällt oder nicht.«

»Also sind die Deutschen hinter uns her?«, erkundigte sich die junge Frau murmelnd.

»Ehrlich gesagt, ich weiß es nicht«, gab Finch zu. »Wenn ich eine Ahnung davon hätte, wonach wir suchen, dann hätte ich vielleicht auch eine Vermutung über die Nationalität unserer Verfolger. So aber ...« Er drehte die Handflächen nach oben.

»... sollten wir eine Mütze Schlaf nehmen«, setzte Fiona fort, »bevor das Wettrennen beginnt.«

»Richtig«, meinte er und stand auf. »Ich suche mir weiter hinten eine freie Reihe, dann kannst du hierbleiben.«

Fiona legte ihre Hand auf seinen Arm. »Trotz des Todes meines Großvaters und Böttchers sollten wir nicht zu schwarz sehen, John«, erinnerte sie Finch, »wir hatten einen guten Start auf unserer Europareise. Die Pässe sind anstandslos durch die strengen US-Kontrollen gekommen, wir besitzen noch immer alle drei Hinweise, die Verletzung Alfredos heilt überraschend schnell, Sparrow ist bei dem Haustechniker des Hospitals in Medellín in guten Händen und nicht zuletzt – wir sind unsere Verfolger losgeworden.«

»Oder sie warten bereits auf uns, weil sie zwei und zwei zusammengezählt haben«, gab Finch düster zurück und sah sich misstrauisch in der Kabine um. »Das würde ich nämlich an ihrer Stelle tun.« Der Pilot lehnte sich zu Fiona. »Vergiss nicht, sie haben einen entscheidenden Vorsprung«, raunte er. »Wir haben keine Ahnung, was wir suchen. Sie aber wissen, was sie zu verlieren haben.«

Flughafen Franz Josef Strauss, München / Deutschland

Als der Airbus aus Moskau aufsetzte, quietschten die Reifen kurz, und kleine bläuliche Rauchwolken stiegen auf. Der Flug Aeroflot 121 aus Moskau war nicht nur pünktlich, die Maschine landete sogar zehn Minuten früher als geplant auf der Landebahn Nord, bei klarem Himmel und leichtem Wind aus Südwest, der ein paar Schäfchenwolken gemächlich vor sich hertrieb.

Während er die letzten Meter zum Terminal eins rollte und sich über die verfrühte Ankunft freute, sah der Kapitän trotzdem bereits den hellen, gepanzerten LKW von Brinks auf der Position stehen, flankiert von einem Wagen der Flughafenpolizei mit rotierenden Blaulichtern.

»Heute nehmen es die Deutschen ganz genau, so früh können wir gar nicht kommen«, scherzte er. »Unsere Fracht ist offenbar zu kostbar.«

»Muss wohl so sein«, nickte der Kopilot und fuhr die Triebwerke herunter, »an meinen zwei Flaschen Wodka kann es nicht liegen.«

»Dann geben wir die Türen frei für den Staatsempfang«, grinste der Flugkapitän und legte zwei Schalter um, »sonst brechen nervöse Hektik und Unruhe auf dem Vorfeld aus – und wer will das schon? Ich möchte pünktlich wieder in Richtung Heimat unterwegs sein. Natascha hat heute Abend frei …«

Christopher Weber stand mit weichen Knien neben Mehmet und blickte hinauf zum hinteren Laderaum des Airbus. Sie waren wie immer vom Lademeister zum Entladen der Wertgüter eingeteilt worden. »Meine beiden Studenten erledigen das schon«, hatte er gegrinst.

»Die Jungs mit den grimmigen Gesichtern machen mich stets nervös«, murmelte Mehmet und warf einen Blick auf die schwer bewaffneten Männer des Transportunternehmens in ihrer blauen Uniform und den verspiegelten Sonnenbrillen. »An die werde ich mich nie gewöhnen. Schießen zuerst und fragen dann erst.«

»Wenn sie überhaupt fragen ...«, murmelte Chris unglücklich. Er fühlte sich miserabel. Warum konnte das nicht alles nur ein böser Traum sein, und gleich würde der Wecker läuten und ihn aufwecken? Mit klopfendem Herzen wartete er, bis das Förderband an die Maschine gefahren wurde, dann kletterte er hinauf, entriegelte die Laderaumtür und stieß sie hoch.

In diesem Moment trat einer der Wachmänner, eine Liste in der Hand, zu Mehmet. »Wäre nett, wenn Ihr Kollege mit den Werten beginnen könnte, umso schneller sind wir wieder weg.« Er deutete mit dem Daumen über seine Schulter auf die Polizisten, die etwas gelangweilt neben ihrem Einsatzwagen warteten. »Und wir wollen die Herren von der Exekutive doch nicht unnötig lange am Mittagessen hindern.«

Die Sonnenbrillen betrachteten ihn dabei wie ein seltenes, doch völlig nutzloses Insekt, und Mehmet fühlte sich ungemütlich. Die Tatsache, dass der Wachmann bei dieser Bemerkung keine Miene verzogen hatte, beunruhigte den Studenten zusätzlich. »Mach dich locker«, murmelte Mehmet schließlich und schaltete das Band ein. Laut meinte er: »Keine Sorge, geht gleich los!«

Oben war Chris inzwischen im Laderaum verschwunden. Er sah die Sammelkiste für die Wertgüter sofort. Sie war nicht verschlossen, genau wie es der Unbekannte prophezeit hatte. So öffnete Christopher den Deckel und warf einen Blick auf Päckchen in verschiedenen Größen, eine kleine Kiste, zwei große Kuverts in Überverpackungen und ... sein Herz machte einen Sprung. Da waren sie, die beiden Metallkassetten. Er hörte den Elektromotor des Förderbandes anlaufen und legte wie in Trance die ersten Packstücke einzeln auf das schwarze Band.

Was nun?

Die Edelstahlkassette mit dem roten Punkt lag ganz unten, ihr

Zwilling daneben. Christopher legte die Hände darauf und spürte den eiskalten Stahl.

Ich habe keine Wahl, sagte er sich und löste mit fahrigen Bewegungen rasch den Aufkleber ab.

Zwei Behälter, zwei Optionen, nur eine Entscheidung. Dann legte er den Behälter als Letztes auf das Band und sah zu, wie er in Richtung Mehmet verschwand.

Erneut beugte sich Chris über die Sammelkiste.

Die verbliebene schuhkartongroße Schatulle glänzte matt im Licht der Laderaumbeleuchtung. Es war eine exakte Kopie jenes Behälters, den er soeben auf dem Band in die Tiefe geschickt hatte.

Chris blickte sich verstohlen um, seine Gedanken rasten.

Nichtsahnend reichte Mehmet jedes einzelne Stück an den Wachmann von Brinks weiter, der die einzelnen Posten sorgfältig aus seiner Liste strich und die Wertgüter dann in einer Art Einkaufswagen mit stabilen Wänden stapelte.

Schließlich nickte er zufrieden, schüttelte Mehmet kurz die Hand und schob den Wagen zum gepanzerten LKW.

»Schläfst du da oben voll konkret?«, rief der Türke Weber zu. »Nimm die Hände aus den Taschen und leg los, du Traumtänzer! Mein Schichtende naht mit Riesenschritten!«

Hektisch begann Chris Koffer um Koffer auf das Förderband zu wuchten.

Die Würfel waren gefallen.

Als das letzte Gepäckstück auf dem Weg in die Tiefe war, zog er einen Leinensack aus seiner Tasche, auf dem in großen Buchstaben »EDEKA – Wir lieben Lebensmittel« prangte. Er hatte ihn vor wenigen Stunden gefunden, zusammengelegt auf dem rechten Hinterrad des Porsche, wie der Unbekannte es ihm angekündigt hatte.

Die Edelstahlkassette passte genau hinein.

Oben hatte der Sack eine Lasche, die Chris über die Kassette zog, und einen Verschluss, der einen einfachen, aber wirksamen Blickschutz bildete. Dann hängte er sich die Einkaufstasche über die Schulter und blickte aus dem Laderaum übers Vorfeld. Mehmet hatte bereits das Förderband abgeschaltet und sich nach einem kurzen

Winken auf den Weg zum nächsten Flieger gemacht, der auf der Position genau neben der Moskau-Maschine erwartet wurde.

Die Kassette wog schwer auf seiner Schulter, als Christopher die Leiter hinunterkletterte und schließlich wieder auf dem Beton stand.

Niemand beachtete ihn. Die Polizei war lange wieder abgefahren, der Brinks-Transporter nirgends mehr zu sehen.

Wenn der Unbekannte das alles so minuziös geplant hatte, dann musste er Insider-Kenntnisse haben, dachte sich Chris und wich dem Bus mit den Technikern aus, der unter dem Flügel ausrollte und stehen blieb. War es vielleicht jemand vom Flughafen, der mit den internen organisatorischen Abläufen vertraut war?

Als der Tankwagen heranrollte, stieg Chris als letzter Loader in den kleinen weißen Bus mit dem blauen M, der ihn zum Terminal zurückbringen sollte. Zwei seiner Kollegen sahen ihn neugierig von der Rückbank aus an.

»Dei Bschoapackerl is heut aber groß, Weber«, spielte einer auf den Leinenbeutel an. »Hast so an Hunger?«

»Schaust eh so schlecht aus«, ergänzte der andere lachend.

Chris hoffte, dass keiner der beiden seine Nervosität bemerken würde, und stellte den Leinensack zwischen seine Beine auf den Wagenboden. Dann ließ er seine zitternden Hände in den Taschen seiner Jacke verschwinden und lehnte sich in die Polster.

»Hab gleich Feierabend«, gab er zurück, »und heute steht ein Picknick auf dem Programm.«

Doch die beiden Kollegen hörten ihm schon gar nicht mehr zu, hatten das Thema gewechselt und unterhielten sich über das letzte Spiel des FC Bayern.

Zur gleichen Zeit setzte ein Mann im blauweißen Jogginganzug zufrieden einen starken Feldstecher ab, zog die Baseballkappe tiefer ins Gesicht und begann ohne Eile mit dem Abstieg vom Aussichtshügel des Münchner Flughafens. Bisher war alles perfekt gelaufen, aber wieso hätte es auch anders sein sollen? Der einzige Unsicherheitsfaktor in dieser Aktion war Christopher Weber gewesen. Und der war am Ende doch völlig eingeschüchtert zur Mitarbeit bewegt worden.

Nun war der Erfolg zum Greifen nahe.

Auf dem Rückweg zu seinem Wagen schlenderte der Mann an der Ju52 vorbei, die als aeronautischer Oldtimer neben einer DC-3 und einer Lockheed Super Constellation an die rasante Entwicklung in der Luftfahrt erinnern sollte. Sein Plan, so überlegte er zufrieden, war vergleichsweise ebenso simpel wie die Bauweise der »Tante Ju«, wie das bekannte Junkers-Verkehrsflugzeug im Volksmund genannt worden war.

Einfach und todsicher, lächelte er in sich hinein, aber nur für einen tödlich.

Er wich ein paar Müttern mit Kinderwagen aus und musste über sein eigenes Wortspiel lachen. Dann hatte er seinen Mercedes erreicht und ließ sich in die Lederpolster fallen.

Dieser Weber hatte brav seine Rolle gespielt, nun würde er noch seinen Auftritt haben, vor einem raschen Abgang. Dann – Rolle beendet, Schauspieler tot.

Doch zuvor hieß es warten bis zum Schichtende.

Aber 5000 Karat Diamanten waren auch das wert – und noch viel mehr. Sogar ein luxuriöses Leben im Untergrund, irgendwo in Südamerika, mit einer Horde wütender Yakuza auf den Fersen.

Allerdings – für 75 Millionen konnte man sich alles kaufen, auch Sicherheit, dachte der Mann im Jogginganzug und startete die Limousine. Der Mercedes rollte fast lautlos an, und der Unbekannte griff zum Telefon. Es war Zeit, Weber Ort und Zeitpunkt der Übergabe mitzuteilen. Er bedauerte nur, dass er Takanashis Gesicht nicht sehen würde ... angesichts der Tatsache, dass die Diamanten aus der russischen Mine nun schlussendlich doch in fremden Taschen gelandet und die Yakuza leer ausgegangen waren ...

So eine 75-Millionen-Chance bekam man nur einmal im Leben ... und der Unbekannte war fest entschlossen, sie zu ergreifen.

Institut Peterhof, St. Chrischona, Basel / Schweiz

Bernadette machte sich Sorgen. Die Neuigkeiten aus München waren keineswegs gut, und Christopher hatte am Telefon nervös geklungen. Wer immer auch das Feuer unter dem alten VW-Bus gelegt hatte, er hatte Chris tief damit getroffen. Die junge Frau ertappte sich dabei, an ihre Eltern zu denken. Konnten die möglicherweise …? Doch dann verwarf sie den Gedanken gleich wieder. Weder ihr Vater noch ihre Mutter kannten Chris und wussten etwas von ihm. Nein, das traute sie ihnen doch nicht zu, bei allem fanatischen Eifer im rastlosen Kampf um den idealen Schwiegersohn.

Die Mittagssonne brannte von einem fast wolkenlosen Himmel, und Bernadette bedauerte, erst übermorgen freizuhaben. Sie saß auf ihrer Stammbank im Halbschatten und schaute den Kindern und Jugendlichen zu, die in der Mittagspause spielten oder mit ihren Betreuern unter bunten Sonnenschirmen saßen und Aufgaben machten. Professor Grasset war nach New York abgeflogen und sicher bereits in der Luft.

Bernadette wollte gerade ihr Sandwich auspacken, sich den Kopfhörer ihres iPods aufsetzen und den Play-Knopf drücken, da sah sie Francesca über den Schulhof laufen, ein Buch unter dem Arm. Das Mädchen winkte ihr zu und stand wenige Augenblick später vor der Bank, atemlos lächelnd.

»Stör ich Sie beim Essen?«, wollte Francesca wissen. »Mir war langweilig, und ich kenne hier noch niemanden …«

»Setz dich ruhig zu mir, ich freu mich immer über interessante Gesellschaft«, beruhigte Bernadette sie. »Und du kannst ruhig du zu mir sagen, wenn wir nicht in der Klasse sind«, zwinkerte sie ihr zu. »Sonst komme ich mir noch älter vor …«

Francesca musste lachen. »Danke! Mein Vater sagt immer, Alter ist kein Verdienst. Aber ich habe darüber nachgedacht. Jugend auch nicht.«

Bernadette nickte. »Das muss ich mir merken«, meinte sie anerkennend, »gute Erkenntnis. Was liest du?«, fragte sie dann neugierig und deutete auf das Buch, das Francesca neben sich gelegt hatte.

»Ach, ein Buch, das ich von zu Hause mitgenommen habe. Es beschreibt das Leben der letzten europäischen Kaiserin, Zita von Bourbon-Parma. Sie war die Frau von Karl I. von Österreich und liegt in der Kapuzinergruft in Wien begraben.«

»Was interessiert dich daran so sehr?«, erkundigte sich Bernadette und biss in ihr Sandwich.

»Zita wurde ganz in der Nähe unseres Hauses in Italien geboren, in Camaiore«, antwortete Francesca und sah Bernadette verschwörerisch an. »Ich habe oft in der riesigen Villa der Bourbons gespielt und mich wie eine Prinzessin gefühlt. Das alte Haus ist heute verlassen, teilweise sogar heruntergekommen und wird nur mehr hier und da für spezielle Anlässe benutzt. Die Terrasse ist wunderschön. Man hat einen weiten Blick aufs Ligurische Meer. Ich war oft da.«

Sie verstummte, ihre Augen auf eine Kette aus Erinnerungen gerichtet, die nur sie sehen konnte. Dann setzte sie fort. »Ich bin stundenlang durch die Zimmer und über die Flure gegangen, hab alle Ecken durchstöbert, die Küche und den Keller, selbst den Dachboden. Die Geschichte hat gewispert, und die Geschichten haben sich auf meine Schulter gesetzt, wie kleine, bunte Vögel, die aufgeregt zwitscherten.«

Francesca brach ab, als hätte sie zu viel erzählt. Doch Bernadette lächelte sie ermutigend an. »Das klingt phantastisch«, meinte sie leise. »Ich hatte leider nie so ein besonderes Haus zum Spielen. Hat die Villa auch einen Namen?«

»Man nennt sie die *Villa Borbone delle Pianore*«, sagte Francesca begeistert. »Sie liegt in einem großen, mit exotischen Pflanzen zugewucherten Park, der in der Nacht ein wenig unheimlich ist.«

»Du warst auch im Dunklen dort?«, erkundigte sich Bernadette überrascht.

Das Mädchen nickte. »Im Erdgeschoss ist das Gemeindeamt untergebracht, und mein Vater musste oft an Sitzungen teilnehmen, die bis in die späten Abendstunden dauerten. Er nahm mich mit, und dann hatte ich das ganze Haus und den Park für mich.« Francesca lächelte. »Ich fürchte mich nicht wirklich im Dunkeln. Aber die Erwachsenen hören es immer gern ...«

Bernadette musste lachen. »Wo warst du lieber, im Park oder im Haus?«

»Wenn so schönes Wetter war wie heute, dann im Garten«, erinnerte sich Francesca. »Da konnte man tagelang auf Expedition gehen, so groß war das Gelände. Man sah die erstaunlichsten Vögel, entdeckte verrostete Pavillons und vertrocknete Springbrunnen, Mauerreste und zugewachsene Wege. Der Park war wie verwunschen, in der Zeit erstarrt. Eines Abends zog ein Gewitter die Küste entlang, als ich im Garten spielte, und die Blitze erleuchteten den gesamten Horizont. Bevor die ersten Regentropfen herunterprasselten, war ich schon wieder über die Terrasse in die Villa geschlüpft und hörte dem Donner zu. Ganz oben, unter dem Dach, klang es, als ob Glasperlen auf die Schindeln fielen, hier und da von einem Kanonenschuss unterbrochen.«

»Hast du Licht gemacht?«, wollte Bernadette wissen.

Francesca schüttelte den Kopf. »In den oberen Stockwerken gibt es heute noch keinen Strom. Er wurde irgendwann abgeschaltet, weil man die brüchigen Leitungen nicht mehr ersetzte. Aber ich kenne mich gut aus, selbst ohne Licht. Ich habe den Plan in meinem Kopf.« Sie deutete mit dem Zeigefinger auf ihre Schläfe. »Ich habe oft im Kinderzimmer von Zita gesessen und Kaiserin gespielt.« Sie lächelte verlegen. »Ich weiß, es ist kindisch ...«

»Ach wo, ich habe auch jahrelang Prinzessin gespielt«, beruhigte Bernadette sie, »ich glaube, das hat jedes Mädchen. Wie sieht es heute in der Villa aus?«

»Es hat sich nichts verändert«, antwortete Francesca. »Ab und zu veranstaltet eines der umliegenden Hotels eine Hochzeit auf der Terrasse oder in einem der Säle, aber die oberen zwei Stockwerke bleiben stets geschlossen. Inmitten der alten Tapeten, der löchrigen

Vorhänge und der knarrenden staubigen Böden kann man sich leicht vorstellen, dass es noch immer nach teuren Parfüms riecht, nach dem guten Essen, das im Kerzenschein serviert wurde.« Sie deutete auf das Buch in ihrem Schoß. »Die Kaiserin sprach genauso viele Fremdsprachen wie ich. Man sagt, sie sei sehr katholisch und gottesfürchtig gewesen. Sie hatte elf Geschwister.« Francesca sah auf ihre Hände. »Ich bin ganz allein.«

»Ich auch«, antwortete Bernadette einfach. »Das ist manchmal gut, manchmal schlecht. Ich kann mir Situationen vorstellen, in denen Geschwister furchtbar nerven.«

»Aber ich hätte mir oft welche gewünscht«, gab das Mädchen zurück. »Es ist schlimm, nicht aus seinem Kopf herauszukönnen. Vor allem dann, wenn die Bilder erdrückend werden ...«

Bernadette schwieg und schaute über den Hof, wo Schatten mit dem Licht Fangen spielten.

»Du kannst dir das nicht vorstellen«, fuhr Francesca leise fort, »niemand kann das. Es ist schwer zu beschreiben und noch schwerer zu verstehen. Ein Schnellzug aus Farben und Formen, Blitzen und gleißenden Scheinwerfern. Aber er fährt nicht vorbei, er überrollt dich.« Sie sah die junge Frau ernst an, und es schien, als ginge ihr Blick durch und durch. »Und du entkommst ihm nicht. Niemals.«

Bernadette hatte plötzlich das Bedürfnis, das Mädchen in den Arm zu nehmen und ihr über den Kopf zu streichen. Doch in diesem Moment überraschte sie eine wie verwandelt wirkende Francesca mit einer verblüffenden Feststellung. »Andererseits hilft es beim Rechnen.«

»Was hilft?«, erkundigte sich Bernadette stirnrunzelnd. »Der Zug?«

Das Mädchen schüttelte energisch den Kopf. »Nein, die Formen. Frag mich etwas. Hast du einen Taschenrechner?«

»Ja, Moment, hier in meiner Tasche muss einer sein«, gab Bernadette überrascht zurück und kramte kurz darin. Dann zog sie ihn hervor. »Und jetzt?«

»Denk dir eine Multiplikation aus oder, noch besser, eine Wurzel.«

»Du meinst so etwas wie sechs mal acht oder die Wurzel aus

vier?«, erkundigte sich Bernadette, und Francesca lachte laut auf. Nun klang sie wieder wie ein unbeschwerter Teenager.

»Ja, aber schwieriger, sagen wir vierstellig«, forderte sie und schloss die Augen. »Los!«

Bernadette überlegte. »Gut«, entschied sie, »wie viel ist die Wurzel von 7582?«

»Bis zu welcher Stelle hinter dem Komma?«, gab Francesca gut gelaunt zurück.

»Öhh, warte.« Bernadette tippte. Dann hatte der Rechner das Resultat dargestellt, und sie zählte die Ziffern. »Bis zur vierzehnten nach dem Komma, mehr schafft der Rechner nicht.«

»Leicht«, freute sich Francesca. »Die Wurzel aus 7582 ist 87,07468059085833.«

Bernadette war verblüfft und sprachlos.

»Multiplikation!«

»Warte, sagen wir 2964 mal 341?«

»1 010 724«, kam die Antwort wie aus der Pistole geschossen. »Viel zu leicht.«

»Schon gut, ich glaube es dir«, wehrte Bernadette ab. »Wie machst du das?«

»Ich werde versuchen, es dir zu beschreiben«, lächelte Francesca. »Die erste Zahl sehe ich als eine Figur, die zweite als eine andere Form. Im Zwischenraum zwischen den beiden entsteht eine dritte mit der Lösung. Ich brauche nicht rechnen, ich lese nur ab.«

»Du meinst, jede Zahl hat bei dir eine andere Farbe oder Form?«, erkundigte sich Bernadette ungläubig.

»Nicht oder – und! Jede Zahl hat eine andere Farbe, eine andere Form oder löst eine Emotion aus. Es gibt gute und schlechte Zahlen, böse und hinterhältige, glückliche oder traurige.« Francesca schaute in die Ferne und nickte dabei bestätigend. »Ja, die Zahl Pi zum Beispiel ist ein perfektes Gemälde, eine fehlerlose Landschaft, die ideale Zahl. Ein Savant hat vor kurzem die Zahl bis zu fünfundzwanzigtausend Stellen hinter dem Komma auswendig aufgesagt, fünf Stunden lang. Das Sprechen hat ihn dabei am meisten angestrengt.« Das Mädchen gluckste fröhlich. »Wissenschaftler, die ihn untersuchten, haben ihn an eine Maschine angeschlossen, die Emotionen durch Ausschläge wie ein Seismograph messen und darstellen kann. Dann haben sie etwas ganz Fieses gemacht, nämlich einzelne falsche Ziffern in die Zahlenreihe von Pi geschummelt und die Zahlenkolonne von rechts nach links über den Bildschirm laufen lassen.« Francesca schüttelte den Kopf. »Ganz böse. Die Ausschläge waren bei den falschen Ziffern so stark, dass die Kurven der Skala nicht mehr aufgezeichnet werden konnten. Er litt jedes Mal wie ein Hund ...«

»Unglaublich«, murmelte Bernadette, die ihren Rechner wieder in der Tasche verstaute.

»Ja, Daniel Tammet ist einer der bekanntesten jungen Savants unserer Zeit. Er schreibt sehr erfolgreich Bücher und hat gelernt, was ich noch trainieren muss«, gestand Francesca ihrer Lehrerin.

»Was könnte ich dir noch beibringen?«, stellte Bernadette ironisch fest. »Rechnen sicher nicht.«

»Nein, das nicht«, lachte Francesca, »aber die vielen Regeln und ungeschriebenen Gesetze des Umgangs mit anderen Menschen. Ich möchte irgendwann ein selbständiges und weitgehend normales Leben führen, heiraten, eine Familie gründen, Kinder haben. Und meine Ängste vor alldem verlieren. Dinge, die dir nicht schwerfallen, für mich aber schier unüberwindbare Barrieren sind.«

»Lass dir lieber keinen Rat zum Thema Männer von mir geben«, erwiderte Bernadette lächelnd. »Aber an allem anderen werden wir arbeiten. Du hast noch jede Menge Zeit, und ich bin sicher, du lernst schnell.«

Die Schulglocke kündete das Ende der Mittagspause an. »Und jetzt ab in die Klasse! Die Glocke läutet auch für Genies!«

»Jawohl, Frau Lehrerin!« Francesca sprang vergnügt auf, winkte Bernadette zum Abschied zu und lief mit wehenden Haaren davon.

Untere Isar-Au bei Neufahrn, Nähe München / Deutschland

Der schwarze Mercedes rollte in Schrittgeschwindigkeit fast lautlos über den schmalen Feldweg, der sich durch die Auen entlang der Isar schlängelte, hin und wieder Wiesen überquerte, bevor er erneut in einem lichten Wald verschwand. Sein Fahrer, der Mann im blauweißen Jogginganzug, lenkte die Limousine mit einer Hand, während er mit der anderen die Schnellwahltaste an seinem Handy betätigte. Als sein Gesprächspartner sich mit einem unverbindlichen »Ja!« meldete, entnahm er den Hintergrundgeräuschen, dass Soichiro Takanashi bereits unterwegs war.

»Treffpunkt Bodenkirchen, Ortsteil Bonbruck«, sagte der Unbekannte, »bei der Gemeindeverwaltung links, die Von-Feury-Straße bis zum Waldrand, dann rechts. Perfekter Platz. Zeit der Übergabe 15 Uhr 30, also in einer Stunde.«

»Sehr gut, dann muss ich nicht so weit fahren, wie ich dachte«, antwortete Takanashi. »Ich werde pünktlich da sein.«

»Weber auch, dem ist das Herz in die Hose gerutscht«, gab der Unbekannte zurück und legte auf. Zufrieden schaute er auf die Uhr. Damit wartete Takanashi weit vom Schuss, mehr als sechzig Kilometer vom tatsächlichen Übergabeort entfernt. Bis er Verdacht schöpfen würde, war alles bereits gelaufen und die Diamanten in den richtigen Händen.

Der Mann lächelte. In seinen Händen ... Manchmal war es so einfach!

Als er vor sich eine Gabelung sah, wusste er, dass er dem Ziel näher kam. Er wählte den rechten Weg, rollte durch ein letztes Waldstück, und dann lag die Isar vor ihm, grün und glitzernd im Nachmittagslicht. Ein niedriges Wehr staute den Fluss auf, und ein schmaler Steg aus Steinen führte ein paar Meter ins Wasser hinein.

Der Unbekannte schaute sich rasch um. Niemand war zu sehen, alles ruhig und verlassen. Er bog rechts ab und versteckte den Mercedes fünfzig Meter weiter stromaufwärts in einem Waldweg, der von überhängenden Zweigen beinahe verdeckt wurde. Das üppige Grün der Wälder verschluckte fast jedes Geräusch. Selbst das Rauschen des Wassers, das über das Wehr strömte, war kaum mehr zu hören.

»Könnte nicht besser sein«, murmelte der Mann, öffnete den Kofferraum und vertauschte rasch das Jogging-Outfit mit einem grünbraunen Tarnanzug. Dann zog er ein futuristisch aussehendes AWM-Scharfschützengewehr mit Zielfernrohr und mattschwarzem Lauf aus seiner Hülle. Nachdem er das Magazin kontrolliert hatte – fünf Schuss waren vier zu viel für den heutigen Einsatz –, lief er los, flussabwärts, an dem Wehr vorbei, und schlug sich dann nach links ins Gebüsch. Mit sicherem Auge suchte er sich einen Platz mit freiem Schussfeld, von dem aus er den schmalen Steg überblicken konnte.

Christopher Weber ist so gut wie tot, dachte er, als er sich auf den Waldboden legte, den Lauf auf eine Wurzel stützte und durch das Zielfernrohr blickte. Auf diese Distanz konnte selbst ein Stümper nicht danebenschießen. Zufrieden entsicherte er das Gewehr und lud durch.

14:45 – die Diamanten konnten nicht mehr weit sein, Weber musste jede Minute eintreffen.

Aus der nahe gelegenen Kläranlage trug der Westwind den Gestank von Fäkalien und verfaultem Wasser übers Land. Niemand würde Verdacht schöpfen, wenn die Leiche des jungen Mannes nach einigen Tagen zu verwesen beginnen würde. Sein Plan stimmte bis ins letzte Detail.

14:50 – der Mann im Tarnanzug sah auf die Uhr und runzelte die Stirn. Weber hatte Verspätung. Sollte er Probleme haben, die richtige Abzweigung von der B11 zu finden? Oder hatte er Angst um den Unterboden des Porsche auf dem Feldweg? Der Mann grinste, als er an den Sportwagen dachte. Der Porsche würde ein nettes Zubrot sein. Wenn er ihn rasch genug verkaufte, an fliegende russische

Händler etwa, dann würde der Wagen tief im Ural sein, bevor die Diebstahlsanzeige einging.

Drei Minuten später hörte er einen starken Motor brummen und wandte den Kopf.

Da war er!

Der dunkelblaue Sportwagen rollte mit grollendem Auspuff wie ein mühsam gezähmtes wildes Tier über den Waldweg bis ans Ufer und hielt an, der Motor erstarb.

Nach einem erneuten Blick durch das Zielfernrohr fluchte der Unbekannte. Der Porsche stand genau vor dem steinernen Steg und nahm ihm die Sicht. Während er noch fieberhaft überlegte, wo er sich nun postieren sollte, war Christopher bereits ausgestiegen und hatte sich umgeblickt. Nun beugte er sich in den Wagen und holte die Edeka-Einkaufstasche heraus, umrundete den Porsche und betrat den Steg.

Das Rauschen des Wassers erfüllte die Luft, je näher der Unbekannte dem Ufer kam. Als er endlich freie Sicht auf den Steg hatte, blieb er, hinter dichten Gebüschen verborgen, stehen und brachte das Gewehr in Anschlag.

»Holen Sie die Kassette aus dem Beutel!«, rief er Christopher zu. »Und drehen Sie sich nicht um.«

Weber öffnete den Verschluss, zog den Stahlbehälter aus seiner Hülle und wartete. Sein Herz schlug ihm bis zum Hals. Er suchte mit den Augen das gegenüberliegende Ufer ab. Nichts. Niemand war zu sehen, von dort war keine Hilfe zu erwarten.

»Stellen Sie ihn neben sich auf den Steg!«

Christopher bückte sich langsam und deponierte die Schatulle auf einem der flacheren Steine neben seinem Fuß. »Und jetzt?«, fragte er laut, und seine Stimme klang fester, als er befürchtet hatte.

»Jetzt? Jetzt haben Sie Ihre Schuldigkeit getan. Kennen Sie das Sprichwort vom Mohr, Weber? Nur Sie, Sie können nicht gehen, Sie wissen zu viel.« Er legte an. Das Fadenkreuz des Zielfernrohrs pendelte sich genau auf der Schläfe Christophers ein.

Da ließ ein metallisches Klicken den Mann mit dem Gewehr erstarren.

»Tun Sie es ruhig, los, drücken Sie ab«, sagte eine harte Stimme hinter ihm in einem fast einschmeichelnden Ton. »Dann brauche ich keine Gewissensbisse zu haben, Ihnen ein Loch in den Kopf zu schießen. Der Dank der Gesellschaft ist mir gewiss. Und Zeugen habe ich mehr, als ich brauche. Sehen Sie sich ein wenig um …«

Als er den Kopf wandte, sah er aus den Augenwinkeln, wie der Wald rund um ihn zu leben begann. Die Männer des Sondereinsatzkommandos in ihren schwarzen Kampfuniformen und schusssicheren Westen schienen sich aus dem Nichts zu materialisieren und fast lautlos zwischen den Bäumen auf ihn zuzukommen. Die Sturmgewehre in ihren Händen waren alle auf einen Punkt gerichtet.

»Hören Sie gut zu, ich habe weder Lust noch Zeit, mich zu wiederholen.« Die Stimme war schneidend. »Entweder Sie lassen sofort das Gewehr fallen und heben die Hände, oder das SEK bekommt den Schießbefehl von mir. Und glauben Sie mir, die Männer zögern nicht einen Wimpernschlag.«

Sekunden später polterte das Scharfschützengewehr auf den Boden, und Kommissar Maringer warf sich auf den Unbekannten. Dann waren auch schon die Polizisten des SEK zur Stelle und legten dem Mann im Tarnanzug Hand- und Fußfesseln an.

Christopher ließ sich einfach neben die Stahlkassette auf den Steg sinken und atmete aus. Er hatte das Gefühl, Millionen Ameisen kribbelten in seinen Adern.

»Alles in Ordnung?«, erkundigte sich der Kommissar und setzte sich zwanglos neben ihn auf die Steine.

Chris nickte stumm und wartete darauf, dass sich sein Herzschlag wieder beruhigte.

»Es gibt immer ein Restrisiko, aber das wussten Sie«, meinte Maringer. »Selbst das SEK kann keine Kugel aufhalten.«

»Danke«, sagte Christopher, »ohne Sie wäre ich …«

Maringer winkte ab. Beide Männer blickten über das grüne Wasser der Isar, das gemächlich über das Wehr rauschte.

»Und das alles für eine Kassette«, murmelte der Kommissar gedankenverloren. Dann nahm er den Metallbehälter, stand auf und trat zu dem Unbekannten. »Brandstiftung, terroristische Aktivitäten am Flughafen, illegaler Waffenbesitz, Erpressung, versuchter schwerer Raub, Mordversuch. Der Richter findet sicherlich noch ein paar Delikte. Nehmen Sie sich für die nächsten zwanzig Jahre nichts vor.« Er hielt die Stahlkassette hoch. »Das Objekt Ihrer Begierde?«

Der Mann im Tarnanzug sah ihn abschätzend an. »Sie wissen ja gar nicht, was der Inhalt wert ist«, zischte er. »Sie sind ein kleiner Beamter, ein Nichts, ohne Visionen und Phantasie.«

Der Kommissar lächelte nur. Dann schaute er sich suchend um und deutete auf einen älteren, etwas untersetzten Mann im dunkelblauen Anzug, der zögernd näher kam. »Darf ich Ihnen Herrn Saul Pleaser von DeBeers vorstellen? Er war heute in der Maschine aus Moskau, sozusagen als persönliche Begleitung der Diamantensendung.«

»Und jetzt ist er hier, um seine Steine einzusammeln?«, fragte der Unbekannte mürrisch.

»Nein, er ist hier, um uns etwas zu bringen«, meinte Maringer und hielt die Hand auf. Pleaser nickte und überreichte dem Kommissar eilfertig einen kurzen Schlüssel mit Doppelbart.

»Sie werden gleich sehen.« Mit diesen Worten schloss Maringer die Kassette auf, erbrach die Siegel und öffnete den Deckel. Alle Köpfe reckten sich vor.

Die Schatulle war leer.

Wie ein Zauberkünstler steckte der Kommissar seine Hand in das Innere des Behälters, strich über die Stahlwände und zog sie wieder heraus. »Kein doppelter Boden, kein Trick, die Diamanten sind schon längst im Münchner Büro von DeBeers«, stellte er dann zufrieden fest. »Sie kamen wie vorgesehen mit dem Brinks-Werttransport vom Flughafen in die Innenstadt.«

»Weber!«, schrie der Festgenommene auf. »Du mieses Stück Scheiße!«

»Nicht ganz richtig«, schmunzelte Maringer. »Weber ja, mieses Stück Scheiße nein. Herr Weber hat sich im letzten Moment entschlossen, mich anzurufen und auf mein Anraten hin die volle

Schatulle aufs Förderband zu legen. Dann haben wir alles Übrige besprochen, und wie es aussieht, war der Plan gar nicht schlecht.«

»Sie werden dich jagen bis an dein Lebensende!«, rief der Unbekannte drohend.

»Wer genau?«, unterbrach ihn Maringer sofort. »Wer steht hinter dem Raubversuch? Oder ist es eine leere Drohung, weil Sie es selbst waren, der die Diamanten einsacken wollte?«

Der Festgenommene schwieg und sah zu Boden.

»Abführen!«, befahl der Kommissar. Dann wandte er sich Pleaser zu. »Danke für Ihre Mitarbeit, die Kollegen bringen Sie in die Stadt zurück. Die leere Kassette bleibt als Beweisstück bei mir, aber die werden Sie kaum benötigen.«

Der Vertreter von DeBeers schüttelte Maringer begeistert die Hand. »Selbstverständlich nicht, Herr Kommissar. Und ich habe zu danken, im Namen von DeBeers. Undenkbar, wenn die Steine in die falschen Hände geraten wären! Wenn wir uns irgendwie erkenntlich zeigen können, dann lassen Sie es uns wissen ...«

»Jetzt, wo Sie es sagen ...«, lächelte Maringer und wies auf Christopher. »Ich kenne jemanden, der würde sich über ein neues Wohnmobil bestimmt freuen, nicht wahr, Herr Weber?«

Soichiro Takanashi schaute erst zum Waldrand und dann den Feldweg entlang, der nach Bodenkirchen führte. Von Christopher Weber keine Spur, genauso wenig wie von seinem Verbindungsmann. Der Japaner ärgerte sich. Er war überpünktlich gewesen, hatte erst die Umgebung kontrolliert, dann den Treffpunkt beobachtet.

Seit fast fünfundvierzig Minuten war niemand zu sehen gewesen. Hier sagen sich Fuchs und Hase gute Nacht, dachte Takanashi und kickte mit seiner Schuhspitze einen großen Kiesel vom Weg ins Feld.

Und nun? Nun wanderten lediglich zwei Spaziergänger gemächlich über die Wiesen auf ihn zu, ein junger Mann mit dunklen, kurzgeschnittenen Haaren und ein älterer in einer Motorradjacke, den Sturzhelm in der Hand. Als sie bei ihm vorbeikamen, grüßten sie Takanashi freundlich.

»Wir sollten einmal ein Buch über Japan schreiben«, meinte der Ältere schmunzelnd, und sein Begleiter stimmte ihm zu. »Dazu fällt mir jede Menge ein«, ergänzte er. Dann bogen sie auf den breiten Weg in den Wald ein, ins Gespräch vertieft, und verschwanden zwischen den Bäumen.

Takanashi sah ihnen misstrauisch nach, doch dann zuckte er ratlos mit den Schultern und blickte erneut auf seine Uhr.

15:45 – hier stimmte etwas ganz und gar nicht. Dieses Bodenkirchen schien Takanashi mit einem Mal zu weit entfernt vom Flughafen. Warum sollte man Weber hierherbestellen, wo es doch in der Nähe des Airports genügend passende Orte gab?

Von seinem Posten auf der Spitze des Hügels hatte der Japaner einen weiten Blick übers Land. Hügel mit Feldern, über die einige Traktoren ihre Spuren zogen, vereinzelte Gehöfte zwischen Baumgruppen und hier und da ein heller Kirchturm, der den Weg in den Himmel wies. Altes Bauernland, Niederbayern wie aus dem Bilderbuch.

Ein Porsche war hier nicht zu übersehen …

Am Ende seiner Geduld angelangt, griff Takanashi zum Mobiltelefon und wählte die Nummer seines Verbindungsmannes.

Mailbox.

Der Japaner war versucht, das Handy wütend in den nächsten Graben zu schleudern. Er kam sich vor wie ein Idiot, den man im Nirgendwo zwischen Mais und Klee vergessen hatte …

Takanashi runzelte die Stirn. Abstellgleis? In der Ferne sah er die beiden Spaziergänger aus dem Wald kommen und zwischen den Haselnusshecken auf einen anderen Weg einbiegen. Hatte ihn sein Verbindungsmann absichtlich hierhergelockt?

In seinem Hinterkopf begann eine Alarmglocke zu läuten, noch ganz leise und weit entfernt. Das konnte einfach nicht sein … Takanashi fuhr sich mit der Hand übers Gesicht. Und wenn doch?

Mit schnellen Schritten ging er den Feldweg zurück zu dem kleinen Ort. Weber sollte niemals hierherkommen. Er hatte wahrscheinlich die Schatulle bereits übergeben und lag tot in irgendeinem Straßengraben.

»Aas!«, stieß Takanashi zwischen den zusammengebissenen Zähnen hervor. »Verräter! Ich hätte dir nie vertrauen dürfen.«

Er versuchte erneut einen Anruf und landete wieder auf der Mailbox. Fluchend begann Takanashi zu laufen. Doch plötzlich stoppte er. Es gab noch eine andere Möglichkeit … War Weber zur Polizei gegangen? Oder hatte er gar die Diamanten eingesackt und sich aus dem Staub gemacht? Der Japaner schüttelte den Kopf. Nein, nicht möglich, dazu hatte Weber viel zu viel Angst um seinen Freund und um diese Bernadette, seine neue Flamme.

Also doch die Polizei?

Außer Atem schloss Takanashi den Lexus auf und ließ sich auf den Fahrersitz fallen. Er schlug mit der Faust auf das Lenkrad. Wer immer auch Scheiß gebaut hatte, er würde dafür teuer bezahlen. Sein Mann in Moskau war enttarnt und auf dem Weg nach Amsterdam, die Oyabun in Tokio warteten auf eine Erfolgsmeldung.

Und wenn er die nicht schnellstens liefern konnte, dann war sein Leben nicht einmal so viel wert wie das Schwarze unter seinen Fingernägeln.

Christopher lenkte den Porsche vorsichtig auf die B11 zurück, nachdem ihm Maringer eröffnet hatte, dass er mit seinem Dienstleiter gesprochen und einen Extraurlaub für ihn herausgeschunden hatte. »Verschwinden Sie für vier Tage, erholen Sie sich und denken Sie an andere Dinge als an Flugzeuge und Diamanten. Und wenn Sie wieder im Lande sind, dann erwarte ich Ihren Besuch in meinem Büro. Und noch was, Weber. Bringen Sie dieses Geschoss heil in die Schweiz.«

Chris hatte genickt und gemeint »Aye, Aye Sir!«, dann das Navigationsgerät programmiert und festgestellt, dass es genau 486 Kilometer nach Basel waren. Nach einer kurzen Überschlagsrechnung hatte er der überraschten Bernadette angekündigt, dass er zum Abendessen da sein werde.

Als er bei Garching auf die A9 auffuhr, schaltete er das Radio ein. Bob Marley sang »No woman, no cry«, und der Boxermotor in seinem Rücken brummte den Bass dazu. Die Anspannung begann von

Chris abzufallen, und ein Glücksgefühl breitete sich in seinem Magen aus. Er sang laut mit – »Ooh little darling, don't shed no tears ...«

Das Leben war schön. Wenn er daran dachte, wo er heute Abend schlafen würde, dann war es noch schöner. Und der Weg dahin versprach abenteuerlich zu werden, dachte sich Christoper, als er auf die Tacho-Skala blickte, die bis 350 reichte.

Dann trat er vorsichtig aufs Gas und begann mit dem Tiefflug nach Basel.

Hotel Beau Rivage, Quai du Mont Blanc, Genf / Schweiz

Auf dem Dach des hellen, fünfstöckigen Hotel Beau Rivage, direkt am Ufer des Genfer Sees gelegen, flatterte eine riesige Schweizer Fahne im warmen Wind, der von Süden kam. Während Fiona den großen 7er BMW gekonnt durch den dichten Abendverkehr am Quai du Montblanc lenkte, hielt John Finch Ausschau nach ihrem Ziel.

»Nach zweihundert Metern biegen Sie links ab«, ließ sich die anonyme Frauenstimme der Navigation verlauten.

»Da drüben ist es«, meinte der Pilot und wies mit ausgestrecktem Arm auf den beeindruckenden Bau im klassizistischen Stil. »Parkplatz direkt vor dem Eingang, was wollen wir mehr?«

»Jede Menge«, kam es von Georg Gruber von der Rückbank. »Duschen, Essen, ein Bier sind die ersten drei Dinge, die mir so einfallen. Und wenn ich noch ein wenig nachdenke ...«

»Tu's nicht, ich glaub dir auch so«, lachte Fiona.

»Wir müssen vor allem die notwendigsten Dinge einkaufen gehen«, erinnerte Georg sie. »Nach unserem überstürzten Aufbruch und dem langen Flug brauchen wir alle dringend etwas Frisches zum Anziehen. Alfredos Wunde sollte auch neu verbunden werden ...«

Wie Vincente blickte der Sicario seit Beginn der Fahrt beeindruckt auf die vorbeiziehenden Straßenzüge. »Madonna, ist das elegant hier«, murmelte er, als er den gepflegten Park entlang des Sees, die repräsentativen Häuser und Geschäfte und die üppigen Blumenrabatte betrachtete. Der livrierte Portier eilte die Stufen des Beau Rivage herab, als Fiona den Wagen vor dem Hotel einparkte.

»So sauber und gepflegt«, wunderte sich Alfredo, »hier kannst du von der Straße essen. Kein Vergleich mit Kolumbien.«

»Eine andere Welt«, bestätigte Finch, »und wir müssen versuchen, darin einzutauchen, um nicht aufzufallen.«

»Du meinst …«, begann Alfredo, als der Portier die Wagentür öffnete, sich verneigte und ihn aussteigen ließ.

»… die momentane Ruhe ist entweder nur das Auge des Orkans oder die Ruhe vor dem Sturm«, fuhr Finch fort. »Je weniger wir aus der Masse hervorstechen, umso schwerer sind wir zu finden.«

Der Sicario fuhr sich mit der Hand über seinen kahlrasierten Kopf und blickte an der Fassade des ehrwürdigen Hotels hoch. »Dann sollte ich mir am besten eine Kappe kaufen«, grinste er, »und den ersten Anzug meines Lebens.«

Flughafen Zürich, Kloten / Schweiz

Genau in diesem Moment landete ein blauer Lear-Jet des brasilianischen Charter-Unternehmens Paramount Business Air auf dem Züricher Airport und rollte zu einer Position am östlichen Ende des Flughafens. Dort wartete bereits ein Wagen mit laufendem Motor auf den einzigen Passagier, der die kurze Gangway heruntereilte.

Egon Zwingli sah übernächtigt und verärgert aus, als er sein Jackett über die Schulter warf und wartete, bis der Chauffeur seinen Koffer in der Limousine verstaut hatte. Dann stieg er wortlos in den Wagen mit den verdunkelten Scheiben, zog sein Mobiltelefon aus der Tasche und schaltete es ein.

Die Fahrt zum General Aviation Center war kurz, die Zoll- und Passkontrolle unkompliziert und reibungslos. Kaum zehn Minuten nach seiner Ankunft war der Wagen mit Zwingli unterwegs zu seiner Wohnung in der Stadt. Das Penthouse am Limmatquai nahe der Quaibrücke bot einen weiten Blick über den Zürichsee, auf dem Segelboote ihre letzten Schläge machten, bevor mit Einbruch der Dunkelheit der Wind einschlafen würde.

Zwingli fuhr mit dem Lift in den letzten Stock und überlegte sich, wie und wo er am nächsten Tag weitermachen sollte. Von Medellín aus konnte die Enkelin Klausners mit diesem Finch überallhin geflogen sein. Andererseits – sollten sie tatsächlich alle drei Hinweise beisammen haben, dann würden sie früher oder später in der Schweiz auftauchen.

Er brauchte nur zu warten, wie eine Spinne im Netz.

Der Schweizer verfluchte im Stillen zum hundertsten Mal Major Llewellyn, der alles nur verkompliziert hatte. Das Konsortium hätte die Engländer niemals einweihen oder gar um Hilfe bitten dürfen. Wenn es nach ihm gegangen wären, dann hätten die Schweizer die Operation allein durchgezogen, mit weniger Pannen und einem durchschlagenden Erfolg. Dann wären die verdammten Tauben niemals in die Luft gestiegen, sondern samt diesem Paul Hoffmann im Dschungel geröstet worden.

Nichts geht nach Plan, wenn man es nicht selbst in die Hand nimmt, dachte Zwingli bitter, schloss seine Wohnungstür auf, schaltete die Alarmanlage aus und die Klimaanlage ein. Im Badezimmer angekommen, ließ er die große Eckbadewanne einlaufen und zog sich aus. Dann glitt er seufzend ins heiße Wasser.

Morgen war auch noch ein Tag, dachte er sich. Wenn die Klausner und der Pilot tatsächlich in die Schweiz kommen sollten, dann würden sie das Land nicht lebend verlassen.

Nur mehr in einem Zinksarg im Frachtraum eines Flugzeuges nach Südamerika, wenn es nach ihm ging.

Rittergasse 4, Altstadt Basel / Schweiz

»Ich möchte Sie daran erinnern, dass in der Schweiz auf den Autobahnen die Höchstgeschwindigkeit bei einhundertzwanzig Kilometern pro Stunde liegt«, stellte der Grenzbeamte, der ihm die Vignette verkaufte, mit einem Blick auf den Porsche fest. »Auch wenn Sie dann erst im zweiten Gang fahren.«

Der Grenzübergang Basel war in den Abendstunden stark frequentiert. Viele im Dreiländereck wohnten in Frankreich oder Deutschland und arbeiteten in der Schweiz. Wiederum andere fuhren abends für einen Theater- oder Restaurant-Besuch auf einen Sprung über die Grenze in die Großstadt.

Chris hielt auf einem Parkplatz an und programmierte die Navigation neu, nachdem er die Vignette hinter den Rückspiegel geklebt hatte.

»Ihr Ziel befindet sich in einer verkehrsberuhigten Zone«, warnte ihn die Stimme aus dem Lautsprecher.

Die Rittergasse scheint nicht gerade eine Durchgangsstraße zu sein, dachte Christoper, aber Bernadette hatte von einem Hof gesprochen, in dem man parken könne. Also startete er den Porsche und ließ sich von der Navigation führen, erst weiter auf der Autobahn, dann über die Wettsteinbrücke in Richtung Altstadt. Die Lichter der malerischen Häuser am Rheinufer spiegelten sich im Fluss. Es versprach ein warmer Spätsommerabend zu werden. Die Luft, die durch das offene Seitenfenster hereinströmte, wisperte etwas von vier Tagen Urlaub und einem Ausflug ins Elsass.

Als Chris nach der Brücke rechts abbiegen wollte, sah er eine Fahrverbotstafel mit dem Zusatz »Außer Anlieger und Zubringerdienste«.

»Ach was, ich liege an, ich bringe zu«, murmelte er und bog ab.

Die Rittergasse war eher ein schmales Gässchen, mit kleinen Pflastersteinen und herrschaftlichen Häusern, die Chris an Paris erinnerten. Sie öffneten sich U-förmig zur Straße hin, hatten große, grüne Fensterläden aus Holz und Höfe, auf denen sich Luxuskarossen drängten. Nicht gerade ärmlich, dachte Christopher und steuerte den Porsche vorsichtig durch ein hohes, reich verziertes schmiedeeisernes Tor, belegte den letzten freien Parkplatz und stieg aus. Bernadette hatte etwas von einer kleinen Wohnung unter dem Dach gesagt, dachte er und suchte nach dem Eingang mit dazugehörigem Klingelschild, als er eine Stimme rufen hörte.

»Chris, hier bin ich!«

Bernadette stand lächelnd und winkend an einem der großen Fenster im obersten Stockwerk. »Ich hab dich einparken gehört. Warte einen Augenblick, ich komme gleich und hole dich ab.«

Limmatquai, Zürich / Schweiz

Die runde Kuppel auf dem Dach des vierstöckigen Hauses am Limmatquai hatte Zwingli zu einem komfortablen und spektakulären Schlafzimmer ausbauen lassen, das ganz in Schwarzweiß gehalten war. Selbst die moderne Malerei, die in Form von Plakaten und Kunstdrucken die Wände zierte, war dieser Regel unterworfen.

Als er aus dem Bad kam, zog er einen schwarzen Hausmantel an und schaltete den riesigen Flatscreen ein, der an einer Wand des Schlafzimmers hing. CNN berichtete über die weltweite Wirtschaftskrise, die Schwierigkeiten der Märkte in Europa und dem nach wie vor steigenden Goldpreis. Der Schweizer Franken behauptete sich immer besser gegenüber dem Euro, was die Exportgüter der Eidgenossen teurer und damit schwieriger verkäuflich machte. Zwingli verzog missbilligend das Gesicht und wollte sich einen Gin einschenken, als sein Handy läutete.

»Ja«, meldete er sich mürrisch.

»Herr Zwingli?«, fragte der Anrufer nach.

»Ja, was gibt es?«

»Ich wollte nur sichergehen. Mein Name tut nichts zur Sache. Man hat mich beauftragt, Ihnen etwas auszurichten. Heute Nachmittag ist mit dem Flug British Airways 732 eine Gruppe von Leuten aus London in Genf angekommen. Unter ihnen befindet sich eine Fiona Klausner, ein John Finch und ein Georg Gruber. Sagen Ihnen die Namen etwas?«

»Und wenn?« Zwingli gelang es perfekt, seine Überraschung zu verbergen. Sie waren also bereits hier!

»Wie auch immer«, setzte der Anrufer ungerührt fort. »Zu der Gruppe gehören noch zwei amerikanische Staatsbürger. Sie haben auf dem Flughafen bei einem Mietwagenverleih einen schwarzen 7er BMW gemietet und sind dann losgefahren. Haben Sie etwas zum Schreiben zur Hand?«

»Moment«, gab Zwingli zurück und suchte nach einem Stift und dem Notizblock. Als der Mann ihm das Kennzeichen des Wagens diktiert hatte, fügte er noch eine Information hinzu, die Zwingli aufhorchen ließ. »Eine Angestellte der Mietwagenfirma meinte, die Frau habe, während sie auf den Wagen wartete, in einem Hotelprospekt geblättert. Ein Stapel dieser Prospekte liegt auf dem Tresen zur freien Entnahme. Sie habe den älteren der Männer stumm auf eines der Häuser hingewiesen, indem sie auf die entsprechende Seite tippte.« Der Anrufer verstummte.

»Und?«, fragte Zwingli ungeduldig nach.

»Sie will es nicht beschwören, aber die Angestellte meinte, es sei höchstwahrscheinlich das Beau Rivage am Quai du Montblanc gewesen.«

Damit legte der Anrufer auf.

Nachdenklich ließ Zwingli das Handy auf sein Bett fallen. Einerseits war er zufrieden, dass sein Netzwerk funktionierte, andererseits hatte er nicht damit gerechnet, dass die Dinge so schnell ins Rollen kommen würden. Wussten Klausner, Finch und Gruber, was auf dem Spiel stand?

Es war an der Zeit, das Konsortium zu informieren. Entweder würde er noch für eine Nachtsitzung plädieren oder für eine Zusammenkunft am frühen Morgen. Beides würde einigen Mitgliedern nicht gefallen. Die Kritik am Vorgehen der Engländer war in den letzten Tagen sowieso immer massiver geworden, und damit war auch der Ruf lauter geworden, endlich effektiv einzugreifen.

Zwingli griff zum Telefon, nachdem er sich eine Strategie zurechtgelegt hatte. Banker waren stets so phantasielos. Wenn sie keine Zahlen und Tabellen zum Festhalten hatten, dann wurden sie auch zunehmend orientierungslos, das hatte er in den letzten Jahren oft genug erfahren müssen. Und orientierungslose Banker waren unberechenbar. Also würde Zwingli sie mit Vorschlägen füttern müssen.

Seinen ersten Vorschlag sollte auch der einfältigste Banker verstehen: Selbst ein 7er BMW könnte auf Schweizer Bergstraßen einen Unfall haben, bei dem alle Insassen ums Leben kommen.

Hotel Beau Rivage, Genf / Schweiz

Fiona, Finch, Georg, Alfredo und Vincente beschlossen den Abend nach einer kurzen, aber intensiven Einkaufstour im Restaurant des Beau Rivage und bewunderten von der liebevoll begrünten Terrasse den Blick auf den Genfer See und die weltberühmte Fontäne. Das Chat Botté, der »gestiefelte Kater«, war eines der besten Restaurants Europas, ein weit über die Grenzen der Stadt bekanntes Feinschmeckerlokal, dessen Küchenchef mit Einfallsreichtum und solidem Handwerk immer wieder zu begeistern wusste. Vincente war im siebten Himmel und hätte am liebsten sofort der Küche einen Besuch abgestattet.

Zuvor hatte Fiona Alfredos Wunde neu verbunden und ihn danach ohne viel Mühe überzeugt, in eleganter blauer Hose und Leinenjackett zum Essen zu erscheinen.

»Kleider machen Leute«, schmunzelte Finch, als Alfredo zum wiederholten Mal ein unsichtbares Stäubchen von seinem Ärmel wischte. »Du siehst aus wie einem Modejournal entstiegen.«

»Das ist also das legendäre Haus, in dem wir den ersten Hinweis finden sollen«, meinte Georg leise und sah sich um. »Ich habe ein wenig in der Hotelbroschüre geblättert. Seit hundertfünfzig Jahren in Familienbesitz, alles, was in Europa Rang und Namen hat, war bereits einmal hier. Außerdem ein geschichtsträchtiger Boden: Hier wurde 1918 die Gründungsurkunde der Tschechoslowakischen Republik unterzeichnet, die Kaiserin Sissi wohnte hier, als sie ermordet wurde, die Barschel-Affäre ist weltweit durch die Gazetten gegeistert. Charles de Gaulle, Richard Wagner, Ludwig von Bayern – eine endlose Liste von Prominenz. Wer in Genf abstieg, der kam ins Beau Rivage.«

»Ich habe gelesen, dass regelmäßig jeden Mai und November Uhren- und Schmuckversteigerungen von Sotheby's stattfinden«, ergänzte Fiona. »Ob das mit unserer Suche zusammenhängt?«

»Kaum«, gab Finch zurück, »diese Auktionen haben erst nach dem Krieg begonnen. Was wir suchen, stammt aus der Zeit davor. Vergiss nicht, dass die vier alten Männer alle 1945 nach Südamerika kamen, unmittelbar nach dem Kriegsende. Zumindest bei Klausner und Gruber war es so, Hoffmann und Böttcher können wir zwar nicht mehr fragen, aber wir können beruhigt annehmen, dass sie ebenfalls zu dieser Zeit nach Kolumbien kamen.«

»Wie lauteten die beiden unsichtbaren Zeilen auf der Nachricht genau?«, erkundigte sich Alfredo. »Ich habe etwas von *Erstbeste*, *Rose* und *Pfeiler* in Erinnerung.«

Finch zog einen Zettel aus der Tasche. »Warte, ich habe es notiert.

*Nehmt nicht das Erstbeste und sucht die Rose
im Untergrund, am Fuß des dritten Pfeilers.*«

Alfredo rieb sich nachdenklich das Kinn, nachdem ihm Fiona die Worte ins Spanische übersetzt hatte. »Also, nun sind wir in der Schweiz, im Beau Rivage am Genfer See, wie es Hoffmann in seiner Nachricht verschlüsselt hat. Aber was heißt *nehmt nicht das Erstbeste*?«

»Gute Frage«, murmelte Finch, »darüber zerbreche ich mir schon seit Miami den Kopf. Aber gehen wir es methodisch an. Wir haben *Rose, Untergrund, am Fuß des dritten Pfeilers* als Hinweise. Das sollte nicht zu schwer sein. Im Untergrund eines Hauses? Der Keller. Die Rose? Kann eine Malerei sein, eine Gravur auf einem Ziegel oder einem Stein, der Name eines der Keller …«

»Ein Pfeiler weist darauf hin, dass es ein Keller in einem alten Haus sein muss, mit Gewölben«, gab Fiona zu bedenken. »Das würde dafür sprechen, dass wir am richtigen Ort sind.«

Die Terrasse des Chat Botté hatte sich mit fortschreitender Stunde nach und nach geleert. Vincente war aufgestanden und hatte bei seiner Suche nach den Toiletten das Gästebuch des Restaurants entdeckt. Als er wieder zum Tisch zurückging, sah er einen der Kellner unsicher an und deutete auf den in Leder gebundenen Band.

»Sehr gern, Monsieur, nehmen Sie es nur, *avec plaisir!*«, beeilte sich der Kellner zu versichern und drückte Vincente lächelnd das schwere Buch in die Hand. »Wir freuen uns über jeden Eintrag.«

Während die anderen noch einen letzten Kaffee vor dem Schlafengehen tranken, blätterte Vincente in dem dicken Wälzer, in dem Gäste des Hauses in den verschiedensten Sprachen von den kulinarischen Genüssen im Chat Botté berichteten. Von einmaligen Geschmacksexplosionen war die Rede, von einzigartiger Küche in elegantem Rahmen, von diskretem Service und unerwarteten Gaumenfreuden. Manche der Gäste hatten den Zeilen kleine Zeichnungen hinzugefügt, Karikaturen oder einfach nur kunstvolle Unterschriften. Eine der Eintragungen lautete in Spanisch: »Was Dominique Gauthier für das Chat Botté ist – ein gewandter und talentierter Hausherr, der dem Kochen eine neue Dimension verliehen hat –, das ist Meisterköchin Anne-Sophie Pic für das Gourmet-Restaurant im Beau Rivage Palace in Lausanne. Was liegt näher, als beiden einen Besuch abzustatten? Das Paradies für Feinschmecker liegt unbestritten an den Ufern des Genfer Sees.«

Vincente stutzte, dann las er den Text nochmals. Schließlich stieß er aufgeregt Finch an, der neben ihn saß und sich mit Fiona unterhielt.

»Ja?«, meinte der Pilot und blickte auf das Gästebuch. »Hast du Lust, etwas reinzuschreiben?«

Vincente schüttelte energisch den Kopf und tippte mit dem Zeigefinger auf den Eintrag, bevor er das offene Buch Finch zuschob.

Der Pilot überflog die Zeilen, während sich Fiona zu ihm herüberbeugte und mitlas.

»Wow!«, flüsterte sie fasziniert. »Das ist es …«

CHARLOTTE ROAD, BARNES, SÜDWEST-LONDON / ENGLAND

Das Wetter machte London jede Ehre.

Heftige Windböen aus Westen trieben den Regen vor sich her, die Temperatur war innerhalb weniger Stunden um mehr als zehn Grad gefallen, und es schien Llewellyn, als würden sich die Tropfen zwischen den nächtlichen Häuserfronten zum Angriff formieren, um sich erbittert auf jeden Fußgänger zu stürzen. Als er aus dem Taxi stieg, hatte das Gewitter seinen Höhepunkt erreicht. Wahre Sturzfluten prasselten aus den tiefziehenden Wolken, und Llewellyn lehnte sich mit seinem Seesack auf der Schulter gegen den Wind, bis er den kleinen Garten durchquert hatte und vor der grünen Tür mit dem Messing-Türklopfer stand. Das kleine Vordach machte einen vergeblichen Versuch, den Regenmassen zu trotzen, und so war der Major höchst erfreut, dass nur Augenblicke später die Tür aufging und eine rundliche, grauhaarige Frau in einer farbenfrohen Küchenschürze ihn erstaunt und zugleich ein wenig erschreckt musterte.

»Llewellyn! Mein Gott, was machen Sie bei so einem Wetter draußen?«, rief sie aus und zog den Major mit festem Griff ins Trockene. »Warum haben Sie nicht angerufen? Ich hätte Ihnen etwas zu essen vorbereitet.«

»Das ist nicht notwendig, Margret, und es tut mir leid, Sie so spät noch zu stören, aber ich komme direkt vom Flughafen und …« Er brach ab und betrachtete die immer größer werdende Pfütze um seine Schuhe.

Margret winkte ab und schob Llewellyn energisch in Richtung eines großen Fauteuils, der im Flur des Hauses stand. »Jetzt ziehen Sie sich erst einmal um, Sie haben sicher trockene Sachen in Ihrem Seesack. Ich lasse Sie so lange allein und mache uns einen Tee. Peter sitzt vor dem Kamin und liest. Oder er gibt zumindest vor, zu lesen. Wahrscheinlich schläft er schon lange in seinem Lehnstuhl.«

In dem makellos sauberen Flur roch es nach Bohnerwachs und Möbelpolitur. Margaret war in der Küche verschwunden, also betrat Llewellyn nach einem kurzen Anklopfen das Wohnzimmer, das von einem riesigen Kamin beherrscht wurde. Die Einrichtung schien direkt aus einem ehrwürdigen englischen Club zu stammen. Mit dunklem Holz verkleidete Wände, überfüllte Bücherregale, die obligaten Pferde- und Hundebilder an der Wand. Einige Lehnsessel standen um einen mit grünem Filz bezogenen Kartentisch herum, auf dem ein Stapel Tageszeitungen und Magazine bedrohlich schräg seine Stellung behauptete.

»Nimm dir etwas zu trinken, Llewellyn, und setz dich zu mir«, ertönte eine leise Stimme vom Lehnsessel vor dem Kamin. »Das Wetter übertreibt ein wenig, selbst für hiesige Verhältnisse. Hattest du einen guten Flug?«

Llewellyn beugte sich zu dem runden, fahrbaren Tisch, auf dem eine Batterie von Flaschen stand, und bewunderte die Auswahl. »Woher weißt du, dass ich verreist war?«

»Sagen wir, es wurde mir berichtet.« Der Mann, der nahe dem Feuer saß, war älter als der Major. Er trug eine dicke Brille auf einer aristokratischen Nase, die ein schmales, blasses Gesicht beherrschte. Über dünnen Lippen saß ein kurz getrimmter Schnurrbart, die Falten um die dunkelbraunen, wachen Augen verrieten eine gute Prise Humor. Die überraschend vollen grauen Haare waren akkurat gescheitelt. Peter Compton, ehemaliger Führungsmann im britischen Inlandsgeheimdienst MI5, Vertrauter und Berater von sechs PremierministerInnen, hatte stets Wert auf makelloses Aussehen und eine zeitlos elegante Kleidung gelegt. Sein Gedächtnis, sein Witz und seine Schlagfertigkeit waren bei seinen Gegnern gefürchtet, bei seinen Freunden jedoch geschätzt gewesen.

Böse Zungen behaupteten allerdings, dass er gar keine gehabt habe.

Freunde nämlich.

»Wenn du dich endlich zu einem Whisky durchgerungen hast,

dann schenk mir auch ein Glas ein«, meinte Compton und strich seinen Morgenmantel im Burberry-Muster glatt. »Aber warte nicht zu lange, ich bin bereits alt.«

»Du wirst noch hier sitzen, wenn ich schon längst mit dem Teufel von Angesicht zu Angesicht pokere«, gab Llewellyn zurück. »Deine Beziehungen reichen ja bis in den Himmel und zurück, und wie ich dich kenne, hast du längst belastendes Material gegen den alten Herrn da oben gesammelt. Zur Strafe lässt er dich noch ein wenig dieses Wetter genießen.«

»Und das Rheuma macht mich fertig«, murmelte Compton griesgrämig, »mehr als unsere aktuelle Regierung, und das will etwas heißen. Gegen unseren Premier war die eiserne Lady eine Galionsfigur der Entscheidungsfreude. Was treibt dich in dieses Altersheim?«

»Ehrlich gesagt, die Küche deiner Frau und dein Wissen, in dieser Reihenfolge«, gab Llewellyn zur Antwort, reichte Compton ein Glas, zog einen Lehnstuhl näher an den Kamin und ließ sich hineinfallen. Dann nahm er einen tiefen Schluck Strathisla Scotch Whisky und stöhnte zufrieden. »So lässt es sich leben.«

»Was war das für ein Einsatz in Kolumbien?«, fragte Compton wie nebenbei und drehte sein Glas in den Händen.

»Warum fragst du? Ich bin sicher, du weißt mehr darüber als ich«, gab Llewellyn zurück. »In diesem Königreich hustet nicht eine einzige Maus in Buckingham Palace ohne dein Wissen. Oder vielleicht ohne deine Erlaubnis …«

»Charmante Idee«, musste Compton gestehen. »Leider sind königliche Mäuse äußerst unkooperativ, wenn es um konspirative Ziele geht. Hat dich der MI6 nach Kolumbien geschickt oder Downing Street direkt?«

»Dein Club war es nicht, wenn du das meinst«, antwortete der Major. »Obwohl man in diesem Land nie sicher sein kann, wer tatsächlich hinter einem Auftrag steht. Was weißt du wirklich darüber, Peter?«

»Die Quellen in diesem undurchdringlichen Gestrüpp, das man gemeinhin als Geheimdienste bezeichnet, sprudeln jeden Tag rund um die Uhr, aber das weißt du genauso gut wie ich«, dozierte Compton, während er die Flammen im Kamin nicht aus den Augen ließ. »Warum, glaubst du, haben sie ausgerechnet dich ausgesucht? Du bist ein unbequemer Dinosaurier, und sie haben entschieden, den Kometen zu schicken.«

»Könntest du das so formulieren, dass ich es verstehe?«, erkundigte sich Llewellyn, lehnte den Kopf zurück und schloss die Augen. »Ich bin müde, Peter. Downing Street wirft mir nur Informationsstückchen hin, auch einer der Gründe, warum ich dich heute Abend sehen wollte, bevor ich nach Hause gehe. Sie haben meine Männer und mich aus dem Ruhestand geholt, die üblichen Floskeln von sich gegeben, gewürzt mit einer Prise Nationalstolz und überbacken mit einer guten Portion Vergangenheitsdusel. Das vernebelt den Blick.«

Compton lachte still in sich hinein. »Du bist zwar alt geworden, aber nicht dumm. Gut beobachtet! Allerdings kennst du das Spiel ja seit langem, wie ich. Und trotzdem. Fallen wir nicht immer wieder darauf herein? Der Geheimdienst ist wie der Journalismus – du bekommst ihn nie wieder aus deinen Adern. Wir leben immer auf Abruf, immer auf dem Sprung, bis wir sterben. Man steigt nicht aus, man wird hinausgetragen.«

Das Feuer knisterte, und ein Funkenfeuerwerk schoss hoch bis in den Abzug. Margret betrat leise den Raum mit einem Tablett voller Sandwichs und heißem Tee, ein paar Scheiben Roastbeef und verschiedenen Salaten. Wortlos stellte sie alles auf einen kleinen Tisch zwischen den beiden Männern.

»Llewellyn wird heute Nacht bei uns bleiben, Margret. Richte bitte das Gästezimmer her«, meinte Compton sanft. »Ich möchte nicht, dass er draußen ertrinkt.«

»Habe ich schon«, gab Margret zurück, »aber wenn du ihm jetzt keine Zeit zum Essen gibst, dann wird er hier drinnen verhungern.«

»Gott bewahre, unser Keller ist schon voller Leichen«, erwiderte Compton und zog eine Grimasse. »Iss etwas, bevor meine Frau mir den Krieg erklärt. Danke, Margret.«

Als die Tür sich hinter ihr geschlossen hatte, stand der Geheimdienstchef auf und trat näher ans Feuer. Llewellyn schnupperte genüsslich, schenkte sich eine Tasse Tee ein und begann zu essen.

»Weißt du, wie die Dinosaurier ausgerottet wurden? Die Wissenschaftler sind überzeugt, dass ein großer Komet auf die Erde fiel und die darauffolgenden Umweltveränderungen in kürzester Zeit das Schicksal der riesigen Echsen besiegelte.« Compton nahm einen Schluck Whisky und sah Llewellyn nachdenklich an. »Eine Taktik der Natur? Ein Zufall? Bestimmung? Wird einer dieser Kometen eines Tages auch unser Ende bedeuten? Wie auch immer. Es war effektiv. Ohne den Tod der Dinosaurier hätte es uns Menschen nicht gegeben. Die Geheimdienste wenden manchmal ähnliche Strategien an. Man nimmt nicht nur ein gewisses Risiko in Kauf, man hofft sogar, dass es eintritt.«

»Geht das konkreter?«, fragte Llewellyn nach.

»Ich schicke jemanden auf einen Einsatz, von dem ich von vornherein weiß, dass die Wahrscheinlichkeit, die Aufgabe zu lösen, gegen null tendiert.« Compton betrachtete den Inhalt seines Whisky-Glases wie die Kristallkugel einer Wahrsagerin. »Haben sie dir gesagt, dass diese alte Geschichte nur von jemandem gelöst werden kann, der Erfahrungen aus jener Zeit mitbringt, als Europa aus den Trümmern wiedererstand und wir uns mitten im Kalten Krieg befanden? Unsinn! Schau den Tatsachen ins Auge. Du warst zu lange bei diesem Verein, du hast zu viel gesehen und zu oft die Drecksarbeit erledigt. Die Zeiten, als der Ostblock unser Feind war, sind vorbei. Wir kaufen jetzt Gas und Erdöl von ihnen und applaudieren Putin, wie er mit nacktem Oberkörper in eiskalten russischen Seen badet oder gemeinsam mit Mr. Bunga-Bunga minderjährigen italienischen Callgirls zulächelt. Von den ehemaligen Sowjetrepubliken, die laut nach Unabhängigkeit geschrien haben und von uns nach Kräften unterstützt wurden, hört man überhaupt nichts mehr, die meisten haben nicht einmal eine funktionierende eigene Währung auf den Weg gebracht. Sie sind in der Bedeutungslosigkeit versunken, und wir haben auf das falsche Pferd gesetzt, wie so oft.«

Der Geheimdienstchef leerte sein Glas und stellte es auf den Kaminsims. »Also haben sie gedacht, mal sehen, was dabei herauskommt, wenn wir den Alten auf die Reise schicken, und seine Truppe soll er gleich mitnehmen. Kommt er erfolgreich zurück, dann haben wir ein Problem weniger, kommt er nicht zurück, dann haben wir auch nichts verloren.«

Llewellyn runzelte die Stirn und schwieg.

»Du bist ein Relikt aus längst vergangenen Zeiten, als es noch Schwarzweiß gab und nicht ein Einheitsgrau, das bei Bedarf durch die rosa Brille betrachtet wird. Wir reden uns die Welt schön, aber sie ist es nicht. Die Krisenherde sind in den letzten zwanzig Jahren nicht weniger, sondern mehr geworden. Oder kannst du dich an einen ausländischen Anschlag vor dem 9.11. in den USA erinnern? Ich nicht. Das Gleichgewicht der Mächte ist durch ein gefährliches Ungleichgewicht der Mittel ersetzt worden.«

Compton versenkte beide Hände in den Taschen seines Morgenmantels und fixierte Llewellyn. »Du möchtest Antworten? Kein Problem. Es gibt Überbleibsel aus der Zeit des Dritten Reiches, noch heute, und das weißt du genauso gut wie ich. Kulturgut, das noch immer nicht rückerstattet wurde, verschwundene Archive, mysteriöse und brisante Technik, Wissenschaftler, die in den Monaten nach dem Mai 1945 die Seiten wählten oder wählen mussten und von denen wir bis heute nie wieder etwas gehört haben. Verschollenes Gold der verschiedensten Staaten, gut gefüllte Kriegskassen einiger Armeen, die niemals wiederauftauchten, Transporte, die im Nirgendwo endeten, riesige Werte, wichtige Dokumente ... Die Liste ließe sich lange weiterführen.«

»Und England hatte das Problem der Pfundnoten«, warf Llewellyn ein.

Compton nickte. »Richtig, aber eigentlich nicht das Problem der Banknoten allein. Wie du weißt, hat sich die Bank of England dazu verpflichtet, jede jemals herausgegebene Pfundnote gegen aktuelle Werte umzutauschen, egal, wie alt sie ist. Diese Verpflichtung gilt heute immer noch. Nimm ein Paket Noten aus dem Jahre 1780 oder 1939, steck sie in ein Kuvert, fülle den Antrag aus und schicke sie per Post in die Threadneedle Street. Du musst nicht einmal persönlich da erscheinen. Die neuen Scheine kommen postwendend. Lobenswert, wir sind schließlich Briten und stehen zu unserem Wort.« Der

Geheimdienstchef zog amüsiert die Augenbrauen hoch. »Schlecht nur, wenn der Feind die Banknoten fälscht und dann gleich so gut, dass man die falschen nicht von den echten unterscheiden kann. In diesem Fall haben wir ein gewisses Problem. Doch das wird mit der Zeit auch kleiner, denn der Zerfall arbeitet für uns. Papier verrottet. In den letzten zwanzig Jahren sind keine Noten aus der Kriegszeit mehr bei der Bank of England aufgetaucht.«

»Das hat mir Downing Street auch gesagt«, bestätigte Llewellyn. »Aber da gibt es noch ein Problem ...«

»Wie wahr, wie wahr«, murmelte Compton, »und deshalb hat man den guten alten Llewellyn auf den Weg geschickt, weil man ein paar Einzelheiten geklärt haben wollte. Die Mitteilungen der Schweizer kamen da gerade recht, nicht wahr?«

»Gibt es etwas, das du nicht weißt?«, wunderte sich der Major und nahm das letzte Sandwich vom Teller. »Hinter was, um Gottes willen, sind diese Schweizer her?«

»Wie ich sehe, hat man dir nicht viel Informationen mit auf den Weg gegeben, mein Lieber«, stellte der Geheimdienstchef fest. »Aber – *first things first*. Ich habe vorhin von den Relikten des Dritten Reichs gesprochen. Das Problem der falschen Pfundnoten hat sich sozusagen in sechzig Jahren von selbst erledigt, vielleicht auch, weil man erfolgreich geheim gehalten hat, dass die Fachleute der Bank von England nach wie vor die Fälschungen nicht von den Originalen unterscheiden können. Wenn die Krauts etwas machen, dann machen sie es gründlich ...«

»... daneben«, bestätigte Llewellyn. »Doch, wie du sagst, die Banknoten sind nicht das vordringliche Problem. Es sind die Druckplatten.«

»So ist es«, sagte Compton leise, »es sind die Druckplatten, die wir nie erhalten haben. Sofort nach dem Krieg hat der SIS in den Besatzungszonen alles auf den Kopf gestellt, hat mit den anderen Siegermächten jeden Ort durchsucht, der in Frage kommen konnte. Negativ. Churchill wollte es nicht wahrhaben, doch die Druckplatten blieben verschwunden. Und nein, die Russen hatten sie auch nicht.« Der Geheimdienstchef legte zwei Scheite nach und verteilte die Glut gleichmäßig mit einem Schürhaken. »Als nun die Schweizer mit der Geschichte der vier Männer in Südamerika kamen und um Hilfe ersuchten, wählten sie den richtigen Köder für unsere Regierung: die Druckplatten.«

»So weit decken sich unsere Informationen«, nickte Llewellyn. »Sie meinten, sie hätten Hinweise auf den Verbleib aller Platten. Die vier alten Männer hätten sie bei Kriegsende versteckt und wüssten heute noch genau, wo sie zu finden seien.«

»Hast du diese Hinweise jemals gesehen?«, erkundigte sich Compton ironisch. »Ich wette, sie haben dir kein Wort gesagt und keinen Fetzen Papier gezeigt. Und unsere Politiker? In ihrem missionarischen Eifer, behilflich zu sein und nichts unversucht zu lassen, um vor der nächsten Wahlrunde einen publikumswirksamen Erfolg präsentieren zu können, haben sie jemanden losgeschickt, der im Ernstfall entbehrlich war: dich.«

»Warum verstehe ich dich nicht?«, warf Llewellyn ein. »Es hätte doch durchaus sein können, dass diese vier Männer die Platten am Ende des Krieges tatsächlich versteckt haben. Die richtige Papiermischung vorausgesetzt, kann man damit heute noch Banknoten herstellen, die niemand von den echten unterscheiden kann.«

»Hat man dir das gesagt?«, schmunzelte Compton. »Nur zum Teil richtig. Das mit den Banknoten stimmt, das mit den alten Männern nicht.«

Llewellyns Hand mit der Teetasse erstarrte auf halbem Weg zwischen Tablett und seinem Mund. »Wie bitte?«

»Wie du weißt, ist der MI5 seit hundert Jahren auch für den Schutz der wirtschaftlichen Interessen unseres Landes zuständig«, fuhr Compton fort, »und zwar nicht nur in England, sondern im gesamten Britischen Empire. Glaubst du tatsächlich, wir hätten nie nach den Druckplatten gesucht und alles dem MI6 überlassen?«

Der alte Mann begann, vor dem Kamin auf und ab zu gehen. »In den späten siebziger Jahren tauchte ein Wiener Hobbyforscher in einem der malerischen oberösterreichischen Seen. Es war eine Nacht-und-Nebel-Aktion. Aber sie war erfolgreich. Er fand, was wir suchten. Er fand die Druckplatten.«

»Was? Du meinst …?« Lewellyn suchte nach den richtigen Worten.

»Ja, ich meine. Er brachte sie herauf, fotografierte sie und legte sie in ein Schließfach in Liechtenstein. Wenige Monate später starb er. Ein Tauchunfall.« Compton betrachtete angelegentlich seine Fingernägel. »So etwas passiert, wie du weißt. Die Druckplatten liegen nach wie vor in Liechtenstein, doch wir kommen nicht an sie heran.«

»Wie lange ist das bereits bekannt?«, fragte Llewellyn aufgeregt. »Wieso schickt man mich und meine Männer los, wenn man sowieso weiß, wo sich die Platten befinden?«

»Die Dinosaurier-Strategie, das habe ich dir vorhin erklärt«, gab Compton ungerührt zurück. »Und noch etwas – würdest du einem Schweizer Bankenkonsortium über den Weg trauen? Was die sagen, ist eines, was sie wirklich wollen, ist etwas ganz anderes. Du hättest dich also ohne triftigen Grund kaum für die Schweizer Sache einspannen lassen. Also hat Downing Street einen Vorwand gebraucht, um dich an die Front zu schicken, nach außen und nach innen. Vielleicht trauen sie den Schweizern ja auch nicht und wollten dich in der Nähe haben.«

»Oder sie wollten mich loswerden«, murmelte Llewellyn verärgert.

»Oder sie wollten dich loswerden«, wiederholte Compton. »Und jetzt solltest du schlafen gehen. Du musst morgen früh raus.«

»Warum?«, erkundigte sich Llewellyn überrascht.

»Weil heute Nachmittag eine gewisse Fiona Klausner, ein Georg Gruber und ein John Finch aus Medellín kommend in Heathrow eingetroffen sind. Sie nahmen den ersten British-Airways-Flug nach Genf.« Er sah den Major mit einem kleinen Augenzwinkern an. »So wie du morgen früh. Abflug 6 Uhr 45. Gute Nacht, Llewellyn.«

Zimmer 208, Hotel Beau Rivage, Genf / Schweiz

Es war knapp nach Mitternacht, als das Läuten eines Telefons Georg Gruber aus den Tiefen seiner Träume riss. In einem ersten Reflex tastete er verzweifelt mit geschlossenen Augen nach seinem Handy. Nichts.

Seine Hand fand Notizblock und Stift, wischte ein halbvolles Glas Mineralwasser vom Nachttisch und griff dann ins Leere.

Das Läuten hielt an.

Fluchend schaltete Georg die Nachttischlampe ein, zwinkerte im grellen Licht und schaute sich geblendet um. Keine Spur von seinem Mobiltelefon.

Das Klingeln wurde lauter. Es kam aus der Richtung des Schreibtisches.

»Welcher Idiot ruft um diese Zeit an?«, grummelte er und schwang sich stöhnend aus dem Bett. »Ich hätte mein Telefon ausschalten sollen.«

Der Anrufer war hartnäckig und dachte nicht daran, aufzugeben. So tastete sich Georg mit halbgeschlossenen Augen durch das Zimmer, immer in Richtung des durchdringenden Läutens, das inzwischen die Lautstärke einer Feuerwehrsirene zu haben schien.

Ein Blick auf das Display genügte, um seine Stimmung unterhalb jedes Toleranzlevels zu drücken.

Unbekannt.

»*Mierda*, haben Sie eine Ahnung, wie spät es ist?«, entfuhr es ihm auf Spanisch, sobald er das Gespräch angenommen hatte. »Endlich wieder ein richtiges Bett, und dann rufen Sie Idiot an und holen mich aus dem Tiefschlaf. Der Schlag soll Sie treffen.«

»Nicht sehr freundlich, Señor Gruber, dabei versuche ich bereits seit Tagen vergeblich, Sie zu erreichen. Wir hatten ein kleines Geschäft geplant...«

»Ach, Sie sind das, Señor ...« Georg konnte sich nicht mehr an den japanischen Namen erinnern.

»Takanashi, Soichiro Takanashi. Richtig. Ihre Sekretärinnen waren so hilfsbereit, mir Ihre Mobilnummer zu verraten. Ich hoffe, Sie entlassen sie deshalb nicht gleich.«

Georgs Gehirn lief noch immer auf Sparflamme. Er fuhr sich mit der Hand übers Gesicht und versuchte krampfhaft, wach zu werden. Wie viele Stunden war Japan zeitmäßig voraus? Sieben oder acht? Er war einfach zu müde zum Denken.

»Ich wusste nicht, dass Sie nachmittags *Siesta* halten, sonst hätte ich später angerufen. Andererseits wollte ich nicht die Gelegenheit verpassen, unsere Vereinbarung in Erinnerung zu rufen.« Takanashis Stimme klang einschmeichelnd.

Georg hatte die Augen geschlossen und spürte, wie er langsam wieder in Morpheus' Arme sank. In das Gefühl des Abtauchens in einen Marianengraben des Schlafs mischte sich ein gehöriges Quantum Schuldbewusstsein. Er hatte dem Japaner den Ring vor der Nase weg an John Finch verkauft.

»Ich ... ich mache nie ... ich meine, ich halte keine *Siesta*«, murmelte er und fuhr sich mit der flachen Hand übers Gesicht. »Ich bin in der Schweiz, und es ist knapp nach Mitternacht. Ich habe noch keine halbe Stunde geschlafen und kann kaum klar denken ...«

Takanashis Stimme hatte mit einem Mal jede Verbindlichkeit verloren. »Sie sind *wo*?«

Georgs Gehirn war wie eingefroren unter einer Eisdecke von Müdigkeit. »In der Schweiz, das sagte ich doch, und ich fürchte, unser Geschäft ist hinfällig«, brummte er. »Ich habe den Ring bereits verkauft, an einen Freund von mir, John Finch. Es tut mir sehr leid, Señor ...« Verdammt, dachte er, ich kann mir diesen verfluchten Namen nicht merken! »Wie auch immer, danke für Ihr Interesse.«

Er wollte auflegen und schnellstens wieder ins Bett.

»Was machen Sie in der Schweiz?«, stieß Takanashi verblüfft hervor. »Ich dachte, Sie sind in Bogotá. Ihre Sekretärinnen haben mir zwar erzählt, Sie seien unterwegs, aber ich nahm an …« Er verstummte. »Sie haben den Ring bereits verkauft? Warum das? Warum so eilig?«

»Weil der Ring Teil eines Rätsels ist, das ohne ihn nicht gelöst werden kann«, versuchte Georg ungeduldig zu erklären. »Mein Vater … und Paul Hoffmann … Hören Sie, das ist alles zu kompliziert, um es am Telefon zu besprechen und dann auch noch mitten in der Nacht. Ich bin halb bewusstlos vor Müdigkeit.«

»Der Ring von Heinz Claessen ist Teil eines Rätsels?«

Georg seufzte. Er schlief fast im Stehen ein und wollte den Japaner so rasch wie möglich aus der Leitung bekommen.

Trotzdem.

Da war etwas. Etwas, worüber er nachdenken musste … Eine Alarmglocke ganz weit hinten in seinem Kopf …

»Moment, woher wissen Sie, dass Claessen mit Vornamen Heinz hieß?« Georg wehrte sich gegen den Schlaf mit aller Kraft. Klar denken, sagte er sich, du musst klar denken! »In dem Ring steht lediglich H. Claessen …«

Für einen Moment war es still in der Leitung. Georg dachte schon, dieser hartnäckige Japaner habe doch endlich aufgelegt, da drang die Stimme wieder an sein Ohr.

»Ich habe mehr Informationen über Claessen, als Sie glauben«, erwiderte Takanashi geheimnisvoll. »Ein äußerst interessanter Mann, wir sollten uns darüber unterhalten. Vielleicht kann ich zur Lösung dieses … Rätsels etwas beitragen. Ist der Käufer des Ringes vielleicht bei Ihnen in der Schweiz? Wie war noch schnell sein Name?«

»Finch, John Finch«, murmelte Georg und schüttelte den Kopf. Aber die Spinnweben wollten nicht verschwinden. »Ja, er ist mit mir unterwegs, oder besser, ich mit ihm. Wir machen einen Ausflug in die Vergangenheit, sozusagen … Hören Sie, es tut mir wirklich leid, dass ich Ihnen den Ring nicht verkaufen konnte …«

»Soso, in die Vergangenheit«, unterbrach ihn Takanashi mit kaum unterdrückter Erregung. »Wo in der Schweiz sind Sie eigentlich?«

Für einen Moment schwappte eine Woge des Misstrauens durch die verschlafene Wirklichkeit Georgs. Dann zuckte er mit den Schultern. Was soll's?, dachte er sich, dieser ... wie immer er heißt ... ist in Japan, auf der anderen Seite der Erde. Wenn er den Ring schon nicht bekommen hat, dann soll er doch wenigstens wissen, warum. »Wir sind nach Genf geflogen, in die französische Schweiz. Die Hinweise, denen wir nachgehen, sind sehr vage und verworren, müssen Sie wissen. Jemand hat sich ziemlich viel Arbeit gemacht, alles zu verschlüsseln.« Er fuhr sich erneut mit der Hand über die Augen. »Egal. Ich wünsche Ihnen noch einen schönen Tag und gehe wieder ins Bett ...«

»Was für eine abenteuerliche Geschichte«, warf Takanashi atemlos ein. »Werden Sie in der Schweiz bleiben, oder reisen Sie weiter? Etwa nach Deutschland? Claessen kam aus Hannover, wenn ich mich recht erinnere.«

»Keine Ahnung«, erwiderte Georg und gähnte laut. »Wir tappen völlig im Dunkeln. Schon dieses Beau Rivage war schwierig herauszufinden, und ohne Finch wären wir gar nicht so weit gekommen. Aber in dieser Geschichte ist nichts so, wie es scheint. Selbst das Beau Rivage ist nicht das Beau Rivage, um das es eigentlich geht ... Ach was, das ist alles so kompliziert, und mir fallen die Augen zu. Gute Nacht oder guten Morgen, wie immer Sie wollen.«

Damit drückte Georg entschlossen auf den roten Knopf und schaltete anschließend das Mobiltelefon aus. »Das Letzte, was ich mitten in der Nacht brauche, ist eine Plauderstunde mit einem japanischen Sammler«, grummelte er und warf sich aufs Bett.

Nachdem er die Nachttischlampe ausgeschaltet hatte, dauerte es keine dreißig Sekunden, bis er wieder tief und fest schlief.

Kapitel 8

CLAESSEN

9. April 1945

Schloss Labers, Meran, Südtirol / Italien

Der Mann rannte wie von Furien gehetzt zwischen den niedrigen Apfelbäumen hindurch, immer im Zickzack, wie ein Hase, nur lange nicht so leichtfüßig. Die niedrigen Zweige peitschten ihm in der Dunkelheit ins Gesicht, das Labyrinth der Stämme nahm kein Ende, ließ ihm keine Zeit, sich umzusehen. Die Geräusche, die hin und wieder durch die Nacht drangen, das Brechen der Äste und die schweren Schritte, das Schnaufen und die halblauten Kommandos verrieten ihm, dass seine Verfolger zwar nicht näher kamen, sein Vorsprung in den letzten Minuten jedoch um keinen Meter gewachsen war. Der Rucksack an seiner Schulter wurde immer schwerer und drückte schmerzhaft gegen seine Hüfte.

»Stehen bleiben!«, ertönte die Stimme hinter ihm zum wiederholten Mal, und er musste sich eingestehen, dass die Verlockung, dem Befehl nachzukommen und einfach aufzugeben, wuchs. Alphonse Derray war am Ende seiner Kräfte. Alles war schiefgegangen. Jetzt war es nur noch eine Frage von Minuten, bis die Jagd zu Ende wäre. Der schwarze Wagen auf der staubigen Landstraße weiter oben am Berg war so gut wie unerreichbar. Er hatte den Hang unterschätzt. Seine Ausdauer reichte nicht.

Aber noch hastete er verzweifelt weiter bergauf, stets die schmale Straße vor Augen, die den Hang in zwei ungleiche Teile zerschnitt, bevor sie nach einer Kehre für einige hundert Meter den Wald entlanglief, um schließlich zwischen den Tannen in der sicheren Dunkelheit zu verschwinden. Dort würde der Wagen warten.

Hoffentlich.

Die Zweige der Apfelbäume klatschten in sein Gesicht, zerfetzten das Sakko. Brombeersträucher zwischen den Baumgruppen rissen Löcher in seine Hose. Sein eleganter Anzug war reif für die Vogelscheuche. Aber es war ja auch egal, was man zu seiner eigenen Beerdigung trug, wenn man die Leiche war, dachte er und verzog schmerzhaft das Gesicht. Nach zahlreichen Stürzen sickerte aus seinen aufgeschlagenen Beinen das Blut. Er spürte es an seinen Waden herunterrinnen und verfluchte die rabenschwarze, mondlose Nacht.

Hakenschlagend, stolpernd, oft auf allen vieren durch das Unterholz kriechend, erblickte er endlich das Ende des riesigen Obstgartens vor sich, den Anstieg auf die letzte Terrasse vor der Straße. Gut acht Meter hoch, mit Gras bewachsen, fast senkrecht, ahnte er ihn mehr, als er ihn sah. Die Dunkelheit täuschte, ließ den Abhang niedriger aussehen, als er in Wirklichkeit war.

Er hörte seine Verfolger nicht weit hinter ihm fluchend durch das Spalier der Apfelbäume brechen. Der Schmerz in seiner Schulter vom Gewicht des Rucksacks nahm zu.

Keine Zeit zu überlegen.

Also begann er zu klettern.

Die Frau, die in diesem Moment über ihm an den Rand der schmalen Straße trat, war groß, blond und sah aus wie das Urbild der deutschen Frau und Mutter in Goebbels Propaganda. Das dunkelblaue Abendkleid, das sie so anmutig und glamourös wie eine Filmdiva trug, schmiegte sich an ihre Hüften wie eine zweite Haut. Die Maschinenpistole MP42 in ihren Händen wollte allerdings nicht zu der eleganten Garderobe passen und wirkte wie eine falsche Requisite in einem der glanzvollen Kostümfilme der Ufa. Der Lauf bewegte sich einige Zentimeter nach unten, als der Flüchtende das letzte Drittel des Abhangs in Angriff nahm, sich immer wieder nach seinen Verfolgern umblickend.

Die Garbe zerriss die Stille über dem Tal und schleuderte Alphonse Darrey wie eine Marionette mit durchtrennten Fäden den Abhang hinunter. Der dunkelgrüne Rucksack flog in weitem Bogen durch die Nacht, landete einige Meter weiter entfernt neben seinem Körper, der noch einmal zuckte und dann still lag.

Als die beiden Soldaten in den deutschen Gebirgsjägeruniformen schwer atmend zwischen den Apfelbäumen hervorstolperten, winkten sie der jungen Frau überrascht kurz zu, steckten ihre Pistolen ein und gingen neben dem Toten in die Knie. Sie begannen die Taschen des Anzugs zu durchsuchen und zogen ein dickes Bündel Banknoten heraus, dann ein weiteres und noch eines. Die Männer sahen sich grinsend an und stopften die Geldscheine in ihre Uniformtaschen.

Die blonde Frau hatte sich wieder von der Kante des Abhangs zurückgezogen, ließ jedoch die beiden Soldaten nicht aus den Augen. In diesem Moment bemerkte einer der Gebirgsjäger den Rucksack und stieß seinen Kameraden an. Beide eilten zu dem im Gras liegenden Ranzen. Sie hoben ihn an, doch wegen seines überraschenden Gewichts setzten sie ihn gleich wieder ab und blickten sich vorsichtig um. Niemand war zu sehen. Die junge Frau war wohl wieder zur Feier ins Schloss zurückgekehrt, und die Nacht war dunkel ...

»Los, schau nach, was drin ist!«, flüsterte einer der beiden. »Wenn das jetzt noch Gold ist, dann verschwinden wir auf der Stelle und gehen über die Berge.«

Neugierig öffneten sie den Rucksack und warfen einen Blick hinein. Unter einer Lage Stoff waren offenbar flache Steine oder Barren in Wachspapier eingewickelt und verschnürt worden. Unsicher sahen sie sich an. Dann zogen sie eines der Pakete heraus und entfernten die Schnur, schlugen das Papier zurück ...

In diesem Augenblick hörten sie, wie eine Waffe entsichert wurde.

»Ich dachte, die Befehle waren klar ...«, sagte die junge Frau mit einem gefährlichen Unterton in der Stimme. »Darrey aufhalten oder beseitigen. Alles, was er bei sich hat, zurückbringen. Von Neugier war nicht die Rede.« Sie senkte den Lauf der Maschinenpistole zum zweiten Mal. Einer der Soldaten versuchte verzweifelt, seine Waffe zu ziehen, aber er war zu langsam. Ein langer Feuerstoß riss beide Männer von ihren Füßen.

Die junge Frau ließ die Waffe fallen, zog ihre hochhackigen Schuhe aus, nahm sie in die Hand und schürzte das Kleid. Dann begann sie fröstelnd, den Abhang hinunterzuklettern. Es roch nach Kordit und blühenden Bäumen. Warme Luft stieg aus dem Tal hoch.

Bei den Toten angelangt, suchte sie nach dem Paket, das die beiden Soldaten aus dem Rucksack gezogen hatten. Endlich fand sie es, legte es wieder zurück, ergriff den schweren Ranzen und wuchtete ihn auf ihre Schulter. Dann ging sie durch das feuchte Gras langsam zurück zum Schloss, das festlich beleuchtet war.

Darrey hatte den Zeitpunkt gut gewählt, dachte sie, während sie sich zwischen den Apfelbäumen durchschlängelte. Das Abschiedsfest der Gruppe Claessen vor dem allgemeinen Aufbruch war seine allerletzte Möglichkeit gewesen. Doch wohin wollte er, zu wem? Zu den Partisanen? Einfach nur in die Berge und das Ende des Krieges abwarten? Sich danach mit seiner Beute den Weg in ein normales Leben ebnen?

Zum Glück hatte er sich verplappert, als er das letzte Mal mit ihr schlief. Sonst wäre er jetzt über alle Berge und das Wertvollste, das sie noch hatten, mit ihm.

Als die junge Frau das Schloss fast erreicht hatte, trat ein Mann im weißen Smoking aus dem Schatten der drei Zypressen vor dem Gebäude und blickte ihr hinterher. Er zündete sich eine Zigarette an, dann machte er sich auf den Weg durch die Apfelplantage in die Richtung, aus der er die Schüsse gehört hatte. Es dauerte nicht lange, bis er auf die drei Leichen stieß. Er kniete nieder und durchsuchte kurz die Taschen Alphonse Darreys.

Leer.

Der Mann überlegte kurz, bevor er sich den Soldaten zuwandte. Als er sich wieder aufrichtete, hielt er 45 000 Pfund Sterling in den Händen. Ein Vermögen, genug, um für lange Zeit an einem stillen Ort zu leben, weit weg vom Krieg, und schließlich ganz unterzutauchen. Er betrachtete die Banknoten, zog sein Feuerzeug aus der Tasche, um sie im Licht der Flamme genauer zu prüfen, dann hielt er mit genau bemessenen Bewegungen die Flamme unter die Geldscheine und verbrannte jedes der Bündel minuziös, bevor er die Asche mit seinem Fuß im Gras verteilte. Danach blieb er noch einige Minuten stehen, lauschte ins Dunkel. Welches Ziel hatte Darrey gehabt? Wartete irgendwo jemand auf ihn?

Suchend ging er weiter, quer zum Hang, in Richtung Wald. Dabei stellte er sich immer wieder die entscheidende Frage: Woher kannte Hanna den Fluchtweg Darreys? Und wieso wusste sie, dass er flüchten würde?

Zweihundert Meter weiter bergauf lag ein schmächtiger, ausgemergelter Mann im feuchten Gras, setzte das Zeiss-Fernglas ab und rieb sich müde die Augen. Er fluchte leise in sich hinein. Darrey hatte es also nicht geschafft. Alle Anstrengungen waren umsonst gewesen. Frustriert schlug er mit der flachen Hand auf den Boden. Dann nahm er den Feldstecher und suchte erneut die Umgebung ab. Anscheinend hatte niemand die Schüsse gehört, und wenn doch, dann kümmerte sich kein Mensch darum. Schüsse waren in den Südtiroler Bergen rund um Meran seit einem halben Jahr keine Seltenheit. Es wimmelte nur so von Partisanen, die den verbliebenen deutschen Truppenteilen fast täglich kleine Scharmützel lieferten. So wagte sich die Wehrmacht schon lange nicht mehr auf die Berghöfe, die bereits alle in italienisch-antifaschistischer Hand waren.

Die Partisanen hatten nur ein Ziel: die verhassten Deutschen aus dem Land zu werfen, um jeden Preis. Munition war kein Problem, die Nachschubzüge für die Heeresgruppe Süd rollten noch immer zahlreich über die Pässe. Das hatte dazu geführt, dass Munitionstransporte bei den deutschen Soldaten als Himmelfahrtskommando verhasst waren. Wer den Schlüssel zu einem Depot mit Patronen oder Handgranaten in der Tasche hatte, versuchte so rasch wie möglich, ihn wieder loszuwerden.

Der ganz in Schwarz gekleidete Mann beobachtete durch das Fernglas, wie der Unbekannte im weißen Smoking sich langsam den Hang hinaufarbeitete. Als er genug gesehen hatte, richtete er sich auf und eilte zu seinem Wagen, den er unter den überhängenden Ästen geparkt hatte. Es war an der Zeit, zu verschwinden und London den Misserfolg der Aktion zu melden. Einen weiteren Versuch würde es nicht geben, zumindest nicht in absehbarer Zeit. Alphonse Darrey war sein einziger Kontaktmann gewesen.

Er stieg in den kleinen schwarzen Fiat 500 »Topolino«, löste die Handbremse und rollte geräuschlos an. Ohne Licht und mit abgestelltem Motor glitt der Wagen durch einen Waldweg immer weiter bergab. Der magere Mann hatte nicht bemerkt, dass ihm beim Einsteigen in den Wagen ein Päckchen Zigarettenpapier aus der Tasche gefallen war.

Nach wenigen Metern hatte die Dunkelheit den Fiat 500 verschluckt.

VILLA GRAFENSTEIN, KLUSWEG, ZÜRICH / SCHWEIZ

Die zweistöckige, ziegelrot gestrichene Villa mit den grünen Fensterläden und dem barocken Eingangsportal lag in einem der ruhigsten und schönsten Stadtteile Zürichs. Der Panorama-Blick über den See war grandios, das riesige Grundstück von der Straßenseite her so gut wie uneinsehbar.

Wer es sich leisten konnte, hier zu wohnen, der arbeitete nicht, er verdiente. Diskretion wurde, wie meist in der Schweizer Bankenmetropole, großgeschrieben. Es gab weder Klingel noch Namensschild, weder Klinke am Tor noch Firmenschild aus Messing am Eingang. Eine ganze Batterie von ferngesteuerten Sicherheitskameras am Haus, an den Garagen und an allen Eckpunkten des Anwesens garantierten Ungestörtheit und Abschirmung.

Man war unter sich, und man wollte es bleiben.

Trotz der frühen Morgenstunden rollte nach und nach ein Dutzend Luxuslimousinen durch die stille Gasse. Bei jeder Ankunft öffnete sich wie von Geisterhand lautlos das große Einfahrtstor, nachdem ein versteckt eingebauter Scanner einen Strichcode am Kennzeichen des Wagens erfasst und weitergegeben hatte.

Der großzügige Sitzungssaal unter dem hohen Walmdach füllte sich allmählich, und Egon Zwingli blickte zufrieden in die Runde. Die Vertreter des Konsortiums waren fast alle pünktlich erschienen. Man stand plaudernd beisammen, man kannte sich seit Jahren und arbeitete fast jeden Tag zusammen. Aber das konnte nicht darüber hinwegtäuschen, dass die Repräsentanten der zwölf wichtigsten Banken der Schweiz unruhig waren. Immer wieder huschten ihre Blicke zu Zwingli, der gedankenverloren an der Stirnseite des Tisches stand und in seinen Unterlagen blätterte.

Silberne Kannen mit frischem Kaffee standen auf dem Besprechungstisch, der fast die ganze Länge des Saals einnahm. Warme Croissants warteten auf die Teilnehmer der Sitzung. Zwei livrierte Kellner bemühten sich, unauffällig für einen ständigen Nachschub an Getränken und Speisen zu sorgen.

Als alle Eingeladenen eingetroffen waren, verschloss man die Türen, und zwei Sicherheitsbeamte bezogen ihren Posten am Fuß der Treppe, die aus der Empfangshalle in die oberen Etagen führte.

»Darf ich Sie bitten, Platz zu nehmen?«, meinte Zwingli und wies auf die Stühle zu beiden Seiten des langen Tisches. »Ich nehme an, dass Sie alle heute Vormittag noch Termine haben und wir daher pünktlich beginnen sollten. Ich kann Ihnen versichern, dass es nicht lange dauern wird. Es gilt lediglich ein paar Entscheidungen zu treffen, die von Ihnen allen getragen werden sollten. Wie Sie wissen, ist dieses Treffen informell und deshalb sind weder Diktiergeräte noch Mitschriften erlaubt. Ich darf Sie ebenfalls ersuchen, Ihre Handys auszuschalten und vor sich auf den Tisch zu legen. Dies dient zu Ihrer und meiner Sicherheit. Danke.«

Die zwölf Männer setzten sich und platzierten die Mobiltelefone demonstrativ auf den Schreibtischunterlagen. Einer von Ihnen sah kurz auf die Uhr und wandte sich dann an Zwingli. »Ich habe nicht viel Zeit und wäre Ihnen sehr verbunden, wenn wir das rasch hinter uns bringen könnten. Ihr Anruf kam einigermaßen überraschend, und ich wollte die Sitzung und die Entscheidungsfindung nicht platzen lassen, deshalb bin ich hier.«

Zwingli nickte, stützte seine Ellenbogen auf und legte die Fingerspitzen aneinander. Dann begann er zu sprechen. »Danke, dass Sie alle so schnell reagiert haben und gekommen sind. Sie haben mein Unternehmen beauftragt, Herrn Paul Hoffmann ausfindig zu machen und ihm ein Angebot zu unterbreiten. Gleichzeitig haben Sie dafür gestimmt, die Verbindungen des britischen Geheimdienstes zu nutzen und die Engländer mit ins Boot zu holen. Ein Fehler, wie wir nun alle wissen. Wie auch immer, wir haben in der Tat Herrn Hoffmann im kolumbianischen Dschungel in der Gegend von Muzo ausfindig gemacht und MI6 darum gebeten, ihre Logistik zu nutzen, um Hoffmann an Bord zu holen – mit seinem Wissen und seinen Unterlagen. Die Aussicht, nach über sechzig Jahren möglicherweise endlich die Druckplatten der Pfundnotenfälschungen sicherzustellen, hat dabei sicher eine entscheidende Rolle gespielt. Wer immer die Idee hatte, sie war gut, aber es hat nichts genützt. Leider war die Aktion ein Fiasko. Hoffmann kam ums Leben, und der schlimmste anzunehmende Fall trat ein: Mit ihm wurde nicht nur sein Wissen ausgelöscht. Auch seine Unterlagen beziehungsweise die Hinweise gingen verloren. Übrig blieben ein Foto und eine leere Holzschatulle. Nutzlos.«

Zwingli machte eine Pause und blickte in die Runde.

»Wenn sie nur verlorengegangen wären«, murmelte einer der Anwesenden, »dann wären wir jetzt nicht hier.«

»Hätten meine Männer und ich die Aktion durchgeführt, dann wäre es nicht dazu gekommen, das kann ich Ihnen versichern. Aber ich darf Sie auch erinnern, dass Sie Wert darauf legten, die Schweiz möglichst nicht öffentlich in dieser Affäre in Erscheinung treten zu lassen. Entweder Diskretion *oder* Effizienz – Sie haben die Diskretion gewählt und die Rechnung dafür bekommen: Die drei Tauben, von denen uns die Einheimischen berichtet haben, sind aufgeflogen und haben die Hinweise sicher überbracht. Damit geriet der Fall außer Kontrolle.«

»Wollen Sie Salz in unsere Wunden streuen, Zwingli?«, erkundigte sich einer der Anwesenden gereizt.

»Nein, ich möchte nur einiges klarstellen, weil nun weitreichendere Entschlüsse gefragt sind«, antwortete Zwingli gleichmütig. »Die Engländer sind inzwischen aus dem Spiel, nachdem sie die Reste Hoffmanns und seine Hütte abgefackelt haben und wenig später an Böttcher alias Botero gescheitert sind. Danach haben wir uns um Schadensbegrenzung bemüht und versucht, die Fehler der Engländer so weit wie möglich wiedergutzumachen. Die Albatross wurde von uns gesprengt, dabei kamen Klausner und Böttcher ums Leben. Somit ist von den ursprünglichen vier alten Männern keiner mehr am Leben.«

»Und die Hinweise?«, warf einer der Männer am Tisch ein.

»Ja, die Hinweise.« Zwingli drehte einen Kugelschreiber zwischen seinen Fingern. »Die Hinweise kamen dank der Unfähigkeit der Engländer bei ihren Empfängern an, bei Böttcher, Klausner und dem jungen Gruber. Böttcher und Klausner leben nicht mehr, aber dafür hat die nächste Generation nun offenbar die Suche übernommen.«

»Wollen Sie damit sagen, wir sind genauso weit wie vorher?«, meinte einer der Anwesenden ungeduldig. »Es war alles umsonst?«

»Kommt darauf an, wie Sie es sehen«, antwortete Zwingli diplomatisch. »Die Nachfahren haben sich in der Tat auf den Weg gemacht. Georg Gruber und Fiona Klausner. Dann ist da noch ein gewisser John Finch, ein Pilot, der offenbar von Klausner angeheuert wurde, bevor er starb, und zwei andere Männer, die ich nicht kenne.« Zwingli machte eine Kunstpause. »Sie sind gestern am späten Nachmittag in der Schweiz eingetroffen.«

Die ungeteilte Aufmerksamkeit der zwölf Männer war ihm mit einem Schlag sicher. Sollte noch jemand gedämmert haben, war er nun hellwach. Die Köpfe der Anwesenden ruckten herum, in allen Augen stand das pure Erstaunen.

»So weit hätte es nie kommen dürfen«, zischte einer am unteren Ende des Sitzungstisches.

»Dann bedanken Sie sich bei den Engländern«, gab Zwingli ungerührt zurück. »Die einzubinden war Ihre Idee.«

»Scheiße.« Einer sprach aus, was alle dachten.

»Bleiben wir bei den Fakten«, fuhr Zwingli mit einem ironischen Lächeln fort. »Das Ansehen der eidgenössischen Bankbranche leidet nach wie vor unter der Finanzkrise von 2009. Rund dreiundzwanzig Prozent der Schweizer Bevölkerung haben laut einer Umfrage eine negative Einstellung zu den Banken. Sie sind also nicht gerade beliebt, meine Herren. Fast genau so viele, nämlich jeder Vierte, will das Bankgeheimnis abschaffen, während gleichzeitig aus demselben Grund der Druck aus dem europäischen Ausland wächst. Die Zahl der sogenannten Steuer-CDs, die in der Zwischenzeit ja fast im Monatsrhythmus auftauchen, wird langsam beängstigend. Wir haben Maulwürfe in unserer Bankenlandschaft, aber wir können nicht immer ein Exempel statuieren, wie bei dem Österreicher im vergangenen Jahr, der in seiner Zelle tot aufgefunden wurde. Irgendwann fällt es auf.«

Zwingli lächelte dünn in die Runde und ließ seine Worte wirken.

»Damals ging es nicht nur um einen Kaufpreis von 2,5 Millionen, die von der deutschen Bundesregierung für die Daten gezahlt worden waren. Es ging vor allem ums Prinzip, nämlich allen klarzumachen, dass man nicht ungestraft interne Datensätze aus Schweizer Banken auf einem Markt anbietet, auf dem dann jedes Land mit einem Bargeldkoffer in der Hand shoppen gehen kann.«

Zwingli blickte auf und fixierte einen der graumelierten Herren mit dem obligaten gestreiften Maßanzug. »Aber das war nur eine Imagereparatur. Ebenso wie Ihre Bestrebungen, die Konten der Schurkenstaaten zu schließen, gegen Geldwäsche vorzugehen oder die in den Schweizer Banken schwarz eingelagerten Vermögen der Griechen der hellenischen Regierung anzuzeigen. Nett, aber jetzt reden wir mal unter uns Klartext. Das alles würde zig Milliarden Euro, Dollar und Franken außer Landes treiben in einer Zeit, in der die Öffentlichkeit die Nase voll hat von Unterstützungszahlungen an spekulationsfreudige Banken. Das können Sie sich in der prekären Finanzsituation, bei den volatilen Märkten und den Einbrüchen in der Wirtschaftsbilanz europäischer Länder derzeit gar nicht leisten. Darf ich Sie daran erinnern, dass Sie sich während Jahrzehnten mit Müh und Not von den Überbleibseln des Weltkrieges und des Dritten Reichs frei gemacht haben? Wenn nun Klausner und Gruber Erfolg haben, was glauben Sie, wird dann passieren?«

»Deswegen haben wir Sie ja eingeschaltet«, erinnerte ihn der Mann zu seiner Rechten. »Aber bisher leider ohne Erfolg.«

»Der Pfeil trifft nicht.« Zwingli ließ sich nicht aus der Ruhe bringen. »Wir haben unsere Aufgabe erfüllt, Hoffmann ausfindig gemacht, MI6 wie gewünscht an Bord geholt, und selbst, als die Mist gebaut haben und die Aktion außer Kontrolle geriet, haben wir versucht, die Kastanien aus dem Feuer zu holen. Jetzt aber werden Sie sich nicht mehr hinter den Engländern verstecken können, meine Herren. Die Hinweise sind in der Schweiz, ihre Besitzer ebenso, und ich erwarte Ihre Entscheidungen.«

Zwanzig Minuten später war die Sitzung vorüber, und die Mitglieder des Konsortiums waren wieder unterwegs zu ihren jeweiligen Terminen. Ein zufriedener Egon Zwingli goss sich eine Tasse Kaffee ein, legte die Füße auf den Besprechungstisch und griff zu seinem Handy. Er war in wenigen Minuten drei Millionen Franken reicher geworden. Nun war es an der Zeit, die Kavallerie zusammenzutrommeln. Diesmal würde es keinen Llewellyn geben, der sich zum Ritter aufspielen konnte. Die Engländer waren Schnee von gestern, die alten Männer tot, und die Uhr tickte unerbittlich für die Erben.

Er, Egon Zwingli, würde dafür sorgen, dass sie bald ablief.

Hotel Beau Rivage, Genf / Schweiz

»Dieser Claessen stammt also aus Hannover?«, erkundigte sich John Finch und reichte Fiona die Platte mit dem Lachs. Das Frühstück auf der Terrasse des Beau Rivage ließ keine Wünsche offen und war ein kulinarisches Ereignis für sich. Der Genfer See glänzte hellblau im Licht der Morgensonne, und ein Ausflugsdampfer zog eine breite weiße Spur übers Wasser. Freundlich lächelnd brachten einige Kellnerinnen Kannen mit frischem Kaffee, Tee und kalter Milch an die Tische.

»Das hat der Japaner zumindest behauptet, wenn ich mich recht erinnere«, bestätigte Georg Gruber, »und dass er Heinz mit Vornamen hieß. Ich war nach dem Flug und der Zeitumstellung komplett weggetreten, das könnt ihr mir glauben. Weit entfernt von aufnahmefähig.«

Finch zog eine Grimasse und warf Gruber einen bösen Blick zu. »Du hast in der Nacht Sparrow Konkurrenz gemacht«, brummte er frustriert. »Was Claessen betrifft, so müssten wir unter Umständen in Hannover mehr über den Besitzer unseres Ringes erfahren können.«

»Warum fragen wir nicht diesen Taka…dingsbums?«, erkundigte sich Alfredo. »Er kannte den Vornamen und die Geburtsstadt, wer weiß, was er noch alles an Informationen im Ärmel hat?«

»Hast du seine Telefonnummer?«, erkundigte sich Fiona bei Georg.

Gruber schüttelte den Kopf. »Auf dem Display stand immer ›Unbekannt‹, also kann ich beim besten Willen nicht damit dienen.«

»Dann wird das etwas schwierig mit dem Fragen«, gab Fiona zurück, »außer er meldet sich nochmals bei dir.«

Alfredo strich Marmelade auf sein Brötchen und bewunderte die Aussicht auf den See. »Was für eine atemberaubende Kulisse«, sagte er. »Ob die Menschen hier wissen, dass sie an einem der schönsten Plätze der Welt wohnen?«

»Auch an einem der teuersten«, lächelte Fiona. »Genf liegt auf der Schweizer Preisskala auf einem Spitzenrang.«

»Apropos wohnen«, warf Finch ein. »Woher wissen wir, dass dieser Japaner nicht vielleicht gleich hier um die Ecke wohnt?«, fragte er mit einem Seitenblick auf eine kleine Gruppe japanischer Touristen, die zwei Tische nahe dem Frühstücksbuffet besetzt hatten und aufgeregt schnatterten. »Nur weil er einen japanischen Namen hat, muss er nicht da leben.«

»Guter Punkt«, warf Alfredo ein und wandte sich an Gruber. »Worüber habt ihr noch in der Nacht gesprochen?«

Georg zuckte mit den Schultern. »Das Übliche. Er fragte, warum ich den Ring so rasch veräußert habe und an wen. Ich sagte ihm, es gehe um ein Rätsel, ein Puzzle, und der Ring sei ein Bestandteil davon. Da wollte er wissen, wo ich sei.«

Finch horchte auf. »Warum sollte ihn das interessieren? Du hast den Ring ja bereits verkauft. Hast du es ihm verraten?«

Gruber wand sich wie eine Schlange unter den verständnislosen Blicken der Runde. »Ja, ich sagte ihm, ich sei in der Schweiz, in Genf«, gab er zu. »Er meinte, ob wir vielleicht von hier nach Deutschland fahren würden, weil Claessen ja aus Hannover stamme.«

»Ganz schön gut informiert für jemanden, der weit weg in Japan lebt«, murmelte Alfredo. »Was sammelt er überhaupt?«

»Gute Frage, offenbar SS-Ringe oder Relikte des Dritten Reichs«, antwortete Georg ratlos. »So genau habe ich mich nie erkundigt …«

»Schon irgendwie seltsam, der Typ«, meinte Fiona, »aber auf unserem heutigen Programm steht Wichtigeres. Ich habe nachgesehen: Das Beau Rivage Palace in Lausanne liegt rund fünfundsechzig Kilometer von hier entfernt, am selben Ufer des Sees. Also ein Katzensprung von nicht einmal einer Stunde mit dem Wagen.«

»Dann brechen wir sobald wie möglich auf«, nickte John Finch und schaute auf die Uhr. »Wenn wir den beiden unsichtbaren Zeilen Glauben schenken wollen und sie sich tatsächlich auf die Hotels beziehen, dann sind wir in Lausanne richtig. Wenn nicht, dann muss ich gestehen, dass ich am Ende meines Lateins bin. Außer den Hotels wüsste ich nämlich nicht, was wir ›nicht als Erstbestes‹ nehmen sollten.«

Während die Gruppe japanischer Luxus-Touristen sich kichernd gegenseitig vor dem Bergpanorama und dem Genfer See im Hintergrund fotografierte, trat ein Mann auf die Terrasse und blickte sich suchend um. Sein weißer Anzug war etwas zerknittert, die breite Krempe des Panama-Hutes verbarg den Großteil seines Gesichts. Missbilligend betrachtete er kurz die lärmende japanische Reisegruppe, dann entdeckte er den Tisch mit Fiona und den vier Männern und lächelte zufrieden.

»Ich nehme an, einer von Ihnen ist Señor Gruber«, meinte der Japaner auf Spanisch mit einem dünnen Lächeln, das seine Augen nicht erreichte. Dann nahm er seinen Hut ab und verneigte sich leicht. »Gestatten Sie? Soichiro Takanashi. Ich glaube, Sie wissen, wer ich bin.«

Für einen Moment war es still am Tisch. Die Überraschung stand allen ins Gesicht geschrieben.

»Ich dachte … Ich meine … Sind Sie nicht in Japan?«, stotterte Georg und sah Takanashi etwas hilflos an.

»Ganz offenbar nicht. Darf ich mich trotzdem für einen Moment zu Ihnen setzen?«, erkundigte sich der Japaner und zog einen Sessel näher. »Ich möchte mich für meine Landsleute entschuldigen, die sich manchmal wie unerzogene Kinder aufführen«, meinte er mit einer kurzen Handbewegung in Richtung der Reisegruppe. »Die meisten halten Europa für eine Fotokulisse in einem riesigen Disneyland zwischen Nordkap und Sizilien.«

»Woher wussten Sie, wo Sie nach uns suchen sollten?«, erkundigte sich Finch misstrauisch. »Genf ist groß.«

Takanashi lächelte verbindlich. »Señor Gruber war so freundlich und hat mir das Beau Rivage genannt. Dann war es nicht mehr so schwierig, Sie zu finden.«

»So, hat er das …« Finch warf Georg einen verärgerten Blick zu. »Langsam frage ich mich, was Georg *nicht* erzählt hat.«

»Nach dem mitternächtlichen Gespräch waren Sie überraschend schnell da«, meinte Alfredo misstrauisch und ließ die Hand des Japaners nicht aus den Augen. Das fehlende Glied des kleinen Fingers weckte eine Erinnerung aus seinem Leben in Medellín …

»Ach, ich war zufällig in der Nähe«, winkte Takanashi ab, »da dachte ich mir, warum nicht einfach vorbeischauen?«

Niemand am Tisch glaubte dem Japaner auch nur ein einziges Wort.

»Was für ein Zufall«, meinte Finch schließlich ironisch. »Ich bin John Finch, der Käufer des Rings, für den Sie ursprünglich so viel Geld geboten haben. Warum eigentlich?«

»Schauen Sie, Señor Finch, ich bin ein Sammler, und dieser Ring interessiert mich ausnehmend«, antwortete Takanashi. »Er ist etwas Besonderes, die Erinnerung an einen außergewöhnlichen Mann.«

»Wenn Sie diesen Claessen so gut kennen, könnten Sie uns doch ein paar Einzelheiten aus seinem Leben verraten«, regte Alfredo an, während Fiona eine Tasse Tee einschenkte und sie dem Japaner reichte. »Dann sind Sie den weiten Weg nicht umsonst gekommen.«

Takanashi warf dem jungen Südamerikaner einen bösen Blick zu. »Dürfte ich zuerst den Ring sehen?«, fragte er in die Runde.

»Sehen gern«, meinte Finch und griff in seine Jacke. »Aber er bleibt auf dem Tisch, wo ich ihn im Auge behalten kann.« Damit stellte er die kleine Schatulle auf das gestärkte Leinentischtuch.

Der Japaner ergriff die kleine Box und öffnete sie.

»Wunderschön«, stellte er mit leuchtenden Augen fest. »Der Einzige mit schwarzen Diamanten, etwas ganz Besonderes, auch wenn Himmler es nicht so gern sah, dass man seine Ringe veränderte. Da war der Reichsführer-SS ziemlich eigen.«

»Sollten nicht alle Ehrenringe wieder an ihn zurückgeschickt werden?«, erkundigte sich Georg, der sich an die Ausführungen der Händlerin in Bogotá erinnerte.

Takanashi nickte stumm, dann zog er vorsichtig den Ring aus der

Schatulle und las die Gravur. »Ja, so war es geplant«, bestätigte er. »Aber gegen Ende des Krieges war man froh, mit heiler Haut davongekommen zu sein, und ließ oft den Ring gemeinsam mit Orden und Dokumenten, Auszeichnungen und Fotos in Schachteln unter vielen Lagen Erinnerungen verschwinden. Oder man lag tot im Straßengraben, und dann kümmerte sich niemand mehr um einen Ring, der seine Aussagekraft und seine Bedeutung verloren hatte. Somit gibt es heute zwar noch gut erhaltene Exemplare, doch die meisten sind Fälschungen.«

Er hielt den Totenkopfring dicht vor seine Augen, drehte ihn zwischen seinen Fingern und untersuchte ihn genau. »Dieser hier ist allerdings echt, unzweifelhaft.«

Mit dem Ausdruck des Bedauerns steckte er das Schmuckstück in die Schatulle zurück und reichte sie Finch. »Ich gratuliere Ihnen zu dem Kauf, Señor Finch. Sie haben ein ausgezeichnetes Geschäft gemacht, ganz gleich, wie viel sie bezahlt haben. Dieser Ring ist einmalig. Señor Gruber meinte, er sei Teil eines Puzzle, eines Rätsels. Stimmt das tatsächlich?«

»Ich habe das Gefühl, dass Señor Gruber mitten in der Nacht eine ganze Menge erzählt hat«, stellte Fiona ärgerlich fest. »Vielleicht sollte er besser schlafen, als um diese Zeit zu telefonieren. Kein Kommentar.«

Takanashi lächelte in sich hinein. »Also ist doch etwas dran«, murmelte er und nahm einen Schluck Tee. »Ich kann Ihnen gern mehr über Heinz Claessen erzählen, möglich, dass Ihnen das bei der Lösung Ihres Rätsels hilft. Was meinen Sie?«

»Wo ist der Haken?«, wollte Alfredo misstrauisch wissen. »Oder was ist das Gegengeschäft?«

»Nun, vielleicht kann ich nach dem Abschluss Ihrer ... Ihrer Suche ein Angebot abgeben und den Ring doch noch kaufen?« Die Stimme des Japaners klang einschmeichelnd.

Georg schaute Finch fragend an und zuckte mit den Schultern.

»Möglicherweise«, antwortete der Pilot vorsichtig, »wir werden sehen. Wer oder was also war dieser Heinz Claessen?«

»Vieles«, gab Takanashi grinsend zurück. »Obersturmbannführer der Leibstandarte Adolf Hitler fällt mir als Erstes ein. Dann hatte er eine ganze Reihe von anderen Tätigkeiten, die nicht besonders präsentabel waren: Schwindler, Gauner, Betrüger, Dieb und Mörder von Himmlers Gnaden …«

10. April 1945

SCHLOSS LABERS, MERAN, SÜDTIROL / ITALIEN

»Fritz, bringen Sie mir bitte noch einen Cocktail?«

Hannas Stimme klang ungeduldig. Der weiß livrierte Diener eilte herbei und nahm ihr das leere Glas aus der Hand. Mit einem »Sofort, gnädige Frau!«, verneigte er sich und verschwand in der Bar.

Es war lange nach Mitternacht, und Hanna saß in dem gruftartigen Lesezimmer des Schlosses mit seinen dunkelbraunen, fleckigen Holzvertäfelungen und den altmodischen Kaffee- und Spieltischen. In dem fünfarmigen Leuchter, der von der Decke baumelte und im Luftzug der offenen Fenster leicht schwankte, bemühten sich acht schwache Glühbirnen redlich, den großen Raum zu beleuchten. Zwei waren vor Tagen zischend verendet. Mangels Nachschub hatte sie niemand ausgewechselt. Das gesamte, vom Reichssicherheitshauptamt gemietete Gebäude befand sich in einem heruntergekommenen Zustand, zehrte nur mehr von altem Glanz. Alles erinnerte an lange vergangene Feste, die der Adel der Monarchie hier gefeiert hatte.

Hannas Augen huschten durch den Raum, überflogen die abgetretenen Teppiche, die fleckigen Gardinen. Egal, dachte sie, wir verschwinden sowieso heute oder morgen von hier. Auch der siebzig Jahre alte Bösendorfer-Flügel war ein Relikt aus jenen besseren Tagen. Verstimmt, mit zerkratzter Politur und vergilbten Tasten hatte er doch bei aller Vernachlässigung ein Stück jener Faszination behalten, die allen Klavieren aus dieser Wiener Manufaktur eigen war.

Die junge Frau stand auf und setzte sich auf den runden Klavierhocker mit dem rissigen Lederbezug. Geistesabwesend begann sie, mit einer Hand Melodien aus den dreißiger Jahren zu klimpern.

Erinnerungen tauchten auf und verschwanden wieder, Bilder von Männern, Gesichter im Nebel der Vergangenheit, Empfänge, Pelzstolen und glitzernde Orden an Uniformen, lachende Gesichter. Die Bilder wechselten rasch. Andere Männer, andere Orden, andere Uniformen. Ein Karussell der Erinnerungen. Brennende Scheiterhaufen, gewichste Stiefel im Gleichklang, hochgereckte Arme, Jubel und glänzende Augen.

Hannas Finger berührten die Tasten. Die Kühle des alten Elfenbeins war beruhigend und aufregend zugleich, sinnlich, erotisch. Bilder wechselten sich ab. Weinende Gesichter in einem Zugfenster, ein Regenbogen über einer Wiese, fragil und flüchtig, Briefe von der Front, ein Foto, eine Todesanzeige, kurz und lapidar. Eine von Zehntausenden. Die Todesnachricht.

Lili Marleen. Hanna spielte nun beidhändig, wechselte den Rhythmus, sang mit den falschen Tönen des Flügels.

»Wenn sich die späten Nebel drehn,
werd' ich an der Laterne stehn,
wie einst Lili Marleen,
wie einst Lili Marleen …«

Der Mann im weißen Smoking schien die Misstöne nicht zu bemerken. Er betrat das Lesezimmer leise, fast unhörbar, schlenderte zum Klavier und wartete, bis die letzten Noten verklungen waren. Dann legte er das Päckchen Zigarettenpapier mit der englischen Aufschrift auf die abgegriffenen Tasten direkt neben die manikürten Finger der jungen Frau.

»Wenn sich die späten Nebel drehen, wirst du voraussichtlich an der Laterne hängen«, meinte er leise und griff nach ihrer Hand.

Hanna nahm rasch das Zigarettenpapier von den Tasten und las die Aufschrift. »Wo hast du das gefunden?«

»Auf der Straße am Wald, knapp vor der letzten Kurve, oben an der Gabelung«, gab er gleichmütig zurück. »Neben frischen Reifenspuren. Der Besitzer dieses britischen Exportartikels hat etwas weiter unten lange auf dem Bauch im Gras gelegen. Zehn zu eins, dass er ein Fernglas bei sich hatte und auch wusste, wie man es benutzt.«

Hanna stand auf und ging wortlos zu einem kleinen Tisch, zog die Schublade auf und holte einen kleinen Beutel Tabak heraus. Schweigend drehte sie sich eine Zigarette, wandte sich um und stellte sich wartend vor den Mann im Smoking. Als er das Feuerzeug aufschnappen ließ und in ihre Augen blickte, sah er zum ersten Mal einen Schatten der Angst.

»Sei versichert, Heinz, wenn ich an der Laterne hänge, dann hängst du unmittelbar daneben. Mit dem Unterschied, dass sich bei dir einige Leute streiten werden, wer dich aufknüpfen darf.« Mit dem Daumennagel streifte Hanna einen Tabakkrümel von ihrer Unterlippe.

»Wenn dich unser geliebter Führer hören könnte, wie du von einem Angehörigen der Leibstandarte und Helden des Reiches sprichst ...«, meinte der Mann spöttisch.

»... Da müsste ich schon sehr laut schreien«, erwiderte Hanna trocken. »Und selbst dann frage ich mich, ob er diesen Helden nicht sofort vor ein Erschießungskommando stellen würde. Die besten Helden dieses Reiches sind nämlich bekannterweise die toten. Das wäre dann das schnelle Ende eines Gauners namens Heinz Claessen mit internationaler Laufbahn ...«

»... und internationalen Verbindungen«, unterbrach sie der Mann und lächelte giftig, »der eine Nutte davor bewahrt hat, im Konzentrationslager zu landen und den Wachen jeden Tag einen zu blasen.« Der Hass, der schlagartig in Hannas Augen aufblitzte, ließ ihn völlig kalt. »Wenn du so weitermachst, schöne deutsche Maid, dann wirst du so enden wie Darrey. Mit einer Menge Löcher in deinem Körper, und zwar da, wo sie nicht hingehören.«

»Darrey war nur ein Bauer in unserem Spiel«, gab Hanna ungerührt zurück, »ich bin die Königin.«

»Auch Königinnen können ersetzt werden«, erwiderte Claessen grinsend. »Nur der König überlebt bis zum Schluss.«

»Pass nur auf, dass ich dir nicht das Schachbrett unter deinem Hintern anzünde«, fauchte Hanna. »Vorher schneide ich dir noch deine kostbare Haut in handliche Quadrate und schicke sie an den Reichsführer-SS mit einer Widmung.«

Claessen blickte ihr unbewegt in die Augen, die nun im Licht der Kerzen fast dunkelblau waren. »Bevor du an mich herankommst, bist du tot, Hanna«, meinte er leidenschaftslos.

»Ich brauche mich gar nicht anzustrengen«, bemerkte die junge Frau und zuckte mit den Schultern. »Das würden andere mit Freuden übernehmen.«

»Du meinst die, mit denen du geschlafen hast? So wie Darrey?«

Claessen stand am Klavier und starrte ins Leere. Die Dämmerung stieg langsam über die Berge im Osten, die schwarzen Silhouetten der Bäume wurden bläulich. Der Mann im weißen Smoking war in Gedanken versunken, die ihn weit wegführten – weg von Hanna, von Meran, vom Krieg. Heim nach Hannover oder was davon noch übrig war …

Plötzlich drehte er sich um. »Dieser Krieg geht bald zu Ende, glaub mir, und dann beginnt unsere Arbeit erst richtig«, murmelte er. »Verlass dich nicht zu sehr auf deine Unersetzlichkeit.« Sein Blick fiel auf das Zigarettenpapier. »Ich möchte wissen, wer sich hier so brennend für uns interessiert. Sicher kein Faschist, kein Deutscher und kein Partisane, der hätte mich abgeknallt und nicht zweimal nachgedacht. Nein, nein … Wen gibt es noch in diesem Spiel vor der Götterdämmerung? Die Engländer können doch gar nichts wissen. Aber andererseits, Zufälle passieren …« Nachdenklich drehte er das Päckchen zwischen den Fingern und ging zur Tür. »Wann hast du eigentlich mit Darrey geschlafen?«, fragte er wie nebenbei. »Hat es dir gefallen?«

»Mäßig, aber es war besser als mit Stefano Bonazzi.« Hanna schlug einen e-Moll-Akkord an. Es klang schräg.

»Wer zum Teufel ist Bonazzi? Muss ich ihn kennen?«

»Wenn mich nicht alles täuscht, dann heißt unser Unbekannter vom Berghang so. Er hat einen Stadtplan von London in seinem Schreibtisch und raucht Zigaretten« – sie wies auf das Päckchen in seiner Hand – »dieser Marke.«

Claessen fuhr herum, starrte sie an. Sein Gesicht war grau geworden. Mit zwei Schritten war er bei Hanna, packte sie bei den Schultern und schüttelte sie mit aller Kraft. »Woher weißt du das?«, schrie er sie an. »Woher kennst du ihn? Wieso …?« Er brach unvermittelt ab. »Natürlich, du hast mit ihm geschlafen! Du dummes Weibsstück bist mit ihm ins Bett gegangen, du hast ja nichts anderes im Kopf. Du hast uns an die Engländer verraten. Deshalb wusstest du von dem Treffen mit Darrey …«

Er schleuderte Hanna in den nächsten Lehnsessel, als das Telefon klingelte. Wütend hob er den Hörer ab und brüllte »Ja!«

»Die Heeresleitung Süd ist in der Leitung, General Reinke möchte Sie sprechen.« Der diensthabende Telefonist im Schloss klang trotz der frühen Morgenstunden völlig geschäftsmäßig.

»Ja, stellen Sie durch«, erwiderte Claessen unwirsch.

Es knackte. Durch das Rauschen und Knattern drang mühsam die Stimme eines Adjutanten, der dienstbeflissen erklärte, dass er nun mit dem General verbinden werde.

»Mann, die Leitung ist ja beschissen«, rief Claessen aus. »Von wo rufen Sie eigentlich an? Von einer Telefonzelle auf dem Mond?«

»Nein, Obersturmbannführer, vom Palazzo Verità Poeta in Verona. Es ist eine provisorische Leitung, weil im Bereich von Salurn Partisanen die Kabel dreimal gekappt haben«, versuchte der Adjutant zu erklären, obwohl der Großteil seiner Worte in einem schrecklichen Jaulen unterging.

Zuerst merkte Claessen gar nicht, dass Reinke bereits am Apparat war, doch plötzlich wurde es ruhig in der Leitung, und die aufgeregte Stimme des Generals drang an sein Ohr: »Claessen, hier Reinke. Es ist Zeit für Sie, zu verschwinden! Ich habe erfahren, dass selbst höchste Stellen inzwischen mit den Amis in Verbindung stehen und verhandeln. Sollte es zu einer geheimen Absprache kommen, dann sind wir hier in Italien als Erste dran. Wie Sie wissen, kontrollieren wir die Straßen in die Schweiz zwar noch, aber die Löcher im Netz werden größer und größer. Die Amerikaner fliegen Bombenangriffe auf die Nachschubzüge über den Brenner, wir können die Berge nicht mehr kontrollieren, nur noch die Täler. Die Lage wird immer unhaltbarer. Wenn wirklich jemand in der Schweiz mit Dulles verhandeln will, dann werden wir ihn nicht aufhalten können.«

Die Schweiz, ging es Claessen durch den Kopf, die Schweiz ...

»Sie dürfen mit Ihrem Stab auf keinen Fall in die Hände der Alliierten fallen«, fuhr Reinke fort, »schon gar nicht mit Ihrem Wissen und Ihrem ...« Er zögerte. »... Ihrem Material. Wir haben Sie effektiv gegen die Partisanen schützen können, aber gegen die alliierte Übermacht ...« Der General verstummte.

»Ja, ist schon klar«, murmelte Claessen. »Wir wollten sowieso heute oder morgen von hier abziehen, mit Mann und Maus, aber die Frage nach dem Wohin bereitet uns etwas Kopfzerbrechen. Wie auch immer ...«

»Nehmen Sie alles mit, was Sie tragen können, und zünden Sie das Gebäude an, um die Spuren zu verwischen«, befahl Reinke. »Wir werden hier bis zum letzten Mann kämpfen und das Reich beschützen.«

Darauf fiel Claessen keine vernünftige Antwort mehr ein. Also legte er einfach auf und schüttelte den Kopf. »Idiot«, murmelte er. »Eine Armee Amerikaner steht vor der Tür, und du überlegst, ob du durchs Schlüsselloch schießt ...«

Der Obersturmbannführer sah zu Hanna hinüber, die noch immer mit geschlossenen Augen im Lehnsessel kauerte. Nach außen hin hatte er sich wieder völlig unter Kontrolle.

Auf dem schwarzen Telefonhörer jedoch glänzte der Schweiß.

Ankunftsgebäude, Aéroport International de Genève /
Schweiz

Der Flug British Airways 724 aus London war pünktlich in Genf gelandet und rollte bei strahlendem Sonnenschein auf seine Position. Die Maschine war kaum halb voll gewesen, und so hatte sich Llewellyn ausstrecken und eine Mütze Schlaf nachholen können. Der Kaffee vor der Landung, dessentwegen ihn die Stewardess mit einem unschuldigen Lächeln geweckt hatte, war ein Anschlag auf die Geschmacksnerven der Passagiere gewesen: weitgehend geschmacklos, zu dünn und lauwarm. Nun freute sich Llewellyn auf einen Espresso.

Als sich der Flieger langsam leerte und der Major in seine Jacke schlüpfte, knisterte etwas in der Brusttasche. Stirnrunzelnd zog er das gefaltete, gelbliche Schwarzweißfoto aus der Dschungelhütte Hoffmans hervor. Die SS-Runen sprangen ihm ins Auge, und er ärgerte sich. Eigentlich hatte er Compton das Bild zeigen und ihn nach dem Mann fragen wollen, hatte es aber aus Müdigkeit glatt vergessen.

»Zu viele Flughäfen in zu kurzer Zeit«, murmelte er und stieg die Gangway hinunter zum wartenden Bus. Der Fahrer hatte nur noch auf ihn gewartet und schloss die Türen. Llewellyn stellt sich ans Heckfenster und blickte zum Himmel. Was für ein Unterschied zu London, dachte er, da stieß ihn jemand sanft am Ellenbogen.

»Entschuldigen Sie, Sir, Sie haben Ihren Pass fallen lassen.« Ein Mann im Anzug und mit Aktentasche lächelte ihn an.

Llewellyn blickte auf den Boden und sah einen britischen Pass neben seinem rechten Fuß liegen. »Das kann nicht sein«, murmelte er, »meiner ist …«

»Aber bestimmt doch, ich habe gesehen, wie er aus Ihrer Tasche fiel«, setzte der Unbekannte hinzu und nickte, dann drehte er sich um und ging nach vorn zum Fahrer.

Llewellyn bückte sich, hob den Pass auf und schlug die erste Seite auf. Peter Branfton. Darüber lächelte ihm sein Bild entgegen, darunter klebte eine Post-it-Notiz: »Montreux Jazz Café, nach dem Zoll rechts.«

»Mr. Branfton?« Der Schweizer Zollbeamte blätterte geschäftsmäßig in Llewellyns Pass, verglich das Foto mit dem Mann, der vor ihm stand, nickte dann und reichte ihn wieder an seinen Besitzer zurück. »Der Nächste, bitte!«

Das Montreux Jazz Café lag ganz rechts in der großen Ankunftshalle, ein modernes Ensemble aus Chrom, Glas und gerahmten Bildern von Künstlern, die alle einmal auf dem weltbekannten Festival in Montreux aufgetreten waren. Miles Davis, Carlos Santana, Keith Jarrett oder Ella Fitzgerald lächelten von den Wänden oder waren in ihre Musik vertieft.

Der Mann aus dem Bus wartete an einem der rückwärtigen Tische in der Lounge und erhob sich, als Llewellyn zu ihm trat.

»Major, schön, Sie zu treffen. Ich hoffe, Sie hatten keine Schwierigkeiten bei der Einreise.« Er schmunzelte. »Was aber auch nicht anzunehmen war. Kaffee nach dem Flug?«

Llewellyn nickte und nahm Platz. »Espresso, ein dreifacher. Nächstes Mal fliege ich mit Alitalia. Hat Compton Sie geschickt?«

»Ja, er hat mich um ein Uhr morgens losgehetzt wegen Ihrer Papiere. Meinte, ich soll Ihnen ausrichten, Zwingli werde vom Schweizer Geheimdienst unterstützt. Die überwachen alle Flughäfen. Das hätte uns den Überraschungseffekt gekostet und Sie Ihr Inkognito.« Er schob ein Kuvert über den Tisch. »Die Botschaft hat auch nicht geschlafen. Hier, die Schlüssel Ihres Wagens, gemietet auf einen Sekretär des Wirtschaftsattachés. Die Parkkarte ist drin.«

»Warum so viel Aufwand?«, meinte Llewellyn stirnrunzelnd, als der Kellner ihm den Espresso serviert und einen Teller Kekse danebengestellt hatte.

»Sie fragen jemanden, der nicht einmal halb so viel Ahnung von der ganzen Sache hat wie Sie ... ich war nicht dabei.« Der Mann lachte leise und schaute auf die Uhr. »Noch zehn Minuten, dann muss ich einchecken. Die Maschine nach London zurück wartet nicht. Aber soviel ich erfahren habe, wurde Zwingli bereits gestern unterrichtet, dass Ihre südamerikanischen Freunde angekommen und im Beau Rivage am Quai du Montblanc abgestiegen sind.« Er kratzte seine Nase. »Mein Gott, diese Schweizer haben manchmal Straßennamen wie ein Gedicht. Da ahnt man schon, dass es etwas teurer wird ...«

»Zwingli weiß also Bescheid?«, fragte Llewellyn nach.

»Ja, aber Compton meint, er werde sich seine nächsten Schritte vom Konsortium absegnen lassen müssen. Vergessen Sie nicht, es ist sein größter Kunde, und Zwingli wird sie nicht verärgern wollen.«

»Woher kommt dieser unsympathische Zwerg eigentlich?«, murmelte Llewellyn und sah sein Gegenüber fragend an.

»Der übliche Weg – nach unten getreten und nach oben gehorcht«, meinte der Mann spöttisch. »Geboren in einem kleinen Nest im Tessin, erst Armee, dann Auslandseinsätze für eine Interventionstruppe, schließlich eine eigene Sicherheitsfirma. Gleich nach der Eröffnung die größten Aufträge, die besten Kunden. Internationale Kontakte, manche behaupten Waffenhandel so nebenbei, andere sprechen von Drogen und illegalen Kurierdiensten. Hat Geld bis zum Abwinken. Die Jacht, die Sie vor Kolumbien gesehen haben, ist seine.«

Der Major kniff die Augen zusammen. »Sie sind erstaunlich gut informiert.«

»Mein Job«, gab sein Gegenüber ruhig zurück. »Ich versuche nur, Ihre Fragen zu beantworten. Noch etwas?«

»Jede Menge«, erwiderte Llewellyn. »Warum bin ich hier?«

»Woher kommen wir? Wohin gehen wir? Ja, ja, die grundsätzlichen Fragen ...«, spottete der Agent. »MI5 kann diesen Zwingli aus verschiedenen Gründen nicht ausstehen. Sagen wir so: Bestimmte Länder, die plötzlich aus unerklärlichen Quellen Oerlikon-Kanonen beziehen, stehen auf einer durchaus zweifelhaften Liste. Die Jobs, die Zwinglis Firma hier erledigt, sind mehr als dubios, oft am Rande der Legalität, manchmal auch eindeutig auf der falschen Seite. Vielleicht wird es Zeit, dass ihm jemand auf die Finger klopft? Jemand, der sich nicht kaufen lässt, der keinen Schweizer Pass hat, ein Mann wie Peter Branfton?«

Der Mann trommelte mit den Fingern auf die Tischplatte. »Aber das ist nicht alles. Die Schweizer Banken sind hinter den Südamerikanern her wie der Teufel hinter den Seelen. Auf der einen Seite sind sie hin- und hergerissen, weil sie nicht wissen, wo der alte Mann aus dem Dschungel die Hinweise versteckt und wie er sie verschlüsselt hat. Andererseits fürchten sie nichts mehr als den Erfolg der Gruppe. Was also tun? Die drei Hinweise helfen ihnen nichts, sonst hätten sie die Enkelin Klausners und den Sohn Grubers schon beseitigt. Wer entschlüsselt aber dann für sie das Rebus? Vielleicht braucht man dazu Familienwissen … sonst war alles umsonst.«

»Ich beginne zu verstehen«, sagte Llewellyn leise. »Wovor haben die Schweizer Angst?«

Der Agent schüttelte den Kopf. »Dass ihnen der Himmel auf den Kopf fällt? Keine Ahnung, ehrlich. Auch Compton tappt im Dunkeln. Downing Street hat sich auf die Sache mit den Druckplatten eingelassen, aber das war ein eklatantes Informationsdefizit, ein plumper Köder und …« Der Mann brach mitten im Satz ab und zuckte mit den Schultern. »Was soll's, politischer Mumpitz. Enttäuschend für den MI6, aber die tappen in letzter Zeit von einer Panne in die andere.«

»Und wer schickt mich jetzt in die Schweiz?«

»Wer schickt wen? Sie meinen Peter Branfton? Aber den gibt es doch gar nicht, oder kennen Sie ihn?«

»Ich bin also auf Urlaub hier? Besichtigungen, Stadtrundfahrten und viel Schokolade?«

»Sehr richtig, dazu hin und wieder Käsefondue, Kirschwasser und Züricher Geschnetzeltes. Da ist übrigens das Hauptquartier von Zwingli.« Der Agent warf einen Kontrollblick durch das Lokal. »Major, ich glaube, wir sollten nicht so lange miteinander konferieren, das könnte auffallen. Im Handschuhfach des Wagens wartet eine kleine Überraschung auf Sie. Ach ja, und noch was. Wir haben an dem 7er BMW der Südamerikaner in der Nacht ein Ortungssystem angebracht, damit Sie es nicht gleich zu Urlaubsanfang so schwer haben.« Er lächelte. »Hat mich gefreut, ich muss wieder los. Genießen Sie die Berge! Und wenn Sie uns Zwingli auf einem Tablett servieren, dann haben Sie was gut. Cheerio!«

Llewellyn sah dem Geheimdienstmann nach, als er mit großen Schritten das Café verließ, hastig auf seine Uhr blickte, ganz gestresster Reisender.

»Willkommen in der Schweiz!«, verkündete das Plakat, das glücklich lachende Kinder neben einer Kuh auf der Alm zeigte. Llewellyn hätte gewettet, dass die Kuh ebenfalls fürs Foto lächelte.

Kopfschüttelnd verließ er den Terminal und machte sich auf den Weg.

Der Wagen, der auf dem Platz im Parkhaus P1 stand und auf Schlüsselknopfdruck leise piepste, war eine weiße Mercedes-E-Klasse. Der Major stieg ein und aktivierte das Navigationssystem. Dann schaute er ins Handschuhfach. Neben einem kleinen Empfänger mit länglichem Display lag eine Glock mit drei Reservemagazinen. Der Major prüfte die Pistole und steckte sie in den Hosenbund. Für einen kurzen Augenblick überlegte er, den Empfänger einzuschalten. Doch dann entschied er sich dafür, gleich ins Beau Rivage zu fahren. Die Südamerikaner kannten ihn nicht, und bei der Gelegenheit könnte er gleich feststellen, ob Zwingli bereits auf der Lauer lag. Sollte der Schweizer nicht auf das Tablett passen, auf dem London ihn sehen wollte, würde Llewellyn ihn zurechtstutzen.

Darauf freute er sich bereits diebisch.

10. April 1945

SCHLOSS LABERS, MERAN, SÜDTIROL / ITALIEN

Obersturmbannführer Heinz Claessen drückte auf einen Knopf neben dem Telefon und wartete, während er auf und ab ging und flüchtig den Sitz seines weißen Smokings überprüfte. Trotz der nächtlichen Stunde stand einige Augenblicke später bereits ein SS-Mann in der Tür und sah ihn erwartungsvoll an.

»Bringen Sie mir Papier, ein Kuvert und etwas zum Schreiben«, befahl ihm Claessen und betrachtete Hanna, die sich eine Zigarette anzündete und es vermied, ihn anzusehen. Er ging zu ihr hinüber und baute sich vor ihr auf, den Kopf schief gelegt. Dann nahm er ihr mit einem raschen, energischen Griff die Zigarette aus den Fingern und drückte sie mit einer genau bemessenen Bewegung auf ihrem Oberschenkel aus. Die Glut brannte sich durch den Stoff des Kleids und in ihre Haut.

Mit einem Schmerzensschrei schoss Hanna in die Höhe. Claessen schlug mit dem Handrücken zu, und sie fiel wieder in den Lehnstuhl zurück. Blut tropfte von ihrer Unterlippe.

»Bevor wir das Spielchen wiederholen, wirst du mir zuhören«, stellte Claessen ruhig fest. »Die Waffen-SS oder jemand an der Heeresspitze versucht, mit den Amerikanern zu verhandeln. Ich weiß nicht, woher Reinke die Information hat, aber er weiß immer alles, und ich nehme an, sie stimmt. Hast du vielleicht parallel dazu dein kleines Privatabkommen mit den Engländern getroffen?«

Hanna war blass vor Schmerz und Schock, ihre Hände krampften sich in die zerschlissenen Armlehnen. Ihre Stimme war flach, ihre Augen waren dunkel von Hass.

»Du bist wahnsinnig, Heinz, einfach irre. Ein gestörter Sadist mit zu viel Phantasie.«

»Beantworte meine Frage. Was weiß dieser Bonazzi, und wo stehst du?«

»Hast du Angst, dass ich auf der falschen Seite sein könnte?«, fauchte sie.

»Nur für dich«, gab Claessen ruhig zurück. »Also?«

»Er weiß nichts, gar nichts«, stieß die junge Frau hervor. »Nicht einmal, wer ich bin. Er denkt, er hat mit einer evakuierten Berliner Geschäftsfrau geschlafen, die er in einem Café unter den Lauben kennengelernt hat. Während er einmal kurz aus dem Zimmer ging, um eine neue Flasche Rotwein aus dem Keller zu holen, habe ich mich ein bisschen in seinem Schreibtisch umgesehen. Dabei sind mir der Stadtplan von London und das Zigarettenpapier aufgefallen, die gleiche Marke wie dieses hier.«

Sie wies auf den Boden, wo das Päckchen lag und aufgegangen war.

Claessen hob die verstreuten Blätter und die Packung auf und verließ wortlos das Lesezimmer.

Im Vorraum wartete der SS-Mann mit Papier und Füllfeder. Claessen malte ein Kreuz auf das Blatt und schrieb ein großes »R.« darunter. Dann faltete er das Papier, steckte es in das Kuvert und verschloss es sorgfältig. »Nehmen Sie einen Wagen und fahren Sie sofort nach Verona. Die Strecke dürfte nach letzten Meldungen noch frei sein. In der Via Mussolini gibt es ein kleines Kaffeehaus, das Piccolo Espresso. Geben Sie das Kuvert Antonio, dem Mann mit der weißen Schürze hinter der Theke. Dann kommen Sie auf dem schnellsten Weg wieder zurück. Sollte Ihnen etwas zustoßen, der Brief verlorengehen oder bis heute Mittag nicht in Verona sein, dann können Sie sich gleich selbst erschießen. Wenn Sie's nicht fertigbringen, dann mache ich das. Sollten Sie glauben, es wäre eine Lösung, den Brief einfach wegzuwerfen und zu verschwinden, dann schwöre ich Ihnen, dass ich Sie finde und den Partisanen ausliefere. Haben wir uns verstanden?«

»Ja, Obersturmbannführer! Sie können sich auf mich verlassen! Heil Hitler!«

Ja, auch das, dachte Claessen und stieg die Treppe zu seinem

Zimmer hinauf, um zu packen. Aus dem Erdgeschoss erklang eine Melodie aus schrägen Noten:

>»Wenn sich die späten Nebel drehn,
>werd' ich an der Laterne stehn,
>wie einst Lilli Marleen,
>wie einst Lilli Marleen.«

10. April 1945

KOMMANDOZENTRALE HEERESLEITUNG SÜD,
PALAZZO VERITÀ POETA, VERONA / ITALIEN

General Alfons Reinke schwitzte und fluchte.

Die Temperaturen waren jetzt, Anfang April, bereits sommerlich, und die dicke Uniform war nicht für die Tropen geschneidert. Da lobte er sich sein heimisches Berlin. Reinke ächzte leidend, wuchtete sein Übergewicht aus dem Sessel hinter dem übervollen Schreibtisch und ging zu dem historischen Safe, der neben dem Fenster in einer Ecke des Büros aufgestellt worden war. Eher ein Symbol italienischer Nonchalance, dachte der General, den knackt bei uns zu Hause in Berlin jedes Kind mit einer Gabel. Aber für die Itaker sollte es reichen …

Das gelbe Kuvert, das er unter einem Stapel Akten hervorzog, war dünn und unbeschriftet. Verdrossen gab Reinke der Safetür einen Tritt, lockerte die Krawatte und zog seinen Uniformrock aus, Vorschrift hin oder her.

Er schüttelte einige Blätter mit Aufzeichnungen aus dem Umschlag und reihte sie vor sich auf dem Schreibtisch auf. Durch das Fenster läuteten die Glocken der Kirche Santa Maria Antica vier Uhr. Bald Zeit, von hier zu verschwinden, dachte er, aber die Verhandlungen mit den Amerikanern bereiteten ihm Kopfzerbrechen, und so würde er doch noch ein wenig länger im Büro bleiben.

Sollte Claessen ruhig denken, er sei ein Fanatiker, der bis zum letzten Blutstropfen kämpfte. Hier ging es ums Überleben nach dem Friedensschluss. Genau dafür hatte er gearbeitet, Informationen gesammelt, die ihm seinen Weg in das Nachkriegsdeutschland ebnen würden. Ein Handel mit den Alliierten … Reinke verzog das Gesicht. Pack! Aber wer urteilt schon über Sieger?

Als Kaltenbrunner, der Chef des Reichssicherheitshauptamtes, ihn mit der Sicherheit der Operation Claessen auf Schloss Labers betraut hatte, war Reinke rasch klar geworden, dass hier seine Chance lag. Nachdem von Kaltenbrunner keine Details außer der lapidaren »geheime Reichssache« oder »höchste Priorität« zu bekommen waren, hatte er selbst begonnen, Erkundigungen einzuziehen, und sich an Alphonse Darrey, das schwächste Glied in der Kette, herangemacht. Er hatte Darrey im Winter in Verona getroffen, rein zufällig … man hatte gemeinsame Erinnerungen ausgetauscht, von der Westfront, als der Franzose für die Lebensmittelbeschaffung in der Besatzungszone zuständig gewesen war. Dann war man auf ein Glas gegangen oder zwei, hatte sich über alte Zeiten unterhalten – und über die neuen. Alles andere war Routine gewesen. Nach ein paar Flaschen Grauvernatsch hatte der Franzose aus dem Nähkästchen geplaudert, unter dem Siegel der absoluten Verschwiegenheit.

Es klopfte, und Reinke wurde aus seinen Gedanken gerissen. Die Tür öffnete sich, und ein dunkelhaariger Lockenkopf schob sich herein, mit vollen Backen kauend.

Reinke hasste seine Sekretärin, eine Freiwillige der italienischen Faschisten, die sich immer wieder erbötig gemacht hatten, den deutschen Kameraden Bürokräfte zur Verfügung zu stellen. Solche Gesten konnte man nur eine Zeitlang zurückweisen, irgendwann erwischte es auch den Härtesten …

So war Reinke zu Marietta gekommen. Sie aß dauernd, rauchte wie ein Schlot und stank nach Bauernhof. Da kommt sie ja auch her, dachte Reinke verbittert. Wenigstens konnte sie Maschineschreiben und Übersetzen …

»Bmmsiemnch …?«, ertönte es von der Tür, begleitet von einem entschuldigenden Blick.

»Reden Sie laut, deutlich und deutsch, Himmelherrgottnochmal, und hören Sie auf zu essen!«, fuhr Reinke sie an. »Und ja, verschwinden Sie! Ab nach Hause zu Ragazzo und Bambino! Ich bin auch gleich weg. Bis morgen!«

Als der General dreißig Minuten später das Kommandogebäude verließ, wartete bereits sein Fahrer mit dem wehrmachtsgrau gestrichenen Steyr. »Nach Hause, Herr General?«, fragte der Chauffeur, und Reinke grunzte zustimmend, während er in den Fond kletterte. Im Wagen war es noch heißer als in der Spätnachmittagssonne.

»Haben Sie vor, mich zu rösten?«, erkundigte sich der General mürrisch und warf die Uniformjacke neben sich auf die Sitzbank. Das gelbe Kuvert ragte aus der Brusttasche, und Reinke faltete den Uniformrock anders, bevor er sich der Absurdität der Geste bewusst wurde. »Los, verschwinden wir von hier.«

Reinke freute sich auf sein kühles Domizil in einer alten Villa am Stadtrand, inmitten eines Parks mit riesigen Bäumen und einem Springbrunnen. Doch diesmal dauerte die Fahrt länger als üblich. In einer der schmalen Gassen war ein LKW umgestürzt, der Verkehr staute sich und die Kolonne hinter dem Wagen des Generals wurde immer länger. Doch schließlich erreichten sie die Via San Fernando, und der Chauffeur stieg aus, um das schmiedeeiserne Gittertor zu öffnen.

Als Reinke die beiden Fiat auf der anderen Seite der Straße bemerkte, war es bereits zu spät. Zwei Schüsse peitschten über die Fahrbahn und trafen den Chauffeur, der stöhnend zusammenbrach. Dann barsten die Scheiben des Steyr in einer Kaskade aus Glassplittern. Eine Garbe aus einer Maschinenpistole fegte erst über den Wagen hinweg, dann allerdings schüttelten die Einschüsse das ganze Fahrzeug. Reinke wollte zu seiner Dienstwaffe greifen, doch er erstarrte in der Bewegung, als die Seitentür aufgerissen wurde und ein Unbekannter seelenruhig eine Handgranate entsicherte und in den Fußraum fallen ließ.

»Das ... das können Sie doch nicht machen«, flüsterte Reinke in völliger Panik.

»Schöne Grüße aus Meran!«, rief der Unbekannte über seine Schulter dem General zu und rannte los. Dann kam die Explosion und zerriss den Steyr geradezu.

Zur gleichen Zeit schlugen die ersten Flammen aus den Fenstern im Erdgeschoss der Villa. Drei maskierte Männer kamen aus dem Park gelaufen, rissen das Gittertor auf und stürmten über die Straße. Kaum hatten sie den Fiat erreicht, erschütterten zwei Detonationen das große ehrwürdige Haus.

Die Flammen hatten das aus allen Hähnen ausströmende Gas entzündet.

Der Anschlag verwandelte Verona bald in ein Wespennest, in das jemand eine brennende Fackel gesteckt hatte. Die italienischen Faschisten beschuldigten Monarchisten und Kommunisten, verdächtigten die Partisanen und hatten doch keine Ahnung. Die deutschen Stellen verdächtigten alle und jeden, vor allem aber die eigenen Geheimdienste. Die Untersuchungen waren ein einziges Fiasko. Die Benzinkanister, die man im Haus des Generals fand, waren aus Wehrmachtsbeständen, die Sprengstoffexperten tippten auf deutsche Handgranaten. Augenzeugen gab es keine, Opfer außer Reinke ebenfalls nicht. Seine Köchin hatte ihren freien Tag gehabt, sein Diener machte Einkäufe in der Stadt. Über den Grund des Attentats gab es nur Spekulationen. Reinke war höchster Sicherheitsoffizier für Norditalien und seine Tätigkeit geheime Kommandosache. Niemand hatte ihn um den Posten beneidet, keiner wollte ihn nun haben.

Und – man hatte andere Sorgen. Die Kriegslage verschlechterte sich von Tag zu Tag. Benzin, Fahrzeuge und Menschen waren wertvoll – in dieser Reihenfolge. So verliefen die Untersuchungen rasch im Sand.

Marietta wartete auf einen neuen Chef und aß. Das Kuvert mit den 200 000 Lire war gerade zur rechten Zeit gekommen. Nun konnte sie endlich in die Stadt ziehen – und Claessen wieder beruhigt schlafen ...

Hotel Beau Rivage, Genf / Schweiz

»Sie sehen, Heinz Claessen war nicht gerade ein unbeschriebenes Blatt, als ihn der Leiter des Auslandsgeheimdienstes SD, Walter Schellenberg, im Auftrag Himmlers 1943 für die ›Operation Bernhard‹ anheuerte«, stellte Takanashi fest und wartete, bis eine Kellnerin ihm Tee nachgeschenkt hatte.

»Das ist leicht untertrieben«, warf Alfredo ein. »Ich würde ihn eher als schweres Kaliber bezeichnen.«

Der Japaner lächelte. »In starken Monaten liefen die Druckmaschinen in Oranienburg auf Hochtouren und schafften bis zu sechshundertfünfzigtausend Banknoten, die so perfekt waren, dass es selbst Fachleuten unmöglich war, sie zu erkennen.«

»Sie wissen verdammt gut Bescheid über diese Operation«, meinte Georg und drehte den Totenkopfring zwischen seinen Fingern.

»Ich habe mich auch lange genug damit beschäftigt«, gab Takanashi zurück, »mit Zeitzeugen gesprochen, Bücher gelesen, Berichte studiert. Die ganze Aktion hatte bereits 1939 begonnen, mit einem Befehl Himmlers, der sich offenbar von der Geschichte inspirieren ließ. Bereits zwischen 1790 und 1796 hatten die Briten in großem Stil Falschgeld nach Frankreich gebracht, um die Revolution zu sabotieren.«

»Nicht sehr erfolgreich, wenn ich mich erinnere«, lächelte Fiona.

»Aber alles, was die Deutschen anpacken, machen sie ganz oder gar nicht«, gab der Japaner zu bedenken. »Leider hatte Himmler den Umfang und die Schwierigkeit des Vorhaben anfangs unterschätzt, denn vom Papier über die Wasserzeichen, die Fluoreszenz, die Druckplatten bis zur Abnutzung der Scheine musste alles fehlerlos und originalgetreu kopiert werden. Das Schwierigste war, die eingearbeiteten Sicherheitsmerkmale der Bank of England erst einmal zu erkennen, um sie dann nachmachen zu können. Das Papier der Pfundnoten etwa enthielt neben Leinenfasern die sehr dünne Faser des sogenannten Ramie-Grases, das erst über Umwege vom Auslandsgeheimdienst aus China und Japan besorgt werden musste. Die Operation war jedoch so vorrangig, dass man Fälscher aus den Gefängnissen abstellte, Papiermacher von der Front heimholte und so zwielichtige Gestalten wie Claessen engagierte, um ein weiteres Problem zu lösen: das des Absatzes. Denn die Blüten konnten noch so gut gemacht sein, wenn man sie nicht in Umlauf brachte, hatten sie nur den Wert von Altpapier.«

»Das war die Aufgabe Claessens?«, fragte Finch.

»Und seiner Truppe, einem Haufen von Abenteurern, Kleinkriminellen und Gaunern, die damit beauftragt wurden, Pfundnoten zu wechseln, auszugeben, zu verteilen, auf den internationalen Finanzmärkten zu verkaufen oder damit kriegswichtige Waren zu bezahlen«, antwortete Takanashi nachdenklich. »Schon die ersten vom SD in der Berliner Delbrückstraße gedruckten Pfundnoten waren so gut, dass sie anstandslos von den Spezialisten der Bank of England selbst nach mehrmaliger Nachfrage als garantiert echt bewertet wurden. Ein Ritterschlag für die Fälscher. In drei Jahren entstanden so über einhundertvierunddreißig Millionen Pfund, im Gegenwert mehr als 1,6 Milliarden Reichsmark. Das war eine riesige Summe und entsprach dem Dreifachen der damaligen britischen Währungsreserve. Sie dürfen nicht vergessen, dass der Großteil des Geldes auch tatsächlich in Umlauf gebracht wurde, auf allen Ebenen, und dass Claessen einen maßgeblichen Anteil an der Operation hatte, die auf der höchsten Geheimhaltungsstufe angesiedelt war.«

Der Japaner verstummte und blickte auf den See hinaus. John Finch hatte zum ersten Mal den Eindruck, dass der fanatische Sammler Takanashi die Wahrheit sprach. Aber er ließ sich nicht darüber hinwegtäuschen, dass ihr Gesprächspartner taktierte und nur das erzählte, was allgemein bekannt war.

Was aber verschwieg ihnen Takanashi?

»Dann kam das Kriegsende.« Georg stellte die Schatulle mit dem

Ring auf den Tisch zurück und klappte den Deckel zu. »Was geschah mit Claessen und seinen Leuten?«

Der Japaner zuckte die Schultern. »Ich weiß nur, was mit den Fälschern geschah. Sie wurden in die Alpenfestung verlegt, samt einem Satz Druckplatten und den Papiervorräten. Vor dem Einmarsch der Amerikaner im österreichischen Salzkammergut verbrannte man alle Beweise, versenkte die restlichen Banknoten im berühmten Toplitzsee, wo man sie zwanzig Jahre später wiederfand. Die zwei Sätze der Druckplatten blieben meines Wissens verschwunden.« Er sah Fiona und Finch an. »Warum, glauben Sie, war ich so überrascht, als plötzlich der Ring von Claessen in Kolumbien auftauchte? Niemand hatte nach 1945 auch nur eine noch so kleine Spur von ihm gefunden. Es schien, als habe er sich in Luft aufgelöst.«

»Wieso lautete das Datum in dem Ehrenring 2.7.43? Was war zu dieser Zeit geschehen? Hatte Himmler Claessen an diesem Tag engagiert?«, wunderte sich Fiona.

»Sehr richtig bemerkt«, stellte Takanashi anerkennend fest, »darüber habe ich auch schon nachgedacht …«

»… und haben nichts davon gesagt«, ergänzte Alfredo. »Irgendwie werde ich den Eindruck nicht los, dass Sie zwar jede Menge wissen, aber nur einen Bruchteil davon preisgeben.«

»*Shiru mono wa iwazu, iu mono wa shirazu*, was übersetzt so viel heißt wie: Die Wissenden reden nicht, die Redenden wissen nicht«, bemerkte der Japaner leicht verärgert. »Sie haben mir im Gegenzug noch gar nichts verraten. Weder wie Sie zu dem Ring gekommen sind, was es mit dem Puzzle auf sich hat, von dem Herr Gruber gesprochen hat, noch was Sie hier in der Schweiz machen.«

»Wir haben nur laut über die Option nachgedacht, den Ring vielleicht an Sie zu verkaufen«, stellte Finch entschieden fest. »Von einem Informationsaustausch war nie die Rede. Danke für Ihre Erzählung, aber nun müssen wir aufbrechen.«

Wenn Takanashi enttäuscht war, dann ließ er es sich nicht anmerken. Verbindlich lächelnd zog er eine Visitenkarte aus der Tasche und reichte sie Finch. »Ich würde mich freuen, von Ihnen zu hören, wenn Ihr Auftrag erledigt ist. Und jetzt entschuldigen Sie mich bitte.« Er erhob sich und verabschiedete sich mit einer leichten Verbeugung, schlenderte zum Ausgang der Terrasse und verschwand im Hotel.

»Ich hab ein blödes Gefühl im Magen«, murmelte Fiona und legte Finch die Hand auf den Arm. »Alfredo hat sicher recht, der Japaner hat uns nicht einmal den Bruchteil dessen auf die Nase gebunden, was er weiß. Aber das ist es nicht, was mich beunruhigt.«

»Ich weiß, was du meinst«, bemerkte Georg düster und schob Finch den Ring zu. »Wie hat er sie genannt, Claessen und seine Truppe? Einen Haufen von Abenteurern, Kleinkriminellen und Gaunern?«

»Vier Männer, die alle zur gleichen Zeit nach Südamerika kamen, mit viel Geld in der Tasche …«, murmelte Fiona niedergeschlagen. »Nazis mit den Taschen voller Pfundnoten? Mitarbeiter eines Betrügers, der nur zu dem einzigen Zweck engagiert worden war, Falschgeld mit vollen Händen auszugeben?«

»Vielleicht wollten wir genau das gar nicht wissen«, bestätigte Georg. »*Ad Astra* … Waren die Sterne nur billiges Lametta auf einem abgeräumten Weihnachtsbaum? War das die Truppe dieses Claessen? Hatten sie deshalb seinen Ring behalten, als Erinnerung an alte Zeiten?« Er griff in seine Tasche und zog den Brief seines Vaters hervor. »*… Du musst wissen, wir waren unzertrennlich in der schwierigsten Zeit unseres Lebens, Freunde in jenen Jahren, in denen die Welt im Wahnsinn versank. Damals nannten uns die anderen nur ›die vier Musketiere‹. Wenn sie gewusst hätten … vielleicht hätten sie uns dann ›die vier Reiter der Apokalypse‹ genannt.*« Er sah auf. »Braucht ihr noch einen genaueren Hinweis? Mir genügt das.«

»Und Großvater, der nie von seiner Vergangenheit erzählte, über die Jahre in Deutschland bis zuletzt schwieg«, ergänzte Fiona. »Woher hatte er all das Geld, mit dem er in Brasilien ankam? Wieso schwärmte er nie von seiner Heimat, von den goldenen Jahren seiner Jugend? Nun, das macht man vielleicht nicht, wenn man als Krimineller im Gefängnis saß und von den Nazis befreit wurde, um gefälschte Pfundnoten in Umlauf zu bringen, die in einem KZ gedruckt wurden.« Fiona schluckte und kämpfte mit den Tränen. »Ich glaube, ich will gar nicht mehr wissen ...«

»Der alte Franz Gruber, ein halbseidener Abenteurer und Bonvivant? Das mit den Bordellen würde passen und die abgesoffene Smaragdmine in Muzo auch«, musste Georg zugeben. »Nehmt dazu noch den durchgeknallten Böttcher als verkleideten Pirat, der sein Leben lang von einem freien Leben auf Fregatten und den Inseln unter dem Wind träumte und doch nie ankam.« Er sah John Finch an. »Was möchtest du noch an Beweisen? Die vier Musketiere wären sie gern gewesen, in Wahrheit waren sie eher der Club der alten Gauner. Der alliierten Justiz entwischt, den Verfolgungen mit Taschen voller Geld entkommen, wie Tausende andere Nazis auch.« Georg schüttelte den Kopf. »Die Reise in die Vergangenheit entwickelt sich immer mehr zu einem familiären Alptraum ohne Erwachen.«

Finch kratzte sich am Kinn. »Ich bin versucht, euch beiden zuzustimmen«, begann er, »andererseits macht mich eines stutzig. Warum sollte mir der alte Klausner fünf Millionen Dollar anbieten, damit ich seine Vergangenheit entdecke? Wenn ihr Recht habt mit euren Vermutungen, dann hätte er mir das Geld dafür angeboten, damit wir nicht in seinen Jugendjahren kramen. Aber so?«

Fiona sah ihn dankbar an. »Sprich weiter, John.«

»Hoffmann hatte ein Geheimnis, nein, die vier hatten eines, über das der alte Mann im Dschungel wachte. Was konnte es sein? Ein Berg falscher Pfundnoten in einem Schließfach? Das wäre Schnee von gestern. Warum ist uns seit Bogotá jemand auf den Fersen, der alles daran setzt, den Club der alten Gauner, wie Georg es nannte, endgültig auszuradieren? Aus Rache an ein paar Greisen, die keine Bedeutung für die Gegenwart haben? Franz Gruber starb bereits vor Jahren, Klausner saß halb gelähmt im Rollstuhl, Böttcher alias Botero schwankte zwischen Wahn und Realität, und Paul Hoffmann lebte irgendwo am Rand der Zivilisation von der Hand in den Mund. Also – das Problem hätte sich in wenigen Jahren von selbst erledigt, auf dem nächsten Friedhof. Kein Grund, da nachzuhelfen.«

Alfredo hörte aufmerksam zu und trommelte mit den Fingern

auf den Tisch. »Angenommen, das Geheimnis hat nichts mit dem zu tun, was dieser Japaner versucht hat, uns zu verkaufen. Nichts mit Claessen, mit den Pfundnoten, mit den Fälschern. Was dann?«

»Dann sind wir wieder am Beginn angelangt, genauso gescheit wie vorher.« Finch zuckte resigniert mit den Schultern. »Allerdings musst du mir dann auch noch erklären, woher der Ehrenring kommt. Claessen *muss* mit der Geschichte irgendetwas zu tun haben, sonst hätte Hoffmann seiner Taube den Ring nicht an den Fuß gebunden. Der geschriebene Hinweis brachte uns hierher in die Schweiz. Wir haben keine Ahnung, wofür wir den Ring oder den Schlüssel noch brauchen werden. Aber möglicherweise steht Himmlers Schmuckstück für ganz etwas anderes, als wir annehmen.«

»Das glaubst du doch selbst nicht«, wandte Fiona ein. »Es ist nett von dir, uns aufmuntern zu wollen, doch die Wahrscheinlichkeit und der Japaner erzählen eine ganz andere Geschichte. Und weißt du was, John? Sie klingt verdammt plausibel.«

10. April 1945

Schloss Labers, Meran, Südtirol / Italien

Heinz Claessen sah sich noch einmal zufrieden in seinem Büro um. Mit raschem Blick kontrollierte er die Ordner. Nichtigkeiten, Unverdächtiges, Nebensächlichkeiten auf Papier. Die wichtigsten Unterlagen hatte er in zwei Kartons verschnürt, alle übrigen relevanten oder geheimen Papiere waren den Flammen eines kleinen Feuers im Hof zum Opfer gefallen.

Der Obersturmbannführer hatte zwei große Koffer gepackt und sich überzeugt, dass sein Wagen vollgetankt war. Dann hatte er alle Mitarbeiter mit genauen Anweisungen entlassen und sie auf den Weg geschickt.

Jetzt galt es auch für ihn, durch das Armageddon zu kommen, auf die andere Seite des Krieges. Denn das Ende der Kämpfe war nah, daran zweifelte Claessen keinen Augenblick.

Sehr nah.

Es war ruhig geworden im Schloss, als einer nach dem anderen Labers verlassen hatten. Am frühen Abend war der Kurier pünktlich aus Verona zurückgekehrt. Er stand neben Claessen, als das Klingeln des Telefons durch die Stille des Abends wie ein Messer durch eine japanische Papierwand schnitt.

»Warten Sie noch einen Moment, ich muss überlegen«, sagte Claessen. Nach dem sechsten oder siebenten Läuten nickte er dem SS-Mann zu. »Gut! Melden Sie sich unverbindlich.«

»Ja?«, sagte der Uniformierte, als er den Hörer abgenommen hatte.

Die Leitung war überraschend ruhig, nicht einmal atmosphärische Störungen waren zu hören. Niemand meldete sich. Der SS-Mann wollte schon wieder achselzuckend auflegen, als plötzlich eine Stimme erklang. Deutlich, aber gefährlich leise.

»Hier spricht Kaltenbrunner. Holen Sie Claessen an den Apparat.«

Der Uniformierte schlug unwillkürlich die Hacken zusammen. »Heil Hitler, Obergruppenführer. Hier spricht Oberscharführer Paulsen.« Er sah Claessen den Kopf schütteln. »Obersturmbannführer Claessen ist gerade im Bad und ...«

»Ich will nicht wissen, was er tut, wo er ist oder weshalb, schaffen Sie ihn mir ans Telefon, von mir aus nackt oder nass, aber sofort.« Kaltenbrunner klang ungehalten, und der Uniformierte schaute Claessen entschuldigend an, hielt die Sprechmuschel zu und flüsterte: »Er will Sie unbedingt sprechen ...«

Der Obersturmbannführer griff seufzend nach dem Hörer. »Hier Claessen.«

»Hier Kaltenbrunner!«

»Heil Hitler, Obergr...«

»Genug!«, unterbrach ihn Kaltenbrunner ungehalten. »Ich möchte wissen, warum ich seit zwei Monaten nichts mehr von Ihnen gehört habe, Claessen! Keine Abrechnungen, keine Berichte, nichts!«

»Nun, Obergruppenführer, wie Sie wissen, hat General Reinke meine Berichte stets erhalten und weitergeleitet. Ich habe keine Ahnung, warum das in letzter Zeit nicht mehr geschehen ist.« Claessen hoffte, dass Kaltenbrunner das schlucken würde.

»Ich habe soeben einen Anruf aus Verona erhalten«, fuhr der Leiter des Reichssicherheitshauptamtes lauernd fort. »Auf General Reinke ist heute Nachmittag ein Anschlag verübt worden, dem er zum Opfer gefallen ist. Sein Haus wurde dabei völlig verwüstet, es brannte bis auf die Grundmauern ab. In seinem Safe im Kommandogebäude fand man keinerlei Unterlagen. Hat man Sie davon verständigt?«

Claessen spürte ein Hochgefühl aufsteigen. Er hatte nicht so rasch mit dem Ableben des Generals gerechnet. Es gab Momente im Leben, da funktionierten die Verbündeten schneller und effizienter als geplant. Nun war der Weg frei, alle unzuverlässigen Mitwisser der Operation in Italien beseitigt. Laut sagte er: »Das tut mir leid zu hören, Obergruppenführer. Reinke war bis zuletzt ein pflichtgetreuer Soldat.«

»Wie auch immer, ich habe keine Informationen über die Aktivitäten Ihrer Gruppe. Himmler sitzt mir wie ein Dämon im Nacken.«

»Ich schreibe einen Bericht, sobald ich kann«, versuchte Claessen ihn zu beruhigen.

»Sie haben mich missverstanden, Obersturmbannführer. Ich erwarte Sie in vier Tagen spätestens im Reichssicherheitshauptamt hier in Berlin. Sollten Sie bis dahin nicht vor meinem Schreibtisch stehen, lasse ich Sie zur Fahndung ausschreiben und sofort von der Feldgendarmerie liquidieren. Und, Claessen? Erzählen Sie mir nicht, dass Sie irgendwo Aufzeichnungen deponiert haben, die im Falle Ihres Todes an die Alliierten übergeben werden. Ich organisiere beide Aktionen sofort um und weine Ihnen keine Träne nach. Denken Sie nicht einmal daran, mich zu erpressen.«

Claessen schluckte schwer. Für einen Moment war es ruhig in der Leitung. Dann drang die Stimme Kaltenbrunners wieder an sein Ohr, ruhig und ironisch. »Ich werde noch eine Woche hier sein und mich nachher in die Alpenfestung absetzen. Also seien Sie besser pünktlich, Claessen.« Damit legte der Obergruppenführer auf.

»Leck mich am Arsch«, murmelte Claessen in die tote Leitung und ließ den Hörer auf die Gabel fallen. Dann zog er sein Taschenmesser und schnitt einfach die Telefonschnur durch. »Ende der Außenstelle Labers.«

»Was nun?«, erkundigte sich Paulsen vorsichtig.

»Sie bleiben hier, durchsuchen nochmals das ganze Haus sorgfältig und schaffen kompromittierendes Material beiseite, das wir unter Umständen übersehen haben.« Claessen zog eine Zigarette aus einer silbernen Tabatiere. »Lassen Sie alles verschwinden, das auch nur im Entferntesten an unsere Zeit hier erinnert. Dann warten Sie in aller Ruhe auf die Amerikaner, ziehen Zivil an und geben sich als Gärtner aus, der nur Italienisch spricht. Und noch etwas, Paulsen. Gehen Sie nicht über die Berge, sonst werden Sie von den Partisanen erschossen.«

»Sehr wohl, Obersturmbannführer. Wann brechen Sie auf?«

»Irgendwann in dieser Nacht«, gab Claessen zurück. »Ist Hanna ... ich meine, Frau Bergmann schon reisefertig?«

»Keine Ahnung. Ich habe nichts mehr von ihr gehört, seit sie in ihrem Zimmer verschwunden ist«, entschuldigte sich Paulsen.

»Ist ihr Wagen bereit?«

»Selbstverständlich, vollgetankt und überprüft«, gab der SS-Mann zurück. »Steht im Hof, Schlüssel steckt.«

»Sehr gut, Paulsen. Ich brauche Sie nicht mehr«, entschied Claessen. »Alles Gute, sollten wir uns nicht mehr sehen. Und trösten Sie sich – auch der Frieden geht irgendwann einmal vorüber ...«

Hanna Bergmann saß auf ihrem schmalen Bett und starrte durch das Fenster in die hereinbrechende Dunkelheit. Im Süden war der Himmel ganz rosa. Sie aber würde nach Norden fahren, in die schwarze Nacht.

Als es an der Tür klopfte, zuckte sie zusammen. »Ja, Heinz, komm rein«, sagte sie und stand auf.

»Wir sollten uns auf den Weg machen«, meinte Claessen und blickte sich kurz im Zimmer um. Drei Koffer standen vor dem Schrank, an dem auch ein Mantel hing. Auf dem Gepäck thronte ein Strohhut, der an einen Schulausflug erinnerte.

Hanna nickte stumm. Plötzlich schien ihr das kleine Zimmer im Schloss gemütlich und behaglich, ein sicherer Ort, den sie nicht verlassen wollte.

»Hast du alles? Landkarten, Pass, Geld? Paulsen bleibt hier und geht noch einmal mit dem Feinkamm drüber, bevor die Amis kommen«, sagte Claessen. In Zivil sah er mit der Knickerbocker und dem großen, grobgestrickten Pullover wie ein Bergsteiger aus.

»Ja, ich habe alles«, antwortete Hanna. »Mein ganzes Leben ist in den drei Koffern. Und die Platten.«

»Gut«, nickte Claessen. »Du hast die Adresse in Linz? Nach den letzten Berichten des Oberkommandos der Wehrmacht solltest du durchkommen. Die Amerikaner stehen am Rhein und sind noch weit weg von Österreich, die Franzosen auch und die Russen im Osten brauchen dich nicht zu interessieren.«

»Ich wollte, ich wäre schon am Ziel«, murmelte Hanna und nahm Mantel und Hut. »Was ist, wenn sie mich schnappen?«

»Dann wirst du dich erfolgreich durch ein amerikanisches Gefangenenlager vögeln und bald wieder draußen sein«, gab Claessen ungerührt zurück.

»Schwein!«, zischte Hanna, stieß ihn wütend beiseite und rauschte an ihm vorbei die Treppe hinunter.

Der Motor des Mercedes 170 V sprang nach den ersten Umdrehungen des Anlassers an und lief beruhigend gleichmäßig. Das elegante, zweifarbige Cabriolet hatte die kriegsbedingt abgedunkelten Scheinwerfer, die nur einen Bruchteil des Lichts durchließen, um feindlichen Fliegern kein Ziel zu bieten.

»Bis nach Innsbruck kannst du die Scheinwerfer offen lassen, in der Nacht fliegen die Amis keine Angriffe auf die Pässe. Danach wirst du abdunkeln müssen. Aber dann wird es auch schon wieder hell«, beruhigte Claessen Hanna, die hinter das Steuer geschlüpft war, während Paulsen die Koffer einlud. »Frag mich nicht, wohin ich fahre. Ich melde mich in Linz bei dir, wenn alles vorüber ist.« Er zog an seiner Zigarette, und die Glut erleuchtete sein Gesicht gespenstisch »Solltest du nichts mehr von mir hören, dann trink einen auf mich und vergiss es. Dann hab ich es nicht geschafft.«

Damit schlug er die Tür zu, winkte kurz und sah dem Wagen nach, wie er aus dem Hof rollte, nach rechts bog und die schmalen Serpentinen vor dem Schloss in Angriff nahm.

»*Der gute Ruf einer Frau beruht auf dem Schweigen mehrerer Männer. Maurice Chevalier*«, murmelte Claessen kopfschüttelnd, als er in Gedanken versunken zum Eingang des Schlosses hinüberschlenderte. »Bei dir müssen Legionen schweigen, mein Kind.«

Gerade als er die Doppeltür aufstoßen und seine Koffer holen wollte, hörte er den Klang einer Wehrmachts-BMW. Das charakteristische Geräusch kam näher, und wenige Augenblicke später bogen zwei Motorräder auf den Hof ein, kurz vor einem Opel-»Blitz«-Allrad-LKW. Die Soldaten auf den beiden BMWs waren schwer bewaffnet und mit Staub bedeckt.

»Wer zum Teufel kommt jetzt zu Besuch?«, fragte sich Claessen. »Heute gibt sich alles ein Stelldichein auf Labers, entweder per Telefon oder ad personam …«

Der uniformierte Fahrer, der aus dem LKW stieg, war groß, schlank und hatte einen Verband um den linken Oberarm, durch den das Blut sickerte. Er salutierte mit jener nachlässigen Art, die desillusionierte Militärs auszeichnete.

»Ich suche Obersturmbannführer Claessen«, stellte er fest, während er sich kurz umblickte und der Eskorte einen Wink gab. »Nicht gerade ein Zeltlager der HJ hier. Netter Schuppen, nur etwas abgelegen.« Er grinste wie ein Schuljunge und strich sich eine widerspenstige Locke aus der Stirn. »Wissen Sie, wo ich Claessen finden kann?«

»Vielleicht«, gab Claessen vorsichtig zurück. »Wer fragt?«

»Leutnant Rösler vom Stab General Kesselring mit Fracht, Wagen und Depesche. Und bevor Sie weiter fragen …« Er deutete auf den Verband. »Scheiß-Partisanen. Die schießen auf alles, was sich bewegt und wehrmachtsgrau ist. Ich habe einen Mann meiner Eskorte verloren auf der Straße vor Bozen.«

»Dann kommen Sie rein und nehmen Sie Ihre Männer mit«, lud ihn Claessen ein. »Sie haben mich gefunden, auch wenn es gar nicht so aussieht. In der Bar gibt es Getränke, und Paulsen wird Ihnen schnell etwas zu essen machen.« Er streckte die Hand aus. »Und während Sie in unserem bescheidenen Luxus schwelgen, würde ich gern die Nachricht lesen. Sie haben unverschämtes Glück, ich bin eigentlich schon gar nicht mehr hier.«

»Wären wir das nicht alle gern? Nicht mehr hier?«, grinste der Leutnant, zog einen dicken Umschlag hervor und reichte ihn Claessen. »Aber mit der Zeit werden die Optionen immer weniger, Obersturmbannführer.« Er verschwand mit den Männern der Eskorte im Schloss.

»Wem sagen Sie das?«, murmelte Claessen und riss das Kuvert auf. »Stündlich …«

Quai du Montblanc, Genf / Schweiz

Llewellyn fand einen freien Parkplatz fast genau gegenüber dem Haupteingang des Beau Rivage, in der Rue Adhémar-Fabri, im Schatten einiger Bäume. Er stellte den Mercedes so ab, dass er vom Fahrersitz das Portal des Hotels im Auge behalten konnte. Der gemietete 7er BMW, von dem der britische Agent gesprochen hatte, war nirgends zu sehen. Aber das Beau Rivage bot seinen Gästen Valet-Parking an, nachdem das Haus Plätze in öffentlichen Parkhäusern gemietet hatte.

Nach einem Augenblick der Überlegung stieg Llewellyn aus, überquerte die Straße und stieg die drei Stufen zu der schweren Drehtür hinauf. Er ließ einem Japaner im weißen Anzug und mit Panama-Hut den Vortritt, der ihm entgegenkam und leicht verärgert aussah.

»Was kann ich für Sie tun, Monsieur?«, erkundigte sich der Empfangschef freundlich.

»Ich suche Ms. Klausner, Mr. Gruber oder Mr. Finch«, antwortete Llewellyn. »Könnten Sie mir sagen, ob sie noch im Haus oder bereits wieder abgereist sind?«

»Einen kleinen Moment«, bat der Rezeptionist und kontrollierte seine elektronische Gästeliste. »Die Herrschaften wohnen noch bei uns. Ich kann Ihnen allerdings nicht sagen, ob sie im Hotel oder in der Stadt unterwegs sind. Soll ich ihnen etwas ausrichten?«

»Danke, nicht nötig, dann weiß ich bereits, wo ich sie finde.« Llewellyn nickte dem Empfangschef zu und wandte sich wieder zum Gehen, da fiel ihm noch etwas ein. Er zog fünfzig Franken aus der Tasche, blickte sich vorsichtig um und schob den Schein über den Tresen. »Eine Frage noch ... sagt Ihnen der Name Zwingli etwas?«

»Sie meinen aber nicht den berühmten Schweizer Reformator, nehme ich an«, lächelte der Rezeptionist und ließ den Schein blitzschnell verschwinden. »Zwingli ist ein ziemlich gängiger Familienname in der Schweiz, müssen Sie wissen. Können Sie mir einen zusätzlichen Anhaltspunkt geben?«

»Er ist Manager einer Züricher Sicherheitsfirma, soviel ich weiß«, meinte Llewellyn vorsichtig.

Der Mann hinter dem Tresen blickte etwas ratlos und schüttelte dann den Kopf. »Nein, tut mir leid, diesen Monsieur Zwingli kenne ich nicht. Sicher keiner unserer Gäste. Soll ich Ihnen …?« Er sah Llewellyn fragend an und wollte ihm den Geldschein wieder zurückgeben.

»Nein, nein, das ist schon in Ordnung«, beruhigte ihn der Major und kritzelte seine Telefonnummer auf ein Stück Papier. »Sollte sich ein Mr. Zwingli bei Ihnen melden, dann wäre ich für einen Anruf dankbar.«

»Sie können sich auf mich verlassen«, beteuerte der Empfangschef.

Drei Minuten später saß Llewellyn wieder in seinem Auto und lehnte sich zurück. Er schaltete den Empfänger des Ortungssystems ein, der allerdings kein Signal empfing. Also doch ein Parkplatz in der Tiefgarage, dachte der Major und schlug die aktuelle Ausgabe der *Neuen Zürcher Zeitung* auf. Zufällige Beobachter würden ihn für einen Chauffeur halten, der vor dem Beau Rivage auf seinen Chef wartete.

Über den Rand der Zeitung behielt Llewellyn jedoch aufmerksam die Umgebung um Auge. Was immer Zwingli auch vorhatte, er musste sich an die Fersen der Gruppe heften, und zwar hier, direkt vor dem Hotel. Sollte er zu spät kommen, dann würde der Schweizer durch die Finger schauen. Oder er würde Llewellyn fragen müssen, wo sich der BMW mit den Südamerikanern gerade befand … Der Gedanke daran ließ den Major verschmitzt lächeln.

Der *Jet d'eau*, die weltberühmte Wasserfontäne im Genfer See, zauberte einen Regenbogen über das Wasser, der ständig mit den Winddrehungen verschwand und an anderer Stelle wiederauftauchte. Soichiro Takanashi stand allein neben einer prachtvollen, gusseisernen Laterne, umringt von Touristengruppen, die das packende Spektakel bewunderten. Er sah weder das Panorama noch das Naturschauspiel des zerstäubenden Wassers. Vielmehr zerbrach er sich den Kopf darüber, was er von Gruber und Finch, Klausner und den beiden anderen halten sollte. Von welchem Puzzle hatte Gruber gesprochen? Worum ging es hier eigentlich? Der Ring war eine Sache, doch was steckte dahinter? Hatte Claessen vielleicht ein Vermächtnis hinterlassen, eine Sammlung von seltenen Artefakten, die er damals mit den gefälschten Pfundnoten gekauft und unter Umständen nicht abgeliefert hatte? Das wäre durchaus vorstellbar. Claessen war, wie SS-General Kammler, eine der geheimnisvollsten Persönlichkeiten dieses ausgehenden Krieges. Beide Männer waren spurlos verschwunden, beide für tot erklärt, von keinem der beiden war jemals wieder eine Spur gefunden worden.

Dr. Ing. Hans Kammler, Oberstgruppenführer und General der Waffen-SS, hatte die Geheimprojekte des Dritten Reichs geleitet, war in die neuesten technischen Entwicklungen eingeweiht gewesen und im Mai 1945 südlich von Prag verschwunden. Als Zuständiger für die geheimen Waffenfabriken, in denen Hitlers Wunderwaffen gebaut wurden, war Kammler einer der höchsten Geheimnisträger.

Wie Claessen, der Gauner für Volk und Vaterland, der sich ebenfalls in Luft aufgelöst hatte, spurlos. Bis vor einigen Tagen jedenfalls, als plötzlich der Ring aufgetaucht war, wie ein knochiger Zeigefinger aus einer düsteren Vergangenheit.

Aus dem Nichts ... gespenstisch.

Doch gab es noch mehr? Dieser Gedanke ließ Takanashi nicht los, elektrisierte ihn. Führte der Ring unter Umständen zu dem Erbe Claessens, zur Antwort auf die Fragen, die sich Hunderte Forscher seit Jahrzehnten stellten?

Der Japaner blickte über den See und sah doch nichts von dessen Schönheit. Was sollte er machen, wo beginnen? Der Gruppe auf den Fersen bleiben, auf Distanz, und abwarten, wohin das Puzzle sie führen würde? Wie hatte dieser Gruber gesagt – *Jemand hat sich ziemlich viel Arbeit gemacht, alles zu verschlüsseln?*

Das Mobiltelefon riss ihn aus seinen Gedanken. Er zog das Handy aus seiner Tasche und warf einen Blick auf das Display. Unbekannt.

»Konnichiwa, Takanashi-san«, ertönte eine drohend leise Stimme. »Warum musste ich soeben von einigen russischen Freunden auf ziemlich drastische Weise erfahren, dass unsere kleine Transaktion in München gescheitert ist?«

Takanashi schluckte. »Ich war gerade dabei herauszufinden, ob es nicht noch eine Möglichkeit gibt, diese Niederlage in einen Erfolg zu verwandeln, Yamada-san«, stieß er hervor, aber ein leises Lachen ließ ihn verstummen.

»Ach was«, tadelte ihn sein Oyabun, »die Diamanten sind an ihrem Bestimmungsort angekommen, und ich kann mir nicht vorstellen, dass wir eine Armee aufstellen können, um den Safe von De-Beers zu leeren. *Tama migakazareba hikari nashi* – wenn man den Kopf in den Sand steckt, bleibt doch der Hintern zu sehen. Nicht wahr, Takanashi-san?« Die spöttische Stimme ließ keinen Zweifel daran, wen der Mann in Tokio für den Fehlschlag verantwortlich machte. »Wir haben unseren Undercover-Mitarbeiter in Moskau verloren, er wartet nun in Amsterdam auf seine weitere Bestimmung. Uns sind fünfundsiebzig Millionen Euro durch die Lappen gegangen, trotz eines absolut sicheren Plans, wie Sie immer wieder betonten. Das alles nur, weil Sie einen jungen Loader nicht genügend einschüchtern konnten, der die Polizei informierte.«

»Christopher Weber«, flüsterte Takanashi zornig, »er war es also…«

»Ja, Takanashi-san, so traurig es ist, ein Grünschnabel hat Sie ausgetrickst und einen Coup scheitern lassen, der so gut wie sicher schien.« Es klang, als blättere der Anrufer in seinen Unterlagen. »Weber hat einen Sonderurlaub angetreten, soviel ich am Flughafen in Erfahrung bringen konnte. Finden Sie heraus, wo er ist. *Baka wa shinanakya naorana. Sayonara*, Takanashi-San!«

»Ja, ich habe verstanden, Yamada-san. ›Ein Dummkopf wird erst durch seinen Tod geheilt‹…«, murmelte der Japaner, doch sein Gesprächspartner hatte bereits aufgelegt.

Autobahn A1 Zürich–Genf, Höhe Payerne / Schweiz

Egon Zwingli fuhr auf der A1 den Lac de Neuchâtel entlang und ärgerte sich über die Geschwindigkeitsbeschränkung auf den Schweizer Autobahnen. Am liebsten wäre er schon längst in Genf gewesen, anstatt mit gefühlten zwanzig Kilometern in der Stunde eine Besichtigungstour durch die Westschweiz zu unternehmen. Frustriert schlug er auf das Lenkrad seines SUV. Er hatte das Gefühl, Zeit zu vergeuden, die er nicht wirklich hatte. Sollten ihm die Südamerikaner in Genf durch die Lappen gehen, dann würde er wieder alle Beziehungen spielen lassen müssen, um den Anschluss zu finden.

Er griff zu seinem Telefon und wählte die Auskunft. Die verband ihn mit dem Hotel Beau Rivage, wo er sich zum Empfangschef durchstellen ließ.

»Beau Rivage, Rezeption, was kann ich für Sie tun?«, meldete sich eine männliche Stimme.

»Zwingli hier«, antwortete der Schweizer kurz angebunden. »Können Sie mir sagen, ob sich ein Herr Finch oder eine Frau Klausner noch in Ihrem Haus befinden oder ob sie bereits abgereist sind?«

»Die Herrschaften sind noch hier«, kam die Antwort wie aus der Pistole geschossen. »Soll ich Sie verbinden?«

»Nein, nein, das ist schon in Ordnung, ich stehe im Stau, werde mich etwas verspäten und wollte nur sichergehen, dass ich die beiden noch erreiche«, log Zwingli, bedankte sich und legte rasch auf. »Hoffentlich genießen sie die Aussicht von der Terrasse noch etwas länger«, murmelte er zufrieden. Dann wählte er die Nummer seiner Männer, die in einem gesonderten Wagen unterwegs nach Genf waren und rund fünfzig Kilometer hinter ihm über die

Autobahn rollten. »Sie sind noch im Beau Rivage«, informierte er sie, »trotzdem sollten wir keine Minute verlieren. Erhöht das Tempo auf hundertdreißig, achtet auf Polizeistreifen, aber ignoriert die Radargeräte.«

An der Rezeption des Beau Rivage in Genf griff der Empfangschef zum Hörer, zog einen kleinen Zettel mit einer Telefonnummer aus seiner Tasche und begann zu wählen.

10./11. April 1945

SCHLOSS LABERS, MERAN, SÜDTIROL / ITALIEN

»GEHEIME KOMMANDOSACHE« prangte unübersehbar auf der ersten Seite des Schreibens von Generalfeldmarschall Kesselring, dem Kommandanten der Heeresgruppen West und Süd in Oberitalien. Darunter stand in Blockbuchstaben: »DIESES SCHREIBEN IST NACH DEM LESEN UNVERZÜGLICH VOM EMPFÄNGER ZU VERNICHTEN.«

Heinz Claessen stand unter einer Lampe im Foyer des Schlosses und leerte den Inhalt des Kuverts auf einen kleinen Tisch. Vier rote Pässe, eine Generalstabskarte mit einer blau markierten Route, ein offizieller Befehl mit einer bekannten Unterschrift.

In der Bar hörte er Röslers Männer laut lachen, Gläser klirrten. Dann begann er zu lesen.

Obersturmbannführer Claessen,
Ihre außerordentlichen Verdienste für das Deutsche Reich und den Führer haben mich dazu bewogen, Sie mit einer heiklen Aufgabe zu betrauen, die über die kommenden Wochen und Monate hinaus den Weg in einer unsicheren Zukunft ebnen soll und muss. Wenn Sie dieses Schriftstück in der Hand halten, dann hat es Leutnant Rösler geschafft, sich mit seiner Eskorte bis zu Ihnen durchzuschlagen. Der Weg zur Grenze in die Ostmark ist also nicht mehr weit und ich bin überzeugt, dass die langjährigen internationalen Beziehungen Ihnen bei dem Unternehmen »Sechsgestirn«, das ich hiermit in Ihre Hände lege, zugutekommen werden.
Seit den ersten Februar-Wochen dieses Jahres sind Verhandlungen in Bern im Gange, die auf einer Seite zwischen dem SS-General Wolff und dem Leiter des amerikanischen Geheimdienstes OSS, Allen Dulles, auf der anderen Seite geführt werden. Diese Gespräche haben eine vorzeitige Ka-

pitulation der Heeresgruppe Süd und West in Norditalien zum Ziel. Mit dieser Operation »Sunrise«, wie die Geheimverhandlungen auf amerikanischer Seite genannt werden, möchte Dulles eine Nachkriegskooperation mit Vertretern von Armee und Partei vorbereiten, um so dem Kommunismus entgegenzutreten, der nach Kriegsende unzweifelhaft aufflammen wird.

Nun hat mir der Zufall einen Trumpf in die Hand gespielt, der in der Endphase dieser Verhandlungen und vor allem danach von eminenter Bedeutung sein wird – gerade im Hinblick darauf, dass ein völlig zerstörtes und auf dem Boden liegendes Deutsches Reich den Entwicklungen in Luftfahrt und Militärtechnik außer seinen Wissenschaftlern nicht vieles anzubieten hat. Aus diesem Grund kommt der Fracht, die Leutnant Rösler zu Ihnen brachte, eine unerhörte strategische, wirtschaftliche und politische Bedeutung zu.

In dem Bewusstsein, dass Sie als Obersturmbannführer der Waffen-SS seit dem April 1944 meiner Befehlsgewalt unterstehen, appelliere ich jedoch auch an Ihre Loyalität und Vaterlandstreue. Meine Anordnungen lauten wie folgt: Die in den zehn Kisten verpackten Werte sind über den Grenzübergang Bangs in die Schweiz zu verbringen und in einer Bank Ihrer Wahl in Zürich zu deponieren. Zu diesem Zweck habe ich vier Blanko-Diplomatenpässe des Vatikanstaates beigefügt, die es Ihnen und den Männern der Eskorte erlauben werden, unbewaffnet und in Zivil mit der Fracht die Grenze zwischen der Ostmark und der Schweiz zu überschreiten. Der Transport wurde von einem Kontaktmann den Schweizer Behörden bereits angekündigt und genehmigt. Ich werde so lange mit der Unterzeichnung des Waffenstillstandsvertrages oder der Kapitulation warten, bis ich von Ihnen aus der Schweiz die Nachricht erhalten habe, dass das Unternehmen »Sechsgestirn« erfolgreich verlaufen ist. Ich wünsche Ihnen viel Glück.
Heil Hitler!
Gen. Feldmarschall Kesselring

Claessen schüttelte erstaunt den Kopf und überflog das Schreiben nochmals. Vier Diplomatenpässe des Vatikans … Die fehlen mir noch in meiner Sammlung, dachte er. Der gute alte Kesselring …

die Fälscher in Sachsenhausen hatten so ziemlich jeden Pass und jedes Visum in kürzester Zeit verblüffend echt kopiert. An Pässen und Reisepapieren mangelte es Claessen nun wirklich nicht, ganz im Gegenteil.

Er ließ das Schreiben Kesselrings fallen und warf einen Blick auf das einzelne Blatt mit dem Befehl, der von Himmler persönlich unterzeichnet war. Der Reichsführer-SS wiederholte im Wesentlichen die Punkte des Generalfeldmarschalls ohne die politischen Details.

Fracht, Werte, Bank, Zürich, streng geheim.

Was ist bloß so Wichtiges in diesen zehn Kisten, dachte Claessen und spürte, wie die Neugier in ihm zu nagen begann. Die blau eingezeichnete Route auf der Generalstabskarte führte durch das Passeier Tal über das Timmelsjoch nach Sölden, durch das Ötztal ins Inntal, dann über den Arlberg bis an die Ufer des Bodensees und zu dem Grenzübergang Bangs. Es war ein milder Winter in den Bergen gewesen, ging es Claessen durch den Kopf. Nach dem Warmlufteinbruch Mitte März gab es nichts, was ein LKW mit Allradantrieb nicht bewältigen könnte.

Wohin sollte er fahren? Zu Kaltenbrunner nach Berlin?

Unsinn.

Die Operation Bernhard in das Unternehmen Kameradenwerk überleiten, wie es Kaltenbrunner vorschwebte?

Oder Kesselrings geheimnisvolle Fracht in die Schweiz bringen?

Die Fracht …

Er eilte über den Schlosshof zu dem Opel Blitz in Tarnanstrich, der neben den beiden staubigen BMW-Motorrädern parkte. Nachdem er die Plane zurückgeschlagen hatte, kletterte er hoch und schwang sich auf die Plattform. Sein Blick fiel auf einen Stapel von nummerierten Holzkisten mit Reichsadler und Hakenkreuz. In der Dunkelheit konnte er nicht erkennen, wie viele es waren, und ärgerte sich darüber, keine Taschenlampe mitgebracht zu haben. Als er näher trat, stieß sein Fuß gegen etwas Metallisches. Ein Montiereisen und daneben zwei Ersatzreifen lagen auf der Ladefläche. Rösler war gut vorbereitet auf die Fahrt gegangen, dachte Claessen und wählte kurz entschlossen eine der Kisten. Dann bückte er sich, griff nach dem Werkzeug und stieß es ins Holz, in die Fuge unter den Deckel. Als er das Montiereisen niederdrückte, kam der Deckel mit einem jaulenden Quietschen frei.

Aus der Kiste stieg der Geruch von Papier. Akten, schoss es Claessen durch den Kopf, dieser Holzkopf von Kesselring hat Akten in Sicherheit gebracht! Stirnrunzelnd griff er durch den Spalt …

Wenige Augenblicke später stürmte Claessen ins Schloss zurück, sein Herz klopfte bis zum Hals. Er blieb vor dem kleinen Tisch mit den Pässen und den Befehlen stehen und stopfte alles rasch wieder in den Umschlag zurück.

Die Entscheidung war gefallen. Es würde in die Schweiz gehen.

Claessen überlegte fieberhaft. Dann rief er: »Leutnant Rösler!«

Aus der Bar drangen laute Stimmen, Stühlerücken. Dann stieß der Offizier die Tür auf, ein Glas in der Hand, und sah Claessen fragend an.

»Sie können morgen mit Ihren Männern wieder nach Süden aufbrechen, ich benötige keine Eskorte. Suchen Sie sich ein Zimmer aus, es stehen alle zu Ihrer Verfügung, und schlafen Sie sich aus. Betrachten Sie sich als mein Gast!« Claessen versuchte seine Aufregung zu verbergen.

»Aber …«, wollte Rösler protestieren, doch der Obersturmbannführer wehrte ab.

»Ab sofort ist der Transport mein Problem, und wenn ich das Spiel mitmachen soll, dann spiele ich es nach meinen Regeln oder gar nicht. Legen Sie mir eine MP42 mit Reservemagazinen auf den Beifahrersitz, dazu ein paar Handgranaten. Das genügt mir. Dafür können Sie meinen Mercedes für die Fahrt zurück nehmen, ich brauche ihn nicht mehr.«

»Das ist sehr großzügig, danke!« Rösler war erstaunt und verwirrt zugleich. »Und Sie sind sicher, dass Sie keine Begleitung benötigen?«

»Ich werde den ersten Teil der Strecke bei Nacht fahren und durch ein Berggebiet, in dem selbst die Partisanen um diese Zeit tief schlafen«, beruhigte ihn Claessen. »Ich lade noch ein paar Kanister Benzin auf, dann mein Gepäck und bin auch schon auf dem Weg. Fühlen Sie sich wie zu Hause, Leutnant, es ist Ihr Haus.«

Er trat ganz nahe an Rösler heran und raunte ihm zu: »Unter uns ... Vielleicht sollten Sie doch beginnen, über die Optionen nachdenken. Die Zeit wird knapp, und den Letzten beißen die Hunde ...«

Der Leutnant sah den Obersturmbannführer lange an, dann leerte er sein Glas in einem Zug. Schließlich nickte er stumm, drehte sich um und verschwand in der Bar.

Um ein Uhr morgens kletterte Heinz Claessen in das Führerhaus des Opels, entfaltete die Generalstabskarte und legte sie neben sich auf den Beifahrersitz, über die MP42 und vier Stielhandgranaten, die ihm Rösler zusammen mit einer Taschenlampe und einem Kompass mitgegeben hatte. Ganz oben darauf platzierte Claessen das Kuvert von General Kesselring mit dem Befehl Heinrich Himmlers. Dann warf er einen letzten Blick auf das dunkle Schloss, startete den LKW und rollte vom Hof.

Die schmale, gewundene Straße durch die Weinberge hinunter ins Tal mündete in der Via Labers. Meran war menschenleer um diese Zeit, und Claessen steuerte den Opel über die verlassenen Straßen in die Stadt, über die Passer und schließlich auf die Jauffenstraße in Richtung Riffian und Passeier Tal.

Es würde eine lange und gefährliche Fahrt werden. Doch wenn er mit seiner Fracht tatsächlich wohlbehalten in der Schweiz ankommen würde, dann wäre das Unternehmen »Sechsgestirn« eine unschätzbare Investition in die Zukunft.

Allerdings in die Zukunft eines gewissen Heinz Claessen, seines Zeichens SS-Obersturmbannführer im Ruhestand und Nachkriegs-Privatier.

Kapitel 9

DER KELLER

11. April 1945

Lager Haiming, Tirol / Ostmark

Die Reihe gewaltiger Sprengungen tief in seinem Inneren ließ den gesamten Berg erzittern. Eine gewaltige Druckwelle raste durch die acht Meter breiten Stollen, brach sich an den Wänden, verzweigte sich in Nebenstollen. Steinsplitter sausten mit unglaublicher Wucht und Geschwindigkeit durch die Luft und trafen die völlig unvorbereitete Gruppe von Arbeitern wie ein Blitz aus heiterem Himmel. Wer von den Fels-Schrapnellen und dem Druck nicht niedergemäht worden war, der wurde von den nachfolgenden Steinmassen zerschmettert. Es war ein schneller, grausamer Tod, der unter Tage kam, weit weg vom Sonnenlicht und dem warmen Föhn, der im Frühling von den Bergen der Alpen ins Inntal wehte.

Die engen Tunnelröhren vervielfältigten den Lärm der Explosionen wie ein Sprachrohr der Hölle. Nur langsam verebbten die Schallwellen, senkte sich der Staub. Nun türmten sich riesige Berge von Abraum an der Stelle der Sprengungen. In wenigen Minuten würden die ausgemergelten Gestalten kommen, Loren vor sich herschiebend, Schaufeln auf den Schultern. Wie die Ameisen hatten sie sich in den Berg gegraben, Kilometer von Gängen in den Fels gesprengt, Betonfundamente errichtet und Schienen verlegt, Seilbahnen gebaut und Rohrleitungen konstruiert, um das Wasser von den Bächen und Seen der Umgebung in den Amberg zu leiten.

Wo die Gruppe von Arbeitern gestanden hatte, erhob sich nun ein Haufen Steine. Der Stiel einer Hacke ragte zwischen zwei Felsbrocken heraus, geknickt wie das Streichholz eines Riesen. Doch plötzlich bewegte sich einer der kleinen Felsen, wurde zur Seite gedrückt, rollte auf den Boden. Eine blutige Hand erschien, dann ein Oberkörper, an dem die gestreifte Häftlingskleidung in Fetzen hing. Die Kopfhaut war weggerissen worden, und eines der Ohren hing nur mehr an ein paar Fleischfasern. Der skalpierte Mann, zum Skelett abgemagert, sah aus wie ein lebender Totenkopf, mit fehlenden Lippen und nur noch einem Auge. Dann hob er mit einem Mal die Hand, streckte den Finger anklagend aus und krächzte: »Du Mörder! Elender Verräter! Abschaum der Menschheit …«

Eine Hand rüttelte an seinem Oberarm, und Franz fuhr hoch, setzte sich auf, schweißüberströmt. Es war stockdunkel, und sein Mund war trocken. Der Terror fraß sich durch seinen Magen mit den spitzen Zähnen einer Meute Ratten.

»Franz! Was ist denn los? Schrei nicht so laut! Du weckst noch alle auf …«, zischte eine Stimme an seinem Ohr.

Ein dunkler Schatten beugte sich über das Bett.

Der junge Soldat heulte auf. Ein Weinkrampf begann ihn zu schütteln, während sich seine Hände in die Decke krallten. »Ich kann nicht mehr«, schluchzte er wieder und immer wieder, »es geht nicht, ich kann es nicht … Willi, wo bist du? So hilf mir doch!« Seine Schultern bebten wie unter Stromschlägen.

»Wir verstehen dich ja«, beruhigte ihn der Schatten, »es ist sicher bald vorbei … wir sind alle mit unseren Nerven am Ende. Aber es gibt keinen Ausweg. Noch nicht …«

»Am liebsten würde ich sterben, einfach nur tot sein, wie alle, die in den Stollen zerfetzt worden sind«, stieß Franz hervor und tastete suchend nach seiner Waffe. »Schluss, aus, vorbei, ich kann nicht mehr … Und ihr könnt nicht mehr von mir verlangen! Schaut euch doch an! Wir haben alles verloren …« Er schüttelte verzweifelt den Kopf. »Unsere Menschlichkeit, unsere Moral, unseren Glauben. Wir sind Verräter, blutrünstige Tiere, die ihresgleichen vernichten. Jeder Regenwurm verdient mehr Respekt als wir …«

Verzweifelt riss er das Kissen weg, während ihm die Tränen über die Wangen liefen. »Wo ist meine Waffe, verdammt noch mal?«

»Suchst du die?«, fragte ihn der Schatten und hielt Franz eine Walther P8 vor die Nase.

»Gib sie mir, Paul, jetzt!«, schluchzte der junge Soldat und versuchte, nach der Pistole zu greifen.

»Nie im Leben«, antwortete der Schatten, »erinnere dich an unseren Schwur. Alle für einen, einer für alle. Entweder wir gehen alle, oder es geht niemand.«

»Ich kann ihn verstehen«, kam eine müde Stimme aus den Tiefen des Zimmers, das nach Bohnerwachs und Schweiß roch. »Ich habe es aufgegeben zu zählen, wie viele russische Zwangsarbeiter und Juden in den letzten Monaten verhungert sind oder bei lebendigem Leib bei den Sprengungen zerfetzt oder verschüttet wurden. Es müssen mehr als tausend sein ...«

Die Stimme brach ab.

Im Lager war es totenstill. Durch das offene Fenster drang kein Laut. Nur noch das leise Schluchzen des jungen Soldaten war in der Dunkelheit zu hören.

»Dieser Berg ist das Tor zur Verdammnis. Für jeden Meter der verfluchten Tunnel haben Menschen mit Blut bezahlt. Und wir haben dabei zugesehen ...«, fuhr die Stimme fort.

»Nein, Ernst, wir haben sogar dabei geholfen«, unterbrach der Schatten, »weil wir an uns gedacht haben, ans Überleben, uns an den Strohhalm geklammert haben, dass dieser Krieg jeden Tag zu Ende sein könnte. Aber er wütet noch immer, wie eine Pest, unaufhaltsam, unaufhörlich ... Du hast ja recht, Franz. Vielleicht sollten wir uns alle eine Kugel in den Kopf schießen. Dann wäre es endlich vorbei.«

Die vier Männer schwiegen. Franz hatte die Hände vors Gesicht geschlagen.

Die Verzweiflung war wieder mitten unter ihnen, wie so oft in den letzten zwei Jahren. Sie hatte sich eingenistet, in die Gedanken geschlichen, in den Gedärmen festgekrallt. Keiner der vier jungen Männer konnte ihr entkommen, so sehr er sich auch bemühte.

Jeder Tag im Lager Haiming im Tiroler Inntal war ein neuer Horror.

Mehr als 3500 Zwangsarbeiter, Kriegsgefangene und verurteilte Kriminelle lebten hier auf kleinstem Raum; unterernährt, von

Krankheiten gezeichnet, den Schlägen und der Willkür der Wachen und Vorarbeiter ausgesetzt. Unter dem Decknamen »Zitteraal« bauten sie seit zwei Jahren im Auftrag der Luftfahrtforschungsanstalt München an einem gigantischen Projekt: Mit der schier unbegrenzten Wasserkraft des Ötztals soll der größte und modernste Überschall-Windkanal Europas für die Messerschmidt- und Heinkel-Werke in den Tiroler Bergen entstehen.

Der Preis dafür war unvorstellbar hoch.

Unter menschenunwürdigen Bedingungen wurden Kilometer Stollen in den Amberg getrieben, Tag und Nacht, rund um die Uhr. Der Nachschub an Arbeitskräften aus den Konzentrationslagern war scheinbar unerschöpflich. So galt ein Menschenleben weniger als eine Sprengladung. Während russische Arbeiter in den Lagern dahinsiechten, mit Wassersuppe am Leben erhalten wurden, bevor man sie zur Arbeit prügelte und sie in den Stollen krepierten, ging es Kriegsgefangenen anderer Nationen etwas besser. Ihre Überlebenszeit lag im Durchschnitt bei drei Monaten. Juden wurden seit Baubeginn konsequent ermordet: Entweder wurden sie zu Tode geschunden oder bei Sprengungen nicht gewarnt und damit ganz gezielt getötet.

Aus Platzmangel hatte man auch die Angehörigen des technischen Teams oder die verantwortlichen Ingenieure im Lager untergebracht. Auch sie mussten in Stockbetten in schlecht geheizten Baracken schlafen, erhielten das gleiche Essen wie die Gefangenen, wenn auch etwas größere Rationen.

Vor allem aber erlebten sie alles hautnah mit – Strafaktionen, Exekutionen, Quälereien.

Parallel zu den Arbeiten im Berg entstand im Inntal der Rohbau der Turbinenstation, das Herzstück des Windtunnels. Leistung: schier unglaubliche 100 000 PS. Unter der Leitung von Ingenieuren, Statikern, Spezialisten aus der Luftforschungsanstalt und den Messerschmidt-Werken wuchsen die Strukturen mit rasender Schnelligkeit. Die Zeit und die vorrückenden Alliierten saßen den Bauherren unerbittlich im Nacken. Es galt, keine Minute zu verlieren. Deshalb baute man in drei Schichten, und das »Material

Mensch« starb rund um die Uhr. Die Leichen wurden einfach einbetoniert.

So waren auch die vier jungen Männer im Frühjahr 1943 von Jenbach und Regensburg aus nach Haiming gelangt. Trotz ihrer Jugend war jeder von ihnen nach einer Lehre bei Messerschmidt und Heinkel Fachmann auf seinem Gebiet und deshalb vom Kriegsdienst befreit. Angesichts der gezielten Luftangriffe auf kriegswichtige Betriebe, den darauffolgenden Auslagerungen in unterirdische Fabriken und des ständig wachsenden Personalmangels waren sie die Karriereleiter rasend schnell emporgestiegen.

Womit Franz, Ernst, Willi und Paul im Stillen niemals gerechnet hatten, wurde in Tirol rasch Wirklichkeit: Der Krieg und die Grausamkeit der Vernichtungslager holten sie ein. Mit einem herablassenden Grinsen und der Bemerkung »Das ist eine hoch geheimes Unternehmen der Wehrmacht, und so soll es auch bleiben« hatte der militärische Leiter des Projekts sie allen Protesten zum Trotz in Uniformen gesteckt und vereidigt. Dann hatte er nicht nur dafür gesorgt, dass sie bei einigen der kollektiven Bestrafungsaktionen anwesend waren, sondern auch beim Einbetonieren der Leichen halfen. Als Willi sich weigern wollte, meinte der Leiter der Bauarbeiten kurz angebunden: »Dann lasse ich Sie wegen Sabotage an Ort und Stelle erschießen. Dieses ist ein kriegwichtiges Vorhaben, Sie Weichling!«

Von da an hatten die Schikanen nicht mehr aufgehört.

Als man Franz und Ernst zu Sprengungen im Berg abkommandierte, verschlimmerte sich der Alptraum noch. Paul hatte nicht glauben können, was sie berichteten. Alles schien wie ein endloser, immer wiederkehrender Horror.

»Es übersteigt alle menschlichen Vorstellungen«, murmelte Paul niedergeschlagen. »Dafür werden wir in der Schattenwelt schmoren bis zum Jüngsten Tag, fern von Gott und seiner Güte.«

»Gott hat uns längst vergessen«, seufzte Ernst. »Das würde ich auch an seiner Stelle. Wie spät ist es überhaupt?«

»Kurz nach vier«, gab Willi gähnend zurück. »Wir müssen sowieso bald raus, die Wasserzuflüsse kontrollieren. Zuerst zum Piburger

See, dann zu den Sperren oben im Gebirge. Und schlafen kann ich ohnehin nicht mehr.«

»Lasst uns verschwinden, heute noch«, bat Franz leise. »Oder gebt mir meine Pistole. Wir sind eine verlorene Generation, wertloses Strandgut der Geschichte. Mir ekelt vor mir selbst.«

»Reiß dich zusammen«, herrschte ihn Paul an und steckte die P8 in seinen Hosenbund. »Niemand ist wertlos. Wenn wir das hier überleben, dann hat die Vorsehung noch etwas mit uns vor. Lassen wir also den alten Herren da oben entscheiden, der uns vielleicht doch noch ab und zu im Auge hat. Und jetzt zieh dich an, auch wenn es nur die verhasste Uniform ist, sonst frierst du dir in den Bergen den Arsch ab.«

Hotel Beau Rivage, Genf / Schweiz

»Ich wette mit euch, dass dieser Takanashi vor dem Hotel auf uns wartet, bis wir aufbrechen.« Alfredo setzte seine Sonnenbrille auf und blickte sich besorgt um. »Er ahnt irgendetwas, und zwar nicht nur, weil du etwas von einem Rätsel oder einem Puzzle gestottert hast.« Er funkelte Georg an. »Er weiß viel mehr von diesem Claessen, als er uns verraten hat. Jetzt wird er wie eine Klette an uns klebenbleiben und versuchen, uns und den Ring nicht mehr aus den Augen zu verlieren.«

Finch nickte nachdenklich und leerte seine Kaffeetasse. »Aber der Japaner war es nicht, der uns in Kolumbien und Brasilien auf den Fersen war, der den Angriff auf Böttcher unternahm oder das Flugzeug sprengte. Also gibt es noch jemanden, eine zweite Seite, die am Geheimnis der alten Männer interessiert ist. Langsam frage ich mich, wie viele da draußen auf uns warten …«

»Vincente könnte eine schnelle Runde um den Block drehen und dabei die Augen offenhalten«, schlug Fiona vor. »Was haltet ihr davon?«

»Gute Idee«, gab Georg zu, »einen Versuch wäre es wert. Vielleicht kann er jemanden entdecken. Ich stolpere nicht gern in vorbereitete Fallen. Außerdem können wir besser einen Plan entwickeln, wenn wir wissen, wie viele uns auf den Fersen sind.«

Vincente nickte erfreut und erhob sich sofort.

»Wie lange brauchst du?«, fragte ihn Finch.

Der Junge wiegte den Kopf und zeigte fünfzehn Minuten, dann sah er den Piloten fragend an.

»Ist okay, lauf los«, gab Finch zurück. »Wir packen in der Zwischenzeit, zahlen und warten auf dich in der Lobby.«

Als Vincente aus der Drehtür kam und die drei Stufen zur Straße hinunterlief, atmete er auf und sog die klare Luft gierig ein. Der lange Flug saß ihm in den Knochen, und er genoss die Bewegung, die er bereits vermisst hatte.

Nach einer kurzen Überlegung wandte er sich nach links, nickte dem Wagenmeister des Beau Rivage grüßend zu, überquerte den Quai du Montblanc und lief in Richtung See. Durch die kleine Parkanlage, die als Halbinsel mit einer Schiffsstation an ihrem äußersten Ende angelegt worden war, flanierten zahlreiche Touristen. Auf den Bänken saßen einige junge Mütter mit Kinderwagen und lasen oder telefonierten. Alles sah so friedlich aus.

Vincente blickte sich immer wieder um, während er seinen Rhythmus fand und bis zum Ufer lief. Ein Skateboarder rollte langsam zwischen den akkurat geschnittenen Bäumen hindurch, das Handy am Ohr. An der Steinbrüstung am Wasser stand die unvermeidliche Touristengruppe, fotografierte den *Jet d'Eau* und die Berge im Hintergrund. Vincente bog rechts ab, in Richtung einiger Tische, die von einer eifrigen Kellnerin frisch aufgedeckt wurden.

Dann sah er ihn.

Der Mann im weißen Anzug und mit dem Panama stand auf einer langen, in den See vorspringenden Mole, an der eine Handvoll Motorboote in der leichten Brise schaukelten und der Bug einer großen, mehr als vierzig Meter langen Privatjacht aufragte. Der Japaner drehte ihm den Rücken zu und telefonierte.

Alfredo hatte also recht gehabt, dachte Vincente, Takanashi schien entschlossen, sich an ihre Fersen zu heften und sie nicht mehr aus den Augen zu verlieren.

Der Junge wandte sich um, überquerte den Quai du Montblanc erneut und lief die Uferpromenade entlang, vorbei am Restaurant des Beau Rivage, bis er die erste Seitengasse erreichte. Die eine Fahrbahn der Rue Dr. Alfred Vincent war von einer Baustelle blockiert. Neben ein paar abgestellten Rollern und Mopeds hatten keine Autos mehr Platz. Kein Passant war zu sehen.

Zufrieden lief Vincente weiter. Rechts ging an der Rückseite des Hotels eine kleine Zubringerstraße ab, eine Sackgasse, die im Hof des Beau Rivage endete. Auch da war alles ruhig, bis auf ein paar Lieferwagen, die mit offenen Türen geparkt worden waren und in denen Kisten mit Salaten, Gemüse und Obst oder Getränke zu sehen waren.

Nach einem letzten Rundumblick wandte sich Vincente ab und joggte zurück zur Rue Alfred Vincent. Er musste über den Namen lächeln, bewunderte die kleine Emmanuel-Kirche, die sich zwischen den hohen Häuserwänden duckte und fast verschwand, und lief weiter, an ein paar abgestellten Fahrzeugen vorbei, die alle leer waren und einheimische Nummernschilder trugen.

Er umrundete den Block weiter, bog links ab. Radfahrer, geparkte Autos, nichts Verdächtiges zu sehen. Die Gehsteige der schmalen Gasse waren menschenleer. Lediglich einige Arbeiter auf einem Baugerüst riefen sich etwas zu und lachten laut.

Die Place des Alpes, die Vincente wenige Minuten später erreichte, war ein großer, freier Platz mit Bäumen, der an einer Seite vom Genfer See begrenzt wurde. Er überquerte die Straße, lief zum Park Brunswick in der Mitte des Platzes und überlegte. Hier, in Sichtweite des Eingangs zum Beau Rivage, gab es mehr als ein Dutzend Parkplätze, von denen aus man bequem das Kommen und Gehen im Hotel beobachten konnte. Vincente drosselte sein Tempo, joggte langsamer, zuerst am Hotel Richmond vorbei, das in unmittelbarer Nähe des Beau Rivage lag, dann entlang des Parks. Dabei behielt er die abgestellten Wagen im Auge. Alle waren mit dem Heck zum Hotel geparkt, bis auf einen – ein weißer Mercedes, in dem ein Mann zu dösen schien oder Zeitung las.

Vincente blickte sich kurz um, dann verschwand er zwischen einigen Büschen und lief zu einem Reiterstandbild inmitten eines Rondeaus, das von einer Brüstung umgeben war. Er lehnte sich dagegen, wie ein Läufer, der bereits zu lange unterwegs und außer Atem geraten war.

Auf der anderen Seite der Straße fuhr in diesem Augenblick der Wagenmeister des Beau Rivage den schwarzen 7er BMW vor. Der Mann im weißen Mercedes ließ seine Zeitung sinken und griff nach etwas, das auf dem Nebensitz liegen musste. Vincente runzelte die

Stirn und sah genauer hin. Der grauhaarige Beobachter richtete ein Gerät, das wie ein Handy aussah, auf den BMW und wartete.

Da tauchte plötzlich Takanashi auf, überquerte eilig den Quai du Montblanc und fing den Wagenmeister ab, bevor der im Hotel verschwinden konnte. Er steckte dem Angestellten verstohlen etwas zu und deutete dann mit dem Kopf in Richtung BMW. Beide unterhielten sich kurz.

Der Mann im weißen Mercedes war ausgestiegen und lehnte sich nun auf die offene Wagentür, während er den Japaner und den BMW nicht aus den Augen ließ.

Vincente hielt den Atem an.

Er erkannte den Grauhaarigen wieder. Der Mann hatte versucht, in die alte Wohnung Böttchers alias Boteros in Medellín einzubrechen, mit einer Pistole in der Hand, begleitet von sechs anderen Bewaffneten, Minuten bevor sie den alten Piraten überfallen hatten!

Vincentes Gedanken überschlugen sich. Der Japaner und der Grauhaarige schienen sich nicht zu kennen, sonst wäre der Mann aus dem Mercedes nicht so unbekümmert aus dem Wagen gestiegen ...

Währenddessen hatte sich Takanashi wieder vom Wagenmeister verabschiedet und war entlang des Beau Rivage zu einem hellen Lexus geeilt, der auf der anderen Seite der Straße parkte.

Rasch drehte sich Vincente um. Er hatte genug gesehen und schlug einen weiten Bogen um den Park, lief rasch bis ans Ufer des Sees hinunter. Als er sicher war, dass er außer Sichtweite von Takanashi und dem Grauhaarigen im weißen Mercedes war, machte er kehrt und lief zielstrebig auf den Eingang des Beau Rivage zu, nahm zwei Stufen auf einmal und verschwand, ohne sich umzublicken, durch die schwere Drehtür.

Das Telefongespräch mit dem Münchner Flughafen war für Soichiro Takanashi voller Überraschungen gewesen. Dass Christopher Weber einen überraschenden Urlaub genommen hatte, war nichts Neues. Dass die Polizei deswegen für ihn interveniert hatte, schon eher. Dass er aber mit dem Wagen seiner Freundin von München aus in Richtung Süden aufgebrochen war, bedeutete, dass Weber nicht allzu weit entfernt sein konnte. Als Takanashi im Gespräch etwas von einer Belohnung DeBeers und einer Überraschung fallenließ, hatte der Lademeister ihm die Handy-Nummer von Martin, Christophers bestem Freund, verraten. »Ich weiß wirklich nicht, wohin er gefahren ist«, hatte er gemeint, »aber wenn es überhaupt jemand weiß, dann sicherlich Martin. Sie können aber gern auch Christopher direkt anrufen und ihn fragen … ich habe seine Mobilnummer hier …«

»Das würde die Überraschung verderben«, hatte Takanashi entgegnet, sich bedankt und die Nummer notiert. Nun saß er in seinem Wagen und versuchte, diesen Martin zu erreichen.

Mit einem Auge behielt er den Hoteleingang im Blick. War da nicht soeben dieser Junge ins Beau Rivage gegangen, der am Tisch von Finch, Gruber und Klausner gesessen hatte? Er schüttelte den Kopf und drückte das Handy fester ans Ohr. Wahrscheinlich hatte er sich getäuscht.

Am anderen Ende der Leitung läutete es, aber niemand hob ab.

In der Eingangshalle des Beau Rivage beugten sich die übrigen vier neugierig über die Schulter von Vincente, der hastig ein paar Zeilen auf ein Blatt Papier schrieb: »Zwei Männer. Einer groß, alt, grauhaarig, aus Medellín. Überfall auf Botero. Weißer Mercedes, schräg gegenüber dem Hoteleingang. Der Japaner in einem hellen Lexus auf der Uferstraße. Telefoniert. Sonst niemand zu sehen.«

»Da hast du deine zwei Parteien«, murmelte Fiona Finch zu. »Was jetzt?«

»Wenn wir auch nur einen Schritt aus dem Haus machen, haben wir die beiden als Begleiter«, gab Georg zu bedenken. »Wir müssen aber ins Beau Rivage nach Lausanne, um die beiden verborgenen Zeilen zu überprüfen und hoffentlich den nächsten Hinweis zu finden. Dazu brauchen wir den Rücken frei.«

»Lasst mich kurz nachdenken«, meinte John Finch leise.

Er sammelte alle Schlüsselkarten ein und brachte sie dem Rezeptionisten, der sich bedankte und bemerkte: »Die Rechnung ist beglichen, Ihr Gepäck in der Lobby. Kann ich sonst noch etwas für Sie tun, Mr. Finch?«

»Nein, danke, wir sind reisebereit«, gab der Pilot freundlich lächelnd zurück. »Bis zum nächsten Mal!«

Der Empfangschef nickte und sah Finch hinterher, als ihm noch etwas einfiel: »Ach, Mr. Finch, hat Sie eigentlich Mr. Zwingli erreicht? Er meinte, dass er zu Ihrem Treffen wahrscheinlich etwas verspätet eintreffen würde, weil der Verkehr so stark sei.«

Verwirrt wandte sich Finch um. »Wer? Ich glaube, Sie verwechseln mich …«

Der Rezeptionist verneinte entschieden. »Nein, keineswegs, ich habe doch erst vor kurzem mit Mr. Zwingli telefoniert. Er nannte ganz sicher Ihren Namen und den von Ms. Klausner.«

»Danke, aber wir können leider nicht länger warten«, gab Finch hastig zurück und ging mit großen Schritten zu den anderen, die ihn erwartungsvoll ansahen.

»Wir haben noch einen Haifisch im Pool«, verkündete der Pilot düster, »und der heißt Zwingli.«

»Klingt ziemlich einheimisch.« Fiona nagte an ihrer Unterlippe. »Wenn wir nicht schnell verschwinden, ist uns bald die gesamte Schweiz auf den Fersen, und die Suche nach der Rose im Untergrund, dem dritten Pfeiler und was immer an seinem Fuß liegt, wird live im Fernsehen übertragen.«

Finch überlegte kurz und rief dann den Wagenmeister, um ihm etwas ins Ohr zu flüstern. Dann wandte er sich an Vincente. »Hast du bei deiner Jogging-Runde einen Hinterausgang aus dem Hotel gesehen? Für Lieferanten und Personal?«

Der Junge nickte eifrig.

»Gut«, meinte Finch zufrieden, »dann habe ich eine Idee.«

11. April 1945

ÖTZTAL-STRASSE BEI HABICHEN, TIROL / OSTMARK

Der Horizont hinter den Stubaier Alpen färbte sich bereits dunkelgrau, als der Opel Blitz mit fast fünfzig Kilometern in der Stunde durch das Ötztal bergab rollte. War die Fahrt durch das Passeier Tal schon langsam – und zum Glück auch ereignislos – verlaufen, so hatte die Steigung der Straße über das Timmelsjoch die Geschwindigkeit des LKW auf ein quälendes Scheckentempo heruntergeschraubt. Die Anzeige des Kühlwasserthermometers hatte oft genug knapp vor dem roten Feld gestanden. Doch der Opel hatte durchgehalten. Abgesehen von einigen Schneezungen, die stellenweise bis in die Fahrbahn reichten, aber für den Vierradantrieb des LKW keine Schwierigkeiten darstellten, war die Landstraße frei gewesen.

Wie Claessen vorhergesehen hatte, war ihm auf der Fahrt über die Berge außer zwei Wehrmachts-LKWs niemand begegnet. Er hatte weder Partisanen noch Privatfahrzeuge, die ohnehin entweder requiriert waren oder bereits seit Monaten wegen des Treibstoffmangels in gut versteckten Garagen standen, entdeckt. Die Straße über die Pässe war zwar als Schmugglerroute, nicht aber als Nachschubstrecke der deutschen Wehrmacht bekannt.

Auf der Nordtiroler Seite der Berge war das Thermometer abrupt gefallen. Es war empfindlich kalt geworden. Claessen fühlte, wie die Müdigkeit hochstieg und sich in seinem Gehirn einnistete. Er hatte seit fast sechsundvierzig Stunden nicht mehr geschlafen und sehnte sich danach, die Augen zu schließen, und sei es auch nur für ein paar kurze Stunden. So kurbelte er das Fenster herunter und ließ die kalte Luft in das Fahrerhaus strömen.

»Ich muss den LKW irgendwo verstecken«, murmelte er und

streckte sich. Dann hielt er kurz an, griff nach der Generalstabskarte und knipste die Taschenlampe an. »Am besten noch im Ötztal, bevor ich nach Imst komme.« Er folgte mit dem Zeigefinger der Route durchs Inntal. »Vielleicht sollte ich überhaupt nur bei Nacht fahren und tagsüber schlafen«, sagte er sich, dann ließ er den Opel wieder anrollen. Das würde weniger Aufmerksamkeit auf den einsamen Wehrmachtstransport lenken.

Hätte er doch eine Eskorte mitnehmen sollen?, fragte sich Claessen unsicher. Die kalte Luft roch nach dem ersten Rauch der Morgenfeuer in den Kaminen und Öfen. Er hörte das Wasser der Ötztaler Ache neben der Straße rauschen. Die Feuchtigkeit hatte auf der Straße kondensiert und machte die Kurven und Steigungen trügerisch glatt. Nach einem Blick auf die Uhr rechnete er kurz aus, dass er das Inntal in knapp einer halben Stunde, also gegen sechs Uhr, erreichen würde. Wenn er nicht vorher einen getarnten Schlafplatz auf einem Waldweg oder abseits der Durchgangsstraße zu einem ausgedehnten Nickerchen nutzte.

Der Magirus Deutz A330 mit dem graubraunen Wehrmachtsanstrich und der zweireihigen Fahrerkabine verließ genau um 5 Uhr 18 das Lager Haiming. Die Wache notierte gewissenhaft Kennzeichen und Uhrzeit, dann salutierte der SS-Mann und öffnete die Schranke.

»Ja, ja, geh scheißen mit deinem Hitlergruß«, murmelte Franz und kurbelte das Fenster hoch. Dann beschleunigte er den LKW über die Schotterstraße und bog links in Richtung Imst ein. Eine dumpfe Explosion ertönte aus Richtung des Ambergs.

»Das müssen die letzten Sprengungen am Stautunnel sein«, meinte Willi von der Rückbank. »Spätestens in vier Wochen wollen sie das Wasser einleiten.«

Paul nickte düster. »Ich möchte gar nicht darüber nachdenken, was dann mit den Insassen des Lagers geschieht. Angeblich will München nochmals dreitausend Mann in Richtung Ötztal in Marsch setzen. Häftlinge aus Ottobrunn.«

»Ein Todesmarsch, die kommen nie hier an«, grübelte Willi. »Und wenn sie ankämen, dann würden sie in Haiming nicht lange überleben. Fragt sich, was besser ist.«

»Wie sehr kann man noch abstumpfen?« Franz schüttelte entsetzt den Kopf. »Menschen als lebende Arbeitsmaschinen ...«

Ernst, der auf dem Beifahrersitz hin und her rutschte und versuchte, die beschlagene Frontscheibe mit einem Lappen immer wieder frei zu wischen, machte sich keine Illusionen. »Wir sind alle nur noch lebende Tote«, bekräftigte er. »Wir würden den Einmarsch der Alliierten nie überleben. Vorher würden sie uns an die Wand stellen, mit allen anderen. Wir wissen zu viel, haben zu viel gesehen. Andererseits – ihr glaubt doch nicht, dass wir auch nur einen Tag überleben würden, wenn wir uns mit diesem LKW einfach über die Berge empfehlen würden. Die haben das Kennzeichen, unsere Fotos, alles. Die Feldgendarmerie würde kurzen Prozess machen. Festnehmen, aufhängen.«

»Und zur Abschreckung hängen lassen«, ergänzte Franz lakonisch. »Wäre unter Umständen das Risiko wert. Dann brauchen wir uns nicht zu erschießen.«

»Warum gehen wir wirklich nicht über die Berge?«, wandte Paul ein.

»Wohin genau planst du zu gehen? Nach Italien, in die Arme der Partisanen oder der Heeresgruppe Süd? Nach Norden, heim ins Reich? Nach Osten, mitten in die Schlacht um Wien oder lieber gleich bis zu den russischen Linien?«

»Auf einem abgelegenen Bauernhof verstecken?«, meinte Ernst. »Im Heu unterkriechen und das Ende des Krieges abwarten?«

»Träumer«, murmelte Willi abfällig. »Die meisten Bauern stecken mit den Partisanen unter einer Decke. Die können Wehrmachtssoldaten genauso gut leiden wie einen Fuchs im Hühnerstall.«

»Mitgefangen, mitgehangen.« Ernst ließ die Schultern hängen und legte den Kopf in den Nacken. »Wir können nur auf die Amerikaner hoffen. Oder es geschieht ein Wunder.«

»Du meinst Wunder wie bei den Wunderwaffen?«, erwiderte Franz, schaltete zwei Gänge herunter und nahm die Abzweigung ins Ötztal. »Darauf können wir lange warten.«

Heinz Claessen fuhr durch kleine Ortschaften und Ansiedlungen, die wie ausgestorben schienen. Je näher er dem Inntal kam, umso wärmer wurde die Luft. Nach Umhausen und Farchat verlief die Straße wieder direkt neben der Ache, die inzwischen dank zahlreicher Zuflüsse aus den Bergen und der einsetzenden Schneeschmelze zu einem respektablen Wildbach angewachsen war. Ein leichter Nebel lag in der Luft, der die Straße zunehmend feucht und rutschig machte.

Wenigstens war die Dämmerung endlich über die Berge gekrochen. Sie färbte den Himmel hell und die Schatten blau und vertrieb die Nacht. Das machte das Fahren einfacher.

Der Motor des Opel brummte gleichmäßig, und Claessen begann sich etwas zu entspannen. Er hatte die erste Etappe über die Pässe geschafft, nun würde es einfacher werden.

Doch etwas anderes machte ihm mehr und mehr zu schaffen: Die Augen fielen ihm immer wieder zu, und er musste sich zunehmend konzentrieren, um wach zu bleiben. Einmal wäre er nach einem Sekundenschlaf beinahe von der schmalen Fahrbahn abgekommen und im Graben gelandet, doch im letzten Moment hatte er das Steuer herumgerissen. Der LKW schleuderte und wankte, blieb aber auf der Straße.

Nach dem ersten Schrecken begann Claessen entschlossen, links und rechts nach einem Versteck für den Opel Ausschau zu halten. Er musste endlich schlafen.

Das Tal wurde wieder enger. Zu beiden Seiten erhoben sich die steilen Hänge von Zweitausendern, schienen ganz nahe an die schmale Straße heranzurücken. Ein Wald tauchte auf der linken Seite auf, der sich wie ein schwarzgrüner Teppich über die Hänge des Wildgrats erstreckte.

Wald wäre genau das Richtige, dachte Claessen erfreut und hielt durch das offene Seitenfenster nach einer Abzweigung oder einer schmalen Forststraße Ausschau. Das Rauschen der Ache, die hier eine Steilstufe überwinden musste, übertönte den Motor.

Als Claessen wieder nach vorn schaute, war es zu spät. Die abschüssige, glatte Straße machte im Wald eine scharfe Linkskurve, um dann in einer Spitzkehre die Geländestufe zu überwinden, die das Wasser der Ötztaler Ache in gerader Linie hinunterrauschte.

Der Obersturmbannführer riss verzweifelt das Lenkrad herum und fluchte. Der schwere Opel Blitz schleuderte, stieß dabei gegen einen massiven, steinernen Begrenzungsstein und kippte fast um. Erst im letzten Moment fing sich der LKW wieder, fiel zurück auf seine Räder, federte tief ein und torkelte unkontrolliert über die Straße. Es krachte und zischte, und ein heftiger Schlag ging durch den Opel. Claessen kurbelte vergeblich am Lenkrad, die Vorderräder reagierten nicht mehr. Zischend entwich der Druck aus den beschädigten Leitungen und Behältern, und der LKW beschleunigte noch auf dem steilen Straßenstück, anstatt langsamer zu werden.

Dann war die Kehre da.

Claessen versuchte verzweifelt, sich mit beiden Beinen abzustützen, da durchbrach der Opel auch schon die hölzernen Planken des Geländers in der Kurve wie einen Spielzeugzaun. Mit einem Satz verließ der Wagen die Fahrbahn, stürzte einen Abhang hinunter, auf die dunkle Wand des Tannenwaldes zu.

Der Ast eines alten, vor Jahrzehnten abgestorbenen Baumes durchstieß die Frontscheibe des Opels wie eine Lanze bei einem Ritterduell. Dann drang er in den Brustkorb Claessens ein und nagelte den Fahrer an den Sitz. Als einen Lidschlag später die Front des Opels gegen den dicken, knorrigen Stamm krachte, schleuderte der Aufprall Claessen abermals nach vorn. Mit einem splitternden Geräusch wurde der Ast noch tiefer in den Körper getrieben.

SS-Obersturmbannführer Heinz Claessen war sofort tot.

Als der Motor erstarb und der Dampf des Kühlwassers zischend aus dem zerborstenen Kühler entwich, zuckte sein Körper noch einige Male, dann fiel sein Kopf nach vorn, und er hing schlaff an dem grauen Ast, der sich langsam blutig rot färbte.

Irgendwo in der Nähe schrie ein Waldkauz und übertönte das Rauschen des Wassers, das hundert Meter entfernt, auf der anderen Seite der Straße, zwischen Felsen und Vorsprüngen kochend in die Tiefe zu stürzen schien.

Sonst war es gespenstisch still.

Niemand hatte den Opel gesehen, niemand würde ihn vermissen. In der Morgendämmerung war der wehrmachtsgraue LKW von der Straße aus kaum zu erkennen. Selbst die Lücke in dem verwitterten Straßengeländer würde nur einem aufmerksamen Beobachter mit Ortskenntnis auffallen. Unfallzeugen hatte es keine gegeben.

Heinz Claessen und seine geheimnisvolle Fracht waren in einem Tiroler Bergtal einfach von der Straße verschwunden und vom Wald verschluckt worden.

Hotel Beau Rivage, Genf / Schweiz

»Das finde ich sehr spendabel von DeBeers, Chris eine Belohnung zu zahlen«, krähte Martin aufgeregt. »Nach dem Brand seines Wohnmobils kann er sicher jeden Euro gebrauchen, trotz seiner reichen Freundin.«

Takanashi grunzte unverbindlich ins Telefon und bemühte sich, den Freund Christopher Webers bei Laune zu halten. »Das dachte sich unsere Geschäftsleitung auch«, meinte er freundlich. »Angesichts der Rettung der Steine wohl das mindeste, was wir ihm anbieten können. Wo kann ich also Herrn Weber erreichen?«

»Ist es … ich meine, ist die Belohnung hoch?«, erkundigte sich Martin. »Sie müssen wissen, er steht bei mir noch ein wenig in der Kreide …«

»Es handelt sich um eine substanzielle Summe«, beruhigte ihn Takanashi, »genug, um eventuelle Schulden zu zahlen. Die Sendung war immerhin fünfundsiebzig Millionen Euro wert.«

Martin pfiff durch die Zähne. »Wow, das war mir gar nicht klar …«, murmelte er ergriffen.

»Wohin ist Herr Weber nun tatsächlich gefahren?«, hakte Takanashi nach. »Man hat mir erzählt, er sei nach Süden gereist.«

»Ja, er besucht seine Freundin in Basel, Bernadette Bornheim, vielleicht haben Sie von der Familie bereits gehört«, plauderte Martin drauflos. »Sie ist da Sonderschullehrerin oder so ähnlich, seit ein paar Monaten. Hätte es wahrscheinlich gar nicht nötig zu arbeiten und sich den Arsch aufzureißen wie unsereins. Mit der hat Chris einen guten Griff gemacht. Haben Sie den Wagen gesehen? Porsche Turbo, neues Modell. Vom Feinsten. Damit …«

Der Japaner unterbrach ihn etwas unwillig. »Seien Sie mir nicht böse, aber meine Zeit ist sehr begrenzt. Haben Sie eine genauere Adresse in Basel? Oder wissen Sie, wo Fräulein Bornheim arbeitet?«

»Pfff ...«, machte Martin und dachte angestrengt nach. »Chris hat mir etwas erzählt von einem Institut. Es klang irgendwie nach seinem Vornamen. Ich habe nicht so richtig aufgepasst ...«

Das kann ich mir vorstellen, dachte Takanashi wütend. Simpel!

»Warten Sie«, rief Martin aus, »Krischner? Kishon? So in der Art ...«

»So in der Art?«, wiederholte der Japaner ironisch und machte sich eine Notiz. »Das ist nicht wirklich hilfreich. In Basel, sagten Sie?«

»Ja, ganz sicher, Basel in der Schweiz«, bestätigte Martin und grübelte hektisch. »Es war eine Privatschule für behinderte Kinder, soweit ich mich erinnern kann. Aber Sie können Chris ja selbst fragen. Rufen Sie ihn doch einfach an! Er wird sich freuen, von der Belohnung zu erfahren!«

»Dann wäre es keine Überraschung mehr«, tadelte Takanashi und hoffte insgeheim, dieses Bindeglied zwischen den Cro-Magnon-Menschen und der heutigen Zivilisation namens Martin nie in Person kennenzulernen. »Wir wollen ihm das Kuvert doch persönlich überreichen, so schnell wie möglich.«

»Dieser Glückspilz«, seufzte Martin ergriffen. »Erst eine Gold-Tussi, dann der Porsche, jetzt die Kohle. Da bist du sprachlos ...«

»Wir werden versuchen, Herrn Weber aufgrund Ihrer Angaben ausfindig zu machen«, meinte Takanashi geschäftsmäßig. »Sollte es uns nicht gelingen, dann melden wir uns unter Umständen nochmals.«

»Inzwischen versuche ich, auf den Namen des Instituts zu kommen«, versicherte Martin eifrig.

Das wird nicht viel nützen, dachte der Japaner grimmig, als er sich rasch verabschiedete und das Gespräch beendete.

In leeren Schubladen ist schlecht kramen.

Es dauerte keine drei Minuten, und die Suche per Tablet-PC im Internet war erfolgreich. Das Institut in St. Chrischona war die einzige auf behinderte Kinder spezialisierte Bildungsanstalt in der Ostschweiz. Während Takanashi die Adresse in sein Navigationssystem eingab, überlegte er fieberhaft. Was sollte er machen? Den Südamerikanern auf den Fersen bleiben oder diesem Christopher Weber endlich seine »Belohnung« zukommen lassen? Wonach suchten Finch, Klausner und Co.? War der Ring Claessens tatsächlich Teil eines geheimnisvollen Plans, oder bildete sich dieser Gruber nur etwas ein? Und wenn es so war, wohin führte die Spur aus der Vergangenheit? Und was stand an ihrem Ende?

Zu viele offene Fragen für den Geschmack des Japaners. Und es sah nicht so aus, als hätten die Südamerikaner auch nur im Ansatz die Antworten darauf. Nein, die Bestrafung von Weber hatte Vorrang, der Oyabun duldete keine Verzögerungen. Sollte die Aktion in Basel schiefgehen, dann könnte Takanashi gleich sein Grab schaufeln. Dann wären auch der Ring und die Südamerikaner nur mehr sein geringstes Problem. Es gab Fehler, die wurden von den Yakuza nicht vergeben.

Takanashi sah auf die Uhr, als die Navigation Fahrzeit und Distanz ausgerechnet hatte. Zwei Stunden fünfzig Minuten nach Basel, also wäre er am späten Nachmittag da. Diese Bornheim würde ihn sicher heute noch zu Weber führen. Am Abend würde der Loader tot sein und Takanashi seine Ehre wiederhergestellt haben.

Dann blieb noch immer genug Zeit für den Ring.

Damit war die Entscheidung gefallen. Takanashi startete den Lexus, parkte aus und folgte den Anweisungen der monotonen Frauenstimme aus der Navigation. In Gedanken war er bereits in St. Chrischona.

Den unauffälligen, silbernen Golf mit den drei Insassen, der ihm im Abstand von zwei Wagen folgte, bemerkte er nicht.

Der schwarze 7er BMW stand nach wie vor auf einem der beiden Hotelparkplätze vor dem Beau Rivage, mit offenem Kofferraumdeckel und einem daneben geduldig auf und ab gehenden Wagenmeister. Das gleichmäßige leise Piepsen des Ortungsmoduls beruhigte Llewellyn, der in seinem Mercedes saß und überlegte, warum die Südamerikaner so lange brauchten, um ihre Koffer zu packen.

Zwingli konnte jede Minute hier eintreffen, und dann würden sie ihm in die Arme laufen. Der Major fragte sich, welchen Plan der Schweizer hatte. Oder ob er überhaupt einen hatte.

In diesem Moment winkte der Wagenmeister einem jungen Mädchen in Jeans und Pullover zu, das laufend die Fahrbahn des Quai du Montblanc überquerte. Dann trat es an den BMW und schlug den Kofferraumdeckel zu.

Llewellyn ahnte Übles.

Das Mädchen lächelte dem Wagenmeister zu, stieg in den BMW und öffnete das Handschuhfach. Dann zog sie ein Dokument hervor, unterschrieb und drückte es dem Hotelangestellten in die Hand, zusammen mit einem dezent zusammengefalteten Geldschein.

Frustriert schlug der Major mit der Faust auf das Armaturenbrett. Die Südamerikaner hatten ihn ausgetrickst und den Wagen gewechselt! Damit war er wieder aus dem Spiel, Ortungssystem hin oder her.

Während der BMW fast lautlos davonrollte, faltete Llewellyn seine Zeitung zusammen und überlegte. Die Gruppe um Finch war längst über alle Berge. Wohin waren sie gefahren? Hatte ihn jemand entdeckt, und waren sie deshalb so rasch aufgebrochen? Oder gab es noch andere Verfolger außer ihm und Zwingli?

Er schloss den Mercedes sorgfältig ab und schlenderte durch den kleinen Park bis zum Seeufer, ohne den Hoteleingang aus den Augen zu lassen. Nichts Auffälliges, alles schien ganz normal. Llewellyn konnte keinen weiteren Beobachter entdecken.

Er überquerte die Straße in der Absicht, mit dem Rezeptionisten des Beau Rivage zu sprechen, als das Geräusch quietschender Reifen ihn aus seiner Gedankenwelt riss. Ein dunkler Geländewagen schoss um die Ecke und hielt direkt vor dem Hoteleingang. Den Mann, der voller Energie aus dem Auto sprang, sich kurz umsah und dann in die Lobby stürmte, kannte Llewellyn nur zu gut.

Egon Zwingli war eingetroffen.

Der Major grinste schadenfroh bei dem Gedanken, dass der Schweizer in wenigen Augenblicken erfahren würde, dass die Südamerikaner bereits abgereist waren.

»Ein klein wenig zu spät«, murmelte Llewellyn, »aber knapp verpasst ist auch vorbei.«

In diesem Moment kam Zwingli auch schon wieder durch die Drehtür, das Handy am Ohr. Ohne sich umzusehen, sprang er in den SUV und startete.
»Verdammt!«, murmelte der Major und sprintete zu seinem Wagen.

Genfer See, zwischen Genf und Lausanne / Schweiz

Das auf Hochglanz polierte Riva-Schnellboot schien über den Genfer See zu fliegen und zog eine lange weiße Spur im dunkelblauen Wasser hinter sich her. John Finch erinnerte der Wind im Gesicht an seinen letzten Flug in einem offenen Doppeldecker. Er hatte seine Lederjacke angezogen und lehnte sich gegen den Fahrtwind, der immer wieder Kaskaden von Wassertropfen über das schlanke Boot schleuderte.

»Was für ein wunderbarer Tag!«, rief ihm Georg vergnügt zu, der die Fahrt ebenso genoss. »Und was für eine ausgezeichnete Idee von dir, den Seeweg nach Lausanne zu nehmen!«

»Nur ein Hubschrauber wäre noch schneller, aber der war in der Kürze der Zeit nicht aufzutreiben«, rief Finch Georg über den Fahrtwind zu. »Wir hatten Glück, dass der Empfangschef Besuch von seinem Freund mit dem Schnellboot hatte und der einem Ausflug nach Lausanne nicht abgeneigt war.« Er beugte sich zu Gruber. »Wir müssen unsere Verfolger unbedingt abhängen, sonst schaut uns unentwegt jemand über die Schulter oder vollendet die Aktion von São Gabriel.«

Georg nickte ernst. »Der Vorteil eines Schnellboots auf offenem See liegt auf der Hand. Man kann uns nicht unbemerkt verfolgen.«

Der Fahrer wandte sich an Finch und zeigte auf eine wasserdichte Karte, die er vor sich auf einem Klemmbrett aufgespannt hatte. »Wir sind etwa hier, nach Lausanne sind es noch rund vierzig Kilometer, also eine halbe Stunde Fahrt. Das Beau Rivage Palace liegt an der Place du Port, also direkt am See. Wir können an einer Mole unmittelbar davor anlegen, dann sind Sie zu Fuß in wenigen Minuten im Hotel. Soll ich jemanden von Ihrer Ankunft verständigen?«

John Finch schüttelte den Kopf. »Nein, danke, mir ist etwas Diskretion im Moment lieber«, entgegnete er entschieden. »Aber ich bin für jede Minute, die wir früher da sind, dankbar.«

A1 zwischen Genf und Lausanne, Höhe Chavannes-de-Bogis / Schweiz

Der Fahrer des LKW-Zugs hatte die Baustelle auf der A1 in Fahrtrichtung Lausanne zu spät gesehen, dann falsch reagiert und war so fast ungebremst in die Absperrungen gekracht. Nachdem er gegen zwei fahrende Autos geprallt war, schleuderte der Anhänger gegen eine tonnenschwere Dampfwalze und stürzte um. Mehr als fünfzehntausend leere Bierflaschen ergossen sich über die beiden Fahrbahnen wie eine Lawine aus Glas.

Während die Feuerwehr den schwerverletzten Fahrer aus seiner Kabine schneiden musste und sich Kräfte des Straßendienstes um die Beseitigung der Tonnen von Scherben bemühten, wurde die Autobahn für mehr als eine Stunde komplett gesperrt.

Fünf Minuten vor dem Unfall hatte Soichiro Takanashi die Baustelle unbehelligt passiert, gefolgt von dem silbernen Golf, der seit Genf einen sicheren Abstand hielt.

Zwingli und Lewellyn hatten weniger Glück. Sie standen, wenige Autos voneinander entfernt, für fünfundsiebzig Minuten in dem kilometerlangen Stau, eingezwängt zwischen Müttern, die versuchten, ihre quengelnden Kleinkinder zu beruhigen, und Rentnern, die sich bemühten, so unauffällig wie möglich auf den Grünstreifen der Autobahn zu pinkeln.

11. April 1945

ÖTZTAL-STRASSE BEI HABICHEN, TIROL / OSTMARK

»Könntet ihr kurz anhalten?«, meinte Willi von der Rückbank, als Franz den LKW bergauf über die Hauptstraße lenkte. »Ich muss mal ...«

»Keine schlechte Idee«, erwiderte Franz, »ich glaube, ich habe im Halbdunkel sowieso die Abzweigung zum Piburger See übersehen und wir müssen umdrehen. Währenddessen hast du genügend Zeit. Das sollte für deine kleine Blase reichen ...«

»Zu freundlich«, knurrte Willi. »Da vorn kommen die Kehren, da kannst du bequem wenden. Genug Platz selbst für einen schlechten Fahrer ...«

»Hört auf herumzufrotzeln!«, warf Ernst ein. »Ihr braucht jetzt keinen Wettbewerb auszutragen, wer schneller pinkeln oder wenden kann. Die Straße ist rutschig, und es sind schon Leute beim Urinieren abgestürzt.«

»Die Zeitungsmeldung will ich sehen«, grinste Paul und gähnte laut. »Gepinkelt, gestürzt, getötet ...«

Franz schaltete herunter, als die Steigung der Straße zunahm. »Willi sollte man Windeln anziehen, sonst wird jede Fahrt zu einer Toiletten-Tour«, brummte er.

»Du mich auch«, antwortete Willi bissig, als der Magirus-Deutz in der Kehre ausrollte und anhielt. »Bin gleich wieder da.« Damit öffnete er die Tür, sprang vom LKW, warf sie krachend wieder zu und eilte zum Straßenrand, während Franz ebenso krachend den ersten Gang einlegte.

»Zwischengas ...«, kam es in flehentlichem Ton von Paul auf der Rückbank. »Das ist das lange Pedal rechts, du verhinderter Nuvolari.«

»Jetzt seid nicht so schwierig«, antwortete Franz und mühte sich an dem riesigen Lenkrad ab. »Das Getriebe muss auch mal merken, dass ich am Steuer sitze.«

Nach drei Anläufen und ein paar Kratzern in der Stoßstange durch einen der Kilometersteine am Straßenrand war es geschafft. Der schwere Magirus-Deutz stand erneut in Fahrtrichtung Inntal und Willi kehrte erleichtert auf seinen Platz auf der Rückbank zurück.

»Von mir aus können wir wieder«, meinte er und rieb sich die Hände. »Ziemlich frisch draußen.«

Franz wollte den ersten Gang einlegen, als ein Ausruf von Paul ihn zögern ließ: »Sag mal, hast du das Straßengeländer beim Wenden versehentlich mitgenommen? Da fehlen ein paar Latten ... Hängen die jetzt möglicherweise hinten an der Stoßstange?«

Ernst, der auf dem Beifahrersitz saß, schaute in den großen Rückspiegel und zuckte mit den Schultern. »Nichts zu sehen.« Dann beugte er sich vor und blickte an Franz vorbei zum Straßenrand. »Paul hat recht, da fehlt ein Teil des Geländers. Wartet mal, ich gehe nachschauen.« Er öffnete den Wagenschlag, sprang auf die Straße und ging am hohen Kühler des Magirus-Deutz vorbei zur anderen Straßenseite.

»Wenn das so weitergeht, dann können wir hier gleich eine Außenstelle einrichten«, maulte Franz, »auf die Weise kommen wir nie rechtzeitig zum Piburger See. Wir müssen danach noch hoch in die Berge zu den beiden Staustufen. Mit ein wenig Pech sind wir den ganzen Tag unterwegs ...«

Ernst stand am Straßenrand, die Hände in die Seiten gestützt und schaute angestrengt in Richtung Wald. Dann drehte er sich um, kontrollierte das Heck des Magirus-Deutz, zuckte mit den Schultern und wollte bereits wieder zurückkehren, als er stutzte. Er ging in die Knie und klaubte etwas vom Boden auf. Dabei sah er die Abdrücke des Reifenprofils, die sich im losen Schotter abzeichneten.

»Der kleine Hausdetektiv bei der Arbeit«, lästerte Willi und verschränkte die Arme vor der Brust.

»Er hat sicher die Spur eines stolpernden Kaninchens gefunden«, gab Franz hoffnungsvoll zurück.

Doch Ernst stand bereits wieder am Abhang und blickte mit schräg gelegtem Kopf zum Waldrain. Dann drehte er sich um und winkte aufgeregt den anderen zu.

»Ich glaube, er braucht seine Assistenten«, lächelte Paul und öffnete die Tür. »Lass den Wagen irgendwo an den Straßenrand rollen und zieh die Bremsen an«, meinte er zu Franz, bevor er Willi anstieß. »Und du komm mit, Profidetektiv, sonst dauert es noch länger.«

Als die beiden Männer bei der Lücke in dem Geländer am Scheitelpunkt der Kehre angekommen waren, sahen sie Ernst den kleinen Abhang hinabklettern.

»Was macht er …?« Willi schüttelte ratlos den Kopf.

Paul suchte mit den Augen den Waldrand ab. Da fiel ihm etwas auf … »Ist das da unten das Heck eines kleinen LKW?«, murmelte er mit gerunzelter Stirn.

»Wo?« Willi strengte sich an, konnte aber im Halbdunkel nichts erkennen.

»Da, unter den überhängenden Ästen!« Paul streckte die Hand aus und deutete mit dem Finger auf einen Farbfleck, der nach Tarnanstrich aussah.

»Ja, da liegt etwas«, bestätigte Franz, der inzwischen den Magirus geparkt hatte und hinter die beiden Männer getreten war. »Vielleicht können wir helfen. Los, stehen wir hier nicht rum.«

Wenige Minuten später waren sie neben einem völlig verstörten Ernst angekommen, der die Fahrertür des Opel-Blitz geöffnet hatte und nun sprachlos auf die Leiche vor sich starrte. Für einige Augenblicke schwiegen alle betroffen.

»Ein Fahrer in Zivil in einem Heeres-LKW?«, flüsterte Willi, der sich als Erster gefangen hatte. »Seltsam.«

Paul nickte stumm. Er deutete in den Fußraum, wo neben einer halb zerfetzten Karte eine Maschinenpistole und Handgranaten lagen. »Sieht nach einer längeren Reise aus. Durch gefährliche Gebiete …«

»… die nicht gut geendet hat«, ergänzte Franz, der sich ins Fahrerhaus hochzog, um die Leiche und den Ast näher zu betrachten. »Er muss sofort tot gewesen sein«, meinte er schließlich und legte seine Hand auf den Unterarm des Fahrers. »Noch nicht kalt. Der Unfall passierte vor kaum einer Stunde, höchstens.«

»Täusche ich mich, oder ist auf der Karte eine Route eingezeichnet?«, fragte Ernst und deutete in den Fußraum.

»Sieh nach«, nickte Willi, »ich werde inzwischen den Laderaum kontrollieren. Mal schauen, was unser geheimnisvoller Zivilist so alles transportierte.« Dann wandte er sich an Franz. »Durchsuch am besten seine Taschen, vielleicht findest du einen Hinweis auf seine Identität.«

Er gab Paul ein Zeichen, und beide gingen zum Heck, schlugen die Plane ein Stück zurück und kletterten hoch. Der Himmel färbte sich im Osten hinter den Bergen langsam rosa, und es wurde heller. Die zehn Kisten mit der Fracht waren durch den Aufprall alle an die Stirnwand der Ladefläche geschoben worden und lagen nun wie kreuz und quer gewürfelt.

»Na ja, nicht gerade üppig«, murmelte Paul, der die Augen zusammenkniff, um besser sehen zu können. Aus dem Halbdunkel leuchteten ihm Reichsadler und Hakenkreuz entgegen. »Nummerierte Holzkisten aus Reichsbeständen, soso«, meinte er misstrauisch und winkte Willi näher. »Du hast doch sicher deinen Dolch dabei. Lass uns nachschauen, was in den Kisten ist.«

Doch bevor Willi sein großes Fahrtenmesser ansetzen konnte, ertönte ein lauter Ruf: »Hierher! Sofort!«

Beide Männer hielten inne und sprangen von der Plattform, griffen zu ihren Waffen und stürmten vor zum Fahrerhaus. Doch da stand nur Ernst, der völlig entgeistert auf vier rote Pässe starrte und einen großen Umschlag in der linken Hand hielt.

Willi steckte die Pistole wieder weg und runzelte die Stirn. »Was ist jetzt wieder so dringend? Wir wollten gerade die Fracht inspizieren …«

»Seht euch das an«, flüsterte Ernst ergriffen, »vier blanko Diplomatenpässe des Vatikans …«

Paul pfiff durch die Zähne. »Hast du sonst noch Überraschungen für uns?«

Ernst reichte ihm wortlos einen engbeschriebenen Briefbogen. »Gezeichnet Kesselring, wenn mich nicht alles täuscht.«

Franz kam um den Opel herumgelaufen. »Das habe ich dem Toten vom Finger gezogen«, stieß er hervor und öffnete die Hand. Ein Totenkopfring mit schwarzen Steinen in den Augenhöhlen kam zum Vorschein.

»SS«, raunte Ernst.

»Also doch kein Zivilist«, ergänzte Willi. »Ganz im Gegenteil. Das wird immer ominöser …«

»Eher hoher SS-Rang, solche Ringe werden nicht wahllos verliehen«, wunderte sich Ernst. »Aber wo ist seine Uniform?«

»Ihr werdet es nicht glauben …«, unterbrach sie Paul wie vor den Kopf gestoßen, als er von dem Schreiben Kesselrings aufblickte. Stumm reichte er es an Willi, nahm Ernst den Umschlag aus der Hand und kramte weiter darin. »Tatsächlich, da ist er«, murmelte er und zog den Befehl Himmlers heraus, entfaltete und überflog ihn.

Dann sah er seine drei Freunde an.

»Das, Männer, ist unsere letzte Chance und zugleich die beste, die wir jemals hatten«, flüsterte er aufgeregt. »Morgen um diese Zeit sind wir bereits am Bodensee. Jetzt hört mir genau zu …«

Hotel Beau Rivage Palace, Lausanne / Schweiz

Elegant und mit einer schwungvollen Kurve legte das Riva-Schnellboot an die Mole in Blickweite des Beau Rivage Palace an. Die Lage des Hotels, unweit von zwei Museen in einem gepflegten Park, war malerisch und ruhig.

»Das Beau Rivage ist das fünfstöckige, alte Haus am Ende des Parks, mit den drei großen Flaggen auf dem Dach«, instruierte der Fahrer John Finch und Georg, nachdem er ihnen die beiden Reisetaschen aus dem Boot gereicht hatte. »Das rechte Gebäude ist das Palace, etwas später errichtet. Beide Häuser gehören heute zusammen. Gehen Sie einfach immer geradeaus, Sie können es nicht verfehlen.«

Finch und Gruber verabschiedeten sich, überquerten die Place du Port und strebten einem der zwei Eingänge des Fünf-Sterne-Hotels zu. Aus den Augenwinkeln beobachtete Finch die abgestellten Wagen, die jedoch alle leer waren und einheimische Kennzeichen hatten.

»Nehmen wir uns ein Zimmer?«, erkundigte sich Georg, während er neben Finch her trabte. »Wir können ja schlecht versuchen, gleich in den Keller zu gehen, die Rose zu finden und dann den dritten Pfeiler anzugraben. Das wäre unter Umständen ein wenig auffällig.«

»Vielleicht haben wir Glück, und es gibt eine Sauna oder einen Fitnessraum im Untergeschoss«, dachte Finch laut nach. »Aber fürs Erste denke ich, wir sollten uns für eine Nacht einquartieren, bevor wir uns auf die Suche machen. Andererseits … je länger wir an einem Platz bleiben, desto leichter sind wir zu finden. Die Jäger sind auf unserer Fährte, vergiss das nicht …«

»Wie könnte ich«, erwiderte Georg seufzend. »Wenn wir wenigstens wüssten, warum …«

In diesem Moment klingelte Finchs Handy. »Ja, Fiona, wo seid ihr?«

»Auf der A1 in Richtung Bern«, antwortete die junge Frau. »Der Japaner fährt einen Wagen mit österreichischem Kennzeichen, wusstest du das?«

»Hat er euch bemerkt?«, wollte Finch wissen.

»Nein, das glaube ich nicht.« Die Stimme Fionas klang etwas abgehackt. »Glaubst du, es war eine gute Idee, ihn zu beschatten? Nur weil er viel über diesen Claessen weiß, heißt das noch nicht, dass er das Geheimnis der alten Männer kennt. Er könnte auch einfach weiter an den Bodensee und heim nach Österreich fahren.«

»Hmm …«, überlegte Finch, »das wäre möglich. In diesem Fall lasst ihn und kommt einfach wieder zurück. Aber nur, wenn ihr sicher seid, dass er die Grenze überquert und die Schweiz verlässt. Bis dahin bleibt an ihm dran.«

»Machen wir«, versprach Fiona. »Ich melde mich, wenn es etwas Neues gibt.«

Die Lobby im Beau Rivage Palace war riesig, erinnerte an einen griechischen Tempel mit zahllosen Säulen und weißem Marmorfußboden und war eigentlich ein Lichthof, der bis zum Dach reichte.

»Glanz und Pracht vergangener Tage, konserviert in einer Zeitkapsel«, stellte Georg fest, nachdem er staunend die Kronleuchter und die Gemälde an den Wänden bewundert hatte.

»Eine teure Zeitkapsel«, gab Finch zurück, »die Preise beginnen bei fünfhundertvierzig Schweizer Franken für das einfache Zimmer. Ohne Frühstück. Das garantiert eine gewisse Exklusivität. Die Preise der Suiten gibt's überhaupt nur auf Anfrage. Ein gut gehütetes Geheimnis …«

»Du bist erstaunlich gut informiert«, stellte Georg fest, während er das Juwel der Belle Epoque bewunderte.

»Dank einem gewissen Rezeptionisten in Genf«, lächelte Finch, »der mich mit den wichtigsten Einzelheiten versorgt hat. Trotzdem müssen wir noch eine ganze Menge herausfinden, und zwar rasch!«

»Warum bist du eigentlich so sicher, dass es dieses Hotel Beau

Rivage in Lausanne ist, in dem wir suchen müssen, und nicht das in Genf?«, erkundigte sich Georg und sah sich neugierig um. Ein Portier kam auf sie zu und streckte die Hände hilfsbereit nach dem Gepäck aus.

»Ganz einfach, weil es im Keller des Beau Rivage in Genf keine Pfeiler gibt und nirgendwo eine Rose zu finden ist«, flüsterte Finch. Laut sagte er zu dem Hotelmitarbeiter: »Wir haben uns noch nicht dazu entschlossen, ein Zimmer bei Ihnen zu nehmen, würden aber sehr gern einen Kaffee auf der Terrasse trinken. Könnten Sie unsere Reisetaschen inzwischen in Verwahrung nehmen?«

»Aber selbstverständlich, Messieurs«, lächelte der Portier und wies auf eine kunstfertig verzierte Doppeltür. »Zum Café geht es da hinüber!«

»Es scheint unglaublich zu sein, aber seit der Erbauung des Beau Rivage im Jahr 1861 war das Haus bis heute keinen einzigen Tag geschlossen«, zitierte Finch eine Werbebroschüre, die er im Vorbeigehen von einem kleinen Beistelltisch mitgenommen hatte. »Selbst im Ersten und Zweiten Weltkrieg funktionierte das Nobelhotel wie ein gut geöltes Schweizer Uhrwerk. Hier traf sich die ganze Welt.«

»Die gut betuchte Welt«, schränkte Georg ein. »Als dieser Paul Hoffmann am Kriegsende 1945 hierherkam, war es also kein Problem für ihn, ins Haus zu gelangen und etwas zu verstecken?«

»Vielleicht kam er auch genau deswegen hierher«, meinte der Pilot nachdenklich. »Hier steht, dass während des Krieges das Haus von Franzosen, Engländern, Amerikanern, Italienern, Rumänen und Schweizern als Zufluchtsort genutzt wurde. Ein exklusiver Club der feinen Überlebenden, dessen Mitglieder alle aus der Oberschicht kamen. Wer hätte sich sonst wochenlange Aufenthalte in einem der besten und teuersten Hotels der Welt leisten können? Aristokraten, reiche Kaufleute, Parvenüs, Kriegsgewinnler, Schieber auf höchstem Niveau.«

»Eine faszinierende Mischung«, musste Georg zugeben. »Und in ihrer Mitte ein junger Mann Anfang zwanzig … Wie konnte er das bezahlen? Wohnte er hier? Oder trank er auch nur einen Kaffee, weil er sich nicht mehr leisten konnte? Wenn er etwas verstecken wollte, dann musste es also schnell gehen. Oder er hatte Geld wie Heu …«

»Richtig«, bestätigte Finch, »aber für seine Aktion hatte er zwei Gebäude zur Verfügung. Das, in dem wir uns jetzt befinden, und das Palace gleich nebenan, das 1908 erbaut wurde. Deshalb der Name Beau Rivage Palace.«

»Das heißt aber auch, dass es tatsächlich zwei Hotels mit dem Namen Beau Rivage gab, eines in Genf und eines in Lausanne«, wunderte sich Georg und stieß die Tür zur Terrasse mit ihrem atemberaubenden Blick auf den See und die Berge auf. »Und wir sollten nicht das erstbeste nehmen.«

Finch wählte einen Tisch etwas abseits, wo ein angenehm kühler Wind vom See her wehte. »Dank der österreichischen Kaiserin Sissi und ihrem Schicksal ist das Beau Rivage in Genf sicherlich bekannter als das in Lausanne. Wenn ich mir allerdings diesen Hausprospekt so durchlese, dann haben wir ein paar unerwartete Probleme, die auch Paul Hoffmann nicht vorhersehen konnte. Der gesamte Komplex wurde mit hundertfünfzig Millionen Euro vollständig renoviert. So gut wie kein Stein blieb auf dem anderen. Die Rotunde, die beide Häuser verbindet, steht unter Denkmalschutz und ist heute eines der besten Restaurants der Schweiz. Die sogenannte *Grande Salle*, ein architektonisches Kunstwerk aus der Belle Époque, wird als Veranstaltungs- und Ballsaal genutzt und heißt nun *Salle Sandoz*, nach der Stiftung, die Hauptaktionär ist. Es hat sich vieles verändert …«

»Steht da drin etwas über den Keller?«, erkundigte sich Georg neugierig.

»Nur über den Weinkeller mit seinen fünfundsiebzigtausend Flaschen.« Der Pilot legte den Prospekt zur Seite und blickte nachdenklich über den Park mit seinen bunten Blumenrabatten. »Untergrund muss nicht Keller heißen, wenn ich es mir recht überlege. Gibt es vielleicht Verbindungsgänge zwischen den beiden Häusern? Was ist mit der Rose? *Sucht die Rose im Untergrund, am Fuße des dritten Pfeilers.* Hier wachsen jede Menge Rosen.«

»Heißt das, wir sollen die Rose im Untergrund am Fuß des dritten

Pfeilers suchen – oder wir sollen erst die Rose suchen und *dann* am Fuß des dritten Pfeilers nochmals unser Glück versuchen?«, meinte Georg etwas ratlos. »Der Text lässt beide Auslegungen zu.«

Finch gab der Bedienung ein Zeichen. »Gut beobachtet«, stimmte er zu. Dann bestellte er zwei Cappuccinos. »Wir brauchen mehr Informationen, und wir brauchen sie von einem Insider, sonst sind wir in den beiden monumentalen Häusern noch in vier Wochen unterwegs. Ich habe nicht damit gerechnet, dass dieser Hotelkomplex so groß ist.«

Die Terrasse füllte sich allmählich, was Finch überhaupt nicht behagte. Jede Minute, die sie länger im Café saßen, verkürzte ihren Vorsprung. Wenn auch Takanashi offenbar nach Österreich unterwegs war, so blieben doch der grauhaarige Mann aus Medellín und der ominöse Zwingli, die sich nicht so leicht abschütteln lassen würden.

Und hier saßen sie auf dem Präsentierteller.

Mit einem reizenden Lächeln servierte die Bedienung den Kaffee. Es war ein junges Mädchen, das vorsichtig einen kleinen Teller mit Gebäck und drei verschiedene Zuckersorten neben die Tassen stellte, dann noch zwei Gläser mit Wasser daneben. »Kann ich Ihnen sonst noch etwas bringen?«, erkundigte sie sich freundlich.

»Danke, nein, aber Sie könnten mir vielleicht eine Auskunft geben«, antwortete Finch und suchte nach den richtigen Worten. »Wir suchen jemanden, der unter Umständen bereits sehr lange im Haus arbeitet, der das Hotel in- und auswendig kennt, seine Geschichte und auch die alte Bausubstanz, noch vor der Renovierung. Fällt Ihnen da auf Anhieb ein Name ein?«

»Ich bin leider erst sehr kurz im Beau Rivage, Monsieur, aber wenn Sie möchten, dann kann ich gern einen meiner Kollegen fragen«, bot das Mädchen an. »Lassen Sie sich Ihren Kaffee schmecken, ich bin gleich wieder zurück.«

Das war der Moment, in dem rund fünfzig Kilometer von Lausanne entfernt die Polizei die A1 nach den Aufräumungsarbeiten wieder freigab und die Kolonne sich in Bewegung setzte. Egon Zwingli beschleunigte mit einem ärgerlichen Gesichtsausdruck den SUV auf die erlaubte Höchstgeschwindigkeit und erweckte seine Navigation wieder zu Leben.

Er hatte noch 29 Minuten bis zum Beau Rivage Palace.

11. April 1945

ÖTZTAL-STRASSE BEI HABICHEN, TIROL / OSTMARK

Die zehn Kisten von der Ladefläche des Opels waren rasch umgeladen. Franz hatte den Magirus näher an den Abhang rangiert, um den Transportweg zu verkürzen und die Wahrscheinlichkeit von zufällig vorbeifahrenden ungebetenen Augenzeugen zu reduzieren.

»Nimm die Waffen und Handgranaten mit, man weiß nie«, wies Paul Ernst an und begann, die Nummernschilder abzuschrauben.

»Was machst du da?«, erkundigte sich Willi erstaunt.

»Ich verwische unsere Spuren«, antwortete Paul. »Tauschen wir die Kennzeichen aus. Irgendwann werden sie uns im Lager vermissen, werden eine Suche nach dem Magirus einleiten, aber der fährt inzwischen mit den Kennzeichen des Opels. Verwirrungstaktik, die uns vielleicht ein wenig Vorsprung gibt.«

»Und was, wenn uns die Feldgendarmerie aufhält?«, erkundigte sich Franz besorgt.

»Grüßen und schießen«, murmelte Paul. »Eine Handgranate tut's auch. Und dann Vollgas! Und sagt ja niemandem, was wir da hinten aufgeladen haben, sonst beseitigen sie uns alle und hauen mit den zehn Kisten selbst ab!«

Willi hielt den Umschlag mit den Befehlen und den Pässen etwas unschlüssig in der Hand. Dann legte er sie auf die Rückbank des Magirus und trieb die anderen zur Eile an.

»Was machen wir mit dem SS-Heini?«, erkundigte sich Franz.

»Lass ihn am Steuer sitzen und mach alle Türen wieder zu. Verkehrsunfall, dumm gelaufen. Keine Fracht, keine Waffen, keine Papiere. Wer hat den Ring?«

»Ich habe ihn eingesteckt«, meldete sich Paul.

»Der Umschlag liegt auf meinem Sitz«, stellte Willi fest, »also nichts wie weg von hier. Da, Ernst, nimm die Generalstabskarte. Etwas zerrissen, aber brauchbar.«

»Auf zum Bodensee!«, rief Franz und kletterte ins Führerhaus. »Machen wir uns auf den Weg.« Er wandte sich um und schaute den Freunden in die Augen. »Sind wir alle einer Meinung? Wenn sie uns erwischen, dann endet die Fahrt im Sarg.«

»Alle für einen ...«, sagte Ernst bestimmt.

»... Einer für alle!«, antworteten die anderen drei im Chor.

Als sie auf die Inntalstraße in Richtung Bregenz einbogen, wurde die Straße besser, der Verkehr allerdings dichter. Kolonnen von Wehrmachts-LKW rollten westwärts.

»Wenn ich es richtig berechnet habe, dann sind es rund fünfzig Kilometer bis St. Anton am Arlberg«, verkündete Ernst, der die Fetzen der Straßenkarte auf seinen Knien zusammen puzzlete.

»Das ist aber nicht unsere nächste Station«, wandte Paul ein, der die Pässe wie eine Trophäe in Händen hielt. »Wir brauchen dringend einen Fotografen, bei dem wir Passbilder machen können, sonst fliegen wir bei der ersten Kontrolle auf. Dann füllen wir die Pässe aus und erst danach können wir das erste Mal aufatmen. Bis dahin leben wir auf Abruf.«

»Von ein paar Ausflügen nach Imst weiß ich, dass es da einen gibt«, erinnerte sich Willi, »den Josef Altmeyer. Er hat einen Ansichtskartenverlag und ein Fotostudio. Das wäre die nächste Möglichkeit, und Paul hat recht. Wir müssen so schnell wie möglich neue, gültige Papiere haben, sonst kommen wir in Teufels Küche. Bei einer gründlichen Kontrolle durch misstrauische Feldgendarmen können uns die Blanko-Pässe das Genick brechen, und wir enden vor einem Exekutionskommando.«

»Wenn wir überhaupt so weit kommen«, murmelte Ernst und deutete nach rechts. »Da hinunter, über die Brücke geht es ins Zentrum.«

Franz warf seinem Beifahrer einen Blick zu. Er bemerkte, dass die Hände von Ernst zitterten. Der stets etwas zappelige angehende Ingenieur aus Dresden hatte seit dem Flächenbombardement im Februar nichts mehr von seiner Mutter gehört. Obwohl er sich ständig einredete, sie lebe noch, so war er doch tief im Innersten überzeugt, nun auch das letzte Mitglied seiner Familie verloren zu haben. Ernsts Vater war bereits vor zwei Jahren an der russischen Front gefallen. Genauer Ort unbekannt. Kameraden hatten beim Heimaturlaub berichtet, er sei bei einem Angriff von einer Granate zerrissen worden.

Wir sind alle mit unseren Nerven am Ende, dachte Franz, auch wenn der eine oder andere es besser überspielt. Da war Willi, der behütete Junge aus einer gutbürgerlichen Wiener Anwaltsfamilie, schmal und mit einem dichten, dunklen Haarschopf, der sich immer die vorwitzigen Strähnen aus dem Gesicht strich. Als er bei Heinkel mit der Ausbildung begonnen hatte, waren seine jüngeren Brüder auf Kinderlandverschickung in den Norden gebracht worden. Dann kamen nur noch Katastrophennachrichten von zu Hause. Sein Onkel hatte sich irgendwo in der Tschechei erschossen, sein Vater war zwei Monate danach wohl an gebrochenem Herzen gestorben. Seine Mutter, die feingeistige Pianistin, hatte sich an einer Klaviersaite erhängt, eines Abends, als die SS durch die Häuser stürmte und Wohnungstüren zertrümmerte. Von den Geschwistern fehlte jede Spur. Willi war nicht daran zerbrochen, er war nur leiser und leiser geworden. In den letzten Wochen hatte er einen nervösen Tick entwickelt: Sein rechtes Auge zuckte immer öfter.

Paul ist wahrscheinlich noch der Härteste und Ausgeglichenste von uns allen, überlegte Franz. Den schlaksigen, blonden Sohn eines Universitätsprofessors und einer Operettensängerin aus Berlin konnte nichts aus der Ruhe bringen. Das Mathematikgenie, das sich bereits in der Schule gelangweilt und während des Unterrichts unter der Bank unmögliche Formeln gelöst und damit die Lehrer zur Verzweiflung getrieben hatte, konnte sich bei Bedarf völlig aus der Realität ausklinken. Er schien immer zwei Züge im Voraus zu planen, alles abzuwägen und stets auf das Unmögliche vorbereitet zu sein.

Und ich?, dachte Franz. Was ist von meinen Idealen noch übrig? Messerschmitt hat fast die gesamte Produktion in unterirdische Anlagen verlegen müssen, die Amerikaner stehen am Rhein und in Italien, die Russen drängen unaufhörlich aus Osten vor. Die meisten meiner Freunde sind tot, gefallen irgendwo zwischen Charkow und den Ardennen, dem Kattegatt und El Alamein. Und jetzt sitze ich ohne Papiere in einem Lastwagen und versuche zu flüchten ... Alles vorbei, noch bevor es richtig begann.

Franz schaute in den Rückspiegel. Willi hatte sich vorgelehnt und suchte die Umgebung ab, Paul blätterte in den Pässen. Ich wäre ohne die drei schon längst tot, dachte er, ich hätte mich bereits vor Wochen erschossen oder aufgehängt, in einer dunklen Ecke des Lagers.

»Da vorn ist der Laden!«, rief Willi plötzlich von der hinteren Sitzbank und wies mit ausgestrecktem Arm auf ein niedriges, weißgestrichenes Haus mit grünen Fensterläden. Auf einem handgemalten Schild, das über der niedrigen Eingangstür hing, prangte eine Alpenszene und darunter, über einer stilisierten Kamera: *Josef Altmeyer, Fotograf und Verlag*.

Franz fuhr langsam an dem kleinen Atelier vorbei, parkte den LKW schließlich in einer Einfahrt etwas abseits und stellte den Motor ab. »Hoffen wir, dass der Meister sofort Zeit hat und die Bilder gleich anschließend entwickeln kann«, meinte er. »Bis dahin sollte sich jeder einen Namen überlegen, den er in den Pass einträgt.«

»Warum können wir nicht unsere richtigen Familiennamen verwenden?«, fragte Ernst, schüttelte aber gleich darauf niedergeschlagen den Kopf. »Tut mir leid, blöde Frage.«

»Nimm einen Teil deines Namens und setze einen anderen dazu«, regte Paul an. »Das haben schon viele Künstler in den zwanziger Jahren gemacht. Oder suche einen in der Geschichte deiner Familie. Geburtsnamen der Großmutter, Mädchennamen der Mutter. Viele Möglichkeiten.«

»Gute Idee«, gab Ernst zu und schaute gleich viel glücklicher drein.

»Wir behalten die Vornamen, das ist sicherer«, warf Willi ein. »Wenn uns jemand ruft, und wir drehen uns nicht um, dann wird es auffällig.«

»Abgemacht«, nickte Franz. »Jetzt macht euch schön, ich will keine Fahndungsbilder in den neuen Diplomatenpässen sehen.«

»Dann ist bei Paul schon Hopfen und Malz verloren«, lästerte Willi.

»Blödmann!«, gab Paul zurück. »Schau lieber mal in den Spiegel, du Hungerhaken.«

Franz musste grinsen. »Und jetzt los, Willi und ich bleiben hier und bewachen den LKW. Wenn ihr zwei fertig seid, dann wechseln wir uns ab. Lauft besser alle kurz unter einem Kamm durch, anstatt mit dem schmutzigen Finger auf andere zu zeigen. Ihr seid allesamt keine Gigolos in Uniform.«

»Da spricht der Richtige«, murmelte Ernst, nahm Paul am Arm und zog ihn hinter sich her. Einen Augenblick später öffnete er die grüne, etwas windschiefe Tür zu Josef Altmeyers Reich, rief ein lautes »Grüß Gott!« und – blieb wie vom Blitz getroffen stehen.

Drei SS-Männer in Uniform, die Kappen mit den Totenkopfkokarden unter dem Arm, drehten sich wie auf ein unhörbares Kommando um und starrten den beiden Neuankömmlingen entgegen.

HOTEL BEAU RIVAGE PALACE, LAUSANNE / SCHWEIZ

Die junge Bedienung hatte keine fünf Minuten gebraucht, bevor sie mit einem kleinen Notizzettel in der Hand freudestrahlend wieder vor John Finch und Georg Gruber stand. »Ich glaube, ich habe den richtigen für Sie gefunden, Monsieur. In einem Altersheim nicht weit von hier, in der Avenue Collonges, lebt Aristide Leblanc. Er hat während des Krieges als junger Bellboy hier im Haus zu arbeiten begonnen und war Concierge, bevor er in Pension ging. Mein Kollege, der ihn hin und wieder besucht, meinte, er sei allerdings nun bereits neunzig und ein wenig schwerhörig, aber noch immer hell im Kopf. Sicher kann er sich noch an ein paar Dinge aus jener Zeit erinnern.« Sie legte den Zettel vor den beiden Männern auf den Tisch. »Ich habe Ihnen hier die Adresse des Altersheims notiert. Mit dem Taxi sind Sie in wenigen Minuten da.«

»Dankeschön, Mademoiselle, Sie haben uns sehr geholfen!«, lächelte Finch und drückte dem Mädchen fünfzig Franken in die Hand. »Stimmt so.« Dann nickte er Georg zu und stand auf. »Gehen wir ins Altersheim!«

Das Taxi ließ Georg und Finch direkt vor einer weißen, dreistöckigen Villa mit grünen Fensterläden aussteigen, die einen blitzsauberen Eindruck machte. Der kleine Park vor dem Haus war gepflegt und einladend. Auf kleinen Sitzgruppen unter blauweiß gestreiften Schirmen saßen Senioren in Gruppen beisammen, und einige von ihnen blickten den Neuankömmlingen interessiert entgegen.

»Es gibt schlimmere Plätze, um seinen Lebensabend zu verbringen«, stellte Georg Gruber beeindruckt fest. »Schauen wir, woran sich der alte Aristide noch erinnert. Möglicherweise wäre es einfacher gewesen, in der Direktion nachzufragen ...«

»Kann ich Ihnen weiterhelfen?«, erkundigte sich eine etwas rundliche Dame im dunkelblauen Kostüm, die sich von einem der Tische erhoben hatte und die beiden Männer neugierig musterte.

»Das wäre schön. Mein Name ist John Finch und das ist mein Freund Georg Gruber. Wir suchen Aristide Leblanc, das Beau Rivage hat uns Ihre Adresse gegeben. Wir interessieren uns nämlich für jene Zeit, in der Monsieur Leblanc im Hotel arbeitete.«

»Ahhh, ja, das Beau Rivage Palace«, lächelte die Frau und streckte ihre Hand aus. »Ich bin die Hausfrau hier, und wenn Sie ein wenig da hinten an dem freien Tisch Platz nehmen möchten, dann hole ich Aristide. Er ist ein wahrer Schatz, Sie werden sehen. So freundlich und hilfsbereit.« Sie zwinkerte Finch zu. »Sie werden allerdings ein wenig lauter sprechen müssen. Er hört zwar schon schlecht, ist aber zu eitel, um ein Hörgerät zu verwenden.«

Aristide Leblanc sah aus wie sein Name. Er schien aus einer anderen Zeit übrig geblieben zu sein, mit dunkelroter Strickweste und perfekt geschnittenen grauschwarzen Haaren, die mit Brillantine in Form gezwungen worden waren. Sein schmales Gesicht mit den hohen Augenbrauen und dem Menjou-Bärtchen schien etwas erstaunt in die Welt zu blicken. Der dünne alte Mann hielt sich kerzengerade, die Hände auf dem Rücken verschränkt. Finch sah plötzlich seinen ehemaligen Oberschullehrer vor sich, wiederauferstanden in einem Schweizer Altersheim, und musste lächeln.

»Monsieur Leblanc?«, fragte er und stand auf.

Der Händedruck des alten Mannes war fest, während die kleinen, wachen Augen in Finchs Gesicht nach Wiedererkennen suchten. »Sind wir uns bereits begegnet, Monsieur ...?«, fragte Leblanc und nickte dann Georg zu.

»Leider noch nicht«, antwortete Finch und stellte sich vor. »Ein Mitarbeiter des Beau Rivage war so freundlich und hat uns Ihre Adresse verraten. Ich hoffe, Sie entschuldigen die Störung.«

»Ich bin in einem Alter, in dem ich mich über jeden Besuch freue«, meinte Leblanc und ließ sich vorsichtig in einen der Stühle sinken. »Wer weiß, wie lange ich noch hier bin. Meine Zeit läuft langsam ab. Es zwickt hier, und es geht da nicht mehr so richtig ... na ja, Sie werden das merken, wenn Sie älter werden. Man ist schon froh, wenn das Gehirn noch halbwegs funktioniert, ja, dass es funktioniert.«

»Genau deshalb sind wir zu Ihnen gekommen«, gestand Finch und überlegte, wie er am besten beginnen sollte. »Sie haben lange im Beau Rivage gearbeitet, hat man uns erzählt. Vor allem in einer Zeit, die hochinteressant war, in den letzten Kriegsjahren und den fünfziger Jahren, die eine goldene Zeit für die Schweiz waren.«

Leblanc hatte den Kopf schräg gelegt, um besser zu hören, und nickte schließlich langsam. »Ja, das ist richtig, auch wenn es wie eine Ewigkeit her scheint. Wissen Sie, ich habe nie geheiratet, das Hotel war mein Leben. Nicht irgendeines, das Beau Rivage, einzig und allein. Da habe ich begonnen, und da bin ich auch in Pension gegangen. Das können sich die jungen Leute heute gar nicht mehr vorstellen, nein, das können sie nicht ...«

»Wie war die Welt der Grandhotels damals?«, wollte Georg wissen und stieß Finch unter dem Tisch an.

»Aufregend und elitär«, antwortete der alte Leblanc nach einem Moment des Nachdenkens und verschränkte die Hände in seinem Schoß. »Damals, als das Beau Rivage und später das Palace erbaut wurden, gab es noch keine Klassifizierung nach Sternen. In dieser Blütezeit in der zweiten Hälfte des 19. Jahrhunderts war ein Grand Hotel ein Haus mit gehobenem Komfort wie fließendem Wasser oder Telefon und dem großzügigen Ambiente der Belle Époque. Manches erscheint uns heute ganz selbstverständlich und war doch damals Luxus pur. Ein Grandhotel war ein Laufsteg der Eitelkeiten, ein Palast auf Zeit für die, die ihn sich leisten konnten. Das machte auch das Publikum aus, das sich zur Jahrhundertwende etwa im Hotel de Paris oder im Adlon in Berlin nicht wesentlich von dem des Beau Rivage unterschied. Von den langen Arbeitszeiten der Angestellten, den harten Bedingungen in der Küche oder den schlechten Quartieren im Personaltrakt merkte der Gast nichts. Und das war gut so, ja, das war es.«

Leblanc fuhr sich mit der flachen Hand über den Kopf und kontrollierte, ob nach alle Haare an ihrem Platz waren. »Wir lebten die Illusion, nein, wir waren Teil davon.« Er nickte ein paarmal, blickte auf seine Hände und sah Finch dann entschuldigend an. »Aber ich möchte Sie nicht langweilen, Sie haben sicher nicht so viel Zeit, um einem alten Mann lange zuzuhören.«

»Erinnern Sie sich noch an Ihre ersten Jahre im Beau Rivage, an die Zeit des Zweiten Weltkriegs?«, erkundigte sich der Pilot vorsichtig.

»Selbstverständlich«, bestätigte Leblanc. »Es war natürlich keine leichte Zeit für das Hotelmanagement, da zu der Zeit gute Lebensmittel, die eine internationale Klientel gewohnt war, nur schwer zu bekommen waren. Das Adlon überlebte den Krieg dank des berühmten Weinkellers, in Berlin gab es ja fast nichts mehr zu essen damals. Hier war es nicht ganz so schlimm, aber es war sehr, sehr schwierig, für zahlende Gäste – und die Zimmer waren auch damals teuer – ein angemessenes Niveau zu bieten. Alle Preise explodierten, obwohl die Schweiz ja nicht am Krieg teilnahm. Aber der Nachschub war ein riesiges Problem. Allein die Heizkosten …« Leblanc winkte ab. »Trotzdem wurden in der Grande Salle Diners gefeiert, gab es Stammgäste, Durchreisende und einige Zechpreller.« Er lächelte still. »Aber die gab es wohl überall, ja, wohl überall. Vergessen Sie nicht, jedes Grandhotel war auch eine Bühne zur Selbstinszenierung, eine elegante Wunschwelt, eine einzigartige Möglichkeit, seinen Wohlstand zu zeigen.« Der alte Mann zwinkerte Finch zu. »Daran hat sich wahrscheinlich nicht viel geändert, nein, wahrscheinlich nicht.«

»Haben Sie sich im Haus gut ausgekannt?«, wollte Georg wissen.

»Hmm … nicht so gut wie der Hausmeister, aber nach vierzig Jahren in einem Hotel kennt man die meisten Winkel und Ecken, selbst wenn es groß ist«, schmunzelte Leblanc. »Jetzt, nach der Renovierung allerdings, würde ich sicher vieles nicht wiedererkennen. Aber das ist der Lauf der Zeit, ja, ja …« Der alte Mann verstummte, und Georg konnte die Wehmut aus seinen Worten heraushören.

Finch beschloss, Leblanc reinen Wein einzuschenken. »Wenn jemand von einer Rose im Untergrund sprechen würde, am Fuß eines Pfeilers, würde Ihnen das etwas sagen?«

Der alte Mann runzelte die Stirn. »Sprechen Sie vom Beau Rivage?«, fragte er nach.

Finch nickte nur. Leblanc wandte sich zu ihm und blickte ihm direkt in die Augen. »Ist es das, worum es geht?«

Der Pilot nickte erneut.

Der alte Mann schloss die Augen und schien in alten Erinnerungen zu kramen. »Rose ...«, murmelte er, »im Untergrund ... im Haus sicher nicht, weder im Keller des Beau Rivage noch im Palace. Nein, nicht dass ich wüsste ...«

Georg ließ entmutigt die Schultern sinken und lehnte sich zurück. Sie waren wieder am falschen Platz. Diese Suche war wie ein Labyrinth, und niemand schien den Faden zu haben.

»Sie müssen wissen, die einzigen Stuckarbeiten in den beiden Gebäuden sind im Gästebereich«, erklärte Leblanc gedankenabwesend. »Die Keller sind funktional, selbst der Weinkeller ist keine Attraktion. Nein, eine Rose hätte da gar keinen Platz, nein, hätte sie nicht.«

Der alte Mann schwieg, und Finch zerbrach sich den Kopf darüber, was er übersehen hatte. Bezogen sich die unsichtbaren Zeilen doch nicht auf das Grandhotel in Lausanne? Gab es noch eine dritte Möglichkeit? Die Zeit lief ihnen davon, und sie saßen beim Kaffee in einem Altersheim ...

Egon Zwingli passierte den großen dunkelgrünen Torbogen mit der Aufschrift »Beau Rivage Palace – *One of the Leading Hotels of the World*«, hielt kurz an der Schranke und stellte nach einem kurzen Gespräch mit dem Wagenmeister seinen SUV auf dem Gästeparkplatz ab. Mit großen Schritten eilte er durch die Drehtür und betrat die Lobby, blickte sich suchend um und trat dann an die Rezeption. »*Bonjour*, ich wollte mich erkundigen, ob die Gäste Finch, Klausner und Gruber bereits eingetroffen sind.«

Die dunkelhaarige Dame mit dem freundlichen Lächeln und den beiden gekreuzten Schlüsseln am Revers schüttelte nach einem kurzen Blick auf ihren Flatscreen den Kopf. »Tut mir leid, wir haben keine Reservierungen auf diese Namen. Kann ich Ihnen sonst irgendwie weiterhelfen?«

Mit einem gemurmelten »Nein, danke« wandte sich Zwingli verärgert ab. War die Gruppe noch nicht angekommen? Hatte sie sich verspätet? Oder waren sie ganz woanders hingefahren, und der Rezeptionist in Genf hatte ihn in die Irre geschickt? Der Schweizer fluchte leise vor sich hin. Bei diesem Auftrag ging nichts, aber auch gar nichts glatt.

In diesem Moment kamen drei Männer in dunklem Anzug durch die Drehtür und nahmen die Sonnenbrillen ab. Wenigstens etwas, dachte Zwingli erleichtert, als er seine Mitarbeiter sah, und gab ihnen ein Zeichen. Zu viert würden sie die Gruppe ganz sicher nicht mehr verlieren.

Wenn sie die fünf nicht bereits verpasst hatten.

Llewellyn war das Glück hold gewesen und er hatte einen Parkplatz schräg neben dem Torbogen gefunden. So stellte er seinen Mercedes in der Rue du Beau Rivage ab und überlegte, was er nun tun sollte. Zwingli war seine einzige Möglichkeit, die Südamerikaner nicht aus den Augen zu verlieren. Zugleich gab es keine andere Ausfahrt aus dem Hotelparkplatz. Hier, in seiner Sichtweite, mussten alle durch. So beschloss er, ein wenig zu warten. Was bezweckte Zwingli? Würde er versuchen, die Gruppe einzuschüchtern, oder wollte auch er erfahren, was das Geheimnis der alten Männer war? Oder wusste er es bereits?

Noch hatte der Schweizer Llewellyn nicht gesehen, hatte keine Ahnung, dass er ihm auf den Fersen war. Diesen Vorteil beschloss Llewellyn so lange wir nur irgend möglich auf seiner Seite zu behalten.

Aristide Leblanc schien eingeschlafen zu sein. Sein Kopf war nach vorn gesunken, die Hände lagen ganz ruhig in seinem Schoß.

John Finch seufzte und sah Georg an. Der zuckte mit den Schultern und deutete auf seine Armbanduhr.

»Glauben Sie jetzt nicht, der alte Mann ist einfach eingenickt«, ertönte da überraschend klar die Stimme von Leblanc. »Ich versuche nur, mich an etwas zu erinnern … In vielen alten Hotels dieser Zeit – vor allem wenn sie an einem Hang lagen wie das Beau Rivage – grub man einen Bierkeller in den Berg. Die Temperaturen waren gleichmäßig niedrig, ideal für die Lagerung, ohne die Notwendigkeit einer zusätzlichen Kühlung. Wie ich Ihnen bereits erzählt habe, wurde das Palace vierzig Jahre nach dem Beau Rivage gebaut. Man errichtete damals auch einen unterirdischen Verbindungsgang zwischen den beiden Gebäuden, so konnte man selbst im tiefen Winter alle Transporte unter der Erde abwickeln. Lebensmittel, Getränke, Wäsche, was auch immer.« Leblanc lehnte sich vor. »Von diesem Gang zweigte ein weiterer gemauerter Tunnel in Richtung Berg zum Bierkeller ab, mit zwei Schienen in der Mitte. Das erleichterte das Rollen der Fässer. Ja, das waren schwere Fässer …«

Finch begriff zwar nicht, worauf Leblanc hinauswollte, aber er hütete sich davor, ihn zu unterbrechen.

»Als ich im Hotel begann, war dieser Keller noch in Funktion, und ich, neugierig wie ich als junger Mensch nun einmal war …« Er unterbrach sich. »Rose und Pfeiler, sagten Sie?«

Georg Gruber und Finch nickten nur und ließen Leblanc nicht aus den Augen.

»Das könnte passen …«, murmelte der alte Mann, »ja, das könnte passen. Es war ein ziemlich großer Raum, dessen Decke von Pfeilern getragen wurde, aber fragen Sie mich nicht, wie vielen. Und dann war da noch etwas … Alle Brauereien, die etwas auf sich hielten und ihre Kunden behalten wollten, unterstützen die Gastwirte oder Hotels mit Zuschüssen. Manchmal mit Warenleistungen, oft mit Geld oder kostenlosen Schankanlagen. Im Falle des Bierkellers hier zahlte die Brauerei wohl einen Teil der Kosten.« Leblanc machte eine kunstvolle Pause und schmunzelte. »Es war die Rosen-Brauerei, und deshalb wurde eine stilisierte Rose auf dem Türsturz des Tors angebracht.«

Finch hätte den alten Mann am liebsten umarmt. Doch dann … Leblanc musste es ihm angesehen haben, denn er schüttelte bedauernd den Kopf.

»Freuen Sie sich nicht zu früh«, meinte er. »Der Gang zum Keller wurde in den sechziger Jahren zugemauert. Man brauchte ihn nicht mehr, er war zu feucht geworden, und durch einen modernen Kühlraum, dessen Temperatur man problemlos kontrollieren konnte, war der Keller leicht zu ersetzen. So optierte man für die Elektrizität. Ja, ja, der Fortschritt ...«

Untergrund, Rose, Pfeiler – alles passte, dachte sich Finch und verwünschte diesen Paul Hoffmann, dass er nicht einen anderen Platz gewählt hatte. Sie würden kaum mit Spitzhacken und Presslufthämmern in den Kellern des Beau Rivage einen zugemauerten Gang freilegen können ...

Das war das Ende der Reise.

»Konnte man als Gast damals überhaupt in diesen Bierkeller gelangen?«, wollte Georg wissen, der verzweifelt nach einem Ausweg suchte.

Leblanc wiegte den Kopf. »Nicht leicht, aber auch nicht unmöglich, nein, nicht unmöglich«, meinte er. »Wenn man zum Beispiel eine Bierlieferung abwartete und sich mit den Kutschern anfreundete oder ihnen ein Trinkgeld in die Hand drückte, dann wäre das sicherlich kein Problem gewesen. Die Zeiten in den letzten Kriegsjahren waren schlecht, und auch danach dauerte es noch bis in die Mitte der fünfziger Jahre, bis es für alle wieder aufwärtsging.« Ein lauernder Ausdruck trat in seine Augen. »Möchten Sie mir nicht sagen, was Sie eigentlich suchen, meine Herren? Sie sehen nicht wie Einbrecher oder diese Terroristen aus, von denen man heute so viel liest.«

Finch überlegte kurz. Da kam ihm Georg zu Hilfe. »Ein Freund meines Vaters hat offenbar etwas in diesem Bierkeller versteckt, bevor er auswanderte. Wahrscheinlich ist es nicht einmal etwas Kostbares, nichts Wertvolles, vielleicht ein Stück Papier oder ein Foto, eine Erinnerung eben. Er hat uns jedoch nur die Begriffe ›Rose‹, ›Pfeiler‹ und ›Untergrund‹ hinterlassen. Und das Beau Rivage genannt.«

»Wann genau soll das gewesen sein?«, erkundigte sich Leblanc neugierig.

»Das wissen wir nicht so genau«, gab Georg zu. »Entweder vor oder kurz nach dem Kriegsende.«

»Das wäre durchaus möglich«, nickte der alte Mann. »Da war der Bierkeller noch in Betrieb. Er könnte sich also Zutritt verschafft haben, ja, das könnte er.«

Die drei Männer schwiegen. Ein Duft von Kaffee und Kuchen zog durch den Garten, und die Hausfrau stellte unaufgefordert eine große Kanne und drei Tassen auf den Tisch, bevor sie sich wieder zurückzog.

»Ich würde ihn nicht trinken, nein, besser nicht«, flüsterte Leblanc verschwörerisch, »sie mischen Brom hinein …«

Die Stimmung Finchs war auf dem Nullpunkt angelangt. Sosehr er sich auch den Kopf zerbrach, hier war die Spur zu Ende, die Hoffmann gelegt hatte. Damit hatte er nicht rechnen können, als er den Hinweis versteckte. Aber die Zeit und der Fortschritt hatten am Ende doch gesiegt.

»Danke für Ihre Geduld und Ihre Erinnerungen, Monsieur Leblanc«, sagte Finch und erhob sich. »Wir haben Sie lange genug gestört.«

Der alte Mann winkte entschieden ab. »Ach was, nicht im Geringsten, nein, keineswegs. Sind Sie auf der Suche nach diesem … versteckten Gegenstand?«

»Ja, und wir haben einen langen Weg hinter uns, von Südamerika hierher«, antwortete Georg und stand ebenfalls auf. »Aber manchmal ist man am Ende seiner Weisheit. Danke trotzdem!«

Der alte Mann blieb sitzen und schien zu überlegen. »Ein Freund Ihres Vaters? Soso … Ist es sehr wichtig für Sie?«

»Einige Freunde sind bereits dafür gestorben«, stellte Georg düster fest.

Leblanc sah bestürzt auf. »Gestorben, sagen Sie? Mein Gott, wie furchtbar.« Er legte die Hände flach auf die Tischplatte. »Sie müssen wissen …«, begann er, dann verstummte er wieder.

»Ja?« Finch sah ihn fragend an.

Schließlich gab sich Leblanc einen Ruck. »Die Fässer konnten ja schwer durch das Hotel angeliefert werden, wegen der Gäste und der möglichen Störung. So gab es einen weiteren Eingang mit einem Aufzug, der von Hand bedient wurde, von der Straße aus.«

Finch sagte gar nichts mehr. Er ließ sich auf den Sessel zurücksinken und schaute den alten Mann mit großen Augen an.

»In dem Chemin du Beau Rivage gibt es etwas weiter bergauf eine alte Villa mit dem Namen Clos d'Ouchy und einer kleinen Grünfläche davor. Genau da befand sich der Ausgang«, erinnerte sich Leblanc. »Eine im Boden eingelassene Falltür aus Metall, ziemlich massiv, ja, ziemlich massiv.«

Georg hielt den Atem an. Finch stellte die alles entscheidende Frage: »Wissen Sie, ob es den Zugang heute noch gibt?«

»Ich weiß es nicht, nein, wirklich nicht, tut mir leid«, bedauerte Leblanc. »Aber es ist Ihre einzige Möglichkeit, noch in diesen Bierkeller zu gelangen. Ich drücke Ihnen die Daumen, Messieurs. Mehr kann ich für Sie beim besten Willen nicht tun.«

11. April 1945

Imst, Tirol / Ostmark

»Heil Hitler!« Die drei SS-Männer hoben die Hände zum Gruß.

»Öhh ... Heil Hitler«, antworteten Ernst und Paul überrascht im Chor und salutierten. »Wir ... wir kommen später wieder vorbei«, ergänzte Ernst und stieß Paul an.

»Keineswegs, meine Herren, keineswegs«, tönte einer der SS-Männer gönnerhaft mit preußischem Akzent. »Wir sind ja bereits fertig mit Herrn Altmeyer, nich wahh?«

Ein untersetzter Mann um die sechzig in Lederhosen und Trachtenhemd blickte verlegen zu Boden.

»Wo ist Ihr Standort, Obergefreiter?«, erkundigte sich der Mann in der schwarzen Uniform bei Ernst, während er sich die Handschuhe anzog und die Kappe aufsetzte.

»Das Lager Haiming, unweit von hier in Richtung Innsbruck.«

»Ahh, ja, das Geheimprojekt der Reichsluftfahrtanstalt, seeah jut«, nickte der Offizier. »Genau da wollen wir hin. Wie weit noch, Obergefreiter?«

»Etwas mehr als zwanzig Minuten«, erwiderte Paul.

Der SS-Mann nickte zufrieden, während seine Kameraden bereits die Tür geöffnet hatten und ins Freie traten. Dann beugte er sich zu Ernst und flüsterte ihm ins Ohr: »Scharfe Weiber habt ihr hier, Donnerwetter!« Grinsend schlug er ihm auf die Schulter und folgte den anderen ins Freie.

Verdutzt und alarmiert zugleich schauten ihm Ernst und Paul hinterher. »Verstehst du das?«, raunte Ernst seinem Freund zu.

»Ich habe nur gehört, dass die drei auf dem Weg nach Haiming sind, und das ist gar nicht gut, überhaupt nicht«, flüsterte Paul aufgeregt.

Der untersetzte Fotograf sah ihnen erwartungsvoll entgegen. »Womit kann ich dienen?«, fragte er, während er einige Umschläge zusammenschob. »Vielleicht auch mit ... Fotos?«

»Ja, bitte, und zwar schnell, es ist dringend!«, stieß Ernst hervor.

Altmeyer riss die Augen auf und schaute die beiden jungen Soldaten verblüfft an. »Dr... dringend?«, stotterte er, bevor er sich wieder fasste. Dann winkte er Ernst und Paul näher, legte die Umschläge auf die Verkaufstheke und machte eine einladende Handbewegung. »Bitte, wenn es so dringend ist ... Wählen Sie in aller Ruhe, ich muss noch die Dunkelkammer aufräumen.«

Paul erwischte Altmeyer noch am Hemdsärmel, als Ernst auch schon einen der Umschläge öffnete, hineinblickte und ihn mit rotem Kopf rasch wieder schloss.

»Halt, wo wollen Sie denn so rasch hin?«, fragte Paul verwirrt, während er mit einem Auge Ernst beobachtete, der mit fahrigen Handbewegungen die Umschläge zusammenschob und den Stapel dem überraschten Fotografen reichte.

»Wir brauchen Passfotos«, erklärte Ernst kopfschüttelnd, »nicht ... so etwas ...«

»Ahh ... ich verstehe ... tut mir leid.« Altmeyer ließ den Stapel von Kuverts blitzschnell in einer Schublade verschwinden. »Warum haben Sie das nicht gleich gesagt? Kommen Sie bitte nach hinten in mein Atelier? Bis wann brauchen Sie die Fotos?«

»Sofort«, antwortete Paul wie aus der Pistole geschossen, »ich meine, auch die Abzüge so rasch wie möglich.«

»Ein Eilauftrag also«, entgegnete Altmeyer, der einen Rollfilm in eine Leica legte und den Deckel schloss. »Das ist etwas teurer, versteht sich. Das Material ist auch immer schwerer zu bekommen, wissen Sie? Von den Chemikalien ganz zu schweigen ...«

»Verkaufen Sie diese ... Fotos offiziell?«, forschte Ernst mit unschuldiger Miene nach. »Ich dachte immer, Pornographie sei im Deutschen Reich verboten und wird schwer bestraft.«

»Pssst, nicht so laut, wer wird denn dieses furchtbare Wort verwenden?«, wand sich Altmeyer und schaute sich rasch um. »Das sind private Kunstfotos, selbstverständlich. Ich bin nicht dafür verantwortlich, dass jemand in seinem ganz eigenen häuslichen Rahmen …«

»Schon gut, so genau wollen wir es gar nicht wissen«, beruhigte ihn Paul. »Ich mache Ihnen einen Vorschlag. Wir vergessen, was wir gesehen haben, und Sie machen unsere Passfotos in einer halben Stunde fertig. Dann sind wir wieder weg und waren niemals da. Ist das ein Vorschlag zur Güte?«

Der Photograph nickte eifrig. »Sehr gut, so machen wir es. Würden Sie bitte hier Platz nehmen?«

Es dauerte vierzig Minuten, bis Altmeyer das letzte der entwickelten und zugeschnittenen Fotos in eine Kartonhülle steckte und seinen Kunden überreichte. »Bitte sehr, ich hoffe, Sie sind zufrieden.«

»Sie haben uns vor allem niemals gesehen«, ergänzte Willi und schob das Geld über den Tresen. »Sollte ich auch nur den Hauch einer Andeutung im Lager hören, dann kommen wir zurück und finden die Negative Ihrer Privataufnahmen. Was dann passiert, brauche ich Ihnen nicht auszumalen, oder?«

Altmeyer schüttelte energisch den Kopf und steckte die Reichsmarkscheine ein. »Wo denken Sie hin? Ich schweige wie ein Grab. Sie können sich darauf verlassen.«

Auf ihrem Weg zum LKW beratschlagten Willi und Franz die nächsten Schritte. Lange Kolonnen von Wehrmachtsfahrzeugen rollten westwärts über die Hauptstraße und hinterließen grauschwarze Dieselwolken.

»Wir brauchen Zivilklamotten, aber erst knapp bevor wir über die Grenze gehen«, gab Franz zu bedenken. »Vorher können wir sie nicht anziehen, also hat das noch Zeit bis zum Bodensee. Aber die Pässe …«

»… sollten wir gleich ausfüllen, noch bevor wir jetzt losfahren«, ergänzte Willi. »Hast du schon einen Namen?«

»Ja, den meiner Großmutter mütterlicherseits. Und du?«

»Zwei Seelen, ein Gedanke«, grinste Willi. »Ich auch.«

»Gut, dann schauen wir, was sich die anderen ausgedacht haben.« Franz zog seine Füllfeder aus dem Uniformhemd. »Wer sich verschreibt, bleibt zu Hause. Wir haben nur vier gestempelte Pässe. Aber angesichts der SS-Männer, von denen Paul erzählt hat, sollten wir etwas aus Imst herausfahren, in Richtung Arlberg. Mir wäre wohler, so viele Kilometer wie möglich zwischen den Fotografen und uns zu bringen. Ich traue ihm nicht über den Weg.«

»Dann nehmen wir die Tiroler Straße nach Westen und suchen uns irgendwo einen ruhigen Seitenweg«, stimmte Willi zu. »Wenn jemand fragt, dann haben wir eine Panne. Wie lange werden wir bis nach diesem Bangs fahren?«

»Ernst hat die Reste der Karte studiert, aber ich schätze zwischen vier und fünf Stunden«, antwortete Franz. »Schau dir nur den Verkehr an! Wenn die sich alle über den Pass quälen, dann sind wir zu Fuß schneller …«

»Also nichts wie weg von hier«, nickte Willi, reichte die Bilder an Paul und Ernst weiter und schwang sich auf die Rückbank. »Heute Abend sind wir entweder tot oder in der Schweiz.«

Chemin du Beau Rivage 14, Lausanne / Schweiz

»Spaten, Schraubenzieher, Brecheisen, zwei Taschenlampen, Reservebatterien, ja sogar ein kleines Metallsuchgerät«, staunte Georg, als er einen Blick in den Leinenbeutel warf und das Taxi in den Chemin du Beau Rivage einbog. »Du hast den Eisenwarenladen ausgeräumt.«

»Je besser wir ausgerüstet sind, umso schneller kommen wir ans Ziel«, entgegnete Finch leise. »Vergiss nicht, die Geier kreisen schon ... Deswegen bin ich ganz froh, dass wir nicht vom Hotel, sondern von der Stadt her kommen. Wer immer auch im Beau Rivage Palace auf uns lauert, der kann ruhig noch länger warten.«

Der Chemin du Beau Rivage war eine schmale Einbahnstraße, die bergab in Richtung Hoteleinfahrt führte. Rechts lag eine rosa Jugendstilvilla, die etwas vernachlässigt aussah, während links ein kleiner Park mit sauber getrimmtem Rasen, Bäumen und vereinzelten Büschen die weißen Hotelgebäude durchschimmern ließ.

»Lassen Sie uns bitte hier aussteigen.« Finch klopfte dem Fahrer kurz auf die Schulter, drückte ihm zwanzig Franken in die Hand und öffnete die Tür. »Den Rest des Weges gehen wir zu Fuß.«

Am Trottoir stehend, warteten die beiden Männer, bis das Taxi um die Kurve verschwunden war. In der ruhigen, abschüssigen Gasse war kaum Verkehr. Finch blickte sich um. Die Werkstatt einer Mercedes-Vertretung lag unterhalb der Villa. Motorengeräusche drangen bis auf die Straße, unterbrochen durch Hämmern und Bohren.

Hinter ihnen, zwischen der Villa und der Werkstatt, lag, wie Aristide Leblanc beschrieben hatte, terrassenartig ein Streifen Brachland, überwuchert von Gestrüpp, hohem Gras und einigen Föhren, die sich wohl wild hier ausgepflanzt hatten.

Das musste der Platz sein. Es gab weder Gitter noch Zaun, lediglich eine kniehohe Mauer begrenzte das verlassene Grundstück zur Gasse hin.

Georg und Finch stiegen darüber und drangen zwischen Büschen und Gestrüpp, Disteln und Brennnesseln tiefer vor. Hier musste der Eingang sein, wenn es ihn überhaupt noch gab. Jetzt hieß es suchen und auf das Glück vertrauen.

Fünfzig Meter weiter saß Llewellyn hinter dem Steuer seines Mercedes und runzelte die Stirn. Er hatte die beiden Männer beobachtet, die sich hinter der Werkstatteinfahrt in die Büsche geschlagen hatten. Irgendwo, ganz weit hinten in den Tiefen seiner Erinnerung, begann eine Alarmsirene zu heulen. Woher kannte er die beiden? Waren sie ihm schon einmal begegnet? An dem Abend, als er dieser Frau in Medellín über den Weg gelaufen war, dieser Klausner, die er danach im Fernsehen wiedererkannte?

Wo war das noch genau gewesen?

Der Major zerbrach sich den Kopf, während er das Stück Brachland zwischen den Anwesen nicht aus den Augen verlor. Seltsam, dachte er, dass es unweit des noblen Grandhotels einen so ungepflegten Streifen Grünfläche gab, während alles andere wie geleckt aussah. Er trommelte mit den Fingern auf das Lenkrad.

Sitzen bleiben oder nachsehen gehen?

Zwingli verpassen oder seinem Instinkt folgen?

Nach einigen Minuten des Abwägens entschloss er sich für Zweiteres. Er holte die Glock aus dem Handschuhfach, steckte sie in seinen Hosenbund, stieg aus und verschloss den Wagen. Gemütlich schlenderte er bergauf, wie ein Müßiggänger, dem das Hotelleben zu langweilig geworden war und der sich ein wenig die Beine vertreten wollte.

Das Piepsen des kleinen Metalldetektors, der normalerweise für Rohre in der Wand konzipiert war, war laut und deutlich. Erschreckt zog Georg die Hand zurück und schaltete den Sensor ab.

»Was es auch immer ist, es ist groß und aus Metall«, flüsterte er und wies auf ein Stück Boden zu seinen Füßen. Ringsum wuchsen mannshohe Büsche, deren überhängende Äste die ebene Fläche perfekt tarnten.

»Lass mich raten«, scherzte Finch und zog den Spaten aus dem Leinenbeutel. »Ein altes Stück Blech, ein verrosteter Kotflügel aus der Werkstatt, der von Unkraut überwuchert wurde?«

Er stieß versuchsweise den Spaten in die Erde und – kaum drei Zentimeter unter der Oberfläche traf Metall auf Metall. »Drück die Daumen so fest wie noch nie in deinem Leben«, raunte er Georg zu und begann, die dünne Erdschicht abzutragen. Darunter kam nach und nach geriffeltes Metall zum Vorschein.

»Bingo!«, freute sich Gruber. Seine Augen leuchteten, als die Metallfläche immer größer wurde. »Der alte Aristide wusste genau, wovon er sprach.« Er nahm den Schraubenzieher und versuchte, die Umrisse der Falltür nachzuziehen. »Die ist ja riesig«, wunderte er sich.

»Bierfässer und ihre Kutscher waren keine Leichtgewichte und manchmal breiter als hoch«, erinnerte ihn Finch. »Schau dir lieber den Riegel und das Vorhängeschloss in der Mitte an, während ich die restliche Erde wegschaufle.«

»Verrostet und halb zersetzt«, berichtete Georg nach genauerer Inspektion. »Vergiss nicht, der Gang zum Keller wurde in den sechziger Jahren zugemauert. Fünfzig Jahre Schweizer Wetter kann auch den Widerstandsfähigsten zerstören.«

Während Finch noch die letzten Reste der Erdschicht beiseiteräumte, zog Georg das Brecheisen hervor und setzte an. Mit einem überraschend leisen Knall gab der Riegel nach, und das Schloss fiel zur Seite. Dann begann er, den Schraubenzieher in den Spalt zu zwängen, und hob nach einigen Versuchen die eine Hälfte der Metalltür leicht an.

»Jetzt sollten wir beide gemeinsam stemmen«, bedeutete er Finch. »Wenn uns nur ein Flügel reicht, um einzusteigen, dann bin ich dafür, den anderen an Ort und Stelle zu lassen.«

»Ganz deiner Meinung«, nickte Finch.

Zuerst sah es so aus, als wäre die Metalltür an ihrem Platz angeschweißt worden. Doch nach und nach, Zentimeter um Zentimeter, gelang es den Männern, den Flügel anzuheben. Die verrosteten Angeln protestierten, gaben aber schließlich doch nach.

Der Geruch nach Feuchtigkeit, Moder, altem Holz und abgestandener Luft schlug ihnen entgegen, als Finch den Metallflügel gegen einen der Büsche fallen ließ.

»Leblanc hatte recht«, murmelte er. »Massiv und gebaut für die Ewigkeit.«

Im Tageslicht waren die ersten Stufen einer Eisenleiter zu erkennen, die senkrecht in die Tiefe führte. Der Rost hatte sie dunkelrot gefärbt.

Georg drückte Finch eine Taschenlampe in die Hand, hängte sich den Leinenbeutel um und stieg vorsichtig auf die erste Sprosse. Sie hielt.

»Da es sich hier um eine Familienangelegenheit handelt, gehe ich als Erster. Jetzt werden wir ja sehen, ob unser guter alter Aristide richtig kombinierte«, meinte er neugierig. »Untergrund, Rose, Pfeiler und sehr viel Zeit, die vergangen ist.« Damit verschwand sein Kopf langsam in der Dunkelheit.

Finch warf einen Kontrollblick durch die Zweige der Gebüsche auf die Straße. Alles schien ruhig, ein Wagen parkte aus, und ein einsamer Spaziergänger schlenderte bergan. Dann wandte er sich wieder dem dunklen Rechteck zu, in dem Georg verschwunden war.

Sollte es tatsächlich der alte Bierkeller des Beau Rivage sein?

Aus der Tiefe blinkte die Taschenlampe Grubers zweimal.

Finch überlegte kurz, trat dann auf die erste Sprosse und begann mit dem Abstieg.

Llewellyn hatte das Quietschen von Metall gehört, leise Stimmen, die schließlich verstummt waren. Nachdenklich setzte er sich auf die niedrige Natursteinmauer und ließ seinen Blick über den Park auf der anderen Seite des Chemin du Beau Rivage schweifen. Die beiden Gebäude der Hotels lagen keinen Steinwurf entfernt. Durch die Zweige der Bäume konnte man die geparkten Autos der Gäste auf dem Parkplatz des Beau Rivage erkennen.

Er fuhr sich mit der Hand über seine kurzgeschnittenen grauen Haare. Was zum Teufel machten die beiden Männer so lange im Gebüsch?

Die letzten beiden Sprossen der Leiter waren durchgerostet, und so sprang Finch den letzten Meter auf den Boden.

»Achtung, es ist verdammt glitschig hier«, warnte ihn Georg, der den Strahl seiner Taschenlampe immer weiter ins Dunkel wandern ließ. »Ich wäre auch beinahe ausgerutscht.«

Weiße Pilzgeflechte leuchteten auf den Wänden, sobald der Lichtkegel sie erreichte. In einem geometrischen Muster, dessen Bedeutung Finch nicht verstand, liefen rostige Schienen kreuz und quer über den Boden. Die Schritte der Männer hallten laut, als sie tiefer in das unterirdische Gewölbe vordrangen. Große Steinplatten wechselten sich mit betonierten Flächen ab. Finch richtete seine Taschenlampe auf das Gewölbe über ihm und sah gemauerte Halbbogen, die auf Metallträgern ruhten, die wiederum von gusseisernen Pfeilern gestützt wurden.

Der lange Keller schien in der Dunkelheit unendlich. Finch zählte die Pfeiler, die er sehen konnte. Dann rechnete er hoch.

»Georg? Hast du die Pfeiler gesehen?«, fragte er.

»Ja, es stimmt tatsächlich, Pfeiler im Untergrund«, antwortete Gruber andächtig.

»Es sind mindestens hundert, wenn nicht mehr«, gab Finch zu bedenken.

Georg pfiff lautlos zwischen den Zähnen und ließ seine Taschenlampe kreisen. Wo immer das Licht hinfiel, riss es weitere Pfeiler aus dem Dunkel. »Ach, du liebe Zeit!«, stieß er hervor.

»Am Fuße des dritten Pfeilers«, erinnerte ihn Finch. »Fragt sich nur, von wo aus?«

Spinnweben hingen von den Deckenbogen. An den Fäden hatte das Wasser kondensiert und bildete Reihen von durchsichtigen Perlen, die im Licht glitzerten. In einer Ecke entdeckte Georg die Reste eines alten Fasses, fast gänzlich vom Moder zerfressen.

Die Wände des ehemaligen Bierkellers waren gemauert und nicht verputzt worden. Je tiefer die beiden Männer in Richtung Hotel vordrangen, umso kühler wurde es. Ihr Atem stand in zarten weißen Wolken im Raum.

Große Pfützen hatten sich mit der Zeit gebildet, in denen sich die Kegel der Taschenlampen spiegelten und irrlichternde Muster auf die Decke zeichneten.

»Irgendwie ein surrealer Ort«, bemerkte Georg, und seine Stimme hallte in den leeren Gewölben wider. »Man muss sich die Geschäftigkeit vorstellen, die hier herrschte, wenn wieder ein neuer Transport von Bierfässern ankam, die leeren Fässer hinausgeschafft und die vollen an ihren Platz gerollt werden mussten.« Er bückte sich und hob etwas auf, drehte es im hellen Licht der Taschenlampe. »Ein Franken von 1952! Vielleicht bringt er uns Glück.«

Llewellyn drängte sich durch das hohe Gras und die Büsche, vorbei an den Bäumen und einem alten Autoreifen, der bereits halb zugewachsen war. Hatten sich die beiden Männer in Luft aufgelöst? Der Streifen an Brachland war keine fünfzig Meter lang, und trotzdem waren sie nicht mehr zu sehen.

Was, wenn Zwingli jetzt, in diesem Moment, abreisen würde?

Llewellyn wischte den Gedanken beiseite. Dann wandte er sich nach rechts, wo eine Stützmauer aus Beton hinter einer Gruppe von Gebüsch mehr als zwei Meter hoch aufragte.

Plötzlich hielt er inne und lauschte. Waren da nicht Stimmen gewesen? Llewellyn schob ein paar Zweige beiseite und duckte sich, schlüpfte durch die Öffnung und stand mit einem Mal vor einer aufgeklappten Metallplatte im Boden.

»Siehst du da hinten den zugemauerten Teil am Ende des Ganges? Das muss die Aktion aus den sechziger Jahren gewesen sein, die Stilllegung des Bierkellers«, bemerkte Georg, als seine Taschenlampe eine Wand mit neueren Ziegeln beleuchtete. Gemeinsam gingen sie den Gang entlang bis zu der Mauer. Die Schienen, von denen Leblanc gesprochen hatte, waren zwar herausgerissen worden, ihre Umrisse zeichneten sich jedoch noch immer auf dem Betonboden ab.

Als er sich umdrehte, um wieder in den Keller zurückzugehen, suchte Finch auf dem Stein über dem Tor nach dem letzten Hinweis. Und tatsächlich: Eine in Stein gravierte, fünfblättrige stilisierte Rose zeichnete sich ganz deutlich über der verwitterten Holztür ab, die nur mehr schräg in den Angeln hing.

»Wir sind richtig hier«, stellte Finch zufrieden fest, »ohne Zweifel. Paul Hoffmann muss in diesem Keller gewesen sein, vor fünfundsechzig Jahren, und am Fuß des dritten Pfeilers den nächsten Hinweis versteckt haben.«

»Pfeiler haben wir ja genug zur Auswahl«, bemerkte Georg ironisch. »Die Frage ist nur, wie wir den richtigen finden.«

»Bis jetzt hat er jedes Mal eine sehr genaue Beschreibung geliefert«, erinnerte ihn der Pilot. »Nun muss es eine logische Reihenfolge geben.« Er richtete die Taschenlampe auf den nächsten Metallpfeiler vor ihm. Ein paar grüne Farbreste blitzten zwischen dem Rost auf. Der Pfeiler selbst war aus einem Stück gegossen worden, schlank in der Mitte und ausladender am Boden und an der Decke, wo er mit je acht Schrauben befestigt war. Am oberen Ende bildeten die Ranken wohl die symbolische Krone eines Baumes, während die Wurzeln sich auf gemauerten Podesten am Boden abstützten.

Finch trat näher und ließ den Strahl der Lampe über den Guss gleiten, ging in die Knie und betrachtete das Podest und die Befestigung des Pfeilers. Plötzlich lachte er laut auf. »Sieh dir das an!«

Georg eilte zu ihm und bückte sich, um besser zu sehen. Jeder der Pfeiler trug auf einer ovalen flachen Stelle eine Nummer, die aus römischen Zahlen gebildet wurde. Deshalb wäre sie einem unbefangenen Beobachter auch nicht sofort ins Auge gesprungen.

»X-I-X, wir stehen also vor dem Pfeiler neunzehn.« Finch strich mit dem Finger über die erhabenen Zeichen. »Welche Nummer hat der Pfeiler rechts von uns? Achtzehn, zwanzig, neun oder neununddreißig?«

Georg eilte hinüber und beugte sich hinab. »Neun!«

»Dann muss die Drei in derselben Reihe sein, nur weiter vorn. Los!«

Sie waren wieder in Richtung der Eisenleiter unterwegs, wichen den großen Wasserlachen aus und liefen unter den herabhängenden Spinnweben durch. Die Kälte begann sich bemerkbar zu machen und schien in ihre Knochen zu kriechen.

Sechs Pfeiler weiter kontrollierte Georg aufgeregt die Zahl auf der kleinen Vignette. »Drei!«, rief er triumphierend. Dann richtete er den Strahl der Taschenlampe auf das Podest aus Steinen, auf dem der Pfeiler ruhte. Er fuhr mit den Fingern die Linien der Steine nach, aber da waren kein Riss und keine Höhlung zu erkennen. Nichts, worin man etwas verstecken könnte. Die Steine waren glatt aneinandergefügt, mit gleichmäßigen Fugen, und sie wiesen keine Beschädigungen auf.

»Ich muss gestehen …«, murmelte Georg, als Finch neben ihm in die Knie ging und ebenfalls den Sockel untersuchte, »… das sieht nicht nach einem idealen Versteck aus.«

»Es hat ja auch nicht geheißen ›am Sockel des Pfeilers‹, sondern ›am Fuß‹«, bemerkte der Pilot nachdenklich und leuchtete hinter die geschwungenen Ranken, die das untere Ende des Metallpfeilers bildeten. »Vergiss nicht, Hoffmann hatte hier im Keller nicht viel Zeit. Er konnte nicht Steine losbrechen und wieder einsetzen. Wenn ihn die Bierkutscher tatsächlich gegen ein Trinkgeld hierhergelassen haben, dann hatte er wahrscheinlich nur wenige Minuten.«

Finch verstummte und überlegte. Schließlich presste er seine Hand zwischen die Ornamente und begann zu tasten. »Der Pfeiler ist hohl, wie ich mir gedacht habe.«

Plötzlich lächelte er und zog vorsichtig mit zwei Fingern ein Wachspapier aus dem Inneren des Pfeilers. Es hatte die Abmessungen einer Zigarettenschachtel, war aber nur so dünn wie ein Streichholzbriefchen.

»Er hatte es im Hohlraum verkeilt, damit es nicht unabsichtlich herunterfallen konnte«, erklärte Finch, und sein Respekt vor dem jungen Paul Hoffmann wuchs von Minute zu Minute. »Einfach, aber wirkungsvoll und unauffällig.«

Georg drehte das Wachspapier ehrfürchtig in seinen Fingern. »Wir haben es tatsächlich geschafft«, flüsterte er. »Unglaublich …« Dann entfernte er vorsichtig die äußerste Schicht. Der Inhalt des dünnen Päckchens bestand aus einem einzigen, zweimal gefaltetem Blatt Papier, das erstaunlich trocken geblieben war. Grubers Hände zitterten, als er es entfaltete und das Licht der Taschenlampe darauf richtete. In gestochen scharfer Handschrift stand zu lesen:

Nütze den Ring weise …

1. Addiere alle Zahlen
2. Dann die ersten beiden
3. Was kommt vor der ersten Zahl?
4. Addiere die letzten drei Zahlen
5. Ziehe einen Punkt vom ersten Ergebnis ab
6. Wiederhole die erste Addition und rechne die erste Zahl nochmals dazu
7. Ziehe den Tag vom Monat ab

Wenn Du fertiggerechnet hast, dann folge der Spur des Mais-Whiskeys.
Die Zeit – sie wohnt bei den Herrschaften
und wartet auf den Schlüssel.

»Sag, dass das nicht wahr ist«, flüsterte Georg frustriert und ließ den Zettel sinken. »Jetzt beginnt alles wieder von vorn …«

Finch grübelte und schwieg. Von irgendwo drang der Klang von Schritten in sein Unterbewusstsein, aber er hörte nicht hin.

Nütze den Ring weise … Jetzt war es also an der Zeit, den Totenkopfring ins Spiel zu bringen, wie er bereits vermutet hatte. Die Spur, die Hoffmann gelegt hatte, führte unbeirrbar zum nächsten Punkt.

Und dann? … *folge der Spur des Mais-Whiskey* … Ging es zurück nach Amerika? War die Schreibweise von Whisky Absicht oder Versehen?

Die Zeit – sie wohnt bei den Herrschaften und wartet auf den Schlüssel. Der kleine Uhrenschlüssel … der dritte Hinweis … die Zeit … es ging also tatsächlich um eine Uhr …

Plötzlich stieß Georg ihn an und unterbrach seinen Gedankengang. Als Finch ihn fragend anschaute, bemerkte er, wie Gruber völlig erstarrt in die Dunkelheit vor ihnen blickte. Finch folgte seinem

Blick und traute seinen Augen kaum: Wenige Meter entfernt, am Rand der Schattenwelt, stand ein breitschultriger, hochgewachsener Mann mit militärisch kurzgeschnittenen grauen Haaren und schaute sie unverwandt an.

Seine eisgrauen Augen schienen zu leuchten.

Niemand sagte ein Wort.

Schließlich machte der Fremde einige Schritte nach vorn, verschränkte die Arme vor der Brust, fixierte den Piloten und legte den Kopf etwas schräg.

»Mr. Finch, wie ich annehme«, sagte er mit einer volltönenden Stimme auf Englisch. »Ich habe Sie zuletzt in einem mattschwarzen Helikopter gesehen, in São Gabriel da Cachoeira. Sind Sie nicht ein wenig zu weit vom Kurs abgekommen?«

Kapitel 10

DIE LISTE

CHEMIN DU BEAU RIVAGE 14, LAUSANNE / SCHWEIZ

»Wer sind Sie?«, stieß Georg Gruber hervor und steckte instinktiv das Blatt Papier mit dem Hinweis ein. »Und was machen Sie hier?«

»Nun, ich nehme an, dasselbe wie Sie«, antwortete Llewellyn ironisch. »Auf fremden Grundstücken in abgesperrte Keller einsteigen, auf der Suche nach ...« Er machte eine Pause und runzelte die Stirn. »... nach der Wahrheit? Manche könnten das Hausfriedensbruch nennen.«

»Sie sind der Mann, der in Medellín hinter Ernst Böttcher her war«, sagte Finch tonlos. »Vincente hat Sie wiedererkannt. Sie haben den Angriff geleitet.«

»Wäre es doch nur so gewesen«, gab der Major zurück. »Leider wurden wir angegriffen, und vier meiner besten Männer starben.«

»So kann man es auch drehen«, meinte Finch bitter.

»Ich brauche nichts zu drehen«, erwiderte Llewellyn ungerührt. »Ich hätte nichts lieber getan als mit Böttcher gesprochen. Leider kam ich nicht mehr dazu.«

»Weil Sie danach in São Gabriel durch eine Explosion meine Albatross und gleich die letzten beiden alten Männer in die Luft gesprengt haben?«, fuhr ihn Finch an. »Das beendet allerdings sehr effektiv jede Unterhaltung.«

»Tut mir leid, ich war in dieser Zeit in Medellín, und glauben Sie mir, ich habe mich mindestens genauso darüber geärgert wie Sie.« Llewellyn steckte die Hände in die Taschen und kam näher. »Ich glaube, Sie haben ein ungeheures Informationsdefizit. Der Feind lauert da draußen.« Er zeigte nach oben. »Er sitzt bereits im Beau Rivage und wartet nur darauf, dass Sie ihm servieren, was er braucht. Für noch mehr Einfluss, noch mehr Macht, noch mehr

Geld. Gehen Sie raus und geben Sie es ihm! Ich halte Sie nicht auf.«

»Zwingli?« Finch hatte den Namen auf gut Glück genannt.

Der Fremde schien beeindruckt. »Ja, genau«, nickte er, »Egon Zwingli. Er hätte am liebsten verhindert, dass die Tauben auffliegen.«

Georg machte einen Schritt auf den Unbekannten zu. »Wer sind Sie? Was wissen Sie von den Tauben?«

»Ich war dabei«, sagte Llewellyn einfach, »dabei, als die Tauben flogen, und dabei, als der alte Mann im Dschungel starb.«

»Sie haben auch ihn getötet«, zischte Georg hasserfüllt.

»Nein, er hat sich selbst die Kehle durchgeschnitten«, erwiderte Llewellyn ruhig. »Mit einer Machete. Er war ein mutiger Mann.«

Finch erkannte einen Profi, wenn er einem begegnete, und er verfügte über genügend Menschenkenntnis, um einen Lügner zu durchschauen. Dieser Mann jedoch verunsicherte ihn. Sollte er noch einen Schuss ins Blaue wagen?

»Sie sind Brite«, stellte er fest und fixierte sein Gegenüber, »vom Geheimdienst oder einer ähnlichen Organisation.«

In Llewellyns Gesicht zuckte kein Muskel. Die eisgrauen Augen blieben unbeweglich, verschlossen.

»Was wollen Sie von uns?« Finch packte seine Taschenlampe fester. Das Brecheisen war bei Georg im Leinenbeutel. Verdammt!

»Antworten«, gab der Mann ungerührt zurück. »Ich will erfahren, was Sie wissen. Doch Sie müssen mir nicht die Lampe über den Scheitel ziehen. Ganz im Gegenteil.« Er machte eine einladende Handbewegung in Richtung Ausgang. »Gehen Sie ruhig.«

Dann zog er die Glock aus dem Hosenbund und hielt sie Finch hin. »Nehmen Sie die mit, Sie werden sie brauchen. Die da oben spaßen nicht. Die schießen zuerst und fragen nachher, wenn sie erfahren, dass Sie die Hinweise haben. Zwingli und seine Crew sind auf heimatlichem Territorium. Hier kann denen so gut wie nichts geschehen. Wenn es sein muss und der Sache dienlich ist, dann beseitigt er Menschen wie Stechmücken. Er zerschlägt sie mit der flachen Hand. Good-bye, Mr. Finch und …« Er sah Georg an. »… wer immer Sie sind.«

Als Finch keine Anstalten machte, nach der Waffe zu greifen, zuckte Llewellyn mit den Schultern und wandte sich ab. Er schickte sich an, in die Dunkelheit zu verschwinden.

»Gruber, Georg Gruber«, ertönte es da leise in seinem Rücken.

Der Major drehte sich überrascht um. »Llewellyn, einfach Llewellyn«, sagte er und streckte seine Hand aus.

Finch grinste. Der Mann begann ihm zu gefallen. »Rang?«, fragte er, als er den Händedruck des Grauhaarigen erwiderte.

»Major«, antwortete Llewellyn lächelnd. »Lassen Sie mich sagen, Mr. Finch, Sie fliegen wie der Teufel. Und ich kenne viele Piloten.«

»Ich hatte genug Zeit zum Üben«, gab Finch zu.

Der Major betrachtete ihn neugierig. »Unter schwierigen Bedingungen?«

»Welche Abteilung Geheimdienst?«, schoss er zurück.

Llewellyn begann den Piloten mit anderen Augen zu sehen. »Vielleicht stehen wir doch nicht auf ganz verlorenem Posten«, meinte er leise. »Aber die Zeit läuft uns davon. Sie werden mir entweder vertrauen müssen, oder …«

»Oder?«, fragte Georg nach.

»Oder Zwingli wird sein schmutziges Spiel gewinnen«, vollendete Llewellyn. »Er hat im brasilianischen Dschungel jemandem die Haut in Streifen vom Körper geschnitten, um an Informationen zu kommen. Er nimmt ein Nein nicht für eine Antwort. Die Leute, die hinter ihm stehen und seine Auftraggeber sind, haben alles, was man braucht in diesem Land. Macht, jede Menge Geld und ein Ziel.«

»Wer sind seine Klienten?«, wollte Finch wissen.

»Ein Konsortium der größten Schweizer Banken«, antwortete Llewellyn. »Die Drahtzieher, die Marionettenspieler in diesem Land. Der Staat im Staat.«

»Schweizer Banken?«, rief Georg überrascht aus, während Finch sich fragte, ob er richtig gehört hatte.

»Es sieht so aus, als wüssten Sie weniger, als ich vermutete«, brummte der Grauhaarige. »Warum sind die Schweizer Banken hinter Ihnen her?«

»Keine Ahnung«, gab Finch zu.

»Was suchen Sie eigentlich?«

»Das wüssten wir auch gern«, meinte Georg etwas kleinlaut.

»So kommen wir nie auf einen grünen Zweig«, seufzte Llewellyn. »Warum sind Sie hier in diesen Keller geklettert?«

»Wegen eines Hinweises«, antwortete Finch. »Das Ganze ist eine verzwickte Geschichte …«

»… von der ich einen Teil miterlebt habe«, erinnerte ihn der Major. »Der alte Mann im Dschungel, Paul Hoffmann, schickte drei Brieftauben los. Womit?«

»Mit drei Hinweisen«, erklärte Finch. »Einem Zettel mit einigen Zeilen, einem Ring und einem Schlüssel.«

»Ahh … ich verstehe, er war vorsichtig.« Llewellyn blickte von Finch zu Gruber. »Das eine ist ohne das andere wertlos, stimmt's?«

»Genau«, räumte Georg ein, »drei Teile eines Puzzles. Der erste brachte uns an den Genfer See und hierher, der zweite …« Er warf Finch einen ratlosen Blick zu.

»Haben Sie Hoffmann wirklich nicht umgebracht?«, wollte der Pilot wissen.

»Nein, wir wollten mit ihm reden, ihn mitnehmen«, betonte Llewellyn. »Es gab damals politische Gründe, aber an die glaube ich in der Zwischenzeit nicht mehr so ganz.«

»Und die Explosion? Klausner und Böttcher?«

»Zwingli«, sagte der Major nur. »Er wollte alle vier alten Männer tot sehen. Hoffmann starb im Dschungel, Klausner und Böttcher in São Gabriel …«

»… und mein Vater bereits vor einigen Jahren in Bogotá«, vollendete Gruber.

»Einer der alten Männer war Ihr Vater?«, fragte Llewellyn überrascht nach. »Sind noch andere Verwandte in die Schweiz gekommen?«

»Die Enkelin Klausners«, antwortete Finch. »Böttcher und Hoffmann hatten keine Nachfahren.«

Der Major begann auf und ab zu gehen, den Kopf gesenkt, tief in Gedanken. »Vier Männer, drei Hinweise«, meinte er leise. »Ist Ihnen aufgefallen, dass die drei übrigen nur Hoffmann für vertrauenswürdig genug gehalten haben? Wie hätte er sonst als Einziger über alle Hinweise verfügen können? Und ganz offensichtlich sollten die anderen gemeinsam der Spur folgen. Deshalb bekam jeder nur einen Hinweis.«

»Wissen Sie, was hinter der ganzen Geschichte steckt?«, fragte Finch.

»Nein. Ich dachte, ich wüsste es, aber jetzt ...« Llewellyn schien verwirrt.

»Das Prinzip der Hinweise funktioniert sehr ausgeklügelt«, meinte der Pilot. »Der erste führte uns hierher, aber schon für den nächsten Schritt benötigt man zwei Elemente. Hoffmann hat damit den Zufall ausgeschaltet. Sollte jemand einen der versteckten Hinweise aus Versehen finden, dann hätte er nichts damit anfangen können.«

»Clever, äußerst clever«, gab der Major zu. »Wohin führt der Weg von hier? Ich nehme an, dass Sie in diesem Keller ein weiteres Element gefunden haben.«

Georg sah Llewellyn misstrauisch an. »Wer sagt das?«

»Herr Gruber, bitte beleidigen Sie nicht meine Intelligenz. Sie werden kaum auf eine Partie Tischfußball in diesen Keller gekommen sein, nachdem Sie die verborgene Falltür gesucht und aufgebrochen haben.« Die Augen des Majors blitzten. »Wenn Sie nicht mit offenen Karten spielen, dann stehen wir morgen auch noch hier.«

»Ja, wir haben einen Hinweis gefunden«, gab Finch zu. »Allerdings wie immer kryptisch und schwer zu deuten.«

Llewellyn streckte wortlos die Hand aus.

Georg sah Finch fragend an, doch der nickte. Also zog Gruber das Blatt aus seiner Tasche und reichte es dem Major.

»Ich weiß Ihr Vertrauen zu schätzen«, murmelte Llewellyn und überflog die wenigen Zeilen. »Von welchem Ring und welchem Schlüssel ist die Rede?«

»Hinweis zwei und drei«, antwortete Finch. »Zugestellt per Taubenpost.« Er griff in die Tasche und zog die kleine Schatulle hervor, klappte sie auf und zeigte Llewellyn den Ring.

»SS-Ehrenring, der schwarze Orden lässt grüßen«, nickte der Major. »Ich wette, die gravierten Zahlen auf der Innenseite sind es, die man zum Rechnen verwenden soll.« Er reichte Georg das Blatt zurück und nahm seine Wanderung wieder auf. »Wir sind alle keine Geheimschrift-Experten«, stellte er fest. »Mit etwas Geduld, Glück und viel Zeit kommen wir unter Umständen auch zu einem Ergebnis, aber das dauert zu lange.« Er blieb stehen und zog schließlich sein Handy aus der Tasche. »Beleuchten Sie die Zeilen mit den beiden Taschenlampen, damit ich ein Foto machen kann.«

Nachdem er das Format des Bildes kleiner gerechnet hatte, sah er Finch an. »Welche Zahlen stehen auf der Innenseite des Rings?«

»Ein Datum. Der 2. 7. 43.«

Llewellyn tippte die Zahlen in das Mobiltelefon und drückte dann eine Kurzwahlnummer. »Wir haben sogar eine Verbindung hier unten«, murmelte er zufrieden. Sein Gesprächspartner schien nach dem ersten Läuten abzuheben.

»Rodney, du Zahlenjongleur, hier spricht Llewellyn. Hör zu, hier herrscht die Panik. Du hast Zeit und keine Probleme, wir haben ein Problem, aber keine Zeit. Also dachte ich mir, ab nun übernimmst du. Ich schicke dir ein paar Zeilen in Deutsch und die dazu passenden Zahlen. Du wirst es ja sehen. Deinen Rückruf mit der Lösung hätte ich gern gestern, und das ist schon zu spät … Wenn ich wieder in London bin, gehen wir essen … Ja, genau … Pass auf dich auf!«

Llewellyn legte auf und drückte einen weiteren Knopf. Nach einigen Sekunden quittierte das Handy den Versand der Nachricht mit einem Pieps.

»Rodney war oder, besser gesagt, ist noch immer ein begnadeter Dechiffrierer, in der Tradition der Benchley-Boys im Krieg«, erklärte der Major Finch und Gruber. »Jetzt ist er seit Jahren in Pension und sendet Kreuzworträtsel an die großen englischen Zeitungen, damit ihm nicht langweilig wird. Für ihn ist das eine Fingerübung, während wir uns tagelang den Kopf zerbrechen.«

Finch sah den massigen grauhaarigen Mann misstrauisch an. »Warum so hilfsbereit? Was versprechen Sie sich davon? Womöglich steht am Ende des Weges lediglich eine leergeräumte Konservendose mit rostigem Deckel.«

Llewellyn schmunzelte. »Lassen Sie mich raten, Mr. Finch. Sie wurden geheuert, entweder von Klausner oder von Böttcher, da Gruber und Hoffmann Sie nicht engagieren konnten. Nun, Ihre Auftraggeber sind tot, Sie werden Ihr Honorar wahrscheinlich nie erhalten. Warum sind Sie noch immer an Bord?«

»Touché«, musste Finch zugeben. »Vielleicht will ich diesen Zwingli nicht gewinnen lassen und mich für die Sprengung meiner Albatross revanchieren.«

»Dann helfen Sie mir, diese Ratte mit dem Teflon-Fell aus dem Verkehr zu ziehen«, zischte Llewellyn. »Zwingli wird Ihnen nicht von der Pelle gehen, bis Sie gefunden haben, was Hoffmann versteckt hat. Er will es ebenfalls, aus welchem Grund auch immer, nachdem er das Auffliegen der Tauben nicht verhindern konnte. Jetzt muss er mitspielen, weil das Konsortium es so will. Ich habe leider auch keine Ahnung, was die Schweizer Banken so beunruhigt noch was am Ende dieser Spur steht. Aber wir werden es nur gemeinsam herausfinden. Dann, und nur dann, können wir Zwingli eine Lektion erteilen.«

1. April 1945

FELDKIRCH, VORARLBERG / OSTMARK

Der Fahrtwind, der durch die Fenster des LKW brauste, war nach der Reise über den Arlberg-Pass warm und roch nach Frühling.

»Da vorne rechts!«

Ernst deutete auf ein weißes Straßenschild mit der Aufschrift »Feldkirch«, das etwas schief an seinem Holzpfosten hing. Franz nickte und lenkte den Magirus von der Reichsstraße weg, neben der immer öfter Panzersperren, Betonblöcke und vorbereitete Stapel von Eisenbahnschwellen aufgetaucht waren.

Sie kamen der Grenze und der Front immer näher.

Auf einem Feld schaufelten einige Männer mit nacktem Oberkörper Erde in Schubkarren und hoben breite Gräben aus.

»Das letzte Aufgebot«, ertönte die Stimme Willis von der Rückbank, »es ist fünf vor zwölf. Wenn hier in einem Monat nicht die Alliierten einrückten, würde mich das sehr wundern.«

»Hoffentlich hast du recht«, ergänzte Paul, der aus dem Fenster schaute. »Aber wir haben ein wichtigeres und unmittelbares Problem: Wir brauchen Zivilklamotten, und zwar unauffällig.«

Die ersten Häuser von Feldkirch tauchten auf, verdichteten sich zu Straßenzügen mit Geschäften und belebten Gehsteigen.

»Ein Schneider oder ein Bekleidungsgeschäft wäre passend«, meinte Ernst und legte die Karte zur Seite.

»Weder noch«, widersprach ihm Paul. »Viel zu auffällig. Vier Soldaten in Uniform gehen einkaufen und kommen in Zivilkleidern wieder aus dem Laden? Packen Sie uns bitte die Uniform ein, vielleicht brauchen wir die später noch? Du träumst. Minuten später weiß es die Polizei, und wir schaffen es nicht mal bis zur Grenze.«

»Was dann?«, wollte Ernst wissen. »Was machen wir überhaupt

hier, wenn wir nicht einkaufen wollen?«, beschwerte er sich und sah die anderen leicht verstimmt an.

»Du vergisst die Knappheit an Stoff, selbst im Textilland Vorarlberg«, erinnerte ihn Willi. »Wir müssen eine andere Lösung finden, und zwar rasch. Dieser Grenzübergang Bangs ist nur wenige Kilometer weit entfernt, dazwischen flaches Land und keine große Ansiedlung. Also ist Feldkirch unsere allerletzte Option.«

Der LKW rollte durch die Bahnhofsstraße, wo lange Menschenschlangen mit großen Koffern in der Hand auf den Weitertransport warteten. »Heimatvertriebene«, stellte Franz fest, »sie verlegen sie in den sicheren Teil der Ostmark.«

»Österreichs«, verbesserte ihn Willi.

»Egal«, meinte Franz, »auf jeden Fall in Sicherheit. Sieht so aus, als gibt es noch keine Zerstörungen hier, keine Bomben und keine Gefechte.«

Die Häuser wurden wieder spärlicher, die Zahl der Vorgärten nahm zu. Als auf der rechten Straßenseite ein mächtiges, zweistöckiges Fachwerkhaus mit Walmdach auftauchte, klopfte Paul Franz auf die Schulter.

»Halt mal hier an«, sagte er, »ich habe eine Idee.«

In dem gepflegten Garten, mit seinen schnurgerade angelegten Gemüsebeeten hinter einem etwas schiefen Lattenzaun, wuchsen Narzissen und Tulpen. Mit einer kleinen Schaufel grub eine ältere, untersetzte Frau in den Beeten und versuchte, der ersten Löwenzahnpflanzen Herr zu werden.

Paul drückte die schmale Tür auf, die protestierend quietschte, und ging der Frau entgegen, die sich aufgerichtet hatte und ihn misstrauisch beobachtete.

»Es tut mir leid, Sie bei der Gartenarbeit zu stören«, begann er und lächelte etwas schüchtern. »Meine Kameraden und ich sind auf der Durchreise, und wir ...« Er schaute sich verschwörerisch um. »... wir brauchen Zivilkleidung ...« Paul senkte den Blick. »Vielleicht können wir so der Gefangenschaft entgehen und kommen früher heim zu unseren Familien.«

Der Gesichtsausdruck der Frau wurde weich. Sie sah den jungen

Soldaten vor sich, mit den dunklen Rändern um die Augen, der sich wie ein Schulbub die widerspenstige Haarsträhne aus der Stirn strich, und musste an ihren Sohn denken, der seit drei Jahren vermisst war.

»Kommen Sie herein«, lud sie ihn ein, dann warf sie einen Blick auf die Straße. »Oder warten Sie … sind das Ihre Kameraden in dem Lastwagen? Sagen Sie ihnen, sie sollen die nächste Einfahrt rechts nehmen, so kommen sie auf den Hof. Ich mache Ihnen die Türe auf.« Damit drehte sie sich um und ging leicht humpelnd zurück ins Haus.

Der Hof war eher ein weiterer Garten, mit einer kleinen Stellfläche vor der angeschlossenen Scheune.

Franz stellte den Motor ab, sah sich um und blickte Paul verwundert an. »Ich habe keine Ahnung, was du erzählt hast, aber was immer es war, es war gut.«

Die Frau stand bereits in der Tür und wartete auf sie. Als alle vier im Haus waren, versperrte sie sorgfältig den Hauseingang und deutete dann nach links. »Gehen Sie erst einmal in die Küche, ich mache uns einen Kaffee und etwas zu essen. Sie sehen so aus, als könnten Sie es brauchen.«

»Das ist sehr freundlich von Ihnen«, lächelte Willi, »und wir wollen nicht unhöflich erscheinen, aber wir sind sehr in Eile.«

»Ach was«, wehrte die Hausfrau energisch ab, »für ein paar Brote werden Sie schon Zeit haben. Ich habe auch noch ein wenig Speck …«

»Überredet!«, verkündete Ernst und rückte auf die Ofenbank. »Und danke für Ihre Hilfe.«

Die Frau wandte sich ab und begann in Schränken und Laden zu kramen. »Mein Sohn ist … war Soldat wie Sie. Er wird nicht mehr heimkommen, das spüre ich, auch wenn er als vermisst gemeldet wurde … eine Mutter weiß es, wenn ihr Kind tot ist.« Sie stützte sich mit beiden Händen auf die Platte der Kredenz und ließ den Kopf hängen.

Im Raum war es ganz still, und nur mehr die verblasste cremefarbene Junghans-Uhr an der Wand tickte.

»Mein Mann ist schon bei der ersten Offensive im Osten gefallen, an einem Ort, wo er nie hin wollte, in einem fremden Land, das ihm nichts bedeutete. Sie haben mir nicht einmal den Ehering zurückgeschickt. Außer ein paar Fotos und den wenigen Erinnerungen ist mir nichts mehr geblieben. Gar nichts. Dann rückte mein Sohn ein, er war achtzehn und voller Ideale ...« Sie verstummte und räusperte sich. »Das war vor drei Jahren. Jetzt ist das Haus leer, und ich bin eigentlich schon lange gestorben.« Sie seufzte und holte eine Kaffeekanne aus dem Schrank. »Nur weil es hier keine Zerstörungen gibt, heißt es nicht, dass uns der Krieg nicht alle heimgesucht hat, jede einzelne Familie. Jetzt kommen die Flüchtlinge, morgen ziehen sie auch bei mir ein. Aber es ist sowieso schon egal ...«

Keiner der vier Freunde wusste, was er sagen sollte. Das Schweigen legte sich wie ein schweres Tuch über den Raum.

Als sie das kochende Wasser in den Filter leerte, zuckten ihre Schultern. »Sie sind noch so jung, schauen Sie sich doch an! Gerade aus den Kinderschuhen, schon hinein in die Militärstiefel. Was für ein Verbrechen an einer ganzen Generation ... So viel Leid, so viele Tote, so viel Elend rundherum.« Sie schüttelte den Kopf und begann den Tisch aufzudecken. »Vor vier Tagen hat der Hofer, der Gauleiter, den Befehl zum Kampf bis zum Äußersten erlassen, bei einer Tagung hier in der Stadt. Sinnlos ... Jetzt glauben selbst die eingefleischtesten Nazis nicht mehr an den Endsieg.«

Sie verschwand kurz und kam nach wenigen Augenblicken mit einer großen Schwarte Speck wieder.

»Die ersten Ausgebombten kamen schon im Juli 1943 hierher, aus dem Ruhrgebiet und vom Rhein«, erzählte sie. »Das holte einige hier in die Realität zurück. Dann trafen die Frontflüchtlinge ein, viele Esten, Letten, Rumänen – und Polen-Deutsche.«

Sie drückte Willi ein Messer in die Hand und legte den Speck auf ein altes, verbrauchtes Schneidebrett in der Mitte des Tisches.

»Vor drei Tagen waren es dann mehr als hundert Frauen und Kinder aus Wien. Sie waren sechs Tage lang in einem Sonderzug unterwegs. Als sie endlich in Bregenz ankamen, war Wien bereits von den Sowjets komplett eingeschlossen. Ich habe mich bei der Gemeinde gemeldet und bereit erklärt, so viele davon aufzunehmen, wie ich nur irgendwie unterbringen kann. Es ist ja ein großes Haus, ich habe Platz genug ... Dann bin ich nicht so allein und den armen Menschen ist geholfen.«

Willi hielt noch immer das Messer in der Hand und rührte sich nicht. Er starrte ins Leere, betroffen und mit seinen Gedanken ganz weit weg. Franz schob schweigend den Kaffeelöffel auf der Tischplatte vor und zurück, in einer stets gleichen Bewegung. Paul hatte die Hand vor die Augen gelegt und versuchte die Bilder zu verdrängen, die immer wieder hochkamen. Ernst schaute durch die geblümten Gardinen hinaus in den Garten, aber er sah weder die Narzissen noch die roten Tulpen, sondern Ströme von Blut, die den Boden tränkten.

Franz schluckte und blickte auf, als die Hausfrau die volle Kanne vor ihn hinstellte und ein Lächeln versuchte.

»Trinken Sie, es ist echter Bohnenkaffee, meine eiserne Reserve. Der Speck kommt von meinem Bruder aus dem Montafon. Er hat auf einer Berghütte ein paar Schweine versteckt und versucht, sie durchzufüttern.«

Mit einem Kopfschütteln erwachte Willi aus seiner Erstarrung und legte das Messer beiseite. »Tut mir leid, aber ich kann nichts essen. Wenn ich nur eine Tasse Kaffee haben könnte ...?«

Eine halbe Stunde später standen die vier Freunde in einem großen, hellen Zimmer, das mit bemalten Bauernmöbeln eingerichtet war. Die Hausfrau öffnete die Türen der beiden Schränke weit und trat zurück. »Nehmen Sie, was Ihnen passt und was Sie brauchen können. Es ist alles da. Hosen, Hemden, Jacken, Schuhe, sogar der neue Mantel meines Sohns. Er hat ihn nie getragen ...«

Sie wandte sich ab und verließ rasch das Zimmer.

»Ich komme mir vor wie ein Dieb«, murmelte Willi niedergeschlagen und sah ihr hilflos nach. »Das sind die Kleider eines anderen ...«

»Mir geht es genauso«, gestand Willi, »aber lasst uns praktisch denken. Wir brauchen etwas zum Anziehen, das nicht nach Uniform aussieht. Der Befehl lautet eindeutig: in Zivil über die Grenze.«

Als sie Schritte auf der alten, hölzernen Treppe hörte, kam die Hausfrau aus ihrer Stube und ging zurück in die Küche. Sie kontrollierte das Feuer in dem großen Emailherd, der eine glühende Hitze verströmte.

Etwas unsicher standen die vier jungen Männer vor ihr, ihre Uniformen zu einem Bündel zusammengepresst in der Hand, in Kleidern, die ihnen nicht gehörten.

Sie warf ihnen einen Blick zu, lächelte wehmütig und nickte. »Na also, passt wie angegossen ... na ja, nicht ganz, aber es wird gehen.« Dann streckte sie ihre Arme aus. »Geben Sie mir die Uniformen, wenn Sie die nicht mehr brauchen. Besser, wir lassen sie verschwinden.« Damit öffnete sie die große Ofenklappe und stopfte ein Stück nach dem anderen hinein.

»Wir haben überlegt, wie wir uns erkenntlich zeigen können«, begann Paul, »aber wir haben leider kein Geld mehr. Was wir transportieren, das würde Sie nur ins Unglück stürzen, und nichts läge uns ferner, als das zu wollen.« Er schluckte. Dann griff er in seine Hosentasche und zog seine goldene Kette mit dem kleinen Anhänger hervor, ein Geschenk seiner Mutter. »Ich habe sie seit drei Jahren nicht mehr getragen«, sagte er leise. »Ich habe alles verloren, habe nichts mehr, wie meine Freunde auch. Keinen Namen, keine Familie, keine Vergangenheit und wahrscheinlich auch keine Zukunft. Ich habe so vieles so lange verschwiegen, mich verstellt und werde nie wieder nach Hause kommen, weil da niemand mehr auf mich wartet. Besser, Sie nehmen sie.«

Damit legte er ihr die Kette in die Hand, drehte sich rasch um und lief aus dem Haus. Franz, Willi und Ernst folgten ihm schweigend.

Als der Magirus vom Hof rollte, wischte sich die Frau die Tränen aus den Augen. Dann öffnete sie die Hand und warf einen Blick auf die Kette mit dem Anhänger.

Zu Tode erschrocken, schlug sie die Hand vor den Mund und stieß ein »Jesus, Maria und Josef ...« hervor, dann begann sich alles vor ihren Augen zu drehen.

Rue du Beau Rivage, Lausanne / Schweiz

Llewellyn hatte den Mercedes gewendet, der nun mit der Schnauze zum Eingang des Hotels stand. Nachdem sie den Keller wieder verschlossen und provisorisch versperrt hatten, war der Major gemeinsam mit Finch und Gruber auf seinen Beobachtungsposten zurückgekehrt.

»Wenn wir Pech haben, ist Zwingli uns entwischt«, meinte der Major, während er sein Mobiltelefon auf die Mittelkonsole legte. »Wir könnten einfach verschwinden, aber erstens wissen wir noch nicht, wohin, und zweitens würde ich gern den Schweizer im Auge behalten. Er hat drei Mann Verstärkung an Bord und wird im Beau Rivage auf eine Gruppe Südamerikaner warten, die allerdings nie eincheckt. Das wird ihn misstrauisch machen. Ich will nicht, dass er beginnt, seine Beziehungen zum Schweizer Geheimdienst oder zu den Behörden zu aktivieren. Dann haben wir gar keine Chance mehr, nicht einmal die, das Land unauffällig zu verlassen.«

»Was also nun?«, erkundigte sich Georg etwas ratlos. »Sollen wir vor ihm auf und ab paradieren, damit er uns sieht und uns nachläuft?«

»So ungefähr«, erwiderte Llewellyn. »Solange er sich sicher fühlt, ist es ein Alleingang. Und vier Mann können wir durchaus ausschalten oder nach unserer Pfeife tanzen lassen, einen ganzen Geheimdienst oder den Schweizer Zoll nicht.«

»Ich verstehe«, brummte Finch nicht ganz glücklich über die Entwicklung. Andererseits hatte der Major wahrscheinlich mehr Erfahrung in diesen Dingen, als er zugeben würde.

»Was schlagen Sie vor?«, hakte Georg nach.

»Abwarten, bis wir einen Anruf aus London bekommen«, entschied Llewellyn und lehnte sich im Sitz zurück. »Dann sehen wir weiter. Wir versäumen nichts, wenn wir hier sitzen und warten. Es gibt uns auch die Möglichkeit, nachzudenken und ein paar Schritte im Voraus zu planen. Erstens müssen wir dahin kommen, wo der Hinweis uns hinschickt. Zweitens sollten wir Zwingli eine Karotte vor die Nase hängen, damit er nachläuft, und zwar ohne misstrauisch zu werden. Drittens muss es uns gelingen, ihn auszuschalten, und das endgültig.«

Als er den fragenden Blick von Georg im Rückspiegel sah, schüttelte er nur den Kopf. »Nein, nicht was Sie denken, das würde kaum einen bleibenden Erfolg bringen. Zwinglis gibt es immer wieder, einer weniger ist keine Lösung. Wir müssen nicht nur ihn aufdecken, sondern seine Hintermänner, seine Auftraggeber, müssen ihn und sie schachmatt setzen. Sonst ist das wie eine Hydra, deren Haupt immer wieder nachwächst.«

Finch hatte den Kopf zurückgelegt, die Augen geschlossen und grübelte. »Sie haben einen Auftrag, stimmt's?«, fragte er Llewellyn unvermittelt. »Sie machen das nicht aus Jux und Tollerei oder weil Ihnen in der Pension langweilig ist und Sie das Daumendrehen satthaben.«

Der Major schaute geradeaus durch die Windschutzscheibe und schwieg.

»Lassen Sie mich jetzt einfach mal so vor mich hin fabulieren«, fuhr Finch fort. »Sie wissen genauso wenig wie wir, was am Ende der Spur steht, die Hoffmann gelegt hatte. Aber es ist dem britischen Geheimdienst egal, es betrifft ihn nicht. Sollen sich doch die Schweizer darum kümmern, deren Problem! Dann wären Sie allerdings nicht mehr hier. Also kommt etwas dazu, etwas, das Großbritannien sehr wohl betrifft. Wir können es nicht sein, davon bin ich überzeugt. Die alten Männer sind tot, und wenn ich Ihnen glaube, dann waren es Zwingli und seine Leute, die sie umgebracht haben.« Er lehnte sich zu Llewellyn. »Wovor haben die Schweizer Banken solche Angst? Und was machen Sie noch immer hier?«

»Zwei Fragen, keine Antwort«, entschied Llewellyn kategorisch.

»Dann wünsche ich Ihnen noch einen schönen Nachmittag«, meinte Finch, öffnete die Tür und machte Anstalten auszusteigen.

»Was machen Sie?«, erkundigte sich der Major überrascht.

»Ich gehe meiner Wege«, antwortete der Pilot ungerührt. »Sie haben es ja bereits gesagt. Mein Auftraggeber ist tot, mein Flugzeug Schrott, ich brauche keinen Herrn Zwingli, und wenn ich das Ende der Spur Hoffmanns nicht erreiche, dann werde ich damit leben können. Ihre kleine zweibeinige Dechiffriermaschine mag ja den verschlüsselten Hinweis knacken ... und dann? Auf zum nächsten Ziel, dem nächsten Hinweis, immer Zwingli im Nacken? Geben Sie es zu, ich lebe ruhiger und gesünder, wenn ich jetzt aus diesem Wagen aussteige und mich aus dem Staub mache. Weil Sie, Major Llewellyn, sowieso nicht bereit sind, mir Antworten zu liefern.«

Der Major biss sich auf die Unterlippe und schwieg beharrlich.

»Außerdem sitzt hinter Ihnen ja noch Georg Gruber, Sohn des Franz Gruber und damit einer der beiden direkten noch lebenden Nachkommen der alten Männer«, erinnerte ihn Finch. »An seiner Stelle allerdings würde ich nicht mehr schlafen in Ihrer und Zwinglis Gegenwart. Wo keine Nachkommen, da keine Probleme. So würde es doch unser gemeinsamer Schweizer Freund formulieren, oder? Deshalb hat er auch Klausner und Böttcher umgebracht. Die jungen Gruber und Klausner sind ebenfalls entbehrlich, nachdem die Banken bekommen haben, was sie wollen. Das wissen Sie genauso gut wie ich. Und was Sie eigentlich wollen, das liegt noch immer im Dunkel.«

Georg hatte Finch mit offenem Mund zugehört und sah betroffen aus.

Der Pilot stieg aus und wollte die Tür zuschlagen, da hörte er ein »Warten Sie ...«.

Finch steckte den Kopf wieder in den Mercedes. »Was ist?«

»Steigen Sie ein, Sie starrköpfiger Flieger«, knurrte Llewellyn. »Hat Ihnen schon jemand gesagt, dass Sie ein harter Knochen sind?

»Nur die letzten Hunde, die sich die Zähne an mir ausgebissen haben«, erwiderte Finch lakonisch. »Also?

»Ich habe keine Ahnung, wovor die Schweizer Banken solche Angst haben«, antwortete der Major und hob abwehrend die Hand. »Das ist die Wahrheit, Sie brauchen mich gar nicht so anzusehen.«

»Und Sie sollen es herausfinden?«

Llewellyn schüttelte den Kopf. »Nein, das geht uns, gelinde gesagt, am Arsch vorbei.«

»Wem uns?«

»Dem britischen Geheimdienst, aber das vergessen Sie besser gleich wieder«, brummte Llewellyn. »Ich will Zwingli, aus Gründen, die hier nicht zur Debatte stehen und die mit Ihnen überhaupt nichts zu tun haben. Von mir aus können tausend Goldbarren am Ende des Weges auf Sie warten, was ich zwar nicht glaube, aber wer weiß?«

»Dann helfen Sie uns nur, weil Sie Zwingli haben wollen«, fasste Finch zusammen und nickte nachdenklich. »Damit kann ich leben.«

Llewellyn setzte zu einer Antwort an, aber das Telefon unterbrach ihn.

»Rodney! Wenigstens einer, der auf der Insel noch arbeitet. Was hast du herausgefunden? Warte, ich stelle das Handy laut, sonst muss ich alles wiederholen.«

»Wenn du das nächste Mal Kindergartenaufgaben vergibst, dann lass mich bitte aus«, erklang eine tiefe Stimme aus dem Lautsprecher. »Wegen dir habe ich eine wirklich schwierige Entschlüsselung zurückgestellt.«

»Schon gut, ich habe verstanden«, grinste Llewellyn. »Es war nicht auf deiner intellektuellen Höhe.«

»Eher drei Etagen tiefer«, kam die unzufriedene Antwort. »Vermutlich von einem Laien verschlüsselt. Nicht schlecht, aber auch keine Offenbarung. Also ... Nach den Berechnungen ergeben sich sieben Zahlen zwischen eins und achtzehn. Es lag nahe, dass es sich um Buchstabenwerte handelt. Sagt dir Pianore etwas?«

Der Major sah Finch und Gruber fragend an, beide schüttelten den Kopf.

»Nein, unbekannt«, antwortete er.

»Entweder ist es das königliche Piano – Piano re – oder es ist ein

Ort«, fuhr der Geheimschriftenexperte fort. »Und weil ich so gut zu dir bin, liefere ich dir diese Antwort auch gleich nach: Es ist ein Ort in Norditalien, in der Nähe von Massa, besser bekannt auch als Massa di Carrara, die Stadt des Marmors.«

»Kein Irrtum möglich?«, wollte Llewellyn wissen.

»Geht die Sonne im Osten auf?«

»Gut, aber …«, begann der Major, wurde jedoch unterbrochen.

»Ich bin noch nicht fertig. Da waren noch drei Zeilen:

Wenn Du fertiggerechnet hast, dann folge der Spur des Mais-Whiskeys.
Die Zeit – sie wohnt bei den Herrschaften
und wartet auf den Schlüssel.

Ein Mais-Whiskey ist, wenn ich die Schreibweise ernst nehmen soll, ein amerikanischer Bourbon, benannt nach dem französischen Geschlecht der Bourbonen. Nun, in Pianore steht eine Villa, genauer gesagt das Geburtshaus der österreichischen Kaiserin Zita. Sie ist eine geborene von Bourbon-Parma.«

»Großartig«, flüsterte Llewellyn, »du bist ein Genie!«

»Weiß ich«, kam die trockene Antwort. »Kommen wir zur Zeit, den Herrschaften und dem Schlüssel.«

»Den Schlüssel haben wir«, warf der Major ein.

»Dann würde ich nach einer Uhr suchen, die es im ersten Stock, in der herrschaftlichen Etage, geben muss. Das ist euer Ziel.«

»Zwei Abendessen«, murmelte Llewellyn anerkennend.

»Drei, und pass auf dich auf, du geiziger alter Legionär«, antwortete der Mann in London und legte auf.

»Wo haben Sie dieses Original ausgegraben?«, erkundigte sich Finch erstaunt. »Ich dachte, heute arbeiten alle nur mehr mit Riesen-Computer und lassen rechnen.«

»Sagt Ihnen Bletchley-Park etwas?«, fragte ihn Llewellyn und legte das Handy weg. »Die Jungs dort waren Ausnahmetalente. Sie haben die Codes der berüchtigten Enigma-Maschinen geknackt, ohne Computer, ohne Rechner, nur mit ihren grauen Zellen. So ein Typ ist Rodney, der übrigens seit langem in Pension ist. Er sitzt im Rollstuhl und hat seine Wohnung in den letzten zehn Jahren nicht mehr verlassen.«

»Aber das Abendessen ...«, meldete sich Georg von der Rückbank.

»Ein running gag«, gab Llewellyn zurück, »es wird leider nie passieren, das wissen wir beide.«

Finch begann, den Major zu mögen.

»Wir haben unser Ziel, die Villa bestätigt die Lösung«, meinte er und sah auf die Uhr. »Wenn wir uns beeilen, dann können wir auf dem Flughafen Lausanne einen Hubschrauber mieten und erreichen noch vor der Dunkelheit Norditalien. Haben Sie eine Karte von Europa?«

»Sogar von Italien.« Llewellyn zog aus der Seitentasche einige Faltpläne und reichte den richtigen an Finch weiter. »Ortsverzeichnis auf der Rückseite. Wollen Sie selbst fliegen?«

Finch schüttelte den Kopf. »Wir nehmen einen Heli mit Piloten. Jemanden, der die Alpen kennt und die schnellste Route. Im Ernstfall kann ich immer noch Gas geben.«

Der Major schmunzelte, aber er schätzte die Professionalität des Piloten. »Was für ein Landsmann sind Sie eigentlich, Mr. Finch? Ich kann keinen Dialekt heraushören.«

»Zu lange unterwegs, viele Jahre in Nordafrika, dann Südamerika. Das verwässert«, lächelte Finch. »Aber ursprünglich aus Crawley, auf dem halben Weg zwischen London und Brighton.«

»Sie sind Engländer?« Llewellyn kniff überrascht die Augen zusammen. »Sind Sie vielleicht mit Peter Finch, dem Fliegerass aus dem Zweiten Weltkrieg, verwandt?«

Der Pilot nickte langsam. »Er war mein Vater, von ihm habe ich die Leidenschaft geerbt.«

»Wenn Sie das Können auch von ihm haben, dann glaube ich unerschütterlich an Gott und an den Mann, der neben mir sitzt, wenn es ums Fliegen geht«, stellte Llewellyn ernst fest. »Ihr Vater war eine Legende. Die Luftschlacht über dem Kanal wäre anders ausgegangen, hätte er nicht mitgekämpft.«

»Er flog bis zuletzt und ist schnell gestorben, so wie er es sich immer gewünscht hatte«, meinte John Finch und wandte sich an Llewellyn. »Und wahrscheinlich hätte er angesichts von Zwingli auch nie klein beigegeben. Also bin ich hier, an seiner Stelle. Und ich bin sicher, er sitzt da oben und sieht uns zu.«

Llewellyn schlenderte wie ein etwas ratloser Gast in die Lobby des Beau Rivage, die Hände tief in den Taschen vergraben. Er blickte sich suchend um, wanderte zu einer der Sitzgruppen, ging weiter zu den Toiletten und verschwand dann hinter der Tür mit dem kleinen Männchen.

Egon Zwingli, der seinen Beobachtungsposten hinter einer der Säulen bezogen hatte, traute seinen Augen kaum. Der englische Major war hier! Spazierte seelenruhig durch die Hotelhalle!

Zwingli konnte es nicht fassen. Wie war er hierhergekommen? Und weshalb? Was wusste dieser britische Reserve-James Bond? Er zog das Handy aus der Tasche und gab seinen Leuten den Befehl, sich bei der Ausfahrt des Parkplatzes zu postieren und Llewellyn nicht aus den Augen zu verlieren. War er mit den Südamerikanern hier? Oder suchte er sie ebenfalls?

In diesem Moment öffnete sich die Tür zur Herrentoilette erneut, und der Major kam heraus, richtete sich die Hose und schlenderte wieder zum Ausgang. Auf dem Weg blieb er bei einem Prospekt-Ständer stehen, zog eine Broschüre heraus und blätterte darin. Er schien überhaupt keine Eile zu haben, stellte Zwingli verärgert fest.

Die Zeit brannte Llewellyn unter den Nägeln, aber er vermied es, auf die Uhr zu schauen. Nach gefühlten zwei Stunden steckte er die Hotelbroschüre wieder in den Ständer und wandte sich zum Gehen. Hatte er da nicht Zwingli hinter einem Pfeiler hervorlugen gesehen? Zufrieden ging er durch die Drehtür hinter zwei Männern in dunklen Anzügen, die seinen Blick vermieden. Dann strebte er der Ausfahrt des Hotelparkplatzes zu, verfiel in einen lockeren Laufschritt und schob sich hinter das Lenkrad des Mercedes.

»Operation geglückt, er hat angebissen«, vermeldete er und startete den Wagen.

Finch nahm das Handy vom Ohr und kritzelte etwas auf die Italien-Karte. »Der Hubschrauber wartet, der Pilot reicht gerade den Flugplan ein. Er hat im Internet nachgesehen und festgestellt, dass man im Park vor der Villa landen kann.«

»Da drüben stehen zwei Männer und beobachten den Wagen«, meldete sich Georg von der Rückbank.

»Perfekt, dann wird es Zeit zu verschwinden.« Llewellyn legte den Gang ein, gab Gas, und der Mercedes schoss davon. Im Rückspiegel sah er die beiden Anzugträger von vorhin durch die Absperrung auf den Parkplatz des Hotels sprinten.

»Das Rennen ist gestartet«, murmelte er. »Möge der Beste gewinnen.«

Institut Peterhof, St. Chrischona, Basel / Schweiz

Francesca kam lachend auf die Bank im Schulhof zugelaufen, auf der Bernadette und Chris in der Nachmittagssonne saßen. Als sie den jungen Mann sah, bremste sie und zögerte, aber dann gab sie sich einen Ruck und kam näher.

»Hallo Francesca!«, begrüßte Bernadette sie fröhlich. »Schön, dass du nach dem Unterricht noch bei uns vorbeischaust. Das ist Christopher Weber, ein Freund aus München, der für ein paar Tage zu Besuch ist. Wir genießen die letzten Sonnenstrahlen.«

Das junge Mädchen betrachtete Chris aufmerksam und ein wenig vorsichtig.

»Komm, setz dich zu uns«, lud Chris sie ein und rückte etwas zur Seite. »Ich hab schon viel von dir gehört, Bernadette ist ganz begeistert von deinen Fähigkeiten.«

Lächelnd rutschte Francesca zwischen Bernadette und Chris. Verschwörerisch lehnte sie sich zu der jungen Frau und flüsterte: »Ist das dein Freund?«

Bernadette lachte. »Vielleicht ...«, flüsterte sie zurück.

»Wie gefällt dir unsere Schule?«, wollte Francesca von Chris wissen.

»Ich habe die alte Villa schon bewundert, als ich durch die Einfahrt kam«, antwortete er. »Ein wunderschönes Haus, perfekt in Schuss. Und die Lage auf dem Sonnenhang ... daran könnte man sich gewöhnen.«

»Ein alter russischer Emigrant hat es nach dem Ersten Weltkrieg gekauft und ließ es komplett herrichten«, erzählte Francesca. »Ich habe mich gestern Abend vor dem Schlafengehen ein wenig mit der Vergangenheit von Peterhof beschäftigt. Ich liebe Geschichte!«

»Was hast du herausgefunden?«, wollte Bernadette wissen.

»Samuel Kronstein kam im Winter 1917/18 aus St. Petersburg nach Basel«, berichtete das junge Mädchen eifrig. »Er war der Edelsteinhändler des Zaren und der gesamten russischen Aristokratie. Ein reicher, sehr reicher Mann. Viele Legenden ranken sich um ihn. So sagt man, dass er mit einem ausgehöhlten Spazierstock den Revolutionären entkommen sei und fast sein ganzes Vermögen darin mitnahm.«

»Das verstehe ich nicht ganz«, warf Chris ein. »Wie soll das gehen?«

»Ganz einfach«, strahlte Francesca, »indem er den Stock bis obenhin mit großen Diamanten füllte.«

Weber zuckte zusammen.

»Ist etwas?«, erkundigte sich Bernadette besorgt.

»Nein, nein, nichts«, murmelte Chris und betrachtete angestrengt seine Schuhe. »Ich wollte dir nur etwas erzählen ... das auch mit Diamanten zusammenhängt ...«

»Ja?«, ermunterte ihn Bernadette.

Etwas verunsichert warf Chris Francesca einen Blick zu. Das junge Mädchen sah ihn, ebenso wie Bernadette, erwartungsvoll an.

»Gut«, gab er nach, »dann hört zu. Es begann damit, dass vor zwei Tagen mein alter VW-Bus abgefackelt wurde ...«

Soichiro Takanashi überquerte den Rhein, nahm die Ausfahrt beim Museum Tinguely, bog dann rechts in die Grenzacherstraße entlang des Flusses ein und kontrollierte sein Navi. Noch sechs Kilometer, elf Minuten Fahrzeit bis zur Schule in St. Chrischona. Ob Weber nun da war oder nicht, war eigentlich völlig egal. Wenn nicht, dann würde seine Freundin, diese Bornheim, sicherlich reden wie ein Wasserfall.

Vor allem mit einer Messerklinge am Hals.

Avenue du Grey, Flughafen Lausanne-Blécherette /
Schweiz

»John? Hier ist Fiona. Wir sind in Basel, und es sieht ganz so aus, als sei dieser Japaner nicht auf dem Weg nach Hause. Er ist von der Autobahn abgefahren, in eines der östlichen Wohngebiete der Stadt.«

Finch drückte das Handy an sein Ohr und überlegte. Sie waren nur noch wenige Minuten vom Flughafen entfernt, obwohl Llewellyn immer wieder langsamer fuhr, um ihren Verfolgern die Möglichkeit zu geben, aufzuholen.

»Basel?«, wiederholte er ratlos. »Ich habe keine Ahnung, was er dort sucht. War dieser Claessen etwa in Basel? Bleibt ihm auf jeden Fall auf den Fersen. Takanashi weiß viel mehr über unseren geheimnisvollen SS-Mann, als er zugibt. Und ich glaube zunehmend, dass Claessen einer der Schlüssel zu dem Geheimnis der alten Männer ist. Es würde mich nicht wundern, wenn Takanashi sich mit Informanten oder anderen Sammlern trifft. Warum ist er so an diesem Totenkopfring interessiert?«

»Alfredo ist überzeugt, der Japaner sei Mitglied der Yakuza, einer kriminellen Organisation ähnlich der italienischen Mafia«, informierte ihn Fiona. »Das fehlende Glied des kleinen Fingers spricht dafür. Außerdem hat Alfredo eine Tätowierung an seinem Unterarm gesehen, als Takanashi nach dem Ring griff. Er saß direkt neben ihm.«

»Das klingt gar nicht gut«, gab Finch zu. »Seid auf jeden Fall vorsichtig. Wir haben inzwischen nach ein paar Schwierigkeiten den zweiten Hinweis gefunden und sind auf dem Weg nach Norditalien, in die Nähe von Massa di Carrara. Frag mich nicht, was uns dort erwartet, aber in spätestens drei Stunden wissen wir es. Dann melde ich mich bei dir.«

Institut Peterhof, St. Chrischona, Basel / Schweiz

Der Pförtner des Instituts Peterhof öffnete die kleine Sprechöffnung, als der weiße Lexus mit dem österreichischen Kennzeichen anhielt und der Fahrer das Fenster herunterließ.

»Grüezi!«, lächelte er. »Zu wem wollen Sie?«

»Zu Frau Bornheim«, antwortete Takanashi. »Sie ist doch Lehrerin an der Schule, oder?«

»Ja, ja, ist sie«, nickte der Mann hinter der Glasscheibe, »aber Sie können hier nicht mit dem Wagen hereinfahren.« Er wies auf einen Parkplatz auf der anderen Seite der Straße. »Lassen Sie Ihr Fahrzeug da drüben stehen, kommen Sie zurück, und dann stelle ich Ihnen einen Passierschein aus.«

Takanashi wendete und suchte sich eine Lücke zwischen einem VW-Käfer und einem Porsche Turbo. Dann holte er sich einen Passierschein und ließ sich vom Pförtner den Weg zu den Lehrerzimmern beschreiben.

»Ja, genau so war das«, schloss Chris seine Erzählung, »die Diamanten sind wieder bei DeBeers, und die haben mir sogar ein neues Wohnmobil versprochen.«

»Wow, das war ja richtig gefährlich!«, wisperte Francesca und warf ihm einen bewundernden Blick zu.

»Ein wenig zu gefährlich für meinen Geschmack«, stellte Bernadette leise fest und sah Chris tadelnd an. »Das hättest du mir auch eher erzählen können.«

»Los, jetzt lade ich euch zu einem Eis ein!«, schlug Christopher vor. »Es wird ja doch in Basel einen richtigen italienischen Eissalon geben?«

»Au ja, gute Idee!«, rief Francesca und sprang auf.
»Also los, dann gehen wir«, lächelte Bernadette.
»Wer als Erste am Tor ist!«, lachte das junge Mädchen und stürmte los.

Takanashi hatte sich in den Gängen der alten Villa heillos verfranzt. Erst war er in eine Lehrersitzung hineingeplatzt, dann hatte er in einem anderen Stockwerk vor der verschlossenen Tür des Sekretariats gestanden. Als er schließlich einem älteren, untersetzten Mann mit einer Aktentasche unter dem Arm begegnete und ihn nach Bornheim fragte, lächelte der wissend. »Ja, Bernadette, die sitzt oft im Schulhof ganz hinten auf der Bank in der Sonne. Gehen Sie doch einmal hinunter, ich glaube, ich habe sie vorhin da gesehen.«

»Eine Schule …«, wunderte sich Fiona, als sie das Messingschild am Tor neben dem Pförtnerhaus las. »Institut Peterhof. Was macht der Japaner hier?«

Vincente, der neben ihr stand, runzelte die Stirn und zuckte die Achseln. Ein junger Mann, begleitet von einer dunkelhaarigen Frau und einem jungen Mädchen, bogen um die Ecke und winkten dem Pförtner zu.

»Ach, Frau Bornheim, hat der japanische Besucher Sie gefunden?«, rief der Portier.

Fiona stieß Vincente an.

»Nein, ich habe niemanden gesehen«, antwortete die junge Frau erstaunt. »Wir fahren jetzt mit Francesca auf ein Eis in die Stadt, Herr Surer, und kommen nachher wieder zurück. Ich erwarte niemanden, und so wichtig wird es schon nicht sein. Wir sind ja bald wieder da …«

11. April 1945

GRENZÜBERGANG BANGS, VORARLBERG / OSTMARK

»Hier kommt keiner durch!«

Die uniformierte Grenzwache mit dem umgehängten Karabiner und der Armbinde hob die Hand, als der Magirus vor dem mobilen Stacheldrahtverhau ausrollte und die Druckluft zischend entwich.

»Wenn Sie über die Grenze wollen und die nötigen Papiere haben, dann fahren Sie entweder nach St. Margrethen oder nach Rugell. Hier ist der Übertritt verboten.«

Unbeeindruckt stieg Franz aus und blickte sich um. Die überdachte Holzbrücke über den Rhein war ein Relikt aus vergangenen Zeiten. Mit ihrer Fahrbahn aus dicken Bohlen und dem Tragwerk aus ungehobelten Stämmen war sie hoffentlich groß genug für den LKW. Obwohl ... Franz blickte zweifelnd über die Schulter der Grenzwache und peilte über den Daumen.

Das würde knapp werden.

»Außerdem ist der Lastwagen zu schwer«, winkte der Uniformierte ab. »Also, da entlang geht's nach Rugell.«

»Vielleicht hat er recht«, murmelte Willi und schaute Paul alarmiert an. »Der Opel war kleiner und leichter.«

»Stimmt, aber wir haben nun mal die Dokumente, und die sagen, wir müssen hier rüber«, antwortete Paul.

Dann stieg er aus, den Umschlag in der Hand.

»Vier Pässe, ein Befehl, wir werden auf der anderen Seite erwartet«, sagte er zu dem Uniformierten, der etwas unsicher zu seinem Kollegen schaute und nicht recht wusste, was er tun sollte.

»Können Sie nicht hören? Hier kommt niemand rüber, das ist kein offizieller Grenzübergang.« Der zweite Beamte der Grenzwache war keineswegs zu Diskussionen aufgelegt. Unwirsch wedelte er mit seiner Hand vor dem Gesicht von Franz herum, der versuchte, einen Blick auf die Schweizer Seite zu erhaschen.

Paul griff in den Umschlag und zog den Marschbefehl Kesselrings heraus. Mit einem »Ich hoffe, Sie können lesen!« reichte er das Blatt den Grenzwachen.

Die beiden Männer ließen sich Zeit und lasen gründlich. Als sie bei »gez. Kesselring« und der Unterschrift angekommen waren, war ihre Sicherheit verflogen. Sie sahen sich unschlüssig an. Dann sagte einer der beiden: »Lassen Sie mal die Pässe sehen!«

Paul reichte ihm die Dokumente.

»Sie reisen in Zivil? Mit einem Wehrmachts-LKW? Eher ungewöhnlich«, sagte einer der Männer.

»Noch so eine Frage, und ich melde Sie beim Kommandanten der Armeegruppe Süd für einen Spezialeinsatz«, bluffte Willi.

Der Beamte der Grenzwache hob beschwichtigend die Hand. »Schon gut, man fragt ja nur …« Dann schlug er die Seiten mit den Fotos auf. »Wilhelm Klausner, Ernst Böttcher, Paul Hoffmann, Franz Gruber«, las er laut vor. »Vatikanische Diplomatenpässe, hm? Haben Sie ein Visum?«

»Diplomaten brauchen kein Visum für die Einreise in die Schweiz, sonst hätte es General Kesselring beigelegt«, sagte Franz lakonisch. »Und jetzt, nachdem wir alle hier sind, räumen Sie das Gestrüpp hier weg, damit wir über die Brücke können.« Damit wies er auf die Stacheldrahtrollen, die sich vor der Holzbrücke türmten.

»Sie werden im Rhein landen«, meinte einer der beiden Uniformierten mit einem Blick auf die Holzkonstruktion. »Die ist so altersschwach, die kracht schon bei Pferdefuhrwerken, wenn die alle heiligen Jahre drüberfahren. Außerdem haben wir keine Stempel, um die Ausreise zu bestätigen. Hier ist kein …«

»… offizieller Grenzübergang, ich weiß«, beendete Paul den Satz. »Die Schweizer Kollegen auf der anderen Seite sind vielleicht besser ausgerüstet.«

»Sind Sie sicher, dass man Sie einreisen lässt?«, erkundigte sich der Beamte der Grenzwache und reichte die Pässe zurück.

»Wenn nicht, dann sind wir in fünf Minuten wieder hier, was ich nicht hoffe«, murmelte Franz.

»Irgendetwas zu verzollen?«, erkundigte sich der andere Uniformierte routinemäßig.

»Scherzbold«, brummte Paul und gab den anderen drei ein Zeichen. Dann begannen sie gemeinsam mit den beiden Beamten den Stacheldrahtverhau wegzuschieben.

»Fahr los, wir gehen zu Fuß«, winkte Willi und musste über das saure Gesicht von Franz lachen. »Tja, so sparen wir Gewicht im Magirus. Was hast du gedacht? Chauffeur bleibt Chauffeur. Aber warte, bis wir sicher auf der anderen Seite angekommen sind!«

Als die Vorderachse des Magirus auf die Holzbrücke rollte, gab es einen dumpfen Schlag, und eine Erschütterung brachte die gesamte Konstruktion zum Erzittern. Franz hatte den Eindruck, als ob die Brücke plötzlich auf Pontons schwimme.

Und zwar bei hohem Seegang.

Vielleicht doch keine so gute Idee, dachte er sich, bevor er beherzt Gas gab und instinktiv den Kopf einzog. Rumpelnd überquerte der Magirus die Mitte des Flusses, donnerte wie ein Panzer über die Bohlen. Einer der Rückspiegel flog krachend davon, und Franz duckte sich hinter dem Lenkrad. Er sah sich bereits mitsamt dem LKW, der Brücke und seiner Fracht im Rhein versinken.

Die alte Brücke schwankte wie eine Pappel im Sturm. Plötzlich gab es einen zweiten Schlag, die Räder der Vorderachse polterten auf eine betonierte Stufe, und dann rollte der Magirus wieder auf festem Boden. Franz trat auf die Bremse, so fest er konnte, und stellte mit zitternden Händen den Motor ab.

Dann atmete er zum ersten Mal seit der deutschen Seite tief durch.

Einer der Schweizer Zöllner kam gelaufen, baute sich neben dem Fahrerfenster auf und sah Franz vorwurfsvoll an. »Das ist eine Fußgängerbrücke und eigentlich für alle Grenzübertritte gesperrt«, sagte er in reinstem Schwyzer Dialekt, die Hände in die Seiten gestemmt. »Und jetzt kommen Sie sofort da heraus. Unser Kommandant will Sie sehen.«

Die vier roten Pässe lagen in Reih und Glied auf dem Tisch vor einem kleinen, schlanken Mann in untadeliger Uniform, der nicht danach aussah, als würde er jemals lachen. Ein Kneifer saß auf seiner Nase, und der Scheitel durch die grauschwarzen Haare schien mit dem Lineal gezogen. Als er aufschaute und jeden einzelnen der jungen Männer in Zivil musterte, war sein Blick ein einziger Vorwurf.

Der Mann, der in einem langen, dunklen Mantel hinter ihm stand, war allerdings noch beunruhigender als der Postenchef. Er hatte zwei Narben auf der Wange, die sich von seinem Kinn bis zum rechten Ohr zogen. Die Haare waren so kurz geschoren, dass sie kaum zu sehen waren. Doch das Beeindruckendste an dem Unbekannten waren seine Augen. Die Pupillen waren so hell, dass sie fast weiß aussahen.

»Sie haben Verspätung«, sagte der Mann im Mantel ruhig, bevor er seine Hand ausstreckte und der Kommandant der Grenztruppen ihm einen der Pässe reichte.

Wortlos blätterte der Unbekannte in dem Dokument. Er schien nicht ein einziges Mal zu blinzeln.

»So habe ich mir Diplomaten aus dem Vatikan immer vorgestellt«, meinte er schließlich spöttisch und warf einen letzten Blick auf das Passbild. »Franz Gruber. Ist das nicht der Caracciola für Arme, der gerade um ein Haar die Brücke in Grund und Boden gefahren hat?«

Franz trat unruhig von einem Fuß auf den anderen und senkte den Blick. So hatte er sich den Empfang in der Schweiz nicht vorgestellt. »Wir haben …«, setzte er zu einer Erklärung an, doch sein Gegenüber unterbrach ihn sofort.

»… keine Ahnung und bisher viel Glück gehabt, aber auch das kann rasch zu Ende gehen«, vollendete der Mann im Mantel ungerührt den Satz. »Zeigen Sie mir Ihre Befehle.«

Paul griff in die Tasche und reichte die beiden Schreiben von Kesselring und Himmler über den Tisch. Für lange Minuten war es ruhig in der Zollgrenzstelle. Der Postenchef ließ keinerlei Regung erkennen, während er starr geradeaus blickte.

Endlich war der Unbekannte zufrieden. Während er die beiden Dokumente wieder zusammenfaltete, musterte der Mann mit den Narben die vier jungen Männer, die vor ihm standen.

»Ich nehme an, Sie wissen, was auf der Ladefläche Ihres LKWs ist«, meinte er leise. »Sie haben den Brief Kesselrings gelesen. Er hat bis dato weder die Kapitulation noch den Waffenstillstand für die Heeresgruppe Süd unterzeichnet. Mich stört nur eines. Wo ist Claessen?«

Die vier jungen Männer sahen sich an. Aus einer plötzlichen Eingebung heraus entschloss sich Willi, mit offenen Karten zu spielen und dem Unbekannten reinen Wein einzuschenken.

»SS-Obersturmbannführer Claessen ist tot«, sagte er. »Er kam bei einem Verkehrsunfall ums Leben, wie auch seine drei Begleiter. Wir haben daraufhin die Aufgabe übernommen, den Befehl auszuführen.«

Der Mann schaute ihn überrascht an. »Claessen ist tot? Tatsächlich? Es gibt also noch gute Nachrichten in diesem Krieg ... Manchmal trifft es die Richtigen. Sieh da, sieh da ...« Er überlegte einen kurzen Moment und betrachtete jeden der vier Männer, die vor dem Schreibtisch standen, aufmerksam.

»Wer von Ihnen gehört der SS an?«, fragte er unvermittelt.

»Keiner«, antwortete Paul wie aus der Pistole geschossen. »Wir sind ... waren alle in der Wehrmacht.«

»Beweisen Sie es mir, schlagen Sie Ihre linken Ärmel zurück!«, befahl der Unbekannte wie selbstverständlich und ließ den Pass auf den Tisch fallen. »Ich will mich davon überzeugen.«

Mit drei Schritten stand er neben den jungen Männern. Als er bei keinem eine Blutgruppentätowierung am linken inneren Oberarm finden konnte, kehrte er zufrieden wieder an seinen Platz zurück.

»Gut«, sagte er wie zu sich selbst, dann wies er auf die Pässe und wandte sich an den Kommandanten. »Bitte stempeln und damit die Einreise validieren.«

Mit unbewegtem Gesicht hämmerte der Uniformierte den Einreisestempel jeweils auf die fünfte Seite.

»Sie können sie wieder einstecken«, meinte der Mann im Mantel dann, während er sich mit der linken Hand über die Narben strich. »Die Verhandlungen über die Kapitulation laufen in der Tat bereits in Bern, zwischen Dulles und Wolff, und je schneller Sie die Kisten in eine Züricher Bank bringen, umso schneller wird Kesselring zustimmen und unterzeichnen.«

Er schien mit sich zu kämpfen, wollte offenbar noch etwas sagen, sah die vier an und schrie dann plötzlich: »Na los, fahren Sie schon! Verschwinden Sie!«

Franz, Klaus, Paul und Willi zuckten zusammen und sahen sich verwirrt an. Dann drehten sie sich um und eilten zur Tür.

»Halt!« Die Stimme in ihrem Rücken stoppte sie unvermittelt. »Wissen Sie, was das Sechsgestirn ist?«

War das eine Falle?

Die vier Freunde warfen sich fragende Blicke zu.

Die Stille im Raum wurde nur von einer Fliege unterbrochen, die immer wieder gegen das Fenster flog.

Der Mann im Mantel wartete auf eine Antwort.

»Lassen Sie uns allein«, sagte er schließlich.

Der Kommandant erhob sich wortlos, salutierte und verließ den Raum.

»Sehen Sie, in diesem Krieg ist nicht alles schwarzweiß, ganz im Gegenteil«, begann der Unbekannte, als die Tür sich hinter dem Postenchef geschlossen hatte. »Je länger er dauert, je verzweifelter die Deutschen werden, desto öfter gibt es Sonderregelungen, Absprachen, Verhandlungen. Es wimmelt nur so von Winkelzügen, von Rückversicherungen und Ausflüchten, von Nebenabkommen und Schleichwegen. Ich habe Ihre Befehle gelesen, und ehrlich gesagt interessiert es mich nicht, ob Sie Claessen umgebracht haben oder ob er tatsächlich bei einem Autounfall ums Leben kam.«

Willi wollte etwas sagen, doch der Unbekannte brachte ihn mit einer Handbewegung zum Schweigen.

»Wenn er es bis zu diesem Grenzübergang geschafft hätte, dann wäre sein Weg hier zu Ende gewesen. Ich hätte ihn erschossen und in den Rhein geworfen.« Seine Augen leuchteten gefährlich. »Ich habe auf ihn gewartet. Er war eine miese Ratte, unmoralisch durch und durch. Er ging über Leichen. Deswegen hat ihn Hitler geheuert.«

Der Mann griff in eine Schublade, zog eine Fotografie hervor und legte sie vor den vier Freunden auf den Tisch. »Wir reden vom selben Mann? Heinz Claessen …?«

Alle nickten stumm. Das Foto zeigte einen frischen und optimistischen, ein wenig hochmütig dreinschauenden Heinz Claessen in seiner SS-Uniform der Leibstandarte Adolf Hitler. Auf dem Bild befand sich eine fast unleserliche Widmung.

Willi räusperte sich. »Das ist der Mann, den wir tot im Wagen gefunden haben. Er trug allerdings keine Uniform.«

»Gut, ein Problem weniger. Jetzt zu dem Sechsgestirn.« Der Unbekannte mit der Narbe trat ans Fenster und schaute über die Felder. »Die Nazis bauen für die Zeit danach vor«, sagte er wie zu sich selbst, »für eine Zukunft, die es nicht geben dürfte. Aber es wird sie geben, und die alten Seilschaften richten sich bereits häuslich ein. Sie kriechen aus ihren Löchern und übersiedeln. Sich, ihre Freunde, ihre Organisationen. ›Operation Sechsgestirn‹, ein anderer Begriff für den Sternenhaufen der Plejaden. Sieben Sterne sind es, aber nur sechs davon sieht man. Bezeichnend, nicht wahr? Fluchtlinien und Versorgungsstellen, Ausreisehäfen und Zielländer, Scheinfirmen und Konten in der ganzen Welt, verborgen, effizient und diskret. Befreundete Regimes bereiten alles für eine warmherzige Aufnahme der deutschen Prominenz aus Politik, Wissenschaft und Wirtschaft vor, vom Mittelmeerraum bis nach Südamerika. Die Ratten gehen von Bord und nehmen alles mit, was sie tragen können. Einen Teil davon transportieren Sie da draußen in dem LKW mit dem falschen Kennzeichen.«

»Woher …?«, begann Paul.

»… ich das weiß?«, fragte der Unbekannte spöttisch. »Spielen Sie nie an einem Tisch mit Profis, wenn Sie gerade die Werte der Karten gelernt haben. Mir wurde die Nummer des Wagens durchgegeben, der die Kisten transportieren würde. Und die Type. Ein Opel Blitz.«

»Ah ja«, war alles, was Paul herausbrachte.

»Egal«, fuhr der Mann fort. »Wir stecken in einer Zwickmühle. Sie, ich, wir alle. Einerseits wird der Krieg schneller beendet, wenn Ihr Transport rasch in einer Schweizer Bank ankommt, andererseits legen die Nazis damit den Grundstein für die nächsten Jahre und Jahrzehnte. Für ein viertes Reich. Sie werden sich entscheiden müssen …«

»Wer sind Sie?«, flüsterte Ernst entsetzt.

»Das werden Sie nie erfahren, und es ist auch besser so«, kam die entschiedene Antwort.

»Was schlagen Sie vor?«, erkundigte sich Willi mit heiserer Stimme.

»Ganz einfach«, erwiderte sein Gegenüber. »Bringen Sie die Kisten in eine Bank, verständigen Sie Kesselring, dann wird er unterzeichnen.«

Die vier Freunde sahen ihn verständnislos an.

»Geben Sie ihm die falschen Informationen, nennen Sie eine andere Bank, bauen Sie einen Zahlendreher in die Zugangscodes ein. Nutzen Sie Ihren Verstand, überlegen Sie. Er kann es nicht mehr nachprüfen, die Zeit drängt. Er wird Ihnen glauben, glauben müssen.«

»Und dann?«, wollte Franz wissen.

»Dann verwenden Sie den Inhalt der Kisten für einen guten Zweck. Ich sagte ja, denken Sie nach, es wird Ihnen sicher etwas einfallen.«

»Wir … wir haben da bereits über etwas gesprochen …«, gab Willi zu.

Der Unbekannte hob abwehrend die Hände. »Ich will nichts davon wissen. Machen Sie sich auf den Weg und vergessen Sie mich. Ich war nie da, Sie haben mich nicht gesehen, wir sind uns niemals begegnet. Und jetzt hauen Sie ab! Viel Glück.«

Paul trat an den Schreibtisch und griff nach dem Bild Claessens. »Brauchen Sie das noch?«

Der Mann mit der Narbe schüttelte nur stumm den Kopf. Dann drehte er sich um und starrte aus dem Fenster auf den Abendnebel, der vom Bodensee heraufzog.

Villa Borbone delle Pianore, Camaiore, Lucca / Italien

Die Sonne, die spektakulär und blutrot auf einem wolkenlosen violetten Abendhimmel im Mittelmeer versank, wäre das Highlight jedes Fremdenverkehrsprospekts gewesen. Doch die Insassen des dunkelblauen Helikopters mit der Schweizer Registrierung CH-L45B und der kleinen gemalten eidgenössischen Flagge über dem Heckrotor hatten keine Augen für die Schönheiten des italienischen Spätsommers. Die Berge zur Linken, die Apuanischen Alpen, leuchteten im Abendlicht und gaben der Landschaft jene unvergleichliche Atmosphäre, die das Tor zur Toskana weltberühmt gemacht hatte.

»Vor uns liegt der Versilia Golf Club«, informierte der Pilot, ein durchtrainierter Mittdreißiger mit kurzen schwarzen Haaren und offenem Gesicht, seine drei Insassen. »Zur Linken passieren wir gleich Forte dei Marmi, einen altbekannten, traditionellen italienischen Badeort. Vor allem, was das geregelte Strandleben betrifft.« Er lächelte. »Die Distanz zwischen den Liegestühlen wird hier in Millimetern gemessen und der Quadratmeter teuer vermietet.«

»Sie kennen sich gut aus in der Gegend«, wunderte sich John Finch, der ihren Flug auf einer Karte verfolgte.

»Meine Freundin war Italienerin, und ich verbrachte ein paar Wochen jedes Jahr hier«, erklärte der Pilot. »Daher kenne ich auch die Villa ganz gut, zumindest war ich bereits einmal dort, als Helena eine Eingabe bei der Gemeindeverwaltung machte. Die ist nämlich im Erdgeschoss untergebracht.«

»Und? Ein schönes Haus?«, erkundigte sich Llewellyn, während Georg Gruber zur Versilia-Küste hinüberblickte, wo nach und nach die Lichter angingen.

»Ein wenig unheimlich, wenn Sie mich fragen. Sehr vernachlässigt. War einmal eine Schule, dann ein Kloster, und jetzt leben nur noch eine Handvoll Padres in einem ehemaligen Wirtschaftsgebäude der Villa. Aber was heißt leben?«, fragte er nachdenklich. »Sie überleben eher, sind alle weit über achtzig und pflegen die Kapelle, die noch immer geweiht ist.«

»Was wissen Sie außerdem über die Villa Borbone?«, erkundigte sich Finch neugierig. »Wir sind für jede Information dankbar.«

»Ach, nicht viel, wie gesagt, ich war nur einmal da. Aber Helena musste darauf warten, dass der Bürgermeister aus der Sitzung kam, und daher hatte ich ein wenig Zeit und wanderte herum, ein Informationsblatt der Gemeinde in der Hand. Eigentlich besteht der Komplex aus drei Gebäuden, errichtet in verschiedenen Epochen. Das Beeindruckendste ist sicherlich der aus dem 18. Jahrhundert stammende dreistöckige Palast, der im Renaissance-Stil dekoriert worden war. Der Herzog von Lucca hatte ihn in Auftrag gegeben, um die Hochzeit einer seiner Töchter zu feiern, wenn ich mich recht erinnere. Es ist auch das Geburtshaus der späteren österreichischen Kaiserin Zita von Bourbon-Parma und innen am besten erhalten von allen drei Gebäuden.«

»Waren Sie in den oberen Stockwerken?«, wollte Llewellyn wissen.

Der Pilot schüttelte den Kopf. »Nein, die waren abgesperrt. Ich glaube, einer der Padres hat einen Schlüssel, aber ich bin dann lieber in den Park gegangen, der ein wenig verwildert ist, aber insgesamt noch immer spektakulär. Alte Palmen, Ginkos, Sequoias, seltene Pflanzen. Sehenswert.«

»Nun, wir werden nicht sehr viel Zeit für Besichtigungstouren haben«, murmelte Llewellyn. »Kommen Sie noch immer regelmäßig an die Versilia?«, setzte er dann laut hinzu.

»Nein, seit einem Jahr nicht mehr«, antwortete der Pilot. »Helena hat inzwischen einen bekannten Winzer der Region geheiratet. Die Schweiz war ihr auf die Dauer wohl zu weit nördlich …«

Der Hubschrauber flog über Pietrasanta, und die Sonne war endgültig im Meer verschwunden. »Wir landen in rund zehn Minuten«, meinte der Pilot und steuerte den Helikopter näher an die Bergkette, die sich parallel zur Küste erstreckte. »Sehen Sie den weißen Fleck da unten? Einer der vielen Marmorbrüche, das große Kapital der Region neben dem Tourismus.«

Die Nase des Eurocopters senkte sich, und der Pilot drückte den Hubschrauber in eine leichte Linkskurve. Der Verkehr auf den Straßen war unvermindert dicht. Es war mehr stop als go. Schließlich machten dunkle Felder und Hügel den dichtbewohnten Vierteln Platz, und die Maschine verlor an Fahrt. In einem weiten Tal flog der Eurocopter direkt auf die Berge zu.

»Sehen Sie die Gebäude vor uns? Am Fuß des Hügels, hinter den Bäumen? Das ist die Villa Borbone.« Der Pilot setzte zu einer Platzrunde an. »Um diese Zeit ist es meist absolut windstill, also sollte die Landung auf der großen Wiese im Park kein Problem sein. Werden Sie erwartet?«

»Hoffentlich nicht«, gab Finch trocken zurück, während er aufmerksam das große Anwesen beobachtete, das in völliger Dunkelheit lag. Die Villa, ein beeindruckender Bau mit großer Terrasse und Prunkstiegen, schien verlassen. Der Gemeinderat hatte für heute wohl glücklicherweise keine Nachtsitzung anberaumt.

»Ich lasse Sie aussteigen und starte sofort wieder, um den Helikopter aufzutanken. Dann komme ich zurück und warte auf Sie«, unterrichtete der Pilot seine drei Passagiere und setzte sanft auf einer großen, leicht abschüssigen Wiese, gesäumt von hohen, alten Bäumen, auf.

»Es wird nicht lange dauern«, nickte Finch und kletterte vom Kopilotensitz. »Hoffentlich«, ergänzte er leise.

Als er wenige Augenblicke später mit Llewellyn und Georg den Abhang zur Villa hochstieg, hörten sie in ihrem Rücken den Eurocopter starten und kurz über den Bäumen schweben, bevor er in Richtung Küste abdrehte.

Vor ihnen lag eine majestätische Prachttreppe, die zur Terrasse hinaufführte. Eine weiße Madonna vor einer stilisierten Muschel hob segnend die Hände.

»Und jetzt?«, erkundigte sich Georg, als sie die Stufen hinaufstiegen. Auf steinernen Balustraden standen nachgebildete antike Vasen mit großen Agaven, von denen einige bereits verblüht und verwelkt waren.

»Jetzt sollten wir schnellstens in die Herrschaftsetage gelangen«, antwortete Llewellyn und wies nach oben. Alle Fensterläden des großen Hauses waren geschlossen, und die Dunkelheit färbte die ockerfarbene Fassade bläulichrot. Der Kies knirschte unter ihren Füßen, als sie die Terrasse überquerten. Sonst war alles still. Nur in der Ferne hörte man den Lärm der Stadt.

Als die drei Männer auf der Suche nach einem Eingang um die Ecke des Hauses bogen, sahen sie einen schwarzen Schatten, der sich von einer Bank erhob und etwas schwerfällig die Auffahrt zu einem flachgestreckten Nebengebäude hinaufschritt.

»Das muss einer der Padres sein«, flüsterte Finch und hielt Llewellyn und Georg zurück. Der Schatten wäre fast gestolpert, fing sich im letzten Moment und stöhnte ein wenig. Dann setzte er seinen Weg fort.

»Wenn der so alt ist, wie ich annehme, dann könnten hier die Trompeten von Jericho zum Tanz aufspielen, und er würde sie nicht hören«, brummte Llewellyn. »Er hat nicht einmal den Hubschrauber gehört, weil er sonst auf die Terrasse gelaufen wäre.«

»Der läuft gar nirgends mehr hin, der kriecht eher«, lächelte Georg. »Wollen wir ihn wegen der Schlüssel fragen?«

»Wer viel fragt, bekommt viel Antwort«, gab Finch zurück, »und unter Umständen die falsche. Warten wir noch einen Augenblick, ich will sehen, wo die Mönche wohnen.«

Der alte Mann in der Soutane schwankte plötzlich, hielt sich an einem der Zierbäume fest und stolperte dann wieder weiter in Richtung Nebenhaus, in dem ebenfalls alle Fenster dunkel waren.

»Entweder schlafen seine Mitbrüder bereits, oder er ist allein hier«, wunderte sich Llewellyn und blickte sich um. Die Nacht war hereingebrochen, es war warm, und die Luft roch nach Frangipani-Blüten.

Endlich hatte der alte Mann die schmale Tür des Hauses erreicht und zückte einen großen Schlüsselbund, der laut klimperte. Dann schloss er umständlich auf, hielt sich am Türstock fest und tapste in einen Flur, der von einer einfachen Glühbirne eher schlecht als recht erleuchtet wurde. Quietschend drehte sich die Tür in den Angeln.

Ohne Vorwarnung stürmte Finch los und war Sekunden später an der Stelle, wo der alte Geistliche im Haus verschwunden war. Im letzten Moment zwängte er seinen Fuß in die Tür und verhinderte, dass sie ins Schloss fiel.

Er hielt den Atem an und wartete. Kein Laut war zu hören.

Llewellyn war drauf und dran, dem Piloten zu folgen, aber Georg hielt ihn zurück. »Warten wir hier, John hat sicher einen Plan.«

Vorsichtig, millimeterweise, drückte Finch die Tür wieder auf. Ein muffiger Geruch schlug ihm entgegen, eine Mischung aus saurer Milch und Mottenkugeln. Im Halbdunkel konnte er im Flur einen alten Schrank, ein paar Stühle und einen schmalen Tisch erkennen, zwei Türen, die wohl in die angrenzenden Räume führten. An der Wand hing ein Bild der Mutter Maria mit einem überdimensionierten Heiligenschein. Vom Rahmen fehlte bereits ein großes Stück, und es war nur mehr eine Frage der Zeit, bis die Lithographie von der Wand fallen würde.

Dann sah er ihn.

Der Schlüsselbund lag auf dem Tisch, neben einer vorsintflutlichen Taschenlampe und einem Stapel Kerzen, den die Brüder wohl in der Kapelle regelmäßig zu Ehren der Jungfrau anzündeten. Finch zog einen Schuh aus, blockierte damit die Tür und stand nach drei großen Schritten vor dem Tisch.

»Nur geliehen, versprochen!«, murmelte er entschuldigend der Jungfrau zu, ergriff den Schlüsselbund, die Taschenlampe und die Kerzen und eilte wieder zurück zur Tür.

»Was machst du?!«, zischte Georg aus der Dunkelheit, als er Finch schemenhaft wieder über den Vorplatz laufen sah.

»Ich bringe uns in die Villa«, erwiderte Finch leise, während er neben Llewellyn und Gruber in die Knie ging und ihnen den Schlüsselbund zeigte. »Wenn ich mich nicht täusche, dann können wir damit alle Türen öffnen, die zwischen uns und der Uhr liegen.«

»Vorausgesetzt, es gibt keine Alarmanlage«, brummte Llewellyn und richtete sich auf. »Worauf warten wir? Ich würde nicht gerade den Eingang der Gemeinde wählen, denn unter Umständen haben die Padres für den Teil des Gebäudes doch keinen Schlüssel. Aber es gibt sicher eine Hintertür …«

Finch verteilte rasch die Kerzen und behielt die Taschenlampe. Dann machten sich die drei Männer auf den Weg zur Rückseite der Villa. Alte Fahrräder, vom Gras überwuchert, türmten sich in einer Ecke, neben leeren Metalltonnen und Ziegeln, die wohl irgendwann vom Dach gerutscht und nicht mehr ersetzt worden waren.

Inzwischen war es völlig dunkel geworden. Myriaden von Sternen leuchteten nach und nach auf einem samtschwarzen Himmel auf. Das Zirpen der Zikaden erfüllte immer noch die Luft.

»Hier ist eine Tür«, wisperte Georg und stieß im hohen Gras gegen etwas Metallisches, das scheppernd gegen die Hauswand prallte.

»Wenn du so weitermachst, dann brauchen die hier keine Alarmanlage, Georg Gruber genügt völlig«, zischte Finch verärgert und beäugte das Schloss. Er wählte einen Schlüssel und probierte, ob er ins Schlüsselloch passte und sich drehen ließ. Nach dem dritten Versuch hatte er Erfolg und drückte die Klinke der Holztür. Wenige Augenblicke später waren die drei Männer im Haus und zündeten die Kerzen an. Vor ihnen erstreckte sich ein langer Gang, der sich in der Dunkelheit verlor. Es roch muffig, nach Staub und Moder.

»Wir sollen in den ersten Stock, in die herrschaftliche Etage«, erinnerte Llewellyn. »Also machen wir uns auf die Suche nach einer Treppe. Hier im Erdgeschoss wird es nichts Interessantes für uns geben.«

Neugierig öffnete Finch trotzdem eine der schweren Holztüren, die von dem Gang, der mit alten Steinplatten ausgelegt war, abgingen. Er streckte die Hand mit der Kerze vor und sah Tapeten, die in Fetzen von der Wand hingen, einen ausgebleichten Parkettboden, in dem einige Bretter fehlten, und alte Stromleitungen, auf Putz verlegt.

Das ferne Geräusch des Helikopters riss ihn aus seinen Betrachtungen.

»Jetzt mach schon, der Pilot kommt zurück!«, rief Georg aus dem

Flur und gab Finch aufgeregt Zeichen. »Der Major hat eine Treppe ins Obergeschoss gefunden!«

Llewellyn lief zwei Stufen auf einmal nehmend nach oben. Mit einer Hand schirmte er die Kerzenflamme ab, die wie wild flackerte, aber zum Glück nicht verlöschte. Der erste Stock unterschied sich nicht wesentlich vom Erdgeschoss, nur der Gang fehlte. Die große Tür führte direkt von einem Treppenabsatz in den ehemals repräsentativen Empfangssalon, dessen Pracht und Glanz längst vergangen waren. Reich verzierte und geschnitzte Holztäfelungen an der Wand reichten bis zu einer Höhe von zwei Metern. Einige der Paneele fehlten, andere lagen auf dem Boden. Von der Decke baumelten die losen Kabel der Deckenleuchter, die längst gestohlen oder abmontiert worden waren.

»Ziemlich desolat«, murmelte Finch, als er hinter Llewellyn den Salon betrat.

»Das muss einmal ein wunderschönes herrschaftliches Haus gewesen sein, aber das ist lange her«, meinte Georg, der seine Finger über das Holz der Vertäfelung gleiten ließ. »Ich frage mich, wo wir hier noch eine intakte Uhr finden sollen.«

Der Major wiegte den Kopf und stieß Finch an. »Es wäre an der Zeit, die Taschenlampe einzuschalten. Das würde die Suche erleichtern. Selbst wenn die Batterien schwach sind, für ein paar Minuten sollte das antike Stück durchhalten.«

Restaurant Seegarten, Park im Grünen bei Basel / Schweiz

Die Wege des Erholungsparks im Süden Basels waren trotz der Abenddämmerung noch voller Besucher. Spielende Kinder, junge Mütter, die miteinander plaudernd Kinderwagen vor sich her schoben, der eine oder andere Jogger und verliebte Paare, die händchenhaltend auf den Bänken saßen und auf die Dunkelheit warteten.

»Das mit den italienischen Eisdielen ist in Basel ein echtes Problem«, zog Chris die etwas schwache Bilanz seiner Bemühungen, ein Café mit Riesengeisbechern zu finden, wie er es Francesca versprochen hatte. Der letzte Tipp war das Restaurant Seegarten in diesem Erholungspark gewesen, und so hatten Christopher, Bernadette und das junge Mädchen nach einer kurzen Autofahrt den Porsche auf dem Parkplatz des Parks im Grünen abgestellt und hatten sich zu Fuß auf den Weg zum Restaurant gemacht.

Francesca schien trotz der bisher vergeblichen Suche den Ausflug zu genießen und hüpfte fröhlich über ein Himmel-und-Hölle-Spiel, das mit Kreide auf einem der Wege aufgemalt worden war.

»Sie scheint ein so normales Mädchen zu sein«, wunderte sich Chris, ergriff wie selbstverständlich die Hand von Bernadette und drückte sie. »Nach all dem, was du mir erzählt hast von ihren Fähigkeiten und den unbegreiflichen Leistungen ihres Gehirns, sieht man Francesca stets mit anderen Augen. Vielleicht aber ist das falsch …«

»Das kann dir wahrscheinlich nur Professor Grasset beantworten«, erwiderte Bernadette nachdenklich und machte keine Anstalten, ihre Hand zurückzuziehen. »Er war sehr aufgeregt, als Francesca an unsere Schule gekommen ist. Angeblich sind weibliche Savants äußerst selten.«

»Man kann nur hoffen, dass sie nicht als Ausstellungsstück in einem menschlichen Zoo der Sensationen und Kuriositäten endet«, gab Chris zu bedenken. »Es wäre schade um sie.«

Takanashi stand ratlos vor seinem Lexus und überlegte. Nachdem er vergeblich im Institut Peterhof nach Weber oder Bornheim gesucht hatte, war er zum Pförtner zurückgekehrt, der ihn bereits aufgeregt winkend erwartet hatte.

»Frau Bornheim ist mit einer Schülerin und ihrem Bekannten in die Stadt gefahren, auf der Suche nach einer Eisdiele«, hatte ihm der Mann gestenreich verraten.

Takanashi ließ sich leise fluchend auf den Fahrersitz fallen. Was nun? Warten oder auf gut Glück die Eiscafés in Basel abklappern?

Er schaltete seinen Tablet-PC ein und googelte »Eisdiele Basel«. Keine direkten Resultate. Lörrach, Weil am Rhein, Rheinfelden.

Aßen die Schweizer hier kein Eis?

Den einzigen Hinweis fand er auf einem Blog, in dem jemand den Park im Grünen empfahl. Takanashi fütterte seine Navigation mit der Adresse. Doch gänzlich überzeugt war er keineswegs. Der Schuss ins Blaue konnte leicht nach hinten losgehen. Was, wenn die drei ganz woanders hingefahren waren?

Etwa über die Grenze nach Deutschland?

Dann würde er Adresse für Adresse abklappern, endgültig den Anschluss verpassen, und bald wäre es dunkel. Dann könnte er nicht mehr ins Institut und würde bis morgen warten müssen.

»Ich traue diesem Yakuza keine drei Schritte weit«, brummte Alfredo, der mit Fiona und Vincente in ihrem Golf saß und Takanashi beobachtete. »Die japanische Mafia hat versucht, sich vor einigen Jahren in den Drogenhandel in Medellín hineinzupressen.« Er verzog das Gesicht. »Mit allen Mitteln. Das Drogenkartell hat ein paar Monate gebraucht, um sie zu stoppen und wieder aus der Stadt zu werfen.«

»Ich wüsste zu gern, was der Japaner an Claessen und dessen Ring so Besonderes findet«, murmelte Fiona. »So viel Geld für ein altes Erinnerungsstück. Sammler hin oder her, das ist so seltsam wie dieser ganze Typ.« Sie kontrollierte ihr Handy, ob Finch eine SMS geschickt hatte. »Jetzt ist er hinter der jungen Lehrerin einer Behindertenschule her, die allerdings nichts von ihm weiß. Merkwürdig.«

Vincente nickte und tippte aufgeregt Fiona auf die Schulter. Dann wies er nach vorn, wo Takanashi gerade mit seinem Lexus vom Parkplatz rollte.

»Wir bleiben dran«, entschied Alfredo. »Vielleicht ergibt sich eine Möglichkeit, sich irgendwo in Ruhe mit dem Japsen zu unterhalten.«

Die Eisbecher im Restaurant Seegarten waren groß, köstlich und mit kleinen, bunten Schirmen verziert. Bernadette, Chris und Francesca saßen auf der Terrasse und genossen den Ausblick auf eine Seenlandschaft mit vereinzelten Inseln und verschlungenen, lauschigen Wegen, die am Ufer entlangführten.

»Zufrieden?«, fragte Chris, nachdem während der ersten fünf Minuten jeder schweigend-genießerisch sein Eis gelöffelt hatte.

Francesca nickte lächelnd, den Löffel im Mund. Ihre Augen blitzten.

»Es ist wirklich gar nicht so leicht, in Basel ein Eiscafé zu finden«, warf Bernadette ein, die auf der Suche nach den Maraschino-Kirschen zwischen den anderen Fruchtstückchen war und jedes Mal begeistert »Hmmm« machte, wenn sie wieder eine fand.

»Ich weiß, jenseits der Grenze in Deutschland ist es einfacher«, antwortete Christopher, »aber ohne Pass für Francesca wollte ich es nicht riskieren. Hier ist es doch auch schön. Ich könnte noch ein paar Stunden auf der Terrasse sitzen bleiben und zusehen, wie der Abend kommt.«

»Da drinnen bauen sie schon das Buffet für das Dinner auf«, meinte Bernadette. »Die würden das wahrscheinlich gar nicht so gern sehen, wenn wir hier länger bei einem einzigen Eisbecher sitzen blieben.«

»Wir können ja noch jeder einen bestellen«, lachte Francesca schelmisch. »Ich verzichte gern aufs Abendessen!«

»An mir soll es nicht liegen, ich bin dabei«, lächelte Chris.

»Ich vermute, Professor Grasset wäre damit nicht einverstanden«, gab Bernadette zu bedenken und schüttelte den Kopf.

»Entschuldigt ihr mich kurz?« Christopher erhob sich, blickte sich suchend um und sah dann den Wegweiser zu den Toiletten. »Gleich wieder da!«

Francesca lehnte sich verschwörerisch über den Tisch zu Bernadette und blickte Chris hinterher. »Der ist ja wirklich nett ...«

Takanashi sah die drei in der Sonne auf der fast vollbesetzten Terrasse sitzen und zog sich rasch wieder zurück ins Restaurant. Habe ich also doch die richtige Eingebung gehabt, dachte er zufrieden. Jetzt hieß es nur noch warten. Er wollte kein Aufsehen erregen, aber es würde schwer werden, Weber von seiner Freundin loszueisen. Die Schülerin würden die beiden sicher wieder ins Institut zurückbringen, früher oder später. Sollte er vielleicht warten, bis die beiden in ihre Wohnung fuhren?

Da sah er, wie Weber aufstand, die Serviette hinlegte und sich kurz entschuldigte.

Man sollte jede nur erdenkliche Möglichkeit beim Schopf packen, dachte Takanashi grimmig und ging mit großen Schritten in Richtung Toiletten.

Auch eine Einzelkabine war ein geeigneter Platz zum Sterben.

Christopher stieß die Tür zur Herrentoilette auf, durchquerte den Vorraum mit den Waschbecken und stellte sich vor eines der zahlreichen Pissoirs, die im nächsten Raum an der Wand aufgereiht waren. Er war allein. Die Wasserspülung der Becken, die regelmäßig alle zwanzig Sekunden einsetzte, rauschte ziemlich laut und erinnerte Chris an einen Gebirgsbach.

»Weber, Weber, wie unvorsichtig«, raunte da plötzlich eine Stimme an seinem Ohr. »Was kann einem nicht alles auf der Toilette passieren. Aber lassen Sie sich ruhig Zeit, dann können wir uns noch ein wenig unterhalten. Und drehen Sie sich nicht um, das wäre tödlich.«

Chris war völlig verwirrt. »Wer ... wer sind Sie, und was wollen Sie?«, stieß er hervor.

»Erinnern Sie sich an die Diamantensendung aus Moskau, Weber? Ja? Nun, ich wäre der Empfänger gewesen, hätten Sie nicht den Helden gespielt und die Steine an DeBeers weitergeleitet. Schade, finden Sie nicht auch?«

Chris wusste nicht, was er sagen sollte. Fieberhaft dachte er über einen Ausweg aus der Falle nach. Wenn der Mann hinter ihm tatsächlich den Coup am Flughafen eingefädelt hatte, dann war er sicher stinksauer. Ihm brach der Angstschweiß aus.

»Wissen Sie, was für einen Verlust ich dadurch erlitten habe? An Ansehen vor allem, wenn wir vom materiellen Schaden absehen. Meine Paten denken allerdings nicht daran, den zu vergessen. Sie haben mir gesagt, sie könnten es nicht so mir nichts, dir nichts akzeptieren, von einem einfachen Loader übers Ohr gehauen worden zu sein. Mit anderen Worten – sie sind wütend, Weber, stinksauer sozusagen.«

Chris tauchte überraschend nach links ab, versuchte sich wegzuducken und so der Bedrohung zu entgehen, aber Takanashi hatte etwas Ähnliches vorhergesehen. Er reagierte blitzschnell, stellte ihm ein Bein und setzte sofort mit einem Karateschlag nach. Chris stürzte schwer auf den Fliesenboden, stöhnte auf und krümmte sich vor Schmerzen.

»Keine gute Idee«, fauchte Takanashi. »Wir werden uns jetzt eine der Kabinen reservieren und dort nehme ich dich auseinander, bis du um Gnade flehst und dich darauf freust zu sterben. Los!«

Die Hand des Japaners schoss vor und krallte sich in Webers Hals. »Hoch mit dir! Ich habe nicht viel Zeit.«

In diesem Moment traf Takanashi ein furchtbarer Schlag auf die Schläfe, der ihn zu Boden schickte. Es wurde schwarz um ihn, und er musste kämpfen, um bei Bewusstsein zu bleiben.

»Japanischer Abschaum!«, donnerte Alfredo und half Chris hoch, der ihn verwirrt anblickte. »Vögel wie dich haben wir über dem kleinen Feuer geröstet, bevor wir sie den Hunden zum Fraß vorgeworfen haben, daheim in Medellín«, rief er Takanashi zu, der sich mühsam und mit zornverzerrtem Gesicht hochrappelte. »Ich habe was gegen Yakuza und gegen dich ganz besonders.«

Völlig von Sinnen stürmte Takanashi auf den Sicario zu, doch der zog blitzschnell ein Messer aus dem Gürtel, das er im Vorbeigehen vom Büffet mitgenommen hatte. Im letzten Moment gelang es dem Japaner, außer Reichweite Alfredos stehen zu bleiben.

»Wer immer Sie auch sind, nehmen Sie die beiden Mädchen und verschwinden Sie. Wir sehen uns in der Schule. Mein Freund ist bereits auf der Terrasse und steht Schmiere«, zischte Alfredo Christopher auf Spanisch zu. »Das hier ist etwas zwischen Profis. Raus jetzt!«

Takanashi tänzelte wie ein Boxer von einem Bein aufs andere. Bebend vor Zorn musste er zusehen, wie Weber, der zwar nicht den ganzen Wortlaut des Satzes, aber sehr wohl dessen Bedeutung erfasst hatte, aus der Toilette stürmte.

»So«, grinste der Sicario, »das ist besser. Wir brauchen keine Zeugen, nicht wahr? Diesmal will ich die Wahrheit wissen, alles über Claessen und was damit zusammenhängt. Du kannst es dir aussuchen. Entweder du sprudelst wie diese Spülung, oder ich sorge dafür, dass du nirgends mehr hingehst. Dann müssen sie dich nach Japan tragen.«

Seine Augen verengten sich zu Schlitzen, und Takanashi wurde endgültig bewusst, dass hier etwas ganz und gar nicht nach seinen Vorstellungen lief. Er versuchte mit einem Haken wie ein Hase an seinem drahtigen, fast kahlrasierten Gegner vorbei zum Ausgang zu kommen, aber Alfredo holte aus und stach dem Japaner das Messer in den Oberschenkel. Takanashi brach zusammen und hielt sich stöhnend die Wunde. Zwischen seinen Fingern strömte das Blut und tränkte seine Hose. Seelenruhig stach der Sicario den Japaner auch in das andere Bein.

Takanashi heulte auf.

»Wir spielen hier kein Spiel, Japse, das ist todernst«, meinte Alfredo und wischte das Messer an der Schulter des Japaners ab. »Du hast keine Ahnung, mit wem du dich angelegt hast. Ich habe nichts mehr zu verlieren, Gott steh mir bei. Aber wenn ich in meinem Leben noch etwas Gutes tun kann, dann wird mich niemand daran hindern, du schon gar nicht. Ich will für meine Freunde alle Informationen über diesen Claessen. Die Zeit der Nettigkeiten und der Verarschung auf eleganten Hotelterrassen ist vorbei.«

Er griff mit einer Hand in das Haar Takanashis, zog ihn hinter sich her und schleuderte ihn in eine überraschend große Kabine, die gemauert war und eine massive, bis zum Boden reichende Tür hatte.

Sanft verschloss Alfredo die Tür. Dann krachten die ersten Faustschläge auf das Gesicht Takanashis, der auf der Schüssel zusammensackte.

Der Sicario ging ungerührt vor ihm in die Hocke und sah ihn von unten herauf an. Dann nickte er zufrieden. »Jetzt können wir reden, nicht wahr?«

Halb bewusstlos nickte Takanashi mechanisch, während sein Blut auf den Boden tropfte. Dann begann er stockend zu erzählen.

VILLA BORBONE DELLE PIANORE, CAMAIORE, LUCCA / ITALIEN

»Links oder rechts?«, fragte John Finch angesichts der beiden verschlossenen Türen, die in die Nebenräume des Empfangssalons führten.

»Links!«, entschied Georg und eilte voran. Quietschend und ächzend drehte sich der schwere Flügel, und ein Schwall warmer Luft strömte ihnen entgegen. »Die Fenster dieses Zimmers gehen wahrscheinlich nach Süden, deswegen heizt es sich mehr auf als die nördlichen Räume«, erklärte Finch und blickte sich rasch um. Der schwache Lichtkegel der Taschenlampe riss ein paar alte Zeitungen, einen zerbrochenen Stuhl und eine fleckige Textilbespannung aus dem Dunkel. Eine hüfthohe hölzerne Vertäfelung lief entlang den Wänden, unterbrochen von einer weiteren Tür und einem Kamin, dessen mannshohe Umrandung ebenfalls aus Holz geschnitzt war. Ganz oben, genau über der Mitte der Feuerstelle, thronte ein Wappen, das von zwei verstaubten Putten flankiert wurde.

»Wahrscheinlich das Wappen der Familie Bourbon-Parma«, vermutete Finch und wollte sich bereits abwenden, da sah er, dass die große Rosette darunter Striche in regelmäßigen Abständen aufwies. Er ging näher und leuchtete mit der Taschenlampe auf das reich verzierte kreisrunde Medaillon, das sich kaum vom umliegenden Holz unterschied.

Finch traute seinen Augen kaum. Genau in der Mitte befand sich ein kleines Schlüsselloch.

»Ich glaube, wir haben unsere Uhr gefunden«, meinte er leise und kramte in seiner Tasche nach dem Schlüssel. »Der Moment der Wahrheit ...«

Dann führte er den Schlüssel in die kleine Öffnung ein und drehte ihn vorsichtig, während ihn Llewellyn und Georg neugierig beobachteten.

Mit einem leisen Klick sprang die Rosette auf, drehte sich um eine unsichtbare Achse und gab den Blick auf das Uhrwerk und einen kleinen Hohlraum dahinter frei.

»Du glaubst es nicht«, flüsterte Georg ergriffen.

»Das war der dritte und letzte Hinweis«, stellte Llewellyn beeindruckt fest. »Was immer dieser Paul Hoffmann versteckt hat, es muss hier sein.«

»Oder auch nicht, wenn es zum Beispiel mehrere Uhren in der herrschaftlichen Etage gibt«, widersprach Finch und leuchtete in den Hohlraum hinter der Uhr. Spinnweben, ein paar lose Stück Mauerwerk und ein kleiner Kerzenstummel waren zu sehen.

Sonst war das Loch leer.

»Aber der Schlüssel passt«, stieß Georg etwas hilflos hervor.

»Häuser dieser Art sind oft symmetrisch gebaut worden«, gab Llewellyn zu bedenken.

»Richtig, deshalb versuchen wir es nun auf der anderen Seite«, entschied Finch und lief im Schein der Taschenlampe durch den Empfangssalon und die anschließende Tür in einen Raum, der tatsächlich ein detailgetreues Abbild des ersten Zimmers war.

»Vertäfelung, Kamin, Wappen und darunter die Uhr«, triumphierte der Major. »Jetzt probieren wir den Schlüssel noch einmal. Wenn ich mich nicht irre, dann sollte er auch hier passen.«

Llewellyn sollte recht behalten. Mit einem leisen Klick sprang das Zifferblatt auf und gab den Blick auf das Uhrwerk und den Hohlraum frei. Seltsamerweise fanden sich hier keine Spinnweben und so gut wie kein Staub. Ganz hinten, an der rechten Seitenwand stehend, glänzte ihnen matt ein in Wachspapier eingeschlagenes kleines Päckchen entgegen, das dem im Bierkeller in Lausanne zum Verwechseln ähnlich sah.

»Ihr Dechiffrierungsspezialist ist wirklich ein Genie«, murmelte Georg anerkennend und wog das Päckchen in der Hand. »Nicht viel schwerer als das letzte. Vielleicht wieder ein neuer Hinweis?«

Finch schüttelte entschieden den Kopf. »Nein, das glaube ich nicht. Wir sind am Ziel, es gibt keinen Hinweis mehr. Wir haben die ersten Zeilen gelöst, die von der Taube zu Böttcher gebracht wurden. Wir haben deinen Ring für den nächsten Hinweis benutzt und schließlich den Schlüssel, der die Taube dem alten Klausner brachte. Das hier« – er deutete auf das kleine Päckchen – »muss das Vermächtnis der alten Männer sein.«

Mit zitternden Fingern entknotete Georg die Bindschnur, löste das Wachspapier und hielt schließlich ein Blatt Papier in Händen, das mehrmals gefaltet war. Er atmete tief ein und schlug es auf. Im Schein des gelblichen Lichtkegels der Taschenlampe leuchteten ihnen, mit schwarzer Tinte geschrieben, vier Kolonnen von Zahlen und Wörtern entgegen. So frisch, als seien sie gestern erst zu Papier gebracht worden.

»Hmm … ich sehe kein Vermächtnis.« Die Enttäuschung Georgs war spürbar. »Achtstellige Zahlen, dahinter scheinbar sinnlose Worte wie Erdbeere, Maulwurf, Kamin oder Gurkenglas. Wenn das eine Hinterlassenschaft sein soll, dann sollten wir gleich wieder unseren Freund in London anrufen …«

»Das wird nicht nötig sein«, ertönte da eine entschlossene Stimme von der Tür des Empfangssalons her. »Niemand wird irgendjemanden anrufen. Bleiben Sie alle, wo Sie sind, halten Sie die Hände weit weg vom Körper, damit ich sie sehen kann. Ich bin etwas angespannt, das werden Sie verstehen.«

Egon Zwingli trat ein paar Schritte in den Raum und machte Platz für drei weitere Männer, die mit starken Stirnlampen und automatischen Waffen ausgerüstet waren. Sie gingen vorsichtig um Finch, Georg und Llewellyn herum, tasteten sie ab und zogen die Glock des Majors aus dessen Hosenbund. Dann nickten sie Zwingli zu, der sich nicht bewegt hatte.

»Was für ein schönes Bild«, meinte er schließlich ironisch. »Der englische Geheimdienst leistet Amtshilfe, um einer südamerikanischen Erbengemeinschaft zu ihrem Recht zu verhelfen. Robin Hood wäre stolz, Major Llewellyn! Aber so selbstlos sind Sie sicher nicht, oder?«

Die Antwort bestand aus einem walisischen Fluch, der nicht übersetzt werden musste.

»Es hat mich ja gewundert, dass Sie unser Hubschrauber bei der Landung im Park gar nicht aufgeschreckt hat, aber dann dachte ich mir, Ihr Pilot würde ja auch einmal auftanken müssen.« Zwingli kicherte lautlos in sich hinein. »Nein, was Sie hörten, war nicht er, das waren wir. Offiziell eingereichte Flugpläne sind wirklich nicht schwierig in Erfahrung zu bringen. Mit ein wenig Hilfe von meinen Freunden ...« Er betrachtete neugierig Finch und Georg.

»Sie müssen Mr. Finch sein, der tollkühne Pilot ohne Flugzeug, und das da hinten ist wohl der Sohn unseres Franz Gruber, nicht wahr?« Seine Stimme triefte vor Hohn. »Wo ist denn der Rest der kleinen Reisegruppe? Haben sich die Erben bereits zerstritten?«

»Das geht Sie einen feuchten Dreck an«, gab Finch mit mühsam unterdrückter Wut zurück. »Waren Sie das, der Klausner und Böttcher und meine Albatross in die Luft gesprengt hat?«

»Kollateralschaden.« Zwingli zuckte die Achseln. »Wir wollen nicht vergessen, dass alle bereits alt waren und knapp vor ihrem Verfallsdatum standen.« Er lachte laut auf. »Inklusive Ihrem fliegenden Oldtimer.«

»Ihre Überheblichkeit kotzt mich an und wird Ihnen früher oder später das Genick brechen«, zischte Finch. »Und ich werde dafür sorgen, dass es früher geschieht.«

»Ach, Mr. Finch, das haben in der Vergangenheit bereits andere versucht, und es geht mir nach wie vor hervorragend«, lächelte Zwingli dünn. »Aber genug geplaudert. Geben Sie mir die Liste.«

Er streckte auffordernd die Hand aus. Georg überlegte nicht lange. Er zerriss das Blatt in zwei Teile, dann noch einmal, bevor ihn der Kolben des Sturmgewehrs krachend am Kopf traf und er lautlos zusammenbrach. Ungerührt beugte sich der Bewaffnete über ihn, entriss seinen Fingern die Papierstücke und reichte sie Zwingli.

»Wozu der Heldenmut?«, fragte der niemanden im Besonderen. »Bringt nichts ein, außer Kopfschmerzen ...«

Er warf einen kurzen Blick auf die vier Papierstücke, nickte zufrieden. Und dann tat er etwas, das alle Anwesenden überraschte. Er zog ein Feuerzeug aus der Tasche, hielt es unter die Liste und betrachtete in aller Ruhe, wie die Flammen das Papier verzehrten. Schließlich ließ er es fallen, wartete, bis nur mehr ein wenig Asche übrig war, und verteilte diese mit seiner Schuhspitze über den alten Parkettboden.

»So viel Aufwand für ein bisschen Asche«, philosophierte er und blickte sich in dem halbdunklen Raum um. »Die passende Kulisse für das gebührende Ende eines Abenteuers, das vor mehr als fünfundsechzig Jahren seinen Anfang genommen hat. Von Österreichs Alpen in das Geburtshaus der österreichischen Kaiserin. Sie müssen zugeben, sehr stilvoll.«

Finch war wie vor den Kopf gestoßen. Die Liste war verbrannt, ein für alle Mal, und die Schweizer hatten gewonnen. Es war doch nicht das Richtige gewesen, auf den Major zu hören und Zwingli auf die letzte Etappe mitzunehmen.

Jetzt war alles verloren.

Sie standen mit leeren Händen da.

Das Geheimnis der alten Männer würde für immer eines bleiben.

Zwingli betrachtete Finch und Llewellyn nachdenklich, dann gab er seinen Männern ein Zeichen. »Wir verabschieden uns hier und jetzt, es wird Zeit, nach Lausanne zurückzukehren. Ach ja, die Hausschlüssel bitte! Und versuchen Sie keine sinnlosen heldenhaften Aktionen.«

Finch griff in die Tasche und warf Zwingli den Schlüsselbund zu.

»Ich könnte jetzt nachtragend sein, Major Llewellyn, aber wozu? Sie haben uns ja andererseits brav zu dem Versteck der Liste geführt, wie ich es mir gedacht hatte. Also will ich nicht so sein …« Zwingli grinste. »Ich hätte auf jeden Fall gewonnen, so oder so, und das wissen Sie. Richten Sie Ihrer Regierung aus, sie soll das nächste Mal die erste Garnitur schicken und kein Altersheim. Das war jetzt wirklich keine Herausforderung. Und noch ein guter Rat von mir: Gehen Sie in Pension, Llewellyn.«

Der Major wollte losstürmen, aber Finch hielt ihn zurück. Er spürte, wie der Waliser vor Wut zitterte.

Zwingli wies auf den bewusstlosen Georg Gruber, der auf dem Boden lag. »Vergessen Sie ihn nicht, wenn Sie gehen, vielleicht benötigt er einen Arzt.« Er betrachtete den Schlüsselbund und überlegte. »Eigentlich brauche ich Sie gar nicht zu fesseln, einschließen reicht. In fünf Minuten sind wir gestartet und auf dem Heimweg.« Dann schaute er auf seine Armbanduhr. »Ihr Pilot wird bald zurückkehren, da bin ich ganz sicher. Guten Flug, meine Herren!«

Damit gab er seinen Männern ein Zeichen und verschwand durch die Tür in den Empfangssalon. Am Klimpern der Schlüssel hörte Finch, dass der Schweizer einige ausprobierte, bis er den passenden fand, der die schwere doppelflügelige Tür zusperrte.

Mit dem Sturmgewehr im Anschlag zog sich wenige Augenblicke später auch der letzte Bewaffnete zurück. Die Tür wurde zugeschlagen, und der Schlüssel drehte sich zweimal im Schloss. Die Schritte der vier Männer verhallten.

Dann wurde es still in der Villa Borbone.

»Ich breche ihm eigenhändig jeden Knochen im Leib«, knurrte Llewellyn zornig, während er sich zu Gruber hinunterbeugte und seinen Puls fühlte. »Wir waren so knapp vorm Ziel…«

Georg stöhnte und begann sich zu regen.

»Ja, leider nur knapp davor«, stimmte ihm Finch niedergeschlagen zu. »Das war kein rühmlicher Auftritt…«

Das Läuten seines Mobiltelefons unterbrach ihn. »Auch das noch…«, murmelte er nach einem Blick auf das Display, bevor er das Gespräch annahm. »Hallo Fiona…!«

Kapitel 11

DAS WISSEN

12. April 1945

BANKHAUS JULIUS CRÄMER, ZÜRICH / SCHWEIZ

Das repräsentative Haus in der Züricher Bahnhofsstraße erzählte eine Geschichte von Aufstieg, Erfolg und Zuverlässigkeit. Die makellose Fassade, klar strukturiert mit der Belle-Étage der Direktion im ersten Stock und den anderen Büroräumen darüber, machte das Gebäude des ehrwürdigen Bankhauses Julius Crämer zu einem wahren Baujuwel der Gründerzeit.

Franz hielt den Magirus vor dem eleganten Haupteingang an, von dem spärlich bekleidete Karyatiden auf ihn herunterblickten.

»Das Ende einer langen Reise, der Beginn eines noch längeren Abenteuers«, nickte Willi und stieg aus. Ernst und Paul sahen mit gemischten Gefühlen an der Fassade hoch und fühlten sich mit einem Mal an die Wiener Ringstraße erinnert, die sie vor drei Jahren auf Einladung von Willis Eltern besucht hatten. Das war auch das letzte Mal gewesen, dass der Junge aus Wien Vater und Mutter lebend gesehen hatte.

»Nur damit wir uns richtig verstehen«, meinte Paul leise, als sich alle am Gehsteig um ihn gruppiert hatten. »Wir machen es wie heute Morgen besprochen. Ich verhandle die Konditionen, wähle die Kennwörter. Die Liste habe ich bereits heute Nacht ausgearbeitet. Sobald das Geschäft erledigt ist, trennen wir uns. Jeder nimmt sein Geld und geht seiner Wege. Ich habe lange nachgedacht, während ihr geschlafen habt, und ich glaube, ich habe einen absolut sicheren Weg gefunden, um unser aller Wunsch umzusetzen. Vertraut ihr mir?«

Franz nickte und klopfte seinem Freund auf die Schulter. »Mehr als mir selbst«, antwortete er stellvertretend für alle.

»Dann lasst uns keine Minute verlieren.« Paul drehte sich um, betrat die Bank und kam wenige Augenblicke später begleitet von vier Männern in Anzügen wieder heraus. Er wies stumm auf die Ladefläche, wo Ernst und Franz die Kisten unter der Plane ans Heck des Magirus schoben und den Bankangestellten hinabreichten.

Eine halbe Stunde später saßen die vier Freunde im riesigen Büro des Bankdirektors Alfons Crämer senior im ersten Stock. Der schwergewichtige Mann, der einen stattlichen Bauch vor sich herschob und die Welt durch eine randlose Brille betrachtete, die bedrohlich nahe ans Ende seiner Nasenspitze gerutscht war, schien die gesamte Breitseite seines Schreibtisches einzunehmen. Seinen kleinen, wieselflinken Augen entging nichts. Jetzt sprangen sie erwartungsvoll von einem seiner Besucher zum nächsten.

Vier junge Männer und ein Vermögen.

Crämer witterte ein Geschäft.

Dieser Krieg hatte den Schweizer Banken bereits unvorstellbar viel Geld in die Kassen gespült, zum einen aus den diversen Kunstverkäufen, den Verlagerungen von Kapital der SS, der nationalsozialistischen Wirtschaftsabsicherung, die dazu führte, dass viele der deutschen Industriellenfamilien ihr Kapital auf Schweizer Konten deponierten. Dazu kamen die diversen jüdischen Vermögen, die Erlöse der Geldverschiebungen der Emigranten, Schwarzgeld und Tausende geheime Transfers, die von allen Kriegsparteien in den »sicheren Hafen Schweiz« getätigt wurden.

»Woran genau hatten Sie gedacht?«, erkundigte sich Crämer vorsichtig und lächelte seine vier potentiellen Kunden an.

»Hundert Nummernkonten, einhundert Kennwörter, Auszahlung an denjenigen, der beides in Händen hält und außerdem ein direkter Nachfahre von einem von uns sein muss.« Paul legte ein Blatt Papier auf den Schreibtisch des Bankdirektors und strich es glatt. »Wenn Ihre Leute mit dem Zählen fertig sind, dann brauchen wir nur mehr über die Konditionen zu verhandeln.«

Crämer befeuchtete seine Lippen. »Nun, bei dieser Summe werden Sie verstehen ...«

»... dass es ganz besonders gute Konditionen sind«, vollendete

Paul den Satz und legte die beiden Befehle Himmlers und Kesselrings neben die Kennwortliste. »Wenn Sie so freundlich wären, einen Blick darauf zu werfen, dann werden Sie sehen, dass hier kein Wort von einem Bankhaus Crämer steht. Es heißt ›ein Bankhaus in Zürich‹. Soviel ich weiß, gibt es hier Dutzende Banken. Auch größere und wichtigere, ältere und bedeutendere ...«

»Sicher, sicher«, beeilte sich Crämer zuzustimmen. »Aber unsere Reputation ist makellos, das können Sie gern nachprüfen. Seit mehr als hundert Jahren ...«

Paul winkte ab und unterbrach den Bankdirektor ziemlich unwirsch. »Geschenkt. Wie viel?«

Crämer wand sich und schob Papiere auf seinem Schreibtisch hin und her, als suche er nach einer Eingebung, die sich darunter versteckt hatte. »Nun, ich hatte an fünf Prozent gedacht.«

Paul erhob sich und sah seine Freunde an. »Ich glaube, wir sind hier fehl am Platz. Kommt, gehen wir ...«

Crämer hob abwehrend die Hände. Auf seiner spiegelnden Glatze glänzten Schweißtropfen. »Aber so warten Sie doch, meine Herren, wir werden uns sicher einigen können!«

»Dann sollten Sie mit einem akzeptablen Angebot kommen und nicht mit einer persönlichen Beleidigung«, gab Paul ungerührt zurück.

In Crämers Gehirn ratterte wie wild eine Rechenmaschine. Er begann, das Für und Wider abzuwägen, seine Risiken und seine Chancen, das Geld nie wieder zurückzahlen zu müssen. Wer weiß, was den vier jungen Männern in den nächsten Monaten und Jahren widerfuhr? Waren es SS-Angehörige auf der Flucht? Würden sie in den Nachkriegswirren unter die Räder kommen, vielleicht gar unter die Räder der Siegerjustiz?

Schließlich gab er sich einen Ruck. »An welchen Zinssatz haben Sie denn gedacht?«, erkundigte er sich vorsichtig.

»Ich will nicht mit Ihnen handeln, wir sind hier nicht auf einem orientalischen Bazar«, stellte Paul kategorisch fest. »Geben Sie uns einen Zinssatz von 8,5 Prozent, und Sie haben unser Geld.«

Crämer zog ein großes kariertes Taschentuch hervor und wischte sich den Schweiß von der Glatze. Er überlegte erneut, sah die vier jungen Männer an und wiegte den Kopf.

Am Ende siegte die Gier.

»Abgemacht!«, lächelte er. »Ich lasse sofort den Vertrag fertigstellen, damit Sie unterzeichnen können. Hundert Konten, ebenso viele Kennwörter, zu Ihren Bedingungen. Was sollen wir …?«

Ein Klopfen an der Tür unterbrach ihn. Ein junger, schmaler Mann trat ein, lächelte entschuldigend und reichte Crämer einen Zettel.

»Das Geld in den Kisten wurde gezählt«, eröffnete der Bankdirektor den vier Freunden. »Es sind genau 64 023 000 US-Dollar in den verschiedensten Stückelungen. Wollen Sie die gesamte Summe bei uns anlegen?«

»Wir möchten genau sechzig Millionen auf den einhundert Konten deponieren«, entschied Paul. »Den Rest teilen wir unter uns auf.«

Crämer nickte eifrig. »Selbstverständlich, ich werde sofort alles Notwendige veranlassen. Ich kann Ihnen versichern, es wird nicht lange dauern. Darf ich Sie einstweilen zu einem Mittagessen in einem der ganz vorzüglichen Restaurants Zürichs einladen? Trotz der schlechten Versorgungslage gibt es da noch immer Fleisch und Butter, Käse und Obst. Danach haben meine Mitarbeiter sicherlich alles zu Ihrer Zufriedenheit erledigt.«

RESTAURANT SEEGARTEN, PARK IM GRÜNEN BEI BASEL /
SCHWEIZ

Als Alfredo fast lautlos die Beifahrertür des Golf öffnete und sich auf den Sitz gleiten ließ, beendete Fiona soeben ihr Telefongespräch mit John Finch und legte resigniert das Handy weg.

»Warte«, sagte der Sicario und deutete auf das Mobiltelefon. »Ändere die Einstellungen so, dass deine Rufnummer nicht gesendet wird. Dann ruf die Polizei an und sag ihnen, dass sie einen international gesuchten Verbrecher auf der Herrentoilette des Restaurants Seegarten abholen sollen. Er wartet da auf sie ...« Alfredo lächelte dünn. »Sie sollten sich vielleicht beeilen. Es geht ihm nicht so gut.«

Fiona sah ihn erstaunt an. »Hast du ...?«

»Ich habe herausbekommen, was es mit diesem Claessen auf sich hat, dass Takanashi unter falschem Namen reist und in knapp zehn Staaten per Haftbefehl gesucht wird«, nickte der Sicario. »Aber das erzähle ich dir genauer, während wir zur Schule zurückfahren. Hast du den anderen Vincente als Aufpasser mitgegeben?«

»Ja, sicherheitshalber«, antwortete Fiona und wählte den Polizeinotruf. »Das junge Mädchen versteht Gebärdensprache, also war unser Vincente nicht mehr zu halten ...« Sie unterbrach sich. »Guten Abend, ich möchte eine Meldung machen ...«

Während Fiona mit der Polizei telefonierte, programmierte Alfredo die Navigation zurück nach St. Chrischona.

»So, und jetzt sollten wir verschwinden, bevor die uniformierte Truppe einreitet«, stellte der Sicario fest, als sie das Gespräch beendet hatte.

»Ich habe zuvor mit John in Italien telefoniert«, berichtete Fiona und startete den Golf. Alfredo glaubte, eine Träne über ihre Wange rinnen zu sehen. »Großes Desaster, alles ist zu Ende. Dieser Schweizer, der angeblich auch für den Tod meines Großvaters verantwortlich ist, hat sie überrascht, ihnen den letzten Hinweis abgenommen und ihn verbrannt. Es war eine Art Liste, meinte John, eine lange Folge von Nummern und Worten. Er ist völlig niedergeschlagen. Sie bringen jetzt Georg ins Krankenhaus, er wurde schwer am Kopf verletzt. Dann fliegen sie hierher nach Basel.«

»*Mierda*«, entfuhr es Alfredo, und er schlug frustriert mit der Faust auf seinen Oberschenkel. »Dann war alles umsonst?«

Fiona nickte düster und bog in die Schwertrainstraße ab. »John konnte zwar den zweiten Hinweis finden und ihn mit Hilfe eines britischen Geheimdienstagenten auch entziffern, dann an die richtige Stelle in Italien fliegen und das Versteck des letzten, alles entscheidenden Papiers ausfindig machen, aber von da an ging alles schief.«

Der Sicario schwieg. Auf der Gegenfahrbahn brausten zwei Einsatzwagen der Polizei mit rotierenden Blaulichtern und Sirenengeheul vorbei. »Und was jetzt?«, fragte er nach einigen Minuten.

»Ich habe keine Ahnung«, erwiderte Fiona mutlos. »Morgen werden wir wohl abreisen. Was sollen wir hier noch?«

»Hatte John genügend Zeit, um irgendetwas zu lesen?«, erkundigte sich Alfredo neugierig.

Fiona schüttelte den Kopf. »Nein, er konnte nur erkennen, dass es eine Liste ist. Handgeschrieben, wie er meinte. Wahrscheinlich von diesem Paul Hoffmann, aber das weiß niemand genau. Und man wird es nie mehr wissen. Das Geheimnis der vier alten Männer ist für immer verloren. Unwiederbringlich verbrannt.«

»Was für eine Verschwendung«, murmelte Alfredo. »Wer ist dieser Schweizer? Warum war er so gierig hinter den Hinweisen her und geht über Leichen?«

»Das würde uns der britische Geheimagent erklären, hat John gemeint«, gab Fiona zurück. »Dieser Zwingli soll ein Beauftragter der Schweizer Banken sein, mehr hat er nicht gesagt.«

Der Sicario sah gedankenverloren aus dem Fenster. »Banken, soso«, murmelte er, »vielleicht hat der Japse doch nicht gelogen…«

»Was hast du aus diesem Takanashi sonst noch herausbekommen?«, erkundigte sich Fiona und reihte sich vor einer roten Ampel rechts ein. Ein weiterer Polizeiwagen raste auf der Gegenfahrbahn mit quietschenden Reifen an ihnen vorbei in Richtung Park im Grünen.

»Alles, was er wusste«, erwiderte Alfredo. »Dieser Claessen war einer der Obergauner Hitlers, als die SS im Rahmen der sogenannten Operation Bernhard die gefälschten Pfundnoten unter die Leute bringen musste. Himmler zeichnete ihn mit dem Ring aus, nachdem er in einer Nacht-und-Nebel-Aktion Dutzende andere Gauner angeheuert hatte, die ab sofort mitarbeiteten und sein Team bildeten. Er organisierte die Verteilung des Geldstromes drei Jahre lang zur allgemeinen Zufriedenheit des Regimes, reiste durch die Weltgeschichte, warf mit Pfundnoten nur so um sich, kaufte Kunst und Immobilien, ausländische Devisen und Edelsteine, Schmuck und Antiquitäten. Dann, gegen Ende des Krieges, verschwand er spurlos aus Meran, wo die Gruppe ihr Hauptquartier hatte. Das ließ Takanashi, unserem Yakuza aus Tokio und passionierten Sammler, keine Ruhe. Er heftete sich bereits vor Jahren auf die Spur Claessens, versuchte verzweifelt, die letzten Tage zu rekonstruieren, forschte in Archiven, streckte seine Fühler in die Szene aus. Er investierte jede Menge Geld, Zeit und Mühe, um den Nebel um diesen Mythos Claessen zu lichten. Wenn du mich fragst, dann versprach er sich einen großen Haufen Kohle davon.«

Der Sicario verstummte und blickte aus dem Fenster.

»Deshalb, als du diesen Schweizer und die Banken erwähnt hast ...«, murmelte er schließlich.

»Verstehe ich nicht«, warf Fiona ratlos ein.

»Wie mir Takanashi verraten musste, war er ziemlich erfolgreich bei seinen Recherchen. Er hat uns nur das Allernotwendigste auf die Nase gebunden, um an den Totenkopfring zu kommen. Er war fest davon überzeugt, dass der Ring Claessens ein Geheimnis verbarg. Als nun Georg ihm verriet, dass er unter Umständen Teil eines Puzzles sei, wurde er hellhörig und machte sich sofort auf den Weg nach Genf. Denn er hatte eines herausgefunden. Es ging damals um viel Geld und einen Transport, der in die Schweiz gehen sollte. Nicht im Rahmen der Operation Bernhard, sondern angeblich im Auftrag eines deutschen Generals. Mit anderen Worten, dieser Takanashi hörte Münzen klimpern, Scheine rascheln und sah seinen Aufstieg in der Yakuza im sonnigsten Licht. Bis ich kam …« Alfredo grinste zufrieden. Dann wurde er wieder ernst. »Und jetzt erfahre ich, dass ein Beauftragter der Schweizer Banken nicht nur hinter dem Tod deines Großvaters steckt, sondern auch hinter seinem Geheimnis her ist … Schon seltsam.«

Fiona schluckte. »Es spricht immer mehr dafür, dass die vier alten Männer in ihrer Jugend jene Gauner waren, die für Claessen arbeiteten. Vielleicht will ich ihr Geheimnis gar nicht kennen. Dann schlafe ich in Zukunft besser …«

»Was immer es war, es muss wichtig genug gewesen sein, um die Schweizer zu alarmieren und auch vor Mord nicht zurückschrecken zu lassen«, gab Alfredo zu bedenken.

Fiona zuckte nur stumm die Achseln und fuhr von der Autobahn ab. Wenige Minuten später rollte der Golf auf den Parkplatz vor dem Tor des Instituts Peterhof.

»Wo treffen wir Vincente?«, erkundigte sich Alfredo. »Beim Pförtner?«

»Bleib kurz hier und warte auf mich, ich frage mal nach«, meinte Fiona und stieg aus. »In der Nacht ist die Schule geschlossen und der Zutritt verboten.«

Der Portier schien Fiona bereits zu erwarten. »Guten Abend«, strahlte er sie an. »Sind Sie Frau Klausner?«

Fiona nickte. »Ja, und ich suche einen Freund, der mit einer Schülerin und ihrer Lehrerin unterwegs war.«

»Genau, Frau Bornheim!«, bestätigte der Pförtner und drückte Fiona eine kleine Notiz in die Hand. »Sie ist mit Francesca, ihrem Bekannten und einem Freund in ihre Wohnung in der Rittergasse gefahren und wartet dort auf Sie. Die Adresse steht auf dem Zettel, es ist nicht weit von hier. Schönen Abend noch!«

ÜBER MAILAND / ITALIEN

»Wir haben keine Erlaubnis für eine Außenlandung in Basel erhalten«, meinte der Pilot zu Finch und Llewellyn, die beide während des Fluges ihren Gedanken nachhingen. »Also müssen wir den Euro-Airport Basel anfliegen, und von da können Sie dann einen Wagen in die Stadt nehmen.«

Finch nickte abwesend. Sie hatten Georg in den Händen eines fähigen Arztes in Massa gelassen, der bei seinem Patienten eine Schädelbasisfraktur diagnostiziert und absolute Bettruhe verordnet hatte. Dann war der Eurocopter zu einem Nachtflug nach Basel aufgebrochen.

»Was werden Sie nun machen?«, erkundigte sich Finch schließlich und wandte sich Llewellyn zu, der zu dösen schien.

»Ich werde nach London zurückkehren«, stellte der Major fest, ohne die Augen zu öffnen. »Zwingli hat ein weiteres Mal gewonnen, ich habe ihn unterschätzt. Auch wenn es mir schwerfällt, werde ich warten müssen. Auf eine nächste Gelegenheit, einen anderen Tag. Niemand ist unfehlbar, auch er nicht. Wenn er stolpert, werde ich da sein. Und dann wird er bezahlen.«

»Wir überfliegen soeben Mailand«, informierte sie der Pilot. »Noch etwas mehr als eine Stunde bis Basel Airport.«

Llewellyn schlug die Augen auf. »Und Sie?«, fragte er Finch.

»Zurück nach São Gabriel und überlegen, wie es weitergehen soll. Mein Flugzeug ist weg, mein Auftraggeber tot, und ich bin gescheitert, an einem Schweizer mit Streichhölzern. Wirklich keine positive Bilanz. Eigentlich wollte ich nach Nordafrika zurück, nach Ägypten oder Algerien, Marokko oder Mauretanien. Näher an die Wüste.« Sein Blick verlor sich in der Ferne. »Aber so …«

Llewellyn lehnte sich zurück und biss sich auf die Unterlippe. Er machte sich Vorwürfe, dass er es Zwingli zu leicht gemacht hatte, seine Aufgabe für die Schweizer Banken zu erledigen. Und im Geiste sah er sich bereits neben Peter Compton in London am Kamin sitzen und seine Niederlage eingestehen.

Es gibt nichts, worauf ich stolz sein kann, dachte er verärgert, im Gegenteil.

Ich habe nichts erreicht. Man könnte es auch anders formulieren: Ich habe es verschissen.

RITTERGASSE 4, ALTSTADT BASEL / SCHWEIZ

»Sie müssen Fiona Klausner sein und Ihr Begleiter Alfredo Alvarez«, begrüßte Bernadette lächelnd die Neuankömmlinge, die nach einem kurzen Anstieg über drei Treppenabsätze nun vor ihrer Tür standen. »Vincente hat bereits jede Menge über Sie erzählt.«

»Vincente?«, wunderte sich Fiona und schüttelte die ausgestreckte Hand Bernadettes. »Reden Sie von unserem stummen Vincente?«

»Aber ja doch«, nickte die junge Frau begeistert, »Francesca spricht Gebärdensprache, unter anderem. Dieses Mädchen überrascht mich immer wieder. Auf jeden Fall reden die beiden seit einer Stunde fast ununterbrochen miteinander, und wenn wir Glück haben, dann dürfen wir ein wenig daran teilhaben.«

Sie beobachtete aufmerksam den Sicario, der etwas zögernd eintrat und sich unsicher umblickte. »Ich wollte mich bei Ihnen bedanken für vorhin«, sagte Bernadette auf Spanisch und drückte Alfredo zwei Küsse auf die Wangen. »Chris hat mir erzählt, dass der Mann hinter ihm her war und …« Sie brach ab und schluckte.

Alfredo wehrte ab und senkte etwas verlegen den Blick. »Das ist schon in Ordnung, ich war zur rechten Zeit am richtigen Ort. Glauben Sie mir, dieser Japaner war kein Unschuldslamm. Wir haben dafür gesorgt, dass er für einige Zeit hinter Gittern verschwindet, und dann wird er wahrscheinlich abgeschoben. Es würde mich wundern, wenn er das überlebt. Die Yakuza vergessen nicht.«

Die kleine Wohnung Bernadettes unter dem Dach des alten Hauses in der Rittergasse kam langsam, aber sicher an die Grenzen ihrer Aufnahmekapazität. Während Francesca es sich in einem der beiden Lehnstühle bequem gemacht hatte, saß Vincente auf dem Boden zu ihren Füßen und unterhielt sich glänzend mit dem jungen Mädchen. Chris hatte sich in die Küche verzogen und begonnen, die Schränke nach Kaffee und Tee und ein paar Keksen zu durchsuchen.

»Kommst du zurecht, oder brauchst du Verstärkung?«, erkundigte sich Bernadette und steckte den Kopf durch die Tür. »Ich hätte hier jemanden, der dir heute bereits einmal geholfen hat, und da er aus Kolumbien kommt, ist er sicher der Experte für Kaffee.« Damit schob sie Alfredo in die Küche und ergriff die Hand von Fiona. »Kommen Sie, ich mache Sie mit Francesca bekannt.«

Alfredo nickte Chris zu, der einen Topf Kaffee in der einen und eine Kanne heißen Wassers in der anderen Hand jonglierte. »*Buenas tardes*«, begrüßte ihn Weber, »*i muchas gracias*. Und bitte entschuldige mein mangelhaftes Schulspanisch. Ich bin Chris.«

»*De nada*«, grinste der Sicario, »und ich bin Alfredo. Dein Spanisch ist sehr gut, während ich gestehen muss, dass ich in der Küche eine ziemliche Null bin, weil das sonst immer Vincente für mich macht. Aber gemeinsam werden wir schon einen passablen Kaffee hinbekommen. Was wollte dieser Takanashi eigentlich von dir?«

»Ich nehme an, mich umbringen, aber das ist eine lange Geschichte«, erwiderte Chris und verzog das Gesicht.

»Dann leg mal los«, gab Alfredo zurück, nahm Weber den Topf Kaffee aus der Hand und begann, die Schubladen nach einem Löffel zu durchsuchen.

»Woher kennst du ihn?«, erkundigte sich Weber und drehte das Feuer unter der Wasserkanne kleiner.

»Das erzähle ich dir nachher«, grinste der Sicario, »von Hausmann zu Hausmann.«

Fiona und Bernadette setzten sich auf das große Sofa, das in der Nacht in ein bequemes Doppelbett verwandelt werden konnte. Ein Dutzend Kissen, ein paar weiche Decken und zwei Plüsch-Bären, die hinter einem der Polster hervorlugten, verbreiteten eine gemütliche Atmosphäre.

»Ich glaube, die beiden haben sich gefunden«, lächelte Fiona, als sie Francesca und Vincente zusah, die sich in Gebärdensprache mit leuchtenden Augen unterhielten. »Hat eigentlich die Schule nichts dagegen, dass Sie das Mädchen mitgenommen haben?«

»Nach den heutigen Ereignissen wollte ich sie nicht allein in ihrem Zimmer im Institut lassen, und die Vertretung unseres Direktors hat sofort zugestimmt, als ich den Vorschlag gemacht habe, sie zu mir zu nehmen«, erklärte Bernadette und fügte hinzu: »Professor Grasset ist in New York bei einem Symposium.«

Sie schenkte Fiona ein Glas Rotwein ein und drückte es ihr mit den Worten »Wer weiß, wann der Kaffee fertig ist …« in die Hand.

»Danke. Aber es wird spät, und wir sollten Francesca vielleicht schlafen lassen«, gab Fiona zu bedenken.

»Nicht so schlimm, sie hat morgen erst am Nachmittag ihren nächsten Kurs«, winkte Bernadette ab und hob ihr Glas. »Prost! Und jetzt würde ich gern wissen, was Sie nach Basel bringt und damit im Endeffekt zu mir.«

Es war knapp nach Mitternacht, als der Eurocopter mit John Finch und Llewellyn am Flughafen Basel landete. Zum Glück hatte das Wetter perfekt mitgespielt. Es war nach wie vor sternenklar, und so beschloss der Pilot, noch in der Nacht wieder nach Lausanne zurückzukehren.

Als er mit Lewellyn vor dem Terminal auf ein Taxi wartete, wählte Finch Fionas Nummer.

»Ich würde gern wissen, in welchem Hotel sie unsere Zimmer gebucht hat«, murmelte er, »ich bin nämlich hundemüde.«

Llewellyn streckte sich und schulterte seinen Seesack. »Nichts einzuwenden«, gähnte er, »ich schließe mich an.«

Doch als Fiona abhob und Finch die Adresse in der Rittergasse nannte, war schnell klar, dass an Schlaf noch nicht zu denken war.

»Ich könnte auch … ich meine, Sie brauchen mich ja nicht unbedingt, oder?«, versuchte Llewellyn eine Abkürzung ins nächste Hotelbett zu nehmen, aber Finch war unerbittlich.

»Die anderen kennen Sie noch nicht, und das ist die perfekte Gelegenheit«, sagte der Pilot, nachdem er aufgelegt hatte. »Wer sollte sonst auch so unwiderlegbar erklären, warum alles schiefgelaufen ist und Zwingli den Triumph seines Lebens hatte?«

»Schon gut, ich komme mit«, brummte Llewellyn resigniert. »So lange wird es hoffentlich nicht dauern.«

Der Major des britischen Geheimdienstes sollte sich irren.

Kurz nach drei Uhr morgens saßen alle noch immer im Wohnzimmer der kleinen Wohnung in der Rittergasse. Während Francesca im Lehnstuhl eingeschlafen war, die beiden Bären im Arm, diskutierten Finch, Llewellyn, Fiona, Alfredo, Vincente, Bernadette und Chris die Ereignisse der letzten Stunden.

»Konntest du irgendetwas erkennen auf der Liste?«, erkundigte sich der Sicario. »Namen, eine Summe, irgendeinen Hinweis?«

Finch schüttelte den Kopf. »Nichts wirklich Nützliches«, gab er zu. »Viele Nummern, achtstellig, alle beginnend mit einer Null und einer Vier, genauso viele Worte. Aber sonst ... Fehlanzeige.«

»Und dann hat dieser Zwingli das Blatt einfach verbrannt?«, fragte Fiona ungläubig. »Ohne es zu lesen?«

»Ja, einfach so«, bestätigte Llewellyn. »Als hätte er es schon gekannt ... oder als hätte es ihn nicht interessiert.«

»Nach euren Erzählungen habe ich den Eindruck, er wollte es einfach nur vernichtet wissen«, warf Chris in etwas holprigem Spanisch ein. »Er wusste, was es war, worum es ging, und er hatte den Auftrag, es aus der Welt zu schaffen. Punkt. Das erklärt, dass er nicht einmal gezögert hat.«

»Wenn wir also davon ausgehen, dass dieser Zwingli für ein Schweizer Bankenkonsortium arbeitet, wie Major Llewellyn berichtet, dann brauchen wir nur zwei und zwei zusammenzuzählen«, erklärte Fiona bestimmt. »Die Nummern sind Konten, die Worte sind die Losungs- oder Kennworte, die zu den jeweiligen Kontonummern gehören. Vielleicht hatten mein Großvater und seine drei Freunde Gelder deponiert oder wussten davon. Mit der Liste verschwand die letzte Verbindung zu den eingezahlten Summen. Das sollte er sicherstellen. Damit die Schweizer Bank oder Banken nicht zahlen müssen.«

Schweigen legte sich über die Runde.

Fiona sah Finch nachdenklich an und streckte schließlich die Hand aus. »Zeigst du mir den Zettel aus dem Bierkeller?«

»Wozu?«, wunderte sich Llewellyn. »Der hat uns in die Villa geschickt, nach der Addition der Buchstabenwerte des Ringes. Mein Spezialist hat den Text entschlüsselt, zweifelsfrei.«

»Das glaube ich sofort«, gab Fiona zurück und betrachtete das kleine Blatt Papier sorgfältig. Dann huschte ein Lächeln über ihr Gesicht und sie griff nach einem Feuerzeug auf dem kleinen Beistelltisch neben dem Sofa. Als die Flamme emporzüngelte, hielt sie das Blatt drüber.

»Wollen Sie das jetzt auch verbrennen?«, fragte der Major alarmiert.

Finch legte ihm die Hand auf den Arm. »Ich glaube, ich weiß, was sie vermutet«, murmelte er fasziniert. »Schaut genau hin!«

Und wieder, wie bei dem ersten Blatt in São Gabriel, wurden durch die Wärme der Flamme zwei Linien sichtbar, die am Ende des Zettels eingefügt worden waren:

Hundert erste Buchstaben sind unser Vermächtnis,
sechzig Millionen sind unser Einsatz.

Darunter kam ein Davidstern zum Vorschein, der aus Flammen geboren wurde.

»Ein Davidstern«, flüsterte Fiona entgeistert. »Was hat der zu bedeuten?«

»Sechzig Millionen.« Alfredo hatte Fiona den Zettel aus der Hand genommen und las die Zeilen nochmals. »Sechzig Millionen was? Reichsmark, Franken, Pfund, Dollar? Oder etwas ganz anderes?«

»Glaubst du, es waren einhundert Worte auf diesem Blatt in der Villa Borbone?«, erkundigte sich Fiona bei Finch.

Francesca war aufgewacht und räkelte sich in dem breiten Lehnstuhl. Dann öffnete sie die Augen und fragte unvermittelt: »Villa Borbone? Das Haus von Kaiserin Zita? Was ist damit?«

»Wieso?«, erkundigte sich Finch verwirrt und drehte sich um. »Kennst du die Villa etwa?«

Francesca nickte verschlafen. »Das habe ich Bernadette schon vor zwei Tagen erzählt, als wir über das Buch der Kaiserin von Österreich gesprochen haben.«

»Stimmt, ich erinnere mich«, gab Bernadette zu. »Deine Eltern wohnen ganz in der Nähe, und du hast jede Gelegenheit genutzt, um in der riesigen Villa zu spielen.«

Francesca nickte. »Villa Borbone delle Pianore, und der Park rundherum ist voller wunderschöner alter Bäume.«

»Ja, genau«, bestätigte Finch, »wir kommen gerade von dort.«

Bernadette sah das junge Mädchen nachdenklich an. »Du hast mir erzählt, dass du in den oberen Stockwerken auf Entdeckungsreise gegangen bist, selbst als es dort keinen Strom gab. Du hast im Kinderzimmer von Zita gesessen und Kaiserin gespielt. Richtig?«

Francesca nickte mit glänzenden Augen.

»Hast du auch mit einer Uhr gespielt, die in einer Holzvertäfelung über dem Kamin angebracht ist?«, erkundigte sich Bernadette und sah John Finch bedeutungsvoll an.

Das Mädchen blickte zu Boden und lächelte etwas verlegen. »Ich weiß, ich hätte es nicht tun sollen, aber ...« Sie zuckte mit den Schultern. »Es gibt zwei Uhren im ersten Stock.«

Finch und Llewellyn hielten den Atem an.

»Die eine hat keinen Mechanismus, aber die zweite schon«, fuhr Francesca fort.

»Wie meinst du das?«, erkundigte sich Finch mit heiserer Stimme.

»Nun, ich hatte viel Zeit, müssen Sie wissen, und ich liebe es, mit Zahlen und Buchstaben zu spielen. Das Ziffernblatt der einen Uhr öffnete sich, wenn man auf die Zwei, die Sieben, die Vier und die Drei drückte.«

Alle Anwesenden waren sprachlos.

»Es war der doppelte Boden von Paul Hoffmann«, murmelte endlich Fiona. »Sollte der Schlüssel verlorengehen ...«

Finch fing sich als Erster wieder. Er lächelte dem jungen Mädchen zu und überlegte genau, wie er seine Frage formulieren sollte.

»Es würde uns sehr weiterhelfen, wenn du mir erzählen könntest, was du hinter dem Ziffernblatt gesehen hast. Wir sind ziemlich verzweifelt, musst du wissen, weil wir eine Liste brauchen, die leider verbrannt ist und die wir nicht mehr rekonstruieren können.«

»Meinen Sie die im Wachspapier?«, fragte Francesca unvermittelt.

Finch nickte stumm.

Llewellyn schloss die Augen und flüsterte die ersten Zeilen eines alten walisischen Gebets.

Francesca sah Bernadette etwas unsicher an. »Ich weiß nicht, ob ich das sagen soll ...«, setzte sie an, aber Bernadette nickte ihr ermutigend zu.

»Ich habe mir immer vorgestellt, es sei eine geheime Botschaft an die Kaiserin gewesen«, fuhr das junge Mädchen fort. »Aber ich war mir nicht sicher, ob es in Ordnung war, eine private Nachricht zu lesen. Hundert Zahlen und dahinter einhundert Worte. Ganz schön schräg.«

Bernadette lächelte Francesca zu und gab allen anderen ein Zeichen, still zu sein. Dann erhob sie sich vom Sofa und setzte sich vor dem jungen Mädchen im Lehnstuhl auf den Boden. »Und wie ich dich kenne, weißt du alle Nummern und Worte auswendig. Stimmt's?«

Francesca sah Bernadette unsicher an. »Das gehört sich nicht«, flüsterte sie.

»Ach wo, wir sind froh, dass du sie noch weißt!«, wehrte die junge Frau ab. »Glaub mir, du würdest uns damit sehr helfen.«

»Ehrlich?«, fragte Francesca nach, und ihre Miene hellte sich auf. »Kein Problem. 04459123 – Westwall, 04457689 – Irrlicht, 04456546 – Rechteck ...«

Ohne einen Augenblick zu zögern, sagte Francesca die hundert Kontonummern mit den dazugehörigen Kennworten auf wie andere Schüler ein Gedicht von Goethe. Alle waren sprachlos vor Erstaunen. Nur das junge Mädchen lächelte unbefangen, als sei dies die kleinstmögliche und einfachste Aufgabe für sie.

»Das ist unglaublich«, gestand Fiona kopfschüttelnd. »Vielen

Dank, Francesca, für deine Mühe und für deine Erinnerung! Du bist unsere letzte Rettung.«

Das junge Mädchen zuckte mit den Schultern. »Kein Problem.«

»Wir haben gehört, dass die ersten Buchstaben von oben nach unten gelesen eine Nachricht ergeben, eine Art Vermächtnis«, versuchte es Llewellyn. »Könntest du vielleicht …?«

Francesca hob ihre Hand und unterbrach den Major lächelnd. Dann schloss sie die Augen. »Kein Problem, Moment. Hier kommt der Text:

Wir vermachen das Geld einer Stiftung zum Zweck, jüdischen Menschen in Not in aller Welt zu helfen. Shalom. JCrämer Zürich.«

Der Major schüttelte den Kopf und sah Francesca bewundernd an. »Solltest du später einmal einen Job benötigen, dann ruf mich an. Ich kenne Leute, die würden dich in Gold aufwiegen.«

Francesca lachte mit blitzenden Augen, und Bernadette winkte ab. »Jetzt wollen wir erst mal daran arbeiten, die Schule abzuschließen, bevor wir an Goldbarren und eine Karriere im englischen Geheimdienst denken.«

»Ist es nicht seltsam?«, murmelte Fiona, »Shalom, der Davidstern, das Vermächtnis. Wisst ihr, was ich langsam glaube? Mein Großvater und seine Freunde, die vier alten Männer, waren Juden. Und J. Crämer war das Bankhaus in Zürich, dem sie ihr Geld anvertrauten.«

»Die sechzig Millionen? Auf einhundert Konten verteilt?«, wunderte sich Alfredo.

»Ja, klar«, bestätigte Finch, »ziemlich logisch. Ein Konto und ein Passwort merkt man sich leicht, vielleicht auch noch zwei oder drei. Aber einhundert? Dazu braucht man die Liste.«

»Außer man heißt Francesca und hat das perfekte Gedächtnis«, erinnerte ihn Bernadette.

Vincente gab dem jungen Mädchen stolz ein Zeichen mit seinem erhobenen Daumen.

»Was machen wir jetzt?«, erkundigte sich Fiona.

»Wir setzen eine Liste der Kontonummern auf, aber ohne Passwörter«, schlug Finch vor und der Major nickte. »Die sind bei Francesca besser aufgehoben. Und morgen früh fahren wir nach Zürich. Wenn es dieses Bankhaus noch immer geben sollte, was ich hoffe, dann werden die aus allen Wolken fallen und mit ihnen das Konsortium. Denn morgen ist Zahltag. Es wird höchste Zeit, das Vermächtnis der alten Männer in die Tat umzusetzen.«

BANKHAUS JULIUS CRÄMER, BAHNHOFSTRASSE, ZÜRICH /
SCHWEIZ

Das große Büro in der Züricher Bahnhofstraße bot nicht genügend Sitzplätze für alle Besucher an diesem Vormittag. Direktor Serge Crämer machte sich erbötig, noch mehr Stühle holen zu lassen, aber Alfredo, Chris, Vincente und Llewellyn winkten ab und blieben stehen. So saßen Bernadette, Francesca, Finch und Fiona aufgereiht vor dem Schreibtisch des adrett gekleideten Mitdreissigers, der sein Erstaunen über den unangekündigten Besuch nicht verhehlen konnte.

»Wenn Sie vorher angerufen hätten, dann ...«, setzte er entschuldigend auf Englisch an, aber Finch winkte rasch ab.

»Keine Ursache, wir werden nicht lange stören«, meinte der Pilot, griff in die Tasche seiner Lederjacke und zog ein Blatt Papier heraus. »Können Sie mir mehr zu diesen Kontonummern sagen?«, fragte er und schob es Crämer über den Tisch zu.

»Darf ich erst einmal fragen, wer Sie sind?«, erkundigte sich der Bankdirektor.

»Die Vertreter einer Erbengemeinschaft«, gab Fiona unverbindlich zurück, »und jetzt wäre es nett, wenn Sie uns tatsächlich mehr zu diesen einhundert Konten sagen könnten.«

Crämer runzelte die Stirn und betrachtete argwöhnisch die Liste. Dann warf er seinen Besuchern einen misstrauischen Blick zu. »Das ist etwas ungewöhnlich, wie Sie werden zugeben müssen.«

»Ich muss gar nichts«, erwiderte Fiona ungerührt. »Mein Großvater hat bei Ihrem Institut vor langer Zeit eine bedeutende Summe deponiert. Jetzt möchten wir wissen, um wie viel Geld es sich handelte und um welche näheren Konditionen.«

»Wer sagt mir, dass Sie dazu berechtigt sind?«, verkündete Crämer und zuckte die Schultern. »Da könnte jeder bei mir erscheinen und anfangen, Fragen zu stellen.«

Fiona öffnete ihre Handtasche, zog ihren Pass hervor und schob ihn neben die Liste. »Mein Name ist Fiona Klausner, und mein Großvater war Wilhelm Klausner. Gemeinsam mit Paul Hoffmann, Ernst Böttcher und Franz Gruber eröffneten sie im Frühjahr 1945 einhundert Konten bei Ihrem Bankhaus. Die Liste dazu liegt auf dem Tisch.«

Bedächtig griff Crämer nach dem Pass. Täuschte sich Fiona, oder begannen seine Hände zu zittern?

Schließlich nahm der Bankdirektor die Liste mit den Zahlenreihen vom Tisch. »Hmm«, machte er, »dem Anschein nach könnten diese Kontonummern tatsächlich von uns sein.«

»Wie wäre es, wenn Sie Ihren PC anwerfen und einfach nachschauen?« Llewellyn war knapp davor, die Geduld zu verlieren. »Das sollte keine große Aktion sein, nicht einmal für eine Schweizer Privatbank, oder irre ich mich?«

Irritiert sah Crämer auf. »Wir haben in diesem Land ein ausgeprägtes und lückenloses Bankgeheimnis«, entgegnete er mit einem strafenden Blick. »Das bildet eine der Grundfesten unserer Gesellschaft und des Wirtschaftsgeschehens der Schweiz im Besonderen.«

»Das ist uns bekannt«, gab Llewellyn aggressiv zurück. »Deswegen werden bei Ihnen ja so viele offizielle Vermögen gebunkert und ganz sicherlich kein Geld gewaschen. Ich frage mich dann allerdings auch, warum Daten-CDs mit sogenannten Steuersündern ausschließlich in der Schweiz auftauchen.«

Crämer zog den Kopf ein und schwieg. Er gab vor, die Liste zu studieren. Schließlich tippte er ein Kennwort auf seiner Tatstatur, und der Flachbildmonitor leuchtete auf. »Lassen Sie mich nachsehen, was wir herausfinden können«, murmelte er und warf demonstrativ einen Blick auf seine elegante Armbanduhr. »Ich habe leider noch einen Termin heute Vormittag ...«

»Der wird sich sicherlich verschieben lassen«, meinte Finch mit einem gönnerhaften Ton. »Vorläufig geht hier niemand irgendwo hin, solange diese Geschichte nicht geklärt ist.«

Crämer warf dem Piloten einen peinlich berührten Blick zu. Er wollte etwas erwidern, überlegte es sich dann aber doch. »Soweit ich feststellen kann, sind alle diese Konten im April 1945 eröffnet worden. Damals führte mein Großvater die Bank. Das ist auch einer der Gründe, warum die Ziffern 04 für April und 45 für das Jahr zu Beginn jeder Kontonummer stehen. Es gab bei keinem einzigen dieser Konten eine weitere Einzahlung über all die Jahre, aber auch keine Abhebung. Es erfolgte also gar keine Kontobewegung seit der Eröffnung.« Der Bankdirektor machte eine Pause. »Über die Höhe der Summe kann ich Ihnen keine Auskünfte geben.«

»Wieso nicht?«, erkundigte sich Fiona.

»Weil ... halt, warten Sie, ich sehe gerade, hier gibt es ein paar Anmerkungen zu diesen Konten in einer handschriftlichen Kartei aus dem Jahr 1945«, präzisierte Crämer. »Sie werden verstehen, dass ich die erst im Archiv unseres Bankhauses ausheben lassen muss. Das befindet sich im Keller, ist also keine große Sache. Wenn Sie mich kurz entschuldigen wollen?«

Der Direktor schob seinen Sessel zurück und erhob sich. »Es wird nicht lange dauern, ich werde Ihnen inzwischen Tee, Kaffee und Wasser bringen lassen.« Damit eilte er aus dem Raum.

»Ich würde hier keinen Furz lassen«, flüsterte Alfredo Llewellyn zu, der neben ihm stand und sich umblickte. »Sicherheitskameras, wohin man schaut, und ich wette, sie haben auch noch Mikrofone einbauen lassen, damit sie alles aufzeichnen können, was in diesem Raum passiert.«

Der Major nickte grimmig und wippte auf den Zehenspitzen. »Ich traue dem Kerl keine zehn Meter weit«, erwiderte er leise. »Der zahlt seine Großmutter auf eines der Konten ein, wenn der Zinssatz stimmt ...«

Serge Crämer umkrampfte sein Mobiltelefon so stark, dass die Knöchel weiß hervortraten. »So heb schon ab, verdammt noch mal«, murmelte er immer wieder verzweifelt, während er in einem kleinen Flur auf und ab lief wie ein Tiger im Käfig. Endlich wurde das Gespräch angenommen.

»Zwingli!«, stieß er aufatmend hervor, als sein Gesprächspartner sich meldete. »Sie haben uns versprochen, die Liste der Konten und Kennwörter existiere nicht mehr! Nun sitzt eine Fiona Klausner bei mir und legt mir genau jene Aufstellung der hundert Konten aus 1945 vor! Hier sitzen acht Leute in meinem Büro, die alle Aufklärung über die Summen verlangen, und einige sehen danach aus, als sei nicht mit ihnen zu spaßen! Sie haben das Konsortium angelogen, Zwingli! Was haben Sie sich eigentlich dabei gedacht? Ich bin erledigt!«

Egon Zwingli saß in seinem Züricher Appartement am Limmatquai, seine Gedanken rasten. Wie war es möglich …? Gab es eine zweite Liste? Das wäre fatal, aber nichts hatte darauf hingedeutet.

»Die Liste ist gestern Abend restlos verbrannt. Wie sieht diese neue Aufstellung aus?«, erkundigte sich Zwingli. »Handgeschrieben?«

»Nein, ein Ausdruck, vermutlich durch einen Computerdrucker«, gab Crämer verwirrt zurück. »Warum?«

»Stehen die Konten und die Kennwörter auf dem Blatt?«, wollte Zwingli weiter wissen.

»Nein, nur die Kontonummern«, gab Crämer düster zurück. »Aber trotzdem …«

»Ich verstehe gar nichts mehr«, unterbrach ihn Zwingli und unterdrückte einen Fluch, »aber halten Sie die Gruppe hin, ich bin in ein paar Minuten bei Ihnen.«

Damit legte er auf.

Mit einem missglückten Lächeln auf den Lippen betrat Crämer wenige Minuten später wieder sein Büro. »Sie sehen, es hat nicht lange gedauert«, meinte er entschuldigend und hielt eine Karteikarte hoch. »Hier haben wir die Antwort auf Ihre Fragen.«

Damit ließ er sich in seinen Sessel fallen und gab vor, die Eintragungen zu überfliegen. »Die Konten wurden tatsächlich von jenen Männern eröffnet, von denen Sie gesprochen haben. Verfügungsberechtigt sind direkte Nachkommen der Herren Klausner, Hoffmann, Gruber oder Böttcher, die sich als solche legitimieren können und ...«, er blickte auf und Fiona direkt in die Augen, »die passenden Kennwörter zu allen Konten vorlegen.« Er deutete auf die Liste auf seinem Tisch. »Hier sehe ich allerdings nur die Nummern.«

»Das ist schon richtig«, entgegnete Finch beruhigend. »Ist es korrekt, dass die eingezahlte Summe bei sechzig Millionen lag?«

Crämer zwinkerte nervös und nickte schließlich langsam. »Wenn Sie alle Konten zusammen nehmen, dann betrug die eingezahlte Gesamtsumme sechzig Millionen US-Dollar. Das ist richtig.«

»Wie hoch war der Zinssatz?«, wollte Llewellyn wissen.

»Ähh ... Moment, das habe ich hier vermerkt ... das war ...«, stotterte Crämer und fuhr sich mit der Hand über das Kinn. »Das waren 8,5 Prozent ... sehr hoch für damalige Verhältnisse, das muss ich zugeben ...«

Francesca lächelte und schloss kurz die Augen. Dann schaute sie Fiona an. »Das sind nach sechsundsechzig Jahren immerhin 13 077 176 054,42 Dollar.«

Alle im Raum waren wie erstarrt.

»Wie viel?«, flüsterte Fiona erschüttert.

»Dreizehn Milliarden, siebenundsiebzig Millionen, einhundertsechsundsiebzigtausend und vierundfünfzig Dollar und zweiundvierzig Cent«, wiederholte Francesca konzentriert.

Crämer schaute mit hervorquellenden Augen das junge Mädchen an, als sähe er einen Geist. Er öffnete und schloss seinen Mund wie ein Karpfen auf dem Trockenen, aber kein Ton war zu hören.

»Ich kann mir nicht vorstellen, dass du dich verrechnet hast«, wisperte Llewellyn schließlich ergriffen. »Jetzt weiß ich, wovor das Konsortium Angst hatte. O Mann ... ich beginne zu verstehen.«

Der Direktor brachte noch immer kein Wort heraus. Er starrte Francesca an wie ein Alien aus einer fremden Galaxis, das direkt vor seinem Schreibtisch gelandet war.

»Deshalb hat Paul Hoffmann bis zuletzt gewartet«, meinte Fiona leise. »Er wusste, dass mit jedem Tag, der verstrich, die Summe größer wurde.«

»Allein in den letzten zehn Jahren verdreifachte sich der Betrag fast«, warf Francesca ein. »Einfache Zinseszinsrechnung ... Die erste Milliarde wurde erst nach fünfunddreißig Jahren erreicht. Da betrug das Vermögen auf den hundert Konten 1 042 778 544,50 Dollar.« Das junge Mädchen grinste lausbübisch und sah Crämer mitleidig an. »Wann haben Sie denn zum ersten Mal die Nerven verloren?«

Der Bankdirektor räusperte sich, setzte an und sagte dann doch nichts.

»Allein in den letzten vier Jahren wurde das Vermögen alle zwölf Monate um eine Milliarde Dollar mehr«, stellte Francesca trocken fest und drehte sich zu Llewellyn um, der ihr anerkennend zunickte.

»Ja, der Hut brannte bereits lichterloh, als Zwingli ins Spiel gebracht wurde«, meinte der Major, beugte sich vor und fixierte Crämer, der wie ein Häufchen Elend in seinem Sessel hing. »Es war keine Minute mehr zu verlieren, nicht wahr? Hier ging es nicht nur um das Überleben eines privaten Zürcher Bankhauses, es würde einen kräftigen Aderlass für das gesamte Schweizer Bankenkonsortium bedeuten. Vor allem angesichts der Möglichkeit, dass die Summe von den Erben auf einmal abgehoben werden könnte.«

Crämer raffte sich schließlich auf und funkelte seine Besucher an. »Wie auch immer, ich sehe nach wie vor nur eine Liste von Konten vor mir liegen«, wandte er ein. »Damit kommen Sie nicht weit und schon gar nicht an das Geld.«

»Ach, wenn es weiter nichts ist«, lächelte Francesca und lehnte sich vor. »Schreiben Sie einfach mit, von oben beginnend: 04459123 – Westwall, 04457689 – Irrlicht, 04456546 – Rechteck, 04458094 – Vaterschaft, 04458129 – Ergebnis, 0445…«

»Wie ich sehe, komme ich zur rechten Zeit«, ertönte da eine Stimme und unterbrach das junge Mädchen. Egon Zwingli betrat den Raum, schloss die gepolsterte Tür hinter sich und drehte den Schlüssel um.

»So sind wir wenigstens ungestört«, verkündete er, bevor er die Anwesenden musterte. »Sieh da, die Rentnerabteilung des britischen Geheimdienstes ist auch hier.« Zwingli trat demonstrativ neben Direktor Crämer, der sichtlich aufatmete. Dann griff er zu der Liste und überflog die Konten.

»Beeindruckend, das muss ich zugeben«, nickte er, als er die Kennworte neben den ersten fünf Nummern sah. Er schaute auf und blickte von einem zum anderen. Schließlich blieb sein Blick an Francesca hängen.

»Sie weiß alles!«, flüsterte Crämer und wies mit ausgestrecktem Finger auf das junge Mädchen. »Sie kennt alle Kennworte auswendig! Die brauchen nichts aufzuschreiben, sie ist irgendeine Art von Genie …«

In Zwinglis Gesicht zuckte kein Muskel.

Dann ging alles rasend schnell. Der Schweizer riss seine Waffe aus dem Schulterhalfter, legte auf Francesca an und drückte ab. Doch Alfredo hatte es kommen gesehen. Sein jahrelang trainierter Instinkt ließ ihn schneller reagieren als alle anderen. Ohne zu zögern, warf er sich vor das Mädchen.

Die beiden Schüsse Zwinglis trafen ihn voll, schleuderten ihn gegen Francesca, die einen Schrei ausstieß und dann mit dem Sicario zu Boden ging.

Llewellyn war nur einen Wimpernschlag langsamer. Er stieß Bernadette zur Seite und hechtete über den Schreibtisch, erwischte Zwingli an der Hüfte und riss ihn um. Beide prallten gegen die Wand, stolperten und fielen zu Boden. Der Schweizer brüllte Verwünschungen und schlug immer wieder mit der Pistole zu, traf den Major an der Schläfe und sah zu, wie Llewellyn zusammensackte.

Dann legte Zwingli triumphierend an. Als er abdrücken wollte, warf sich gerade rechtzeitig Finch über den Schreibtisch, rammte Crämer und trat Zwingli mit einem gezielten Stoß die Waffe aus der Hand. Dann riss er den Schweizer hoch und schlug zu. Mit lautem Krachen brach das Nasenbein Zwinglis, und er stürzte stöhnend zu Boden.

Doch Finch war noch nicht fertig. Er setzte nach, holte aus und schlug erneut zu. »Du mieses Schwein«, zischte er, dann zog er den blutüberströmten Zwingli hoch und lehnte ihn gegen die Wand. »Am liebsten würde ich solchen Abschaum wie dich aus dem Fenster schmeißen, aber das wäre viel zu human. In Afrika macht man das anders.« Damit ergriff er die Hände des Schweizers und brach

Zwingli beide Daumen. »Das war für die beiden alten Männer und die Albatross«, fauchte er. Dann ließ er den schreienden Schweizer einfach fallen.

Serge Crämer hatte sich hochgerappelt und sah sich verzweifelt um. Sein Büro sah aus wie ein Schlachtfeld. Alles schrie durcheinander, die beiden Frauen bemühten sich um den Angeschossenen, das junge Mädchen weinte. Von Zwingli war keine Hilfe mehr zu erwarten. Er wollte auf den geheimen Rufknopf an der Unterseite der Schreibtischplatte drücken, da legte sich eine Hand mit einem eisernen Griff um sein Gelenk.

»Nehmen Sie das Telefon und rufen Sie in der Sicherheitszentrale an«, flüsterte eine Stimme in sein Ohr. »Und denken Sie nicht einmal daran, eine andere Nummer zu wählen. Mein Freund John Finch hier hat völlig recht. Schluss mit der Nettigkeit. Entweder Sie machen, was ich Ihnen sage, oder Sie erleben keine neue Bilanz in diesem Haus. Haben Sie mich verstanden?«

Crämer nickte völlig verstört.

Llewellyn dachte nicht daran, seinen Griff zu lockern. Die Kopfschmerzen verbesserten seine Laune keineswegs. »Beordern Sie den Sicherheitschef mit den Aufzeichnungen der Kameras hier herunter. Er soll die Festplatten mitbringen oder von mir aus den ganzen Computer. Jetzt!«

Der Direktor nickte und begann hastig zu wählen.

Draußen in der Bahnhofstraße ertönten die ersten Sirenen.

Vincente hielt Francesca ihm Arm und versuchte, sie zu beruhigen. Als er einen verzweifelten Blick Fionas auffing, die sich über den Sicario beugte, wusste er, dass es Alfredo nicht geschafft hatte. Tränen rannen über sein Gesicht, während er mit leisen Lauten weiterhin versuchte, Francesca zu trösten.

Wenige Augenblicke später wurde von außen an die Tür des Büros getrommelt. »Sofort aufmachen! Polizei!«

Finch drehte den Schlüssel um und öffnete. Sechs Uniformierte mit gezogenen Waffen stürmten herein. Dahinter tauchte ein völlig aufgelöster Mann im Anzug auf, der eine Festplatte in der Hand schwenkte, während vor dem Haus die nächsten Einsatzfahrzeuge mit quietschenden Reifen anhielten. Laute Kommandos ertönten von der Straße.

John Finch nahm dem Sicherheitschef die Aufzeichnungen aus der Hand und reichte sie Llewellyn. »Für den Mord an Alfredo wandert Zwingli für Jahrzehnte hinter Gitter, aber die Tatsache, dass er ein zwölfjähriges Mädchen erschießen wollte, macht ihn überall auf der Welt zum Paria. Damit ist er erledigt. Für immer.«

Dann beugte er sich zu der Leiche Alfredos hinunter.

Der Sicario schien selbst im Tod noch zufrieden zu lächeln. So als wollte er sagen: »Letzter Auftrag erfüllt … Jetzt kann ich gehen.«

EPILOG

I.

Das Babylon-Café war gut besucht, obwohl es bereits weit nach Mitternacht war. Eine Schiffsladung Matrosen, gemischt mit Touristen und Abenteuerlustigen, die auf den Spuren des Reiseführers *Lonely Planet* trampten, hatte die alte Spelunke fest im Griff. Auf der Bühne des Baby wiegten sich mehrere Paare zu den schrägen Klängen eines Guitarrero, der sich auch durch eine gerissene Saite an seinem Instrument nicht bremsen ließ.

In den üblicherweise leeren Logen knutschten ein paar Jugendliche, die eigentlich bereits lange im Bett sein sollten, und zwar im eigenen. So aber beugten sich vom ersten Rang ein paar Huren vor, die Pause machten, und feuerten die Jugend an, doch endlich zur Sache zu kommen.

»Zu laut hier«, seufzte John Finch, als er sich auf seinen Stammplatz ganz am linken Ende der Bar schob. »Kann man denn nirgends mehr seine Ruhe haben?«

Roberto, der Barkeeper, griff unter den Tresen, zog die Flasche mit dem achtzehn Jahre alten Bruichladdich-Whisky hervor und stellte sie vor dem Piloten auf die schwarze Marmorplatte. »*Boa noite!* Und was trinkt dein neuer Freund?« Er deutete auf die Schulter des Piloten.

»Sparrow? Eine Schale Nüsse genügt. Bei Alkohol wird er immer so ausfällig«, gab Finch ungerührt zurück.

»*Captain* Sparrow!«, krähte der Papagei aufgedreht und wanderte Finchs Arm entlang bis auf die Bar, wo er zwischen den Gläsern und Flaschen herumstolzierte.

»Wo hast du *den* denn ausgegraben?«, wollte der Barkeeper wissen, während er das Glas des Piloten polierte und es dann neben die Bruichladdich-Flasche stellte.

»Das ist eine komplizierte Geschichte«, murmelte Finch, »vielleicht ein andermal.«

»Du warst lange nicht hier, ich dachte schon, du kommst gar nicht mehr zurück«, meinte Roberto, der diesmal verblüffend wach aussah und mit einem überraschend sauberen Tuch die Gläser verschmierte. »Ist die Reise wieder zu Ende? Das mit deinem Flugzeug tut mir übrigens leid.«

»Danke«, nickte Finch. »Die alte Lady ist in den ewigen Jagdgründen. Ich bin also flügellahm, ein Geier zu Fuß sozusagen.«

»Dafür hast du einen Papagei«, bemerkte der Barkeeper und stellte Sparrow eine kleine Schale mit Erdnüssen hin. »Bevor ich es vergesse … dein Boot ist beim letzten Gewitter vollgelaufen und abgesoffen. Ich habe den Motor an ›Manaus Marine‹ verkauft, der Rest war Schrott. Jetzt hast du ein paar Flaschen gut.«

»Das klingt nicht schlecht«, stellte Finch fest und goss den letzten Rest Whisky ins Glas. »Dann fang gleich damit an und bring mir eine neue Flasche.«

»Aye, aye, Sir«, rief Roberto und machte sich auf den Weg ans andere Ende der langen Bar, wo die alten Jahrgänge aufbewahrt wurden.

»Alles in die Wanten!«, krächzte Sparrow und schaute herausfordernd in die Menge.

Finch schüttelte den Kopf und musste lachen. Da stieg ihm ein Parfum in die Nase, das er gut kannte.

»Wenn ich mich nicht täusche, habe ich schon einmal gesagt, dies ist keine passende Uhrzeit für Scarletts Enkelin«, sagte er leise, ohne sich umzudrehen. »Und es ist noch immer nicht der richtige Platz.«

»Bekomme ich trotzdem einen Drink?«, erkundigte sich Fiona und legte Finch die Hand auf den Arm.

»Wenn du noch immer mit alten Männern trinkst …«

»Am liebsten mit dir«, lächelte Fiona und rutschte auf den Barhocker neben ihm. »Ich habe zwei Wochen lang nichts von dir gehört.«

»Nach dem Begräbnis von Alfredo musste ich diesen gefiederten Clown hier abholen«, meinte Finch und deutete auf Sparrow. »Anschließend habe ich mich um die übrige Hinterlassenschaft von Böttcher gekümmert. Viel war nach den Explosionen in seinem Gartenhaus nicht mehr übrig.«

»Ja«, murmelte Fiona niedergeschlagen, »der arme Alfredo. Jetzt ist er für immer zu Hause, wie er es sich gewünscht hat, in der Stadt der Blumen. Ich glaube, Vincente hat es am meisten mitgenommen.«

Roberto kam zurück und schaute mit großen Augen auf Fiona. »Eine Fata Morgana«, rief er aus, »eine gutaussehende, reizende Frau an meiner Bar! Dass ich das noch erleben darf!«

»Schleimer«, warf Finch ein, »sie gehört zu mir, und jetzt gib mir die Flasche, sonst verschüttest du noch den guten Stoff.« Er schenkte Fiona ein. »Auf Alfredo!«, sagte er einfach und hob sein Glas. »Auf seinen Mut und auf das, woran er zuletzt geglaubt hat!«

»Amen«, erwiderte Fiona und nahm einen großen Schluck. »Was wirst du jetzt machen?«

Finch zuckte mit den Schultern. »Auf eine große Reise gehen, ich weiß nur noch nicht, wann. Ach ja …« Er griff in seine Brusttasche, zog die schwarze Kreditkarte hervor und schob sie Fiona hin. »Hier, die gehört dir. So gut wie neu.«

»Nein, John, es ist deine«, erwiderte Fiona und reichte sie ihm wieder zurück. »Ich kann dir keine fünf Millionen anbieten, so viel Geld habe ich nicht. Und ich muss dir ehrlich gestehen, ich habe auch keine Ahnung, wovon Großvater dich bezahlen wollte. Das ist eines der Geheimnisse, die er mit ins Grab genommen hat. Wir haben auf keinem seiner Konten so viel Geld gefunden. Aber die Kreditlinie auf der Karte steht, dafür habe ich gesorgt.«

»Vielleicht wollte er von den dreizehn Milliarden Dollar ein paar Promille abzweigen«, grinste Finch, »wer weiß? Es war ja auch sein Geld. Hast du die Gründung der Stiftung in die Wege geleitet?«

»Ja, allerdings nicht in der Schweiz, ich denke, das war im Sinn der alten Männer«, antwortete Fiona und nahm einen Schluck Whisky. »Ich habe das Geld transferieren lassen, weil es sonst nur von einer Schweizer Bank in die nächste gewandert wäre. Und ich bin gerade dabei, Spezialisten zu suchen, die mich an der Spitze des Stiftungsbeirates unterstützen werden.«

Sparrow war inzwischen in den Mittelpunkt des Interesses gerückt und konnte gar nicht so schnell fressen, wie die Schalen mit Nüssen vor ihm aufgebaut wurden. Vor allem die weiblichen Besucher des Babys waren hin und weg, streichelten über sein Gefieder und unterhielten sich glänzend mit ihm.

»Dieser Papagei ist ein alter Charmeur«, bemerkte Finch mit einem verschmitzten Lächeln. »Es wird Zeit, ihn wieder hier rauszubringen, bevor die Mädels zu kreischen beginnen und ihn mit Haut und Federn auffressen.«

»Gehen wir zu dir oder zu mir?«, lächelte Fiona.

»Damenwahl«, gab der Pilot zurück und stand auf. »Sparrow! Sperrstunde!«

Ein kollektives, bedauerndes »Ooohh« aus weiblichen Kehlen war die Antwort.

»Alles in die Schaluppen!«, krähte Sparrow und flatterte auf Finchs Schulter.

»Falsch, ganz falsch!«, verbesserte ihn Finch. »Das heißt: ›Lichtet die Anker!‹«

Dann nahm er Fiona am Arm und beide schlenderten zum Ausgang. Durch die offene Tür kam der Geruch des Wassers und des Dschungels. Als sie kurz vor dem Babylon-Café stehen blieben und hinunter zum Fluss sahen, lag der Rio Negro wie ein glänzender Barren schwarzes Gold vor ihnen.

II.

Die Nacht war kalt und regnerisch, der Westwind schob Packen von dicken Wolken vom Atlantik über die holländische Küste und weiter über das Festland vor sich her.

In den schmalen Gassen von Amsterdam hatten es selbst die Radfahrer eilig, nach Hause zu kommen. Immer wieder zogen Regenschauer durch, und schwere Tropfen prasselten auf das Kopfsteinpflaster, machten es rutschig. Die Schweinwerfer der Autos spiegelten sich in den Pfützen, und die wenigen Fußgänger drängten sich an den Hauswänden entlang, um nicht völlig durchnässt zu werden.

Die meisten Touristen wiederum saßen schon lange vor einem Glas Genever oder Amstel-Bier in einer der zahllosen Kneipen. Der Geruch von altem Frittierfett und Zigarettenrauch lag in der Luft, als Kaito Higurashi eilig an den Flohmarktbuden der Waterlooplein vorbei in Richtung Grachten ging. Die meisten Händler hatten bereits ihre Stände geschlossen, nur einige von ihnen saßen noch bei einem Tee beisammen und plauderten, in dicke Jacken gehüllt und unter den Vorzelten zusammengedrängt.

Seit seiner Ankunft in Amsterdam waren mehr als sechs Wochen vergangen, und Higurashi hatte vergeblich darauf gewartet, eine neue Aufgabe zu erhalten. Nachdem er sich eine kleine Wohnung gesucht und zu Fuß tage- und wochenlang die Stadt erkundet hatte, war die Langeweile sein steter Begleiter geworden. Nach dem aufreibenden Job in Moskau kam ihm Amsterdam wie die vernachlässigte Abteilung in einem vergessenen Museum vor.

Und Tokio blieb stumm.

So verbrachte Higurashi seine Zeit damit, Ausstellungen zu besuchen und japanische Restaurants zu testen, da er Haschisch und den Coffee-Shops noch nie etwas hatte abgewinnen können. Die Stadt der Grachten und Brücken, der schmierigen Vorstädte und der johlenden Jugendgruppen, die mit der Bierflasche in der Hand die schmalen Straßen unsicher machten, begann sich auf sein Gemüt zu schlagen. Allein der Gedanke, dass er in Moskau perfekte Arbeit geleistet und das in ihn gesetzte Vertrauen nicht enttäuscht hatte, tröstete ihn über die Auszeit hinweg.

Hohe, moderne Wohnblocks in Ziegelrot und Weiß säumten die Waterlooplein. Higurashi blieb stehen und legte den Kopf in den Nacken, schaute hinauf zu den erleuchteten Fenstern, hinter denen normale Menschen ihr ganz alltägliches Leben lebten.

Die Regentropfen fielen in sein Gesicht. Moskau war schlimm gewesen, aber Amsterdam war noch schlimmer.

Higurashi beneidete die Menschen hinter den Fenstern. Er gehörte nicht hierher. Aber wohin er gehörte, das hatte er inzwischen auch schon vergessen. Er war in einem Niemandsland angekommen, in dem ihn keiner kannte und in dem er keinen kennen wollte.

Und Tokio hatte ihn jetzt auch noch vergessen.

Mit schlurfenden Schritten ging der Japaner weiter bis ans Ufer der Gracht, wo die letzten Händler ihre Waren wegräumten und ihn nicht beachteten. So wandte er sich nach links, entlang der Amstel und der Rückseite der Oper, einem schmucklosen Zweckbau, der die Atmosphäre eines verlassenen Hospitals ausstrahlte.

Die Brücke zur Staalstraat, ganz aus Gusseisen, erinnerte ihn an Paris. Ach ja, Paris, dachte er, das war eine ganz andere Stadt. Voller Kultur und Eleganz, Pracht und Raffinesse. Nach dem Studium hatte er vier Wochen an der Seine verbracht und jeden einzelnen Tag genossen.

Der Wind zerrte an seinem Mantel, als er die Amstel überquerte. Selbst durch die kleine Fußgängerzone, in der sich ein kleines Restaurant an das nächste reihte, hasteten nur einige Paare auf der Suche nach einem warmen, geschützten Plätzchen.

Der Spätherbst war keine Jahreszeit für Amsterdam.

Eines der Paare torkelte leicht, sie kicherte, und er lachte lauthals, dann fingen sie sich wieder und versuchten, so aufrecht wie möglich weiterzugehen. Dabei stolperte der Mann, stieß einen überraschten Laut aus und prallte gegen Higurashi, richtete sich wieder auf und stammelte eine Entschuldigung. Er streckte die Hand aus, einen peinlich berührten Ausdruck in seinem groben Gesicht, aber der Japaner winkte ab und schob sich an dem Betrunkenen vorbei.

Doch er kam nicht weit.

Die Frau war von hinten an ihn herangetreten und drückte ein Stilett in seinen Rücken. »Bleib stehen, Japse«, zischte sie in gebrochenem Englisch in sein Ohr, »sonst sind morgen zwei weitere Spendernieren auf dem Markt.«

»Du hast ein Rendezvous«, erklärte ihr plötzlich völlig nüchterner Begleiter mit dem gleichen Akzent und packte Higurashi am Arm. »Es ist nicht weit. Scheißwetter!«

Der Japaner war völlig verdutzt. Wer konnte ihn in Amsterdam schon kennen? »Das ... das ist bestimmt eine Verwechslung«, stammelte er. »Ich bin im Urlaub hier und habe auch kein Bargeld dabei. Glauben Sie mir ...!«

»Behalte deine Kröten«, fuhr ihn die Frau an. Der Druck der Messerspitze ließ nicht nach. »Und erzähl keinen Scheiß. Wer macht schon im Herbst Urlaub in dem Kaff? Nur total Bekiffte.«

Higurashi schwieg. Sollte er um Hilfe rufen? Es war kein Mensch auf der Straße und das Messer in seinem Rücken sprach eine deutliche Sprache. Er wäre verblutet, bevor jemand die Gemütlichkeit im Lokal mit dem Regen und dem Wind auf der Straße vertauschen würde.

Der Mann schob ihn in eine noch schmalere Nebenstraße. Verversstraat stand auf dem Schild, auf das jemand einen Sticker »*free joints for all*« geklebt hatte. Die Schritte der drei hallten zwischen den Häuserfassaden wider, die näher zusammenzurücken schienen.

Die Verversstraat war menschenleer. Warum war Amsterdam ausgestorben, wenn man einmal jemanden brauchte?, dachte sich

Higurashi und suchte verzweifelt nach einem Ausweg. Doch da öffnete sich auch schon eine Tür neben einer kleinen Kneipe, deren Fenster dunkel und verstaubt waren. *Te Huur*, verkündete ein ausgeblichenes Plakat, »Zu vermieten«.

»Bringt ihn her und dann verschwindet!« Der große, kräftig gebaute Mann füllte fast die gesamte Breite der Tür aus. Er packte Higurashi mit eisernem Griff und schickte mit einer nachlässigen Handbewegung die beiden Gestalten auf der Straße wieder zurück in die Dunkelheit.

Ohne Vorwarnung packte er den Japaner im Genick und rammte dessen Kopf an die Wand. Blut schoss aus zwei Platzwunden auf der Stirn, und Higurashi stöhnte auf. Er versuchte sich zu wehren, aber der Mann grinste nur und schleuderte ihn mit voller Wucht durch den langen Gang. Der Japaner rutschte über den Boden, krachte gegen die gegenüberliegende Wand und blieb völlig benommen liegen. In seinen Ohren summte es, und eine Myriade von Sternen tanzte vor seinen Augen.

»Man sagt immer, Japaner seien zäh und hart im Nehmen«, lästerte der Mann, der sorgfältig die Tür abschloss und dann näher kam. Er holte aus und trat Higurashi in die Seite. »Steh auf, Japse, oder willst du liegend sterben?«

Der Tritt schickte eine Schmerzwelle durch seinen Körper, und der Japaner schrie auf. »Lassen Sie mich gehen! Was wollen Sie von mir? Ich kenne Sie gar nicht!«

Der Mann riss ihn hoch und drückte ihn wie eine leblose Puppe mit einer Hand an die Wand. »Ich kenne dich auch nicht, trotzdem werde ich dich umbringen«, erwiderte er ungerührt. »Sagen wir, du hast Feinde, die ich nicht haben möchte, und dir fehlen Freunde, die genügend Einfluss haben. Deine Leute haben dich fallen lassen wie eine heiße Kartoffel.« Er musste aus unerfindlichem Grund über seine eigene Bemerkung kichern. »Wie eine heiße Kartoffel … Das ist gut …«

Higurashi keuchte, weil die riesige Hand des Fremden ihm die Luft abdrückte.

»Vielleicht gab es auch einen Deal mit meinen Auftraggebern?

Wer weiß?« Der Mann zuckte die Schultern. »Interessiert mich nicht.«

»Ich ... zahle ... Ihnen ... jede ... Summe ...«, stieß Higurashi verzweifelt hervor.

»Nope«, antwortete der Unbekannte und schüttelte energisch den Kopf. »Dann wäre ich der Nächste.« Er brachte sein Gesicht ganz nahe an das des Japaners. »Keine Option. Ich möchte nicht auf der falschen Seite der Russen stehen.«

Damit stieß er eine Tür am Ende des Flurs auf und schob Higurashi vorwärts. Die Küche des Lokals, das zu vermieten war, sah aus wie die Fensterscheiben – grau und verstaubt, von einer einzelnen Neonröhre erleuchtet.

»Ausziehen!«, befahl er dem zitternden Japaner und riss ihm den Mantel vom Leib.

Higurashi bäumte sich auf und versuchte zu flüchten, doch er kam nicht weit. Er glitt auf den schmutzigen Kacheln aus, fiel mit dem Kopf gegen eine Herdkante und rutschte wie eine Marionette mit durchgeschnittenen Fäden auf den Boden.

»Idiot«, murmelte der Mann kopfschüttelnd. »Alles muss man selbst machen ...«

Als der Japaner wenige Minuten später wieder zu sich kam, war das erste Geräusch, das er hörte, ein seltsames Brodeln, verbunden mit einer unerträglichen Hitze im Gesicht. Er öffnete die Augen und schrie ...

Ungerührt tauchte der Unbekannte, der den Japaner wie ein Zirkusartist kopfüber an den Knöcheln hielt, Higurashis Kopf in die randvoll mit kochendem Öl gefüllte Friteuse.

Als die Leiche Higurashis vier Wochen später von potenziellen Mietern bei einer Besichtigung des leerstehenden Lokals gefunden wurde, war es der Gerichtsmedizin nicht mehr möglich, das Opfer zu identifizieren. Selbst die Hände waren bis zur Unkenntlichkeit verschmort, Fingerabdrücke nicht mehr erkennbar, alle Zähne herausgebrochen.

Kaito Higurashi wurde nach den ergebnislosen Untersuchungen

verbrannt und seine Asche in eine billige Urne gefüllt. Da sein Glaubensbekenntnis nicht bekannt war, wurde er am 12. Dezember in einer Ecke des Nieuwe-Ooster-Friedhofs verscharrt.

Ein Besucher, der zufällig vorüberkam und Mitleid hatte, weil niemand der kurzen Zeremonie beiwohnte, stellte eine rote Kerze auf den frisch umgegrabenen Rasen.

Dann ging der Fremde nach einem kurzen Gebet rasch davon. Genaue Beobachter hätten festgestellt, dass ihm das letzte Glied des linken kleinen Fingers fehlte.

III.

Es roch nach Plätzchen und Weihnachtskerzen, Tannenreisig und Punsch, als Margret Compton die Tür öffnete und Llewellyn anstrahlte wie das Christkind persönlich.

»Ihre Besuche werden langsam zur lieben Gewohnheit«, stellte die rundliche Frau fest und wischte sich ihre Hände an der Küchenschürze ab. »Diesmal ist es bereits der zweite in diesem Jahr.« Sie zwinkerte Llewellyn zu. »Aber jedes Mal, wenn Sie bei uns vorbeischauen, bin ich in der Küche am Backen oder Kochen.«

»Es riecht auf jeden Fall köstlich«, antwortete der Major. »Weihnachtsbäckerei?«

»Was sonst um diese Zeit?«, erwiderte Margret trocken. »Peter müsste längst aussehen wie Santa Claus, bei der Menge an Lebkuchen, die er verdrückt. Sie könnten ruhig einmal mit ihm spazieren gehen, das täte dem alten Lehnstuhl-Machiavelli nicht schlecht.«

Sie drehte sich um und verschwand mit den Worten »Sie wissen ja, wo Sie ihn finden!« wieder in der Küche.

Das Wohnzimmer mit den Ledersesseln und den dunkelgrün tapezierten Wänden war mit einigen Tannenzweigen geschmückt, die einen vorweihnachtlichen Duft verbreiteten.

»Nein, wir geben nichts!«, rief Peter Compton vom Kamin her, ohne sich umzudrehen.

»Hallo Scrooge«, erwiderte Llewellyn, »du weißt ja, was dem Geizigen passiert?«

»Ja, er bleibt länger reich«, brummte Compton. »Bist du auf dem Weg herein bereits mit dem Nötigsten versorgt worden? Care-Pakete mit Plätzchen, Bonbons, Weihnachtsstollen und gefüllten Lebkuchenherzen lauern an allen Ecken und Enden. Diese Frau backt mich noch in den Tod ...«

Llewellyn beugte sich zu der Flaschenbatterie auf dem runden, fahrbaren Tisch und wählte einen zwanzig Jahre alten Sherry. »Ich dachte, dein liebstes Hobby sei das Vernichten von zuckrigen Kalorien vor Neujahr?«

»Papperlapapp«, protestierte Compton. »Alle Bekannten und Verwandten gehen seit Tagen nicht mehr ans Telefon und verweigern die Kommunikation, wenn sie hören, dass wir es sind. Wer sollte die Massen an Gebäck und Süßwaren also sonst essen? Ich opfere mich sozusagen ...«

»Willst du auch ein Glas Sherry, damit der frische Lebkuchen leichter rutscht?«, fragte Llewellyn scheinheilig.

»Hast du in der Küche welchen bestellt? Das war unvorsichtig.« Peter Compton streckte die Hand aus. »Sherry ist allerdings eine gute Idee. Was gibt es Neues?«

»Das fragst du mich?«, staunte der Major und schenkte noch ein Glas ein. »*Du* bist hier der Gralshüter der Neuigkeiten.«

Compton runzelte die Stirn, als er Llewellyn beim Einschenken zusah. »Sei nicht geizig mit meiner Flasche. Eine Portion für Erwachsene, bitte!« Seine Augen blitzten vor Vergnügen hinter der dicken Brille.

»Zwingli ...«, setzte Llewellyn zu erzählen an und reichte dem alten Geheimdienstchef das Glas.

»... ist Geschichte, dank dir«, vollendete Compton den Satz und ließ sich in seinen Lehnstuhl fallen. »Gut gemacht, Major. Ich hätte es nicht besser einfädeln können.«

»Ich nehme an, das ist das höchste Kompliment, das ich aus deinem Munde jemals hören werde«, lächelte Llewellyn und setzte sich neben den alten Mann, dessen graue Haare wie immer akkurat gescheitelt waren. »Aber ohne die Hilfe von John Finch hätte es nie funktioniert. Möchtest du mir nicht etwas erzählen?«

Compton sah ihn misstrauisch aus den Augenwinkeln an. »Ich? Dir? Warum? Du bist es doch, der aus der Schweiz kommt ...«

»In die du mich geschickt hast«, erinnerte ihn Llewellyn. »Und noch einen Agenten hinterher, damit ich auf dem Laufenden bin. Oder? Der kam doch von dir?«

Compton antwortete mit einem unverbindlichen Brummen.

»Wieso hast du eigentlich noch Zugriff auf Agenten, die in deinem Auftrag unterwegs sind?«, erkundigte sich Llewellyn wie nebenbei. »Graue Eminenzen im Hintergrund brauchen normalerweise war willige Hampelmänner an der Medienfront.«

Peter Compton schwieg und schaute interessiert den Flammen zu. Dann seufzte er. »Nächste Frage?«

Der Major schüttelte den Kopf. »Bleiben wir doch noch ein wenig bei der ersten, Peter. Bevor wir hier die Legende vom Club der alten Männer spinnen – seit wann fragt MI5 bei einem seiner früheren Chefs an, wenn der Hut brennt? Und bitte erzähl mir nicht, es sei dein unwiderstehlicher Charme oder die zeitlose Eleganz Marke Savile Row.«

Compton gluckste in sich hinein. »Charme ist wohl das Letzte, was man mir nachsagen kann, da hast du recht.«

Er legte die Fingerspitzen aneinander, in seinen Brillengläsern spiegelten sich die Flammen, während um seine Lippen ein dünnes Lächeln spielte. Llewellyn ging durch den Kopf, dass Compton etwas Diabolisches an sich hatte.

»Wenn man so lange Mitglied dieses Clubs namens MI5 war wie ich, dann hat man im Lauf der Zeit vieles erfahren, das man besser für sich behält«, begann der Geheimdienstchef nachdenklich. »Während es in den USA den Freedom of Information Act gab, blieb uns das glücklicherweise erspart. Wir sichten unsere heiklen Dokumente lieber selbst, als sie zu veröffentlichen und danach halbherzige Erklärungsversuche zu starten. So kamen und gingen sechs Premierminister, und ich war noch immer da, wenn auch nicht mehr an der Front, wie du es so schön nennst. Erinnere dich an meine Worte: Man steigt nicht aus, man wird hinausgetragen.«

Llewellyn hörte schweigend zu und nippte an seinem Sherry. Dann fiel ihm etwas ein, er griff in die Tasche und zog das Foto aus der Hütte im Dschungel hervor. Nachdem er es glattgestrichen hatte, reichte er es dem Geheimdienstchef.

»Ich habe dir auch gesagt, dass die Schatten des Dritten Reiches lang sind. Heinz Claessen war nicht irgendwer«, fuhr Compton fort und tippte auf das verblichene Bild. »Er war ein gerissener, mit allen Wassern gewaschener Gauner, Betrüger, Verkäufer, Hochstapler. Himmler hätte keinen Besseren finden können. Ohne ihn wären wir nicht so tief in die Bredouille geraten, ohne ihn hätte die Operation Bernhard nie funktioniert. Als also sein Ring auftauchte, schrillten bei mir die Alarmglocken, und zwar aus mehreren Gründen.«

»Moment!«, unterbrach ihn Lewellyn verwirrt. »Woher wusstest du von dem Ring?«

»Señora Valeria ist eine sehr zuverlässige Informantin, wenn es um sensible Kriegsrelikte geht«, erwiderte Compton. »Sie ist eine der drei Großen weltweit in diesem Spiel um vergangenen Zauber. Ihr erster Anruf galt zwar einem Sammler, ihr zweiter aber mir. Wir kennen uns schon lange, musst du wissen ...«

»Warum erstaunt mich das nicht?«, murmelte Llewellyn.

»Es gibt einige Punkte auf dieser Welt, da muss man einfach vertreten sein, ob offiziell oder unter dem Tresen«, schmunzelte der Geheimdienstchef. »Wie auch immer. Claessens Ring war aufgetaucht, fünfundsechzig Jahre nach dem Verschwinden von Hitlers bestem Gauner aus Südtirol. War da noch etwas, vielleicht etwas Wichtigeres als der Ring? Ungewissheit ist Gift für den Club, wie du weißt. Die Franzosen waren damals nicht sehr kooperativ, als sie in Vorarlberg und Tirol einrückten, das Lager Haiming besetzten, die übrig gebliebenen Gefangenen befreiten und die Windturbinen abmontierten. Letztere verschickten sie nach Frankreich, wo sie in den französischen Zentralalpen noch heute im Einsatz sind. Die Airbus-Teile werden übrigens in dem dortigen Windkanal getestet.«

»Du meinst, die alten Turbinen funktionieren noch immer?«

»Wie am ersten Tag«, bestätigte Compton. »Made in Germany. Aber den Franzosen war Claessen egal, wo immer er auch verschwunden war, er hatte ja keine gefälschten Francs in Umlauf gebracht, sondern Pfundnoten. Also blieb die Suche an uns hängen.« Der Geheimdienstchef streckte die Hände zum Feuer. »Schenkst du mir noch einen ein?«

Llewellyn stand auf und nahm die Flasche vom Tisch. Dann kehrte er in seinen Lehnstuhl zurück und füllte Comptons Glas.

»Die Druckplatten liegen sicher in einem Schließfach in Liechtenstein, ihre Besitzerin ist Gott sei Dank ein vernünftiger Mensch, dem man ein Angebot unterbreiten kann.« Compton nickte befriedigt. »Wir sind am Verhandeln, und es sieht gut aus. Was die Pfundnoten betrifft, so zersetzt die Zeit sie für uns. Keine Gefahr von dieser Seite. Aber was geschah noch in den Jahren der Operation Bernhard? Was wurde nicht bekannt? Wo war Claessen? Oder was haben wir übersehen?«

»Du hast mich verloren, Peter«, gab Llewellyn zu.

»Nein, wir haben gewonnen«, sagte Compton mit leisem Lachen, »das wirst du gleich verstehen. Die vier jungen Männer aus Österreich waren clever, als sie das Geld auf einhundert Konten verteilt haben und nur einem die Liste anvertrauten. Ob sie Claessen umbrachten oder jemand anderer ihn verschwinden ließ, das werden wir wahrscheinlich nie mehr herausfinden. Die alten Männer sind heute alle tot, wir können sie nicht mehr fragen. Es spielt im Endeffekt auch keine Rolle. Claessen hat seine Strafe bekommen, wie immer sie auch aussah. Aber es gab ja noch einen Mann, Paul Hoffmann, der alles wusste. Er war zuverlässig bis in den Tod, weil sein Hass auf die Deutschen und die Schweizer Kriegsprofiteure ihn antrieb. Das wussten die anderen drei nur zu gut. Hoffmann geriet kein einziges Mal in Versuchung, das Geld zu stehlen und für sich zu verwenden. Dann wäre die Rache der vier Musketiere wirkungslos verpufft, und das durfte niemals passieren. War er es doch gewesen, der die Hinweise verschlüsselt hatte und als Einziger wusste, wo die Liste versteckt war, fünfundsechzig Jahre lang ...«

»Ein Menschenleben«, bekräftigte Llewellyn.

Compton nickte nachdenklich. »Versetze dich für eine Minute an die Stelle der alten Männer, die ihr ganzes Leben lang mit dem Konflikt leben mussten, als Juden in der deutschen Wehrmacht gedient zu haben, ohne ihren Glaubensbrüdern helfen zu können. Im Gegenteil, sie mussten auch noch an ihrer Vernichtung im Stollen mitarbeiten. Das würde wohl den Stärksten in den Wahnsinn treiben, über kurz oder lang.«

Der Geheimdienstchef nahm einen großen Schluck Sherry. »Paul Hoffmann war so eigensinnig, nicht einmal mit den anderen zusammentreffen zu wollen in all den Jahren. Er hatte den Weg verschlüsselt, er wusste, wo das Ziel war. Deshalb hätte ich ihn gern gesprochen, bevor er die Tauben fliegen ließ. Aber hätte es mir etwas genützt? Wohl kaum. Er hätte geschwiegen, wenn nötig bis ins Grab. Paul Hoffmann war einfallsreich, klug und intelligent. Er hätte einen Weg gefunden, mit mir zu sprechen, nichts zu sagen und trotzdem seine Hinweise zu verschicken, davon bin ich überzeugt.«

»Seit wann wusstest du von ihm?«

»Ach, seit langer Zeit«, winkte Compton ab. »Wir kontrollierten nach der Festnahme Mengeles durch die Israelis erneut die Aufstellungen der Vatikan- und Rot-Kreuz-Pässe, verglichen Namen, recherchierten Reisewege und Zielorte. Die Operation lief damals unter dem Codenamen Southbound. Dabei stellte sich heraus, dass nur wenige der verwendeten Pässe nicht auf den penibel geführten Listen Roms verzeichnet waren, darunter auch die der vier Freunde aus Österreich. So begannen wir weiter zu bohren, tiefer zu gehen und fanden bald heraus, dass sie gemeinsam in die Schweiz eingereist, aber getrennt wieder ausgereist waren. Der Letzte, der das Land verließ, war Paul Hoffmann. Im Gegensatz zu den anderen flog er nicht direkt nach Südamerika, er reiste auf dem Landweg nach Italien und flog danach von Rom aus. Interessant, nicht wahr?«

»Du alter Fuchs«, wisperte Llewellyn bewundernd.

»Paul Hoffmann versteckte die Liste in der Villa Borbone, wie die Südamerikaner herausgefunden haben, weil er als Kind zweimal mit seinem Vater da war, im Urlaub in Pianore, bei einem Onkel, der in der Villa Hausmeister und Gärtner war. Hoffmann bewunderte die letzte österreichische Kaiserin aus dem Hause Bourbon-Parma. Seinen Plan hatte er bereits in der Schweiz ausgeheckt. So konnte er die Hinweise verschlüsseln und im Beau Rivage Palace in Lausanne verstecken. Dann fuhr er weiter nach Rom und flog nach Kolumbien.«

»Und traf sich mit den anderen.«

»Nein, so unglaublich es klingt – genau das tat er nicht«, antwortete Compton. »Und irgendwie kann ich ihn verstehen. Er wollte nicht noch einmal in den Konflikt kommen, womöglich einem Freund, einem Juden, einem Hilfebedürftigen nicht helfen zu können. Weil der zwar in Not war, das hehre Ziel aber davor stand. Du verstehst mich? Sie wurden alle von zwei Dingen getrieben – von der Rache einerseits und der Sehnsucht nach einer gewissen Wiedergutmachung auf der anderen. Die vier alten Männer wollten Buße tun, ihre Schulden tilgen, die Schulden am jüdischen Volk, und damit zugleich ihr schlechtes Gewissen beruhigen. Aber sie wollten auch die Schweizer Banken bestrafen, die jahrelang wahllos das Geld von Nazis und Juden gleichermaßen genommen hatten mit dem Hintergedanken, vieles davon sowieso nicht mehr auszahlen zu müssen.«

»Beides ist ihnen gelungen«, gab Llewellyn zu. »Und du hattest von Anfang an deine Finger im Spiel.«

»Ein wenig«, gab Compton zu, »ein klein wenig.«

»Als Downing Street das erste Mal von den Schwierigkeiten der Schweizer hörte, sind sie zu dir gekommen, stimmt's?«, stieß der Major nach. »Der alte Peter, mit allen Wassern gewaschen, in allen Grabenkämpfen erprobt, der Kenner aller Informationsquellen, der Berater von Premier-Legenden. Und du hast sie angelogen.«

»Harter Ausdruck«, lächelte Compton. »Nennen wir es eher eine angewandte *need-to-know*-Politik.«

»Du hast ihnen nämlich die wahre Geschichte der Druckplatten verschwiegen, deren eigene, frisierte Version ihnen die Schweizer so vollmundig auftischten«, bohrte Llewellyn weiter, »weil du jemanden dabeihaben wolltest, der den Eidgenossen auf die Finger schaute. Hast du dabei zufällig meinen Namen genannt?«

»Ich erinnere mich nur mehr dunkel«, gestand Compton und blickte konzentriert in das Feuer.

»Dann lass mich dir ein wenig helfen«, bot Llewellyn an. »Wenn Downing Street von den Platten in Liechtenstein gewusst hätte, dann wären sie unter Umständen gar nicht so hilfsbereit gewesen, sondern hätten den Schweizern das Götz-Zitat entgegengerufen. Natürlich diplomatisch verbrämt, versteht sich. Nach dem Prinzip

›Hilf dir selbst, dann hilft dir Gott‹. So aber hast du ihnen keine Wahl gelassen. Sie mussten mitziehen. Wie meintest du so richtig? Du hast in den Jahren als Berater vieles erfahren, noch mehr verschwiegen, aber nichts vergessen. So war es doch, oder?«

Compton neigte zustimmend den Kopf, schwieg aber.

»Wir kennen beide das Spielbrett und die Figuren, die Regeln und die Tricks, aber du bist der ungekrönte Meister …«

Margret betrat den Raum mit einem großen Tablett Gebackenem, Kuchen und Bonbons, die verlockend aussahen und köstlich rochen.

Compton hob unmerklich die Hand und Llewellyn verstummte.

»Wie ich sehe, habt ihr bereits etwas zu trinken«, stellte sie ironisch fest. »Hier kommt ein frischer Gruß aus der Küche. Greifen Sie zu, Llewellyn, der Lebkuchen ist noch warm.«

Damit eilte sie auch schon wieder aus dem Raum.

»Du solltest wirklich ein paar von den Keksen versuchen«, brummelte Compton, »sonst bleiben sie wieder an mir hängen, im wahrsten Sinn des Wortes.«

»Hast du nicht bei meinem letzten Besuch gesagt, dass man oft genug jemanden in einen Einsatz schickt, auch wenn man im Vorhinein weiß, dass die Wahrscheinlichkeit, die Aufgabe zu lösen, gegen null tendiert?«, stellte Llewellyn fest und nahm ein Lebkuchenherz.

»So ungefähr«, wich Compton aus.

»Danke für das Kommando, alter Mann, ich hätte darauf verzichten können«, stieß der Major verärgert hervor.

»Aber ich nicht, und du bist schließlich heil zurückgekommen«, erwiderte Compton ungerührt. »Banken haben in letzter Zeit nicht viele Sympathisanten, Schweizer Banken noch viel weniger. Ich wollte wissen, was die vier alten Männer ausgeheckt hatten, als der Ring Claessens auftauchte. Vorher war es eher ein Misstrauen den Eidgenossen gegenüber, das hast du völlig richtig gesehen. Sie haben nie mit offenen Karten gespielt. Danach …«

»Was danach?«, erkundigte sich Llewellyn misstrauisch.

»Danach ging es mir um zwei Dinge: diesen Zwingli und die sechzig Millionen. Diesem selbsternannten Sicherheitsexperten mit dem Teflon-Jackett war nicht beizukommen, weil das Bankenkonsortium hinter ihm stand. Bis vor kurzem ...«

Compton trommelte mit den Fingern auf die Lehne seines Fauteuils, aber Llewellyn ließ sich nicht beirren.

»Halt! Woher wusstest du von den sechzig Millionen?«, fragte der Major bass erstaunt.

»Ich habe befürchtet, dass du das fragen würdest«, antwortete der Geheimdienstchef leise, »und ich könnte jetzt sagen, das geht dich nichts an. Aber das wäre wahrscheinlich nicht sehr zielführend, wie ich deine Hartnäckigkeit kenne.«

»Ganz und gar nicht zielführend«, bestätigte Llewellyn.

»Die Operation Bernhard war ein äußerst effektives Unternehmen, straff durchorganisiert und mit unzähligen Talenten gesegnet. Sie brachten die britische Wirtschaft ins Wanken, sie fälschten alle Pässe dieser Welt, solange es ihnen nützte, und sie führten peinlich genau Listen über jede einzelne Banknote. Allein mehr als hundert Millionen Pfund druckten sie in Spitzenqualität. Doch was die wenigsten wussten: Sie druckten auch perfekte Dollarnoten in ungeheuren Mengen, die allerdings bei einem Transport nach Italien spurlos verschwanden.«

Compton drehte sich zu Llewellyn und grinste wie ein Schuljunge, dem ein besonders guter Streich gelungen war.

»Von den sechzig Millionen Dollar der alten Männer war nicht ein einziger echt. Die Geldnoten waren alle – falsch.«

Christopher Weber kehrte nach einigen Tagen Urlaub in Rosheim im Elsass gemeinsam mit Bernadette nach München zurück, beendete sein Studium mit nur zwei Wochen Verspätung und fand eines Tages vor der Wohnung seines Freundes Martin, bei dem er für einige Zeit schlief, ein funkelnagelneues Wohnmobil mit einer Notiz an der Fahrertür. »Mit den besten Wünschen von DeBeers. Warum ziehst du nicht zu mir? Wir könnten das Wohnmobil in den Garten stellen, und wenn wir genug voneinander haben, dann kannst du noch immer ins Grüne ziehen ... Bernadette.« Chris überlegte nicht lange und zog in die Robert-Koch-Straße nach Grünwald. Bernadettes Eltern waren anfangs ganz und gar nicht begeistert, aber als die »Unternehmensberatung Weber« eröffnete, war Vinzenz Bornheim Christophers erster Kunde. Freund Martin war sein zweiter – was ihm trotzdem nicht den Schlüssel für den Porsche 911 Turbo eintrug ...

Bernadette Bornheim genoss den Kurzurlaub in vollen Zügen, begleitete dann Christopher nach Hause und besuchte bei dieser Gelegenheit gleich ihre Eltern, denen sie von ihm erzählte und verkündete: »Wenn er möchte, dann werde ich mit ihm zusammenziehen.« Das darauffolgende dramatische Wortgefecht kürzte sie mit der Bemerkung ab: »Wir bleiben im zweiten Haus. Wenn ihr das nicht wollt, dann kann ich auch ganz ausziehen.« Ihre Eltern gaben nach einigem Zögern klein bei und nahmen sich vor, den ungebetenen neuen Mitbewohner einfach zu ignorieren. Doch nach und nach gaben sie ihren Widerstand auf. Vor allem, nachdem sich herausstellte, dass Christopher keinen Cent von Bernadette annehmen wollte und stattdessen ehrgeizig seine eigenen beruflichen Wege ging. Bernadette pendelte weiterhin zwischen Basel und München, weil sie Francesca ins Herz geschlossen hatte und ihren Beruf im Institut Peterhof immer aufregender fand.

Georg Gruber erholte sich rasch von seiner Kopfverletzung und telefonierte vor seiner Abreise aus dem Spital mit Fiona Klausner und John Finch, die ihn in das Geheimnis der alten Männer einweihten. Völlig sprachlos über die Höhe der Summe und zufrieden mit der Lösung im Sinne seines Vaters und dessen Freunden, nahm er das nächste Flugzeug und flog von Mailand aus zurück nach Bogotá. Nach Absprache mit Fiona überließ er ihr bereitwillig die Einrichtung der Stiftung und deren Leitung. Seine Familie erwartete ihn am Flughafen in Bogotá und war überglücklich darüber, dass der Totenkopfring, der mit der Taube aus Kolumbien gekommen war, nach fast siebzig Jahren doch noch etwas Gutes gebracht hatte. Bei seiner Rückkehr in die Firma fand er einen Bankauszug auf seinem Schreibtisch vor, der den Erhalt von 75 000 Dollar quittierte, den John Finch ihm als zweite Rate für den Ring überwiesen hatte. Er kämpfte lange mit sich, ob er die beiden Schwestern in seinem Vorzimmer endlich in Pension schicken sollte oder nicht. Dann überlegte er, was sein Vater wohl gemacht hätte. Schließlich blieb alles beim Alten. Doch für Georg war nach dem Abenteuer in Europa nichts mehr, wie es einmal war. Er trat zwei Jahre später zum Judentum über und versuchte, auch damit dem Vermächtnis seines Vaters zu entsprechen.

Francesca Di Lauro, der bemerkenswerte weibliche Savant, blieb am Institut Peterhof bis zum Abitur und entwickelte sich dank der fürsorglichen Betreuung durch Professor Grasset und den Lehrern zu einer weitgehend normalen jungen Frau, die nicht nur durch ihren Charme die Blicke auf sich zog. Mit oft engelsgleicher Geduld kooperierte sie bei medizinisch-wissenschaftlichen Experimenten zur Erforschung des Savant-Syndroms und ermöglichte so den Spezialisten Einblicke in bis dahin unerschlossene Gehirnwelten.

Vincente Cortes blieb nach dem Tod von Alfredo in der Schweiz und erfüllte sich seinen Lebenstraum. Mit Hilfe und der Unterstützung von Fiona Klausner fand er eine Ausbildungsstelle bei einer Sterneköchin am Genfer See und bereute diesen Schritt nie. Er besuchte Francesca regelmäßig im Institut Peterhof, und beide begannen eines Tages mit der Erlaubnis von Professor Grasset gemeinsam zu laufen, erst kleine Runden, dann immer größere und schließlich Marathonstrecken. Die Freundschaft zwischen den beiden vertiefte sich über die Jahre. Vincente begleitete Francesca auf ihren Besuchen daheim, und einen gemeinsamen Urlaub verbrachten beide in Medellín, wo Vincente dem jungen Mädchen seine Stadt zeigte. Beide versprachen sich eines Tages, sich nie mehr aus den Augen zu verlieren.

Johanna »Hanna« Bergmann schaffte es mit ihrer Fracht bis nach Oberösterreich, wo sie den Rucksack mit dem zweiten Satz der Druckplatten aus Sachsenhausen im Wolfgangsee von einem Ruderboot aus versenkte. Mittels einer Peilung versuchte sie, sich die Stelle einzuprägen. Dann fuhr sie über Bad Ischl weiter nach Altaussee, ins Herz der Alpenfestung, die doch keine war. Es wimmelte nur so von Mitgliedern der verschiedenen Exilregierungen, Agenten des Auslandsgeheimdienstes, hohen Offizieren und Glücksrittern, die versuchten, ihr Scherflein ins Trockene zu bringen. Nach dem Einmarsch der Amerikaner, die sich nicht sonderlich für Bergmann interessierten, sondern eher hinter den Tausenden Kunstwerken in den Salzstollen und dem Leiter des Reichssicherheitshauptamtes Kaltenbrunner her waren, nahm die junge Frau vorübergehend eine Stelle als Bedienung in einem Gasthof am Seeufer an. Regelmäßige Gäste waren Offiziere der US-Army, und so wurde aus Johanna Bergmann im April 1947 Mrs. Hanna Connor. Nach der Rückkehr des Paares in die USA lebte Hanna mit ihrem Mann auf dessen Ranch und widmete sich der Pferdezucht. Major a. D. William Connor stürzte 1989 bei einem Reitunfall so unglücklich, dass er sich das Genick brach. Hanna verkaufte die Ranch, zog in die Stadt, und starb im November 2002 allein und vergessen in einem Altersheim in Huston, Texas. Sie war nie wieder an den Wolfgangsee zurückgekehrt.

Major Llewellyn Thomas, der Waliser, der, einem alten lokalen Aberglauben folgend, seinen Nachnamen erfolgreich geheim hielt und damit auch einer Tradition im britischen Geheimdienst entsprach, kehrte in seine kleine Wohnung nahe dem Leicester Square in Londons City zurück und feierte allein Weihnachten – umringt von Erinnerungen und Care-Paketen von Margret Compton. Als John Finch ihn ein halbes Jahr später anrief und fragte, ob er Lust auf Nordafrika habe, packte er seinen Seesack, versperrte seine Wohnung und machte sich auf den Weg. Aber das ist eine andere Geschichte ...

Samuel Kronstein, der Edelsteinhändler der Romanows, starb am 14. August 1926 in Basel. Er schlief am Nachmittag auf dem Sofa in seiner Wohnung ein und wachte nicht mehr auf. Kronstein war nach dem Abschluss der Restaurierungsarbeiten an der »Villa Kronstein«, wie sie nun genannt wurde, in eine Wohnung im ersten Stock gezogen, mit einem weiten Blick übers Basler Land. An klaren Tagen konnte man vom Fenster aus in der Ferne die Gipfel der Alpen und die Ausläufer der Vogesen sehen. In den letzten Jahren seines Lebens stand er oft da, schweigend, unbeweglich, und schaute in eine unbestimmte Ferne. Das Heimweh nach St. Petersburg ließ ihn nie mehr los. Seine Heimat lag in einer anderen Galaxie, in einer längst vergangenen Epoche. Unerreichbar fern. Auch er konnte die Zeit nicht mehr zurückdrehen. Wie ihm erging es Tausenden russischer Emigranten. Durch die europäischen Hauptstädte geisterten sie als sogenannte »Phantome des Zaren« noch bis zum Zweiten Weltkrieg – verarmt, oft arbeitslos oder ihren kargen Lebensunterhalt mit Gelegenheitsjobs aufbessernd. Viele von ihnen starben an Hunger, noch mehr am Heimweh. Tausende waren Offiziere der Weißen Garde gewesen. In ihrer Pistole befand sich traditionell immer eine letzte Kugel. So drückten viele ab, bevor sie ihren Glauben verloren oder im Straßengraben verendeten.

Natalja Fürstin Demidow fand Samuel Kronstein nach seinem Tod auf dem Sofa in seiner Wohnung. Sie war in den letzten Jahren seine Vertraute gewesen, die versucht hatte, ihm so viel wie möglich an Arbeit abzunehmen und seinen Traum zu verwirklichen – die Schule für Behinderte in der Villa Kronstein. In seinem Testament vermachte ihr der Edelsteinhändler seinen gesamten Besitz. Was sein Begräbnis betraf, so wünschte er sich eine bescheidene Beerdigung auf dem jüdischen Friedhof und einen Grabstein mit kyrillischer Inschrift, die lautete: »Nur wer vergessen ist, ist wirklich tot.« Natalja und ihr Sohn waren die Einzigen, die dem einfachen Sarg folgten. Sie ließ das Kaddish lesen und wusste, dass nun ein Abschnitt ihres Lebens zu Ende war und ein neuer begann. Neun Jahre nach Kronstein starb ihr Sohn Alexej. Natalja ignorierte alle Regeln und ließ ihn im Grab Kronsteins bestatten. So hatte der Junggeselle doch noch einen Sohn, der ihn ewig begleiten würde. Sie führte die Schule umsichtig und mit einer unerschütterlichen Sorgfalt bis ins hohe Alter. Als sie an einem kalten Herbsttag des Jahres 1959 starb, hinterließ sie all ihr Hab und Gut der Stiftung Kronstein. Zu ihrem Begräbnis kamen Hunderte dankbarer Eltern mit ihren Kindern und verwandelten ihren letzten Weg in ein weißes Blumenmeer.

Pjotr Solowjov kam wohlbehalten aus der Schweiz zurück nach St. Petersburg. Er beteiligte sich auf der Seite der Bolschewiki am russischen Bürgerkrieg, überlebte die Kämpfe und zog sich nach der Gründung der Sowjetunion 1922 aufs Land in der Nähe von Jekatarinenburg zurück, wo er in einer Volksschule unterrichtete. Mit seinen mageren Ersparnissen und dem Erlös des Verkaufs des Diamanten von Samuel Kronstein baute er sich ein kleines Häuschen am Stadtrand von Jekatarinenburg, heiratete und bekam einen Sohn, Maxim Michajlowitsch Solowjov, der 1945 mit der Roten Armee in Wien einrücken und die Stadt befreien sollte. Doch das erlebte Pjotr Solowjov nicht mehr. Er starb im März 1937 bei einem Verkehrsunfall, als sein Motorrad von einem Lastwagen der Kolchose übersehen und er von den mächtigen Zwillingsrädern überrollt wurde. Sein Sohn Maxim Michajlowitsch Solowjov sprengte sich im Nachkriegs-Wien 1945 in die Luft … Aber auch das ist eine ganz andere Geschichte …

Nicht immer ist Geschichte auch Vergangenheit – manchmal wird sie zur brutalen Gegenwart

Gerd Schilddorfer
DER NOSTRADAMUS-
COUP
Thriller
800 Seiten
ISBN 978-3-404-17425-6

Die Prophezeiungen des Nostradamus sind auch heute noch kryptisch. Kein Wunder – hatte Nostradamus sie damals doch selbst gestohlen und die Zeilen nie ganz verstanden ... Als John Finch ein Notizbuch mit verschlüsselten Texten und der Fotografie eines Gemäldes in die Hände fällt, ahnt er nicht, dass es ihn auf die Spur genau dieser Prophezeiungen führt. Und damit zu einem Geheimnis, das so spektakulär und atemberaubend ist, dass John sich bald auf einer gefährlichen Verfolgungsjagd quer durch Afrika und Europa befindet. Denn die Prophezeiungen sind gar keine Voraussagen, sondern eine Schatzkarte zu einem der legendärsten Schätze der Geschichte – mitten in Europa ...

Bastei Lübbe

Alte Rivalitäten zwischen Ost und West und der gnadenlose Wettlauf um ein verschwundenes Schiff

Gerd Schilddorfer
DER
ZERBERUS-SCHLÜSSEL
Thriller
816 Seiten
ISBN 978-3-404-17595-6

Eine erhängte Mumie in einem verlassenen Haus, geheimnisvolle chinesische Schriftzeichen, drei erdrosselte Männer, die Triaden in Berlin – Kommissar Thomas Calis steht vor einem Rätsel. Dann taucht eine geheimnisvolle Todesliste auf, und mit einem Mal befindet sich Calis' alter Freund John Finch auf einer Jagd nach Geheimnissen aus der Kolonialgeschichte. Denn plötzlich führen die Verbrechen der Gegenwart in die dunkelsten Ecken der Vergangenheit und zu einem Grab, das keiner öffnen möchte ...

Bastei Lübbe

Die Community für alle, die Bücher lieben

Das Gefühl, wenn man ein Buch in einer einzigen Nacht verschlingt – teile es mit der Community

In der Lesejury kannst du

★ Bücher lesen und rezensieren, die noch nicht erschienen sind

★ Gemeinsam mit anderen buchbegeisterten Menschen in Leserunden diskutieren

★ Autoren persönlich kennenlernen

★ An exklusiven Gewinnspielen und Aktionen teilnehmen

★ Bonuspunkte sammeln und diese gegen tolle Prämien eintauschen

Jetzt kostenlos registrieren: www.lesejury.de
Folge uns auf Facebook:
www.facebook.com/lesejury